中国艺术研究院基本科研业务费项目

（项目编号：2020-1-1）

不歇的歌行

我与中国艺术研究院

韩子勇 / 主编

文化藝術出版社
Culture and Art Publishing House

图书在版编目（CIP）数据

不歇的歌行：我与中国艺术研究院 / 韩子勇
主编 . —北京：文化艺术出版社，2021.8
ISBN 978-7-5039-6698-9

Ⅰ.①不… Ⅱ.①中… Ⅲ.①中国艺术研究院—纪念文集 Ⅳ.①J124-2

中国版本图书馆CIP数据核字（2021）第130170号

不歇的歌行
——我与中国艺术研究院

主　　编	韩子勇
责任编辑	叶茹飞　李　特　贾　茜
责任校对	董　斌
书籍设计	李　响　赵　蠡
出版发行	文化藝術出版社
地　　址	北京市东城区东四八条52号　（100700）
网　　址	www.caaph.com
电子邮箱	s@caaph.com
电　　话	（010）84057666（总编室）　　84057667（办公室） 　　　　　84057696—84057699（发行部）
传　　真	（010）84057660（总编室）　　84057670（办公室） 　　　　　84057690（发行部）
经　　销	新华书店
印　　刷	国英印务有限公司
版　　次	2021年9月第1版
印　　次	2021年9月第1次印刷
开　　本	710毫米×1000毫米　1/16
印　　张	34.25
字　　数	465千字
书　　号	ISBN 978-7-5039-6698-9
定　　价	128.00元

版权所有，侵权必究。如有印装错误，随时调换。

编辑委员会

主　编

韩子勇

副主编

祝东力

编辑部

戴　健　朱　蕾　刘兆霈
王　琪　陈　曦

序　言

中国艺术研究院今年建院 70 年了。

70 年前，新中国百废待兴，党和国家就设立了"中国戏曲研究院"，毛泽东主席欣然题写了院名和"百花齐放，推陈出新"题词。这即是中国艺术研究院的前身。

70 年沧海桑田，中国艺术研究院宛若不息的巨流，流过大时代的崇山峻岭，不断有新水汇入，使她浩浩汤汤、横无际涯，也不断有血脉分出，另辟天地、自立门户，兴旺发达。还有的，是走了来，来了走，依依不舍。一个单位的 70 年，一个群体的 70 年，该有多少故事、多少往事与回想、多少重要的段落和迷人的细节，值得缅怀和记述。这本中国艺术研究院学人和艺术家的忆往文字，如同一幅素描长卷，不会湮灭风化，它被时间的光一遍一遍打磨如新，引后来者回眸远眺、寻找来处。

70 年是一笔宝贵的财富，为了这庄重得体的纪念，我们从 2019 年开始，就推选一部分已逝的前辈先贤，把他们的画像悬挂在研究生院的厅廊，为他们塑像，立于门厅院内，以他们的名号组织年度学术提名活动，出版文集和画册以资纪念。这些被誉为"共和国艺术科学奠基者"的学术先贤，是中国艺术研究院 70 年历程中最重要的碑石，是我院学术传统最重要的创立者，是"前海学派"的代表。有他们在，今天的人就少一分浮躁和狂妄，多一些坚定和耐心。

今年是党的百年华诞。中国艺术研究院的70年，是我们党领导艺术事业的一个缩影。站在"两个一百年"的历史交汇点上，面对百年未有之变局和中华民族复兴之重任，"艺术何为"是我们需经常深思细想的重大问题，切莫看轻了手中的笔，要握紧些，再握紧些，抒写新时代的史诗篇章，描绘中国人的心灵画卷。凡是过往，皆为序章，让我们一起再出发。

韩子勇

辛丑七月

目 录

001 每逢佳节思远人，但闻暗香忆前尘
　　——冯其庸先生侧记　冯幽若

009 京剧音乐记录研究的先行者：我所知道的屠楚材先生　海　震

015 怀念父亲黄翔鹏　黄天来

024 情缘相聚忆前海　君似雪梅一树开
　　——永远难忘的苏国荣老师　陆柏兴

032 严母的慈爱
　　——怀念我的母亲资华筠　王　蕾

040 琴缘师承　执念一生　邓　莹

053 回忆萧默先生　赵玉春

065 迟到的纪念
　　——追忆导师吴甲丰　张　禾

069 五年做院公　曲润海

077 寻舞之旅的最佳驿站
　　——中国艺术研究院　徐尔充

087 怀念和期望
　　——中国艺术研究院 70 周年感言　吕启祥

092 寻根溯源不忘初心
　　——庆祝建院 70 周年　刘沪生

098 我与中国艺术研究院　邢煦寰

111 我与中国艺术研究院图书馆结缘　戴淑娟

116 青春作伴到京师
　　——我的中国戏曲学院校园生活　薛若琳

130 身在斗室，心游艺海　胡芝风

135 一脚踏进艺术研究院就休想退休　孙崇涛

140 我们马文所……
　　——纪念中国艺术研究院建院 70 周年有感　李正忠

146 一份执念　求仁得仁
　　——回眸我的戏曲人生　谭志湘

161	《文艺理论与批评》：种子生根、发芽的沃土　　郑恩波

167　甲子述往
　　　　——致敬与感恩　　蔡源莉

181　90年代，我和影视研究所共度时艰　　章柏青

189　我在研究院的成长　　王安奎

194　我的恭王府，我的新源里，我的80年代
　　　　——为庆贺中国艺术研究院建院70周年而作　　居其宏

204　感情·感激·感恩
　　　　——我在中国艺术研究院难忘的经历　　张庆善

218　守正创新传薪火　　陈飞龙

228　我与中国艺术研究院琐记　　刘效民

232　滋养学术人格的沃土
　　　　——我所经历的中国艺术研究院　　吕品田

246　我与中国艺术研究院油画院　　杨飞云

251　一片冰心在玉壶
　　　　——在中国艺术研究院学习和工作漫忆　　冯双白

258　结缘艺术学
　　　　——我与中国艺术研究院　　李心峰

271　不忘初心，勇攀戏曲学术高峰
　　　　——我在中国艺术研究院42年学术生涯回顾　　刘文峰

298　那个与生命无数次交汇的地方
　　　　——"中国乐器陈列室"回望　　张振涛

- 308 中国艺术研究院，我心中的治学净土　　欧建平
- 330 工笔画院在中国艺术研究院的创建与发展　　何家英
- 338 恭王府的海棠
　　——中国艺术研究院学习生活点滴　　李　一
- 347 音乐研究所，我的港湾　　李　玫
- 355 我在中国艺术研究院所经历的点滴记忆　　姜维康
- 361 凝聚着党和几代研究者的爱
　　——数说中国艺术研究院藏品　　韩　萍
- 367 印说惠新里　　郭　强
- 372 中国艺术研究院的"中轴路"和"电影诗"　　丁亚平
- 382 所有的日子积淀成我　　宋宝珍
- 391 对中国艺术研究院红色血脉的回忆　　孙伟科
- 396 明德、问道、追艺
　　——中国艺术研究院成立70周年随感　　管　峻
- 400 "欣欣此生意，自尔为佳节"
　　——在中国艺术研究院院庆之际的回忆与随想　　金　宁
- 413 畅享学海泛舟，体悟治学之道
　　——在中国艺术研究院建院70周年之际的感悟　　罗　微
- 418 "根与魂——中华非物质文化遗产大展"琐事追录　　邱春林
- 422 我的点滴回忆　　李修建

433	自从与你相识
	——我与《传记文学》　全　展
442	《中华英才》是如何走进"中国最高艺术研究殿堂"的？
	齐殿斌
448	我在东四八条念研究生　吴乾浩
454	走进恭王府
	——考研与读研　田　青
471	谁言寸草心，报得三春晖
	——法国游子与母校中国艺术研究院　傅秋敏
480	求学中国艺术研究院　吴　犇
488	在恭王府读书的日子　范丽庆
496	难忘的"前海"时光　蒋慧明
502	天地·四时·人间书
	——前海西街17号求学忆往　刘晓真
509	我与中国艺术研究院的缘分　安丽哲
514	风华正茂　苏　睿
519	不解的情缘
	——我与中国艺术研究院　陆　娟
525	心路
	——我与中国艺术研究院　刘少宁

每逢佳节思远人,但闻暗香忆前尘
—— 冯其庸先生侧记

冯幽若

又逢春节,今年春节是父亲虚岁99岁冥寿,此时此刻身处异乡的我看到姐姐发来的摆放在盛开的水仙边的父亲肖像,那些独特的场景一下子把我带回到旧日里父亲健在时的春节,脑海里呈现他坐在芳草园家中客厅里说话的景象:他那带着无锡乡音的普通话,抑扬顿挫的声音,以及客厅里水仙花芳香四溢、沁人心脾的气味……春节是中国阖家团圆的传统节日,不知从何时起我家春节的小年夜变得比大年三十更重要,只因为每逢此日我们都要给父亲祝寿。而2017年父亲离世时离春节只差5天,更使之后我们对春节多了一份特别的怀念。

我的父亲冯其庸出生于1924年2月3日,农历癸亥年腊月廿九。父亲按照无锡老家的算法,通常只报他的虚龄。只是他的虚龄与常人不同,比实际年龄虚出两岁,我曾经就此问过他,为什么他的虚龄会多一岁，父亲似乎也说不出个所以然，只是讲从小在老家时就这样算。今年我终于想透彻了，按旧时算法，出生就是一岁，在老家过年不管生日到否，就是年长一岁，而他出生后两天就是春节，自然春节过后就虚了两岁。父亲去世4年有余，安葬在无锡老家。按照老家的习俗，我们全家本应去年清明节时回去祭奠父亲，而一场突如其来的新冠病毒疫情让全世界陆续进入停摆状态，同样也打乱了我们所有的计划和安排，令我至今有家难回，让亲人们天各一方。无奈之下，我只好以文字来追记以往家中生活的点点滴滴，让思念在停滞的时空中自由飘逸，借此来缅怀他老人家。

说到父亲冯其庸，人们自然会联想到与他不可分割的《红楼梦》研究工作。今年是中国艺术研究院建院70周年，同时也是中国红楼梦学会成立41周年。回首往事，父亲自1973年8月下旬被借调到北京市委宣传部《红楼梦》评论写作组，从此开启了他一生的《红楼梦》研究之旅。1979年1月，中国艺术研究院红楼梦研究所正式成立，同年5月《红楼梦学刊》创刊，转年中国红楼梦学会成立，从此《红楼梦》研究成为中国艺术研究院的独立学科，未艾方兴，蓬勃发展，享誉海内外。1986年8月，父亲正式调任中国艺术研究院副院长，1996年11月从中国艺术研究院离休。他与《红楼梦》结缘半世，而除红学研究之外，他又有多少鲜为人知的癖好呢？

我父亲冯其庸是个十分热爱生活的人。父亲曾在江西干校学做木工，他干一行爱一行，虽未见得做出实用的木器，却看他做了若干堪称艺术品的木工工具刨子。做出雏形后，用砂纸从粗到细一遍遍抛光，精雕细磨，最后用蜡打光，摆放在他的书柜上观赏。现在这几件刨子被当作文物捐赠给了无锡老家的冯其庸学术馆。

大约在1972年10月，父亲结束了江西"五七"干校的劳动生活返回北京，由于暂时没有工作安排，相对闲暇，每日除读书写作外，他时常拜访住在隔壁相邻院子中的无锡籍老画家张正宇先生，那时张老先生家像个文艺沙龙，不时有许麟庐、黄永玉、黄胄、叶浅予、关良等先生造访，而我父亲则因近水楼台，得以有机会去看这些老画家绘画和书写，这也是他离开家乡、不惑之年后自学国画的又一机缘。印象中最深的是，父亲去拜访张正宇先生，却总赶上家中有客人造访，父亲每每到晚饭时还不回家，母亲就遣我前去寻他。我到了张先生家，见一众大人们都是谈兴甚欢，父亲流连忘返，我也凑在一旁听他们聊着山南海北。这样的日子因父亲的工作或密或疏，一直持续到1976年张正宇先生离世。这期间父亲曾于1973年8月下旬被借调到北京市委宣传部《红楼梦》评论写作组开始《红楼梦》研究，彼时他才从江西干校返京不久，又驻香山宏光寺写作，只有周末才能回家。这段时间并不长，给我留下的只有他带着姐姐和我去香山看红叶、爬"鬼见愁"的印象，这似乎也是我对香山的唯一一次记忆。

1975年3月，父亲被借调到文化部参加整理校订新版《红楼梦》的工作，围绕这项工作，父亲除了每日清早离家上班，他的生活似乎变得非常紧凑。那时我家住在张自忠路3号，因为工作，父亲和袁水拍、吴恩裕、周汝昌等老先生过往密切，隔三岔五就有信件往来，为了节省邮递时间，姐姐和我经常会被父亲差遣送信，成为他的信使，以至时至今日，当年袁水拍先生身着灰色哔叽风衣登门造访我父亲，以及吴恩裕先生带着深度近视眼镜来我家和父亲结伴去首图查清史档案，都给我留下极深刻的印象。同一时期和父亲一起工作的那些红楼梦研究所的元老们更是频繁地出入我家，与父亲共同探讨红学研究诸事，而姐姐和我则每每负责为来客沏茶送水。

那时候父亲正年富力强，精力充沛，除了每日工作，业余爱好繁多。因无锡画家周怀民老先生居所距离恭王府非常近，因此父亲经常工作之余得闲就会顺道拜访周先生，而周先生也会来我家看望父亲。画家刘海粟和朱屺瞻先生更是每到京城必会事先通知我父亲，以期会晤。

大家记忆中的冯其庸大多是不苟言笑的学者和教书先生，但实际生活中，他几乎感兴趣于样样事情，对有些事情甚至是热衷。

父亲喜欢篆刻，"文革"前和"文革"中后期从江西干校返京后，读书写作闲暇之余，他会左手紧握一枚金石，右手持刻刀，抿嘴屏气，用力刻划出一枚枚方章。那时候他的书桌写字台右手的第一个抽屉里通常横放着粗细长短不均的一柄柄长柱形不锈钢刻刀，为了用起来不硌手，每一柄刻刀都被他用细棉绳缠绕得仔仔细细。偶尔他兴致好时，会一边刻一边向一旁观看的我解释，刻的是什么篆字，而且还许愿，要给我刻一方名章。看他专注做事的样子，令我觉得篆刻是一件很神奇的事情。"文革"结束后，安徽的金石书画家王少石先生经常来我家，与父亲对坐书房，相谈甚欢。他们纵横天下，攀今吊古，谈诗论画，其中自然少不了金石。每每兴致淋漓，酣畅谈论至深夜，少石叔叔就下榻父亲书房，在小钢丝床上过夜。我曾戏说，家中父亲书房那只钢丝小床，曾有多少文人过客下榻，今后有时间一定好好追忆一下。父亲和王少石先生谈论篆刻，我夹在其中，听他们高谈阔论，忽然想到父亲许诺给我刻的名章还没兑现，乘兴跟他提起，不想打扰了他谈话的思路和兴致，令其不悦，让我不要插话。一旁坐的少石叔叔连忙解围接过话："别烦你爸，我给你刻。"不想，第二天我就得到了少石叔叔赠予的一枚精致名章，是一款不规则的方章，玉石中带粉红絮丝，下呈方形，上现自然山石状，圆润小巧，让我惊喜之余爱不释手，这也是我人生中的第一枚印章，保存至今。

父亲也喜欢烹饪，因为爱美食所以喜欢自己下厨。一直以来，来过家中的朋友都知道我母亲做得一手好无锡菜，特别是她的红烧蹄髈，吃过的人都赞不绝口。然而，大家都不知道的是，我父亲做饭的手艺丝毫不逊色于母亲。"文革"中父亲从干校返京探亲，带回一只汽锅，从小生长在北方的姐姐和我从未见过这种外面刻花、中间凸起呈锥形，带着汽眼的砂制器皿，不知做何用，以为是花盆，问过父亲后才知道这叫汽锅，可还是不会用。父亲在闲暇之际买了活鸡，收拾干净，给我们全家示范做汽锅鸡,用香菇和金华火腿当佐料。在那个物资匮乏的年代,这道菜是相当考究的家肴了。后来他从干校回京,尚未分配具体工作,闲在家中时,偶尔兴致所至,会给我们改善生活,做些好吃的菜,诸如用面粉和鸡蛋做辅料的软炸酥肉,还有从朝内菜市场买来野山鸡,用韭黄、春笋炒鸡丝。野公鸡的尾毛非常漂亮,父亲喜欢把它收拾干净插在花瓶中欣赏。还有件趣事,父亲有位吴姓的香港朋友,是纪录片《万紫千红》的摄影师,这部电影讲的是1973年亚非拉乒乓球友好邀请赛盛况,那是中国乒乓外交的一次盛事,也是1949年以后中国外交的辉煌成果。这位吴姓朋友是广东人,擅长做粤菜,那段时间父亲相对闲暇,专注钻研摄影,父亲跟他请教摄影之余还学了做凤爪,用砂锅煨,那时有票证限制,凤爪不在肉食限制之中,是可口佐餐。后来父亲工作忙了,也就无暇关注烹饪之事了,可说起美食却一直乐此不疲。

日常生活中,父亲喜欢种花养草。我年幼时,张自忠路家中窗台边的小书架上常年摆放着一盆镶边吊兰,每到春季就绽放出白色小花。有一阵子,父亲养了一棵紫罗兰,紫色的叶子配上绽放的浅粉色小花优雅而别致,给平日肃静的书房平添了无限生机和温馨。父亲喜欢南方的竹子和芭蕉,我们住在铁一号时,家在5层,父亲从江西干校带回南方的竹子和芭蕉,送给住在一层的时万贤老先生,请他种在单元楼门口,从此丁组单元前面竹子和芭蕉郁郁葱葱,竟有了江南之意境。每到夏日骄阳似火,蝉声不绝,回家时穿过那一小段阴郁幽静的竹径,焦躁的心也能安静下来。后来,我们搬到红庙北里,因为住在一层,父亲在公寓前的院子里也种了竹子和芭蕉,还有牡丹,也就是那一阶段,芭蕉和牡丹经常入他的画卷,偶尔他也画画竹子。而最特别的是,每逢春节前夕,父亲都会亲自精选两盆福建漳州水仙,买好后择时栽培,控水控温,悉心养育,保证它们叶茂花肥,在春节假日盛开,这习惯从我们住在张自忠路人大宿舍起一直保持到移居通州芳草园。后来住到芳草园,父亲因养水仙令姐姐和我晒花,让我们啼笑皆非,也正因此水仙花香成为我们对春节特殊的记忆。

晚年的父亲住在芳草园，因为有了自己的院子，他侍花弄草的爱好得以施展，而养花、观花、赏花、画花成了他生活的一部分。父亲爱画梅花，园中自然不能少梅树。父亲在院子里栽了红梅、白梅、蜡梅，还有西府海棠、玉兰、石榴、银杏、黄栌和松柏，种了牡丹和芍药，搭了紫藤架，竹子当然更是不能缺席。院子里东西两边耸立的两尊巨石和散置在园中的经柱、石雕、木化石相互呼应，平添了园中的文化氛围。每到春天，生机勃发，花开花落，此起彼伏。而隆冬时节，满园萧素，时有白雪笼罩，又是一幅静谧的景象。也因此父亲常在芳草园抒怀，留下了多首与之相关的诗词，这里仅引一首，以略窥一斑。《题园中初发海棠》："初发海棠嫩燕支，娇红一点惹人思。徐熙落墨天下少，怎及春风潋荡时。我家庭院好风月，每到春来燕支雪。携酒独坐海棠下，忽忆东坡定惠日。斯人斯花不可见，空对嫣红坐太息。君不闻，抽刀断水水更流，莫对今花发古愁。不如更学东坡老，一花一饮消百忧。"从他的诗句里，不难感悟到他咏史怀古的文人情怀。

父亲更喜欢石头，父亲的石癖不知是否因《石头记》起，但无论如何他对《红楼梦》的研究使其对石头更加乐此不疲。在我记忆中，每次出差回京，他总会带石头回家。小时候父亲带姐姐和我去京郊十渡郊游，看到色泽、形状漂亮的石头会随手拣回一两块。带我们去黄山玩，看到好看的石头也会带回家中。去西北考察，走在旱季干涸的黄河边，看到纹理、色泽特别异样的黄河石，他爱不释手，带回一旅行袋的石头。他的石头形色各异，质地不同。后来他的这一嗜好远近闻名，不少他的朋友投其所好，以至他收藏的石头越来越多，且越来越大。父亲无锡国专的老师王蘧常先生曾在他的《十八帖》之《运天帖》中，专门提及父亲的石癖，称之为"米癖"，只因宋代书画名家米芾喜好奇石，父亲与其同好。

离休后父亲移居通州张家湾，记得 2008 年夏天我回家探亲，忽见园中耸立一块巨石，问其由来，得知是他的学生纪峰的朋友因拆迁所弃，纪峰斡旋购得。为那整块巨石能落座我家园中，父亲请工人挖地基，灌注水泥底座，因巨石体大，无法迁入园中，只得请工程队用吊车，费了九牛二虎之力将其吊入院墙内。那一天的工程令我母亲心惊胆战，事后想起都心有余悸。而父亲则如获至宝，欣喜若狂，为巨石命名"天惊峰"，并题字"石破天惊"，撰诗"天惊石破落园中，排闼送青万象通。扑面奇峰迎雅客，方知此老是颠翁"。转年，父亲再度撰诗《题天惊峰兼怀曹雪芹》："拔地参天第一峰，崩云坠石落凡庸。天惊石破人何识，百代沧桑一梦中。"当我静思回想时，真不知他老人家这辈子是因"梦"结石，还是因石结"梦"，无论如何，"石"和"梦"总能带给他无限的遐思和快乐！

父亲在临终前的日子里，还满怀深情地向我娓娓道来芳草园中每一尊石头的典故。记得他告诉我，那块树立在东边园中的巨石叫思乡石，因为从右侧看它，像个妇人在"举头望明月"；而从左侧看它，则像个蓄须的老翁在"低头思故乡"。那一时刻，我恍惚间感到父亲已知天命，那思乡的老翁正是他内心深处对无锡老家的眷恋的真实写照。

尽管父亲有这许许多多的嗜好，离休后的他却并未间断对《红楼梦》的研究与关注，最终在芳草园居所完成了1700万字、汇聚他毕生学术研究之大成的《瓜饭楼丛稿》，其中《冯其庸评批集》是对中国古典文学名著《红楼梦》的主要版本文字内容及艺术特点撰写批语、进行评述的编集，共计10卷，囊括《瓜饭楼手批甲戌本〈石头记〉》《瓜饭楼手批己卯本〈石头记〉》《瓜饭楼手批庚辰本〈石头记〉》和《瓜饭楼重校评批〈红楼梦〉》。

如果说我父亲在中国艺术研究院造就了红楼梦研究学科以及相关的一系列组织和活动，那么红学研究和中国艺术研究院更是成就了我的父亲。正因为如此，离休后的他对中国艺术研究院充满了感情，时刻关注着中国艺术研究院的成长与发展。

自我父亲在中国艺术研究院工作直到他离休，虽然无论顺利还是坎坷，父亲几乎很少在家中谈及他工作上的人和事，但见证他一路走来，看他曾历经风雨更见彩虹，那些过往的人与事就如同电影画面般纷至沓来。斯人已去，父亲带着他对生活的热爱，从容地离开了我们。每当我想起他，总感到他老人家依然陪伴在我身边，他的身影时常伴随着我的记忆逗留在瓜饭楼和芳草园中。前年离京时正值隆冬时节，冬季的芳草园，凋零萧素，唯有几块巨石依然耸立园中诉说着它往日的兴隆。而当下，大地回春，万物复苏，芳草园应是梅花含苞待放，生机盎然，它们令我深深地向往，魂牵梦萦般地思念。我期盼着疫情快快地过去，能早日回到那日思夜想的故里。

京剧音乐记录研究的先行者：我所知道的屠楚材先生

海 震

对屠楚材先生的记忆与我学术生涯中一段经历有关，至今印象深刻。

那是 1991 年，我写出硕士学位论文初稿，想请教对有关问题有深入研究的老先生，验证自己从研究资料中得出的初步判断，当时首先想到的便是素未谋面、已从中国艺术研究院退休的屠楚材先生。为什么是屠先生而不是别人？因为我已读过他所写的《戏曲乐队发展中的几个问题》和记谱的梅兰芳《贵妃醉酒总谱》等乐谱。前者原为屠楚材先生在文化部主办的第二届戏曲演员讲习会的讲稿，作为《戏曲演员学习小丛书》之一于 1957 年出版。此书虽然只有 41 页，但内含对传统戏曲伴奏言简意赅的真知灼见。同一批以戏曲演员讲习会讲稿为基础出版的《戏曲演员学习小丛书》的其他作者还有郭汉城、马可和何为等先生，从中可见屠先生当时的影响和在戏曲音乐研究中的地位。

初次拜见屠楚材先生时电话还未普及，我是自己直接找到屠先生居住的红庙北里中国艺术研究院宿舍楼，很唐突地登门求教的。退休在家的屠先生对我的冒昧拜访不免有点意外，但听我自报家门是戏曲研究所的在读研究生，向他请教京剧伴奏问题，便欣然带我进屋坐下，看得出他很高兴有人向他请教京剧音乐问题。他含笑看着我，认真地听我一一禀报想向他请教的问题，从老先生的表情能看出他对我所提问题的兴趣，耐心听完我的问题后，屠先生条分缕析地逐一解答。他对我提及的京剧音乐论著和乐谱如数家珍逐一点评；对前辈和当代的京胡琴师，更是以他研究者和琴师的双重身份给出委婉但一语中的评价。屠先生浏览了我带去的论文初稿中有关京胡伴奏的内容，对我文中用"胡琴"而不是"京胡"特别给予肯定，当然他口中说的不是"胡琴"而是京味儿的"胡琴儿"。

再见到屠先生则是一个多月后在中国艺术研究院原址恭王府举行的硕士学位论文答辩会了。那天我提前半个多小时从前院的研究生部宿舍到后院俗称"九十九间半"的古建筑中的戏曲研究所办公室布置会场，透过木框玻璃窗看到身着风衣手提皮夹的屠先生优雅地缓步走来，我赶忙跑出去迎接他。那天的答辩会由中国音乐学院董维松教授主持，中国国家京剧院一级作曲刘吉典等先生莅临指导的答辩会更像是诸位老先生对年轻后学的集体授课，是一次难得的学习机会。屠先生提问和评论中蕴含鼓励的指点至今记忆犹新。

遗憾的是，自论文答辩会后，除一两次开会遇见我趋前问候之外，再没能有机会向屠先生请教。但后来因教学和研究所需，屠先生记谱的京剧曲谱我都先后拜读了。如北京宝文堂书店 1955 年先后出版的根据演出实况记录的京剧曲谱《柳荫记》《宇宙锋》和《雁荡山》，屠先生都是主要记谱者。1956 年音乐出版社陆续出版的《京剧〈柳荫记〉音乐研究及总谱》《京剧〈雁荡山〉总谱》和《〈贵妃醉酒〉总谱》，其中用多行简谱记录唱腔、胡琴和打击乐的乐谱形式应与屠先生的创意有关（详后）。当然屠先生作为作者之一的《京剧打击乐汇编》更是放在案头经常翻阅的。不过直到 2019 年看到学苑出版社根据 1955 年油印稿影印的《京剧打击乐总谱及运用说明》，才从屠先生 1982 年写在书稿扉页上的文字得知屠先生原为此书的主要作者。但在 1958 年出版并改名为《京剧打击乐汇编》的扉页上，屠先生却是排名第四的编写者，这应该是屠先生 1957 年落难成为"右派"后出版社所做的改变。到 1961 年，屠先生原为第一记谱者的《京剧〈宇宙锋〉总谱》由音乐出版社出版，屠先生的名字被排在记谱者最后，而且被改名为屠枒，留下了那个时代的历史印痕。

从 1950 年到 1957 年不到十年间，屠楚材与其同事合作记谱和编写了至少十种京剧乐谱，它们是：

1.《京剧曲谱〈柳荫记〉》（根据中国京剧团演出实况录音整理），记谱者：屠楚材、刘吉典、张复，校阅者：何为，中国戏曲研究院编，北京宝文堂书店 1955 年出版。

2.《京剧曲谱〈宇宙锋〉》（根据梅兰芳剧团演出实况录音记谱整理），记谱者：屠楚材、萧晴、潘仲甫，校阅者：何为，中国戏曲研究院编，北京宝文堂书店 1955 年出版。

3.《京剧曲谱〈雁荡山〉》（根据东北戏曲研究院京剧团演出记录整理），记谱者：吴春礼、屠楚材，校阅者：何为，中国戏曲研究院编，北京宝文堂书店 1955 年出版。

4.《京剧钟鼓谱简编》，编写者：张宇慈、屠楚材、吴春礼，中国戏曲研究院编，宝文堂书店 1955 年出版。

5.《京剧锣鼓谱简编》，编写者：张宇慈、屠楚材、吴春礼，校阅者：何为，中国戏曲研究院编，上海文化出版社 1956 年出版。此书 1958 年由北京宝文堂书店再版，编著者之一屠楚材的名字被抹掉，在张宇慈、吴春礼两位编者之后以"等"字代替。

6.《京剧〈柳荫记〉音乐研究及总谱》，中国戏曲研究院艺术处戏曲音乐组编，音乐出版社 1956 年出版。此书分为文字、总谱和曲牌三部分，"柳荫记音乐的创作方法"部分注明其由"中国戏曲研究院艺术处戏曲音乐研究组研究总结，执笔者何为"，但总谱部分却漏掉了记谱者，根据上文所列《京剧曲谱〈柳荫记〉》的记谱者，其至少应该包括屠楚材、刘吉典、张复三位。其实最不应该遗漏的还是名为《柳荫记》音乐顾问，实为创腔者的京剧大家王瑶卿。还有剧中器乐曲的主要设计者杨大钧（虽然"柳荫记研究"中认为该剧器乐曲的选编有不少缺点）。

7.《京剧〈雁荡山〉总谱》（根据东北戏曲研究院京剧团演出实况录音整理），吴春礼、屠楚材记谱，音乐出版社1956年出版。

8.《〈贵妃醉酒〉总谱》，记谱者：屠楚材，整理者：屠楚材、张宇慈、吴春礼，校阅者：何为，中国戏曲研究院编，音乐出版社1956年出版。

9.《京剧打击乐汇编》（总谱及运用说明），张宇慈、吴春礼、何为、屠楚材编写，中国戏曲研究院编，人民音乐出版社1958出版。

10.《京剧〈宇宙锋〉总谱》，萧晴、潘仲甫、屠枏记谱，中国戏曲学院研究所编，音乐出版社1961年出版。

在中国戏曲研究院工作的六七年间，屠先生正值四十岁上下，精力无限，是其一生中学术成果最多的时期。据屠先生子女回忆，在他们很小的时候，往往深夜一觉醒来，还听到家里楼下的留声机一遍遍在放着京剧唱片，那是屠先生与其夫人在给京剧记谱。①

原名《京剧打击乐总谱及运用说明》的《京剧打击乐汇编》是屠先生记录研究京剧音乐的最重要成果。此书原稿上屠楚材是第二编写人，第一编写人为张宇慈。张宇慈既是屠楚材在中国戏曲研究院的同事，也是其童年即结交的好友和亲戚。据屠楚材1982年写在《京剧打击乐总谱

---

① 屠式珺：《父亲去世20周年感怀》，载中国戏曲研究院研究室戏曲音乐研究组编《京剧打击乐总谱及运用说明》，学苑出版社2019年版，第5—6页。屠先生的夫人关礼鸾女士曾与屠先生同在中国戏曲研究院从事记谱和资料管理工作，据刘曾复、陈志明《回忆著名戏曲音乐家屠楚材先生》，刊《中国京剧》2002年第2期，收入《京剧打击乐总谱及运用说明》，第3页。

及运用说明》油印稿扉页上回忆此书编写及张宇慈的文字,张宇慈"对梅、余艺术以及打击乐、胡琴等均有较高造诣,余受益良多,实系京剧票界少有专家,惜不习乐谱,故表现较为保守。但其对京剧艺术许多独到见解,实属难能"①。屠楚材从张宇慈身上受益良多,可惜张不熟悉也不用乐谱。在同一扉页上屠楚材还写道:"一九五二年全国戏曲工作会议戏曲展览在文化宫首次展出拙作《京剧打击乐总谱》及《打击乐与唢呐曲牌总谱》,深受内外行嘉许。此后与宇慈兄合作写出此册问世。"从上述文字可知,屠楚材 1952 年先自己记谱整理出《京剧打击乐总谱》,然后与张宇慈合作写出《京剧打击乐总谱及运用说明》,所以屠先生称《京剧打击乐总谱》是其"拙作"。1955 年油印稿所署编写人还有吴春礼与何为先生两位屠先生戏曲研究院的同事。据 1958 年出版的《京剧打击乐汇编》书前的"编辑说明",此书的"曲谱部分系由屠楚材、吴春礼、潘仲甫等同志记录",吴春礼先生显然是以记谱者的身份作为编写者之一,遗憾的是潘仲甫先生未被列入,何为先生则是被收入书后的长篇论文《京剧打击乐初步研究》的作者。② 根据屠先生记谱整理的《京剧打击乐总谱》扩充加工的《京剧打击乐汇编》无疑是屠先生参与的最重要的京剧音乐研究成果,其中用多行谱和拉丁字母记录京剧锣鼓点,并与汉字代音字并置记录京剧打击乐的做法,是屠楚材先生初创,并沿用至今。

屠楚材对戏曲伴奏乐队的研究则集中体现在本文开始提到的 1957 年出版的小册子《戏曲乐队发展中的几个问题》中,屠先生在书中对传统戏曲伴奏技巧有言简意赅的论述。如他提到昆曲伴奏被称作"细""尖""粗"和"浑""清"的几种常用乐器组合形式,分析了京剧

---

① 中国戏曲研究院研究室戏曲音乐研究组编:《京剧打击乐总谱及运用说明》,学苑出版社 2019 年版,第 7 页。
② 收入《京剧打击乐总谱及运用说明》中何为先生的论文《京剧打击乐初步研究》是该文初稿(21000 字左右),收入《京剧打击乐汇编》中的是该文修改稿(38000 字左右)。关于何为先生在京剧及戏曲音乐研究方面的贡献,参见汪人元《何为戏曲音乐理论初探》,载何为《何为戏曲音乐论》,文化艺术出版社 1998 年版;王冰清、徐凌恒《何为戏曲音乐理论框架及贡献研究》,《戏剧之家》2013 年第 7 期。

伴奏的"垫、衬、连、断、带、裹、随、补"等伴奏技巧，逐一解说并用谱例说明，是最早对传统戏曲伴奏特点的精准概括。可惜的是，屠先生20世纪50年代已入佳境的戏曲音乐研究被一场突如其来的政治运动打断了。

1957年扩大化的"反右倾"运动后，屠先生被"发配"到北大荒劳动，幸而他有拉胡琴的一技之长，不久被调到农垦系统的京剧团操琴并设计唱腔，当了十余年专业琴师。"文革"中剧团解散，他被调到农场学校任教近十年，直到1980年改正回到北京，在中国艺术研究院戏曲研究所重拾戏曲音乐研究工作，这时屠先生已经65岁了。在退休前的六年中，屠先生与老同事吴春礼编选了《京剧唱腔》第三集《花脸》（人民音乐出版社1982年版），并参与了《中国京剧史》上卷有关音乐章节的撰写。

年过70退休后，屠楚材先生开始了闲云野鹤的退休生活，他悠游自在地出入京剧票房与老朋友们操琴唱戏。本文开始提到的其参与艺术研究院研究生毕业答辩只是一个学术性插曲。他老人家最看重的，可能是1993年近80岁时在纪念王瑶卿诞辰活动中应邀为老艺术家梁小鸾主演的《大登殿》操琴伴奏。他还曾为老友刘曾复教授编著的《京剧新序》中收录的唱腔记谱，可惜在书出版前于1999年辞世。

由学苑出版社潘占伟先生担任责任编辑的《京剧打击乐总谱及运用说明》于2019出版，正是屠楚材先生去世二十周年。当我在书店看到这本装帧淡雅的16开大书，看到书中屠楚材先生与张宇慈先生年轻时的合影和屠先生年轻时在寺中看书的照片、屠先生对与其有交往的著名琴师言简意赅的回忆和评价，特别是书后屠先生亲笔记录的杨荫浏、刘吉典、王震亚、杨大钧等专家对该书修改意见的手迹，虽然我书架上已有1958年版的《京剧打击乐汇编》，还是不假思索地将此书买下，作为对京剧音乐记录研究的先行者屠楚材先生有意义的纪念。

怀念父亲黄翔鹏

黄天来

父亲离开我们已经20多年了。他生前曾任中央音乐学院音乐学系讲师、中国艺术研究院博士研究生导师、中国音乐家协会常务理事兼民族音乐委员会主任、中国传统音乐学会会长、《中国音乐文物大系》主编。1985年至1988年，他担任中国艺术研究院音乐研究所所长，1988年离休。父亲一生酷爱自己从事的音乐事业，行事勉力认真，为中国音乐学的发展披荆斩棘、铺路开道，做了大量工作。

"憨浑出没人鬼界，暧昧抑扬齿唇间。老子万般无计较，愚迂胸襟不得闲。"这是1979年我24岁生日时父亲为我写的长诗中的一段。当时他问我生日想要什么礼物，我说想让父亲给我写一首诗。他听了之后很高兴，就为全家四口人各写了一段，题目是《戏做全家画像》，当时家里没有好用的毛笔，就用了一支秃笔写。这四句话也是他一生的写照。

一、少年追寻革命

1927年12月26日,父亲出生在南京车儿巷。他的母亲因生他时难产,不幸去世,他从小跟着祖父祖母生活。家里清贫,父亲在亲友的帮助下才上了学。祖母勤劳善良,教育他做人要正直,不能欺负人,不要说谎话,所以父亲从小就勤奋好学、为人厚道。他性格内向、不爱讲话,但对音乐却情有独钟,为了学习音乐历尽艰辛。他酷爱钢琴,但家里穷,他就与南京一家教堂的牧师商量,想借用教堂的钢琴练琴,并以帮助打扫教堂卫生和参加唱诗班作为答谢。牧师说:"那就夏天时中午来,冬天时清晨来。"父亲一口答应了。就这样,父亲夏天的中午在酷暑下练琴,脚下一片汗水;冬天的清晨在严寒中练琴,冻得浑身发抖。但他做事认真,善始善终。那个教堂虽然离家非常远,每天要从城南跑步到城北,他都咬牙坚持了下来。

父亲十几岁就参加了革命,成为中共地下组织工作人员,不顾个人安危为党工作。在南京钟英中学,他是第一任党支部书记,发展了许多同学入党。他各门功课成绩优秀,又谦虚和蔼,在同学中威望很高。他跟伙伴们一起唱歌演剧,锻炼身体,追求真理和光明。在黄氏大家族里,父亲排行老二,有11个弟弟和5个妹妹,弟妹们都很喜欢他,从小受到他的影响,也都先后走上了革命道路。

高中毕业后,父亲同时考取了金陵大学物理系和南京国立音乐院理论作曲系。他一开始选择了金陵大学物理系,但半年后,听从党的安排,他转到南京国立音乐院学习并担任党支部书记。

二、风雨坎坷的壮年

中华人民共和国成立后,父亲就读于中央音乐学院,毕业后留校担任少年班副主任。但好景不长,1957年的那场政治风暴让我母亲成了

"右派"，父亲受到牵连也被开除了党籍，理由是与"右派"妻子没有划清界限，犯了根本立场的错误。但他认为我母亲没有错，为了母亲和我，为了我们的家庭，在此后的22年里，父亲忍辱负重，一个人承担起了家庭的重担。母亲先是在农村劳动，后又被分配到天津音乐学院工作。在那一段时间里，父亲独自拉扯着我，既当爹又当妈，我们过着相依为命的生活，但父亲却乐观地说："这是大企鹅保护小企鹅。"

在那个年代，父亲和我是"右派"家属，大多数亲戚朋友都不敢与我们沾边，父亲也怕连累别人，尽量不跟人家来往。1958年，中央音乐学院从天津迁到北京，父亲也调到了北京的民族音乐研究所（中国音乐研究所的前身）。后来听父亲讲，那时他带着年幼的我还有几大包行李，坐火车搬家，他一个人根本拿不动这些东西，也没有人帮忙。于是，他先抱着我走一段路，然后放下我告诉我不要动，再回去背行李，就这样反反复复、一步一挪地搬到了学院路十间房。幸亏父亲那时年轻，还有些力气。那个年代没有钱，没有搬家公司，也没有出租车，有的只是力气。

1965年至1966年，母亲去农村开展"四清"，我和弟弟被留在天津音乐学院幼儿园，弟弟1岁半，我10岁，放学后就回幼儿园吃住。"文革"时期，我父母都被关进了"牛棚"，1969年，我和弟弟随母亲去了"104干校"。父亲则在"五七"干校种了6年菜。无休止的政治运动和繁重的体力劳动不仅剥夺了他看书做学问的权利，而且连写信的时间也没有，一度与家里失去联系长达一年之久。由于干校生活环境极差，他得了慢性气管炎，后来发展成了肺气肿、肺心病。

1976年2月，我已经参加工作，埋头努力，也积极要求进步。我在信中告诉父亲，我写了入党申请书。父亲收到我的信非常高兴，在百忙之中抽出时间给我回信，竟写了6页纸。他写的第一句话就是："好女儿，有志气！"在我的记忆中，父亲是第一次这么郑重其事地给我写信，他第一次详细地告诉我他的家庭背景和参加革命的经历，并原原本本地告诉我他是如何犯了严重错误而被开除党籍的，说他始终还在争取重新入党。看了父亲的信，我泪如雨下，久久不能平静。我父母从来没跟我讲过他们的人生经历，我也从来都不知道父亲曾经是一名共产党员。记得"文革"初期，我问父亲我算什么出身，他也只是说："爸爸对不起你……"当时我并不理解这是为什么，此后，每次看到这封信，我的心情都十分压抑，我为父亲的遭遇感到难过，我把这封信收藏起来，不敢再看。

三、善良热心　生活俭朴

父亲一生忠厚善良，处处严于律己。1957年以后，母亲的工资从100多元降到20多元，父亲的工资也只有几十元。两地生活更费钱，但是他仍然坚持给他的继母每月寄去10元生活费，直到1975年老人家去世。

1963年，有段时间我总是生病，扁桃体经常发炎，所以父亲存下15元钱准备让我做手术切掉扁桃体。当时恰逢所里号召大家捐款为传达室耳聋的老张买助听器，我看到研究所门口贴出了捐款小字报，上面有捐款者的姓名和所捐钱数，少则几角，多则几元，父亲的名字赫然在前头，捐款数目正是15元，那年头一个月的工资也才几十元。我问父亲怎么捐那么多，父亲说老张的耳朵是抗美援朝时被炮弹震聋的，他听不见声音很可怜，这是应该捐的。我父母都很善良，经常拿钱和粮票帮助身边有困难的人，因为这个原因，我的扁桃体摘除手术是又过了3年才在天津做的。

20世纪60年代初，中央音乐学院处理二手钢琴，500元一台，父亲找我的五爷爷和二舅借钱买了他心爱的钢琴（那时我二舅刚从抗美援朝前线复员回来，有一些复员费）。这架钢琴音色很好，陪伴父亲度过了漫长的人生。他用这架琴教了很多小孩子，研究所的小朋友们只要是喜爱音乐的都跟着学琴，父亲还给他们配了钥匙以便在我家练琴。父亲不仅免费教，还自己买礼品表彰学得好的小孩。我儿时的朋友们到现在还很感谢父亲那时给他们打下的音乐基础（包括乐理、五线谱）。虽然他们后来没做音乐方面的工作，但至少还能弹几下钢琴（包括我）。

父亲在穿戴上从不讲究，不修边幅。他要还账，要买书，要抽烟喝茶，还要照顾我，所剩无几的工资都不够买衣服的，所以就更要省吃俭用。他的精力都用在了工作上，生活质量无从谈起，布鞋穿破了脚趾头露在外面，衣服破了还在穿，但他从不在乎别人怎么看。

记得我刚上小学时，父亲没有给我买新的布书包，而是在地摊上买了个草编的包让我凑合用。刚开始我还觉得挺新鲜，但是到学校看见同学们用的都是布书包，没有一个人用草编的书包，我成了另类，遭到同学们的讥笑。回到家我就不干了，跟父亲说我也要布书包，父亲却说用什么书包不重要，重要的是要好好学习，要艰苦朴素。我只好继续背着草编的书包上学，但当时总感觉自卑。现在想来不知是因为经济困难还是没时间去买，但在父亲的鼓励下，我学习还是不错的，还当上了"三好学生"。

人的脑子总是有限的，在一方面发达，在另一方面就迟钝。父亲把心思都用在了学习和工作上，因此，丢东西就成了他的"强项"，丢雨伞、丢帽子、丢钱包……冬天他还总是丢手套，后来就学着幼儿园小朋友的样子，拿根绳子把两只棉手套拴在一起，挂在脖子上。

父亲丢东西的毛病似乎也遗传给了我，小时候我也爱丢东西，家里的钥匙总是被我弄丢。那时我父亲把钥匙拴个绳给我挂在脖子上，结果我喜欢玩双杠"金钩钓鱼"，一倒过来钥匙就丢掉了。后来父亲索性配了10把钥匙让我丢，果不其然，陆续地10把全被弄丢了。再后来他买了个密码锁，这下不用钥匙，就没东西可丢了。我觉得密码锁既好玩又新鲜，就把密码告诉了我所有的小伙伴，结果可想而知，人人都能进我家。后来父亲把锁拆开，把密码改了个顺序，并告诉我，这个密码不能告诉人家,告诉了就等于把钥匙给了人家,我这才恍然大悟。

"文革"初期,学校停课,我来到北京。有一天,小伙伴们约我上街买东西,我想买点糖,就跑到所里向正在开会的父亲要钱。父亲身上没零钱,便给了我一张5元钱的纸币。我兴冲冲地跟伙伴们去了五道口商店,见到喜欢的东西就买,把5元钱都花光了。那时的5元钱相当于一个人半个月的生活费,回来后父亲看我乱买东西花光了钱,就不动声色地拿出《毛主席语录》,翻到了关于"勤俭"的那一段让我念,我知道大事不好,就老老实实地念了起来。然后,他把我买的东西一一摆在钢琴上(桌上都是书,没地方摆),指出哪些是应该买的,哪些属于浪费,说得我心服口服,从那以后,我再也不乱买东西瞎花钱了。我暗暗庆幸父亲"温柔"的教育方式,这次的教训让我记了一辈子,我也因此养成了勤俭节约的好习惯。

而在吃的方面,自从有了方便面,父亲的吃饭时间便能自己掌握了,以前由于看书、写作常常忘了去食堂打饭,错过时间食堂关门就要饿上一顿。现在好了,有了方便面,既节省了排队买饭的时间,又不至于饿肚子,有一壶开水就能泡面吃。父亲就是这样,生活上总是瞎凑合,但在做学问上却是极其严肃认真,来不得半点马虎。

记得父亲在"五七"干校时偶尔会回家,当时最幸福的就是全家人围在一起做好吃的饺子。买两毛钱的肉馅,弄点儿白菜,一家人分工合作,父亲负责剁馅,他用两把菜刀,边剁馅边敲鼓点,搞音乐的人节奏感那是没得说。那时住筒子楼,一家剁馅全楼都能听见,邻居还以为我家在练节目呢,都跑过来看新鲜。

四、疾病折磨中勤笔疾书

粉碎"四人帮"之后,知识分子得到了应有的尊重。父亲也很高兴,手书杜甫的《闻官军收河南河北》来抒发他当时激动的心情:"剑外忽传收蓟北，初闻涕泪满衣裳。却看妻子愁何在，漫卷诗书喜欲狂……"接下来的几年，父亲的事业蓬勃发展，他也进入了最忙碌的阶段。写文章、出差考察、带学生、开夜车，他终于能尽情地施展自己的才华了。父亲在少年时就立志为国家和人民多做贡献，现在终能如愿，所以他更加拼命地工作，达到了忘我的境界。

父亲事业重启时，已经身染重疾了。他不顾病痛，经常忍着咳喘，夜以继日地写作。他用顽强的毅力与时间赛跑，希望能在有生之年把他的研究成果留给后人。

1978年夏，曾侯乙编钟在湖北随县（今随州）的曾侯乙墓出土，父亲他们在考古现场忙着整理文物，给编钟测音。当时的天气十分炎热，很多北方人都受不了这种高温天气，而父亲却在起劲儿地工作，他说："我是南京人，不怕热。"他为我们国家发现了这么重大的宝藏而兴奋不已，又为天书一样的编钟铭文而大伤脑筋。

之后的几个月里，父亲以坚韧不拔的意志力克服了常人难以想象的困难。他查阅资料，徒手计算，不眠不休，最终与古文字学家裘锡圭、李家浩一起，对曾侯乙编钟2800多字的铭文进行了全面的考释研究，后来写出了他的呕心沥血之作——《曾侯乙钟、磬铭文乐学体系初探》。

"半生甘载离骚赋，三十四年赤子心，迂阔莫名浑不改，可怜稚气老天真。此身久已除名籍，犹自诩封员外人，苴髦未尽得前路，少幼情操垂老存。"这是父亲1979年写的字，他虽然被开除党籍，遭到不公正的待遇，但仍然不忘初衷，一句"少幼情操垂老存"说明了他痴心不改的豪情。20世纪50年代，我们住十间房时，王世襄伯伯和袁荃猷阿姨是我家的邻居，更是好朋友。王伯伯2000年为父亲的这幅字题的款，使这幅没有落款的字有了完美的落款。

1979年，母亲的"右派"问题得到纠正，父亲也恢复了党籍，父亲母亲才得以团聚。这时父亲的肺气肿已经相当严重，白天黑夜都在咳嗽，有时候咳得喘不上气来，母亲说他就像造痰的机器。父亲外出开会时都随手拿着吐痰用的杯子，合影拍照时也不离手，许多时候都让人误认为是水杯，常有人拿着暖壶要给他添水。

父亲喜欢古典音乐、交响乐、民族音乐、昆曲等，还特别喜欢陕北民歌，但不喜欢通俗音乐和摇滚。当时的通俗歌曲基本都是港台歌曲，没有现在这么多元。改革开放后，通俗歌曲如雨后春笋般，唱遍了大街小巷。那时我家在东直门香河园一楼住，楼后是一排平房，窗外正对着的那户人家特别喜欢播放通俗歌曲，而且总是用大号音箱，把音量开得很大，尤其是夏天开着窗户，音乐声从早到晚响个不停，很吵。父亲要写文章，思路常常被那些"噪音"打乱，又不好跟人家说。后来被逼无奈，就想了个唱对台戏的办法，用我们家的音响播放贝多芬的《c 小调第五交响曲》。我家的音箱是专业的音响，个头也不小，只要对方播放通俗歌曲，他就播放交响乐，放的音量比窗外的还要大，几个回合下来，对面投降了，音量明显小了下来，这时候父亲就关机不放了，继续他的写作。

那时晚上经常停电，写不了东西，父亲就弹钢琴，反正琴键都摸熟了也不用看，一曲贝多芬的《月光奏鸣曲》，既好听又不用电，还能娱乐家人。父亲后来养成了习惯，只要一停电就弹钢琴，有时候还点着蜡烛弹琴，感觉很温馨。

父亲学无止境，不顾病痛，60 多岁后还学会了用电脑。他让我帮他买了学习电脑的工具书认真钻研，还拜师学艺，请教学生。20 世纪 90 年代，电脑还没有普及，而他的许多论文都是在电脑上完成的。

父亲以全部心力，几十年如牛负重，艰苦跋涉，终于在中国近现代音乐史、中国古代音乐史、中国传统乐律学、古谱解译等领域取得了诸多成果，成为当代有影响的音乐学家之一。

有人为父亲的一生做了总结，说他有从小丧母的童年，意气风发参加革命的青年，历经风雨坎坷的壮年，勤笔疾书的中年，疾病折磨的晚年。父亲生前还曾经和他南京的老战友调侃，说死后到了"那边"要去参军，像陈毅同志那样"此去泉台招旧部，旌旗十万斩阎罗"。

1997年5月8日，父亲驾鹤西去，结束了他多灾多难、坦荡正派、开拓充实、九死不悔的一生。

1999年9月，文化部为父亲颁发了"文化艺术科学优秀成果奖"，获奖证书上写着"黄翔鹏同志撰著的《曾侯乙钟、磬铭文乐学体系初探》（论文）荣获文化部第一届文化艺术科学优秀成果奖一等奖"，如果父亲在天有灵一定会十分欣慰的。我们全家都替他高兴，他用健康和生命的代价取得的学术成果得到了肯定，这是对他最高的褒奖！

他的挚友、学生们怀念他、赞美他，他高洁的品格和奋勇的精神永远激励着后学！

情缘相聚忆前海　君似雪梅一树开
—— 永远难忘的苏国荣老师

陆柏兴

20世纪80年代中期求学前海，是我们1985级戏曲理论研究班（硕士课程班）全体同学永远值得留恋和回味的美好人生体验。众多的名师，宽松的环境，淳真的学风，坦诚的交流，对真理的追求，对艺术的感悟，激烈的思想碰撞，丰满的观摩鉴赏，是我们这一代人之前之后几十年经历中罕见的难得际遇，也对我们这些人以后人生道路的思想拓展、事业追求和专业修养产生了巨大而深远的影响。

前海求学期间最令我们引以为荣的诚然是有幸得到张庚和郭汉城二老的亲切关爱和教导，而苏国荣老师则是给我们授课和结识的众多名师中令我们永难忘怀的师长之一。

苏国荣先生是戏曲艺术理论家，也是我们的授课老师，后来还担任了中国艺术研究院戏曲研究所所长，与我们有很多工作上的联系，而且与我们班不少同学一直保持着亦师亦友的关系。但在我们求学期间和之后多年给我们的印象和对我们的帮助，其人其品、其文其情，绝非简单如斯。

大道三千，各有通达。为人在世，不论尊卑贵贱，无非是为人为业为家国，各行其道，各得其所。尊者不以位崇而妄为，卑者勿以善小而不作，是为道也。而苏国荣先生无论是为人、为文（业），还是为家、为国，抑或是身为前辈之学子、为他人之师友，无论是取哪一瓢饮，都是道之源、义之泉，高站位、低身姿，一直孜孜以求，在人生路上努力悟道证果，保持君子风范，是我们全体同学尊敬的师长，学仿的榜样。

作为一位学术研究者，为文为业是首要之本。苏国荣先生毕业于北京大学中文系，后来师从郭汉城老，由此发轫，在张、郭二老的指导、培育、提掖和自己的不懈努力下，在学术上有了很深的造诣。他的学术成果既继承了张、郭二老对中国戏曲艺术研究高屋建瓴的总括和开创性的宏大叙述，又在自己学术研究的一方领域有独到的阐释和创造性延展。他长期从事戏曲文学和戏曲美学研究，学识渊博，视野开阔，思维敏锐，观点新颖，逻辑严密，治学严谨，著作勤奋，先后著有《中国剧诗美学风格》《戏曲美学》《艺术的三维观照》和《宇宙之美人》以及《中国戏曲通论·戏曲文学》等学术论著，极富理论意义和学术价值，在戏曲理论界获得了很高的评誉。

由张庚、郭汉城二老主编，何为老师副主编的《中国戏曲通论》，是中国戏曲理论史上的开创性巨著，承担各个章节的撰写者都是戏曲研究领域中的顶尖高手。该书的第五章"戏曲文学"由苏国荣老师撰写，他在张庚先生"剧诗"说和郭汉城先生关于戏曲文学重要论述的引领下，进一步阐释了剧诗的三个特征，还在人物塑造、情节结构、戏剧冲突和体裁、语言等各个方面深入论述了中国戏曲文学的特点。尤其令我深受教益的是，他通过中西方古典戏剧的对比，对中国古典戏曲悲剧、喜剧和正剧的审美特点及美感形态作了精彩独到的阐述，令人耳目一新，在戏曲文学研究领域中跨出了具有历史意义的重要一步，建立了一个比较完备的系统，为当代戏曲文学创作提供了坚强的理论支持。

在戏曲美学方面，苏国荣老师做了更多更深入的研究，有许多开创性的成果。他从张庚老的"剧诗"说出发，以中西方美学思想与中国戏曲的考较，论证中国戏曲独特的美学品质等方面，进一步阐述了中国戏曲剧诗的美学风格和美学意义，形成了一套比较完整的具有鲜明中国民族风格和时代特色的戏曲美学理论，引导中国戏曲美学研究进入了一个新的时期。

苏国荣老师还是我国最早提出"戏曲人类文化学"这一概念的学者之一，而且身体力行，勇于开拓，率先在这个全新的领域展开了许多难能可贵且有益的探索。

尽管苏国荣老师在中国戏曲理论研究领域成果丰硕，具有很高威望，但他并不因此而自得自傲甚而盛气凌人唯我独尊。虚怀若谷是他做学问的又一条重要原则，是一个攀登者不断前行的坚实基石。他教授我们戏曲文学和戏曲美学，深受学生欢迎。记得有一次听完他的一堂课，我和几个同学意犹未尽，没顾得上他刚讲了几个小时课的疲劳，围着他七嘴八舌地抛出了一个个的问题，他却毫不介意，站在那儿很耐心地解答我们的问题。最令我印象深刻的是他最后的那一席话，他说："学术研究最忌人云亦云，闻而不思，思而不达，达而不远。我讲的观点你们可以赞同，也可以反对，更应该由此而展开你们自己的思索和探讨。你们既然进了这个门，就是前海人，最重要的是必须学一行爱一行，我们前海人首先一定要真心热爱戏曲艺术，前海是一个难得的风水宝地，是我们这些人扬帆远航搏风击浪的新起点，也是广阔前景，是我们做学问的立志之本。师傅领进门，修行靠个人。我也是站在前人肩膀上才做了一点事，你们应该比我做得更好。"这段肺腑之言我记忆深刻，虽然不完全是原话，但意思不会错。这是我第一次与他面对面的交流，不仅使我对他的学术意境赞佩不已，也对他为文为业坚守立志之本肃然起敬。这就是苏国荣老师的为师之道，传道授业解惑之道，绝非那些借三尺讲台沽名图利者可比。

据苏氏家谱确载，苏国荣老师乃是苏轼东坡先生留在江苏一脉的后裔，为第 37 代嫡孙。近代国学大师，也是我们戏曲理论界的先辈学者王国维极为推崇苏轼，曾撰文说："三代以下诗人，无过屈子、渊明、子美、子瞻者。此四子者，若无文学之天才，其人格亦自足千古。故无高尚伟大之人格，而有高尚伟大之文章者，殆未有之也。"苏国荣先生是否因为有东坡血脉传承而具高尚之人格我们不知道亦不敢妄论，但可以肯定的是，他的人格品位之高颇有苏氏遗风，令人尊敬。

人之品格是多维度的呈现，是否尊师重道是一个人人格高低的道品之一。在前海求学期间，我们常常可以从苏国荣老师的一言一行中感受到他对张、郭二老的尊敬，对其他老一辈或同一辈老师的尊敬和尊重。一次，因为有点事我去护国寺宾馆找他，当时还有院里其他几位老师也在那里和他一起参加一个会议。记得正是晚餐后的休息时间，我在他房间谈完事，准备起身回研究院，他要我别急着离开，嘱咐我务必挨门挨间去——看望其他老师，还给我写了哪位老师住哪间房的纸条。我依言去做了，老师们见我去看望很高兴，大约觉得我比较懂礼貌吧。离开宾馆走回研究院途中我想了一路，心里既惭愧又感慨，惭愧我的不懂事，只顾着办事，几乎忘了借此机会去看望其他老师，更感慨苏老师的襟怀，是他提醒了我而又让其他老师认为是我自己主动去看他们的。恍惚中我似乎看到他的身姿默默地站在灯影下，却远远地给了我一束光亮。事虽细微，却见胸襟。施惠而不图，这是何等之人，何等之品！

苏国荣老师的为人之品还在于他任劳任怨之中默默地承担。陈泽恺师兄曾经说过一件事，1987 年冬，苏国荣老师刚刚担任中国艺术研究院戏曲研究所所长不久，在北京门头沟主持召开了一个以"戏曲现状与发展"为主题的理论研讨会。80 年代是一个百废待兴的历史时期，当时，参会人员来自全国各地，陈泽恺也受邀参加了会议。由于苏国荣先生一贯倡导平等的民主作风，因此会议的气氛宽松、自由而活跃，不同学术观点之间的辩论也十分激烈，大家在碰撞中求真求是，求同存异，使与会者感受到一种少有的宽松和愉快。然而苏国荣先生此时的心情并不平静，他感知到了一股风，有人认为他刚当上所长，便想离经叛道，另立山头。这虽然完全不符合事实，但空穴来风，绝非无因，为此他压力很大，内心很抑郁。就在会议结束聚餐之际，他斟满一杯酒走到张、郭二老面前，当众向二老深深地鞠了一躬，说："尊敬的两位老师，您二老过去是我的老师，现在是我的老师，也永远是我的老师！"说罢泪流满面，随即将杯中酒一饮而尽。大家都知道他素不善饮，见此情景，席间众人尽皆动容。他的这个举动既是对二老和前海学派一片真情的流露，也是对流言蜚语的回击。苏国荣先生不擅长怒目金刚式的当面驳斥，他只能以自己一介书生的方式表达自己的愤慨和无奈。

在为文为业一域，苏国荣先生勤奋钻研，成果斐然，是一位杰出的专家。在为弟子一域，他尊敬师长，刻苦学习，是一位值得张、郭二老和其他前辈学者欣慰的好学生。在为师一域，苏国荣老师传道授业解惑，循循善诱，言教身教，是学生心中的好老师。而凡此种种，也多方面展示了他的高尚品格。然而，在我们的心目中，苏国荣先生的为人之道和人格魅力还不止于此。我们是他的学生，但他从来都没有单纯地把我们看作学生，而是视为他的朋友。亦师亦友，看似简单，实则大不易。

戏曲理论研究班的学员入学时已不老小的人，在校时是学生弟子，毕业后回到各地，都是戏曲研究和艺术实践的骨干，有的还担任了重要的领导工作，但时刻牢记着自己始终是前海的学子，为此几十年来一直与研究院的师长们颇多交集，经常求教求助于诸多的师长。无论身处何地，身居何职，在我们的心目中，研究院的各位专家无论是给我们上过课还是没上过课的，都永远是我们的老师，但是，很少想过把老师当朋友，更很少想过老师把我们当朋友，然而令我们感叹敬佩不已的是，有不少老师把我们这些学生视为朋友。苏国荣老师更是一位与我们亦师亦友的老师，他是真的把我们这些学生当成了可以将心换心的朋友。

无论是在校期间，还是毕业之后，我们班的好多同学都曾经得到苏老师的关心，常去苏国荣老师家做客，我也去过几次新源里的"得一斋"，得到过苏国荣老师和他在人民文学出版社工作的夫人李玉英老师的款待。

苏国荣老师是南国人，又是研究美学的，他本人很注重仪表，家中陈设也很讲究，做的菜肴很精细，连餐具也很精美，在他身上不难发现一种唯美倾向。有时我们跟他开玩笑，说他这个美学家已经美学外溢化为物象。每次我们去他家，他和李老师都会留我们吃饭，并亲自下厨，忙个不亦乐乎。每当我们觉得过意不去，他和夫人却总是说不累不累！有朋自远方来，不亦乐乎！此刻，师和友的界碑瞬间无存，心与心的距离倏然缩短，在品尝南国美味之余，也品味着主人浓浓的朋友间的诚挚之情。我们在苏国荣老师家品尝到的不仅是一位恩师一位挚友的真情，也在不断阅读着他的品格。我们去苏国荣老师家，当然绝不是奔他家的南国美味而去，也常常会带去一些"礼物"，甚至是一大堆的"礼物"——"问题"，有学术上的迷茫，有事业上的难题，也有对人生遭际的思索，所遇境况的疑惑。而苏国荣老师面对这些庄而重之的"礼物"，总会不烦不躁，敞开心扉，促膝而谈，和我们平等交流、一起探讨，绝无半句虚言妄语、半分赐教之色，每次都让我们如沐甘霖，受益匪浅。

我的同学何玉人告诉我，她后来在研究院读博期间，为了在紧张的学习过程中放松放松，节假日时苏国荣老师都会叫学生去他家过节，除了学戏曲的学生，还有北京协和医学院学医的几位博士，每次都把接待备餐的李老师累得够呛。去他家不仅是过节，重要的是每次都会讨论问题，比如，什么是喜剧，喜剧的本质是什么，中国戏曲悲、喜剧的审美特征，西方的酒神与戏剧，戏曲作为人类文化的价值和意义等。可惜的是，"戏曲人类文化学"现在几乎无人问津了。倘若苏国荣老师还健在，"戏曲人类文化学"的研究一定会比现在走得远。

1998年底,我们班同学陈泽恺要出版他的剧本选集,请苏国荣老师写序,他一口答应了,费了许多时间,认真阅读了选集中的九个剧本,又费了许多精力,写了非常中肯而又富有学术意味的序文。第二年这本集子出版之后,又逢陈泽恺带戏进京演出,遂专程赶去苏国荣老师家送书道谢。这时候他才知道,苏老师已经重病缠身,那篇序文是苏国荣老师在病榻上写就的,他当时的心情五味杂陈,难以言表,唯有忍泪一再向老师表示感谢。殊不料苏老师淡淡一笑,说:"不必感谢,也不要喊我老师,我们早已是朋友。"没过多久,2000年2月2日,苏国荣老师因胃癌溘然长逝,年仅66岁,这篇为学生为朋友写的序文竟然是苏国荣老师的绝笔之作!近日听泽恺兄说到此,我瞬间泪崩!

记得苏国荣老师住在新源里时的书斋名为"得一斋",我去过几次。清代吴嘉宾曾撰有一文叫《得一斋记》,但不知与苏国荣老师的"得一斋"有无关联。我曾经当面请教过苏国荣老师"得一"的含义,还自作聪明地问他,是否如老子所言,"昔之得一者,天得一以清,地得一以宁,神得一以灵,谷得一以盈,万物得一以生,侯王得一以为天下贞"。他笑道:"没那么复杂,今天我想说的是,我得你这一友足矣。"我愣了一下,随即回答说:"我更是得您这一师友足矣!"是的,我和我的同学真的是得此一师友足矣!

老子的"上善若水"为人所熟知,但同文还有四个字:"上德若谷"。上善若水,水善利万物而不争。而上德若谷呢?我不知道,只知道上士闻道,勤而行之;中士闻道,若存若亡;下士闻道,大笑之。苏国荣老师是上士,勤而行之且传我等以道。愚笨如我者,既不知上德若谷之意,又不敢大笑了之。唯有拙笔写粗文,以此怀念苏国荣师。

正欲搁笔之际,忽然想起了国荣先生的先辈苏东坡的《定风波》:"莫听穿林打叶声,何妨吟啸且徐行。竹杖芒鞋轻胜马,谁怕?一蓑烟雨任平生。料峭春风吹酒醒,微冷,山头斜照却相迎。回首向来萧瑟处,归去,也无风雨也无晴。"又忽然想起了1992年苏国荣先生在郭汉城先生学术研讨会上引用恩师汉城老师颂杜鹃水仙的一首诗:"深红火瓣傍窗台,更有清香洁影陪。多谢双双高格调,春风一夜扣门来。"

今再读之,感慨莫名。莫非冥冥之中,自有因缘?

严母的慈爱
——怀念我的母亲资华筠

王 蕾

母亲资华筠是新中国第一代舞蹈表演艺术家，表演过中外各种风格的舞蹈作品近百种，其首演、领衔的经典舞蹈，如作品《飞天》《孔雀舞》《荷花舞》《长虹颂》等在新中国舞蹈发展历程中具有时代标志性。1987年，母亲担任中国艺术研究院舞蹈研究所所长，于1991年出版《舞蹈生态学导论》。1999年母亲卸任舞蹈研究所所长的职务以后，仍主持过国家级、院级重点课题。2010年，母亲荣膺中国艺术研究院首批终身研究员，成为当时舞蹈界唯一的终身研究员。但母亲并未止步于此，2012年她又推出了修订版的《舞蹈生态学》，把舞蹈理论的研究提升到了一个新的高度，具有开创性和开拓性。

从一个优秀的舞者，到一个创立学派的舞蹈理论家、中国艺术研究院终身研究员，母亲资华筠在中国艺术研究院这个平台完成了她人生中的转换和升华！

今年恰逢中国艺术研究院院庆 70 周年，在这篇怀念文章的一些片段中，记录了母亲资华筠在中国艺术研究院这个重要的人生舞台上的身影和成就，也体现出母亲对中国艺术研究院的情怀。

一转眼母亲已经离开我 6 周年了，每当我端详母亲的照片时，母亲的形象就会在我的眼前浮现，很多记忆就如同电影里的片段，在我脑海中交错闪过。母亲是著名的舞蹈家、学者，当她在舞台上表演《飞天》时，母亲美丽高贵如仙女下凡；当她端庄地坐在台上发言，在电视里接受采访的时候，母亲又是一位风度翩翩的学者。在生活中，母亲身上既有教导我时严厉的家长气质，又有搂着我在沙发上聊天、斗嘴的家常范儿。在我与母亲共同度过的时光中，有着太多温馨和难忘的回忆。我们是母女，也是最好的"闺蜜"。

童年时，在别的小朋友眼里，我的母亲是位有名的艺术家，因此他们都很羡慕我，我却偷偷地羡慕他们。那时我理想中的妈妈，是一位能让我随时撒娇的妈妈，也是一位能在生活上细致地照顾我的妈妈。但我的母亲总是很忙，同时又是位不折不扣的"严母"。母亲对我的期望值很高，因此对我显得过于严格，有时甚至让幼小的我觉得她有些不近人情，因此我就有点儿怕母亲。那时候我比较胖，母亲怕我有肥胖症，带我看过很多医生。她为了防止我发胖，总是不许我多吃零食，特别盯着我不许吃巧克力，必须严格按她给的食谱吃饭。在学业上，母亲把我的日程安排得很满，我从 5 岁半开始练习钢琴、学习舞蹈，上小学后每周末跟老师学习唐诗宋词、英文课程。有几次我生病了，她一边给我洗漱，还一边让我背拼音，一点儿也不放松。我练琴时经常被骂得直掉眼泪；考试得了 96 分也得不到妈妈的表扬，还被问那 4 分扣在了哪里；她帮我复习功课时，着急了还"骂"我笨……我小时候甚至怀疑，这真是我亲妈吗？

童年时有个小插曲让我记忆深刻。那时的我非常淘气，总是喜欢和小朋友在院子里疯玩，有一次，我从很高的台阶上摔下来，把膝盖磕破了，流了不少血。当时母亲带我到中央歌舞团的医务室治疗，医生用水清洗我的伤口，母亲却一再要求医生用碘酒。医生觉得会比较疼，怕我忍受不了，但母亲坚持这样做，她认为这样才能从根本上消毒，避免感染。晚上，我以为我的膝盖受伤了，可以偷懒不练钢琴了，谁知母亲一点儿不"可怜"我，到了规定的练琴时间，照样监督我练琴，还说定好的日程不能轻易改变，要求也一点儿不能降低，小手指跷了，还要"打手"，当时，我心里很是不满。但现在想来，这件事体现了母亲独有的教育我的方式。母亲关心我的身体，坚持要彻底消毒伤口，以避免创伤给我的身体造成其他的影响，同时，母亲也不因为我的身体情况而溺爱我，依旧对我严格要求，意图培养我坚韧不拔的意志。

不过，母亲虽然对我严格，但她也很民主，她经常鼓励我表达对人和事物的看法。每次母亲带我去看她的演出，回来就一定会让我给她的表演打分，认真听我的点评。后来，我也是她文章的第一读者。她经常学我的语调重复我对她的评价："妈妈，我觉得您今天的表演不够酣畅……"我们家中的氛围一直非常自由。我高中毕业时就希望能去美国读大学本科，她和父亲都很支持。母亲一直鼓励我自由地追求自己的梦想，不给自己设限，是她让我相信我的未来有无限可能。

我有一个大大的旅行包，里面满满当当地装着我留学期间父母与我之间往来的书信。当时是 20 世纪 90 年代初期，没有如今这种便捷的通信条件，所以我大部分的零花钱都用来和父母打越洋电话了，电话里说不完的就写在信里。每一封母亲写给我的信的开头都是"亲爱的蕾"，信尾也都会写上"妈妈爱你和想你"。那时我一个 17 岁的女孩，只身来到千里之外的美国，十分想家，我每次看到父母的信都会哭。后来，等父母的信成为我留学生活中的精神寄托。信里的点点滴滴都有父母的爱、期许和关心。现在的我偶尔拿出来看看，还是非常感动。

回味从前，我很感谢母亲在我儿童时期是位严母。她培养了我从小的良好学习习惯，她教导我去自己找到解决问题的思路，教会我坚持和保持如一的标准，教会我要过自律的生活……如果没有这些理念的支撑，我在留学期间和在后来的职业生涯中也不会克服一个又一个困难，也不会成就今天的我。她的民主给予了我自由的空间，培养了我对事物的好奇心，这大概就是所谓的"养成"教育吧。她还启发我从小要拥有发现美的眼睛，在人生旅途中不断自我唤醒、激发、联想、创造；告诉我作为女性不仅要追求美，更要自尊、自强，拥有独立的价值理念，追求和实现自己的梦想。一直到现在，我在做事情时还常常不由自主地想起母亲的话以及母亲教导我的点点滴滴。

在我成年以后，母亲越来越像一位慈母了。她很开明，我们相处得如同朋友，可以随时随地像"闺蜜"一样聊天，可以分享彼此的各种小秘密，将彼此的意见、观点坦诚相告。我有时问她："为什么您小时候对我那么严厉，现在又对我这么宽容？"母亲回答："我那时要磨砺的是你的品质，要培养你的学习习惯，有了这些做基础，现在的你完全可以把握自己的人生。"我的"闺蜜"母亲非常可爱，我穿的衣服、我拿的手袋都会引起她的兴趣。她常常问我："这件衣服也适合我穿吗？""你这个手袋好看，我有时出席正式场合也可以拿着，先给我用吧。"每次出席重要活动，母亲也会在穿戴方面征求我的意见，我是她的"小造型师"。每年生日，母亲都会让父亲包个大红包给我。记得有一次我过生日前，正在海外出差，看到一只手镯，很是喜欢。正好母亲打电话来，知道我的位置后，母亲说："你买吧，回来我给你报账，算我送你的生日礼物！"之后每逢生日，我都会戴上这只手镯，只要戴上它，我就能够感受到母亲对我沉甸甸的爱。我出差频繁，总在天上飞来飞去。经常飞机在机场刚落地的那一刻，我就会接到母亲的电话。我在外工作时，也会接到母亲的短信，关心我的身体和工作进展，她总是盼着我能早点回家。在我从职业经理人转换到自主创业的过程中，母亲给了我各种支持，鼓励我跟着自己的内心走，勇敢追求自己的梦想。她常常用我小时候学的李白《将进酒》里的诗句鼓励我："天生我材必有用，千金散尽还复来。"她总是说："没事，不管遇到什么情况，妈妈都永远支持你！"当我在事业上取得一些小成绩时，母亲总是很开心地同我分享喜悦。听父亲说，母亲也经常在背后表扬我，不在我面前说是为了不让我太过骄傲。

随着年岁的增长，我也开始逐渐认识了家庭之外的母亲。我发现母亲对我严格的教导来源于她对自己的严格要求，而她对自己的严格要求，则来源于她对艺术、对学术孜孜不倦的追求。对于母亲来讲，艺术就是一切，即便她罹患慢性粒细胞白血病之后，也依然坚守着自己的梦想。

母亲是一名舞蹈表演艺术家，在51岁的时候，她接了吴晓邦先生的班，担任中国艺术研究院舞蹈研究所所长，开始从事学术理论研究。她就职演说的第一句话就是："我不是来上任，而是来上学的。相信只要自己想学，任何时候都不晚。"母亲认为舞蹈学科的本体研究基础理论薄弱，所以自己要在学术上"啃硬骨头"。因此，母亲以自己多年来在舞蹈实践中的困惑和思考为基础，在语言学家、自然科学家的帮助下，从研究舞蹈之生成、发展与其诸多环境因素的关系出发，选择了舞蹈生态学这一课题进行研究。在母亲的努力下，她于1991年出版《舞蹈生态学导论》。2012年她又推出了修订版的《舞蹈生态学》。《舞蹈生态学》在研究方法论上为舞蹈学界做出了重要贡献，把舞蹈理论的研究提升到了一个新的高度，这门新兴学科也因此得到舞蹈界和学界广大同仁的认可。正如母亲在《舞蹈生态学》发布会上的发言里所说："这本专著可以说是我毕生实践积累和思考研究的成果。舞蹈生态学研究是我从舞蹈演员走上学术研究岗位的一个艺术研究课题，它缘起于我30年表演各种民族舞蹈的经验和困惑。《导论》出版于1991年，虽然很不成熟，但得到了各科专家的帮助指导，令我终身受益。经过了20多年的实践检验，得到舞蹈界、学界的认可，我自己的思考也日渐成熟，决定重新撰写舞蹈生态学……由于患白血病8年，白内障日趋严重又不宜手术,因此3年多的写作是在与'双白病'做斗争中进行的,一度靠定期住院输血维生。身体衰弱不支与思维的空前活跃形成反差,是信念和友情支持我坚持下来……舞蹈学科的建设任重道远,让我们以高度的紧迫感和坚定的信念为之共同奋斗!"每每想到母亲的发言,我就会想起我陪伴母亲度过的病中时光,也能想起她在病中也从不放松对自己的要求的坚韧精神。

母亲与慢性粒细胞白血病抗争的10年间,主治医生一直提醒她不能过于劳累,也总叮嘱我要监督母亲好好休息。作为女儿,我也希望母亲可以更长久地陪伴在我身边,有更多时间一起去分享简单的亲子时光。我觉得她在事业上已经取得了一定的成就,不用再那么较真地为事业拼搏,但母亲有她自己的追求和信仰,她对艺术奥妙永不止息的探寻,她的纯粹、勤奋和顽强不息的精神感动了我,我也开始全力支持她的工作。我经常帮她整理电脑里的文件,帮她发送电子邮件,为避免母亲用眼过度,我会随时帮她念一些手机里的短信,在这个过程中我也更加理解母亲、心疼母亲。她因为免疫力低和供血不足,眼睛常常出血,还一度感染病毒性神经炎,非常痛苦,但她一直坚持工作。她的坚持既是出于她生病后对生命的珍惜,更是出于她对舞蹈学科建设的激情和信念,这是她的选择、她的追求,她愿意为之奋斗,让生命更加璀璨。

同时,患病并没有使母亲停下追求的脚步,反而使她本身就具有的助人之心更加热忱了。母亲罹患慢性粒细胞白血病后,由于年龄关系,不能采取移植骨髓的方法进行彻底治疗,她却鼓励我给红十字会捐赠骨髓样本,希望我的骨髓可以帮助到其他需要帮助的人。母亲就是这样的人,从小就鼓励我帮助他人,把好东西分享给别的小朋友,此后也一直支持我做公益活动。母亲曾经是中国红十字会的理事,我刚刚参加工作有了自己的收入时,她就引导我和她一起支持"春蕾计划",我们俩一直资助四川贫困山区的两个女孩上学,直到她们高中毕业。我在北京举办帮助湘西贫困地区年轻妈妈们的公益活动时,母亲也给予了我最大的支持。2008年，我参与策划了一项公益活动，母亲那时虽然已经生病，却仍然亲临现场。汶川地震后，母亲第一时间捐款，并且主动提出少数民族文化传承人的保护问题。作为国家非物质文化遗产保护工作专家委员会副主任和非遗专家，母亲多次强调非物质文化遗产保护中，最为关键的一环便是对非遗传承人的保护。在地震后，母亲第一时间致电四川省文化局副局长杨莉，向她询问羌族非遗传承人的情况，建议震后应关注羌族文化传承人保护问题。母亲还在2009年9月初亲自到四川汶川映秀镇看望羌族民间艺人、非遗传人。在她的倾心帮助下，"羌族文化传承人纪实录"的项目得以在文化部和国家非遗保护中心的关注、支持下，论证、立项并获得专项经费。母亲在担任第五届至第十届全国政协委员的30年间，一贯关心民生及弱势群体，《人民政协报》曾以"大侠资华筠"为题在头版刊发报道她的文章。母亲的很多优秀提案都被收录在册，比如母亲建议为见义勇为立法，在天安门广场为普通民众修建公共厕所，在北京奥运会前呼吁要提高公民文明素质。她一生助人无数，为我树立了真正的榜样，母亲教会了我心中要有大爱，要承担更多的社会责任。

母亲指导博士研究生和博士后的工作也大都是在她生病期间完成的，她把每个学生看得都很重要，为每个学生都操着心。我很少陪母亲参加学术活动，只有两次，由于母亲身体不好，我必须陪同她参加。一次是2014年夏天母亲的最后一个博士研究生的学位论文答辩会，当时她的白血病已经向急性发展，血小板急剧减少，但她坚持一定要先完成学生的答辩会才肯住院治疗，她说学生比天大。另外一次就是2014年11月5日，《舞蹈生态学》获得第九届中国文联文艺评论奖特等奖，我陪同母亲参加第七届当代中国文艺论坛及颁奖典礼。那时母亲非常高兴，特别跟主治医生请假，我便陪同母亲赶赴苏州参加典礼。因为她当时血液的各项指标都很低，血液循环又不好，走路都有些困难，但母亲一贯好强，她坚持不坐轮椅，也不要我扶她上台。母亲在台上说：

"我们都是艺术洪流中的一滴水，力求是纯净的，是真切的，是优秀的……"当时坐在台下的我看着母亲，激动又骄傲。母亲的情怀和精神永远鼓励着我不断追求向上，在人生的任何时候，都期待着能遇到更好的自己。

从苏州领奖回来后，母亲因病情急性发作再度入院，一度抢救成功，闯过一关，各项体征也平稳了。可谁知，病势又有反复，最终人力不可逆转。那天，我陪了母亲整个白天，临时需要离开医院去办事，母亲摸着我的手说："我没事，你走吧，晚上在家好好休息，明天再来。"我放心不下，晚上又回到病房，看到母亲在特护的协助下坐在床上吃东西，她让我回家，还跟我飞吻……那是母亲昏迷和离别前跟我的最后互动。

斯人已逝，但关于母亲的记忆却愈发清晰。我与母亲共同经历的点点滴滴都被照片定格了下来，每当我思念母亲的时候，我就会看看她的照片，尤其是我与她共同拍摄的照片。记得我在留学期间的第一次寒假，回国看望父母，母亲有好几个晚上都跟我睡在一张床上，紧紧地搂着我。那个寒假我们拍了一张紧紧拥抱在一起的合影，这张照片后来还收录在母亲艺术生涯60周年纪念册《甲子归哺：资华筠舞蹈艺术生涯60年纪念文集（1950—2010）》中，题为"母女情深"。母亲在给我的那本册子扉页上写下："To Leilei, love you forever, mom 妈妈永远爱你！"多希望时光永远定格在那一刻！今天我又像往常一样在母亲的照片前放上一束她喜欢的鲜花，照片里的她对我宠爱地微笑着，我心中感觉暖暖的。母亲给予我的爱会在未来的岁月里继续陪伴着我，让我永不孤单。

琴缘师承　执念一生

邓　莹

金秋北京，阳光明媚；香山红叶，如画斑斓。手捧鲜花，我们去看望父母大人。今天是 2020 年 10 月 26 日，是母亲王迪大人 97 岁诞辰纪念日，也是我们第 15 年来看望、纪念她老人家。苍松翠柏，碑映朝阳，我们依稀看到了父母慈祥亲切的面容。今天，中国艺术研究院音乐研究所公众号推送新文章《学者介绍——王迪》，这是音乐研究所送与王迪先生最珍贵的礼物、最衷心的纪念，领导、同仁、同行都没有忘记王迪先生，没有忘记她为古代音乐研究和古琴事业传承所做的贡献。中国艺术研究院音乐研究所音乐学者的名单中，永远记载着承上启下的民族音乐学学者、古琴演奏家王迪的名字。音乐资料库中，永远保存着王迪采访、发掘、传承、研究古琴音乐的珍贵史料。大声把文章读给母亲听，我们为母亲感到由衷的自豪和欣慰。

母亲自幼生长在北京，13 岁时父母相继去世，生活重担和精神压力使母亲从小性格坚强，学习非常勤奋，她有骨气、有追求，只想为父母争口气，在她的一生中，永远秉持着坚强、勤奋、不服输的信念。由于经济和精神重压，母亲年少时患上了肺病，几次休学在家调养，只有收音机（当年叫"话匣子"）陪伴身旁。古琴音乐欣赏节目吸引了母亲，每当听到那委婉、深沉、忧伤的曲调便能唤起她内心的共鸣。她很喜欢古琴，一心想学习弹奏古琴，想找"话匣子"里弹琴的老师学。经多方打听才知道老师叫管平湖，他除偶尔在电台录音外，还在一处庙堂与人切磋琴艺。于是，母亲的二弟在庙门口蹲了3天，终于等到了管老先生，并将先生请到家中。入冬时节，管老还穿着单大褂儿，手里抱着用旧布袋装的古琴，有些寒酸，也许中华人民共和国成立前艺人的生活都是这样窘迫。母亲恭敬地向管老说明求学的希望，管老欣然同意。母亲常回忆说，第一眼就觉得管老人很谦和、善良、认真、实在，是个正派的好人，所以才愿意请管老来家授课。母亲十分敬重心疼这位生活窘迫的老师，平日生活上尽力帮助和照顾老师，直到晚年。师生琴缘由此开始，老师尽心教授，学生尽力继承。从学生到徒弟、嫡传弟子，从助手到同仁、挚爱亲人，二十五六年朝夕相处，母亲将管老的艺术成果与演奏风格整理、传承、完善、弘扬；管老将琴艺、琴风、琴学、琴德全部传授母亲。母亲完整继承了九嶷派管平湖先生的古琴演奏风格，朴素深沉、雄健潇洒、婉转含蓄、抒情幽远，多年来她的演奏深得国内外同行的赞誉。我们深知，她一生最钟爱的是古琴，最庆幸的是成为管老的嫡传弟子。将九嶷派大师管平湖先生的琴学贡献继承、完善，整理成珍贵的音乐史料并传承后人，成为她一生的追求。

1948年，母亲考上了国立北平艺术专科学校作曲系，师从江定仙，学校后合并为中央音乐学院（在天津）。1951年，母亲被分配到中央音乐学院研究部（也就是民族音乐研究所）实习工作，开始接触、参与古琴和民间音乐研究工作，从此开启了她五十载的古琴及传统音乐的研究生涯。她常说自己这辈子一头扎进了古琴堆里，民族音乐研究所就是她40年事业的摇篮与沃土。1952年，经母亲向杨荫浏先生推荐，管老先生正式到校任课，并重点参加古乐室古琴的发掘和打谱工作。师生默契配合，弹奏、打谱、记谱、定谱，成为古琴艺术研究传承事业中最专业、最契合、最具贡献性的师徒组合，为古琴的传承发展做出了瞩目的贡献。

然而，帮助母亲坚定民族音乐研究方向的恩师是中央音乐学院作曲系的江定仙教授和萧淑娴教授。听母亲说，在作曲系学习半年后，她迷上了大提琴，特别想转到器乐系。当时江老师严肃地问母亲："听说你要转系，是吗？学校有规定，学生可以转系，但你不能转系。"母亲问："为什么？"江老师语重心长地说道："作曲系学生今后要从事音乐创作，无论创作什么作品，都必须在民族音乐传统的基础上加以发展创新，因此应当以学习、继承和发扬民族音乐的优良传统为己任。你跟古琴家管平湖先生学过多年古琴，又跟随古筝名家周希文先生学过古筝，你在中国古乐方面有基础，这是你得天独厚的优势，也是作曲创作的有利条件，你应当十分珍惜。如果你放弃了你的优势，实在太可惜，希望你慎重考虑！"后来母亲遇上萧淑娴老师，她也赞同江老师的意见，她说："我们中华民族的音乐风格特点和表现手法与西洋音乐完全不同，我亲身体会到有民族音乐基础对我的音乐创作和教学大有益处。江老师的话是正确的。"两位老师用他们的经验和远见说服了母亲，母亲才坚定地走上了"古琴新声"的学习道路，没有转系。后来吕骥院长亲自点名，挑选母亲专职做管先生助手。母亲开始时不愿留在古乐室和老先生一起工作，想专心从事作曲事业，江老师又耐心疏导："我们中华民族文化有几千年悠久的历史，许多优秀的古典音乐面临流散和失传的危机，抢救、收集、整理民族音乐遗产迫在眉睫。将古乐录音、听写、整理，并用现代化的方法记载和传播是一项任重道远的任务，这绝不是老先生能完成的工作，需要一批有志于振兴中国古乐的年轻人来挑起这项艰巨的历史使命。我认为这是吕院长对你的信任和培养，我们都相信你一定能胜任这项工作。"母亲常说，是江老师决定了她一生的命运，使她成为一名民族音乐研究者。但她怎么也没想到，这个单位、这个工作一干就是一辈子，也没想到自己能热爱这个工作一辈子，在音乐长河中永远有挖掘不尽的艺术资源，她这辈子算尽力了。

1953年10月，母亲毕业，民族音乐研究所从天津迁到了北京。1954年3月27日，中央音乐学院民族音乐研究所正式成立，同年10月北京古琴研究会也成立了，母亲在古琴会接触到更多的老琴家，为她日后进行古琴演奏、教学、琴学研究提供了难得的资源。1952—1953年，管老打谱《广陵散》，母亲用她的专业音乐方法记谱、定谱，用简谱、五线谱将老师的打谱全部记录下来，并执笔整理成文稿，为古琴研究工作留下了文字和曲谱资料。那些年，母亲与管老共同抢救了许多濒临失传的古琴曲，如《幽兰》《广陵散》《欸乃》《流水》《秋鸿》等。她通过记谱、录音、论述的形式，将濒临失传的古琴艺术保存传承下来。曾任音乐研究所所长的张振涛在文章中写道："管平湖做的是把'减字谱'变为活态的音乐，这称为'打谱'，王迪做的是把老师'打'出来、听得见的'谱'变为看得见的'谱'，这称为'定谱'……前者负责把'减字'从琴谱上'打谱'成曲，后者负责将音响记录成现代乐谱，使之合于现代节奏比例和现代规范……打谱技术，要靠管平湖这样的琴人完成，记谱技术，要靠王迪这样的现代音乐学家完成……管平湖是旧时琴人，不晓现代乐理，王迪是现代学子，不但入得琴学门径，而且出得传统视域。一个懂古代，一个懂现代；一个懂国学，一个懂西学；结合一起，相得益彰，完成了现代琴学领域古今对接、中西对接的时代使命。"①

母亲还参加了《存见古琴曲谱辑览》《古指法考》《存见古琴指法谱

---

① 张振涛：《带火焦桐韵本悲——琴家王迪》，《名家》2013年总第49期。

字辑览》《1956年古琴采访工作报告》《历代琴人传》《清代琴谱著见琴人名录》《历代琴书、琴谱提要》《琴曲集成》《古琴曲集》等许多文献的编辑整理与琴曲定谱工作。当母亲执笔完成主要的编辑工作后，都要让老先生们阅读指正，出版时一定会将几位老先生名字署在自己前面或干脆署名集体创作。她认为自己是为古琴事业奉献所学的知识，是在报效国家，非常光荣。当年的一些成果经多次再版，署名也只剩最前面的一位，那些音研所领导指派参与完成的文稿都已成为集体创作的资料。每当职称评定，历数执笔作品与贡献时，母亲才会有所感叹："回想我几十年的工作，大部分都是报不上账的，服从领导分配，党让干啥就干啥。"1956年，全国古琴普查采访工作历时3个多月，当年母亲年轻，常身兼数职，采访记录、琴曲录音、收集古谱、联系琴人、安排食宿车行，跑遍半个中国，抢救、搜集古琴失散资源，非常辛苦，收获的资料也是空前绝后的珍宝。我常听她讲自己当年的傻事，年轻时不懂，出差本应带条舒适耐磨的工作裤，结果却穿了条新毛料裤子。因为天天抱着老式录音机到各处采访，机箱又大又沉，坐车时怕颠坏公家的设备，每次录音机都放在腿上，3个月后，两个裤腿的大腿前部都磨破了。她说自己那时会接录音带，会修录音机，大家都说她很能干，每每说起此事，母亲总是一脸的自豪。我们觉得她做了很多没名没利的傻事，母亲说，我们不理解他们当年的心情，看着濒临失传的古琴资料散落民间，各派具有代表性的老琴人都已年迈，很多琴曲不马上录音记谱就要遗失，宝贵的近现代古琴资料就难以接续。这是文化部、中国音乐家协会和中国艺术研究院音乐研究所共同组织的活动，意义重大，能参与其中，就觉得是组织的信任，特别光荣，当然那些跑前忙后的事情，就"报不了账"喽，但值得。母亲对古琴事业、对民族音乐学研究、对管先生古琴艺术的传承、对管派演奏风格的弘扬，倾其一生心血，值得我们敬佩和学习。

母亲在音乐研究所工作近40年，她没干够，常遗憾"文革"和下放那七八年少干了多少工作，总说要多给她几年，还有许多事情可以做，还能为古琴艺术多做些贡献，可惜到暮年力不从心了。1986年，她主动给音研所领导写信，希望音研所能够出面与唱片社联系，编辑出版1962年已初步完成的古琴资料唱片，这批资料就是1956年由查阜西、许健、王迪组成的"古琴采访小组"历时3个多月，赴20多个城市和地区，采访了86位琴家，组织各地老琴家录制的262首琴曲，时长共计1500多分钟，这是中华人民共和国成立以来对全国琴人、琴曲和古琴资料最大规模的普查成果，是我国古琴音乐中十分珍贵和无法重现的宝贵资料。母亲十分着急，因为这套唱片的录音带是她从干校回来后多方寻找，1975年才从上海唱片社找到带回北京的，后因录音带没有标号存放，几年后又找不到了。母亲执着寻找，11年后的1986年才找到，当年那些老琴人已有20位故去，其余几位年事已高不能再弹琴。录音带搁置了近30年，出版编辑工作只能由当年亲自录音、剪辑、约稿、编辑的母亲完成了，没有第二人能接续完成这项工作。她多次找领导、写申请，希望能够通过音研所与唱片社沟通，出版这些珍贵的资料。她性格耿直，总是这样执着，常常与领导为业务、为其他同志的不平而争执，她对工作的认真负责大家都了解。不完成唱片出版工作，她觉得会愧对所有故去的老琴家和信任培养她的音研所，感觉国家交给他们抢救濒临失传古琴遗产的任务没有完成，她深知这项工作只能且必须由她来完成。

1988年10月，在音研所与唱片社的多次洽谈后，母亲被邀去上海唱片社，在一周多的时间里，配合中国唱片总公司完成录音带的校对、剪接、编辑工作，并最终出版8盘《中国音乐大全·古琴卷》激光唱片。听母亲回京叙述，这次编辑确实很不易，当年采访录音时，许多老琴家已多年不弹琴，当琴人被找到且临时通知录音，准备时间很短，一些曲子弹奏有误或少几个音的情况时有发生。当年录音设备和环境都很简陋，搁置近30年的录音带也有损坏，最初的文字记载资料也遗失了。

为了呈现各派琴人较为完美的艺术风格，为后人留下可以借鉴欣赏的艺术珍品，母亲尽全力靠自己对古琴曲的熟悉、乐感、耳感，以及对当年琴人、门派、曲目的情景记忆，对每一个音、每一段曲、每一个人，仔细认真地反复听、剪接、复录、编辑。当时的工作全靠手工完成，一个人全天关在录音房中，那么短的时间，那么大的工作量，她没有一句抱怨，因为她做了她最希望、最应该、最想要完成的工作，只是担心没有做到尽善尽美，因为毕竟采访录音工作已过去 30 年了。

1994 年，《中国音乐大全·古琴卷》由中国唱片总公司和中国艺术研究院音乐研究所联合出版发行，也就是现在琴界俗称的"老八张"。母亲在编者按中写道："这套唱片可称为中国古琴音乐的稀世珍宝，不可再得。"这是 20 世纪留下的珍贵古琴丝弦录音资料，随着老琴人的逝去已成为古琴绝响、稀世精粹。作为儿女，我们为母亲——为王迪先生承担并完成了此项工作而骄傲自豪。22 位各派代表琴人的录音正式出版发行，这应该算得上王迪"可报得上账"的成果，也是她对琴界的一点贡献吧。当古琴爱好者和研究者在聆听欣赏"老八张"的时候，一定会想起为它付出一生心力的王迪先生，这就足矣！

王迪是中华人民共和国成立后第一代古琴演奏和古琴艺术研究专业人才，也是中央音乐学院培养的第一代民族音乐研究学者，在作曲、演奏和历史、文学方面具有深厚功底。伴随管老 20 余年，从演奏风格、传承技巧、打谱创作到艺德琴操都深得老师真传，在传承和发扬了九嶷派演奏风格的同时，她对管平湖先生的古琴艺术风格加以整理、完善、传承、发展，使管派古琴艺术形成体系，也使管派在现代琴史中占有重要的地位。她认为，自己一生的主要任务就是继承管老古琴艺术的精髓，并将其发扬光大。母亲勤奋认真地向管老学习琴艺，掌握传统名曲百余首，其中管老发掘打谱的《广陵散》《幽兰》《离骚》只传给了母亲，她继承掌握了管老的琴曲、打谱方法、考证古指法以及古琴鉴定等知识。为感恩老师，为后人能聆听和欣赏古琴大师的演奏，母亲要为管老出一盘古琴曲集，经多方联系洽谈，香港龙音制作有限公司邀请母亲编辑整理管平湖古琴曲，将 17 首琴曲制成两张 CD 唱片。1995 年，《管平湖古琴曲集》正式出版，母亲特别欣喜，感到能够告慰老师了，能够让更多喜欢古琴、喜欢管派风格的习琴者和研究者从中了解管平湖的艺术特色和演奏技巧，并撰写了文章《中国古琴大师管平湖先生的艺术生涯》，为老师、为管派古琴艺术做出了归纳性的总结。当年母亲自己买了许多盘 CD，学生、同行、国外友人她都赠送，比自己出版作品还高兴。我们深知，这是母亲对恩师最大的回报，她希望管派古琴艺术能在她这一代得到弘扬与发展。

母亲在中央音乐学院任教，在北京古琴研究会教琴，在中国音乐学院和社会音乐学院担任古琴教授，在中国艺术研究院担任古琴专业的研究生导师，曾教授辅导过国内外许多古琴专业的学生。她教学一丝不苟、严格严谨、口传心授、因材施教，她不仅教授学生琴技，还要介绍古琴艺术的历史、流派、琴人、琴德、琴操，一讲就是半天，一小时的课讲成两小时，两小时的课基本就是半天，甚至搭上一顿便饭，她很开心，倾其所知，不惜余力。对私教学生她从不收费，如果学生带来东西送她，她一定从四层楼追到一层，直至学生拿走才算完事，否则一定会生气，甚至不教了，学生们都深知老师的为人和脾气，只有通过认真学琴才能报答师恩，许多学生日后都成为与她交心的朋友。看她教学那么辛苦，生活那么节俭，我们总想劝她收点学费，每次都被她严厉拒绝。她认为自己应该像老琴人一样，言传身教，真心教授学生，把琴艺都传给他们，传授艺术是高尚的，只图钱财，那是误人子弟，我们便再不敢和她谈学费之事了。当然，那个年代教学收费还不像现在这样普遍，被社会认可。她认为只切磋技艺不谈钱才是她们那代知识分子的高尚品德，我们无法理解，也说服不了她。

在她的学生中，有位瑞典学生林西莉，20 世纪 60 年代初到古琴会学习，母亲教她弹奏古琴，她学会了许多琴曲，回国后一直从事中瑞文化交流工作，出版了《汉字王国》和《古琴》等多部介绍中国文化的著作。林西莉特别希望母亲能够有机会到瑞典演奏古琴，介绍中国的古琴文化，可惜母亲没有等到这个机会。妹妹邓红毕业于中国音乐学院，继承了母亲的古琴事业，成为中央民族乐团的古琴独奏演员。当年，母亲教学的耐心全用在其他学生身上，而邓红是被严师慈母训教出来的学生，母亲总是恨铁不成钢，在众人面前，永远说邓红弹得不够好，还要努力，母亲对她格外严厉。邓红除演奏外，也进行古琴的教学，传承管派古琴演奏技艺和教学风格，培养了许多国内外古琴专业的学生。而今，邓红已成为九嶷派古琴艺术非遗传承人，应瑞典林西莉和瑞典大使馆邀请8次到瑞典，进行琴箫巡演50多场，近两年她在瑞典斯德哥尔摩中国文化中心开设了古琴班授课，200多名学生参加了古琴班，她替母亲完成了林西莉在瑞典推广中国文化和古琴艺术的心愿。

母亲在音研所辛勤工作了几十年，除协助管老进行古琴发掘和整理外，还为古琴会、音研所做了大量繁重又不可或缺的民族音乐研究工作，如《中国传统音乐简介选编》《中国乐器介绍》《中国音乐词典》《音乐百科词典》等的部分撰写工作。《智化寺京音乐》《川剧访问报告》等的许多采访、录音、编辑工作，她都参与执笔，她觉得这些都是民族音乐需要抢救的资料。干校回来后，她开始把继承积累的经验应用于自己选定的研究工作中，发表了《琴曲〈广陵散〉初探》《漫谈〈流水〉》《近代古琴大师——管平湖》《东皋禅师与日本琴道》《漫谈五弦琴和十弦琴》《有关古琴律制的断代问题——与陈应时同志商榷》等文章。

从1978年后，母亲开始抢救发掘快要成为一堆废纸的琴歌资料。在1956年的全国古琴采访调查中，收集到的琴歌只有7首，1959年全国号召发掘琴歌，也不过10余首。她觉得琴歌也是古琴研究的一部分，不但能使古代音乐由琴谱变成音响，而且对研究古代音乐史也可提供感性认识，开阔"古为今用"的广阔前景，能够为现代作曲家和歌唱家提供西乐和民歌风格以外的创作、改编、演唱途径，琴歌在古琴史中不可或缺。当时研究琴歌的人很少，支持的人更少，母亲想尝试把老师交给自己的打谱技巧运用到琴歌发掘整理中，母亲和父亲携手工作，发掘、打谱、抄谱、试奏、吟唱都由他二人完成。父亲邓修良10岁参军，一直从事文艺工作，转业到音乐研究所，后到中央民族乐团工作。母亲是急性子，父亲较随和；一个弹，一个写；一个吟唱，一个用胡琴伴奏。二人组合还算默契，上级是母亲，下级是父亲，二人工作特别投入。父亲理解母亲着急的心情，因为"文革"和下乡浪费了10年时间，没几年又快退休了，除了继承，还应该为古琴创新做点儿事情。他们在中央广播电视台录制了15首琴歌，反响不错。1982年母亲创作了古诗词歌曲《钗头凤》、《沈园二首》(陆游词)、《钗头凤》(唐琬词)、《无题》(李商隐词)，以及合唱《竹枝词》，在中国音乐学院组织的"华夏之声"中国古诗词音乐会上进行了演唱。1983年《琴歌》一书出版，内载52首古韵琴歌，江定仙教授为其作序，这对母亲是莫大的肯定和鼓励，她没有辜负当年毕业时江老师对她的期望，同时，中国音乐家协会和中国音乐学院也通过举办讲座等推广了琴歌。1990年母亲赴香港参加"古琴名家汇香江"，1991—1992年去美国哈佛大学音乐系讲学，2001年在台北举办"琴歌琴韵"音乐会，两次赴台演出和讲学，2002年在北京大学举办"古韵新声——琴歌箜篌演唱会"，促进了琴歌的研究、发掘与推广。

琴歌逐渐被越来越多的人认识、接受，许多歌唱演员也想学习，母亲也希望琴歌不只是出版歌谱，更重要的是要能够被唱出来，让现代人可以欣赏古曲古诗词的魅力，但是要出唱盘就要录音，要录音就要有伴奏、配器、录音棚、歌唱演员，这些都需要资金，对于20世纪八九十年代从事音乐研究的知识分子来说，这是个大问题。那时歌星的出场费都是上万，一般的歌唱家一首歌也要几百上千元。不是"倒儿爷"、不"下海"的穷知识分子，全领的是低工资。"文革"那些年，母亲工资好像不足百元，父亲作为"三八式"干部，工资也只有百元出头，上有老下有小，那时母亲常常向工会借钱，下月发薪再扣。改革开放后，虽然工资有所提高，但他们退休时也不到2000元，家中也没什么积蓄，因此母亲当年做琴歌录音太不容易、太困难了，她只好寻找愿意帮助她演唱和伴奏的老朋友老同学，在很简陋的条件下练习和录音。为省钱和省人情，演员练唱有时只能由父亲用二胡伴奏，还免费请中国传媒大学的王璐教授帮助，对琴歌演员进行诗词的吐字发声辅导和讲解，母亲做琴歌韵味的指导和诗词含义的讲解，常讲得嗓子干哑，眼底出血，六七个人都挤在我家两居室中练习，真是没有条件呀！现在录音制作工作都是由一个团队负责，几天就能完成，而他们的琴歌录音工作却断断续续做了几年。

为琴歌的出版录音，母亲四处请求朋友帮助。母亲人品正直，古乐专业的很多同仁、同学都很尊敬和支持她，录音费和演唱费才相对优惠了一些。因为费用都是自己支付，母亲只好先整理一部分琴歌，凑一部分钱，录制一部分。有时打电话请演员，预算的钱数实在不好意思说出来，又不能强调录音是自己掏钱，怕人家不相信，认为你哭穷。如果演员也不说钱数，母亲碍于面子，只好在原计划基础上再多给人家一些，有苦难言呀！母亲放下电话后有时会默默流泪，因为太难为她了，母亲一辈子没和别人讨价还价，从不亏欠朋友。我们总想劝她，别做这费劲的音乐研究了，收学生教琴多好，老年生活过得轻松些，多少人都想学管派古琴；但又深知她的执拗，认定的事情一定要做完做好。她也知道，没有钱做不了琴歌推广事业，不能让更多的人了解中国民族音乐，自己也完成不了继承、发展、创新古琴艺术的重任。而教学挣钱也需要时间，需要认真备课，对学生负责，时间对于他们这代人太宝贵了，最好的时光都过去了，她在争分夺秒，退休前要为奉献了一生的事业和音研所再多做些贡献，她计划要做的事情太多了，权衡之后还是选择少带学生，多做古乐的案头发掘整理工作，给后人多留一些有价值的研究资料。

在大家的帮助和支持下，2002—2004年琴歌录制工作进展顺利，每次录音她都亲自在棚里指导。这时她已近80岁高龄，身体一直不好，血压很高，但是她硬要每次在录音棚坚持好几个小时指导演唱。她自幼肺不好，20世纪60年代又患上了过敏性哮喘，40多年来每年夏季都要喘一个多月，不能躺下睡觉，只能趴在两个被子垛上咳喘一夜。她白天坚持上班，从来没有因为哮喘耽误过工作，在病痛折磨下，几十年来都进行着她的研究事业，这是毅力、是追求、是信念、是那份责任在支撑着她。2004年的琴歌录音让她彻底累倒了，80多岁的她硬撑着哮喘刚好一些的身体，亲自到录音棚现场把关，最后因急性肺炎住进了医院。母亲咳喘得不行，靠大口吸氧才稍好一点，她又说有好多事要处理，还要给顾梅羹老先生写纪念文章，结果跑出了医院，戴着大氧气瓶在家一直吸氧，咳喘不止，一身虚汗，她硬是坚持写完她人生最后一篇文稿《辛勤耕耘，默默奉献——纪念川派古琴大师顾梅羹先生》，表达了她对顾老的崇敬感恩之情。母亲的病情太重了，我们再次恳求她住院，在她住院前，她又用传真发出她人生最后的绝笔信，给支持她租棚录音的音研所魏颖、郝建民同志，这是她憋了许久的感谢话："琴歌是我国古乐中的瑰宝，近百年来濒临失传，我自20世纪50年代末致力于发掘琴歌，历经50年的风风雨雨，断断续续发掘历代琴歌200余首，由于自己经济拮据，无力录音，只好束之高阁。这里我特别感谢你们二位的鼎力支持，你们从我的处境出发，不仅以极低的优惠价格收费，而且以极其认真的态度和高超的技术，一丝不苟进行修改，一句句，甚至一个音、一个音剪接，弥补演唱录制中的不足，常常牺牲吃饭时间，以至深夜，这一切都深深印在我的心里，没有什么言语能表达我对你们两位的感激之情，但我会把这份深厚友情保存到永远……琴歌就算我垂暮之年给琴坛做点儿贡献吧。如果没有你们的帮助，我这愿望也将成为泡影了。"

2007年，我和妹妹整理了母亲部分琴歌和上述琴歌录音，由中华书局出版了《弦歌雅韵：二十世纪琴学资料珍萃》（附CD两张），了却了母亲暮年想为琴坛再做点贡献的心愿，同时寄托了我们更多、更深、更加惋惜的思念。

回望苍柏秋叶下的金字墓碑，母亲您生前怎么没有给自己录制一盘演奏CD，出一本书籍呢？作为九嶷派大师管平湖的嫡传弟子，她对得起老师；作为音乐研究所的学者，她对得起国家的培养，一生奉献足以回报。只是对不起自己，她低调一生，使后人难寻她承上启下的艺术成就和作用。母亲勤奋、耿直、无私、执着的精神永远激励着我们续写她未完成的乐章。

真诚感谢中国艺术研究院和音乐研究所的诸位领导！

真心致谢曾经帮助、爱戴王迪先生的同仁、朋友和学生！

回忆萧默先生

赵玉春

萧默先生是中国艺术研究院建筑艺术研究所的首任所长，也是该所前身建筑艺术研究室的创始人。

萧默，出生于1938年，祖籍湖南衡阳。他的祖父是乡绅兼族长，担任过衡阳市图书馆馆长，1949年曾出席第一届全国政协会议，之后一直担任衡阳市人民法院院长。他的父亲是军人，参加过抗美援朝，母亲是族办乡村学校的校长。不幸的是，他的父母于20世纪50年代初就相继去世。然而，从父母那里继承来的坚韧意志和求知愿望一直影响着萧默先生的人生。

1955年，萧默考入清华大学建筑系，学制6年。1961年本科毕业后，他申请去最艰苦的边疆地区工作并很快得到批准，最终被分配到新疆伊犁地区的伊宁市工作，那里距新疆维吾尔自治区首府乌鲁木齐市还有600多公里。

萧默在伊宁工作时，先后做过当地的计划经济委员会所属建筑设计室的技术员和普通中学教师。当时在伊宁，几乎就没有什么像样的建筑设计工作可做，因此也根本就不需要建筑学专业的人才，有从事建筑结构和其他相关专业（如建筑结构、给排水、采暖与空调、电气等专业）的人员就足以应付基本工作了。之后，受到"三年困难时期"的影响，国家投入基本建设的资金减少，边远的伊宁市计委所属的建筑设计室也因此撤销。萧默转而去中学当教师，但他心中仍然怀着从事建筑专业工作的梦想。

在一次由政府组织召开、新疆维吾尔自治区政府领导参加的"了解大学毕业生'用学不一'情况"的会议上，萧默讲述了自己的困境，这些发言都被自治区政府领导一一记录了下来。梁思成先生在甘肃开会期间正好遇到新疆建设局的一位领导，便托他询问萧默愿不愿意去敦煌工作。当时敦煌的物质条件远比伊宁市艰苦得多，但在那里可以从事专业的建筑艺术研究工作。萧默当时对敦煌的了解还不多，仅仅在大学期间与梁思成先生的一次谈话中听说过敦煌建筑艺术的研究，后又在其所著《我们所知道的唐代佛寺与宫殿》《敦煌壁画中所见的中国古代建筑》两篇论文中了解了相关的研究成果。并且，萧默还阅读过徐迟所写的报告文学《祁连山下》，这篇报告文学的主人公尚达正是以当时敦煌文物研究所所长常书鸿先生为原型的。在得到这个消息之后，萧默马上给梁思成先生去信，表示非常愿意去敦煌工作。后经梁思成先生跟常书鸿先生沟通，且得到了在国家文物局工作的罗哲文先生的帮助，萧默终于在1963年底调到敦煌文物研究所（现敦煌研究院）工作。

梁思成先生建议萧默去敦煌文物研究所工作的目的，是希望他能借助对敦煌壁画的长期考察，研究中国元代以前特别是唐代建筑的各类问题。由于中国绝大多数传统建筑为木结构建筑，本身易损，加之战乱和北魏、北周、唐代三次规模巨大的"灭佛"运动的影响，能留存至今的传统木结构建筑非常少，因此唐代建筑的实例和其他研究资料都非常有限。而在敦煌莫高窟中，有从北朝十六国的前秦时期，后历经北魏、隋、唐、五代、西夏、元等朝代的泥质彩塑像和壁画，能够为萧默的研究提供很好的素材。

当时的敦煌文物研究所设有行政部、研究部（分美术与考古两组）、保管部（分保管与管理两组）和摄影室，萧默最初被分配在保管部工作。在1966年以前，他主要的工作是负责正在执行的洞窟崖面加固工程的部分设计与施工配合。第一、二期工程由铁道部设计院设计，萧默负责在外观方面提出意见，并进行钢筋混凝土栈道的设计。梁思成先生曾对加固工程的形象提出过"有若无，实若虚，修旧如旧，大智若愚"的原则，萧默就努力按照这个原则来实践。由于"酒泉系砂砾岩"洞窟崖面实在过于疏松，不得不采取挡土墙和支顶柱的方式，在窟外以花岗石筑起最厚达四五米的挡墙或石柱，以挡和顶的方式，保证崖面不会继续坍塌下去。虽然不得已地改变了石窟原貌，但还是采用了与崖面色彩和质感尽量接近的甩石子面层，石子就取自当地戈壁，力求外观不要突出，钢筋混凝土栏杆也尽量简单，不作抹面。总体来说，风格近似"粗野主义"。第一期工程只有几个点，是名副其实的试点工程，而第二期工程属于抢救性质，这两期加起来覆盖崖面横长约270米，只占到南区石窟崖面的四分之一多，铁道部设计院不再承担余下崖面的设计工作，就由萧默和马竞驰先生一起接管。他们以小平板仪进行上下几层洞窟的平、立、剖面测绘，再进行设计和计算，绘成草图，由马竞驰描图，1965年完成全部百余张图纸。第三期工程共涵括崖面横长约450米，把一、二期诸点之间的崖面连成了一片。待第三期加固工作完成后，萧默转分至研究部考古组，期间还完成了《敦煌莫高窟北朝壁画中的建筑》《敦煌莫高窟53窟窟前宋代建筑复原》两篇论文的初稿。

之后，萧默还代替无法继续工作的马竞驰先生对第53、144、159、196、285号五个居于各层的选定洞窟进行了温度和湿度纪录。由于工作需要，萧默需要每周两天、每天四次在窟内架好并启动带风扇的测量仪，旋转十几分钟，待窟内各处温湿度处于均匀状态后记下数字。这样,他就欣赏到了莫高窟各处从早到晚的景象。深更半夜,一个人打着手电筒穿行在各洞窟之间,还是需要一些胆量的。为防野狼,他每次半夜出来测量温湿度时都带着防身的木棒,幸好那时敦煌地区有很多工程,炸药爆破的声音早就把野狼吓跑了。

在"文革"期间,萧默被其他单位借调,主要参加过嘉峪关关城、罗城和麦积山石窟、庆阳北石窟寺等加固工程的设计、施工工作,以及当地水库建设的部分设计工作等。至1976年,他又被借调到中国科学院自然科学史研究所,与几乎同样是被借调的几十位专家学者一起,从事《中国建筑技术史》的撰写工作,为此还到云南和新疆实地考察等(该书出版后成为研究中国传统建筑的"里程碑"式的专著)。所以萧默在敦煌的工作时间名义上是15年,但绝大部分时间并没能全身心地投入到敦煌艺术的研究之中。他在其回忆文章《我与〈敦煌建筑研究〉》中坦言:"上洞子(按:指进入洞窟内)是我最喜欢的一件事,一次就有一次的收获,我已上了无数次洞子,包括当讲解员。有那么几段时间,在我负责记录石窟温湿度时,趁仪器还在旋转的当儿,也是我寻寻觅觅的时候。'文革'后期,我借调到省文化局,期间有几次胃出血,两次在兰州住院,出院后都有一个月病休,可以利用这段集中的时间回到敦煌钻洞子。此外,就得抓紧零零星星的机会了。那时我们连相机都没有,一架望远镜,一个小凳子,一个手电筒,还有就是卡片和铅笔,就是全部的装备了。有时还要带上蜡烛。壁画的细部,因为变色或剥落,或有重绘,往往光线越亮越看不清楚。为了不熏坏壁画,要点上蜡烛,等烛烟过去了,才能进去……还得扛一架铝制折叠梯。敦煌石窟包括莫高窟和榆林窟、西千佛洞,一共五百几十座洞窟,每个角落都观察到了,这样的通盘巡礼总有三四次吧,其中重要的洞窟更不知凡几。大部分对我有用的资料卡片,就是这样画出来的……在麦积山的几年,时间更多,有一个相当自由的读书和思考的环境,读完了手头搜集到的《中国营造学社汇刊》,还有《营造法式》。"也正是这类与敦煌壁画接触的机会，让萧默可以借助手电筒光和烛光，与古人和传统建筑进行无声对话，并在数以百计的卡片上一笔笔勾绘出壁画上的建筑形象。以这些在艰苦的年代和环境中记录的资料为基础，萧默后来撰写了享誉国内外的建筑学研究专著——《敦煌建筑研究》，第一版于1989年由文物出版社出版发行。这部专著在建筑艺术、建筑形式、建筑结构和建筑材料等多方面填补了我国在传统建筑研究领域，特别是唐朝及唐朝以前建筑研究领域的很多空白。后来，这部专著经修改后于2003年由机械工业出版社再版，并在韩国和日本出版。

1978年，萧默又考回清华大学，师从莫宗江教授攻读建筑历史与理论硕士研究生学位，1981年毕业。当时中国艺术研究院美术研究所正准备编写由王朝闻所长主编的12卷本《中国美术史》，需要研究建筑艺术史的专家，谭树桐先生便向王朝闻所长推荐了萧默。另外，为解决长期的夫妻两地分居问题和子女教育问题等，萧默最终选择了到中国艺术研究院美术研究所工作。

由于建筑学专业的实用性强，在设计院也属于"龙头"专业，因而收入较高。而研究建筑艺术与历史等，不论是在艺术研究单位还是在设计单位，都处于"隐学"的地位，建筑方面的学者很少愿意从事这方面的研究工作，甚至至今也还有很多人认为建筑就是砖瓦灰石的组合，谈不上什么艺术。为了改变这种局面，萧默便有意创建一个独立的研究建筑艺术与历史的机构。在欲从美术研究所分离出来成立建筑艺术研究所时，他毫无悬念地遇到了不少阻力。有人曾对他说："你对建筑艺术的重要性言过其实了吧！"凡遇到这类可笑的问题，萧也只能用简单的实例进行巧妙的回答，他说："每当有外国元首首次到中国访问时，我国领导人都会安排他们参观，向他们展示中国传统的历史文化。每次不都带他们去参观故宫、长城和颐和园吗？"实际上建筑艺术与历史研究的内容与方向等，如果套用当今的语境来讲，几乎都属于"非物质文化遗产"范畴。

1988 年，在萧默和其他同事的努力下，中国艺术研究院终于创建了院直属的建筑艺术研究室（现建筑艺术研究所前身），并由萧默先生任研究室主任。1989 年，萧默又在清华大学师从汪坦教授攻读首届在职建筑历史与理论博士研究生学位。

自从萧默先生来到中国艺术研究院工作以后，从事专业的研究工作可以说是如鱼得水，且在担任建筑艺术研究室领导和学术带头人期间，他一方面积极进取，以身作则；另一方面又不分内外，奖掖后人。

在理论建设方面，他组织当时建筑艺术研究室内外的专家学者，在国内进行了广泛的传统建筑考察，开创性地组织编写了《中国建筑艺术史》。其中他承担了主编及主要撰稿人的工作，该专著共 200 多万字，是国内第一部以"艺术史"为主线研究中国传统建筑的理论专著。这部专著在当时被列为"哲学社会科学'八五'国家重点项目"，但因研究经费与所需支出的差距太大，他便组织大家承担其他设计类项目，用所获得的报酬补贴研究经费。这部专著于 1999 年由文物出版社出版，并于 2000 年获第 12 届中国图书奖，2006 年获文化部优秀成果一等奖。清华大学吴良镛教授在序言中对这部专著赞誉有加，他认为，如果按照中国传统观念，以 30 年为一代，那么中国传统建筑研究已经凝聚了三代人的努力，经历了三个历史阶段。第一个阶段以朱启钤、梁思成、刘敦桢前辈为代表，他们以深厚的国学根基，吸收西方科学方法，深入实际调查研究，从史料收集、艺匠的寻访到制度的探索、"天书"的"破译"等，追根溯源，基本上将中国建筑历史理出了头绪，建立了中国建筑历史的学科体系；第二个阶段是他们的传人和私淑者继承先师的研究，并向纵深发展，例如，在专史研究方面，有技术史、断代史、城市史的研究；在类型研究方面，有对民居、园林、宗教建筑、民族建筑、书院建筑及长城的研究，由通史进入专题，达到一定的广度；第三个阶段是在研究的深度上进行努力，注重理论的建设，《中国建筑艺术史》正是属于注重建筑艺术理论建设的专著。该专著于 2017 年由中国建筑工业出版社再版,并出版了英文版。

萧默先生还鼓励后辈参与学术工作。1996 年,由时任院长李希凡牵头,组织中国艺术研究院专家学者承担"全国艺术科学'九五'规划重大课题",计划撰写 14 卷本的《中华艺术通史》。该通史于 2006 年由北京师范大学出版社出版发行,填补了我国综合性艺术类通史的空白,并多次获奖。在该通史的研究与撰写过程中,萧默先生要求我也积极参与,但因我当时只有中级职称,且听到一些冷言冷语,因此有很多顾虑。萧默先生了解情况后便对我说:"学术研究看重的是研究者的基本学识、研究能力和毅力、开创精神和最终的研究成果,不是比较研究者学历和职称的高低。搞学术研究不应受论资排辈陋习的影响。再者,如果不得不让其他专业的研究者撰写建筑艺术部分,也只能是东抄西抄的,可能没有多少学术价值。你作为本专业的研究者,就应该主动地承担责任。"有了萧默先生的鼓励,我便大胆地承担了《中华艺术通史·秦汉卷》建筑艺术部分的研究与撰写工作,并在尊重基本史料的基础上,提出了很多新的观点与见解,这类内容都得到了萧默先生和本卷主编刘兴珍先生的充分肯定。

再如,我每次与萧默先生去外地考察时,都会碰到地方的文化工作者向他请教一些学术问题,每遇此种情况,萧默先生都会耐心地予以解答。记得 1994 年在考察河南南阳地区内乡县衙时,偶遇一位当地文化馆的同志,他向萧默先生请教了一个很基本的问题,并说他自己的观点还受到了领导的讥讽。虽然当时考察的时间很紧张,萧默先生还是耐心地听取了该同志的见解,然后在充分肯定了该同志观点的同时,还鼓励他进行更加深入的研究。让我印象最深的是,那位同志在得到萧默先生的肯定之后显得非常兴奋。萧默先生在回来的路上跟我讲:"在地方基层有很多这类好同志,有研究热情但没有人具体指导。我们的研究成果还要尽快地搞出来,这对他们来讲也是最好的帮助途径了。"

萧默先生在治学方面也是非常谦逊的,在任何人面前都从来没有以

"大家"自居，别人只要有正确的观点，他都会充分地予以肯定。例如，在《中国建筑艺术史》撰写前期与萧默先生进行考察期间，我对《中国建筑艺术史》的内容架构也提过一些建议，他非常认真地听完我的陈述后说："建筑艺术牵扯的内容确实非常广泛，通史类的研究在很多方面一般无法无限地展开与深入。你年轻，有时间，希望以后能在其中的几个方面深入地研究下去。"回院后不久，萧默先生提醒我说："你上次说的想法非常好，可以在院里申请资助青年学者研究的项目课题，把那些问题和思考作为专题深入地研究下去。"

萧默先生也有突出的"缺点"，就是性格耿直，眼里不揉沙子。1999 年，他带领建筑艺术研究室与其他单位合作，在中国美术馆举办"当代中国建筑艺术展"。在展品评选和展览期间，他不惜与合作单位产生一些矛盾也依然坚持大家早已确定的原则。另有一次，萧默先生在《中国建筑艺术史》稿费的归属方面与相关人员产生了分歧，他还"不合时宜"地向相关人员普及了《著作权法》的知识。

2000 年，萧默先生到了退休的年龄，他对建筑艺术研究室今后的研究工作忧心忡忡，因为当时研究室的人员少且都年轻、职称低，没有合适的接班人。此时就有人提出建筑不属于艺术范畴，建筑问题应该在建设部系统内研究，并提议在萧默先生退休后解散建筑艺术研究室，对研究室人员重新安排工作。萧默先生为此征询了我的意见，给院领导写了一封很长的信。他在信中首先阐述了建筑艺术主客观的存在性和研究的必要性，为了进一步说明问题，还引用了梁思成在其《中国建筑史》《平郊建筑杂录》等中的很多观点，例如："建筑之规模、形体、工程、艺术之嬗递演变，乃其民族特殊文化兴衰潮汐之映影……今日之治古史者，常赖其建筑之遗迹或记载以测其文化，其故因此。盖建筑活动与民族文化之动向实相牵连，互为因果者也。""中国建筑之个性乃即我民族之性格，即我艺术及思想特殊之一部，非但在其结构本身之材质方法而已。"即一个建筑体系之形成，不但有其物质技术上的原因，而且"有缘于环境思想之趋向"。

　　萧默先生在信中还列举了梁思成先生对建筑的艺术层面给予的重视，其中写道："早在1932年，梁思成、林徽因在《平郊建筑杂录》中，相应于其他艺术作品中蕴涵的'诗意'或'画意'，创造性地提出了'建筑意'的用语。他们说：存在于建筑艺术作品中的'这些美的存在，在建筑审美者的眼里，都能引起特异的感觉，在"诗意"和"画意"之外，还使他感到一种"建筑意"的愉快'。'建筑意'一词的提出，显然具有重要的意义。它提醒人们，建筑并不是砖瓦灰石等物无情无绪的堆砌，同时也是一种艺术产品，其中自蕴有深意。但'建筑艺术'学科长期以来并未能正位于学术之林，所以梁先生在《中国建筑史》中也不得不慨叹说：'中国诗画之意境，与建筑艺术显有密切之关系，但此艺术之旨趣，固未尝如规制部署等等之为史家所重也。'梁思成先生的这些议论，对于至今仍把建筑仅视为一种物质产品，忽视其精神文化价值的观点，无疑仍具有振聋发聩的作用。"

　　感受到了萧默先生的一片苦心，最后院里不但决定不解散建筑艺术研究室，还将其"升级"为建筑艺术研究所，但条件是所里的研究人员要自己挣出基本工资以外的部分，包括应交的全部工资税，并且科研业务考核与职称评定等与其他研究所无异。这一规定对研究所的实际情况来说是不合理的，当我把这一结果告诉萧先生时，他沉默良久，很悲哀地对我说："难道是我错了？是我害了大家？你们今后面临的局面将是逆水行舟，不进则退！"我说："您没有错，所里的同事也都很感谢您帮我们守住了残破的阵地。"后来萧默先生又说："我退休了，身体也不好，今后就逍遥了，可是苦了你们了。"但萧默先生在退休后并没有"逍遥"，依然是笔耕不辍，继续撰写了很多学术专著。另外，他还在2003年创办了《建筑意》论文辑刊，由于经费的原因至2006年共出版了6期。

　　由于长期的奔波劳累再加上前半生精神上的压抑，萧默先生的身体一直很差。20 世纪 80 年代初期，他在兰州出差，患胃出血需要开刀，在被推进手术室前，他反复叮嘱主刀医生，一定要把胃的另一面翻一下，看看背面有无问题。医生很自信，说背面不会有问题，不必看。他在上全身麻醉以前，还是坚持请医生一定要再看一下。主刀医生答应了，并在手术过程中顺便翻看了，这时才大吃一惊，发现胃的另一面几乎全坏了，非当场切除不可。退休后没两年，萧默先生又得了肾病，被发现后很快就进入了晚期，换肾后身体也大不如前。

总结萧默先生在建筑艺术与历史方面的工作与学术成就等，就不得不提到他的妻子和明霞老师。和老师早年生活在兰州，学习戏曲表演，在"大跃进"和"三年困难时期"的延续时期，全国范围内也普遍裁撤了很多艺术表演单位，所以和明霞老师在毕业后不得不选择在兰州市外文书店工作，她与萧默先生也是在该书店相识。他们结婚后长期两地分居，聚少离多。在萧默先生调入中国艺术研究院之前，和明霞老师一直是独自承担一子一女的抚养与教育工作。当初萧默先生在敦煌报考清华大学的硕士研究生前，教育部根据邓小平同志的建议放宽招生年龄的消息，也是远在兰州的和明霞老师及时告诉他的。和明霞老师调入中国艺术研究院后，被安排在原当代文化研究所负责资料工作。在大家的一贯印象中，和明霞老师身上一直具有西北人特有的质朴本色，她长期默默无闻地承担了大部分家务，始终无怨无悔地支持萧默先生的科研工作。并且我每次去家里看望萧默先生或与其商量工作，和明霞老师必是热情地接待，并执意留我吃她最拿手的西北面食。当初他们在兰州的那个家也成了很多敦煌人的"驻兰州办事处"。我们也经常议论说，萧默先生的后半生，特别是在晚年，幸亏有和明霞老师无微不至的照顾。但出乎所有人意料的是，2012 年 2 月 8 日，和明霞老师晚饭后坐在家里的沙发上独自看电视时，竟毫无征兆地停止了呼吸。

和明霞老师不幸过早去世对萧默先生的打击非常大。在之后我和薛红与杨莽华分别几次看望萧默先生时，发现他虽然每次都精神不减，依然健谈,谈过去、谈现实、谈未来,特别是谈建筑艺术研究所的研究工作等,但身体是一次比一次明显的消瘦了。在受人尊敬的和明霞老师去世 11 个月后,萧默先生于 2013 年 2 月 8 日也离开了我们。在弥留之际,萧默先生叮嘱子女,在办完丧事前不要惊动院里和所里的同事,不需要别人给自己盖棺定论,在遗体告别时也不要播放哀乐,可以在《草原之夜》《思念》《甜蜜蜜》和弘一法师的《送别》中任选。

我们所同仁对萧默先生公认的评价是:他一生坎坷,但永不服输;他为人耿直,但不乏幽默;他钟爱学术,并著作等身。除了在前面提到的《敦煌建筑研究》《中国建筑艺术史》外,总结萧默先生其他主要科研成果有:

专著《世界建筑》、《中国建筑史》、《隋唐建筑艺术》、《中国建筑》("布达拉宫"一文被收入香港高中语文课本)、《文化纪念碑的风采——建筑艺术的历史与审美》(高等学校美育教材,2002 年获教育部全国高校优秀教材一等奖,在中国台湾出版时改名《建筑艺术欣赏》)、《萧默建筑艺术论集》、《文明起源的纪念碑——古代埃及、两河、泛印度与美洲建筑》、《东方之光——古代中国与东亚建筑》、《华彩乐章——古代西方与伊斯兰建筑》、《伟大的建筑革命——西方近代、现代与当代建筑》(均为《世界建筑艺术史丛书》之一)、《建筑谈艺录》(可视为《萧默建筑艺术论集》增订版)、《世界建筑艺术》(可视为《文化纪念碑的风采》之修订再版)、《巨丽平和帝王居——古代宫殿与都城建筑》、《世纪之蛋——国家大剧院之辩》、《天竺建筑行纪》、《巍巍帝都——北京历代建筑》、《古代建筑·营造之道》、《中华文明探微·凝固的神韵:中国建筑》。

萧默先生另主编书著、辑刊、电视片及电子读物 10 种:《建筑意》、《中国 80 年代建筑艺术(1980—1989)》、《当代中国建筑艺术精品集》、《中国大百科全书·美术卷·中国建筑艺术》、《中国艺海·建筑艺术编》、《中国美术年鉴·建筑部分》、《建筑艺术欣赏》(3 集电视教学片）、《华夏古建筑》（20集专题电视片）、《中国古代建筑艺术》（CD-ROM）。

萧默先生一生发表论文或短文160余篇，分别收入《全国干部培训教材——中国艺术》、《全国干部培训教材——外国艺术精粹赏析》、多卷本的《中华艺术通史》、《中华文化集粹丛书·艺苑篇》、多卷本的《中国美术通史》（获中国图书奖）、多卷本的《中国美术史》、《中国建筑技术史》、《建筑意》和《萧默建筑艺术论集》等书，或载于《人民日报》《光明日报》《中国美术报》《中华读书报》《文艺研究》及其他报纸和多种建筑专业刊物。此外，萧默先生还创作回忆录《一叶一菩提：我在敦煌十五年》，并帮助别人整理回忆录《风雨人生》（萧牧著）、《苏联流亡记：一个中国反苏分子的家国情怀》（雷光汉著）。

萧默先生既是建筑艺术研究所的创建者、最早的领导、学术带头人，也是我们所同仁的朋友。在萧默先生去世后，其子女遵照遗嘱，没有惊动院里和所里的同事，只有我接到了其次子萧龙先生发来的电子邮件讣告。但因为我没有及时查看邮件，也错过了遗体告别，内心一直有遗憾和歉疚。现借中国艺术研究院建院七十周年之际，撰写本文，代表全所同仁共同悼念与纪念萧默先生。本文在撰写过程中，得到了萧默先生的胞弟萧功秦先生，萧默先生的长女萧兰女士、次子萧龙先生提供资料等帮助，在此表示由衷的感谢。

迟到的纪念
——追忆导师吴甲丰

张 禾

吴老是国内研究西洋美术史的前辈,在美术界颇有些名气,这不仅在于他对西方美术的研究介绍有诸多贡献,而且还在于他为人耿直、较真。1977年12月,《第二次汉字简化方案(草案)》公布,吴先生既不是文字专家,又不是改革委员会成员,因为方案的某些不合理处,径直跑到文字改革委员会去"拍桌子"。由于各界意见较多,终于令已经登了报的方案停止使用。他"文革"后正儿八经地就收过三个研究生,而且都是女生,当时还成了一条招人议论的新闻。他不但不在乎这些议论,反而来个更邪乎的,给三个女弟子配以文艺复兴三杰的名字,简直像个老顽童。我由于来自边远的地区,当时研究院要求是边远地区沿铁路线地区的考生才可应考,我恰好就在西去列车的终点城市。

当时考试好像分政治、文艺理论、美术史专业,还有英语。专业课考试我记得比较清楚的是一道论述题，主要是构图分析。大意是画出三幅《最后的晚餐》的简单构图，对比论述达·芬奇的艺术成就。我当时的脑子里不多不少只有三幅构图，一幅吉兰达约（Ghirlandaio），一幅达·芬奇（Leonardo da Vinci），还有一幅丁托列托（Tintoretto）。我当时就在想，这个题出得够专业，把三张图放在一起对比时，每张作品的特点便一目了然。

这道考题给我留下深刻的印象，多年后自己教授学生时也会常常拿出几幅甚至十几幅不同画家的同一主题作品做分析比较。

吴老学问做得认真，文章写得漂亮，但不善言谈。他很少讲大道理，就是要让我们多读书、多看作品。他给我们第一次正式上课就是问我们每人都读过什么书。我的两位师姐师妹都是美术专业出身，张口就说出一串儿。就我最可怜，完全靠自学，完整的一套《西洋美术史》是一本只有一指厚薄的苏联人写的简史，其余是大学图书馆里自20世纪50年代以来参差不齐的美术杂志，再就是家里父母留存的一些画册和书籍。当我跟他一一道出我是在谁谁谁写的文章里看到了吉兰达约的《最后的晚餐》，又是在谁谁谁的文章里看到过丁托列托的《最后的晚餐》，全是零碎拼凑起来的时，吴老被我如实的报告惊得目瞪口呆："你这样的条件怎么敢考研究生？居然还让你考上了！"说着便给我写下一张长长的书单，我自然是一通恶补。

吴老常喜欢说"艺术就是要变"，虽然没听他解释过为什么，但我的理解是只有变化，艺术才有生命力。这句看似简单的话，实际解释了各种不同风格流派的产生，这也是我从导师那里学习来的终生受用的启迪。美术和音乐不同，一首好曲子可以被不同的乐手翻来覆去地演奏百遍千遍，但是一幅画、一尊雕像却只能出现一次，不可重复。这个特性就要求美术家不断地想象和创新，不只是对具体画面的创新，更主要的是对艺术定义的重新认识。毕加索多变的画风并不是刻意追求标新立异，而是从非洲艺术那里获得了新的认识：艺术不只是"再现"，也并非只用一种（写实）方法来创造，夸张、变形、抽象出来的母题也是艺术，而且更能"表现"出艺术家的意图，其表现力更为直接和强烈。马蒂斯也是在受到非洲原始艺术的启发后才有了"创造艺术"而不是"再现"现实的概念。他会说"我在画画"，而不再说"我在描绘"。

随吴老学习时，他的小册子《印象派的再认识》刚刚出版两年，在国内影响很大，他自己也比较喜欢。印象派本来不是难理解的东西，只要多看几幅作品，和它前前后后的不同风格比较比较，也就能明白个大概，况且它明亮艳丽的色彩很招人喜爱，少有不喜欢的人。但是由于国内从20世纪50年代初到70年代末的自我封闭以及盲目追随苏联的有关文艺理论，一般大众根本就见不到什么印象画派的作品，而美术界又完全没有搞清楚印象派绘画的来龙去脉就把它定性为"反动没落的艺术流派"。"文革"刚过，西方艺术思想开始回潮和重新涌入，对国外那些艺术"新"概念需要重新整理和解释，吴老则义不容辞地承担起这项工作。这本小册子从光学的、历史的角度和艺术价值等方面详细解释和说明了这一艺术流派的特点和产生的历史背景，既澄清了相关概念，也为印象派绘画在中国的被冤枉、被误解彻底翻了案。不只是我们年轻的一代，就是上一代的美术工作者也都是在他这本小册子出版后才逐渐搞明白了何为印象派绘画。

在跟吴老学习期间，他正在写一篇有关"有意味的形式"（the significant form）的研究论文，同时也让我们读几本与其相关的原著，比如贝尔的《艺术》（Clive Bell, *Art*），弗莱的《视觉与设计》（Roger Fry, *Vision and Design*），贡布里希的《艺术和错觉：图画再现的心理研究》（Gombrich, *Art and Illusion: A Study in the Psychology of Pictorial Representation*）和阿恩海姆的《艺术与视知觉》（R. Arnheim, *Art and Visual Perception*）。吴先生的文章对贝尔这一在艺术理论界影响极大的提法解释得非常清楚，读者跟着他的解释就能明白其"有意味的形式"是什么意思。"有意味的形式"是现代艺术理论中一个重要的对形式在视觉艺术中重要作用的理论阐述。它所要强调的是，在一件作品里，除了情节内容以外，线条和色彩的特殊结合以及它们之间美妙关系的"有意味的形式"才是视觉艺术中能够引起美感的根本所在。没有形式上的奇妙构思，再好的内容也不过就是在讲故事，感动人的是故事情节，而不是视觉因素。吴老特别结合中国书法来说明贝尔的意思，认为书法的形式美和抽象美最能贴切地解释"有意味的形式"。书法是典型的点与线的安排和组合，人们欣赏的是它笔画的间架结构、笔墨的浓淡粗细和力度，字形的节奏韵律及气韵；还有不同的书体，如篆、隶、楷、草等，都是形式美在起主要作用。

吴老对从原文看来的东西从不直接翻译，永远都是自己吃透了以后用平白自然的语言说出来。现在回头再读他的文章，发现这一特点非常明显，对照原文，更发现他的中文用词用语是如何精到地表明英文词句的意思的。提到翻译，我想起吴老曾专门叫我们三人去他办公室给我们看傅雷写的《世界美术名作二十讲》手稿。当时三联出版社正请吴先生为傅雷的书稿校对，他拿到了真正的原稿而不是复印件，所以叫了我们同去欣赏。吴先生曾在20世纪30年代的上海美术专科学校聆听过傅雷先生的讲课，在翻译方面自然是师承傅雷风格，意译而非直译了。

读过20多年英文原著后，回头看吴老的研究，不得不感叹他做学问的认真和扎实，也感叹自己有幸跟随了这样一位学识渊博、学问精到的导师。愿老师的在天之灵在美的艺术世界继续探索和享受。

五年做院公

曲润海

1996年是我的本命年，60岁，该退休了，可是文化部部长刘忠德找我谈话，要我到中国艺术研究院担任党委书记，我不想去，可是上了部党组会，却让我连常务副院长也担任起来，因为李希凡同志已经69岁了。我自知比不了张庚、郭汉城、王朝闻、冯其庸、李希凡，不敢去，推辞再三，结果不行，只好硬着头皮赴任。

中国艺术研究院是个做学问的地方，我21年来都是干着"文化打杂"的事，从头做学问已经来不及了，况且中国艺术研究院是一个大专家云集的地方，以我的一点儿"打杂"的经历，很难在那里立足。在我到任的见面会上，就有一位同志批评文化部，把艺术研究院当成安置退休人员和提拔年轻干部待遇的地方，因为与我一起来的是文化部人事司、计财司的两个处长，研究院只留下一位没有过龄的副院长薛若琳同志。我赶紧表态，我准备工作5年。其实我不过是个"维持会长"，我的学兄康式昭则给我起了个雅号："老院公"。

为了维持住局面，还是首先调查研究。前任、前任的前任领导，各研究所、各处室都见见面，听听意见。在调查研究中，我发现研究院有不少复员军人和厂矿调来的人，还有残疾人，都是带着指标硬性安排来的，而要进一个研究生、本科生却很难。研究院有个研究生部，有5个博士点和6个硕士点，人事司规定，每年一个点只能招一个学生，毕业后留用。老专家不断地退休，新人却进不来，过不了几年艺术研究院就"自生自灭"了。针对这种状况，我提出了研究院一切工作都要以研究为中心，坚决不再安置复员军人和残疾人，招不了研究生，就想办法招一些本科生，在职培养。

在文化部时，我是部党组成员，有些事能够直接拿到党组会上，现在不是党组成员了，办事就费一些周折。

最难办的事是机构改革，把事业单位当作行政部门用"减""压"两个字改革：减机构、减编制，压规格。中国艺术研究院的前身是20世纪50年代初的中国戏曲研究院、民族音乐研究所和民族美术研究所，几经合并，最后定名为中国艺术研究院，院长都是文化部部长兼任，主持工作的是常务副院长，有不少副部级的副院长，张庚先生就是作为副部级的副院长主持工作而不是院长，有13个研究单位是副局级。从李希凡同志开始就没有部长兼任院长了，到我这儿时仍没有部长兼院长。找孙家正部长，他不兼，副部长也不兼，孙部长说那就是你了，我说李希凡都不当，我更不敢当。我们两人有一个共同的顾虑，我们当了院长，就会把13个副局级研究单位降成处级，层层降就把好多人的待遇降没了，人事司让我们改革，目的就是如此。我只同意减一些编制，合并几个名存实亡的机构，而不同意降规格，因为有一部分干部是没有职称的，降了待遇，生活都不能保证，双方相持不下，我就直接给部党组汇报。孙家正部长和全体党组成员都到场，部党组同意了我们的方案，孙部长提出要把中国艺术研究院办成"中国一流，世界知名"的艺术研究基地和人才培养基地，这是对我们很大的期望。可是会后转发我们的方案时，人事司仍然要把13个单位降成处级，李源潮副部长发现后，指示仍按中国艺术研究院的方案批下来。不久，王文章同志接任了常务副院长，对方案又进行了调整，在孙部长的支持下，沿着"中国一流，世界知名"的两个研究基地的方向走了下来。

在学术研究上，首先是贯彻"百家争鸣"的方针。在艺术理论的探讨上，营造宽松的环境，以宽容的态度对待和处理艺术理论问题是至关重要的，这是一种实事求是、尊重科学规律、宽容与包容的风气、大气。众所周知，中国艺术研究院在《红楼梦》研究中有好几个学派，各届院领导对各派都是尊重的，对社会上的各派，包括过去曾经遭到批判的一些名家，也都是尊重的。1998年，中国艺术研究院在台湾举办"红楼梦文化艺术展"，对各派都较详细地做了评介。中国艺术研究院有许多艺术学科，对于各学科也提倡互相尊重互相了解，而反对互相排斥互相鄙薄。对于20世纪的文学艺术评价，对于各种文艺思潮，有关的研究机构也都有自己独特的见解，而不人云亦云、随波逐流，保持了中国艺术研究院的学术品格与品位，被称为"前海学派"。正是由于坚持了自己的作风与气派，中国艺术研究院才涌现了众多既遵循马克思主义，又各具特色的学术成果，使中国艺术研究院正在向"中国一流、世界知名"的艺术理论研究中心、艺术人才培养中心大踏步迈进。

其次，我提出艺术研究应关注社会，关注现实。前些年由于需要，研究院把大部分的人力和精力用于"十部文艺集成志书"以及一些艺术史的研究，取得了重大的成果，而研究现实的文艺问题和创作活动却不多，因此有必要调整我们的工作思路，加强对社会、对现实的研究。关注社会、关注现实，就不能不关注市场经济。文化的发展离不开经济的发展，市场经济的发展如果没有文化作精神支柱，就没有头脑。一些有文化修养、不把文化当作搭台的"民工"使用的企业领导者和企业家，随着经济的进一步发展会给文化艺术创造一个新的良好的环境。我们的文化艺术要乘这个大势做好文章，不仅要关注经济的市场，也要关注文化的市场，就是要遵循市场的规律，参与市场的竞争，在竞争中保护自己、发展自己；不仅要研究中国自己，也要研究世界，我国实行对外开放的政策，异常灵敏的文化艺术不可能封闭地进行建设，中国的文化艺术发展同样也离不开世界。

邓小平讲："抓住时机，发展自己。"他虽然主要讲的是发展经济，但又讲的是工作思路、工作方法、工作精神状态的问题，对我们从事文化工作、从事学术研究的单位和个人来说，也都具有指导意义。因此，我们的研究工作不是要一般地跟上，而是要先行，这样才能高屋建瓴，成效显著。研究通了，不仅对文艺工作者、创作者有指导意义，而且对文艺领导者进行决策也十分重要，可以说是"致君尧舜上"。

当然，文化艺术有时不一定与经济并驾齐驱发展。唐宋时期，好长时间文化与经济是同步的，元朝则不是，元朝经济凋敝，但元曲却大大发展了，究其原因，主要是唐宋以来孕育的人才、文风在元朝爆发出来了。元朝统治者看不起、不用汉族知识分子，但也没有搞文字狱，而文人也不放弃自身的品格与追求，反倒把才情、气度用在了杂剧创作上，造就了一代辉煌。这也告诉我们，文人要有文人的气度、追求，哪怕路途坎坷，也不轻言放弃，这正是张庚先生提倡的"坐冷板凳"精神。

再次，抓重点研究项目的立项，抓落实，抓进度。项目分四层，即国家重点项目、部重点项目、院重点项目、个人项目。我提出了编修"二十世纪艺术总志"的项目。

20世纪80年代，我国开始了被誉为"文化艺术的长城工程"的《中国民族民间十部文艺集成志书》编撰工作。这一项浩繁的工程，共有近300卷，历时20余年，已经完成。这一浩大工程立项的时候，还处在20世纪，现在，20世纪已成历史了。20世纪是一个伟大而不平凡的世纪，在文学艺术上，20世纪也是了不起的。在"五四"民主与科学精神的引导下，在文学领域进行了革命，新文学诞生了，小说、诗、散文以全新的面貌出现,中国原来没有的艺术类别从外国引进来了,话剧、歌剧、舞剧、电影、电视、交响乐、交响合唱、油画、铜版画、雕塑、摄影艺术、建筑艺术都被引进来了,经过中国社会变革的实践,这些艺术类别都站住了脚,逐步融入为中国的艺术。中国的古老艺术在与外来艺术的碰撞中也在改变,中国传统戏曲不断改革,不仅编演时装戏、现代戏、新的历史戏,而且对旧剧目也进行了"推陈出新";中国的传统音乐吸收了多种外国乐器,西洋乐谱已经在中国普及;声、光、电以及新的绘画原料等广泛地在中国各种艺术领域运用;中国的杂技艺术追求新、奇、美,不断创新,在与外国竞赛中取得了长足进步,成为世界瞩目的金牌大国,中国各类艺术的这种现象是19世纪下半叶和整个20世纪独有的艺术景观,所有这些使整个20世纪的中国艺术发生了史无前例的变化和发展。有鉴于此,我主张全面地再回顾、再总结20世纪的文化艺术,我们虽然有了"十部文艺集成志书",却多数只研究到1949年,个别的甚至只研究到清末民初。如果我们再做个20世纪的"十部文艺集成志书",我们就又修了一道"文化艺术的长城工程",只有这样才能对百年艺术史上的事件、人物、作品做出客观、公正、恰当的评价,或恢复本来的面貌。如果我们坚持实事求是的思想和文风,我们的第二道文化艺术长城就会修得更辉煌,同时在这一工程的建造过程中,我们又可以取得许多经验,吸收许多教训,在未来的文化艺术建设中更加自觉。我把这个项目叫作"艺术总志",涵盖了20世纪的新艺术和现代化的传统艺术,各卷大纲已经拟出,但由于是国家重点,还没有正式立项,这是我的一大遗憾。

不过我在任上的另一件大事却意外地办成了,那就是昆曲申报"人类口头和非物质遗产代表作"的工作,由此开始了国家非物质文化遗产保护工程。昆曲是幸运的,20世纪50年代的一出戏救活了昆曲,但它毕竟"年事已高",很难再像明末清初那样豪壮,"文革"后全国只剩下6个院团,而且有的团已经合并到其他剧种里,有的正在改革中,准备合并。

但它还不到消亡的时候,在民间还有不少曲会、曲社,京剧和不少地方戏里保存了不少昆曲剧目,文化部成立了振兴昆剧指导委员会,确定了"保护、继承、革新、发展"的方针。在周巍峙老部长的奔走呼号和策划下,抢救了不少由老演员保存的剧目,举行了多次纪念会、研讨会,并且举办了青年演员评比演出和新剧目展演,但这并没有扭转它的衰势。

我到中国艺术研究院后,正赶上联合国教科文组织首批评选"人类口头和非物质遗产代表作",文化部把申报的具体工作交给了艺术研究院,我是主持者,组织了不少的评委会。项目由全国各地申报,有一大套规范的表格,经过认真的评议,从全国报来的十几个项目中评选出两项,即昆曲和古琴艺术。确定次序时,我考虑到古琴艺术更古老,比昆曲更衰落,就把古琴放在第一位,文化部觉得昆曲在世界上影响大,把握性更大,于是还是把昆曲放到第一位。2001年5月18日下午,联合国教科文组织宣布了第一批"人类口头和非物质遗产代表作"名单。第一批代表作共19个,昆曲是4个以全票的优势通过的代表作之一,第二批的代表作有古琴艺术。后来有人说,昆曲是在"不经意间"被宣布为非物质文化遗产的,此话说得实在有些轻率,还有人说,在此以前就没有人做过保护的工作,说这种话的人,大概没有见过周巍峙老部长牵头搞了20多年的《中国民族民间文艺集成志书》。

昆曲成了世界非遗代表作,首要的任务是保护,那么应该保护什么呢?我提出六项保护内容,一是保护团体,就是保护六个昆曲院团,一个传习所(浙江永嘉昆曲传习所),一个昆曲博物馆(昆山市昆曲博物馆),以及中国艺术研究院戏曲研究所,共九个单位。中国艺术研究院戏曲研究所是这项非物质文化遗产的申报单位,理所当然应该是保护单位;二是保护人才;三是保护剧目;四是保护资料,包括图书、唱片、音像、服装、道具、乐器等;五是保护品牌,昆曲是一门文雅艺术,它的表演较为雅致而较少俗气,它的欣赏对象文化层次高,它的效应更多体现在熏陶人的性灵而非眼下的微利,因此保护它的文气更为重要;六是保护园地，就是各种各样的戏园，其中有的是各地会馆中的戏台。

如何保护？我提出七个方面的工作。一是继续解决指导思想的问题，要反复地解决。昆曲究竟是宝贝还是包袱呢？是把它推向市场还是以它的品牌吸引观众呢？是要它和其他剧种一样地"三并举"还是首先演好经典剧目呢？对这些问题要有个总主意。现在，中央又提出"抢救、保护、扶持"的方针，这些问题的答案已经十分明确了。二是保护政策需要细化。三是解决经费问题。四是办好艺术学校的昆曲专业班并且继续进行传习培训，特别是办一些讲习班。五是适当举办一些独立的有特点的活动。六是进行大范围的展示交流。七是支持与扩大昆曲的外围。

在六项保护内容和七个方面的工作基础上，我提出动态艺术应该动态保护的主张。说昆曲乃至戏曲是动态艺术，是说它是以表演为中心的艺术，是综合保留在演员身上的灵动的艺术，动态艺术又是发展变化的艺术。动态艺术也有它的弱点，演员强则艺高，演员弱则艺衰，演员亡则艺失。如果外部的社会环境也发生巨大的动或变，艺术也就随之发生难以抗拒的衰落。

保护昆曲和其他戏曲艺术，应该考虑修建一些戏曲博物馆，把资料尽可能地保存起来。一些实际上已经没有演出活动的剧种，也应该进博物馆，给它们一个归宿，但全国300多个剧种都进博物馆，我以为不现实。中国的戏曲原本是平民艺术，是给广大观众看的，活灵活现的表演艺术真要封存在博物馆里，恐怕就没有多少观众问津了，所以我提出，动态艺术应该动态保护。所谓动态保护，就是保护在舞台上，保护在剧团里，保护在演员身上，保护在民间，还可以多家保护，异地保护。

在戏曲的保护中，还有一个保护与创新的关系问题。我以为两者的关系是相辅相成的，保护、继承的根本目的是发展、繁荣，因此毫不松懈地坚持在艺术上改革创新，做出好戏来，是自己的使命和天职。除了少数剧种，剧目生产还是要贯彻"三并举"的方针，在当前，首先要数数家珍，在此基础上，整理自己的传统剧目，下一番推陈出新的功夫。

在保护中，另一个重要问题是确定和保护好传承人，传承人的确定，是一个很复杂的难题，更需要仔细研究。戏曲是讲究行当的，一个剧种或一个大院团只保护一两个人，不但不完整，而且支离破碎了。演员出身当了导演的，他知道的东西更多，自然应该是传承人；还有戏曲剧团的老琴师、鼓师也应该是传承人；至于戏曲院校演员出身的老教师，更是理所当然的传承人。可惜这些重要人才，目前都还没有被看作传承人。传承人的保护更是一件大事，需要创造许多条件，不是确定、宣布了就万事大吉了。

在艺术研究院工作期间和退休后，我最大的收获是坐下来学习研究张庚先生思想的几年，通读了《张庚文录》，发现他的不少见解与众不同，我感到新鲜、深刻，给我很大启发，比如他关于"话剧民族化与旧剧现代化"的论述，他的剧诗说、表现说，他对戏曲现代戏的界定，他关于改编的论述，他提出"古代戏"的名称，等等，这些都是他首先提出的或者别人很少说到的。受他的影响，我在这一时期写了几篇文章，谈了学习体会，并且试着运用这些理论来讨论艺术问题，如《外来艺术的民族化和传统艺术的现代化——学习〈张庚文录〉的体会之一》《戏曲现代戏乱谈》《现代化表现戏曲化》《新编古代戏创作杂谈》《认识京剧的现代化》《张庚先生论梅兰芳、周信芳》《读张庚先生〈谈"蝴蝶杯"里的精华与糟粕〉一文的感受》等。

2001年，到了我承诺的5年期限，我已经65岁。4月3日，文化部人员来艺术研究院宣布我退休，这一天是毛主席题写"百花齐放，推陈出新"纪念日。葆光室庭院，四榆高高，和风徐徐；冬青爆出新芽，亮色鲜明；榆叶梅花，火红壮观；葆光室后，绿竹苍劲，摇曳有声……真个是心旷神怡！不免打起醋来：

> 推陈出新纪念日，卸套解鞍放缰时。
> 庭中红火烧榆叶，窗后绿风洗竹枝。

寻舞之旅的最佳驿站
—— 中国艺术研究院

徐尔充

1949年，中国人民解放军解放南京，当时我还是个在南京读书的17岁中学生。在中国人民解放军入城式的进行中，多姿多彩、欢腾而雄壮的秧歌和腰鼓深深地吸引了我，不久我就考入了中国人民解放军第二野战军军事政治大学文艺新闻大队学习，毕业后被分配到中国人民解放军第二野战军文工团舞蹈队，从此和舞蹈结下了不解之缘，至今已71年。

当时中国人民解放军第二野战军正在向西南进军，我们文工团就跟在战斗部队后面，做许多激励斗志、歌颂胜利的宣传工作，同时也在为解放军进入重庆的入城式做准备。每天清晨，全团数十人集中在长江边上的河滩上扭秧歌，锣鼓一响，群情振奋，一开始是文工团团员围成一个大圈，摆出各种舞姿和队形，随之围观的群众也加入进来，军民欢舞，期盼着胜利早日到来。

排练场就在川鄂交界的长江边那宽阔的大河滩

上．好像就是后来被叫作葛洲坝的地方的附近。我们这些舞蹈队员大多是刚参军不久的青年学生，从未接触过民间舞，扭秧歌还凑合，打陕北腰鼓就困难多了，不过我们的舞蹈基础虽差，但热情高涨，学习努力，一起床就把腰鼓绑在身上苦练不休，经常排练间歇就直接倒在河滩上睡着了。

1949年11月底，刘邓大军解放了西南重镇重庆，在威武雄壮的入城式上，我们表演的腰鼓和秧歌给山城人民带去了极大的欢乐和震撼。之后，我们也就在重庆安顿了下来，定名为西南军区政治部文工团。我们自己创编演出的音乐和舞蹈节目在山城群众和部队指战员中引起了轰动，使此前只看过《白毛女》《兄妹开荒》和小型秧歌剧的观众眼前一亮，非常喜爱。接着，我团歌舞队南下云南，一来是慰问边防部队，二来是学习少数民族的歌舞艺术。一段时间里，我们在冬无严寒、夏无酷暑的阿诗玛故乡，在奇丽突兀的石林脚下，学习了许多原生态的少数民族舞蹈，如阿细跳月、小白彝跳乐（烟盒舞）、中甸藏族民间舞等，后来经过整理加工，我们将这些色彩斑斓、风格特异的舞蹈搬上了舞台，受到观众热烈的欢迎。

此时朝鲜半岛燃起了战火，全国掀起"抗美援朝、保家卫国"的运动，我参加了中国人民赴朝慰问团西南分团演出队，奔赴战火纷飞的朝鲜战场前线。在山洞中、坑道里、密林深处、月光之下为中国人民志愿军和朝鲜人民军演出，经受了一次战争的洗礼。

1952年为庆祝中国人民解放军建军25周年，在北京举行了全军文艺汇演大会，我们西南军区战斗文工团创作演出了一批既有时代精神又有民族风格和地区特色的歌舞作品如舞蹈《藏民骑兵队》《筑路舞》《军民打青稞》以及歌曲《歌唱二郎山》《英雄战胜大渡河》等。不久后，我们就被调到北京，与原总政文工团歌舞部分的人员合并建立了总政歌舞团。

我在总政歌舞团期间，除了经常下部队演出外还参加的主要活动有：中国人民解放军歌舞团赴苏联、捷克斯洛伐克、罗马尼亚、波兰四国演出，去贵州省帮助建立黔东南苗族侗族自治州歌舞团，在此期间我学习了许多苗族民间舞蹈并做了大量关于民间舞的田野调查。

1958年春，由中国舞蹈艺术研究会（后改为中国舞蹈家协会）创刊的《舞蹈》出版了，这是中华人民共和国成立后第一本正式出版的舞蹈专业期刊。由于此前通过半年多的田野调查和学习研究，我对舞蹈理论研究的兴趣大大增强了，于是写了一篇介绍和研究黔东南苗族舞蹈的文章投给《舞蹈》，编辑部决定刊用，这进一步使我萌发了去舞蹈研究会工作的愿望。由我主动申请，经双方组织同意，我的愿望很快实现了。于是我在经过了将近十年的舞蹈艺术实践之后，进入舞蹈理论研究的领域，在学习和研究舞蹈艺术方面开始了新的里程。

现在回想，我这个"角色转换"的过程其实是自然而合理的。因为一方面我从艺术实践中逐渐产生了理论思维并想将其整理出来，深化下去；另一方面，新舞蹈事业不断发展也需要有人来从事这方面的工作，在这种形势下，我的"角色转换"也就顺理成章了。具体来看，从1949年到1958年，我主要是在一个具体的艺术团体里学习和工作：学习专业技术，练功、排练、演出、深入生活、收集资料、构思、编排、导演等，在具体的艺术实践中积累了比较丰富的经验。但到中国舞蹈家协会之后，生活、工作和以前有了很大的不同：面对的是刚成立不久的新中国正在不断发生发展着诸多舞蹈艺术事象，需要观察、报道、编辑、评论、研究和解决，这需要有较强的观察能力、综合比较能力、理论思维能力和表达能力，这都需要我努力学习、奋起直追，方能胜任。我很喜欢我所从事的新工作，在新的挑战中，我还是很努力的，我把这项工作当作终身事业去追求。

从1958年调到中国舞蹈艺术研究会到1979年调入中国艺术研究院前的21年中，我一直在《舞蹈》杂志编辑部工作，除了因个别情况浪费了许多宝贵时间之外，我一直没有放弃对舞蹈艺术的追求，在学习、观赏、采访、阅读中思考，对生动现实的群众性舞蹈的实践活动，对经过专门家精心创造的饱含诗情、富于乐感的舞蹈艺术形象不断进行认真的寻觅、深入的探索。即使在干校劳动，我也没有放弃对舞蹈艺术的追求和思考，希望有朝一日能重新回到这门艺术事业的领域之中。1973年我终于又回到了北京，1975年又回到《舞蹈》杂志编辑部。在繁忙杂乱中我逐渐产生个想法：做编辑评论已经很多年了，也积累了一些知识和资料，很想安静下来把一些积累整理一下，写一部比较系统的有关舞蹈基本理论的书。正在此时，忽然听人说，艺术研究机构要改组扩大了，要建立各个艺术门类的研究所，而且各所必抓的项目是"一史一论"。于是我就和有同样想法的隆荫培同志一起向有关领导谈了我们的设想。经过双方领导的同意，我们在1979年调到舞蹈研究所开始了"舞蹈艺术概论"课题的研究。

我们两人在1949年至1979年30年间，走过了漫长而丰富的从舞蹈艺术实践到舞蹈理论研究的道路：我们做过演员，当过编导，做过教员，曾跋山涉水访问少数民族村寨做过比较深入的田野调查，学习过众多的原生态舞蹈；曾深入农村开展基层文化工作，并在城市的工厂和学校开展过群众舞蹈辅导活动，了解城乡青少年群众对舞蹈文化的渴望与热情。我们在长期的专业编辑事务中，与广大舞蹈工作者经常联系，深谙舞蹈运动发展的脉搏；我们也参加了许多全国性的舞蹈学术讨论，见证了这一时期全国舞蹈事业发展和舞蹈理论研究的全过程，因此我们对这项探索工程是满怀信心的。在研究著述的过程中，我们查阅了国内外舞蹈理论家和各类大百科全书中的有关论述，力求让我们的论述具有中国特色，同时，我们当时正在全国各地讲课，我们也十分注意在讲课中倾听反应、征求意见，努力使我们的见解和理论能让学生们理解和接纳。《舞蹈艺术概论》于20世纪80年代中叶问世，20多年来，经过两次修订出版，已经被全国许多艺术院校选定为舞蹈学科的基本理论教科书和艺术学科的重要参考书。

本书的初始版本名为《舞蹈概论》，1984年由上海文艺出版社出版。此后，我们在各地讲课和指导研究生的同时，又联系舞蹈艺术迅速发展的实际，对初版进行了较大的补充和修改，在此基础上，于1997年改名为《舞蹈艺术概论》再次出版。

再次由上海文艺出版社（上海音乐出版社）出版的《舞蹈艺术概论》较之《舞蹈概论》有很大的丰富和提高，特别在舞蹈艺术特性、舞蹈美学、舞蹈的功能、舞蹈传播等方面有较多的论述，内容充实了许多，篇幅也由17多万字增加到36多万字。该书出版后获得许多正面的评价，中国艺术研究院舞蹈研究所学术委员会对此书的评价是："《舞蹈艺术概论》运用辩证唯物主义和历史唯物主义基本观点，结合我国当代舞蹈工作的实际，全面、系统、科学地阐述了舞蹈艺术的特点、规律及舞蹈创作、表演、欣赏、评论、流传等方面的理论，在舞蹈基础理论教材方面，具有较高的学术水平。作者是当代中国舞蹈理论的奠基者，此书是他们长期从事舞蹈工作之丰富实践和理论研究成果的集大成，出版后受到广泛好评，有一定的社会影响。"该书于1997年获得第十一届华东地区优秀文艺图书二等奖。许多艺术院校将该书列为必读参考书，而在一些舞蹈专业院校和中国艺术研究院培养硕士生的舞蹈系，该书则作为舞蹈基础理论课讲授。此书在出版后的12年中已连续12次印刷，总数突破4万册。在舞蹈专业人员相对较少的我国，像这样一本纯粹讲述舞蹈艺术理论的书籍，在没有任何外力推动，完全依靠教学需要和读者阅读需要进行市场经营的情况下，能取得这样的出版销售效果，应该可以证明它是为专业舞者和舞蹈爱好者所需要、所喜爱的。

尽管如此，理论仍然跟不上实践的发展，不过才十年，我们就感到在迅速发展的舞蹈艺术实践中，又出现了许多新的问题需要我们去认识和思考，书中曾经阐述的问题也需要进一步补充，新的艺术实践又催促新的理论去阐释。于是我们又对《舞蹈艺术概论》做了修订。

首先，根据舞蹈艺术的特点，我们在整体结构上做了一些整合，为了取得最佳的阅读和学习效果，便于学生接受理解，在各章前，增添了"本章要义"，概述本章要讲述的主要内容；各章后，除保留了原来的"概念小结"外，还增添了"思考题"和"参阅舞蹈舞剧作品（录像带或光盘）要目"。我们在授课时，为了使学员更好地让理论联系实际、更加形象地了解讲授的内容，结合各章内容中所列举的作品，选播了一些录像给大家看，边放边讲，这种形象的教学法符合舞蹈理论教学的特点，很受学员的欢迎。为了适应舞蹈艺术的形象性，增加可读性，我们尽量做到图文并茂，结合各章所论述的内容，增加了较多的舞蹈和舞剧作品的剧照。附录中，节录了英、美、法、日等国家出版的"百科全书"和国外著名舞蹈理论家对"舞蹈"的解释，供读者对比参照。

　　修订本除了对舞蹈艺术的本质特征、舞蹈艺术的社会功能、舞蹈艺术的创作和表演、舞蹈艺术的审美与传播等章节做了诸多补充外，我们还试图用科学的发展观点来回顾新中国舞蹈艺术走过的路径、展望未来发展的前景，增加了"新中国舞蹈艺术50年启示录""沿着先进文化的前进方向，创建和发展中国舞蹈学"等篇章，叙述了创造与发展先进舞蹈文化的探索历程、发展社会主义民族舞蹈艺术的基本经验和建立中华民族舞蹈的科学发展观的重要性，进一步论述了舞蹈学的研究对象和主要内容等，以期中国舞蹈艺术之舟能总结经验，接受教训，鼓帆疾进，直趋佳境。

　　总之，我们的理念是笔墨当随时代，理论与实践同行。我们不求自己的理论多么高深，多么时尚，但求能较好地反映和解决中国社会主义民族舞蹈艺术发展实践中发生的和群众提出的问题，争取写出来的书让读者尤其是青年读者看得懂、能接受，能有较多的中国特色，能为中国舞蹈艺术的发展和普及中国舞蹈文化知识略尽微薄之力。

　　此外，我在舞蹈研究所还参与创办了一本学术性季刊《舞蹈艺术》，任副主编，并担任了一个时期的编辑部主任。

　　中国艺术研究院建立不久，在我国著名艺术理论家、艺术教育家、副院长张庚的主持下，建立了研究生院，培养具有较高学术水平的硕士和博士研究生。中国舞蹈家协会主席吴晓邦前来兼任舞蹈研究所所长和研究生导师，舞蹈系建立不久，研究院开始评职称，我和其他四位同事被评为第一批副研究员。后来吴老师很忙，就委托我们五位副研究员帮助指导学生写毕业论文，学生们一一通过了答辩，这样中国产生了第一批舞蹈专业的硕士研究生，时值1985年。

不久，我们就开始带研究生，并应邀去全国各地讲课。在教学工作中，我们除为中国艺术研究院研究生部舞蹈系的硕士研究生讲课外，还应邀为北京大学、北京舞蹈学院、中央民族大学艺术学院、解放军艺术学院、首都师范大学及吉林、黑龙江、山东、天津、云南等省市的艺术院校讲授"舞蹈艺术概论""舞蹈美学""中国当代舞蹈发展史"等课程。

一段时间之后，我们的学生也开始带研究生了，后来这些学生有的成了博士，现在这些博士已经在带博士研究生了，真可谓杏坛兴旺、桃李芬芳。回顾历史，应当说中国艺术研究院决定培养研究生的决策是非常正确的，这大大提升了舞蹈艺术队伍的人才质量，进而使中国舞蹈艺术教育的层次从开始的中学、大学逐渐发展到硕士直至博士，建立了系统完整的人才培养机制。试想，如果当年不这样发展，舞蹈艺术队伍何年何月才能摆脱"四肢发达，头脑简单"的知识贫弱局面？

再说《中国舞蹈大辞典》的编撰。早在改革开放之初，国家即决定让各学科着手编撰大百科全书，20世纪80年代初我被聘为《中国大百科全书·音乐 舞蹈》理论分支副主编，参与舞蹈卷的编撰工作，我们经过努力，根据舞蹈艺术实践和理论的发展情况，组织起了相对完整的舞蹈艺术学科框架，也写出不少条目，可是最后出版时用得不多，一本约350万字的《中国大百科全书·音乐 舞蹈》，舞蹈条目只占了全书的五分之一，舞蹈界做理论研究的同行都有意见，可是这就是现实，因为那时我们还没有足够丰富和扎实的理论成果作为支撑。由此我们认识到,要想让舞蹈艺术理论能在整个中国艺术理论中占一席之地,必须要在舞蹈艺术的基础理论方面狠下功夫。在这种思想驱使下,王克芬、刘恩伯和我于20世纪80年代初联手组建了《中国舞蹈词典》编写组,并作为中国艺术研究院重点科研项目立项开始工作。我在这部辞书的编辑工作中是三主编之一,主要负责当代部分和名词术语,约60万字。全书共约160万字的《中国舞蹈词典》于1994年出版,受到中国舞蹈界和艺术理论界的好评,这是中国第一部结构相对完整、内容比较充实的舞蹈专业辞书,其字数是第一版《中国大百科全书·音乐 舞蹈》舞蹈部分的三倍,1995年获中华人民共和国新闻出版署首届辞书奖三等奖。2003年文化艺术出版社决定重新增补修订《中国舞蹈词典》,除原有的总类、中国古代舞蹈、中国民间舞蹈、中国近现代和当代舞蹈、舞蹈名词术语等部分增加了一些新词条外,新增加了外国舞蹈部分,使其内涵更加完整,字数也增至近200万,增订本定名为《中国舞蹈大辞典》,此书已于2010年出版,从内容到形式装帧较前书又有不少提高。

　　从20世纪末至21世纪初,中国艺术研究院的部分专家在副院长冯其庸先生的组织领导下编撰了一部大型综合性艺术辞典《中国艺术百科辞典》,这是一部由商务印书馆出版,包含了13个艺术门类的基础知识和基本信息,内容充实、装帧精美的鸿篇巨著。我被聘为该辞书舞蹈部分的主编,在共约300万字的艺术百科类辞书中,舞蹈部分有60多万字,这说明新中国舞蹈艺术的茁壮成长已受到了中国艺术界相当的重视。

　　再者,在中国艺术研究院舞蹈研究所工作期间我还为《美学百科全书》《文艺赏析词典》《美学辞典》等辞书撰写了大量词目。

　　从20世纪90年代至21世纪初约8年时间,我和隆荫培被北京市文化局聘为由北京市政府主办的《北京志·文化艺术卷·舞蹈志》主编,以述而不论的志书体例和文字与图片、素描相结合的表述方法,梳理出了有史以来北京地区出现的主要舞蹈活动、舞蹈事件、舞蹈机构团体、舞蹈种类样式、舞蹈作品、舞蹈人物，即从古至今发生在北京地区的舞事、舞团、舞种、舞类、舞作、舞人的发展脉络及活动经纬，经过精选编撰，最后以60万字成书的"一块小砖"被镶嵌在鸿篇巨制、包罗万象的《北京志》之中。

一位从事文艺理论研究的老前辈曾经对我说过：任何一门艺术学科都要注意基础理论的研究，基础理论大致可用四个字来概括，即史、论、典、志。每一艺术门类都应该有自己本学科的史、论、典、志，否则这个学科的理论基础就不能算是全面的、坚实的。我一直记着他的话，在实践中也一直努力在这些方面进行积累和研究：先说史，对古代舞蹈史我疏于研学；当代部分我参与编写了《舞蹈艺术·中国舞剧史纲》《中国近现代当代舞蹈发展史》。我很重视史实，早在"文革"之前，我在《舞蹈》杂志编辑部时就做了许多当代舞蹈活动的卡片，后来，在《中国舞蹈词典》中作为"中国舞蹈大事记"的当代部分编入附录。论，相对而言是我的重点，数十年来我大约著有包括舞蹈理论、舞蹈美学的专论，针对具体作品的评论以及舞蹈审美谈等文章近200篇，合作的专著有《舞蹈艺术概论》《人体律动的诗篇——舞蹈》《舞蹈知识手册》《中国舞蹈名作赏析》等。典，从20世纪80年代开始，我参与了《中国大百科全书·音乐 舞蹈》《中国舞蹈大辞典》《中国艺术百科辞典》《美学百科全书》《文艺赏析辞典》《当代中华舞坛名家传略》等辞书的编撰。志，我参与编撰了《北京志·文化艺术卷·舞蹈志》，其实，我主笔的《中国舞蹈词典·中国舞蹈大事记》当代部分也可以说是一种志书，只是内容太少。概括而言，我在舞蹈理论研究方面的成果主要体现在以上四个方面。

几十年来，我一直在学习舞蹈、记述舞蹈、评论舞蹈和研究舞蹈，在学习、表演、记述、评论、研究中不断探寻作为人体律动的诗篇的舞蹈的艺术本质特征，不断探寻飞舞流动、千姿百态的舞蹈艺术的美之所在，这就是我历经71年的寻舞之旅。在71年中，我在中国艺术研究院学习工作了 16 年（1979—1995），这 16 年是我研究成果最丰的 16 年，以上提到的研究成果的绝大部分是在中国艺术研究院期间完成的。我感谢研究院在许多重要项目中给予我们方向上的指导，经费上的支持和时间上的宽容，让我们能潜下心来，安心、专心地推出有质量的研究成果。如果我们把探索艺术的真谛看作是一个长长的旅途的话，那么中国艺术研究院就是我寻舞之旅中的最佳驿站。

怀念和期望
—— 中国艺术研究院70周年感言

吕启祥

真没想到，中国艺术研究院已经风风雨雨走过了70年，还找到我这样一个80岁开外的人来写一点纪念的文字。说70年，是从她的前身中国戏曲研究院算起，如果以我的年龄减去70，那么当时不过是十几岁的学生，对于当初建院的情况，我是没有什么话语权的，好在院内尚有年长于我的前辈，当能忆及。

对我而言，感到亲切而有所记忆的是20世纪70年代末80年代初中国艺术研究院（起先称为文学艺术研究院）正式命名和建院的时节，当年的老领导苏一平、郭汉城和袁水拍等给我留下了深刻印象。诗人袁水拍今已没有多少人知道，他大起大落的一生我曾为文记叙，他曾建议并组建《红楼梦》脂评本校注组并任最初的组长，此点不能忘记。这是一项基础性的学术工作，符合他作为诗人喜爱读书的本性。郭汉城是戏曲专家，今仍健在，他是最早编《文艺研究》的学者，记得受他邀约我曾在《文艺研究》①1976 年第 2 期上发表了一篇有关鲁迅小说艺术的文章（《浅谈鲁迅小说的典型创造》，署名寄石）。《文艺研究》今天已是赫赫扬扬的名刊，当年只是一棵幼苗，在这个苗圃上发过文章成为我的一个美好记忆。

最为熟悉的当然是老院长兼党委书记苏一平了，他和水拍与我有"五七"干校四年的同学之谊，虽为老领导，但又是老"同学"。20 世纪 70 年代中期，苏一平同志被调回北京筹组艺术研究机构，把研究人员集拢起来，以他在文化艺术界很好的人缘筹备第四次中国文学艺术工作者代表大会，同时正式组建了艺术研究院。他为人宽厚耐心且极富同情心，曾同我谈起创作"人民英雄纪念碑"浮雕的刘开渠遭受的不公待遇和同豫剧名家常香玉的深厚情谊，以及对田汉、阳翰笙受迫害的切肤之痛。研究院初创艰难，人事、房建、财务诸事杂沓，老苏尽心竭力，凸显了他爱惜人才、尊重专家的一贯作风和实事求是的品德。他退休后，我经常去看望，也有较深入的交流。作为一个在抗战时期参加革命的老干部，他从不倚老卖老，十分虚心，从不苛求于人，受他委托做事总能轻松自如地完成任务。一种宽厚长辈的仁者风范永远温暖着我的心。

苏一平之后的常务副院长李希凡和副院长冯其庸是我更为熟悉、接触更多的研究院、红楼梦研究所的掌门人。我虽非中层干部却由于红学而对他们有更多的了解。冯、李二位个性不同、学养有别，却能互济互补，这是事业有成的重要原因。关于他们二位，我已多有专文，兹不再赘，只想就红楼梦研究所说一点往事和自己的想法，我在红楼梦研究所建所 40 年曾经说过，重申于此。

此刻，想谈谈红楼梦研究所的 40 年，仅说一点，即这个所何以要

---

① 《文艺研究》曾于 1976 年出版过 2 期内部试刊，1979 年正式创刊。

建立，又为什么要存在，这个问题必须回答。

在中国艺术研究院下属的诸多研究所中，红楼梦研究所是个异数，或曰另类。中国艺术研究院的所有研究所都以艺术门类来分，老的如戏研所、音研所、美研所等，新的如影视所、曲艺所、建筑所、文艺理论研究所等；而为一本书、一部文学作品即《红楼梦》创建一个研究所，从来没有，显得特别、不伦不类。正因此，曾长期受到质疑，在院内外、学界都有建议取消的声音，全国政协甚至还收到过这类提案。可是，这个研究所居然一直存在，还持续到了今天。

这是怎么回事？

如果回顾当初，红楼梦研究所的前身是校注组，为《红楼梦》的一个脂本普及本聚集了若干学人，用了若干年告成，于1982年由人民文学出版社出版，校注组延续下来经调整充实就成了红楼梦研究所。可以说，它是为了红学的基础工作而创建的，接着做辞典、集资料，其间办刊物，建学会等也是基础工作，记得当时主管的副院长兼党委书记苏一平同志说过，能够出成果打基础的研究单位为什么要取消？我的理解，《红楼梦》的研究工作诚然谁都能做，那么多高校，不仅教师个人，也有许多研究组、室，但是集中力量持续做些比较大型的基础工作，对学术、对学界、对大众都有好处。可以说，奠基铺路是立所之本，是生存之道。当然，学刊和学会的努力推动和组织，服务学界，更是大家乐见的。红楼梦研究所建所之后，曾倡导和实施过汇校本、评批本、曹雪芹家世和红楼文物的图录及大型电视文献纪录片，还曾设计史汇、文汇、论汇的大型资料。这些工程不论是完成了，还是未完成，其奠基守正的性质是十分明确的。

放大来说，这个研究所的建立，以客观环境而言，是改革开放的产物；而主观方面则缘于这部作品本身的特殊性或曰它在中国文化方面独一无二的品性。

说它是改革开放的产物，过来人都容易理解。十年浩劫后的红学，其积蓄的能量和引发的高潮是怎样地令人欢畅鼓舞。当年红学的活动，不只治红学者、治史学、哲学、文艺学等各个学科的专家学者，还有作家、艺术家，更有文艺界、教育界领导，以至政协的名家……共襄盛举，一派学术艺文春天的景象。笔者曾说过，学刊、学会都是应运而生的，红楼梦研究所又何尝不是。

机遇期总会过去，红楼梦研究所又有什么理由继续存在呢？这就要回到《红楼梦》这部作品本身的独特品性。《红楼梦》以其独有的深邃性、丰富性、广延性、再生性，成为经典当中易于进入，又难以穷尽的一部。人们发现，这里有真也有幻，有喜也有哀，有日常也有人生，有当下也有永恒，一切有关生活、生命、生灭的思考都得以开启，没有现成的答案，只给人以启示。所谓"小叩则小鸣，大叩则大鸣"，深浅雅俗任君自取。今日，《红楼梦》有空前广泛的读者和如此众多的粉丝即"红迷"，实在不是偶然的。红学早已不再贫困（笔者20世纪80年代初有《形象的丰满和批评的贫困——关于薛宝钗这一典型形象及其评论》一文），而是丰富多样、新异多彩，但也不免芜杂多歧。诚实的学者应该守正，不是唯我正确，而是守正道、大道、包容之道、理性之道。

长远看来，发展中国家的人民要建立文化自信，要进行文化艺术的原创，《红楼梦》有助于提高民族自信心和提升文化原创力。它已经成为中国人民的一种精神资源，成为当下中国人独有的文化符号和文明标记，读或没读过是不一样的。

为这样一件国宝、一个精神文化之源，建个把研究机构使之健全，不是没有意义的。这里必须回到"基础工作"上来，首先是人们赖以进入的文本，我们应当提供力求准确、原初、完备、适读的《红楼梦》普及本，40年前所做的工作并不完善，尔今受到质疑和挑战，研究所理应责无旁贷地接续使之趋向完善、合理，其他的基础工作亦同此理。令人遗憾的是，现有评价机制只承认个人著作，忽视校、注、资料辞典一类耗时费力的基础工程。笔者在此呼吁改变这种状况，使个人和群体协作的此类研究项目得以生存并走上康庄大道。研究所本身也要有长效机制，保障其持续和更新。

"奠基守正"就是笔者对研究所的生日祝福，也可移用于我对研究院70岁生日的祝福。

这既是一种祝福，也是一种期望，就是说研究院应该做艺术研究的基础工作、奠基工程，每个研究所都有所谓"一论一史"，即本学科的概论和学术史，往往还加上一部辞典。过去曾有"前海学派"的说法，并非实指，而是指一种着力于基础工程的踏实学风。具体而言，这种基础工程并不是一劳永逸的，需要不断修订、完善、更新，具有"可持续性"。这种"可持续性"不是靠某个人、某种权威，而是靠一种机制，一种长效的制度性制约来延续。永远将"奠基守正"视为己任，这是期望。

还有一种更高的期望，就是研究的跨学科、跨领域，亦即各门类的交叉、综合和提升。先就红学而言，《红楼梦》固然是文学著作，但也是艺术作品，素有文备众体之称、"百科全书"之誉，它与诗歌、绘画、戏曲、曲艺、园林、饮食、服饰以及哲学、宗教、神话、历史、经济、社会学、人类学等均关系密切或云包蕴其中，因此研究院的各研究所对《红楼梦》都有发言权。红楼梦研究所亦应扩大视野，开拓疆域，与各个艺术研究领域交相融合。再就艺术研究的整体而言，应与人文科学、社会科学以至自然科学交叉叠合，形成新的学术生长点和学术格局。人们知道，中国科学院、中国社会科学院和中国艺术科学院（即本院）支撑起了整个中国科学研究的天地，应当相互渗透交叉、整合和提升，造就生动活泼、生生不已的繁荣景象。

新的一代比我们聪明睿智，这样的期望应当不会落空，将会一步步在未来实现。

寻根溯源不忘初心
——庆祝建院70周年

刘沪生

衷心祝贺中国艺术研究院建院七十周年。

毛泽东主席1950年7月为中华全国戏剧工作者协会成立而在《人民日报》上发表了"推陈出新"题词。1951年4月中国戏曲研究院成立，毛主席亲笔题写了院名，同时题写了全面阐述戏曲改革发展方针的"百花齐放，推陈出新"题词，七十周年，应是双庆、大庆。

1958年为筹建中国戏曲学院，从学习过戏曲表演专业的学生中挑选优秀人才进行培训，充实研究后备力量，其中有中国戏曲学校毕业的涂沛、逯兴才、沈惠萱、李玉坤、苏移和我，还有从武汉戏曲学校调来的汉剧演员杨世雄、吴小川和楚剧演员陈金洲、黄婕，还有上海戏曲学校学越剧的李尧坤。来了之后，张庚老师接待了我们，进行了简短的谈话，谈到了三点内容：第一点，要认真学习马列主义、辩证唯物主义和历史唯物主义，树立正确的世界观和人生观，学习毛泽东思想，树立文艺为人民服务的思想；第二点，要加强文化知识和文艺理论的学习，张庚老师说我们虽然是科班出身，懂专业是长处，但掌握的文化知识和文艺理论不足，是我们的短处，要加强学习；第三点，要坚持专业学习，不能丢掉在戏校学到的专业技能。张庚老师的这次谈话虽然时间简短，但对我来说是一个座右铭。

1959年中国戏曲学院成立，我们参加了导演专业的研究生班学习。哲学课和文艺理论课程由院里请院校、科研单位和本单位教授专家授课。表导演专业课由李紫贵主任教授，系统地按表、导演课程计划，按部就班进行正规的教学。经过两年正规的培训，来自各地戏曲院团的业务骨干返回原单位发挥积极的作用，同时也为戏研所培养了表导演的专业力量。

理论联系实际是张庚和郭汉城先生指导戏曲研究所科研工作始终坚持的方法和学风。以我的工作经历为例：1961年安排我去河北省保定地区老调剧团实习，适逢《潘杨讼》正在拍摄，进行加工提高的准备工作使我获得一次跟随编剧刘谷和导演袁峥先生实地进行艺术创作的机会，同时直接接触到王贯英先生。通过老师、同志们的帮助，恢复老一辈周福才先生的表演，进行"创造"寇準的表演。崔澄田先生通过仔细琢磨，刻画潘洪生动的内心与外形，受到广大观众的赞誉，有"活潘洪"之称。

1963年10月—1964年4月：安排我与曹其敏一队一起到山西省临汾地区蒲剧院实习。第二天即去万荣县一队演出地，一队主演是王秀兰、张庆奎、筱爱娜、原月仙，剧作家行乐贤，导演牛俊杰、赵军，音乐设计张锋，领队临汾蒲剧院院长邓焰。我们三天赶一个台口四场戏，观众夹道欢迎，演出场地、树上都有人看戏，12月底到达运城与二队会合。运城是阎逢春先生故乡，乡亲们热烈欢迎王秀兰的《烤火》、张庆奎的《观阵》等拿手戏，他演出了《舍饭》《杀驿》等戏。转过年来，开始了城市社会主义教育运动，我们也投入其中，听院领导和同志们的发言。在蒲剧院半年期间，五大名演员中，因筱月来、虎山师傅年事已高患病而没能看到他们的演出，是件憾事。在此期间我们还拜访了著名戏曲史家、理论家墨遗萍先生，他坚持认为戏曲源自民间，演唱来自俗唱。我的工作是每日辅导青年练基本功，跟随牛俊杰导演参加排演《少华山》，牛导演是门里出身，艺名"五福"。他排戏构思精巧，运用戏曲程式技巧娴熟，演出效果极好。

这两次去剧团进行实习真是受益匪浅。河北的老调和山西蒲剧是梆子系统中两个古老的剧种，我是从小学京剧的年轻人，一下子打开了眼界，真是天外有天，人外有人。

我从"文革"时就开始参加录音录像工作了。当时中国艺术研究院接到一个任务，由戏曲研究所和音乐研究所承办，由于我是学表演的，所以戏研所就让我和吴春礼先生参加，当时选送的戏不只有京剧，还有很多地方戏和曲艺，要审听、注释。我参加这个工作一直到粉碎"四人帮"为止。

中国艺术研究院是20世纪80年代初开始进行录音录像工作的。当时的文化部非常支持，明确录像的宗旨要以给全国50岁以上的戏曲艺人录音录像为主，这是抢救性的工作，是一件极有意义的事情。当时俞振飞先生在头一年录完，第二年就去世了。"传"字辈的昆曲老先生在昆曲传习所成立六十周年纪念演出录像之后，也相继离开了我们。我们及时保存下来的他们的演出录像是非常珍贵的资料。当时文化部专门拨款添置设备，院里成立了录像室，先后由安杰、董天庆、阚维辰三位同志任主任。戏研所则有王子丰老师参与，带着我们出差、定剧种、定演员、定剧目。此外，还有录像技术员、录像员、录音员，以及院部的司机开着一辆录像自驾车，几乎走遍了全国大部分省市录戏、录戏曲文物文献。

录像工作是技术性的工作，当时的导演李愚同志，是东北鲁艺文工团出身，后来到了北方昆曲剧团和北京京剧院工作，所以他懂戏曲、懂舞台，又有技术娴熟的技术员、录像员、录音员的密切配合，录像资料能够保证质量，珍藏价值较高。我们不能忘记他们的辛苦，当时白天录完像，晚上回去要整理，第二天要给剧团、给群众汇报，非常辛苦。有时候为了保证录制的高质量，要进行第二次重录。有一件事非常令人感动，当时给著名京剧小生表演艺术家叶少兰先生录《罗成叫关》，这一场戏有30分钟，前面是唢呐二黄，后面是西皮，演唱非常吃力，消耗体力很大。上午录完回放，导演李愚一看，跟我说："录的效果不好，您跟少兰说说，咱们下午能否再录一遍。"叶少兰当时是战友文工团师级干部，不好意思让人家重录。我找到叶少兰先生，说："实在对不起，由于我们的毛病，上午没录好，咱们得再录一遍。"叶少兰说："师哥，您容我回家吃个饭，短短地睡个午觉，咱们下午接着来。"叶先生中午妆都没有卸，下午又录了一遍。唱小生这出戏，半个多钟头不断地唱，小嗓就怕二黄啊，而且是唢呐二黄，调门非常高，一天唱两遍《罗成叫关》在剧场是不可能的，这件事就说明这些文艺战士的品质、素质让你由衷地钦佩。录地方戏的时候，有些老先生不止50岁，70岁以上的都有，湖南辰河戏有一出写梁山的戏叫《金沙滩》，这出戏的分量相当于京戏的《碰碑》，这一场戏的唱得有几十分钟，老先生就非常配合、非常认真地唱。

演剧录像工作是从1980年开始的，一直持续到80年代末。1980年我们去了福建、四川、河南、陕西、山西、湖南、天津等地，录了26个戏曲剧种的264个优秀传统剧目，其中有19个戏曲剧种的37个剧目是转录的。在福建，我们录了莆仙戏老演员陈金标主演的《彦明嫂出路》、高甲戏名丑柯贤溪的《骑驴探亲》、闽剧老演员李铭玉的《钗头凤》、梨园戏演员乌苏水、蔡娅治的《绣襦记》，还有闽西汉剧、芗剧、木偶戏；在河南，我们录了常香玉的《断桥》、崔兰田的《桃花庵》、陈素贞的《宇宙锋》、马金凤的《穆桂英挂帅》、阎立品的《秦雪梅》，川剧著名演员阳友鹤和笑非的《秋江》、陈书舫的《下游庵》；在陕西，我们录了秦腔著名演员刘毓中、孟遏云的《游龟山》，还有云南京剧表演艺术家关肃霜的《金山寺》，天津著名京剧表演家厉慧良的《艳阳楼》，北京著名演员高盛麟的《古城会》、张君秋的《女起解》，等等，都是名角名剧。

我们一共录了2000多个小时的演出实况和文物文献，其中湖南占了很大的比重。当时湖南正好组织本省各个剧种的教学演出，老师教完了课以后，最后是老师的示范演出和学生的汇报演出。我们录的就是文化部和院领导要求的只录50岁以上老艺人的舞台演出实况。荆河戏录了两次，一次是录传统剧目，一次是录目连戏。所以湖南搞教学，记录了老艺人的表演经验，这是非常难得的。

我们录戏的过程可以分为两个阶段，第一阶段是录剧目，录不同剧种的不同剧目和整本大套的目连戏，包括傩戏；第二阶段录制了辰河戏的目连戏。都是整宿整宿地演，都是在野外演出，我们的要求是要录原本的、传统的、原汁原味的目连戏，没有经过现代加工，这是我们要明确的原则。我们还录了目连戏里的一些宗教仪式，比如录了道教里的踏罡布斗，当时是专门布置一处场地，把门锁起来进行录制，反映演出中的真实状况。有些目连戏的演出片段被薛若琳先生带到国外去展示，非常轰动。20世纪80年代目连戏成为戏曲界的研究热点，跟我们的这些工作有着非常密切的关系。

我在当副所长的时候分管陈列室，所以我非常重视戏曲文物的收集，比如藏戏，虽然我们没有去西藏，但我跟西藏的朋友联系，专门让他们定制了完整的蓝面具藏戏和白面具藏戏的全套面具和戏服。关肃霜先生去世一周年纪念活动的时候，院领导派我和郭江专门去云南，收购了关先生生前最后一次演出《盗库银》时的全套服装，并意外购得她演《战洪州》中的穆桂英时穿的红靠，这些戏服都收在我们陈列室里，作为对这位人民爱戴的人民艺术家的怀念。我所做的无论是录音录像工作还是管理陈列室的工作，都是基础的资料性工作，算是在"前海学派"

枝繁叶茂的大树上添加了一抹绿色。

电视专题片《戏曲艺术长河》是国家"七五"重点艺术科研项目,是融合文、图、声、像等多种手段来形象生动地表现中国戏曲发展历程的纪录片,中国艺术研究院的领导非常重视。

拍摄《戏曲艺术长河》的重要根据就是东四八条戏研所陈列室的戏曲文物,有文字、实物和照片,都是非常珍贵的戏曲资料,这也是我们院的"院宝"。我们东四八条小小的陈列室就是一部长长的丰富而生动的中国戏曲史,我们就充分利用了这些文物。我们的纪录片基本上把我们所知道的、能够找到的与戏曲史有关的实物、照片、录像资料都容纳进去了。

今年是中国共产党百年华诞,是挖掘收集革命圣地、解放区、国统区革命文艺的文字、实物、史料、图片的大好时机,这项工作也是传承红色文艺基因的重要组成部分。记得有一次在恭王府葆光室召开戏曲研究所会议,张庚先生专门谈及参加艺术实践和资料工作的重要性,还吟诵了宋代朱熹《观书有感》中的诗句:"半亩方塘一鉴开,天光云影共徘徊。问渠那得清如许,为有源头活水来。"

我与中国艺术研究院

邢煦寰

我自幼酷爱文艺，曾因涵泳于广阔的艺术海洋而暗下决心：要终生探寻艺术的奥秘。之后入山东大学中文系学习，其实正是因为该校当时以"文史哲"蜚声中外、名师云集。我在1961年5月号《新建设》杂志发表的我的第一篇美学习作《关于山水诗的自然美问题》，便是我当时沉潜美学的一个结果。1961年大学毕业，我自愿去新疆工作，其实也还是我想通过"读万卷书，行万里路"以追求艺术之美夙愿的继续。我被分配到新疆大学，一直担任文艺理论和美学教研工作，对当时文艺界和美学界研讨的一些问题，特别是中国西部文学、民族艺术、民族文化审美特色等问题，都进行过一些思考、验证和研究。1963—1964年，我还被单位择优推荐考入中国人民大学、中国作家协会、中国科学院文学研究所和中宣部文艺处等4单位联合举办的文修班学习并结业。那些年我写作、发表、出版过《文艺理论》、《文艺理论浅说》、《美学十讲》(为全国11所高校集体编著,我为全书"美论"部分执笔人、全书统稿人)、《美学:引论·撷论·评论》等多部论著,200多篇评论文章,150多万字讲稿;同时,我应邀参加全国第一次美学代表大会暨中华美学学会成立大会,会后积极筹建新疆美学学会并担任该会会长,创建了新疆高校第一个全校性的美学研究室和教研室并任主任,同时兼任中文系文艺理论教研室主任、副教授,曾获教学一等奖,多篇论文获奖,被新疆作家协会吸收为协会会员,任理事、中国作家协会会员、中华全国美学学会会员,后任多届理事,等等。然而,后来经过"文革"几年的荒废,在百废待兴后的拨乱反正过程中,在与新的实践的结合中,我越来越深切地感觉到自己的学术功底和理论基础无论在深度、广度还是扎实程度上都还浅薄不足,亟须认真补上,一颗求索不止的心又发出了新的希冀与呼唤!也正是在这样一个关键时刻,为了在学术上、理论上和专业上有新的更大的提升和突破,我开始四处求索、多方求教,力争不放过任何一次可以前进、提高的机遇,比如:想方设法去北京大学旁听朱光潜先生的美学讲座,去北京师范大学跟班旁听蔡仪先生的研究生美学课,去中国人民大学向马奇先生求解马克思的《1844年经济学哲学手稿》中的美学思想,去有关学友处借阅抄录王朝闻先生还未出版的《美学概论》复印书稿以为考研之用……直到我鼓足勇气、充满希望地向自己心目中倾慕已久的学术圣殿中国艺术研究院的学术领导投寄了自己的理论专著请求惠正,我终于得到了热诚的回应和鼓励,并荣幸地先是被借调,不久又被正式调入中国艺术研究院。老实说,我当时有一种真实感受:一介散兵终于归队,一个漂泊游走的学术游勇终于回到了自己的学术家园!

20世纪80年代,我国进入了改革开放的新的历史时期,整个社会出现了世所罕见的生机与活力,学术领域也呈现一派欣欣向荣的新景象。正是在这大好的形势和机遇下,1989年,由于研究工作的需要,我非常幸运地被调入中国艺术研究院从事专门的学术研究工作。时任常务副院长的著名文艺理论家李希凡先生在后来给我的一本专著《艺术掌握论》的序言中曾这样写道:"煦寰同志从边疆调到北京,主要是由于研究工作的需要。我已记不大清煦寰同志是哪一年来研究院的,只记得当时陆梅林同志正在酝酿《马克思主义文艺学大辞典》的编撰工程,而我从煦寰同志的著述和简历中看到的是,他多年来一直在从事文艺学和美学的教学和研究,有扎实的马克思主义和中外文艺理论与美学理论功底,教学和科研成绩突出,并一直未懈执着地追求,因此,我就向梅林同志做了推荐。"中国艺术研究院是享誉中外的全国艺术研究的最高学府,荟萃了全国戏曲、美术、音乐、舞蹈、话剧、影视、文艺学、美学、红学、文化学等各种文学艺术和文化学科方面一流的研究专家、学者、教授乃至大师、巨匠,氤氲着浓郁的文化氛围和学术空气,具有研究艺术最好的堪称一流的硬件、软件和管理规范,身入其中是我多年梦寐以求的梦想。一旦身处其中,颇有一种如鱼得水、梦想得圆之感,应该说这为我一生的学术生涯开辟了一个走向融通与建构、取得更多学术成果、个人学术话语最终确立的时期。开始时,我被分配到马克思主义文艺理论研究所,担任基础理论研究室主任,并很快被评定为美学和文艺学研究员。除个人的科研课题和参与当时颇有名望的《马克思主义文艺理论研究》专刊的编辑出版事宜外,我的主要工作是帮助时任副院长兼马文所所长和第一主编的陆梅林先生组织编撰出版当时列为国家"八五"重点工程的《马克思主义文艺学大辞典》。完成此项工程后,为了加强院研究生部(即现研究生院的前身)的理论教学和领导工作,我又被调任研究生部副主任,除了继续美学研究的工作外,还从事组织研究生教学并兼职美学课的教授、研究生导师,主编《中国艺术研究院研究生部学刊》。调入本院数年来我又完成了多部学术专著(包括与人合作项目)的撰写出版,发表美学、文艺学和艺术学等方面的文章 200 多篇,在全国许多省区举办过多次研究生课程讲习班、讲座等,参加过多次国内外的学术研讨和交流活动,在学界有一定的影响与知名度,以下择其要者分述如后。

一、多年来出版的主要学术专著（包括合作项目）

1.《马克思主义文艺学大辞典》

此书规模宏大，总计135万字，内容深广，包括：一编，基础理论；二编，马克思主义文艺学的创立和发展；三编，无产阶级革命文学的产生和发展；四编，马克思主义经典著作家名言释义；五编，文艺思潮·流派·社团·报刊；六编，神话·传说·典故。参撰单位和人主要由中国艺术研究院马文所，中国社会科学院文学研究所和外国文学研究所，北京大学、中国人民大学、北京师范大学、郑州大学等高校中文系的学者、教授、专家组成编委会；著名理论家、文艺家、研究家担任学术顾问；全国200多位专家、学者和专业理论工作者参加了词条撰写，历时近5年才完成了全书撰写工作。1994年9月由河南人民出版社正式出版发行，获文化部1999年社会科学优秀成果评奖二等奖。应当说，此类性质内容的如此大规模的辞书是国内首创，也世所罕见。我被任命为全书常务副主编、编委，参加了全书结构、拟目、体例和"基础理论"部分条目的撰写、讨论、修改以及大量的组稿、走访、联系、会务等工作。这不仅大大提高、深化了我的学术观念，开阔、拓展了我的学术眼界和胸襟，而且进一步学到了不少做人做学问和与人合作的方法乃至编辑出版的知识，为我以后在学术研究中更好地坚持和运用马克思主义的观点和方法、融通百家、力呈己见进一步做好了准备和夯基工作。

2.《艺术掌握论》

本书是个人独立完成的首届中华社会科学基金资助课题。全书49.6万字，中国青年出版社1996年12月初版，1997年4月再版，印数3001—8000册，获首届中华社会科学基金项目优秀成果三等奖。全书

"首次以'艺术掌握方式'为中心命题，以艺术掌握主体、客体及其相互关系为中轴，把艺术和审美的一系列基本或重要问题有机统一为一个相当完整的艺术美学的独到理论体系，并以艺术掌握论为本体，广纳深收，融古汇今，几乎重新审视、进一步阐释了艺术美学中的许多基本或重要命题和范畴，发表了许多深刻而富有独创性、启发性的学术见解，思路开阔，论述谨严，信息量大，堪称艺术美学领域的一部有特色的新的力作"（见该书封底简介，是根据李希凡先生的评论拟写的）。李希凡先生在《人民日报》（1997年8月14日）发表题为《一部具有特色的艺术美学专著》的评论文章，认为这是"一部在马克思美学观和文艺观指导下兼采众长，并自有开拓、自有突破的一部创新的艺术美学著作"，是"第一本有关这一重要理论的有分量的研究专著，无疑具有开拓性意义"。著名美学家中华美学学会常务副会长滕守尧先生先后在《文艺研究》（1997年第4期）和《中国艺术报》（1997年7月18日）发表了两篇评论文章，认为这部书对"艺术掌握"的奥秘做出了"清晰而又系统的回答"，具有"适时""新颖""丰富"三个特点。"适时"是指在"近年来流行的'以技术代替艺术'的思潮中，作者能重提马克思的'艺术掌握'概念，并加以深入阐述，无疑是一件适时的和具有时代意义的事情"；"新颖"是指这部书"虽洋洋几十万言，读起来却毫不枯燥""每一章节，都不乏具有深刻哲理的新的见解"；"丰富"是指这部书是"一部具有艺术特色的著作，其最鲜明的特质是，每当提出一个新的概念或命题时，总伴有具体的论证和生动的事例；每当它带领人们走入枯燥的理论的丛林时，总忘不了提出种种充满激情的诗意的遐想"，认为"文如其人，人如其文。看来邢煦寰先生已经把自己所有的思想，连同自己独特的气质，融会到这部美学著作中了"。著名美学家夏之放先生先后在《山东师范大学学报》和《大舞台》杂志撰文，认为此书独辟蹊径、建构了"一个自调节、自充实、自发展的开放的动态的理论框架体系""旗帜鲜明地坚持了辩证唯物主义和历史唯物主义的基本方法，同时吸收了系统论、价值论等新的方法，也就使全书颇具新意。书中对许多命题和范畴，都进行了语义辨析和来龙去脉的清理，在许多地方都闪烁着智慧的火花"。评论家陶钧在《光明日报》下属的《中华读书报》（1997年6月11日）著文指出这本书是对"'挂帅课本'的突破""该书以马克思在《〈政治经济学批判〉导言》中提出的'人对世界的艺术掌握方式'的命题为核心、为中心范畴、为逻辑起点，把艺术和审美的一系列基本问题有机联系了起来，建构了一种迥异于其他艺术美学的框架体系"，等等。另外，《文艺报》《中国文化报》《新闻出版报》《美术观察》等报刊也相继发布了这部书的出版信息或有关评论。我之所以在这里较多地引述了当时的一些评论，是因为这本专著的确是我几十年学术研究的一次较重要的总结，是我多年来痴迷、执着地探索、追求艺术和审美本质与奥秘心得心血的一种集中凝聚，是个人通过融通与建构走向自身学术成熟和顶峰的一个重要路标与标志，是个人学术话语和学术成就开始走向最终确立的重要奠基石之一，而以上热诚、公允和中肯的评论，又恰如知音般地叩响了我内心深处的共鸣之钟。这是我几十年的学术生涯中获得的一次最广泛、最热烈、最深入的社会反响，一直到今天我还难忘到人民大会堂出席颁奖大会领奖时的情景，那种激动和幸福的心情已经化作了继续求索不止的新的动力。

3.《通俗美学》

本书24万字，中国青年出版社2000年10月出版，2001年9月第二次印刷，曾列畅销书目录。这是在我多年来进行美学教学和研究所撰写的讲稿、讲义、专著和文章基础上的一种新的提炼、加工和改写，既是为了给研究生教学提供一个简明扼要又不失一定深度且不乏个人学术见解和个性的"邢式美学史论参考讲义"；又是为了满足大学生、进修生和文学艺术界一些年轻的艺术实践者与美学爱好者自学时有一本篇幅不多、深入浅出，也比较生动形象的美学"教学用书"的需要。滕守尧先生为本书撰写了热情洋溢、见解精到的序言，他指出："一种更具边缘性的美学——既具有一定的理论深度，又浅显易懂的美学——自然会成为人们案头的首选。""邢先生的这部新著就是这样一种边缘性的美学。正如作者在后记中所说，美学达到深入浅出，已经是一个很高的学术境界，在美学史上能达到这个境界的人为数不多。所以如此，是因为这种美学写作涉及很强的技术问题，但又不是一个纯技术问题。一方面，必须尽力做到技术性很强的讨论用非技术性语言说出（或者说，将深奥的概念用平易近人的语言传达）；另一方面，作者又不能因为语言的通俗和流畅而减低思想的深邃和分析上的透彻。这意味着，这种'深入浅出'的边缘性美学对作者的要求更高。也就是说，需要一个人在思想、语言和艺术感觉方面有更高的修养。'深入浅出'的背后是更多的心血和更高的智慧。反过来，假如一部美学著作既有精辟独到的见解，又有生动流畅的语言，就可以超越学者文人圈子，对整个社会产生深刻影响。这样的著作将不愧为一个时代的佳作。""可以肯定，邢先生在上述两个方面都付出了心血并取得相当明显的成就。"诚然，我不敢说自己在此书中已在多大程度上达到了滕先生所指出的境界，不过我的确一直"心向往之"并努力探索过，并且至今还在探索中。

4.《隋唐书法艺术史论》

这是我参加全国艺术科学"九五"规划重大课题《中华艺术通史》编写的一个先期性的阶段性研究成果，包括我对中华艺术整体特征和艺术精神研习和思考手记之一的"中国艺术精神及其他"，对隋唐艺术总体历史发展、美学概貌和影响地位研习和思考整体概括和把握的"盛世丰彩　古典高峰——隋唐艺术述评"，特别重点的是对隋唐书法艺术高峰形成、发展、成就、影响进行美学考察和总述的"书艺高峰　美学精魂——唐代书法艺术三章"。我始终认为，艺术史的研究就是艺术本身的研究，也是美学研究不可或缺的有机组成部分。因此，参加《中华艺术通史》的编写，我把它视为丰富和提高自己美学研究的一个极好的机遇，而这本书的撰写出版也正是在这一过程中的成果之一。全书约 20 万字，江西美术出版社 2003 年 4 月出版。

5.《中华艺术通史·隋唐卷》（下编）

《中华艺术通史》是中国艺术研究院于 1996 年申报获准并正式启动的全国艺术科学"九五"规划唯一重大课题。原常务副院长、著名学者、文艺理论家李希凡任全书总主编，艺研院及全国数十位专家学者刻苦攻关，历经 10 年方告完成。全书共 14 卷，总计 700 余万字、3000 余幅图片，是包括美术、音乐、戏曲、舞蹈、曲艺、建筑等艺术门类的综合性鸿篇巨史。从其综合性"规模"撰写和出版质量看，均是首创，是一部填补空白、具有开创意义的巨著。北京师范大学出版社 2006 年 6 月出版。我担任全书编委和《隋唐卷》（下编）（包括书法、绘画、壁画、建筑、雕塑、工艺美术和书画理论等）的主编，除亲自撰写书法艺术部分外，还负责全卷的审稿、修改和定稿工作。全卷 54 万字，另请美术史论专家陈绶祥、李一、齐开义先生等与我共同撰稿，还有许多"幕后英雄"，恕不一一列出。这次撰写过程堪称一次艰巨卓绝的学术之旅，其间曾有两位研究员因患癌症相继去世。窃以为，美学研究像文学创作一样，也应该有一个"寻根"的过程。这一过程的重要途径就是通过中华艺术史的深广研索，真正深入地体验、认识和把握中华艺术生成发展、丰富繁荣的独特艺术规律、美学规律和独特艺术精神、美学精神以及独特神韵、特色与风格，用以成为我们广纳深收中外古今一切艺术和美学精粹、发展繁荣中华当代新艺术和新美学的根本和母体。而我也正是把这次参加《中华艺术通史》的撰写过程看作自己进行美学研究的一次极其难得、极其重要、规模也最大的"美学寻根"活动。

6.《走向行动的美学》

本书由广东教育出版社 2007 年 10 月出版，57 万字。这是我多年来追求不辍、努力实践"走向行动的美学"的又一部无论从深度还是从广度看都有了新的推进，有了一个更全面、更充分的具体诠释和展开的新结集。"走向行动的美学"是新时期以来笔者面对中国当代美学如何进一步发展的课题提出和实践的一个新的美学命题，其要义在于"呼吁广大美学研究同行共同努力，使我们的美学研究走向生活、走向实践、走向行动，在与当代社会艺术审美实践的紧密结合中，步入新的发展和繁荣。'走向行动的美学'，是静态美学理论的动态具体运用，是运用中的美学形态。究其内涵，就是运用美学理论来评说历史、观照现实、鉴赏艺术、进入教育、诠释理论乃至构建美学本身"。"作为一种理论形态的'行动美学'，当然具有一般理论形态的抽象普遍性品格。……然而'行动美学'又具有不同于一般理论的自身特点，它的理性思辨过程总是和感性实践经验紧密联系在一起，它深刻的理论认识常常伴随着浓郁的情感体验，它严谨的论证方法经常辅之以生动的描述。从而在总体的理论形态上，它具有不同于一般理论形态……的感性与理性、情感与认识、形象与抽象相统一的特点，具有既深刻睿智又鲜活生动的特色和魅力。"所以，"我以为，'走向行动的美学'不是静态的美学，而是动态的美学；不是静卧书斋的美学，而是行走于世界的美学；不是从概念到概念的美学，而是从实践中来又到实践中去的美学；不是与人生无关痛痒的美学，而是以人为本、与人类最高价值追求紧密相连的美学"（以上见本书"绪论"）。作为中华美学学会常务副会长兼秘书长的著名美学家滕守尧先生在给本书写的"序言"中明确表示："中国美学的唯一出路和唯一生路在哪里？这是邢煦寰先生新作《走向行动的美学》所要回答的主要问题之一。这部洋洋几十万字的巨著，充满对中国美学的关心和责任感，渗透着几十年研究的心得和体会，对上述问题和人们关心的其他美学问题作了系统的分析和回答。""我个人非常赞成邢煦寰先生的观点。"李希凡先生在《中国文化报》（2008年2月23日）发表《一种新美学发展观的执着探索》一文，也给予热情的关注、鼓励与肯定，指出："邢煦寰提出了'走向行动的美学'的主张，身体力行，走向现实生活与艺术实践的领域，进行观察、感受和体验。从艺术美学的视角来说，这种体验，既有与文学艺术家相同的一面——真实生活的认知，又有其相异的一面，即在体验中升华美的意识和美的价值取向，为指导现实人生做出贡献。""现在通读全书，又不禁为作者的全身心地投入、多视角地实践和诠释'走向行动的美学'所折服。""在当前社会经济高速发展，而学术现状又处于极其浮躁的情势下，邢煦寰能为了一种学理的主张，关注现代美学研究，走向行动，不遗余力地深入实践和解读，实是难能可贵。""'走向行动的美学'，无疑将成为现代美学研究的大趋势，本书虽然只是作者'行动'的阶段性成果，但完全可以看出是一种新美学发展观的有益而执着的探索。"

二、多年来发表的主要学术论文

（1）《试论社会主义文艺的美学品格》，约11000字，《文艺研究》1990年第3期，获中国艺术研究院中青年优秀论文三等奖。（2）《最主要之点》，《文艺研究》1991年第1期。（3）《"艺术掌握方式"新论——兼论艺术本质和艺术分类》，约13000字，《文艺研究》1991年第5期。（4）《艺术掌握方式的特殊辩证内涵》，约8000字，《文艺研究》1993年第1期。（5）《艺术本质、价值与市场经济》，约15000字，《文艺研究》1995年第5期，获中国艺术研究院1998年优秀科研成果二等奖。（6）《中国美学总范畴的宏观历史把握——评周来祥主编〈中国美学主潮〉》，约5000字，《文学遗产》1994年第1期。（7）《艺术掌握方式讨论综述》，约10000字，载《新时期文艺论争辑要》，重庆出版社1991年版。（8）《"民族美学"谈片》，约20000字，载《民族美学研究》，广西人民出版社 1995 年版。(9)《服饰文化三题》，约 11000字，获首届中华服饰文化博览会论文评奖二等奖，收入《首届中华服饰文化博览会论文集》(1992)，《中国艺术研究院研究生部学刊》1996年第 1 期。(10)《艺术掌握与企业管理》，约 20000 字，载《企业美育初探》，江苏人民出版社 1994 年版。(11)《一个二维双向互补的人对世界艺术掌握方式系统的自我认知整合系统》，约 20000 字，载《东方审美文化研究》，广西师范大学出版社 1996 年版。(12)《红楼美学论片》，约 30000 字，《红楼梦学刊》1996 年第 1 辑。(13)《中华艺术精神及其他》，约 15000 字，《美学与艺术研究》1997 年产量期发表。(14)《社会主义文艺作品的形式问题》，《文学评论》1991 年第 5 期。(15)《现代美学中的美与审美价值探索》，约 12000 字，《中国艺术研究院研究生部学刊》1994 年 10 月号。(16)《摄像的可能　可能的摄影——试谈摄像和摄影艺术作为独特的"掌握世界的方式"》，约 5000 字，载中国摄影家协会编《摄影艺术论文集》，中国摄影出版社 1994 年版。(17)《艺术价值与艺术的商业价值》，约 10000 字，《中国艺术研究院研究生部学刊》1995 年 6 月号。(18)《"女性美学"的新拓进新成果》，约 5000 字，《文艺研究》2001 年第 4 期。(19)《走向行动的美学》，约 15000 字，载《美学前沿》(第三辑)，中国传媒大学出版社 2006 年版。(20)《红学再出新成果——读〈传神文笔足千秋〉》，《人民日报》2006年 8 月 3 日。(21)《一部详赡邃密的红楼梦人物研究力作》，约 7000字，《中国文化报》2006 年 8 月 26 日。(22)《"艺术课程"：艺术与艺术教育新理念的成功体现》，约 7000 字，载《美学》2006 年第 1 卷，南京师范大学出版社 2006 年版。(23)《树立与社会主义市场经济相适应的大艺术观，别开艺术与艺术科研工作的新生面》，约 7000 字，载《文化市场与艺术研究》，文化艺术出版社 1994 年版。(24)《进入博大而澄明、精深而简洁之境——研读邓小平美学和文艺理论》，约 8000字，曾在《中国艺术报》发表一部分，全文已收入拙作《走向行动的美学》。另在《文艺研究》《光明日报》《美与时代》等报刊，先后还发表评论当代著名美学家滕守尧的《文化的边缘》，周来祥的《中国美学主潮》《古代的美、近代的美、现代的美》《文艺美学》，杨恩寰的《美学引论》及其与梅宝树合著的《艺术学》，夏之放的《转型期的当代审美文化》等诸多美学新作的多篇评论专文，就不一一赘列了。

三、其他工作

除担负中国艺术研究院院内的科研和研究生教育工作外，我还承担了院外大量有关学术评奖、教材审定、研究生学位论文答辩、国内外学术会议、兼职教授等工作。如：（1）曾被聘任为文化部社会科学评委会委员；教育部基础课程改革《艺术课程》教材审定组委员；全国艺术科学"十五"规划青年基金课题、《儿童的艺术与艺术教育研究》鉴定委员会主任委员；中国艺术研究院94优秀科研成果评委会评委；首届中华服饰文化博览会学术理论研讨会评委等。（2）曾多次被中国社会科学院研究生院博士研究生学位答辩委员会聘任为答辩委员；南京师范大学教育科学院博士研究生学位答辩委员会主任委员；北京服装学院研究生论文答辩委员会主任委员或委员等。（3）曾给北京及全国许多高校、科研单位、文化艺术部门讲授过研究生课程、基础理论课、选修课或讲座课，遍及艺、工、农、医、师、文等各类院校、单位。如：中央戏剧学院戏文系研究生课，北京电影学院艺术美学讲座，北京师范大学艺术教育课，北京服装学院服装系、工美系和民族服饰博物馆的多届美学研究生课程和大本课程，文化部文化干部管理学院各艺术专业大本班美学课，浙江师范大学的美学研究生课程，南通师范大学和南通工大的美学讲座课，北京航空航天大学的美学讲座课，北京医科大学的美学讲座课，北京工业大学的美学讲座课，中国农业科学院研究生院的多届美学研究生课程，中华女子学院的美学基础课，河北省中青年戏剧工作者培训班的美学专题课，新疆文化系统艺术干部美学研究生课……乃至全国都市女孩评比大赛组委会主持的美学常识课等。（4）除坚持参加中华美学学会的历届学术年会外，还力所能及地参加了一些国内外有关美学的研讨会，在接收和学习有关新信息和新知识的同时，也发表了自己的一些心得体会与见解，如：在1995年11月15—20日举办的深圳国际美学美育会议上，我做了名为"一个二维双向互补的人类对世界艺术掌握方式系统的自我认知整合系统——中西艺术本质论比较要点"的大会发言；在"中西文化交流：当代艺术体验与阐释国际研讨会"上，我做了名为"对话时代的艺术与艺术哲学新潮流"的大会发言；在2004年9月召开的"实践美学的反思与展望"国际学术研讨会上，我做了名为"我看实践美学"的书面发言等。这些书本与书案外的美学活动大大拓宽了我的学术视野，多时空地表达、交流和展延了自己的学术话语，对最终促使和推动自身学术话语和学术主张的确立与成熟起到了不可或缺的重要作用。

  时光如流水，转瞬间调入中国艺术研究院已经30多年。以上所述就是30年来我在艺研院的一流学风、一流学养、一流品格、一流襟抱的陶养、培育、滋润、导引下所取得的些许成绩。说来既幸运又惭愧，幸运的是此生有幸能在艺研院这样的一流学术殿堂有所提高、有所进步；惭愧的是在艺研院高大巍峨的学术圣殿前，自己所做诚如一砖半瓦，低矮浅薄、不堪一提！值此70周年院庆的光辉日子里，我满怀感恩深情，由衷地致以崇高的敬意！发自内心地祝福我们的艺研院：步入新时代，走向新辉煌！

  是的，艺研院不单是我的工作单位，它更是我心中崇高的学术圣殿！它永远是我生命价值的至高点之一，是我永恒的精神文化家园！

我与中国艺术研究院图书馆结缘

戴淑娟

我现在是85岁的老人，退休也20多年了，对于中国艺术研究院70年院庆，我由衷地表示祝贺！愿我院的艺术科研事业、教学与人才培养、国际文化艺术交流随祖国强盛而蓬勃发展、蒸蒸日上，不负党和人民的期盼！

我于20世纪60年代初毕业于北京大学图书馆学系，在中国戏曲研究院从事图书资料工作25年。中国艺术研究院成立后，我于1986年被调入资料馆任第一副馆长，主持全馆的业务和行政工作，在专业方面包括了图书、报刊和录音录像等部门，又工作了10多年后才正式退休。

我这辈子和艺术研究院图书资料工作结了缘，这是我的工作，更是党和人民交办的事业。我热爱、我认真，从不含糊地努力完成每件工作。

我在戏曲研究院主管过戏曲艺术图书资料的采

购、分编以及古籍整理。该馆收藏丰富，很有专业特色，包括戏曲善本、孤本，大量近现代地方戏曲剧本、研究文集、专辑，藏书20余万册。我们搜集资料主动出击，通过参加社会活动，如各种会演、座谈会采访收集，向知名学者藏书家征集，在各省图书馆、大学图书馆的善本、藏书目录中巡查补缺。我们先后整理了齐如山、傅惜华、梅兰芳、程砚秋等名家的藏书和文物，我们在上海图书馆、南京图书馆、南大、川大等大学图书馆的善本书目中核查，用微缩手段复制了一批戏曲善本、孤本和明清传奇剧本来弥补本馆藏书的不足。因此，戏曲研究院专业藏书之丰富，内容之精关，除了国家图书馆之外，在全国的专业图书馆馆藏中，藏书当算数一数二的了！此外，还藏有近现代的文艺戏曲报纸、杂志、相册、音像资料，包括近现代京剧流派和各种地方戏曲音乐的钢丝录音、唱片、胶带、光盘等。每件藏品的搜集、整理、收藏都倾注了全体老同志的心血和智慧，大家费心费力搜集整理的资料，都无偿地为戏曲研究、学术会议、书籍出版、全国的戏曲会演提供服务，当时我们的工作一直受到全国戏曲工作者和演出团体的好评。

我在中国艺术研究院图书馆出任馆长期间，先是建立健全全馆各部门的组织建制，确定各部门的业务方向，任命负责人，建立岗位责任制，实行奖励制度。还专门设立抢救老艺人、老艺术家的文献编辑室，参加全国戏曲志的编纂工作。报刊部门负责全国报刊的搜集，详尽地剪辑各艺术门类资料，细致地分成专题，按主题剧种、剧目分门别类排列，方便了读者检索查找。各部门有计划地按部就班地为全院、全国的艺术研究提供服务。资料馆的录音录像室用了10多年时间，对中国传统戏曲剧种进行系统的录像工作，工程技术人员走遍了祖国大江南北，越过高山峻岭，不辞艰辛深入边远地区和少数民族地区，录下了3000多小时的资料，这使得近百个剧种的几百个剧目的形象资料得以珍藏，当今已成为传世之宝！

1986年11月应日本国际交流基金会的邀请，我院组成艺术图书资料工作考察团赴日考察，我任团长，成员还有贺德芳、方群、冯洁轩、老祖。我们先后到东京、冲绳、大阪、奈良、京都和伊势进行了为期14天的访问考察，访问了6个城市的20个单位。这次出访是根据1983年文化部在长沙举行的全国社会科学艺术学科规划会议，提出"七五"期间建立"中国艺术图书资料情报中心"的建议，为筹备中心，对日本有关图书资料部门的设施、技术设备和管理体制进行考察。出访回国后，我向全院图书资料工作人员做了汇报，写出《中国艺术研究院艺术图书资料工作考察团赴日本访问考察报告》，先后发表在院《科研动态》和《广东图书馆学刊》（1987年第4期）上，该文全面介绍了日本艺术图书资料的管理、设施和设备，介绍了日本文化财研究所、日本国会图书馆、日本早稻田大学，日本东京艺术大学等单位的管理特色，尤其对他们收集资料的渠道和范围，读者服务与参考咨询工作以及电子计算机在图书情报资料方面的应用做了较为深入的说明。

20世纪90年代初由资料馆牵头，组织全院各所图书资料管理人员30多人参加了编制《艺术科学叙词表》，该表作为院重点科研项目，我们用1年零5个月时间完成。该表是对艺术文献进行主题标引、主题检索和术语检索的控制工具，为图书情报管理与检索的科学化、自动化、网络化创造了必要条件，在当时全国已出版的60余种专业词表中，填补了艺术科学领域的空白。该表由文化部科技教育司组成专家小组进行审查测试，于1991年9月4日在我院组织召开了部级鉴定会，于1991年11月4日由文化部正式颁发了《艺术科学叙词表》技术鉴定书，编号为"（91）文科建字003号"，荣获了文化部颁发的科技进步奖三等奖，后由王蒙部长来院颁发证书表彰，此后又获我院颁发的科研三等奖。该项目在文化部召开鉴定会时，曾由新华社发表过通栏报道，后由北京各报刊转载消息。

1992年《艺术科学叙词表》通过激光照排由文化艺术出版社正式出版。该项目的完成曾得到院外图书情报界专家学者的具体帮助与指导，其中有北京图书馆研究部主任刘湘生、国家科委情报司文献管理处处长朱孟杰研究员，中国科学院文献情报中心副主任辛希孟、中国社会科学院文献情报中心编审朱铁生，化学工业部科学技术情报研究所计算机检索中心副主任孙伯庆高级工程师，中国航空信息中心文献部主任邱祖斌高级工程师，首都经济贸易大学赵丹亚教授等。

1996年第62届国际图联大会在北京召开，我被邀请出席，我推荐我院科研处主任林秀娣和马克思主义文艺理论研究所韩萍同志参加了大会。我的论文《迈向21世纪的中国艺术图书馆——试论中国艺术研究院资料馆的发展》翻译成英文被大会选为研讨会发言论文并为大会文集收录。这篇论文还被载入《世界学术文库·华人卷》（第二集），该书于2000年2月由世界学术文库出版社出版。此外，大会还组织与会者参观了我院戏研所资料室（原中国戏曲研究院资料室）。

我还参加并主持了全院图书资料专业职称的评审工作。从1982年到1997年，我一直被文化部人事司聘为文化部图书资料系列高级职称评审委员会委员，参加了多届全国专业技术职称评审。20世纪80年代中期，我院也开始了图书资料专业职称的评审工作。在我院职称评审委员会领导下，我根据文化部的标准和要求做了大量的组织和指导工作。从此，在我院做了一辈子专业图书资料工作的同志们有了归宿，有了事业上的成就感。

在图书情报界的学术交流活动方面，我院资料馆加入了中国图书馆学会成为理事单位。我们曾和台湾学者进行两岸图书资料工作座谈，与中国近代史图书馆进行学术交流，请有关专家学者来院授课，通过学习新知识、交流工作经验来提高我们的学术水平。

至今我院已实现了各所图书资料统一管理，选用公共图书馆的分类标准和检索方法。我深切地希望我院艺术图书文献情报工作的管理和应用随着新时代的发展更科学和更规范，进一步实现现代化、信息化、数字化，充分体现资源共享的理念。让我院经过几代人的努力奋斗而保存积累下来的宝贵财富，包括各种形态的物质遗产和非物质文化遗产，能为当代的社会主义文化建设服务，增强全民族的文化自信，为实现中华民族伟大复兴贡献力量！

  当前中国特色的社会主义进入了新时代，党的百岁华诞到来之际，我院恰逢建院70年院庆，喜事连连。我深信我院将率全体同志更加紧密地团结在以习近平同志为核心的党中央周围，坚持以习近平新时代中国特色社会主义思想为指导，认真贯彻双百方针，全心全意为人民服务，不忘初心，牢记使命，锐意进取，埋头苦干，乘着新时代的浩荡东风，乘胜前进！

青春作伴到京师
—— 我的中国戏曲学院校园生活

薛若琳

我1939年六月初一出生在辽宁省兴城县（现为县级市）。我父亲薛秉钧早年在张学良的东北军军需处当一名上尉军需官。旧时代沈阳时常有京剧演出，我父亲属闲官，经常看京戏，时间长了，也能哼唱几句。后来日本侵略军占领东北，东北军撤退到陕西，我父亲未随军转移，就留在东北。我祖父在兴城，于是父亲也到了兴城。

兴城地处辽西走廊，是海滨城市。明代称宁远，抗清民族英雄袁崇焕就曾镇守在我家乡，小时我就听到父祖辈讲述明末清初易代之际的铁血故事，为后来我研究历史剧的历史知识打了基础。由于父亲喜欢京戏，这对我少时影响很大。父亲又给我讲述《群英会》《武家坡》《四郎探母》等戏的故事内容和时代背景，因为父亲的熏陶和影响，我爱上了京戏。1960年春，我看到中国戏曲学院的招生启事，就报了名，我于当年初夏赴东北大区考场沈阳应试。晚上，沈阳音乐学院有演出，我就去观看《〈梁山伯与祝英台〉小提琴协奏曲》，我为这样优美、抒情的音乐旋律所吸引。当年8月学院通知我被录取了，9月1日开学。我们全家都非常高兴，我由东北小邑考到首都北京的高等戏曲学府，这将会改变我的人生道路，当时我非常激动。8月30日我到学校报到，一下火车，我就寻找天安门。后来学院为我们开的诗歌课，我的习作第一句便是："刚下火车，在月台上四处张望，哪里是天安门？"被诗歌课助教邓兴器老师表扬："诗句质朴，直抒胸臆。"

中国戏曲学院的校址坐落在北京市东城区东四八条52号的坐北朝南的四层楼内，学院源自1951年成立的中国戏曲研究院，1958年，在中国戏曲研究院的基础上，组建了中国第一所戏曲高等教育院校——中国戏曲学院。学院原来设有讲习班、研究生班和进修班，学院正式成立后，又新设立了戏曲文学、戏曲导演、戏曲音乐、戏曲美术四个本科班。1960年正式招生，学制四年，三年在校学习，一年到剧团或工作单位实习。戏曲文学、戏曲导演、戏曲音乐三个班于1963年毕业离校，中国戏曲学院随之撤销（1964年1月1日），恢复中国戏曲研究院建制。所以我们这批学生，既是中国戏曲学院的第一届同时也是最后一届的毕业生，可谓空前绝后。

学院给我们戏曲文学系（因为只有一个班，有时习称文学班）开设的主课有：元人杂剧、中国戏曲史、戏曲艺术概论、戏曲剧作教程、话剧剧本选读、诗歌选读等课程，此外还有一些辅助课程。

入学的第一课是劳动课，从9月初到9月末，在京郊的文化部农场。由于我在劳动中不怕脏不怕累，劳动成绩突出，受到老师的表扬。回到学校后，就准备参加10月1日的国庆检巡游行，10月1日游行时，安排我在离天安门最近的第一排，我感到非常光荣。正式上课后，我又被选为班长。

我们刚入学的1960年，文化部提出"整理改编传统戏、新编历史剧和创作现代戏'三者并举'"的方针，这项戏曲政策的发布是有背景的。1958年"大跃进"时，有的剧团宣布："本团自今日起，只演现代戏，不演传统戏"，有的地方竟提出"以现代戏为纲"的口号，甚至提出现代戏是"纲中之纲"的口号。这时文化部提出"三并举"的戏曲方针带有纠偏之意。举个例子，非洲大草原有食草动物野牛、角马、羊群，有食肉动物狮子、老虎、豹子，它们在种群和数量上比例要恰当，才能保持草原生态平衡。"三并举"也一样，当时文化部提出"三并举"方针的内涵是："大力发展现代剧目；积极整理改编和上演优秀的传统剧；提倡用历史唯物主义观点创作新的历史剧目。"这样才能保持戏剧生态平衡，有利于戏曲健康有序地发展。

20世纪50年代末期至60年代初期是我国京剧艺术蓬勃发展的时期，不仅整理改编了大批的优秀传统剧目，还有许多新创作的历史题材剧目问世。如中国京剧院、北京京剧院联合演出的京剧《赤壁之战》，以及北京京剧院演出的京剧《将相和》《赵氏孤儿》《望江亭》《状元媒》，中国京剧院演出的京剧《彝陵之战》《野猪林》《响马传》《九江口》《赠绨袍》《打金砖》《淮河营》《高亮赶水》等优秀剧目，同时涌现在舞台上。

由于我们是研究、学习戏曲的艺术院校，所以学院要求所有在读学生都必须熟悉戏曲。当时我们本科班的同学有两部分：一部分是中国戏曲学校毕业具有中专学历的戏曲演员和由戏曲院团推荐代培的戏曲工作者，他们了解、熟悉戏曲艺术，入学后他们学习戏曲艺术理论比较从容。另一部分则是通过高考录取的高中应届毕业生，这部分同学除少部分人入学前看过戏，了解一点戏曲之外，大部分同学不熟悉戏曲，有的人根本就没看过戏，甚至看不懂戏。在这种情况下，这些人一入学就学习戏曲理论的难度很大。为了解决这个问题，学院特意为我们设立了"形体基本功课""京剧唱腔课""京剧打击乐课""戏曲观摩课"，以便让同学们熟悉舞台、熟悉戏曲。

形体基本功课：仿照中国戏校练功课的模式，每天早上起床后安排

45分钟的课程，带功的老师是戏研室的京剧老艺术家王艳芳老师（著名京剧演员谢锐青之母）和导演研究生班的刘沪生老师（中国戏曲学校毕业，老生演员，后从事戏曲理论研究工作）。开课前，晏甬院长指示大家说："给同学们开这门课，不是真的让你们把腿压出来，把腰下出来，而是让你们了解戏曲演员练习基本功的艰苦过程，从而熟悉舞台、熟悉戏曲。戏曲演员在舞台上的程式化表演，都是从形体基本功上引申、发展而来的，也就是说戏曲艺术就在演员身上。你们通过学习形体基本功就可以熟悉演员，熟悉舞台，进一步熟悉戏曲艺术。这对你们今后的学习会有很大的好处，希望同学们认真向老师学习。"

对于我们这一批从未练过功的生坯子，腰腿已硬，再踢腿下腰确实太困难了，有的人咬紧牙关，腿也放不到练功的把杆上，更不要说压腿、下腰了，有的女同学疼得直哭鼻子。好在老师也只是让同学们了解一下练功的过程，知道压腿、耗腿、踢腿是怎么回事，知道什么叫踢直腿、旁腿、十字腿，什么叫偏（读若"片"）腿，什么叫拉山膀、云手……就可以了。所以除了导演班为了配合戏曲表演课而对他们有一定的形体基本功要求外，对我们文学班的同学也不刻意要求大家把每个动作都做到位。通过一个学期的形体基本功练习，一方面我有了腰腿基本功的基础，另一方面我也掌握了戏曲形体基本功的一套练功程序，这为我今后在戏曲剧团做导演、演员和辅导工作都打下了良好的基础。

京剧唱腔课：由戏曲音乐系的吴春礼老师负责教授我们京剧经典唱段的演唱和欣赏。在唱腔课上，除了聆听、讲解京剧剧目中的经典唱段外，还要学唱老师指定的精彩唱段，由吴老师一句一句地教，同学们一句一句地学。除了几个接触过京剧的同学学唱得还有点京剧的味道，大部分同学唱的都是南腔北调，就是不着京剧调。后来吴老师便采取重点教唱，其余的采取普及的办法，一段唱重点教会几个有基础的同学，其他同学达到耳熟即可，结果效果还不错。

和吴老师学唱，印象最深的是吴老师教给我们的两段唱腔，一段是京剧《王佐断臂》的老生唱段"听谯楼打初更玉兔东上",板式是【二黄导板】转【回龙】再接唱【二黄原板】;一段是京剧《托兆碰碑》的老生唱段:"金乌坠玉兔升黄昏时候",板式也是【二黄导板】【回龙】转【原板】。由于学院开了唱腔课,我学会了几段唱腔,更加热爱京剧。

　　京剧打击乐课:由戏曲研究所的张宇慈老师教授京剧常用的锣鼓经。京剧音乐中打击乐占有很大成分,所以从事戏曲工作的人员必须要熟悉"锣鼓经"。开始时张老师不仅要求同学们背会"锣鼓经",而且还要求大家拿起乐器亲手演奏,由于锣、铙、钹这些铜器声响过大,会影响大楼内别人的工作,所以就改为用木头旋的假乐器,在老师的指挥下,按照京剧锣鼓经的念法,同学们念出自己手中乐器的声音,后来同学们觉得别扭,老师也觉得没意思,也就放弃了。这些课程的安排,其目的是让同学们从听不懂戏到能听懂戏,从不会欣赏到会欣赏戏曲艺术,使很多不熟悉戏曲的同学渐渐地熟悉了戏曲,再听有关戏曲方面的理论课时,就不觉得陌生了。

　　戏曲观摩课:就是为了让同学们了解戏曲、热爱戏曲,组织大家多看戏、看好戏。

　　多看戏:除了组织大家观看戏曲院团的内部彩排、内部演出之外,学院还按学生名额给批拨了一笔观摩费,平均每人每月可报销2.5元的购票款,根据当时剧场平均票价1.2元的标准,我们每月平均可购票观摩两场演出。

　　看好戏:在每次观看演出之前,都要做好准备工作,如对这场演出的剧种、剧目、院团、演员、流派甚至重点唱腔等,都要作充分的了解,使大家能听懂唱腔、看懂戏,能够进一步欣赏和享受戏曲的艺术魅力。

　　这样一安排,同学们基本上就浸润在戏曲艺术的氛围之中了。同学们从被动接触戏曲艺术到主动接触戏曲艺术,从不懂戏曲艺术到熟悉戏曲艺术,从而热爱戏曲艺术,为今后从事戏曲专业工作打下了基础。

在学院四楼礼堂，组织同学们内部观看的外地进京汇报演出剧目有：山西省晋剧院丁果仙、牛桂英、王爱爱等人演出的晋剧《打金枝》，山西省晋南蒲剧院演出的蒲剧，具体剧目有杨虎山主演的《闹朝扑犬》、张庆奎主演的《三家店》、闫逢春主演的《徐策跑城》、王秀兰和筱月来联合主演的《烤火》，还有其他多个地方剧团的演出。

在四楼礼堂我们还观看过导演研究生班和导演班同学们的内部实习演出，如导演研究生班演出的京剧《义责王魁》，由麒派老生禄兴才扮演王中、名小生童侠苓（京剧名家童祥苓之兄）扮演王魁、郭小川扮演送信的差役，这场演出可谓珠联璧合，而且仅此一场，能看到这场演出是十分幸运的事情。导演班的金桐和刘亮二位同学是中国戏校毕业的专业京剧演员，金桐工老生、刘亮工文丑，他二人合作演出的京剧《失印救火》一折受到同学们的好评。

观摩剧团的内部演出或彩排是我们节约观摩费的最好途径。除了学院出面与院团联系之外，有的同学也通过个人的关系进行联系，所以我们班观看的内部演出还是比较多的。在我的印象里，我们班观看的几场比较重要的内部演出有：中国京剧院孙岳主演的《四郎探母》"坐宫"一折；北京京剧院谭富英主演的《桑园寄子》；中国戏曲学校实验京剧团演出的大型节令戏《天河配》，钱浩梁主演的《截江夺斗》《伐子都》，刘秀荣、谢锐青、张春孝主演的《白蛇传》等；北方昆曲剧院侯永奎的《逼上梁山》（彩排）；陕西省戏曲学校同州梆子班的毕业演出《破宁国》，还有就是上面已经谈到的在学院四楼礼堂观看的几场内部演出。

至于到剧场去正式观看的演出，更是数不胜数，大体有以下几种。

1. 话剧：为配合"话剧剧本选读"课的教学，我们学校组织观摩了北京人民艺术剧院的多场话剧演出。其中有朱琳、刁光覃、董行佶主演的《蔡文姬》；刁光覃、于是之主演的《关汉卿》；朱琳、郑榕、胡宗温、于是之、吕恩等主演的《雷雨》；方琯德、狄辛、吕齐主演的《伊索》；于是之、郑榕、蓝天野、黄宗洛等主演的《茶馆》；童超、于是之主演的《名优之死》；刁光覃等主演的《胆剑篇》等。

2. 地方剧种：为让同学们对地方剧种有所熟悉，对地方戏曲的观摩也没少组织。其中有：河南省豫剧院三团魏云、王善朴主演的现代豫剧《朝阳沟》；河南省周口地区越调剧团申凤梅主演的河南越调《收姜维》《诸葛亮吊孝》；四川省川剧院演出的川剧《夫妻桥》和由川剧名家周企何、袁玉堃主演的传统折子戏《迎贤店》《秋江》《请医》等；福建省泉州市高甲戏剧团演出的高甲戏《连升三级》；浙江省金华地区婺剧团演出的婺剧《三请梨花》；上海京剧院言慧珠、俞振飞主演的昆曲《墙头马上》；河北省跃进河北梆子剧院裴艳玲主演的河北梆子《宝莲灯》（由于导演研究生班的王正西大哥是该团书记，导演班同学李福寿是该团导演，所以我们经常打着他们的旗号，跑到天津去看该团的演出）。在北京地区的地方剧种，由于剧团就在北京，所以观摩的机会也比较多，如：北方昆曲剧院李淑君、丛兆桓主演的昆曲《李慧娘》，侯永奎主演的昆曲《单刀会》《林冲夜奔》，侯俊山主演的昆曲《钟馗嫁妹》等传统折子戏；北京河北梆子剧团演出的河北梆子《算粮、登殿》等传统折子戏；中国评剧院新凤霞、李忆兰、张德福、赵丽蓉主演的评剧《花为媒》，新凤霞主演的评剧《祥林嫂》，小白玉霜、魏荣元、席宝琨主演的评剧《秦香莲》，马泰、魏荣元主演的评剧《孙庞斗智》《钟离剑》，马泰、小白玉霜、新凤霞主演的评剧现代戏《金沙江畔》，马泰、魏荣元、席宝琨、花月仙主演的现代评剧《夺印》，马泰主演的现代评剧《野火春风斗古城》，马泰、魏荣元、喜彩莲主演的现代评剧《向阳商店》等。

3. 京剧：当年在北京或来到北京演出的剧团多、剧目多、演出场次也多，故我们观摩的场次也多。大体回忆一下，值得记述的重点观摩剧目有以下这些。

北京京剧院裘盛戎、翟韵奎和湖北省京剧团高盛麟联袂主演的京剧《连环套》（《坐寨盗马》《探山》《盗钩》）。高盛麟是高派老生创始人高庆奎之子，著名的杨派武生。此次进京和著名的裘派花脸创始人，也是他的师兄弟裘盛戎及名武丑翟韵奎合作演出，可谓珠联璧合，引起了戏曲界的轰动。

20世纪50年代后为了净化舞台而进行戏改，那时认为黄天霸是封建政权的鹰犬，是镇压农民运动的急先锋，所以戏曲舞台上的"天霸戏"成为禁戏，从此有着精彩武功表演的"天霸戏"便从舞台上消失了。这次演出很关键，从此戏曲舞台上的"天霸戏"得到解禁，不仅全本《连环套》可以上演了，以后连《恶虎村》《霸王庄》《骆马湖》等俗称"八大拿"的"天霸戏"均陆续登上戏曲舞台，从而繁荣了戏曲舞台上的武戏剧目。

那时期在北京的舞台上好戏迭出。首先是涌现出一批高质量的新编历史剧，如中国京剧院孙岳排演的新编历史京剧《满江红》曾轰动当时的京剧舞台，由范钧宏编剧、吴玉璋主演的新编历史京剧《强项令》后来也成为京剧舞台上花脸行当的保留剧目。在这一时期，京剧舞台上还涌现出一大批从地方剧种移植改编的优秀剧目，如：中国京剧院从扬剧《百岁挂帅》移植改编的京剧《杨门女将》（杨秋玲、王晶华、冯志孝等人主演）；由范钧宏、邹忆青二人从旧本《邹雷霆》移植改编的京剧《春草闯堂》（刘长瑜、寇振华、肖润增主演）；从晋剧移植改编的京剧《云罗山》（李少春、袁世海主演）；从柳子戏移植改编的京剧《孙安动本》（李和曾、景荣庆等主演）；从湘剧移植改编的京剧《生死牌》（李和曾、江新蓉、王玉敏等主演）；北京京剧院根据豫剧移植改编的京剧《陈三两爬堂》（李世济主演），等等。

由梅兰芳大师根据豫剧移植改编并亲自出演的京剧《穆桂英挂帅》更是经典之作，现已成为京剧舞台上广为流传的梅派保留剧目。这出戏我们有幸一连观摩了两场演出，一场是梅院长在人民剧场与中国京剧院合作演出的，主要演员有李少春（饰寇準）、李和曾（饰杨宗保）、李金泉（饰佘太君）等。另一场演出是梅院长在吉祥剧场与梅兰芳剧团合作演出的，主要演员有李宗义（饰寇準）、姜妙香（饰杨宗保）、梅葆玥（反串，饰演杨金花）、梅葆玖（反串，饰演杨文广）等（梅剧团是自负盈亏的集体所有制剧团，演员配置不可能像国家剧院那样充裕，在角色安排上只能"因地制宜"。后来梅派传人再排演此剧时，角色行当的安排则全部是按照中国京剧院演出时的配置了）。

更可喜的是一批表现现代生活的京剧现代戏也纷纷试探性地涌上戏曲舞台，其中有的也已经成为今后的经典剧目。很多京剧名家为了跟上时代的发展，也自觉改变演出风格，加入现代戏的演出之中。如马连良、裘盛戎、赵燕侠、李少春、李和曾、袁世海、叶盛兰、杜近芳等，其中李少春先生用韵白排演的京剧现代戏《白毛女》为京剧表现现代生活树立了成功典范，已成为京剧舞台上的经典保留剧目。

外地来京演出的京剧团，一般水平都不低，甚至有的可以算作祖师级的了。因此这种机会难得，绝不可错过。如京剧武生名家盖叫天老先生，当年已是70多岁的高龄，应文化部的邀请来京授艺，机会焉能错过？我们不仅聆听了老先生的讲座，而且还有幸观摩了老先生亲自登台示范表演了他的拿手活"出手双鞭"和示范演出的拿手好戏《箭仇》中的史文恭。文化部为著名麒派老生创始人，京剧名家周信芳举办舞台生活60周年纪念演出时，我们有幸观摩了他老人家演出的麒派名剧《坐楼杀惜》《徐策跑城》《清风亭》《四进士》《海瑞上书》等。通过这次观摩，我们对麒派艺术的特点便有了一个系统的了解和认识。天津市京剧团是一个令人不可小觑的藏龙卧虎之地，很多京剧名家聚集在此。著名京剧名家厉慧良虽以杨派武生戏看家，但却是文武双全、昆乱不挡的全才。由他领衔来京演出的京剧有《长坂坡、汉津口》《挑滑车》《艳阳楼》《钟馗嫁妹》和老生戏《盗宗卷》等。我们不仅观摩了他的精彩演出，还到文联礼堂聆听了专家对他继承、发展杨派艺术及其表演艺术特征的讲座，从而对杨派艺术有了更深一层的认识。由著名武生演员张世麟演出的京剧《战冀州》《赚历城》，以干净利落的摔打功震动了京城剧坛。而由厉慧良、张世麟联袂演出的京剧《镇潭州》（又名《岳飞与杨再兴》）更是珠联璧合、熠熠生辉。

梅兰芳大师由于是我们戏曲学院的院长，故他老人家的戏我们都没少看，除了上面提到的几出戏，梅派的著名剧目如：《宇宙锋》《奇双会》《霸王别姬》《洛神》《游园惊梦》等，我们大都有幸观摩过，这不仅大饱了我们的眼福，更重要的是它极大地提升了我们欣赏、品评艺术的水平，使我们今后在戏曲艺术的创作、研究上有了一个较高的起点。

我们观摩各类剧目，不光是为了看戏，往往还是为了一定的学习目的。观摩各类剧种是为了掌握和了解各地方剧种的风格和特点；观摩梅兰芳、周信芳、马连良、谭富英、裘盛戎、李少春、厉慧良、高盛麟等名家大师的戏，是为了了解名家演出的风范和不同流派的特点；更重要的是配合"戏曲剧作教程""话剧剧本选读""元杂剧选读"等课程的需要有选择地去看戏。如"话剧剧本选读"课，学习了话剧《雷雨》，同学们除反复阅读剧本之外，还多次观摩了北京人艺的演出，从而对曹禺的创作手法和《雷雨》的艺术特点有了更深刻的理解。当"元杂剧选读"学习到关汉卿的生平和创作成果时，我们选择观摩了北京人艺演出的话剧《关汉卿》、北方昆曲剧院演出的昆曲《单刀会》和北京市河北梆子剧团演出的河北梆子《窦娥冤》等，从而对元人杂剧形成的时代背景、关汉卿的生平和白朴、王实甫、马致远、郑光祖、纪君祥等元曲名家的创作风格有了感性上的认识。在学习"戏曲剧作教程"时，为了让同学们掌握戏曲剧本结构虚实结合、时空转换灵活的特点，同学们观摩了北京京剧院演出的京剧《失·空·斩》，反复地讨论了《空城计》中报子连续三次上场报告敌情的处理手法，对剧情（敌情紧急）的烘托、对剧中主要人物（诸葛亮）内心活动的衬托都起到了无法替代的作用，从而使大家明白了戏曲舞台上对时空灵活处理的高明之处。每次观摩完重点剧目回来后，同学们都要进行认真的讨论，畅谈观摩心得、总结观摩收获，从而使大家更好地巩固学习成果。三年的在校生活，同学们观剧无数，大家熟悉了戏曲，也初步掌握了戏曲创作和研究的规律，同学们从不懂戏到熟悉戏、从外行到内行，这是和"戏曲观摩课"的作用分不开的，感谢学院领导给我们提供了这么好的学习平台，使我们能够在浓浓的戏曲氛围中尽快地成为一名合格的戏曲专业大学生。

我们班是戏曲文学班，学习的方向是戏曲文学创作和研究。戏曲剧本的创作离不开戏曲唱词，而戏曲唱词是一种韵文，如没有深厚的古诗词基础，就写不出好的戏曲唱词，也不会欣赏好的戏曲唱词，所以学好古诗词是我们创作、欣赏戏曲唱词的基础，为此学院为我们安排了古典诗词课。

给我们讲授古诗词课的是德高望重、博学多才的王芷章老先生。我事先并不了解王先生，但见先生面容清瘦、衣着朴素、年过五旬，是一位慈善可亲的老人，刚开始我还以为先生是哪个中学教语文的老教师呐！经过后来长期的交往，我才惊异地发现原来先生是一位著作等身并对戏曲研究有突出贡献的老前辈，真是有眼不识泰山呀！

王芷章老师字伯生，号二渠，河北省平山县人，生于1903年。1929年毕业于北京孔教大学，1933年即在北京图书馆从事戏曲研究工作，曾出版过《腔调考源》《清昇平署志略》《清代伶官传》等著作（先生逝世后，中国戏剧出版社又整理出版了先生的重量级学术专著《中国京剧编年史》）。中华人民共和国成立前他曾在国立中央大学和西北大学执教，讲授中国戏曲史。中华人民共和国成立后他即在中国戏曲研究院工作，任戏曲研究员，从事戏曲理论的研究工作。王芷章老师的研究成果和出版的著作在专业上有很高成就，而且为今后研究京剧和地方戏曲也提供了系统的资料，在国内外学界均有一定的影响。

王老师讲授"古代诗词"课，不是一味地让同学们死记硬背，而是根据一首诗的内容从诗人所处的历史背景、自然环境及当时的心情给同学们进行剖析，从而让大家体会到一首诗的绝妙之处，同学们再背起来就顺畅多了。王老师由于国学底子深厚，又精通古代历史和典故，讲起课来旁征博引、内容丰富,把本来是需要死板地背诵"平平仄仄平平仄"的诗词课变成了丰富多彩、趣味横生的诗词课。

对于古诗的平仄、格律和韵脚等技术方面的知识,王老师要求大家不要死背,要善于解剖每首诗的不同之处,知其然更知其所以然,做到举一反三、融会贯通,掌握这些技术性的知识就容易得多了。一首诗写出来感动不感动人,诗意浓不浓,不在平仄对不对、韵脚齐不齐,而是取决于作者是不是有感而发,是触景生情还是借景叙事。总之写诗绝不能无病呻吟,更不能为了平仄、为了对仗、为了韵脚去写诗,如果这样的话就不是写诗了,而只是一种文字游戏而已。王老师告诉大家,一首诗写好后,要反复去念、去吟诵,发现拗口的地方、不通的地方,马上去改,直到吟诵起来通畅了、有节奏感了,这首诗基本上就写成了。

王老师授课还不局限于课堂,为了培养同学们应景作诗的能力,有一次王老师还带领全班同学到陶然亭公园去采风作诗。在公园里王老师首先带领大家游览城南古迹:窑台、高君宇烈士墓、赛金花墓、鸳鸯墓、慈悲庵、陶然亭等,王老师领着同学们一边走一边讲解,大家听得趣味盎然,非常高兴。到了陶然亭大家围坐在亭子里休息,王老师随即吟诗一首《咏陶然》:

午憩江亭依画廊,西风水面吹微凉。
眼前楼阁添多少?不似当年芦苇荒。

然后让大家按韵每人和诗一首,下一节诗词课上再由大家品评。同学们立即陷入沉思,有的口占有的斟酌。

没想到回到学院以后,在苏明慈同学的主持下开办了一个"赛诗园地",大家你一首我一首,纷纷把自己写好的"和王芷章老师《咏陶然》"的诗作贴上赛诗园地,一时间闹得热火朝天,引得全院师生全来观看、品评,这场面一下子就激起了同学们的诗词创作欲,从而提高了大家的创作水平，这个效果连王老师都没想到。赛诗园地结束之后，苏明慈同学悄悄地把大家的作品保存起来，据说他一直珍藏到现在，已经有50余年了，这对我们来说可是无价之宝呀！

过去在中学时期，因为喜爱，我对古典诗词略有涉猎，限于水平，写出的东西一直是差强人意，人前不敢言诗，更不敢说格律。经过王老师的精心教授指点，我才对古典诗词略有所通，实不敢忘王芷章老师教诲之恩也！

由于学院开设了古典诗词课，王芷章老师讲得又非常好，从此，我对古典诗词发生了兴趣，以后就学习写一点古诗，我喜欢写律诗，如五言律诗和七言律诗。律诗讲究平仄，平仄似乎是一种束缚，但如果平仄格律用得好，诗句就更有节奏感，读起来抑扬顿挫分明，朗朗上口，未尝不是一件好事。

1963年夏，我们大学毕业了，我们班大部分同学和我一样，毕业分配表的第一志愿、第二志愿和第三志愿全都填写"服从分配"。那一年全国高校毕业生要面向基层、面向边疆，我被分到云南。当时到云南的火车不能直达，坐的是绿皮火车，火车由北京站出发，经石家庄—郑州—武汉—长沙，然后向西去贵阳，由贵阳换车到安顺，然后换乘汽车走大半天到云南沾益，再转火车到昆明。国家规定，大学毕业生分配到工作岗位一律坐硬座，我到昆明时小腿肿得跟大腿的粗细差不多。第二年京昆线通车了，由昆明出发，要61个小时才到北京，路途太远了，所以云南才有"云之南"之称。

1963年9月，我来到昆明，住在云南省人事局招待所，十多天后，我被通知分到云南省文化局，过了几天，省文化局人事处来人告知我分到云南省京剧院。从此，我进入了戏曲剧团，进入了京剧界，开始了我新的工作和生活，直到今天。

注：本篇回忆录的题目是"青春作伴到京师"，是我写的一首

诗的句子。我于1960年时年21岁考入中国戏曲学院，那时同学们互不认识，大家自我介绍，然后便在宽敞的教室、明亮的窗前学习、讨论、畅谈理想，有说有笑，非常高兴。2020年9月，时值我入学60周年，遂写了一首小诗："六十年前秋景怡，青春作伴到京师。人生花絮一窗现，留取欢声忆旧时。"

身在斗室，心游艺海

胡芝风

1985年初，我意外收到来自中国艺术研究院寄来的一份"戏曲理论研究班"的招生简章，简章中有一句话："办这个研究班，可以使胡芝风这样有实践经验的同志得到系统学习理论的机会……"看到简章里竟然有我的名字，心头好似滚过一股暖流，我不能辜负中国艺术研究院戏曲理论研究班的这份关心。

当年戏曲不景气，我在苏州市京剧团当演员，虽然我对主演的《李慧娘》革新探索，得到了观众的认可，但是这属于直感性的实践，并不了解戏曲继承与革新的内在规律，心中也曾朦胧地向往学习理论。中国艺术研究院的前身中国戏曲研究院的院长是梅兰芳先生，我是梅兰芳先生的入室弟子，我与中国艺术研究院在冥冥之中似乎存在着某种渊源。我向往学习的想法得到江苏省文化厅的支持，王鸿副厅长告诉我，如果我决定要去学习，由厅里为我支付学费。由此，也得到了苏州市文化局的同意。

我很荣幸成为戏曲理论研究班五十几位学员中的一员，开学典礼是在全国政协礼堂举行的。当我跨进会场时，似乎感到一下子变年轻了，一种强烈的幸福感在心中回荡。中国艺术研究院坐落在前海西街，中国艺术研究院戏曲研究所的张庚、郭汉城二老是"前海学派"的领军人。戏曲理论研究班由张、郭二老主持，吴琼、张宏渊老师负责教务，制定了两年的整套教学课程。我对戏曲理论是一张白纸，学习是对我的启蒙。久违的课堂、课桌、课本，似又重新回到年少时的学生生活。当然，随之而来的艰巨学习里程也开始了。

两年里，我们学习了中国戏曲通史、中国戏曲通论、戏曲艺术概论、当代戏曲、中国古典美学、中国文学史、外国戏剧、费尔巴哈与德国古典哲学的终结、英语等课程，以及分班辅导课和专家的专题讲座，还读了二十多本规定的参考书。邀请来讲课的都是来自中国人民大学、北京大学、上海戏剧学院、中央戏剧学院、人民出版社的教授，以及中国艺术研究院戏曲研究所的老师们，为我们讲课的每位老师讲的都是他们一辈子研究得最深刻、最顶尖的学问。

"前海学派"的老师们踏实严谨的治学精神很了不起，他们参加《中国戏曲通论》《中国戏曲通史》等集体项目的研究，当年他们由于没有更多的时间和精力撰写自己的专著，有些老师因此延误了评职称，我很敬佩他们，从他们身上学到良好的学术修养和人品。张庚、郭汉城老师还手把手地教导我们怎样做理论，从哪方面着手写文章，对我来说更是受益无穷。

戏曲理论研究班的同学们大多四十多岁，最小的三十多岁，来自黑龙江、河北、北京、河南、陕西、山西、重庆、湖北、湖南、江西、江苏、上海、福建、贵州、云南等地，分别从事的剧种有京剧、评剧、河北梆子、蒲剧、赣剧、川剧、寿宁北路戏、闽剧、唐山皮影戏、汉剧等。同学们分别在戏曲的文学、表演、导演、音乐、舞美、理论研究等各部门工作多年，都有一定的舞台实践经验。两年的学习生活紧张而愉快，大家都很用功，每天躲在宿舍里读书、写文章，很少出去闲逛，大家只觉得时间不够用。对于教务老师安排的每周两三次的观摩戏剧，我们有时事先听说戏不好，就不去看了。张宏渊和吴琼老师就督促我们要去看戏，理论要联系舞台实践，戏的优点要学习，戏有缺点也要看，以免日后在进行艺术创作时走进同样的误区。

在理论学习的过程中，我在舞台实践中遇到的困惑逐步得到解悟。为我们讲授表演、导演理论课的老师中有阿甲先生，他家住在地安门附近，我常骑车到他家里向他请教：比如"诗化"问题，他强调辐射在戏曲综合艺术的全方位，连内心独白和节奏也必须是诗化的，这与张庚老师的"剧诗"说相辅相成；他还阐述戏曲的"意象"，几乎是对叶朗老师讲的"胸中之竹"的立体解读；他还形象地讲戏曲表演调度"团团转"的虚拟时空与"画论"的关系；他还特别强调，戏曲表演者如果没有经过戏曲的程式的训练基础，越卖力越出洋相；戏曲导演要注重剧本，他认为戏曲剧本的文字不能太深奥，既要有文采又要浅近，因为观众不可能当场去查字典，欣赏是靠审美直感，剧本要给表演留时间，所以剧本不能太"厚"。阿甲先生所著的《戏曲表演论集》《戏曲表演规律再探》等著作，思维辩证，内容深刻，是戏曲表、导演理论的经典著作，至今我还在学习。

两年的系统理论学习使我认识到戏曲的"不景气"与舞台的种种误区有关，以及与"戏曲消亡"等谬论有关，误区的出现主要是由于没有正确理论的支撑，在理论上弄明白了，舞台艺术的方向也就找到了。我逐渐感悟到戏曲艺术作为一门社会科学，仅有舞台实践，没有理论上的概括和总结，想要达到新的艺术境界是有局限的。只有掌握戏曲本体的美学规律，才有可能站到一定的高度，对"继承"与"革新"实践不致具有盲目性。理论的力量就像神话中的"点化"，可以触类旁通。

因为我患有严重的神经衰弱，戏曲理论研究班教导处对我破例照顾，给我安排了一间放杂物的办公室作为宿舍。中国艺术研究院的院址是当年清廷贵族恭亲王的府邸，我住在最后一进楼下拐角的一间屋子，二楼的大屋脊挡去了夏日的炎阳和冬天的寒风。教导处要为我安置床铺，我谢免了。我把屋里原有的两张大写字桌拼合成一张"板床"，在"板床"上支起帐子，俨然是个小家。屋子四面是书柜，显得很紧凑。另两张书桌下和"床"铺下的草垫子，是郭汉城老师和他夫人特地从家里搬来的，让我在冬天看书写作时免得脚下受寒，使我十分感动。下午5点钟下班后，这栋楼周围一片寂静，可我并不感到寂寞，因为心里很充实。每当我打开台灯，心神便集中到书桌上。我需要学习和写作，我只觉得时间太少了。

中国艺术研究院的食堂办得很不错，唯一的"缺点"是需要排队。为了节约时间，我一次买八两饭，分三顿吃，这样免得常常错过买饭的时间，可是，我却常常错过打热水的时间。我很幸运，在这寂静的院子里，遇到向我伸来的友谊之手。与我宿舍遥遥相对的地方，住着一位在收发室工作的曹大爷，他是1947年参军的，上过朝鲜战场，他的耳朵在战争中被震聋了。曹大爷工作极其认真，每天下午等收信，总是很晚才回家，还常常把没登记完的报刊卡片带回家，晚上接着干。他的女儿曹珍在院里总机室工作。他们父女俩对我十分关心，我要是"断水"了，就向他求援，饭冷了就到他家热饭。曹大爷父女的关心帮助使我深深地感到生活的温暖。

戏曲理论研究班毕业前，中国艺术研究院的领导和张庚、郭汉城等前辈希望我能留在研究院，充实戏曲表、导演理论的研究工作。我似乎注定要在科学与艺术之间做选择，在清华大学读书时，是否要离校转向舞台的那次选择曾令我好生纠结，这次我的人生再度走到十字路口，但是这一次，我只是犹豫了一下，就决定留下来做一名研究人员。因为两年来，我终于认识到科学与艺术可以有最佳平衡点，艺术科学也是科学。如果能把学习到的理论，加上自己或他人总结的实践教训，以及正确认识当前戏曲舞台如何发展的问题研究成文，让更多年轻的戏曲同行朋友们掌握，可以使很多的舞台创作少走弯路。我想，无论是台前的光彩华丽，还是幕后的默默耕耘，都是为戏曲艺术在做贡献。何况中国艺术研究院戏曲研究所的学术氛围对我来说，是促进我不断学习进步的助推剂。

由于江苏省有关领导还是希望我能回去，院里就暂作借调，直到1989年我正式调入中国艺术研究院。我是从舞台实践出发学习戏曲理论的，并有幸成为"前海学派"的一名学子。1993年我被中国艺术研究院评为研究员，对我来说这是莫大的鼓励，也是动力。我努力遵循规定，直到2008年退休，我每年发表4万多字的论文及其他评论。先后出版了著作《艺海风帆——我的艺术道路》《胡芝风谈艺》《戏曲演员创造角色论》《戏曲艺术二度创作论》《戏曲舞台艺术创作规律》《戏剧散论》《胡芝风戏曲导演手记》等，发表评论文章约260篇。尤其使我感动的是，《戏剧散论》和《胡芝风戏曲导演手记》是我退休后在中国艺术研究院领导的鼓励与支持下出版的。我还要感谢院领导多年来支持我在做研究工作的同时，进行舞台导演艺术实践。30多年来，我应邀到各剧种的剧团导演大小剧目60余出，15位主演因此获梅花奖。20世纪90年代，我还应邀到丹麦、美国、加拿大、新加坡讲学、辅导。从2000年起，我多次应邀到中国香港教学、导戏，2012年获香港演艺学院荣誉院士之衔。我在理论与实践的往返中不断求索，提升自己。

我和我们戏曲理论研究班的同学们特别感念在中国艺术研究院的那段学习时光，作为"前海学派"为中国戏曲的发展所精心培育的一颗颗种子，大家在毕业后，应国家文化发展的时代要求，带着对戏曲艺术的深情厚爱奔赴各地，踏实地继承"前海学派"的学术精神，在各自的工作岗位上生根开花，兢兢业业，孜孜以求，以期不负中国艺术研究院和"前海学派"的精心栽培，为传承戏曲艺术、发扬中华文化贡献自己的力量。

一脚踏进艺术研究院就休想退休

孙崇涛

1977年,"文革"结束,恢复高考,次年恢复招考研究生。1978年报考文化部文学艺术研究院(以下简称"文研院")研究生时有个规定:考生需提交两三篇能代表个人研究方向与水平的专业论文。我没有现成发表的学术论文,临时写又来不及,急中生智,我想起不久前中山大学王季思教授让我修改、准备由他推荐发表的两篇据个人读书札记写成的"论文":《徐渭的戏剧主张——评〈南词叙录〉》《关于"四大传奇"的作者问题》。我的报考申请表是由中大中文系邮寄的,于是我在填表返还中大的同时,特地给王先生附上一信,请求先生将准备推荐我发表的这两文先"暂借一用",把它连同报名表一起寄给文研院,以应提交论文之需。想不到我的这番"临阵搬兵"举动,竟给我日后带来一连串的"好运"。

寄往中大王季思先生亲收的书信和报名表,由于王先生外出讲学,耽搁了多日,待他收到转寄北京文研院时，已过了报名截止日期。或许是王先生的解释说明，更或许是这两篇论文所起的作用，文研院招生办决定给我补发准考证，还给我写了一封信，言道：报考戏曲史专业的考生接近200人，经我们审查后，仅发46份准考证。你的条件不错，希望抓紧时间准备，考出好的成绩。我想我一个乡下中学教员，哪来的"不错"条件啊？得此厚爱，大概是得力于提交的论文吧。这是"好运"的起点。

上海笔试顺利通过后，1978年12月初，我赶赴北京前海文研院所在的恭王府，参加最后一轮的复试。戏曲史专业考生经过两轮淘汰后，尚有十多位参考。戏曲史招生名额仅有2名，虽比之报名时的"百里挑一"难度已小了许多，但考取的概率仍然很小。我对录取不抱太多希望，也不太在乎，因为此时我刚刚从外地调回家乡的母校——瑞安中学，多年努力争取的愿望得以实现，已心满意足，读研究生已不是最重要的事情。我来北京参考，一是报答母校领导、老师的竭力鼓励和帮助，如给假期、给经费、给赞美等；二是自己从没来过北京，正好可以借此机会畅游一番古都京城。

我来文研院考试签到那天，正好在恭王府的门卫处遇见了负责戏曲专业招考的戏曲研究所副所长俞琳先生。他向我亲切地打招呼："你就是孙崇涛同志吧？"我说："是的。"他笑着拍拍我的肩膀道："你那篇关于徐渭的论文真不错。"原来论文的审读者就是他，他对我如此"赏识"，一下子增强了我对这次考试的信心和求胜欲望。

在戏曲研究所进行戏曲史专业的面试，由俞琳先生主持，两位戏曲史导师张庚与马彦祥老师主考，戏曲研究所的几位老师陪考和记录。我做了简短的自我介绍后，张庚老师给我出了"一史""一论"两道极具水平而又"刁钻"的口头题目，我心想：姜还真是老的辣。"史"的题目是：在宋元南戏中，为什么会产生那么多的"负心戏"？试说明其原因与理由。这道题难不倒长年阅读和思考中国古典戏曲作品的我。"论"的题目是：请以一出舞台剧为例，具体分析、说明戏曲的舞台表现与实际生活的关系与区别。这题目来得突然,我平日又不曾思考,慌乱之中想起多年前我在杭州观摩"活武松"盖叫天的演出以及阅读他的《粉墨春秋》的经历,这帮了我的大忙。我便以盖派《武松打虎》为例,头头是道地说明了常人醉酒与英雄武松醉酒、常人打虎格斗形体原态与戏曲舞台呈现方式的关系及其异同。张庚老师眯起眼睛,闭着嘴巴,似在细细揣摩我的发言,听到后来,他频频地点起头来。昨有俞先生的夸奖,今有张老师的点头称许,我想我这回考试该有戏了。

1978年12月18日,北京的一场大雪预示着时代车轮的"弯道超车",以及我们这批被耽搁了十多年光阴已步入中年的"老童生"们的人生重要转折。这一天,中共第十一届三中全会在京召开,确定了把全党工作重点转移到社会主义现代化建设上来的大政方针,揭开了我国改革开放的序幕。这一天,正是我经不曾谋面的中学母校老学长、中山大学王季思教授介绍,报考文化部文学艺术研究院,即今中国艺术研究院研究生部赴京参加复试结束不久,正要告别北京,准备不复再来的日子,却想不到事情发生了戏剧性的变化。文研院的招生计划在三中全会精神的指导下做了大幅度的调整,由各专业合计只招14名的原定名额一下子扩招为40名。也许是得益于这一调整的惠顾,我也被录取为由张庚老师指导的一名戏曲史专业硕士研究生,成为文研院首届研究生班的一名成员。

论文给我带来的"好运"还在继续。入学后,研究生班同戏研所商议,要从新生提交的所有论文中,挑选"一史""一论"各一篇最好的论文,推荐给院刊《文艺研究》。"论"选中了朱文相有关戏曲表演的论文;"史"选上了我的那篇评《南词叙录》的文章。我经过修订,改题为《徐渭的戏剧见解——评〈南词叙录〉》,被确定发表于《文艺研究》双月刊1980年第5期。当时全国文化艺术类学术期刊中,《文艺研究》绝对是最顶尖的一种。当我见到刊物责任编辑许廷钧到研究生班宿舍寻我,从他手提包内抖抖索索地抽出一摞我的文章小样递给我做最后校对时，我喜悦得心跳加速，这可是我平生头一回发表正经八百且有近万字的"学术大著"啊！

文章见刊后，我见到自己的"大著"前头刊的是陈（毅）老总谈昆曲的文章，还有张庚老师等名家大作。与这些"大人物"为伍，我顿感自己有如鲤鱼跃龙门般的欣幸。我去院食堂吃饭，见戏研所的几位老师在向我的"同窗"探听哪位是孙崇涛，我问研究生班的负责老师："为什么大家对此会如此在意和关注？"负责老师的解释含蓄而有趣："谁要是在《文艺研究》上一年发表两篇像你那么大块的文章，他就算是拔尖人才了。"

时近年终，《文艺研究》印制了1981年征订彩页广告，通过邮局分发到全国各地张贴宣传，彩页上头印有刊载本人文章的这一期要目，本人的名字赫然在目。编辑部还将这份要目交付影响很大的《人民文学》杂志，印在了封面背页。二者所产生的宣传效果，更远大于《文艺研究》本身。

一位在浙江平阳县金乡镇教书的老同事，在小镇邮局见到这张广告彩页和我的名字，兴奋不已，赶紧写信给我道喜，还连连夸赞"了不起"。研究生班同学丁道希是个文学迷，上茅房也要捧本《人民文学》一字不漏地看。他蓦然见杂志封面上居然刊有我名字的要目广告，使劲敲着茅房壁板，将杂志传过来给我看……如此这般的"效果"，真可称是"一文成名天下知"。同时它也使我感到，写"大文"、发"大刊"的作用是何其巨大。

于是，继《文艺研究》之后，我便在中国社会科学院刊《中国社会科学》、中国社会科学院文学研究所所刊《文学遗产》、中华书局大型学术丛刊《文史》、国家图书馆季刊《文献》、中国音乐家协会学术期刊《音乐研究》等国家顶尖的学术刊物上，接连不断地发表超万字乃至两万余字的研究南戏的长篇论文，在全国学术界尤其是社科界和高校引起许多人的关注。一些人不了解内情，误以为我是一个"拼命三郎"式的

"学术新人",是"脱颖而出的南戏研究新秀",其实这时我已年逾不惑。他们更不了解,我所有的这一切都是我大学毕业后20多年来在工作岗位上一直坚持不懈苦读的结果。

我从1981年研究生毕业留院在戏曲研究所工作迄今,已历40年。40年间,前20年在职,后20年算退休,正好各占一半。但在我的感觉中,这前半段和后半段真的没有什么区别:在职像已退休,退休却如在职。艺研院研究人员不坐班,除了偶尔开会去趟院里外,平日一年到头都窝在家里忙活。故有人戏言:一脚踩进艺研院大门,也就意味着你已"退休",这话也可倒过来说:一脚跨入艺研院门槛,你这辈子就休想"退休",这后面一句话放在不担任任何行政职务的我身上,尤其适合。仅举两个数字就足可证明:40年间,我一共著述出版专著15种,前20年5种,后20年10种;合计著文、发文300余万字,前20年占小半,后20年占大半。谁能说清哪算"在职"、哪算"退休"?

我们马文所……
——纪念中国艺术研究院建院70周年有感

李正忠

一

20世纪80年代,我国进入了改革开放的新时期。"解放思想,改革创新"是那个时期的主导思想潮流。结束了"文革",各行各业,百废待兴。

建设"四个现代化"是我们党和国家早已确定的奋斗目标,且已成为广大人民群众心底里积存多年的殷切期盼。党的十一届三中全会提出,将工作重点转移到社会主义现代化建设上来,得到全国人民的热烈响应。久旱逢甘霖,中国社会呈现一派生机勃勃、兴旺发达的景象。

随着国门逐渐打开,国民的眼界也逐渐开阔,别国的许多新鲜事物、新鲜经验传了进来,对我们认识世界潮流、做好我们自己的现代化建设事业起到了有益的借鉴作用。

但世界是十分复杂的,存在着各种各样的社会制度、意识形态、文化传统，其互相之间的差异、矛盾是明摆着的，其相互之间的斗争也是回避不了的。

二

当时的思想文化领域非常活跃，世界上各色各样的思潮纷纷涌入，你方唱罢我登场，其转换速度之快令人目不暇接。仿佛百多年来，国外林林总总的思潮演变在短时间里要在我国重新演绎一遍。

不能否认一些错误思潮在一些人的头脑中造成了混乱。

欧美等西方国家，自从工业革命后，其建设、发展在工农业生产以及科技、文化、教育等方面，一直走在世界前列。我们改革开放的本意，是要学习他们先进的科学技术和管理经验等，为我们的现代化建设服务。但对外开放后，面对欧美强国这些先进的东西，看到他们的建设成就以及比较高的生活水平后不少人失去了分析判断能力，在头脑中形成了一种错误的认识，认为建设现代化就必须照着西方的路子走，其发展到后来，不仅经济建设上如此，政治、思想、文化上也必须这样。一股"全盘西化论"的思潮在我国愈演愈烈。

"全盘西化论"的日益盛行，社会主义与资本主义"趋同论"，便接踵而至。在某些人的头脑里，这似乎是一件"顺理成章"的事。不仅在科学、文化、教育等方面，在社会制度上也必然要和西方"趋同"，这和我们党和国家所坚持的中国特色社会主义制度和道路产生了根本的冲突。

这必然引起我们思想上的混乱和社会的不稳定，这也是欧美等西方政治集团所期盼的。在改革开放初期，欧美等国的政治家及其建制派精英们，给我们"精心绘制"的"路线图"就是如此。

矛盾十分尖锐，斗争十分激烈，情况十分紧急。在全国上下，掀起改革开放的热潮，各项建设事业蓬勃开展，在百业兴旺、百花齐放的大好形势下，一场政治、思想、文化领域的反对资产阶级自由化的斗争，也迫在眉睫。

三

20世纪七八十年代之交，资产阶级自由化思潮在我国泛滥，文艺领域亦不例外。

以《在延安文艺座谈会上的讲话》为代表的毛泽东文艺思想从根本上受到了前所未有的怀疑与批判；借我们党为适应改革开放的新形势，对文艺方针、政策进行适当调整的机会，将党在革命战争年代和社会主义建设时期所制定的文艺路线以及各项方针、政策，予以全盘否定；我国革命文艺运动辉煌的历史，抗日战争、解放战争时期以及中华人民共和国成立以后革命文艺创作、演出所取得的伟大成就，以及在广大群众中所产生的积极影响，遭到抹杀，甚至对五四运动以后我国新文艺运动所取得的成绩，也统统加以否定；形形色色的西方资产阶级文艺观纷纷乔装打扮，打着"创新"的旗号，在各个文艺领域粉墨登场。

面对如此严峻的局面，思想文化战线的一些领导提出，应该加强马克思主义文艺理论研究工作，建立专门的研究机构，以马列主义、毛泽东思想为指导，深入剖析、研究纷繁复杂的文艺现象，给予马克思主义视角下的科学回答。并提出具体方案——在文化部所属的中国艺术研究院，建立马克思主义文艺理论研究所，创办一本文艺理论研究双月刊，成立一个社会学术团体，以便更广泛地团结广大的文艺工作者。这一所一刊一会，就是我们常说的"三个一"。

这一提议立即得到热烈的响应，受到思想理论界尤其是文艺理论界许多同志的热烈拥护。

1986年春节后，筹备工作展开。是年9月9日，马克思主义文艺理论研究所建所、《文艺理论与批评》杂志创刊大会在中国人民政协礼堂举行，余秋里、邓力群、林默涵、贺敬之、吕骥、刘白羽、魏巍、李希凡、陈涌、陆梅林、唐达成等同志，以及首都文艺理论界的著名专家学者共计200余人出席了会议。

马文所的老班底外国文艺理论研究室主要由中央中央编译局的一些专家学者组成，建所后，又陆陆续续调进一些新生力量。他们都学有专长，老同志学术功底深厚，不少在相应的领域已颇有名气，年轻同志富有朝气，对新生事物敏感，学习努力，善于独立思考。这些从事研究、编辑的人员学风较正，工作认真，有很强的事业心。建所创刊之初，客观条件是比较艰苦的，尤其是其中一段时间，受自由化思潮影响，一些人对我们这个所、这本刊物也议论纷纷。面对如此窘迫的局面，在我们所内与刊内，似乎并没有产生什么大的波动，没有出现人心不稳的现象，大家都在踏踏实实地完成各自分管的工作，这是很了不起的。

马文所成立后，首先组织专门力量对马克思主义文艺运动史、思想史进行梳理、研究；对中外著名的马克思主义文艺理论家的主要著作、观点进行介绍、分析；对当时思想、文化领域歪曲、篡改、反对马克思主义文艺理论的代表性观点进行深入剖析，并开展平等的讨论和批评。开展文艺批评的时候，十分注意倾听不同意见，并在《文艺理论与批评》上，贯彻"百家争鸣"的方针，认真开展反批评。

我们在办所、办刊过程中，还十分关注文学创作，注意文艺评论工作。

四

如何根据新的时代特点，坚持和发展马克思主义文艺理论，建设新时期有中国特色的社会主义文艺理论体系，成为我们工作的重中之重。

在马文所正式建所之前，作为前身的外国文艺理论研究室编辑出版了《马克思主义文艺理论研究》丛刊和《外国文艺理论研究资料丛书》

多辑，收辑了国内外多名专家学者对马克思主义文艺理论重大问题的专题论述，对中外马克思主义文艺理论研究史料进行了梳理。建所后，这项工作一直坚持了下来，这两套丛书的编辑出版在文艺理论界产生了广泛的影响。

同时，我们还围绕着有中国特色的社会主义文艺理论的时代特点、本质特征、与古代文论的关系，以及如何遵循党中央倡导的"弘扬主旋律、提倡多样化"的文艺方针、推动现实文艺运动等问题，举行过多次专题研讨会，并在刊物上开设专栏，发表多组文章，进行比较广泛的研究与探讨，反响比较强烈。

邓小平文艺理论是我们党理论宝库的重要组成部分。作为重大课题，投入的人力更多，持续的时间也更长，并产生了广泛的影响。

新时期以来文艺新潮的发生、发展及演变一直是我们关注的热点之一。我们组织了所内外的专业力量，完成了全国社科基金"八五"重点项目课题"新时期文艺新潮评析"。同时，又对新时期文艺主潮的整体状况、时代特点、风格特色进行了系统梳理。

如何建设社会主义新文化，如何继承和发扬传统文化中的民主性精华，如何保护非物质文化遗产、发掘其中进步的东西为现代化建设服务，同样是我们一直关注的问题，并投入了一定的力量，取得了相应的成果。艺术学理论研究是一个比较新的领域，经过有关科研人员坚持不懈的努力，取得了比较丰硕的成果。

注重史论结合是我们始终坚持的。《马克思主义文艺学大辞典》是一个系统工程，洋洋大观。它动员了国内众多著名专家学者，在不太长的时间里，完成了全部工作。作为一本马克思主义文艺学类大型辞书，其编纂、出版具有开创性的意义，为后来人继续深入开展这项工作提供了很好的基础和一定的经验。

五

1991 年，苏联解体、东欧剧变。世界共产主义运动落入了低谷。这一令全世界共产党人和广大人民群众无比震惊的事件，证明了党中央坚持改革开放、坚持"四项基本原则"，开展反对资产阶级自由化斗争的正确性和必要性。按照党中央的正确方针，在意识形态领域，坚持马克思主义的指导原则，积极开展反对资产阶级自由化的斗争，排除错误思潮的干扰，这实际上也是为改革开放保驾护航。

这以后，反对和平演变问题自然成为我们关注的重点之一。这是一个包括方方面面的大问题，涉及政治、经济、军事、文化、教育、意识形态等领域。我们重点针对苏联及东欧20世纪80年代以后的文艺状况，包括文艺创作、文艺理论状况及其演变，进行比较深入的剖析，力图从中找出一些值得借鉴的经验与教训。一些曾到苏联留学，后来一直对苏联的文艺状况、作家作品及评论家情况进行跟踪研究的老专家所撰写的论文，由于资料翔实、脉络清晰、眼光独到、论述深入，受到了普遍的欢迎。

1993 年 4 月，经过长时间酝酿与筹备的中国社会主义文艺学会正式成立。学会的成立可以在更广大的范围内团结更多的社会主义文艺工作者，为坚持与发展有中国特色的社会主义文艺事业而共同奋斗。至此，上级部门的老领导、老同志在多年前提出的创建一所、一刊、一会（"三个一"）的任务全部落实。

这是我在"三个一"创立、发展中经历的一些事情和感想。"三个一"的责任很重，今后的路还很长，希望年轻同志认真学习、扎实研究、谦虚谨慎、努力进取，走好马克思主义文艺理论研究的正路。

一份执念　求仁得仁
—— 回眸我的戏曲人生

谭志湘

一、初入戏曲艺术殿堂

1941年端午节的前几日，我降生在北京故宫东华门南通子河畔的一个满族家庭，祖上是正黄旗武将，母亲是正红旗格格。经过辛亥革命，家世已经败落。我上的小学是位于多尔衮家庙旧址的普度寺小学，初中、高中是在以文艺擅长的女十二中念的，女十二中的前身是教会学校贝满女中。我的戏曲学习道路始自1960年9月，那一年高中毕业，19岁的我走进了中国戏曲研究院的大门。那时在东四八条52号的大门口，有一块"中国戏曲学院"的牌子，附属于中国戏曲研究院。我是中国戏曲学院的第一批本科生，一个对戏曲知之甚微的北京女学生。此前，学院举办的戏曲演员讲习班影响非常大，全国各个剧种的著名演员几乎都到这里进行过深造。梅兰芳旦角讲习班更是有名，这个班由梅兰芳先生亲任班主任，俞振飞任副班主任，学员中有袁雪芬、红线女、常香玉、陈伯华、王秀兰、尹曦，等等，可以说都已闻名遐迩，是戏曲演员中的佼佼者。慕名而来的我进入戏曲学院后，处处可以感受到他们生活学习的痕迹与气息：他们用过的道具、床上铺过的稻草垫子，还有图书馆墙壁上悬挂着的梅兰芳先生与学员们的合影……

开学之初，我们先是被安排到通州的文化部劳动基地锻炼一个月，10月才正式上课。每天的戏曲学习生活开始于清晨六点半四楼礼堂的练功，足下是练功鞋，腰里扎根练功的把带，穿条灯笼腿的练功裤，耗腿、踢腿、下腰、跑圆场、拉山膀、亮相、起霸……虽然我们是戏曲文学系的学生，却要与导演系的学生一起练基本功，女生还学了一套《姑嫂英雄》中的剑套子。我们的课程除戏曲史、戏曲艺术概论、剧作选、写作（包括剧作教程、剧评写作）以外，还有戏曲音乐欣赏，听京剧、曲艺、各种地方戏的唱段，学习锣鼓经，再就是到剧场看演出。除戏曲以外，歌剧、话剧、舞剧、芭蕾舞等但凡在北京舞台上能看到的演出，我们都去看，叫作"观摩"。看画展也是我们的一项学习内容，国画、油画、现代派画展，不管看得懂看不懂、喜欢不喜欢，都要看。后来我明白了学院的良苦用心，那就是开阔我们的眼界，提高我们的审美能力，让我们对戏曲、对艺术的方方面面都不陌生。当工作后，我从心里感谢我的学院、我的老师。这段时间的学习为我们从事戏曲工作打下了坚实基础，与一般大学文科班毕业生很是不同，让我们受益终生。

二、戏曲创作的苦乐心酸

我第一次参与创作是1977年，应北方昆曲剧院之邀，创作《春江琴魂》。此剧由我与诗人石湾共同担任编剧，导演周仲春是荣春社科班出身，演员有洪雪飞、许凤山、马明森、周万江、韩建成、马宝旺，唱腔设计樊步义，舞美设计段纯麟等，几乎都是名家，只有我是初出茅庐的作者，像一枚青涩的果子，但合作的过程很愉快，大家都成了好朋友。段纯麟向我提出了再度合作的想法，他说："你在《春江琴魂》中塑造的音乐家宦娘，纯洁得有如神仙一般，戏剧情境有些虚无缥缈，我以白色为基调，表达的是纯净，我还想做一出戏，舞美设计以黑色调为主，得有剧本的支撑。我讲课需要这样一个例子。"那时，段老师已是中国戏曲学院舞美系主任，他的思考带着理性色彩。作曲家樊步义富于创新精神，他提出要"破格"，不要被曲牌捆住手脚，他说："只要是剧情、人物需要，你们就是写一首新诗出来，我也能给你谱成昆曲，帮演员唱出昆曲味儿来。"后来，我们真写了一段新诗："血花美，血花真，不败的血花，是宦娘的永恒青春。"这是具有诗人气质的女音乐家在她面对《宦娘曲》——一首她与民间音乐家温如春共同完成的心血结晶之作时发出的咏叹。有人批评这是"伪乐"，其实，这是受程砚秋先生的启发，程先生说过："你就是'东方红'，我也能唱出程腔程味儿来。"樊步义的作曲很受年轻人的喜欢，有人反馈："以为昆曲就是咿咿呀呀，听不懂，没想到'阿庆嫂'唱得这么好听，让人着迷。"

《沙家浜》无人不知，洪雪飞饰演的阿庆嫂更是深入人心。洪雪飞是昆曲演员，由于饰演阿庆嫂，她改唱京剧。"文革"结束后，她又回到昆曲舞台，《春江琴魂》是恢复古装戏曲后她上演的第一个剧目。我们通过《春江琴魂》的创作，交情非同一般。凡是她演出新戏必定邀我去看，我看了她的《长生殿》《蔡锷与小凤仙》《夕鹤》《南唐遗事》等。她还给我讲表演，讲她要去南昆拜师学艺以充实自己。后来，她竞选梅花奖时邀我助阵，我为她写了《从阿庆嫂到杨贵妃——记昆曲演员洪雪飞》。

《春江琴魂》的创作经历使我们所有参与者成了同舟共济的伙伴。大家对剧作者很尊重，这也让我深感剧作者肩上担子的沉重。有一位我熟识的浙江老先生说："评论、评奖会上，志湘是'一字必争'，绝不让步。搞起创造来，她能'虚怀若谷'，什么意见都能听进去，变化真是大呀!"老先生的话让我思考,我为什么会有这样的变化?思考的结果是两个字——我怕!因为一出戏的创作投资一般都在百万元人民币以上,甚至是几百万元人民币,是几十人甚至百余人的劳动成果,是艺术家的心血结晶,我不敢掉以轻心、固执己见,各种意见我都不敢忽视,一定认真思考,慎重地取舍增删。1995年,由我编剧、浙江小百花越剧团演出的《琵琶记》,在"第四届中国戏剧节"上获得剧目金奖,同时获得编剧、导演、音乐、舞美、灯光、服装设计等单项奖。赵五娘的扮演者洪瑛、蔡伯喈的扮演者江瑶、牛素玉的扮演者黄依群获优秀表演奖,张大公的扮演者吴春燕获表演奖,还有评委说:"漏了一个黄依群的伴唱奖。不过,他们已经是'满堂红'了,少一个也不遗憾。"这是我编剧生涯中最兴奋的一次,我们的演员除赵五娘的扮演者洪瑛是二级演员外,其余都是三级演员,春燕还没定级,只是临时工。这样的成绩是怎样取得的?靠的就是大家的共同努力,为了出好戏,彼此帮助。在导演杨小青的组织带领下,每个人都充分发挥了自己的艺术创作力,我是他们中的一员,我看到了,我感受到了,他们也给我讲了许许多多为创作而付出的努力。这就是综合艺术,需要各方面的平衡,产生的是和谐的整体。作为编剧,要做的就是心中要有这个整体,为每一个部门提供创作基础。

著名导演陈薪伊曾和我开玩笑:"我们一班人日夜忙活,包括导演,什么'导演中心论'?都是为你们的剧本忙活,体现剧作家的创作意图,把文学形象变成立体的舞台形象。"我说:"那你也写剧本呀。"她说:"剧本是那么好写的?一出戏离不开一个团队,在其位谋其政,我还是干我的导演吧,导演需要的就是齐心协力,各个艺术创造部门做好分内的本职工作,才能出好戏。你编剧不给我一个好本子,导演再有本事,也不能替代剧作家。"她的体会是以实践为依托的,不是空话,这应该是她作为导演取得成功的诀窍。

陈薪伊导演"在其位谋其政"的论述,让我想到灯光设计师周正平，我们几次合作，如越剧《琵琶记》、婺剧《畲女凤凰》《白兔记》，等等。我见证了他从越剧团的灯光设计师到走向世界舞台、成为灯光设计大家的历程。我清楚地记得，与正平初次合作是在20世纪90年代，他虽然已有不少作品问世，但仍属于名不见经传的年轻人。他和我商量"吃糠"一场的设想，他说："我想用蓝光表现夜色，一轮冷月的清辉照着瘦弱的赵五娘。"于是，越剧舞台上呈现的是身着白裙蓝衫的赵五娘月下舂米的画面。赵五娘唱着："远迢迢，无归期，奴的蔡郎……"边唱边舞，真是别具一格、淡雅清晰，好一幅"月下舂米图"。编剧、导演的诗意追求与灯光设计的诗画追求是一致的，灯光设计充分发挥了正平的创造性，与一般表现荒旱常常运用黄色调、枯枝、焦土有所不同，其作品别具一格。后来，正平的用光特色越来越突出，有品位、有追求，直到他提出"惜光如金"的理论，我也悟出了正平的成功是参透了戏曲的本质，他用自己的创作实践体现了以简代繁、以虚代实、以少胜多的戏曲写意笔法。什么是理论与实践相结合？如何把实践的点滴体会、经验积累提升到理论层面？有了对创作实践的感悟，对理论的理解才会更直接、更深刻。对此，我从与合作者的创作之中有了进一步的体会。

三、我和我的老师们

我的工作经历简单，从中国戏曲学院大门到中国艺术研究院大门，但我的艺术经历并不简单。我做过与大寨齐名的山西绛县南樊公社南柳大队妇女主任安梅花的助手，当时叫"深入生活"，做创作农村题材现代戏的准备。因为那时"全国京剧现代戏观摩演出大会"刚刚结束，写现代戏、演现代戏是戏曲工作者的首要任务。我和我的创作伙伴王安奎等在山西大地上行走，去闻名全国的大寨拜访陈永贵，到临汾参加晋南地区劳模大会，赴太原出席山西省妇女代表大会，结交了许许多多的农民朋友。周明山是其中之一，他是全国劳动模范、南柳大队书记、回乡知识青年标兵。当时给他写信的人很多，几天就攒满一麻袋，我做过他的秘书，帮助他处理信件。那一段农村生活留给我印象最深的是形形色色的人，生活使我渐渐明白，无论是做创造，还是做研究，都离不开对人的认识与理解。

农村社会主义教育运动从试点时期开始，我就是北京楼梓庄公社东窑大队的一名工作队员，此地距离当时被称作"白色据点"的金盏公社不远，我与北京市委的专职"四清"干部在一起工作。著名音乐家马可和我同在一个生产小队，我们朝夕相处，一同吃派饭，一同开会，一同聊工作，聊我们遇到的人和事。我常常问他有关延安鲁艺的事，也问他《白毛女》是怎么创作出来的。他给我举例子，说："你知道'小白菜呀，地里黄啊'吗？"我接着唱："三两岁呀，没了娘呀……跟着爹爹，还好过呀，只怕爹爹，娶后娘呀……"他说："你再唱唱'北风那个吹……'"我恍然大悟，这就是创作与借鉴！马可皮肤黝黑，脸的轮廓见棱见角，属于粗线条的那种，有一种雕塑感。到老乡家吃饭，他盘着腿坐在炕上，端着碗，转着圈喝棒子面粥，像个老农民，很容易和老乡聊到一块儿去。马可老师的工作态度、工作作风，对待生活、对待同志、对待群众，全然没有大艺术家的"派儿"和"范儿"。我和马可老师在一起工作的时间不长，但他的朴实平易、他对自己音乐创作三言两语的总结，对我这个在城里长大的、没下过乡还有点小资情调、不谙世事的女大学生的爱护、帮助、包容，让我难忘。

在干校八年劳动期间，我与音乐家吕骥为邻居，与美术家华君武、丁聪，电影家袁文殊、许南明，舞蹈家盛婕同为学员，有过各色各样的交往。干校生活结束后，终于可以搞业务了，我却被安排在袁水拍专案组做了一年多结案工作。回到业务岗位晚，这让我有点急躁。"文革"刚刚结束，报刊数量有限，发表一篇剧评都难，大家都想写文章发表。一次，《光明日报》约了我一篇文章，我自是喜出望外，把稿子送上后不久，便接到退稿意见：一篇被改成大花脸般的稿件，涂涂抹抹，勾勾划划，面目皆非。我把它藏了起来，没对任何人说。我只是对自己说："加油！不能被退稿打倒！"

沉默了一段时间，我做起了"从小说到戏曲"的专题研究，看姚雪垠的长篇小说《李自成》，读京剧《闯王旗》等戏曲剧本。一次，郭汉城老师对我说："你刚刚参加了剧本评奖，看了许多剧本，《南国戏剧》约我写篇稿子，这是约稿信，你看看，找个题目，你先写，写完给我看看。"我想先把文章写出来，给老师提供一个修改基础。文章写出来后，我交给老师，汉城老师看得很快，他拿着稿子对我说："我改了改，你看看，可以再动一动，抄一遍，寄出去吧，我就不再看了。"最后，他又叮嘱了一句："署两个人的名字。"不久，文章发表了，我很激动，老师屈尊，与我一个小青年并列署名。那时，我30多岁，是研究院最年轻的研究人员之一，属于"小"字辈。汉城老师对我的帮助何止这一次，此刻我说不出"感激"两个字，那太轻飘了。我唯有终身铭记"师恩"，我的感激只有用行动表达——学习老师，像老师那样献身戏曲，为戏曲做好力所能及的每一件事。特别是在我年纪渐长，也被称作"老师"以后，我觉得汉城老师真是我们的楷模，特别是在对年轻戏曲工作者的关心爱护方面给我们做出了榜样：要爱惜年轻人，真诚对待年轻人，给予实实在在的帮助，因为他们是戏曲的未来。

后来，我与汉城老师合作，编写了一部电视剧剧本《琵琶记》。虽然最终电视剧并没有拍出来，但我借此机会反复阅读《琵琶记》原著，研究作者高则诚生活的时代、人生经历、创作初衷、剧本特色、戏剧语言……一点一滴地走进了这部古典名著。此后才有了昆曲、越剧、滇剧、戏曲电视剧、戏曲小说、戏曲故事等版本的创作经历，也有了文华奖优秀编剧奖、CCTV戏曲电视剧展播金奖、中国戏剧节优秀编剧奖等奖项。

张庚老师则性格耿直，做人实实在在，一就是一，二就是二，绝不含糊，也绝不说场面上的客套话。他很少当面表扬人，但他对事物的态度看法绝不隐晦，需要他表态时，也绝不会含糊其词、支支吾吾。一次，大概是个有20多人的聚会，共有两桌，张庚、郭汉城、沈达人、何为、龚和德、苏国荣、黄在敏等先生都在。席间，张庚老师站了起来，他喊道："谭志湘，你过来。"我属于"小"字辈，自然是不能和老师辈的坐一桌。我赶忙过去，站在老师面前，老师举着酒杯，说："今天，我要敬你三杯酒：第一杯，敬你写出了好文章；第二杯，敬你写出了好剧本；这第三杯……"张庚老师停顿了一下，声音变得柔软起来，他笑着说："敬你生出了一双好儿女！"我哭了，眼泪哗哗地往下掉，止也止不住。我与张庚老师同在中央文化部静海"五七"干校劳动生活了近8年时间，我们还是同一个班的"战友"，我两岁的儿子是干校最小的"学员"，女儿也才三岁。"一双好儿女"都是张庚老师看着长大的，吃了多少老师特意为"干校之花"（这是对随父母来干校的娃娃们的昵称）买的大白兔奶糖，数也数不清。我第一次领略到理论家的风趣幽默，也是第一次感受到理论家的儿女情长。

四、我与少数民族戏剧

研究与创作有如修行，需要时日，点点滴滴，水滴石穿，持之以恒，日积月累，慢慢感悟，一点一点有所长进。20世纪80年代，我开始接触中国少数民族戏曲，它为我打开了一个新的戏曲领域。当时，我并不明白这项工作的意义价值，只是为少数民族戏曲独特的艺术魅力所吸引，第一次知道了在中国戏曲这个大家族之中，除京昆、地方戏以外，还有一个戏曲群体——少数民族剧种。壮剧、彝剧、傣剧、藏剧、布依戏、侗剧等，各有各的风采，我惊讶，我迷恋！当时张庚、郭汉城先生任研究院副院长，汉城老师还兼任戏曲研究所所长，在他们的主持下，很快成立了少数民族戏曲研究室。于是，我和简慧、李悦等人开始调研、采风，而这一工作也开启了我对少数民族戏曲的研究之门，一晃就是30余年。

有人说："汉族戏曲还研究不过来，研究什么少数民族戏曲？"也有人怀疑："那是戏曲吗？需要我们研究吗？"但我却深陷其中，不能自拔。读资料，观摩少数民族戏曲录像带，进行调研采访、剧场观摩，进行比较，寻找藏剧、彝剧、傣剧的艺术特色，研究的过程也就是学习的过程。向每一个民族学习，学习民族的独特文化，学习民族剧种的形成、发展历史，学习民族戏曲与民族生活有机结合产生的非同一般的美，寻找民族剧种的独特性，总结民族剧种发展中带有规律性的问题，寻找民族剧种创作中的共性与个性。诸如，不同民族有不同的音乐舞蹈、不同的民族生活、不同的风情风貌，当这些进入戏曲以后，就产生了不同的剧种特色。这其中有规律可循，有个性问题，也有共性问题，如果研究到位，对推进民族剧种的发展可以起到事半功倍的作用。

能够参与民族剧种的创作原本是我想也不敢想的事情，虽然我有过创作实践，也曾被认可，还获得过多个奖项。感谢青海省黄南藏族自治州藏剧团（即现在的青海省藏剧团）给了我机会。团长多杰太的原创剧目《纳桑贡玛的悲歌》已经获得曹禺戏剧文学奖·剧本奖提名，他希望能有所提高，提出让我介入剧本创作。一开始我拒绝了。原因很简单，无论是对藏族历史，还是对藏族文化艺术，乃至藏剧，我都知之甚少，难以胜任这份工作。可让我没想到的是，多杰太锲而不舍，他居然亲自来到北京找我，他的诚挚感动了我，于是我开始做功课，重读安多藏戏发展史，读藏族民歌、长诗等。过了春节，我就乘飞机到了西宁，多杰太团长亲自来机场接我。我们乘汽车，翻越唐古拉山，直奔黄南藏族自治州首府同仁。那天，下着鹅毛大雪，进山的路被覆盖着厚厚的冰雪，行走艰难，车轮子都被上了防滑链。我们在山口被交通管理站拦下，还写了安全自负责任保证书。司机师傅经验丰富，车开得很慢很稳，大家屏住呼吸，不说一句话，怕分散师傅的注意力，到了三江源，大家才长出一口气，放松下来，欢呼胜利。在风雪覆盖的荒原上，我看到偶尔露出的枯黄的草，看着在冰雪中行走的牦牛，穿着厚厚藏袍的牧民……这就是草原的又一副面孔，牧民的又一种生活方式。没有蓝蓝的天上白云飘，没有绿色的草原上马儿跑。

在黄南藏族自治州我一次次跑到隆务寺，感受它的气息。在空空的寺院里徜徉，蹲下来和披着袈裟的小和尚一起擦拭银碗。还有一次遇到大法会，看到信徒煨桑，把青稞、谷物、松枝送进煨桑塔。生活中的佛教法会仪式比舞台上更壮观，服装与藏戏的服装有相似之处，就算是动作也让我产生藏戏表演的联想。

青海安多藏戏就诞生在这样的寺庙之中，与西藏阿吉拉姆藏戏诞生于广场不同，它的形成晚于西藏藏戏，这些都有资料记载，但在隆务寺的体验超越了文字，是形象的、立体的，有感情的、有温度的。那种当地特有的文化氛围是安多藏戏艺术气质的构成因素，特别是团长多杰太给我讲述当年隆务寺藏戏演出的盛况，那是活生生的藏戏演出史。当年，他曾是隆务寺的小沙弥，是身临其境，是非同一般的感受，现在仍然记忆犹新，他对藏戏的感情可想而知。就是在这里，曾经诞生过一支隆务寺藏戏演出队。

同仁是唐卡的发源地，是热贡艺术之乡。老百姓的生活并不富裕，但他们创造了金碧辉煌的唐卡和多彩多姿的歌舞艺术。我一次次去看唐卡，这真是让人赞叹不已的艺术，站在唐卡面前，心会自然而然地安静下来，感受僧人的那份发自心灵深处的虔诚、精致与缜密。我还常常去路边的小店，看着藏族同胞手捧哈达、藏香、蜡烛，喜滋滋地走出小店，我似乎对他们的生活状态有所感受，对他们的艺术、对他们的信仰有了新的感悟。信仰与物质无关，心中有信仰的人是从容淡定的，那种幸福感不是金钱可以买到的。对于藏戏，我似乎有了进一步的理解，也生出了别样的情感。

我带着这种感悟感受写出剧本初稿。团长多杰太请我到他家里，以纯正的藏餐招待我。他说："我喜欢剧名'格桑花开的时候'，比'悲歌'美丽，充满了希望。你安排的抒情唱段挺感人，难得的是你注意到了我们藏族同胞的幽默善良。我也喜欢现在的结尾，小孙子扔掉了爷爷'打冤家'的驳壳枪，意味深长。"他认为剧中提出了"英雄观"的问题，歌颂了"不服输"的精神。同时指出，崇尚力量，以"力"论英雄，即谁能把对方打败谁就是英雄的说法是对英雄的误解，在这里有批评的意味蕴含其中。他说："正是错误的认识，才导致了历史上层出不穷的'打冤家'，我想，我们藏族今天应该有这样正确的认识。"同时，他也毫不客气地指出："剧中有的地方柔弱了，力度不够。藏族人有多情的一面，更有暴烈凶猛的一面，恨起来是用刀子说话的，绝不手软！你不要不敢写，情与爱你写得很充分，爱有多深恨就有多深。"一顿藏餐，一席谈话，让我难忘。

《格桑花开的时候》参加了"首届全国少数民族戏剧会演"，获得了金奖，在省里也得了奖。我心里充满感激之情，我的藏族朋友们时时让我感受到远方的温暖，这份情谊延续至今。

五、我与红线女

红线女是粤剧表演大师，兼演电影，她在香港拍了百余部故事片，在电影发展史上占据重要位置。根据巴金小说"激流三部曲"改编的《秋》，她在其中饰演女主角翠环，在内地影响很大。她主演的粤剧《搜书院》《关汉卿》均被拍成戏曲电影艺术片。20世纪50年代，红线女从香港归来，定居广州，她接受了周恩来总理的建议，归来后几乎不再出演电影，而是一心一意从事粤剧表演，创作演出了《山乡风云》《昭君公主》等剧目，她的粤语戏歌《荔枝颂》享誉大江南北。人们用"在世界上，凡是有华人的地方，就有红线女的歌唱"形容她的世界影响力。如果说梅兰芳是世界级的京剧表演大师，那么红线女则是世界级的地方戏曲表演大师。她是一位头上有光环的女神式人物，坊间充斥着种种传闻，神秘而奇特。

为写《南天一抹嫣红——红线女的艺术生活》，我住进了红线女老师在广州华侨新村的家中。将近一个月的时间，我集中看文字、图片等材料，看她年轻时在香港拍的电影、戏曲录像资料，听粤剧录音资料。我住的客房与她的卧室相对，中间是一个起坐间，一张宽大的桌子上摆满了照片，我可以随便翻看，拿着照片向她提各种问题，引出一段段回忆。只要她没有活动，我们就一同吃午餐和晚餐。若是晚上有演出，她会四点离家去剧场，我会和她一同去剧场，看她化妆、默戏。那时，即使是像红线女这样的大演员也没有单独的化妆间，她是用布给自己围出一个空间，大家称之为红线女的"蒙古包"。红线女的习惯是演出前很少说话，不接待任何人，也不允许别人进进出出打扰她。我是例外，可以进入她的"蒙古包"，看着她洗脸、画眉、涂唇，和她在一起吃家里送来的简单的晚餐，看着她渐渐进入演出状态。我进去出来都不和她打招呼，她也不会理我。此时此刻的红线女满脑子都是戏，真是"戏比天大"。其实，红线女的"蒙古包"很狭小，很简陋，很憋闷，还不如大家共用的化妆间宽敞舒服，唯一的优点就是安静。

和红线女老师在一起生活的这段日子里，我看到了一个真实的表演艺术家，她的生活方式，她的创作状态，她的吃、穿、住、行。当一个洗去铅华粉黛、素面朝天的艺术家出现在你面前时，你的感觉一定是舞台太奇妙了，生生地把一个人幻化成另一个人——角色。

做一个演员太不容易，他们为演戏牺牲了许多，付出了许多。我们无所不聊：过去与现在、喜欢与不喜欢、电影与戏剧、流行歌曲、演员、作家、导演……无主题、无目的、无准备，一切都是情之所至。红线女的人生让我感受到的是：为戏曲而付出的人生是美妙的、精彩的人生，有幸福亦有痛苦，有快乐亦有心酸，有所得亦有所失。

后来，我写出了那本《南天一抹嫣红——红线女的艺术生活》，写了一位我所看到的、感受到的红线女。写她的日常生活、她的工作状态、她的情感、她的苦闷、她的追求、她的表演、她的创作、她的成名之路……写她与一般女人的别无二致，又写她与一般女人的不同之处，以及她非同一般人的智慧。红线女就是红线女，唯有她能创红腔红派。

我的写作任务完成后，我们之间的友谊一直没有中断。居然有各式各样的理由让在北京的我与在广州的她，最少一年有一次见面的机会。2013年，89岁的红线女到北京演出，事前，她给我打电话约我见面、一起看戏。《三人谈》①就是那个时候，在我和红线女以及当时《中国文化报》副总编徐涟的一次早茶聊天中诞生的，并非刻意访谈，后来发表在《中国文化报》上。这也是她在北京的最后一场演出，就在那一年的12月8日，红线女老师离开了人世。

六、坚持在戏曲研究的道路上

60岁退休时，我去汉城老师家里报告此事，一身轻松。"退休后，有什么打算吗？"老师问。"自由了，可以什么都不做了，也不想。"我不假思索地说。老师沉默了一会儿，问我最近看了什么戏，我们自然而然地由演出剧目谈到戏曲的现状。我告辞的时候，老师说："志湘，你等一下，我给你拿件东西。"老师到书房拿了一个剧本——《刘青提》，他说："我用了一个月时间写的，你看看，提提意见。"我接了过来，是老师的笔迹，字很大，还有不少涂抹修改的地方。"我回去好好看看，咱们找个剧团排吧。"我说。"不要。我只是试试自己的能力，看看脑子怎么样，感觉还行。"老师说。回到家里看剧本，越看越不是滋味，老师84岁了，还心系戏曲，写剧本，写文章，我60岁怎么就想"刀枪入库，马放南山"呢？老师没有批评我，他的行动却让我羞愧、让我

---

① 后题为《红线女：从未停止粤剧探索创新的脚步》，于2013年5月17日在《中国文化报》上发表。

自责。

现在戏曲遇到了发展的大好时机，虽然说仍然难题多多，但国家给予了特殊关怀，工作自然也就更多地开展起来。我不敢懈怠，与上班时没什么太大的区别，还是打"遭遇战"，一直干活，脚步未停。在疫情宅家的日子里，我会收到一些朋友的问候微信，其中有西藏自治区藏剧团、青海省藏剧团、楚雄彝族自治州民族艺术剧院彝剧团、大理白族自治州白剧团、文山壮族苗族自治州壮剧团、云南曲靖市滇剧团、满族新城戏剧团等。我明白大家的感情、大家的心意。为什么能与这些朋友结下友谊？原因是多方面的，一方面这些朋友重情义，另一方面也与我退休后担任中国少数民族戏剧学会会长，长期致力于少数民族戏剧事业有关系。那个时候，举办中国少数民族戏剧会演是少数民族戏剧工作者多年的愿望。在大家的共同努力下，2007年10月中旬，由国家民委文宣司、文化部社文司、中国少数民族戏剧学会等单位主办的第一届中国少数民族戏剧会演在山西省大同市进行了为期10天的展演，为观众们呈现了中国少数民族戏剧艺术的一次盛宴。中国少数民族戏剧会演为大家提供了一个交流学习的平台，也使民族戏剧工作者获得了国家级奖项。我有时感慨，自己若是站得高一点，看得远一点，想得宽一点，跳出个人业务的小圈圈，应该能为戏曲、为戏曲人多做一点事。每当想到这些，我便会想起以前与张庚老师的对话。我说："您教我做人，教我做学问，您就没教我做'官'。"老师定定地看着我，沉默了一会儿，说："我送你四个字——求仁得仁。"

"求仁得仁"，正是我辈戏曲人的追求。张庚、郭汉城先生创建了"前海学派"，在他们周围聚集着许许多多的学者。就像世界没有两片相同的树叶一样，"前海学派"的学者各有各的学术专长，各有各的学术经历与研究范畴。有的研究戏曲历史，有的在戏曲文物古迹中徜徉，有的研究某一流派，有的探索戏曲表导演的奥妙，有的以当代舞台演出为研究对象。每个人都是独立的个体，各有各的风采。每个人又都是这个群体中的一员，构成内涵丰富、多姿多彩的前海学派。我在研究与实践中感悟到，"前海学派"具有海纳百川的襟怀，是在随着时代的发展而发展，随着时代的前进而前进，在不断的发展中壮大，不断增添新的内涵，是由一群永不止步的学者构成的学派。在这个学术群体中，我遵从张庚、郭汉城先生两位学派创始人倡导的"戏曲理论与创作实践相结合"的学风，做着并不轻松的工作，走着并不平坦的道路。我就是我，终其一生，干戏曲的事，无愧于心。有人说："理论与实践相结合是王道。"我体会到实践与理论是戏曲的双翼，缺一不可，是王道，也是正道。没有实践哪来的理论？没有理论，实践将是盲目的、不自觉的，难以提升到一个新的高度。"理论与实践相结合"最终的目的是创作出优秀作品、服务大众。

（原载《传记文学》2020年第7期）

《文艺理论与批评》：种子生根、发芽的沃土

郑恩波

因为工作的需要，1992年7月，应好朋友李希凡同志之邀，我从中国社会科学院外国文学研究所调入中国艺术研究院（以下简称"艺研院"）当代文艺研究室。已经具有副研究员职称的我，为什么欣然同意调往中国艺术研究院呢？理由有三：第一，听了解艺研院情况的朋友说，艺研院有一大批学贯中西的大学问家，不仅中国文学功底深，而且外语也好，有的人甚至会两三种外语，他们鼓励研究人员在中西两方面齐头并进。做外国文艺研究的人如果能在中国文艺研究方面也有所建树是很理想的好事。这种要求正符合我的心意和我的实际情况。第二，中国艺术研究院有许多我景仰的真正的大专家，像常务副院长李希凡同志，不仅是毛主席赏识的"小人物"，早已荣载史册，而且是我自少年时代起就十分崇拜的文艺评论家，他的文风对我有重要影响。在这样的名家的直接

领导下工作，自己一定会进步很快。还有当代文艺研究室肯定要与马文所有较多的工作联系，那里有赫赫有名的文艺理论家陆梅林、程代熙，与他们合作是莫大的荣幸，肯定会从他们身上学到许多有益的东西。所长涂武生更是熟人，我对他的人品、学风、经历早已从人民日报社的朋友那里有耳闻，对他"文革"中的遭遇很理解，并且很同情，将来如果同他合作也定会很愉快。第三，当代文艺研究室一共有10多人，个个都很年轻。按常规，年轻人对年长者都是很尊敬的，只要我一碗水往平端，公平对待每位同志，他们一定会积极地支持我，与我友好相处。考虑到以上三点，我便于1992年7月1日党的生日那天，告别了我今生事业的老家——中国社会科学院外国文学研究所，到恭王府天香庭院（当代文艺研究室所在地）报了到。

工作一开始，希凡同志就嘱告我要与马文所的同志们很好地合作。我牢记希凡同志的话，10多年来，当代室与马文所精诚团结、紧密合作。马文所的同志们，特别是历届领导，总是像兄长待小弟弟那样处处关心我们、体谅我们，从未在我们面前流露出丁点儿骄矜的情绪。比如说，在20世纪90年代，我们当代室同马文所的《文艺理论与批评》编辑部以及中国社会主义文艺学会等单位，曾经举办全国性的学术研讨会，总共不少于10次。产生了一定社会影响的会议有"第三届诗歌会"（1994）、"文坛新人写作经验研讨会"（1997）、"新时期文学艺术主潮研讨会"（1998）、"共和国社会主义文学艺术五十年研讨会"（1999）。另外，我们还与马文所、《文艺理论与批评》编辑部等单位联合举办过"纪念刘绍棠逝世3周年暨乡土文学讨论会"（2000，通州运河苑度假村）、"纪念著名作家刘绍棠逝世10周年暨刘绍棠乡土文学研讨会"（2007，通州潞河中学）、"刘绍棠乡土文学暨纪念《讲话》发表70周年学术研讨会"（2012，中国艺术研究院）、"焦乃积小品艺术研讨会"（1993）。通过这些具有一定学术水平的研讨会的召开，对培养、扶持文艺新生力量，提高马文所、《文艺理论与批评》编辑部、中国社会主义文艺学会以及我们当代文艺研究室的社会影响和知名度,均起到了积极作用。令人难忘的是,每次研讨会都是马文所的《文艺理论与批评》编辑部打头阵,为我们撑腰、壮胆,这为当代文艺研究室顺利打开场子和稳健地成长起到了引领、导航作用。每次开会,马文所和《文艺理论与批评》编辑部的领导都亲临现场指导,而涂途(涂武生)同志还多次为与会者做过关于美学、马列主义理论在中国的发展等专题演讲,大大提高了研讨会的学术含金量。

《文艺理论与批评》是我从事文艺评论工作的演练场。调入艺研院之前,我虽然写作出版了《阿尔巴尼亚文学史》《南斯拉夫当代文学》《东欧戏剧史·南斯拉夫卷》等学术专著,但是关于真正的文艺评论,却练笔不多,就是说,我写作文艺评论的底子是薄弱的,真正写作文艺评论是调入艺研院,在《文艺理论与批评》这个阵地上开始的。20多年来,我在这里发表的评论刘绍棠文学创作和阿尔巴尼亚著名作家德里特洛·阿果里等人的文章10篇,比较像样的有《新时期乡土文学评述》《刘绍棠与肖洛霍夫》《一位真正的无产阶级作家的美好心声——刘绍棠千篇千字文解读》《东欧剧变之后社会主义文学的坚持者——阿尔巴尼亚作家阿果里》《蒲香荷娇醉杀人——为电视连续剧〈运河人家〉喝彩》《眼神·心魂·友情——我看高莽人文肖像画和散文》。《文艺理论与批评》编辑部对我的文章很重视,我给他们的文章篇篇都会发表,没有一篇废稿,对待有的文章,不仅用足够的版面发表,而且有的重要负责人在文章见刊之前还专门找我,与我热情地交谈。例如,《刘绍棠与肖洛霍夫》一文发表之前,程代熙同志就特别约见我,在热情鼓励我的同时,还指出了文章的不足之处,要我今后进一步对刘绍棠及其作品进行更深入的研究。而陆梅林老对我的文章一针见血的批评,更是叫我终生难忘、受益无穷。他语重心长地对我说:"恩波,你写绍棠的文章很有感情,这很好,但有些太满。"我理解这个太满就是太过、分寸不当,没有掌握好度。这是我的文章惯有的毛病,这与我长期热衷于散文创作有关系。散文是一种充分表达作者感情的文体，作者的感情有时可以抒发得犹如火山爆发。但是学术论文作者的头脑都需要非常冷静，不能有半点儿感情用事，我的毛病常常就是来自感情用事，这是写作学术论文的大忌，陆梅林老的这一教诲，我要牢记一辈子。

　　写作学术论文，作者需要具备足够的政治、哲学、美学素养，否则就会站得不高，指不出问题的要害，我的主要精力几乎全用在学习运用俄语、阿尔巴尼亚语和塞尔维亚语上面了，文艺理论修养不高，哲学、美学知识基础很不坚牢，写点赏析性的文章，凭感觉还勉强凑合，可是，真的理论起来，就露馅儿了。现在让我以《新时期乡土文学评述》一文为例，予以具体说明。1997年春天，我将此文交给了《文艺理论与批评》编辑部。文章挺长，山南海北写了1万多字，但今日刘绍棠提倡乡土文学的现实意义究竟是什么？我根本没说清楚，很是令人遗憾。但是，编辑部并没有把此文废掉，而是分两期全文发表。不过，在上期结尾处加了一个202字的"编后记"。"编后记"全文如下。

　　　　"乡土文学"是在近代工业化、城市化背景下形成的文学概念。在全球化浪潮席卷而来的今天，又获得了新的意义。全球化的本质，是国际资本为追逐超额利润而进行的跨国扩张，它将按照资本的原则，重塑各国家、各民族的生产——生活方式，销蚀、根除、抹平植根于本民族土壤的民众精神、文化、传统、个性，以至于风俗民情，而这些，正是"乡土文学"刻意描摹、抒写的主题。"乡土文学"以其特殊内涵为人们对全球化的反思，客观上提供了有益的参照。本刊特刊出以上两篇文章，以期引发大家进一步的思考和探索。

　　非常清楚，提倡、繁荣乡土文学的目的在这202字的"编后记"里说得再明白不过了。特别要强调的是，这篇掷地有声、叫人看了心明眼亮的"编后记"，是出自当时 30 岁出头的东力同志之手，而接近花甲的郑恩波却写不出这样叫人猛醒的文字，这不能不引起我的深思、唤起我的敬佩之情，我对朋友们说，祝东力这个小伙子太有水平了，将来肯定会成为我们艺研院的栋梁之材。

正因为马文所、《文艺理论与批评》编辑部领导看清了我写作旨在弘扬社会主义精神的评刘之作和介绍阿尔巴尼亚政情剧变后依然坚持社会主义文艺道路的阿果里一文的意图，所以，他们便对我的作品予以特殊的关注。这些年来，在这本刊物上发表了一系列评论我作品的文章，其中颇受读者喜爱的文章有云南作者吴崇信的书评《多姿多彩的长篇传记文学——评〈刘绍棠传〉》（1997 年第 6 期），马文所原所长、《文艺理论与批评》原主编涂途的长篇评论《"海内存知己，天涯若比邻"——感动〈母亲阿尔巴尼亚〉》（2013 年第 2 期），聊城大学罗红娟的《处女地、田垄和鸟儿的歌者——浅论阿果里的诗歌创作主题》（2014 年第 4 期），河北师范大学崔志远教授的《潜心发掘阿尔巴尼亚的民族文化精神——评郑恩波先生的〈我与阿尔巴尼亚的情缘〉》（2014 年第 6 期），河北师范大学李琳的《一面反映新时期文艺主潮的"多棱镜"——评郑恩波主编的〈新时期文艺主潮论〉》（2004 年第 3 期）。

《文艺理论与批评》是全国艺术研究的学术高地中国艺术研究院主办的全国中文核心期刊，中国人文社会科学核心期刊，其声望和影响非一般刊物可比。随后《文艺报》《北京日报》《北京晚报》《人民政协报》《中国文化报》以及许多省、市级的报纸，也纷纷向我发来约稿信，于是，在 20 世纪八九十年代，文坛上出现了不大也不算小的"刘绍棠热"，再加上《大运河之子刘绍棠》《刘绍棠传》《刘绍棠全传》的接连出版，我的影响明显增强，成了一个得到广泛认同的"刘绍棠研究专业户"，晋升为中国艺术研究院兼治的中外文学领域的研究员。树有根、水有源，在中国艺术研究院成就我的事业的工作中，《文艺理论与批评》对我是尽了大力的，是有功的，是我永远都要铭记在心、感谢一辈子的。

　　种子生根、发芽需要土壤、水分和营养三个重要条件，其中土壤又是重要之中的最重要条件。打个比方，如果说我是一粒种子，那么《文艺理论与批评》就是腐殖质丰富的沃土。有了这块沃土，我这粒种子才生了根、发了芽，尽管自以为尚未开花结果。不过，我还要继续拼搏。在未来的日子里，凭着党的阳光和雨露照耀、滋润以及"一带一路"和煦、幸福春风的吹拂，我相信，我这棵在《文艺理论与批评》的沃土上已经生了根、发了芽的小苗，一定会更健壮地成长起来，绽放出绚丽的花儿，结出丰美的果儿。

甲子述往
—— 致敬与感恩

蔡源莉

岁月匆匆，六十年一甲子，往事如烟。

1960年6月是北京的艺术院校招生报名考试的时间，我从天津来到北京拟报考北京艺术学院（今之中国音乐学院），同时顺便给报考中国戏曲学院的同班同学带来学校开具的介绍信，为此我来到了东四八条52号，门口挂着"中国戏曲学院"和"中国戏曲研究院"两块牌子。找到招生办公室后，我说明来意，一位年轻的叫作陈雨时的老师热情地接待了我，帮我找到了李树开。陈老师得知我要报考"北艺"音乐系，告诉我该校必须有北京户口才能报考，随后又郑重地向我介绍中国戏曲学院音乐系的招生对象和培养计划，希望我能报考，同时给了我一本《戏曲音乐》，翻开第一页是马可先生的文章《戏曲音乐工作大有可为》，推荐我阅读。文章不长，但观点很明确，就是要大力发展民族民间音乐，戏曲音乐大有作为。我读后颇受启发。

20世纪60年代，在青年学子中有着响亮的口号："祖国的需要就是我的志愿""到祖国最需要的地方去"。在这篇文章的启示下，我心想，既然已经来了不妨试试，于是便报考了戏曲音乐系。初试考专业课，而我对其中的戏曲知识一无所知，这时候距考试开始只有两天了，李树开便突击教我背什么叫"一板三眼"等有关戏曲音乐的基本概念；器乐别人考的是京胡或二胡，我只能弹钢琴。谁知鬼使神差地我居然通过了初试，接着便是文化课的复试，其中政治除笔试外还有口试（政审），考官是时任教务处长的黎舟老师，当时我是唯一的归侨考生，父亲又是"拿着帽子"的右派分子（当时有"戴帽"和"拿帽"两种右派，后者较轻），提问必然是围绕对父亲右派思想的批判和认识。黎舟老师既严肃又和蔼的问话，使我一时紧张的心情逐渐平静下来。最后，黎舟老师说，家庭问题我们看你个人的认识和表现（其实我当时的心情并不希望能考上）。

考试结束了，第二天在下楼时正好遇到陈老师，我向他道别并说要回去备考天津音乐学院，他立刻就说："你被录取了，不要再去考别的院校了。"我愣住了，顿时急得脱口而出："我不上了，我不想被录取。"7月，就在全国高考的前夕，我正和几位同学讨论高考复习题时，传达室的大爷给我送来了中国戏曲学院的录取通知书，同学们向我祝贺，而我看着它哭了，对一时冲动的报考后悔莫及。

1960年9月入学，我正式踏入中国戏曲学院的大门，这座培养民族民间艺术人才的殿堂。中国戏曲学院源于1951年成立的中国戏曲研究院。1959年3月，张庚任中国戏曲学院院长，晏甬任副院长。1960年开始正式招首届本科生（之前研究院已有研究生班），设有戏曲文学、戏曲导演、戏曲音乐、戏曲舞台美术四个系，培养目的一是为戏曲学院培养师资，二是为戏曲艺术培养具本科学历的专业创作人才。学制四年，三年在校学习，一年剧团实习。本科毕业后也可报考本院研究生。二年级时，北京市各剧团选送了一批艺术骨干作为插班生招入，戏曲音乐系原招入 7 名新生，二年级时又招入 3 名插班生，全班共 10 名学生。戏曲音乐系系主任是著名音乐家舒模，班主任黄叶绿（张光年先生的夫人），专业课老师有：和声、乐理课是学通西洋音乐的教授施正镐老师、作品分析课是乔东君老师、京剧唱腔课张宇慈老师是研究梅派艺术的专家、京剧锣鼓课吴春礼老师是这门课的专家，京剧音乐教程课是何为老师，他是年轻的老革命，属于新文艺工作者从事戏曲音乐研究的有成就者，钢琴老师余吕莲毕业于四川音乐学院，她是戏曲音乐系最年轻的教师。涂沛老师（程派弟子）和刘沪生老师毕业于中国戏曲学校，在戏曲学院的研究生班深造，边进修边教学，辅导同学们的练功及唱腔。昆曲课老师傅雪漪外请自北方昆曲剧院，京剧配器课老师是外请自中国京剧院的著名作曲家刘吉典，这是一个实力雄厚的教学团队。外语课是赵老师，一次我们在聊天时她说："复试时我在判完你的考卷后对黎舟老师说，这个考生应该考外语学院，黎舟老师立马严肃地反对说，你怎么能这么讲，我们也需要这样的考生嘛。"遗憾的是我们入学时正值国家困难时期，粮食有定量限制，学校为减轻我们学习的负担，免去了我最喜欢的俄语课。此外，启示我报考戏曲音乐系那篇文章的作者马可先生还给我们上大课。

学院对各系课程的设置、师资的安排，都是遵循着 1951 年中国戏曲研究院成立时，毛泽东主席所题"百花齐放，推陈出新"的理念，最重要的是实用性，是为剧团培养到剧团就可以工作的、新的应用型人才，是为促进传统戏曲艺术发展培养研究型的人才。当初招生的对象是高中毕业生中的戏曲爱好者（本人除外），所以音乐系的教学内容就先以弄清京剧音乐、了解昆曲音乐为重点展开。先上的是京剧唱腔课、京剧锣鼓课，而后加了昆曲课。关于对戏曲音乐的认识则通过作品分析课和从对剧目音乐的解剖，以小见大地对戏曲音乐全貌加以了解；又通过京剧音乐教程课，对板腔体音乐结构的京剧音乐详细地进行了梳理。现代戏曲的作曲是要懂得西洋作曲法常识的，最重要的是和声学，我们用的教材是黎英海的《汉族调式及其和声》和斯波索宾的《和声学》，学和声就要会弹钢琴，所以开设了钢琴课。此外还有三门必修的公共课，韵文选是为提高我们的文学修养，老师是毕业于武汉大学中文系、具有浪漫气质的年轻才子邓兴器，课讲得极其生动，《春江花月夜》《长恨歌》给我留下深刻印象；戏曲史老师黄菊盛讲起课来滔滔不绝，是我们崇拜的最有才气的年轻学者；哲学课主要学《实践论》《矛盾论》，老师是毕业于中国人民大学的吴毓华。

何为老师的京剧音乐教程是从每一种唱腔板式的构成状态、上下句落音说起，到各种板式旋律变化的分析、男女腔的变化、正反调的不同等，举了若干例子给我们讲述，这里不只是对京剧音乐的解剖式的研究，同时也在教授我们从事艺术研究的方法，这是最为重要的。

乔老师的作品分析课也给我留下十分深刻的印象，通过对豫剧、评剧等各剧种的优秀唱段、选场的分析，介绍剧种风格、演员风格等，是开拓我们戏曲艺术视野的课程。

我们还有观摩课，京剧、地方戏、歌剧、交响乐，都让我们买票观看。因此三年学习期间我看过许多著名艺术家的演出，诸如马连良、张君秋、裘盛戎、李世济、常香玉、申凤梅、白玉霜、李光曦、娄乾贵、刘淑芳等。中国传统艺术的魅力是如此强烈地吸引着我们，西洋歌剧的欣赏对我们来说更是音乐修养的一部分。老师鼓励我们多听多看。

三年级时，四个系都开了创作课。文学班写剧本，音乐班写唱腔，导演班负责导演，舞美班负责舞台设计，同时导演班参与表演，音乐班参与伴奏。在本院四楼礼堂做了一个汇报演出，得到了院长和老师们的肯定和好评。

我的京剧唱腔课、昆曲课是最大难题。侨生本来普通话就说不标准，四声不分，加上京剧、昆曲的湖广音、中州韵……张老师对我这唱得有调无腔、无韵无味儿的学生无可奈何，也不要求过高，考试给个及格就算是高抬贵手了。在一次汇报课上，我唱了昆曲《牡丹亭》中杜丽娘的一个唱段，傅雪漪老师用昆笛为我伴奏，尽管唱得南腔北调，坐在台下的张庚院长还是给了我掌声以作鼓励，坚定了我学好戏曲的信心。

我们的学习环境是宽松的。记得在一次京剧唱腔课上，张宇慈老师在谈到梅兰芳的功绩时，同班同学郑毓华突然举手要求发言，说道："张老师，我认为在舞台上男人扮演女人无论如何也是艺术的一种畸形发展，今天是不该提倡的。"此话一出，全班愕然，一时鸦雀无声，张老师当时非常不高兴。后来事情的处理让我们相当感动，郑毓华并没有受到批评，我们被告知——不同观点是可以发表的，学术观点不应强求统一，这是个允许人们思考、可以持不同观点的戏曲学院的教育理念。这件事给我们的印象十分深刻，允许学生有自己对事物独立思考的权利，以此事为例，这是对我们这些年轻学子进行的潜移默化的教育，让我们记住了，无论在何种情况下都应该有自己的思考，都应该有自己的观点。

1963年学校课程结束后，本应进行的校外实习被取消，除舞台美术系外，其他三个系的学生被宣布毕业了，告诉我们实习在外，也就是说到工作单位去实习。此决定对我来说无疑是个坏消息，我不想毕业，因为书还没读够，知识还没学够，况且我原计划是继续读研究生。最后由于种种原因，中国戏曲学院只招了第一届本科生便停办了。1964年在舞美系学生都毕业后，又恢复为中国戏曲研究院。若干年后，我们这些既是首届又是末届的毕业生，无论是留院还是分配到全国各地的，学有所成后，大多成为剧团的创作人员或研究和管理领域的骨干或领导。如，中国艺术研究院前副院长薛若琳、中国艺术研究院戏曲研究所前所长王安奎、副所长黄在敏、山东省文化厅前副厅长孙毅、湖南省广播电视台著名导演阿因（吴月英）、北京京剧院著名作曲家陆松龄、吉林省评剧院著名作曲家史中林、戏曲理论家章诒和、安志强、谭志湘、包澄洁等。

毕业了，又是一个秋天的日子，我被分配到天津，先到天津市文化局报到。真不知是历史的误会还是命运的捉弄，我本应是分配到天津市戏曲学校（我喜欢教育工作），然而在报到办公室等到的，却是天津市曲艺团党支部书记兼团长张新胜，我愣住了，曲艺团？一时无语，我的眼泪差点流出来。我苦读三年戏曲，好不容易对它建立了些许的感情，现在又要到一个陌生的艺术领域工作。

张团长看着我说："曲艺团要进行艺术革新，需要音乐干部，骆玉笙同志（京韵大鼓著名艺术家小彩舞）亲自到局里来要人，你学的是戏曲音乐，就把你要过来了，你到曲艺团是'山东高粱独一颗'。"（他是山东人，开始我不理解这句话，后来向旁人求证，方知其意是天津市曲艺团只有我一个大学生）那个时代服从分配，到祖国最需要的地方去是天经地义，我只好硬着头皮跟随而去。

到了曲艺团我被安排在编导组工作，这个部门都是年长于我的资深作者，我虚心向他们求教，他们也很乐于向我传授曲艺知识。天津市曲艺团实力雄厚，拥有许多在20世纪40年代就已成"角儿"的著名艺人。她们经历了1951年"戏曲改革"政策的洗礼，又适逢"百花齐放，推陈出新""说新唱新"的大力提倡和推广，因此对我这名大学生的到来并不排斥，尤其是骆玉笙老师，解除了我开始和她们接触的畏难心理。中国戏曲研究院自一成立便重视对中国民族民间传统艺术的研究，重视与民间艺人的结合，所以老师们在课堂上经常对我们说，到了剧团要多向老艺人学习，向他们请教，要融入其中。本着老师的教诲，我每天上午看她们排练，借此机会熟悉各曲种，和她们一起讨论新曲目的创腔，下午去剧场观摩她们的演出。日复一日，积累了一些工作的资本，渐渐融入了这个团体，我深深体会到和艺人交朋友、向艺人学习、向传统学习的重要性。

1977年，我从天津调入北京曲艺曲剧团，在艺术室做资料工作。几年后，在民族文化宫前偶遇正和夫人一起散步的何为老师，他得知我调回北京非常高兴。于是，他1983年便把我从剧团借调到中国艺术研究院戏曲研究所。我来到了前海西街恭王府,回到了阔别20年的"母校"(彼时的中国戏曲研究院),到《中国戏曲通论》写作组工作。

《中国戏曲通论》(以下简称《通论》)是一个集体攻关的国家重点项目,写作组由张庚院长、郭汉城老师领衔(主编)组成,副主编何为老师,各专业的写作有:表导演黄克保老师、涂沛老师,戏曲文学沈达人老师,舞台美术龚和德老师,还有苏国荣老师及当年戏曲学院的同学文学系的章诒和与表导演系的黄在敏,这是一个实力顶尖的写作组。写作组还有位张宏渊老师,她领着我做一些编务的工作,后来她调任研究生部副主任。

《通论》采取的是周一到周六集中住宿写作,我为老师们做服务工作,同时在何为老师的指导下读有关典籍、做笔记。老师们无论是在会议上的讨论还是在饭桌上的议论,没有霸气,彼此互相尊重,呈现一种和谐的学术气氛,深深教育了我。

在此我想引用《通论》前言中的几段话与大家共享:"谈理论倒是允许你海阔天空遨游,但要真正作到实事求是,从客观实际当中抽译出规律来那就难得多了。我们想按后一种方法去做,很显然,做得很浅,深层的地方还开掘不到。等到把稿子杀青之后拿来一通读,就发现原来还是卑之无甚高论,这真没有办法,能力只有这样大。另外,虽然我们主观上谨慎而又谨慎,有时还免不了有海阔天空的议论,要做到坚持唯物主义是多么不容易啊!""我们写这部书并没有以指导者自居之意,我们只是想把前人已经做出来的经验加以整理,使之较有条理,以便于读者参考。如果有人认为这是一本指导创作的书,想要按照书中所说的去进行创作,那就非我写此书的本意了。至于有人认为我们书中所说的话都是不可逾越的规矩,那就更是和我们写书的初衷背道而驰了""凡是艺术创作,就都是创造性的工作,因袭前人,模仿前人,是搞不出好东西来的。我们这本书,恰恰是,也仅仅是企图总结前人的经验,给大家作个参考"。

这几段话道出了师辈们对待学术、做学问的虔诚之心。两年多在《通论》写作组和各位专家老师的接触，我收获颇丰，除学到知识外，更重要的是使我深深感悟到师辈们坚持唯物主义、实事求是、谦虚谨慎的学风。这种精神、这种治学态度，这种研究学问的方法，成为我日后从事《中国曲艺志》的编审工作和学术研究工作的财富。此时的戏研所除当年毕业留校的同学王安奎、谭志湘、黄在敏外，在我之前和之后陆续回到中国艺术研究院的有：文学系从云南考回研究院的研究生薛若琳、从四川调回的章诒和，从宣武区图书馆调回到艺术科研规划办公室工作的杨秀兰；音乐系的有从北京曲艺曲剧团调回的包澄洁；舞台美术系的有从北方越剧团调回的王西平，能回来的几乎都回来了。

1984年，中国艺术研究院正在筹建曲艺研究所，1985年我被正式调入中国艺术研究院，我的工作从《通论》写作组移师曲艺研究所。中国艺术研究院根据曲艺理论研究队伍薄弱的状况，在曲艺研究所的筹建过程中，同时进行国家艺术科学规划重点项目《中国曲艺志》编纂的立项准备工作，并将总编辑部设在所内，为曲艺所研究人员的组织结构建立基础，把我调入曲艺所就是参加此项目的筹备及日后编辑部的工作。实践证明，这是一个具有深远意义的举措。

时拟任所长的沈彭年先生赴成都，参加1985年全国哲学社会科学规划领导小组在成都召开的"全国艺术科学规划会议"，带回了会议精神。在院科研办的组织下召开了《中国曲艺志》立项座谈会。中国曲艺家协会主席罗扬（《中国曲艺志》主编）和我出席，王素稔同志因身体欠佳未能到会。座谈会邀请了已经开展工作三年的《中国戏曲志》编辑部的薛若琳、周育德、汪效倚等三位同志到会介绍经验。会后，根据会议精神，由王素稔同志参照《中国戏曲志》的编纂体例，起草《中国曲艺志》地方卷编纂体例（草案）。该体例（草案）确定后，于1986年2月，由曲研所的贾德臣、叶琳两位同志向全国29个省、市、自治区寄出由文化部、中国曲协、国家民委共同发出的《关于编辑出版，〈中国曲艺志〉的通知》，及《〈中国曲艺志〉编辑出版计划（草案）》和《〈中国曲艺志〉地方卷体例（草案）》两个附件的文件。由此，《中国曲艺志》的编纂组织工作正式启动。

1986年3月，中国艺术研究院曲艺研究所宣告正式成立。沈彭年先生被聘任为首任所长。他一上任就致力于抓曲研所一史一论的基础建设，即编写《说唱艺术简史》和《说唱艺术简论》，另有一本《说唱表演艺术经验谈》，他计划在三年的就任期间完成（他的聘任期只有三年），为此他没有参与《中国曲艺志》的编纂组织工作。这三本书都是沈先生亲自主抓，首先开展的是《简史》，他约请了所内外各方面的人士组成团队，按历史时期分章节进行写作。沈所长很谦虚，他声明不署名主编，只做统稿（实际他做的就是主编的工作），因此，该书出版署名为：中国艺术研究院曲艺研究所，各章撰稿人的署名见之于目录。这本《简史》在沈所长领导有方的组织下，很顺利地于1988年在文化艺术出版社出版了，这是第一本简单明了、系统论述中国曲艺发展历史的专著，填补了学科的空白，为曲艺研究所奠定了学术理论基础，是曲艺研究所建立的奠基石。

我参与了其中民国时期一章的撰写，这一章原本约的是王素稔先生，后因他身体欠佳难以完成，便向所长推荐了我。王素稔曾出任《中国大百科全书·戏曲 曲艺》之曲艺卷副主编，是一位资深的曲艺作家和史论家。他的作品涉及曲种较广，鼓词、相声皆精。他还特别擅长帮助曲艺演员改编传统曲目，经他改编过的传统曲词一如原著，绝无痕迹，是演员的良师益友。此外，他撰写的许多曲艺理论文章都受到了业内外人士的关注和好评，如果不是因为身体原因，素稔老师应该能够留下更多的研究成果。

为什么不写通史而写简史？我理解其原因是写通史需要较长的时间，而所长的任期只有三年，他要在短短的三年内领着全所人员完成一史一论一经验谈三本书，为一片空白的曲研所的建设打下坚实的基础。

为此，我还接受了《说唱表演艺术经验谈》一书向陈汝衡先生约稿的工作，这是一本集十位著名表演艺术家和研究者经验谈的专著。然而，《说唱艺术简论》和《说唱表演艺术经验谈》完成定稿交付出版社后，却因某种原因，两本书的出版计划夭折了，书稿亦不知去向，成为沈先生临终时永远放不下的遗憾。

沈彭年所长上任后宣布所里的工作和《曲艺志》的工作分开，所内人员（仅有4人）自愿选择去向，最后留下我一人做《曲艺志》的工作。我便在主编罗扬同志的领导下继续开展《中国曲艺志》编撰的组织工作。首先是组建编辑部，亟须解决的是人员问题，得到了院人事处和艺术规划办公室（简称"规划办"，原文化部民族民间文艺发展中心之前身）的支持。考虑到院领导把《中国曲艺志》编辑部设在曲艺所，就是为所内研究人员队伍的建设打下基础，通过从事《曲艺志》的工作培养人才，因此我向所里提出调入可以适应工作的大学毕业生，他们不一定是懂曲艺的。我的想法不被所里认可，但我没有放弃。1987年我向规划办打报告，通过院人事处从北京市贸易学校调入了毕业于北京师范大学中文系的在职教师吴文科到《曲艺志》编辑部工作，并把他引荐给王素稔先生，由此也就开启了他正式从事曲艺研究的学术道路；1988年，研究院给曲研所又调进一名毕业于山东大学的文艺学硕士李景梅，所里安排她做《曲艺志》，充实了编辑部的人员。为加强对总编辑部工作的领导，时任《文艺研究》主编的王波云老师即将离休，经主编罗扬同志的提名，1988年，全国艺术科学规划领导小组办公室任命其为《中国曲艺志》副主编，领导总编辑部的工作。王老师满腹经纶，他对《中国曲艺志》每一省卷书稿的审阅都非常认真，尤其是各地方卷引用的史料，他都亲力亲为地去查阅相关典籍，诸如《史记》等，常常把查找到的正确引文用毛笔抄写下来交给他们。

总编辑部自一开始便提出"科研促修志"的工作原则，为解决编撰中的一些学术问题，召开了有关的学术研讨会。如一些曲种的形成，其唱腔音乐多与明清俗曲有关，为此，总编辑部与《中国曲艺志·广西卷》编辑部共同召开了"明清俗曲研讨会"；为厘清曲子在陕西及西北地区流布的影响，弄清其源流与变异，使其能科学、翔实地写入志书中，体现其历史价值，总部与《中国曲艺志·陕西卷》编辑部在陕西省凤翔县共同召开了"陕西曲子渊源与艺术特色研讨会"；为更好开展西北五省的编撰工作，总编辑部和《中国曲艺志·甘肃卷》编辑部在敦煌召开了"西北五省志书编纂工作会"，交流研讨该五省相关曲种的传播、艺人的流动情况及如何编写等问题……总之，"科研促修志"的方针在《中国曲艺志》各地方卷的编撰中贯彻始终。

《中国曲艺志》29卷本是一部官修志书，所以"坚持马列主义、毛泽东思想，实事求是"是编撰的总原则。要使该书具科学性、资料性、知识性、权威性，首先必须做到撰写的统一性，因此落实《〈中国曲艺志〉地方卷体例（草案）》是达到统一的保障。总编辑部在主编的领导下，从始至终在编审工作中强调《体例》的重要性。副主编王波云在《中国曲艺志·湖南卷》的初审会上，首次向审稿员提出了"翔其史实、明其源流、精其论断、严其体例"的审稿要求，这是审稿必须坚持的原则，也是各地方卷最终定稿的唯一标准。每一卷书稿要达到这一标准的难度相当大，包括总编辑部自身如何把这十六字方针落实在审稿中，也是经历了从虚到实的一个学习过程，这个过程我深切的感受就是在审稿中向各地方卷专家学习的过程。作为《中国戏曲志》主编的张庚院长曾在一次《戏曲志》的会上谈到了对编辑工作的要求，那就是要有"如履薄冰、如临深渊"的工作精神。同时还提出每个编辑对自己要有正确的认识，他说："你们都是戏曲专业某一个方面的专家，有你们的特长，但是中国戏曲艺术的专家实际上是在地方、在基层，每个省、市都有了解当地戏曲艺术历史、现状的专家，对当地戏曲艺术的了解这一点，你们是远不及他们的，因此到下面去，不要摆个专家的架子，要虚心、谦虚，向他们学习。你尊重人家，人家才会尊重你。"老院长的这一番话虽然是对《戏曲志》工作而言的，但这也是对各艺术门类修志的教导。20多年来，我一直是秉承这一教诲来从事《中国曲艺志》编撰组织和审稿的工作的，也因此和各地的专家建立了友情。

2000年，所长陈义敏退休，薛院长找我谈话，让我接管所里的工作，说是年龄所限，只能任副所长，但代行所长的职责，我只得受命。那时候，曲研所的办公经费每年只有1000元，开展工作的确举步维艰，但还是尽己所能举办了一些学术活动，如，"首届中国曲艺美学研讨会""姜昆梁左相声作品研讨会"以及"孙书筠京韵大鼓艺术研讨会"等，都得到了社会各界的广泛好评。所幸的是我接手曲研所工作不久，在一次各所的工作会议上，王文章院长提出了开门办所的思路，我特别赞同。2001年，相声表演艺术家姜昆受聘担任曲研所所长。姜昆不仅是相声表演艺术家，他还是社会活动家，更重要的是他对曲艺事业负有担当的精神，他的到来无疑给曲研所的工作带来了活力。在建所15周年座谈会上，姜昆所长向大家谈了对曲艺所的工作设想，他指出要改变工作作风，名副其实做学问；改变工作环境、生活环境，提高工作热情；鉴于曲艺所科研人员不足的情况，在今后的科研活动中争取社会学术力量的支持，做到院内外结合。会后我着手向院科研处申报"中国曲艺通史""中国曲艺通论"研究课题的准备工作。囿于所内科研人员的不足，课题的完成必须争取社会的学术力量，采取院内外结合的方法，为此组织召开了座谈会，邀请了所外有关专家一起讨论该课题研究的必要性和可行性，得到了与会者的支持，大家一致认为史、论是曲艺学科建设的基础，是曲艺事业发展的需要。2002年，《中国曲艺通史》获批院级课题研究项目。2005年，在全体撰稿人的努力下，由中国艺术研究院曲艺研究所组织撰写、所长姜昆担任主编的集体专著《中国曲艺通史》由人民文学出版社出版。

2002年我该退休了，值得庆幸的是中国艺术研究院研究生部戏剧戏曲系招收到第一位攻读曲艺史论专业的硕士研究生，也是中国艺术研究院培养出的中国曲艺教育史上的第一位。回想当年为了争取招收曲艺专业的研究生，我都快把恭王府小二楼研究生部的门槛踏破了，经历了三届主任，他们是张宏渊老师、周育德老师、伍国栋老师。之所以这么锲而不舍地烦扰他们，其动力来自我在参加《中国曲艺志》的组织、编审工作中，深感曲艺史论研究人员的匮乏，尤其是缺少年轻的曲艺工作者。真是功夫不负有心人，终于在1997年的一天，伍国栋老师兴冲冲地找到我说："我在院里刚开过会，研究生部戏剧戏曲系今年开始可以招曲艺专业研究生了，你赶紧去找生源吧！"真是天大的好消息，我连连向他道谢。生源我早有考虑，那就是从中国北方曲艺学校曲艺文学专业的毕业生中找。为何首选曲校文学专业？因为他们是高中毕业考入的，在曲校接受过曲艺艺术及其史论的基础教育，素质较高。时隔不久，便有几位同学联系我询问报考条件等，最终有勇气前来报名的便是曲校毕业后在安徽省合肥市曲艺团工作的蒋慧明。因为当时还没有曲艺方向，所以考试内容为戏曲史论，她毅然向单位请了长假，来到了恭王府，在研究生部进修班攻读戏曲专业等课程，为考研做准备。进修期间她很用功，机会永远是留给勤奋者的，在她的不懈努力下，终于在2002年成为中国艺术研究院研究生部第一位攻读曲艺史论的硕士研究生。继她之后，每年都有前来报考并被录取的曲艺专业研究生。历时20余年，从硕士到博士如今已有几十人，充实了曲艺理论研究的队伍，希望这支年轻的队伍越来越壮大。

从1983年进入前海西街17号，到2002年退休告别恭王府，中国艺术研究院给我留下了太多太多的记忆。曲艺研究所在二楼，当年姜昆所长上任后来到这个小小的办公室，惊讶地说："这样的环境怎么办公？"是啊！中国艺术研究院拥有十几个研究所，戏曲、音乐、美术、红楼梦研究等都是在同样的环境，虽然没有豪华的办公室、没有空调（因为是古建筑），但大家都怀有一颗赤子之心，孜孜不倦、心无旁骛地为科研耕耘。在这种环境中，涌现出了一批具有重要学术影响的老、中、青学科带头人；有张庚、王朝闻、冯其庸、杨荫浏等蜚声海内外的前辈专家学者；有沉甸甸的科研成果，诸如《中国戏曲通史》《中国戏曲通论》《中国美术史》《中国音乐文物大系》等，以及被称为修筑中国文化长城的《中国戏曲志》《中国戏曲音乐集成》《中国民族民间舞蹈集成》《中国曲艺志》。这是一种什么样的精神！在我回到中国艺术研究院工作的 20 余年里，基本都是在参与集体项目，主要是承担了国家艺术科学规划重点项目《中国曲艺志》的编纂组织和编审工作，在完成项目的同时，提高了自己的工作能力、增强了知识水平，一些论文和专著就是得益于师辈们的教诲，得益于《中国曲艺志》各地方卷的滋养。

因此，完全可以说，是中国艺术研究院成就了我。

致敬！感恩！我们大家的中国艺术研究院！

90年代，我和影视研究所共度时艰

章柏青

1994年，我已入天命之年，在中国电影公司负责电影宣传并主编一本电影刊物《中国银幕》。该单位当时是电影界的"首富"，垄断着全国电影发行放映业务，收入丰厚，奖金多多。但我从年轻时起就喜欢写作，觉得在此工作，生活虽近小康，但日常事务繁杂而琐碎，总有一种年华老去、一事无成的感觉。这年的夏秋之交，我突然接到中国艺术研究院郑雪来老师的电话。他说："我院进行机构改革，外国文艺研究所与影视研究室合并，成立一个影视研究所，目前缺一个所长。你对我说过，希望能做学术研究，这是一个很好的机会。我已将你推荐给主持工作的李希凡院长。"

李希凡院长我是熟悉的。20世纪80年代他在《人民日报》任文艺部主任时，多次约我写影评。果然几天后，他与我见面了。他开门见山地说："老章，欢迎你来研究院，研究院的优点是有时间做学问。但我实话实说，我单位穷，只有干工资，奖金、补贴一概没有。另外你来了也没有房子可分。"我说："穷、没房子，都没关系。我是担心自己年龄偏大，水平有限，又不是党员，担负不了这个责任。"李院长笑笑，说："研究院是学术单位，对干部的要求主要在于学术能力，院内各所的所长，虽说党员居多，但个别所长不是党员还是允许的。你的学术能力我是了解的，年龄也正好，太年轻了还压不住。我们是希望你能来做学术带头人的，把即将成立的影视研究所的学术研究搞上去。"李院长说话谦和，毫无官腔，让人容易接近。

到11月中旬调动的事就办成了，我很快到恭王府报到。半月后，外国文艺研究所与影视研究室召开全体大会，李希凡院长宣布两单位正式合并，中国艺术研究院电影电视艺术研究所宣告成立，我的所长之职尚待文化部批准，会上先宣布我为所的负责人。

到研究院几天后，我就慢慢地悟出希凡院长说的院里"穷"的真实含义了。首先是个人穷，比如，我在中国电影公司每月的收入几近三千元，到研究院只有九百元，直降三分之二。而我在所里还是最高的，其他研究人员都只有几百"大洋"。其次，更想不到的是整个研究院、研究所的"集体经济"更穷，要办事，事事没钱。不要说科研经费奇缺，连我所资料室想买几本新书、买几张光盘都是奢侈。1994年，电脑在其他单位都成了办公必需品，而在研究院则是罕见之物。研究的是影视，所里想看个片，电视机、录像机都没有。出门办个公事再远也需坐公交，几十元钱的打的费也没地方报销。有人悄悄告诉我："在你之前，有三位影界知名人士曾答应来当所长，到所里转了一圈，看到穷成这副模样，都走了。其中一位还参加了所里的欢迎会，甚至发表了就职演说，过一个星期，也'跑路'了。"多年之后，我与她谈及此事，她记忆犹新，哈哈大笑："当时研究院的确太穷了，生存都成问题，还谈什么科研！我只好'走为上'。"

最让人担忧的是科研人员人心思动。由于太穷，所里的年轻人无心于科研，有的在外面兼职，不少人向我提出了调动，这是当时影视所最困难的时刻。当然，这并非我们一个单位的问题，这是当时国内所有学术单位的普遍现象。20世纪90年代国家正在转型，市场经济如雷霆之势席卷而来，国家还没有或者暂时还无法顾及纯学术单位的生存问题。当然研究院的穷也与那一届的主要领导是纯粹的"书生"有关，他们研究学问是行家里手，而要同时转化为经营专家则确实有点勉为其难。

个人收入一时恐难改观，但如果在学术上再让大家感觉没有希望，这个所可是要完了。但从何入手是个问题，盘点所内财产，能直接产生经济效益的是一点都没有，唯有一个无形资产是一本杂志，叫《当代外国影视艺术研究》。这本杂志是当年颇受欢迎的刊物，随着商品时代的到来，订阅量急剧减少，直到每印行一期，院里必须补贴所里1万元。自1993年底起，院里财务更为吃紧，就取消了这个补贴，明确让刊物"自谋生路"。我到所任职时，这本刊物已停刊半年之久，接着便接到新闻出版署的通知，如果在半年之内再不复刊，便要取消刊号。这一通知使全所大为惊慌，这本刊物虽不能为我所带来经济效益，却是我们的学术依托，刊物没了将是对我们的一个重大精神打击，我作为一所之长为此而焦灼万分。在经过几天思考并听取时任副所长贾磊磊与韩树站的意见之后，我想出一个办法：适应商品大潮，将刊物改为面对大众的通俗性、娱乐性刊物，以此产生经济效益后，再将它用于学术研究，最终保住刊物，同时达到经济、学术双丰收。当我将这个设想汇报给李希凡院长时，他大为肯定，说："这是无奈之下的积极之举，应该是符合当前文化产业改革和走向市场精神的，我支持你试一把。"但又强调说："不过你要记住：我们毕竟是国家级艺术研究院，最终的一切是为了进一步做好我们的学术研究，刊物的娱乐性还需掌握好一个度。"

设想很美好，但实际执行起来却困难重重。首先碰到的还是钱的问题。转为娱乐刊物还是先要有一笔钱打底的，要赚钱首先是要投入。所里是一分钱经营成本也没有的，院里早就明确告知，全院只保一本《文艺研究》，其余各所刊物，统统走向市场，接受市场考验，适者生存，我们只能自力更生。我想到我任《中国银幕》主编时认识的一位广东影视中介公司老板华尘先生。他从买卖影视版权起家，生意越做越大。他曾经希望入股《中国银幕》，包下版面，做有利于自己生意的影视宣传，当时的中国电影公司不在乎他这点小钱，合作没有谈成。这次我重新找到他，果然一拍即合。他提出了一个硬条件，即刊名要由他来定，另外，他同意我提出的刊物需出两个版本的分工设想，即娱乐版与学术版。学术版的一切由我们负责，娱乐版的资金及编辑出版发行等事宜则由他全权承担，终审权仍归于我们。作为回报，他每年承担学术版的出版经费及资助我所一定的学术费用，总计不少于12万元人民币，这在当年是一个不小的数字。老板还承诺，如有其他合作项目，费用资助另议。当即，他提出了刊物新名字，什么"明星风采""星光灿烂""影视与明星"等。我从中选择了一个比较中性的、不过于低俗的名字："都市影视"。但是我把改名想得太简单了，公文由院上呈文化部后，久久未批。部里一位处长把我叫去，大声教育我说："你今天假如是由娱乐刊物改名为学术刊物，我立马就批准上报，但你是将学术刊物改名为娱乐刊物，而你们是个学术单位，不是娱乐公司，我这一关你就过不去！"一位处长就卡住了我们的"改革"，事关重大，不认真对待还真不行，我们当即成立了由几位刚工作的研究生组成的"攻关小组"开始为改名攻关。我们经研究，采用"悲情"策略，请那位处长来所"视察"，乘机大倒苦水，申述我们改刊最终是为了学术而并非为了赚钱。我们终于赢得他的理解，改名遂获得文化部的通过，得以上报国家新闻出版署。这次我们变得有经验，申报的同时，直接去找了副署长梁衡。梁衡是著名散文家，由于他的夫人曾是我以前单位的同事，有一面之交，这自然多了一份相互间的信任。听了我们的悲情诉说，梁署长大发文人的同情之心，当即表示："你们先回去等消息，我会尽快处理。"几天后，我们终于获得了改名的批复。

广州老板还是说话算话的，资金按时到达，《都市影视》娱乐版先期出版。在我们一再"不能低俗"的警告下，该刊虽说编得有点花里胡哨，但总体属于可以接受的通俗范围。由于图片新鲜、编排时尚、抓住了影视热点，刊物受到了年轻人，特别是中学生的喜欢。居然一炮打响，北京街头报刊亭到处都是，连院里的同事也纷纷跑到我所来讨要这本刊物。对此状况，我们是喜忧参半，因为我们毕竟是"研究中人"，深知娱乐刊物火爆对我们研究所谈不上光荣，而且还多少有一种丢了脸面的感觉。为了平衡这种心理，也怕留下话柄，我们抓紧编辑出版学术专号，编得十分"学术"，十分精美，在新一期娱乐版《都市影视》出版之际，给院领导与各兄弟单位同时送上学术版的《都市影视》，以示我们经济效益与学术效益一起抓的初衷。随着娱乐版《都市影视》的影响日渐扩大，同时围绕着杂志的文化活动也开展起来，最成功的是一次以杂志名义在广州举办的"明日之星"选秀活动。这次由杂志名义举办的活动，我们只负责申报文化部的一个批准文件，其他全由广州老板负责操办，最后竟分到活动盈余 30 万元人民币，这在当时可是一笔巨款呀！我当即召开全所会议，我说："我们经过多方努力，所里有笔小钱了，这笔钱不能分给个人，只能用于学术研究。我们领导班子的想法是：第一，继续定期出版《都市影视》学术专号；第二，资助达到水平的所内研究人员学术专著的出版；第三，开展必要的国内外学术交流活动；第四，三年一次对所内学术成果进行评奖，并给予表彰和适当的物质奖励。"全所同志十分高兴，我索性锦上添花，说："今天中午，为庆祝阶段性胜利，大摆宴席不行，我们来个小酌。你们可三三两两，自行结伴，到周围小馆用餐，每人标准 30 元，届时到所办公室报销。"那时的 30 元还是能点些像样的菜的，这次的聚餐给大家留下了深刻的记忆，直到我退休以后，所内同事见到我，还会与我开玩笑："所长，什么时候我们还能三三两两自行结伴去小酌一下？"接着一阵大笑。我知道，他们是想起了 90 年代这段艰苦而开心的日子。

时光在一天天地过去，由于我们在办刊上采取了"两条腿走路"的方针，学术研究颇有起色，我们在院内被人称"富所"，我们对所内学术研究的支持在逐步兑现。1998年底，我们首次举办了全所学术成果评奖。颁奖会在文采阁隆重召开，请到了文化部科研办的领导，院领导悉数到齐。我们分专著、理论、评论三大块，分别评出了一至三等奖项，颁发了奖证、奖品。在20世纪90年代的环境中，院内各所能如此召开科研成果颁奖会的，我所是独一份，院里给予了高度评价，我内心十分高兴。与此同时，我们对确有质量的专著进行了出版资助，如当时刚毕业留所的博士研究生李道新写出的60万字专著《中国电影批评史》。该书稿虽已列入中国艺术研究院的"九五"规划课题，但要出版社出版，资金远远不足，鉴于本书在史学研究上的开创意义，我们在出版资金上给予补足。同时我们还数量不等地支持了所里其他研究人员的著作。我们还恢复了早在80年代就与一些国家与地区建立的学术联系，到香港、台湾地区进行了学术交流。我们的资金还用于其他的必要开支，比如资助所里退休后生活困难的老专家。电影史学家邢祖文先生，年老多病，经常住院，家境颇为清贫，每次住院，我们都会给予补助。对一些收入少、刚工作的年轻人也给予关心，所里有位刚毕业的研究生，家境窘迫，每月工资如用于在外面租房，就没钱吃饭了，她只好睡在所的资料室里。但恭王府是重点文物保护单位，院里三令五申，不得在办公室过夜。鉴于她的实际情况，我们帮助她在外面找了一间房，并在房租方面给予适当补贴。我们有了点钱，还不忘参加公益活动。有一年南方水灾，院里号召捐款，我们所除了个人捐款以外，还以所的名义捐了数千元人民币，在院的捐款荣誉榜上高居榜首。在90年代的艰苦日子里，我所响应院领导的号召，以自力更生、开源节流的精神，克服经济上的困难，在科研的道路上迈出了坚实的足印。

到90年代末，国家的经济与文化政策有了显著变化，随着国力的增强，科研条件与科研环境也开始有了较大的改善，也就是说我们的日子越来越好过了。2000年底,王文章同志担任我院常务院长,全面主持我院工作。王院长以开阔的思路、惊人的魄力进行各项改革,研究院发展进入了加速道。随着21世纪的到来,在多种因素的合力下,毋庸讳言,我们研究院从艰难爬行的20世纪90年代进入了新的历史时期,不仅科研项目日渐增多,科研活动也相当频繁,我们的个人收入逐年提高,从文化部的垫底单位升为文化部的前列。2002年,我们离开了恭王府,搬入惠新北里新的办公地,中国艺术研究院在新世纪到来之际向文化界展示了新的形象。这一年,原说无房可分的我竟分到一套大居室,个人的生活幸福指数大为提升。

有一天,王文章院长突然把我叫到他的办公室。他先是关切地询问了我所的科研情况、科研人员的生活情况。我告诉他,自从他任院长这几年来,我所每年发表的论文数量及争取到的科研项目增加了3倍多,我们每月的收入增加得更多,如果与90年代中期的收入相比,应该在4—5倍。王院长听了很高兴,他说着说着,便改变了话题,说:"今天请你来,是要与你商量一件事。正如你刚才所说,现在全院的科研状况与经济状况的确有了很大的变化,这种情况使我想到了你们所的《都市影视》杂志。这本杂志在当时的环境下由于你们采取了市场化的经营方式,在一定程度上缓解了你们所的经济难关,间接地帮助了你科研工作的延续,你作为所长,功不可没。但现在形势变了,也就是说,这本杂志应该是回到它原来学术定位的时候了,它应该重新成为艺术的学术园地。"

王院长的话,我虽然觉得有点突然,但仔细一想,觉得十分在理。而且这些年来,广州方面对杂志的商业化操作加速,杂志内容的低俗化倾向也日益严重,不久前还发生了由于他们肆意抄袭香港娱乐报刊的文章与图片,被告到法院还由此牵连到我所的事。我想了片刻,便说:"我完全赞同院长的决定,就目前的情况,我们完全可以将它收回来。只是与广州方面签了10年合同,还有5年到期,需要与他们协商。"

王院长意志坚决，我不敢怠慢。与广州方面经过来回磋商，对方终于同意终止。王文章院长就《都市影视》再次改名与我商量，他提出是否可改名为《艺术评论》。他设想这个由影视所承办的刊物未来可提到由院部直接领导的独立刊物，问我是否同意。他对这个刊物的前景具有信心，说："要办成和《文学评论》一样的全国性著名刊物。"他说如果我愿意，仍可担任这个刊物的主编。我说："所里完全服从院里学术大局，感谢院长信任，让我担任主编，但我年龄大了，快退休了，建议选择更为年轻的学者来担任这个艰巨的任务。"

2005年，我正式卸任电影电视艺术研究所所长职务，新所长为年轻的电影史学专家丁亚平。王文章院长在为我们交接而召开的全所人员大会上，做了热情洋溢的发言，对我领导全所渡过90年代艰难岁月进行了赞扬与肯定，对丁亚平的上任寄予希望。我于2007年正式办理退休手续，至今已有13个年头了。如今的影视研究所学术研究兴旺发达，影视专业研究生教育与90年代相比更是不可同日而语。在丁亚平所长的领导下，影视研究所在影视界已经取得应有的学术地位，而在90年代我所经过努力而保留下来的全院重点刊物《艺术评论》也已经成为全国著名的学术批评杂志。在这庆祝我院建院70周年的喜庆日子里，回顾往昔艰苦岁月，我感到莫大的欣慰。

我在研究院的成长

王安奎

我走上戏曲研究之路有一定的偶然性。我从小没有看过戏曲演出，对戏曲也不了解。1960年，我高中毕业的时候，艺术院校提前招生，一些喜欢文学的同学就相约报考了中央戏剧学院、中国戏曲学院（两院校联合招生），那一年东北片区是在沈阳集中考试的。复试时中央戏剧学院的克莹老师问我："你读过莎士比亚的作品吗？你读过莫里哀的剧本吗？"我都老老实实地回答："没有。"她说："入学后得多读一些书啊！"这似乎是一颗定心丸，不久后我就接到中国戏曲学院戏曲文学系的录取通知书。

那时的中国戏曲学院是由中国戏曲研究院组建的，一个单位挂两块牌子，地址在东四八条52号。开始任命张庚为中国戏曲学院院长，后来撤销中国戏曲研究院，合并到中国戏曲学院。在"大跃进"之后，国家实行调整政策，许多高等院校被撤销。中国戏曲学院的牌子又被摘掉，回归中国戏曲研究院建制，我们也于 1963 年提前毕业，叫作"实习在外"。我们是"文革"前唯一一批正式的戏曲专业本科生。

开学时，梅兰芳院长和张庚院长都对同学们讲过话，不久后张庚院长下放到江苏沛县，教学工作主要由晏甬副院长负责。开学时，张庚院长、晏甬副院长提出按延安鲁艺精神办学，进行学院式教学。戏曲文学系主任是郭汉城先生，副主任是张为老师，先后担任我们班主任的有王彤、吴琼、简慧等老师。给我们讲课的老师大部分是本院的研究人员：吴琼、简慧、王芷章、刘念兹、林涵表、王淑兰、李振玉、邓兴器、余从、黄菊盛等，并请了许多校外的专家来讲课。郭汉城主任给我们讲过一次话，内容大多不记得了，但记得他说，你们要"多读书，少生气"，当时很不理解，并且觉得挺奇怪，后来渐渐觉得这句话，特别是对于年轻人，是很有深意的。老师们认真负责地进行教学，吴琼老师指导我们写剧本，刘念兹老师用"笺注"的方式讲《牡丹亭》，简慧老师细致地解析《雷雨》《梁山伯与祝英台》等戏剧名著。记得学习期间曾到双桥农场参观，回来后同学们写诗，我写的一首"五律"的头两句是："农村旧印象，今日一扫光"，王芷章老师给我改为"农场陈印象，今日扫来光"，这使我开始意识到写诗需调整用字以符合平仄规律。读书期间正值国家开放传统剧目的演出，我因此得以观摩了京剧和各地方戏的许多优秀传统剧目，使我的文学梦与戏曲艺术逐步结合了起来。我曾担任班干部、团支书，还担负着辅导 3 个越南留学生学习的任务。同学相处值得回忆的事情很多，这里不能一一尽述了。毕业前，班里的调干同学王登山、张巧兰介绍我加入了中国共产党，晏甬副院长参加了我入党的讨论会，讲了很多语重心长的话，同志们也都对我提出了殷切的期望，这是我永远不会忘记的。

我 1963 年毕业后留在中国戏曲研究院剧目室工作。当年秋天，我与谭志湘、苏明慈等青年同志（后来邓兴器也加入）被安排到山西"学毛著"先进典型地区绛县南柳和大寨去"劳动锻炼，体验生活"。临行前晏甬副院长与我们谈话说:"劳动锻炼很重要,也要强调体验生活。你们趁年轻时要好好体验生活,为今后的创作打下扎实的基础。在农村的生活虽然艰苦,但是很愉快的。"

"文革"后,文化部组建了"艺术研究机构"(后改称为中国艺术研究院),原中国戏曲研究院成为中国艺术研究院的一个所。我是1976年春才回到戏曲研究所工作的,从这时起才开始正式做专业工作。这时张庚、郭汉城老师在全国招收研究生,我对张庚老师说:"我想考您的研究生。"张庚老师说:"你不要考了,我们招研究生主要是想从外面招一些人来,扩大戏曲研究的队伍,你有什么问题我可以帮助你。"于是我便没有报考。

根据戏曲研究工作的需要和各人的特长,戏曲研究所的研究人员被分在不同的研究室,开始我是在当代戏曲研究室,此后便重点研究当代戏曲、戏曲文学、戏曲创作,也做评论工作。

回顾我的学术道路,有一些与前辈相同的特点,即并不是单纯地做研究,而是与戏曲创作的实践紧密结合的,具体地说,是与教学、编辑、评论等工作相结合的。20世纪80年代,《剧本》月刊刊登一些剧作家、理论家的照片,并要每人写一句话,我写的是"从实践中探真知,经积累而求建树",这是我想要达到的目标和遵循的道路。

这期间我参加的大的集体项目是张庚先生主编的《当代中国戏曲》,编写组主要由戏曲研究所一批青年同志组成,我担任了编写组负责人。张庚先生对中国戏曲史论体系有完整的构想,《当代中国戏曲》是继《中国戏曲通史》之后这一体系中的重要一环。(后来我们又编写了《中国当代戏曲史》,《中国近代戏曲史》因故这时没有完成)新时期以来,全国和各地的戏曲活动较多,相继成立了中国戏曲现代戏研究会、中国戏曲学会、中国近代戏曲文学研究会、中国昆曲研究会等组织,我积极参加这些学会的工作并撰写论文。我开始是受戏曲研究所指派担任与中国戏曲现代戏研究会的联络员,后来则担任了研究会的编辑委员、副会长、常务副会长。中国戏曲现代戏研究会先后担任秘书长和会长的何孝充同志为人很好，善于听取和吸收大家的意见，我们合作得很愉快。

从 1980 年开始，我对陈仁鉴、翁偶虹、范钧宏、马少波、黄俊耀、杨兰春、王肯、胡小孩、顾锡东、徐进等在当代戏曲史上影响较大的 10 位老一代戏曲作家进行系统的分析和研究，总结他们从现实和历史中提炼素材、创作剧本方面的经验，以及对戏曲传统挖掘整理方面的经验，撰写成《当代戏曲作家论》一书。我读他们的作品，观看演出，访问他们本人和相关的人，使我对戏曲创作有了更深的认识，打下了我研究戏曲创作论的基础。在研究的过程中，我与这些老剧作家也结下了深厚的友谊，现在这十位剧作家中只有胡小孩健在了！那些已故去的老剧作家的音容笑貌仍然如在眼前。

中国艺术研究院戏曲研究所的第一任所长是郭汉城先生。他与张庚先生一起，在"文革"后领导大家重建队伍、拨乱反正，做了很多艰苦的工作，为后来研究工作的开展打下扎实的基础。第二任所长是苏国荣，他也做了很多有意义的工作。他与沈达人先生一起，主编了《中国戏曲史论丛书》，组织和推动了戏曲研究所的研究人员拿出第一批个人研究成果，我的《戏曲"拉奥孔"》就是这套丛书中的一种。那时出国考察的机会是很少的，他与院外事处的同志一起与文化部积极联系，争取到去印度做学术交流的项目。事后我知道，他是很想去的，并做了很多学术准备，但他还是把这个"机会"让给了别人，让沈达人、余从、我和孙玫 4 人去了。我参加了这次学术考察，收获很多，在历史文化的比较中加深了对中国戏曲和东方戏剧特点的认识。苏国荣之后，余从担任所长，我担任副所长；余从退休后，我担任所长。在此期间，我努力学习和继承前辈的优良传统和作风。

因为有很多成绩卓著的老前辈，所以我一直觉得自己是后生晚辈，但看到比我年轻的一代学者的成长，感到十分欣喜。如前所述，我是年届 40 才真正开始专业工作的，现在不少 40 岁的同志已经有丰硕的成果了。我也深知现在的学生和青年学者有与我们那一代不尽相同的生活压力,社会的竞争也更激烈,所以要让他们完全做到"心无旁骛"是不容易的。但我希望以学术研究为职业的人还是尽量能"心少旁骛",趁身体好、记忆力好的时候,打下坚实的学术基础。学术研究,包括我们的戏曲研究是需要一代又一代人接力做下去的。我在读《张庚日记》后曾写下这样一段感想,写在这里与大家共勉。

> 学术的发展要靠积累,但社会科学,包括艺术理论,研究的成果体现为一种认识的水平,它存在于个体的学者的头脑之中,老一代的学者不可能直接把这些成果传给下一代;年轻一代的学者必须从头学习,并能体会到老一辈的心路历程,才能把老一代学者研究的成果承继下来,变成自己的积累。所以要"站到巨人的肩上"是不容易的。张庚先生用毕生的心血把戏剧研究事业推向了前进,但艺术研究工作永远在路上。我们要想在张庚先生等前辈的基础上继续前进,就不仅要学习他们已经取得的成果,更重要的是学习他们生命不息探索不止的精神。[1]

---

[1] 安葵:《毕生探寻艺术真谛——读〈张庚日记〉》,《中国戏剧》2018年第3期。

我的恭王府，我的新源里，我的80年代
—— 为庆贺中国艺术研究院建院70周年而作

居其宏

1978年，我与上海音乐学院同班同学、上海歌舞团老同事冯洁轩一起，从上海考入中国艺术研究院研究生部，在艺研院旧址——坐落于前海西街的恭王府，与其他40名同学共同度过了难忘的两年学习时光；到了第三年，为方便学位论文研究和写作，除了家在北京的吴文光和蒋定穗之外，我们音乐史论其余10位大老爷们离开恭王府，搬到东直门外新源里西1号楼艺研院音研所，在导师指导下写学位论文、答辩、获学位，直到留所工作。

一提到"我与中国艺术研究院"这个话题，我便不由自主地回想起那个激情似火、生机勃勃的80年代，以及在恭王府和新源里度过的难忘朝朝暮暮、美好岁岁年年。

一、恭王府：大师云集，受益终身

1979 年初，我离别生我养我、学习工作了 36 年的上海，来北京恭王府报到。

恭王府确是一座古色古香的皇族府邸，虽在日月侵蚀下略显斑驳老旧，但仍不难想象出当年雍容华贵的皇家气象。在青松翠柏下、繁花绿草中、曲径通幽处，又见出若干庭院，艺研院机关，除音研所外的其他研究所，分别坐落于此，既有独立空间，又比邻而立，相互走动、彼此联系，极为便利。鉴于当时中国音乐学院新址建设尚未完全竣工，仍有部分系科的教学暂在恭王府内进行。于是，每日的恭王府，总有美丽歌声与悦耳民乐汇成交响，为我们艰苦单调的学习生活平添了几分艺术气息。

我们住在恭王府东面一座两层结构老旧建筑的二楼。听说这里原是图书馆，特别辟出来供第一届研究生学习和生活之用——两侧共有 10 个房间，其中一间办公室、其余 9 间是宿舍，4 人一间；宿舍之间以一种简易的木屑胶合板为隔墙，隔音效果很差，深夜能听到隔壁同学的呼噜声。中间是一片开阔的所在，配有一块大黑板、若干桌椅和一张乒乓球桌，上课时作为课堂；下课后，搬开桌椅，即成集体活动和打乒乓的场所。后面则是小便池和洗漱区，若要出恭，则需下楼走到 50 米开外。也没有厨房，每日三顿一律到公共食堂用餐。当时还在用粮票，粮、米、面定额，以面食和粗粮为主，每月仅有 6 斤米票，对我这类从南方来的同学来说，一开始还真的很不习惯，经一番强制性肠胃改造，久而久之，也就习以为常矣。

第一届研究生共 41 名，分三个专业方向——戏曲史论、美术史论和音乐史论。在所有同学中，蒋定穗是唯一的女性；年纪最大者是美术史论方向的水天中，当时已届不惑；最小者是我们音乐史论方向的梁永生，当时年仅 28 岁。

音乐史论方向有12位同学：中国音乐史冯洁轩、吴文光、蒋定穗，民族音乐研究何昌林、乔建中、伍国栋，音乐理论方向张静蔚、王宁一、魏廷格、谢天吉、梁永生和我。论专业背景，何昌林、冯洁轩、谢天吉、梁永生和我都是上海音乐学院历届校友，其余均毕业于全国各地的艺术、音乐或师范院校；论家庭背景，蒋定穗系抗日名将蒋光鼐的千金，吴文光系古琴大师吴景略的公子，其余大多与我一样出于"布衣寒门"。

当时，艺研院院长由中宣部副部长、民族歌剧《白毛女》剧作者贺敬之兼任，艺研院副院长、延安时期的鲁艺戏剧系主任张庚兼研究生部主任，亲自主持研究生部的教学；而日常管理则交由两位副主任负责。在教师队伍中，郭汉城、王朝闻、启功、李希凡、陆梅林、杨荫浏、郭乃安、黄翔鹏等享誉国内外的学术大师赫然在列，他们的授课内容广涉马克思主义文艺理论、美学、艺术学、戏剧戏曲学、美术学、红学、音乐学等领域，让我们这些由单科制艺术院校培养出来的学生能够现场一睹这些仰慕已久之大师风采，有幸聆听他们的谆谆教诲，分享其博大精深的研究成果，学习其严谨学风和科学方法论，极大地拓展了我们的学术视野，提高了我们的理论品位，真是一辈子都修不来的福分！

其中也有两件趣闻，至今难忘：其一与王朝闻老师有关。老先生给我们上第一节课时，走上讲台做的第一件事是调侃自己的名字。他说："我叫王朝（zhao）闻，不是王朝（chao）闻；有人拿我开涮，故意把我的名字读成王朝（chao）闻，还煞有介事地说，包公出行，必有贴身侍卫王朝（chao）、马汉紧随其后，为此专门编了一个谜语，谜面是'包公放屁'，谜底就是王朝（chao）闻！"王老话音刚落，整个教室立马爆发出一阵笑声和掌声——在我等后辈心目中，这位雕塑艺术和美术学大师是高山仰止般的存在，但在现实生活中却又如此幽默平易、可敬可亲，一下子就拉近了师生间的距离，彼此遂成足可倾心相谈的忘年之交。

其二与郭乃安老师有关。在音乐界，郭先生是一位闻名遐迩的大学者，学贯中西，融通古今，笔力深厚，成就卓著。然而也有一个特点：在平素的接触与交谈中，态度谦和，表达流畅，逻辑严密，观点鲜明；但一到了课堂（尤其是数十人的大课）上，老先生的口头表达就不那么流畅不说，最有趣的，是他在详列史料论据和周密分析论证之后，每到得出结论的关键处，却常以"这个……""啊，啊……"等含糊作结。后来与他接触越多、在他领导下共事越久才越来越明白，若就"世事洞明皆学问，人情练达即文章"而论，在我国音乐学界可与之比肩者不过二三，只是他不善于在大庭广众之下做长篇大论而已。

此外，还有一个人给我留下的印象极为深刻——她就是研究生部副主任兼党支部书记郭睿儒。这位50多岁的老太太是个地道的北京人和老革命，身量不高，体态微胖，但其性格爽朗，为人热情，将我们这些研究生视如己出，在学习上管理严格、要求很高，在生活上关怀备至、照顾周到，被大家亲切地称为"郭大娘"。间或带些土特产来，或请我们分批到她家做客，在打牙祭、叙家常之余，也了解我们的思想动态、学习和生活情况，帮我们解决各种疑难。郭大娘这番作为给我们留下了深刻的印象——原来，我们党的书记和思想政治工作竟可以如此地人性化和深入人心！事实上，王宁一、乔建中、伍国栋和我四人，也都是因她耐心细致的思想工作并经她亲自担任介绍人而先后入党的。我们在恭王府两年，时时刻刻都能感受到她那慈母般的温暖和关爱。

总之，在恭王府集中学习的短短两年，生活条件虽然艰苦，但因有各学科大师们的亲临授课，引领我们健步踏上艺术学研究的正道，令我等犹如醍醐灌顶、茅塞顿开；又在两年间与戏曲学和美术学诸位学兄同窗，成天"厮守"在一起，相互帮助，彼此学习，开阔眼界，增长见识，结下了深厚友谊。日后与同学们回忆起这段永生不忘的经历，无不由衷慨叹：我们的恭王府，你令我们受益终身，不啻人生再造。

二、新源里：强哉音研所，难忘李恩师

到了第三年，为便于学位论文的研究和写作、就近得到导师们的直接指导，音乐史论方向的 10 名男同学一起搬到位于东直门外新源里的音研所，我的研究生涯由此开启。

当时的音研所是艺研院唯一孤悬于院本部之外的下属研究机构，我们刚搬去时，除了部分居民住宅之外，四周多是农田。研究所的正门面向东直门外斜街，往东北方向去直通首都机场。研究所对面不远处便是左家庄，是中央歌剧院所在地。因我将中外歌剧史论作为自己的研究方向，故常到中央歌剧院看他们排练和演出，由此开启了我最初的"剧场工作"并有缘结识刘诗嵘先生，日后他成了我毕业答辩会的答辩委员。

研究所主楼是一座四层建筑，一楼为资料室，二楼是办公室和会议室，三楼除部分办公室外，其余用作我们研究生的居所，每人一个 18 平方米左右的单间，四楼是乐器陈列馆，里面收藏的古代乐器和古琴，再加上资料室收藏的历代音乐古籍、诸多孤本、善本及中国近现代音乐史和传统音乐的文献、乐谱、音响，弥足珍贵，其数量之巨和历史文化价值之高，均为全国之冠。研究所背面是厨房和食堂，中午所里同事大多在此就餐；下班后，我们 10 名研究生共用一个煤气灶，随个人口味烹炒煮炸，一享口舌之乐。食堂旁边是一座带有地下室的二层小楼，中间是一个小院，后来又在研究所西南侧建起一座现代化的录音棚，除了满足研究录音和测音采样之需外，还对外营业，以弥补研究经费之不足。

20 世纪 80 年代初的音研所正值其全盛时期，全所正式在册的研究人员、资料人员、行政管理和后勤服务人员，再加上我们这些研究生，共 108 人。所长杨荫浏，副所长郭乃安、李佺民和何芸，都是各学科顶尖级的大学者；在研究人员中，缪天瑞、曹安和、李纯一、吉联抗和黄翔鹏在学术界的崇高地位自不必说，而宋扬、吴毓清、伍雍谊、施正

镐、简其华、袁荃猷、乔东君、苗晶、齐毓怡、许健、吴钊等人，在各自领域亦颇有建树。我们这些研究生刚到所里，算是后学晚辈，得以与这些大咖们日日共处，能常听他们讲课，就近请教或默默偷师学艺，近距离感受他们的学术风范、学习他们的研究成果，确系人生一大幸事。

我清楚地记得，杨荫浏先生给我们上中国音乐史课，地点在研究所旁、新源里西1号楼他的住所。老人家随意坐在沙发上，我们则围坐在他身旁，静听这位史学泰斗口吐莲花、侃侃而谈；鉴于杨老系无锡人，操一口吴侬软语，而同学中多为北方人，为消除语言障碍、提高教学效果，此时黄翔鹏先生就主动担任"翻译"——于是便出现了中国老师给中国学生讲课仍需将方言转述成普通话这样的趣事。当然，这并非一般意义上的"翻译"，间或还要就杨老讲课中的某些艰深学术命题、专业术语、特殊概念及相关背景等做简要解说和必要补充，所以，能在一门课上同时聆听两位大师的教诲，实在是我等第一届研究生的第二大幸事。

当初艺研院招生时，音乐理论方向的导师是吕骥。后来根据各人自选的方向，由研究所指派了具体导师，而师兄张静蔚和我的导师则是副所长李佺民副研究员。李老师当时50多岁，身体壮实，形象伟岸，为人谦和，成天笑容可掬，一派忠厚长者气度，但对我学术上的要求很严、标准很高，从不马虎苟且。当得知我论文选题是研究歌剧重唱时，他说自己对此没有专门研究，建议我到上海去，随上海音乐学院留德归来、专门研究歌剧的焦杰先生进修一段时间，还主动帮我向研究所请假、联系焦老师并开具介绍信。说实话，随焦老师进修的经历，时间虽然很短，非但令我的学位论文在答辩中顺利通过并获得硕士学位，更对我今后的歌剧史论研究之路产生了不可估量的决定性影响。每念及此，我心中总对李老师泛起一股感恩不尽的暖流，也常常以李老师为榜样，并暗暗发誓：来日倘有幸成为别人的导师，一定要学习他的为人风范，继承他的师德传统，努力做一个老实人、好老师。

谁知天不假年，看上去结实健康的佺民恩师，却在盛年身染沉疴、一病不起，于1983年夏溘然长逝！作为他的嫡传弟子，在追悼会上面对他安详的面容，欲哭无泪……

三、80年代：开门办所，勇立潮头

获得硕士学位后，我与王宁一、乔建中、冯洁轩、魏廷格、伍国栋留所工作——我和王宁一、魏廷格在音乐理论研究室，乔建中、伍国栋在民间音乐研究室，冯洁轩在中国音乐史研究室；而张静蔚、何昌林、吴文光、蒋定穗被分配到中国音乐学院任教；谢天吉、梁永生二人则在毕业后不久即到美国留学或工作。

我们6人留所工作时都在40岁上下且拉家带口；但在学术上，依然像一群晚熟的雏鸟，因10年学业荒废，亟待补课、充电之处甚多。然而，正是这个改革开放的20世纪80年代，正是这场拨乱反正、革故鼎新的伟大变革，召唤我们到时代熔炉里淬火，鼓舞我们在风云际会中历练。关注刚刚过去的音乐历史，以马克思主义的科学精神总结经验；关注火热的现实音乐生活，对在改革开放时代大潮中涌现的"新潮音乐""流行音乐"及"回顾与反思"等新现象、新事物、新观念、新思潮、新问题做出新思考、进行新探索、得出新结论，以利于新时期我国音乐艺术的健康繁荣和未来发展。

其时，恰逢研究所领导班子换届，黄翔鹏先生当选新一任所长，王宁一和乔建中两位学兄担任副所长。在黄先生领导下，研究所提出"开门办所"方针，采取了一系列改革举措，极大地激活了全所上下的积极性和创造性，也令研究所的学术建设、资料建设和人才建设出现一派欣欣向荣的景象。其中，与我本人直接相关者，有如下几点。

一是创办学术季刊《中国音乐学》，研究所领导指派缪天瑞先生担任顾问，郭乃安先生任主编，吴毓清和我担任副主编，由我和研究所一位有丰富出版经验的老同志康昌其具体负责刊物的复杂报批手续、流程和编辑部筹划、组织、审稿、运行等制度的制订。刊物正式获新闻出版署批准，并于 1985 年底出版创刊号。此后不久，为加强编辑力量，经我提名并在黄先生亲自与当时隶属于中国音协的《音乐研究》主编赵沨多次斡旋之下，又从该编辑部将其主力编辑缪也同志"挖"来，担任《中国音乐学》编辑部主任。在整个 20 世纪 80 年代，《中国音乐学》的编辑与出版不仅成为研究所一项重要成果，更是当时音乐界、音乐学界、音乐出版界改革开放的见证人和记录者。关于这一点，我在《为了"执中国音乐学界之牛耳"——关于〈中国音乐学〉的片断回忆》（《中国音乐学》2015 年第 4 期）一文中已有详述，此处不赘。

二是"兴城会议"（全名是"中青年音乐理论家座谈会"）的策划与召开。这次会议由《中国音乐学》编辑部率先策划和提议，联合《人民音乐》编辑部、《音乐研究》编辑部以及辽宁文联理论研究室、辽宁音协共同主办，1986 年夏在辽宁省一座美丽的海滨城市兴城举行，并在全国产生了巨大而又长远的影响。关于这一点，我在《改革开放语境下的历史反思与责任担当》[《音乐艺术》（上海音乐学院学报）2017 年第 1 期] 一文中亦有详述，此处不赘。

三是《中国音乐学》编辑部一系列读书会的举办，其中包括音乐美学读书会、西方音乐史读书会、音乐编辑学读书会等，既为我国音乐学各学科的中青年学者提供了一个学习提高和彼此交流的平台，也令《中国音乐学》编辑部结识了全国各地的同道，培养了作者，思考了选题，组织了稿源。日后《中国音乐学》之所以成为音乐期刊界的翘楚而广受好评，离不开音研所领导的"开门办所"方针，离不开郭乃安主编的大局观和编辑部同仁的努力，当然更离不开全国各地、各专业、各方向作者们的鼎力支持和厚爱。

四是同样得益于"开门办所"方针，音研所根据学科布局和学术梯队建设需要，除在自己培养的历届研究生中留下田青、薛艺兵、秦序、曾遂今、张振涛、韩宝强等人外，还从全国各地调入项阳、韩锺恩、李曦微等优秀毕业生，极大地充实了研究力量，增强了学术梯队的厚度，改善了人才结构和学科布局。日后的事实证明，这些杰出学者都在各自的学术领域做出骄人成绩，在国内外为研究所赢得了广泛赞誉。

五是为补齐研究所现代音乐研究短板，1986年3月，研究所将时任湖南师范大学音乐学院院长、武汉音乐学院第一届作曲方向硕士研究生王安国教授正式聘为特约研究员，调入本所驻所研究。其间，王兄在音研所三楼与我同吃同住长达7年之久，因专业相近、性格互补，又在日常交往和学术研究中志同道合，一起经历过若干风雨，彼此遂成生死之交。甚至后来他在湖南师范大学招收的两个作曲方向硕士研究生王文、王青的学位论文写作和答辩都在音研所完成，差不多同时，他的另一个作曲学生王佑贵也来研究所进修。鉴于师生4人同一姓，故被研究所同仁称为"王家军"。王兄本人作曲技术理论功底深厚，音乐史论修养全面，学术见地不同凡响，文字表达绵里藏针、柔中有刚，且其性格谦虚平和，待人诚恳热情，又具丰富的组织领导经验，故在研究所人望极高。1993年离所后，安国担任首都师范大学音乐学院院长，为该院教学、科研及获得博士学位授予权居功至伟。仅以安国一例，便足可称为"开门办所"、发挥研究所学术吸引力、影响力和辐射力的一个成功典型。

六是《当代中国音乐》的编写与出版。此事表面看由中国音协负责实施，其实与音研所有极大关系——这是由当时中国音协分党组与黄翔鹏所长共同议定的安排，也是"开门办所"的衍生品。请看：不仅由我所郭乃安先生担任此书的常务副主编（主编是著名作曲家、中国音协主席李焕之），而且由我和王安国担任编辑部正副主任（另一位副主任是中央音乐学院梁茂春，而他家就在新源里）；非但这本书若干章节的中青年撰稿人来自我所，主要资料也来自我所，就连编辑部也常设在我所。因此，本书所有组稿、编写、审稿、加工修改、上报审查通过，到最终由当代中国出版社正式出版，都是以本所研究人员为编审主力，在音研所内完成的；从郭乃安和黄翔鹏两位先生，到我们这些编纂者和资料人员、后勤管理人员，全所上上下下许多人都为此付出了辛勤劳动和心血。

总而言之，在恭王府、新源里的学习生活以及其后经历的80年代，虽然只有短短10余年，却是我此生和学术成长途中最难忘、最宝贵、最刻骨铭心的时期；由此让我在懵懵懂懂、跌跌撞撞中初步懂得什么是真正的学术研究，什么是实事求是的科学精神，什么是当代学者最宝贵的理论品格、使命担当和学术智慧，什么是人生有限而学海无涯；如今虽然已至望八之年仍不敢自诩成熟，但对为学为人之道总算明白些许、略知一二了。

故在隆重纪念中国艺术研究院成立70周年之际，写下这篇小文，以我经历中若干点滴回忆表达我这个曾经的学生对母校、母院、母所的不尽感恩戴德之情；今后，不论我身处何方、境遇如何，我都要以无限深情为你歌唱——

我的恭王府，我的新源里，我的80年代！

感情·感激·感恩
—— 我在中国艺术研究院难忘的经历

张庆善

我于1979年7月从文化部办公厅秘书处调到中国艺术研究院红楼梦研究所,是冯其庸先生把我调来的。到2012年6月退休,在中国艺术研究院整整工作了33年。可以说我这一辈子都是在中国艺术研究院度过的,我很幸运能成为中国艺术研究院的一员,很幸运能成为那么多大师、大家的学生、部下、同事,很幸运在中国艺术研究院经历了我一生中最宝贵的时光,也留下了永远的骄傲。2012年6月7日,在宣布我退休的大会上,我曾说过:"我对中国艺术研究院充满了深深的感情、感激和感恩,是中国艺术研究院把我从一个无知小子,培养成一个学者。"

我在中国艺术研究院工作的33年中,有22年在红楼梦研究所工作,担任过副所长、所长,以及《红楼梦学刊》副主编、主编。有11年的时间在院里工作,担任过副院长、党委书记、中国非物质文化遗产保护中心常务副主任等。在红楼梦研究所工作期间，我很荣幸地追随冯其庸先生为新时期红学发展做过一些工作。在院里工作期间，我曾分管科研处、外事处、研究生院、文化艺术出版社、《文艺研究》编辑部（现《文艺研究》杂志社）、《美术观察》编辑部（现《美术观察》杂志社）、中国非物质文化遗产保护中心、舞蹈研究所、红楼梦研究所等。一次在出访中，一位朋友问我中国艺术研究院是一个什么样的机构，我自豪地说："就艺术研究而言，中国艺术研究院是中国的最高艺术学府。"毫无疑问，中国艺术研究院称得上这样的评价。中国艺术研究院是中国第一个成为艺术学一级学科博士学位授予单位，是中国非物质文化遗产保护工作的重要参与者和推动者，是新时期红学发展的重镇。中国艺术研究院为中国艺术学科建设、艺术学研究生的教育培养、中国非物质文化遗产保护、新时期红学等都做出了不可磨灭的贡献。

一

说到新时期红学，绕不过中国艺术研究院。新时期红学发展与中国艺术研究院有着密切的关系，当代最负盛名的三位红学大家周汝昌、冯其庸、李希凡都在中国艺术研究院，他们都是中国艺术研究院的终身研究员。作为最有影响的红学重镇，新时期红学一系列奠基性的学术成果都是由中国艺术研究院完成的，一些具有里程碑意义的红学活动也都是在中国艺术研究院举行或由中国艺术研究院推动、主办的。中国红楼梦学会的建立、中国艺术研究院红楼梦研究所和《红楼梦学刊》的创建，都成为新时期红学的标志和里程碑。

1975年文化部成立了《红楼梦》校注小组，组长是袁水拍，副组长是李希凡、冯其庸，这个校注小组就设在中国艺术研究院（当时叫文学艺术研究所）。冯其庸先生一直主持这项工作，他带领校注组的前辈们历时7年，经历种种坎坷，克服种种困难，于1982年将《红楼梦》

新校注本交付人民文学出版社出版，这是红学史上第一次以早期抄本为底本的校注排印本，从此广大读者有了一部更接近曹雪芹原著并详加校注的《红楼梦》读本。该部《红楼梦》受到学术界的高度评价，至今这部新校注本发行量已达600多万套，成为当今最具影响、发行量最大的《红楼梦》通行本。

正是在《红楼梦》校注小组的基础上，成立了中国艺术研究院红楼梦研究所、创办了《红楼梦学刊》、成立了中国红楼梦学会，这在新时期红学发展中都具有标志性的意义。冯其庸先生是中国艺术研究院红楼梦研究所首任所长。1979年，冯其庸先生与一些红学前辈创办了大型学术专刊《红楼梦学刊》，最初是他与王朝闻先生共同担任主编，后又与李希凡先生共同担任主编，冯其庸先生为红楼梦研究所和《红楼梦学刊》的生存与发展倾注了大量的心血和精力。《红楼梦学刊》创刊至今已有42个年头，发表红学文章数千万字，在培养红学队伍、团结红学研究者、繁荣红学事业诸方面，起到了纽带和推动作用。

中国红楼梦学会的成立更是离不开中国艺术研究院与冯其庸先生。1980年7月，冯其庸先生与其他红学前辈共同发起成立了中国红楼梦学会，在冯其庸先生的领导下，中国红楼梦学会参与组织了数十次全国性的《红楼梦》学术研讨会和3次国际《红楼梦》学术研讨会。1997年北京国际《红楼梦》学术研讨会，就是由中国红楼梦学会、中国艺术研究院和辽阳市人民政府共同举办的，这是红学史上在北京举办的唯一一次国际《红楼梦》学术研讨会，是继1963年在北京故宫文华殿举办的"曹雪芹逝世200周年纪念展览会"以来，在北京举办的最重要的红学活动。

后来，冯其庸先生还与李希凡先生共同主编了《红楼梦大辞典》，这也是红学史上第一部关于《红楼梦》及其研究的辞典。他还整理出版了《脂砚斋重评石头记汇校汇评》，十几种《红楼梦》早期抄本和程甲本、程乙本的汇校汇评，历时10年完成，是一项巨大的学术工程，也是新时期红学总结性的成果。这些奠基性的学术工程对红学发展产生的影响是不可估量的。

当时在中国艺术研究院举办了许多具有重要历史意义、影响深远的红学活动。我至今还清楚地记得1981年4月25日在恭王府葆光室举办的欢迎日本红学家松枝茂夫、伊藤漱平访华座谈会的情景，参加座谈会的有：吴世昌、端木蕻良、钟敬文、周汝昌、李希凡、蓝翎、张毕来、王利器、周绍良、蒋和森、陈毓罴、刘世德、周雷、吕启祥、林冠夫、胡文彬，等等。那是"文革"结束以后，新时期红学发展中具有非同寻常意义的一次红学盛会。

我当然也清楚地记得第二年，即1982年4月3日，在恭王府葆光室举办的《红楼梦》新校本出版座谈会，参加那次座谈会的有：曾涛、赵守一、林默涵、严文井、苏一平、张庚、郭汉城、白鹰、端木蕻良、王利器、周汝昌、李希凡、蓝翎、郭预衡、廖仲安、蒋和森、邓魁英、林冠夫、吕启祥、胡文彬，等等。这毫无疑问又是一次影响深远的红学盛会。

那个时候，在恭王府里经常可以看到那些在中国现当代学术史、文化史、红学史上有着显赫声名的人物的身影。是什么吸引着这些重要的人物来到恭王府，来到中国艺术研究院？当然是曹雪芹和《红楼梦》的魅力。在中国艺术研究院70年的发展历程中，《红楼梦》及其研究毫无疑问成了中国艺术研究院一张耀眼的名片。

二

中国艺术研究院是以艺术史论研究的丰富成果而享誉学术界，成为中国艺术研究领域最具权威性的学术重镇的。不仅如此，中国艺术研究院对我国艺术学研究生教育和艺术学学科建设也发挥了极其重要的作用。

早在20世纪80年代初，中国艺术研究院就有了音乐学、美术学、戏曲学等学科的博士、硕士学位授予权。到了90年代，又增加了舞蹈学、电影学的博士学位授予权。1997年，国家教委与国务院学位办进行学科目录调整，设立了艺术学一级学科，下有8个艺术学二级学科，包括：艺术学（艺术史论）、音乐学、美术学、电影学、舞蹈学、戏剧戏曲学、广播电视艺术学、设计艺术学。而在8个艺术学二级学科中，中国艺术研究院就有5个，这在全国是绝无仅有的。但我国虽然有了艺术学一级学科目录，却没有一个单位享有艺术学一级学科博士、硕士学位授予权，这已经成为阻碍我国艺术学科建设与发展的严重问题。

到了21世纪初，建立艺术学一级学科的呼声越来越高，一些大学如中国传媒大学、南京艺术学院等高校的朋友，都希望中国艺术研究院能站出来申报艺术学一级学科，因为当时也只有中国艺术研究院最有希望成为艺术学一级学科博士学位授予单位。正是在这种情况下，我们于2003年初提出申报。2003年9月8日，国务院学位委员会正式批准中国艺术研究院为艺术学一级学科博士、硕士学位授予单位。同期批准为硕士点的有两家：中国艺术研究院和北京大学，博士点仅有中国艺术研究院一家。这对中国艺术研究院的研究生教育、对中国的艺术学科建设都具有极其重要的意义。

当年我在为云南艺术学院和云南大学出版社策划的《新世纪高等院校艺术专业基础教材》的"总序"中，曾写下这样一段话。

> 近几年来，艺术学科的建设，特别是艺术专业基础理论教育越来越引起人们的关注和重视。在国务院学位委员会刚刚审核通过的第九批博士学位授权学科、专业中，终于第一次有了艺术学一级学科，而我工作的中国艺术研究院很荣幸地成为我们国家第一个也是唯一的艺术学一级学科博士学位授予单位。这不仅对中国艺术研究院的学科建设有着重要的意义，而且对全国的艺术教育和艺

学科建设也必将产生重要影响。

对于艺术教育和艺术科研领域来说，有了艺术学一级学科固然可喜可贺，但在国务院学位委员会审核通过了九批博士学位授予学科、专业中，至今才有了"第一个"艺术学一级学科博士学位授予单位，而且还是"唯一"的，这本身就反映出艺术学科发展的现状及其在我国人文科学中所处的位置……

但长期以来，我们的艺术院校的教育存在重视技巧而轻视理论、重视技术素质而轻视人文素质的现象。这种失衡现象已经成为艺术人才培养中的严重缺陷，阻碍了艺术教育向高层次发展……我国在艺术分类的理论研究中其实并不落后，新中国成立五十多年来，我国在中国戏曲、中国美术、中国音乐、中国电影、中国舞蹈等领域的史论研究方面取得了非常丰硕的成果，仅中国艺术研究院的学者就在许多艺术科研领域完成了一批奠基性的著作，诸如《中国戏曲通史》《中国戏曲通论》《中国美术史》《中国民间美术史》《中国话剧通史》《中国古代音乐史稿》《中国电影发展史》《中国建筑艺术史》《民族音乐概论》《新舞蹈艺术概论》《中国古代舞蹈发展史》等，在艺术学科领域产生了重大影响，为我国的艺术学科建设做出了重要贡献。但同样不可否认的是我们对艺术原理、艺术现象、艺术规律等方面的整体、综合、系统的理论研究和教育，仍是一个薄弱环节。这无疑是当前艺术教育和艺术学科建设需要高度重视和亟待解决的问题。

加强艺术基础理论的研究和教育，完善艺术学科建设，是新世纪艺术发展的需要，是培养全面型艺术人才的需要……

从当时我写的"总序"中，我们是否已经感到艺术学一级学科的重要意义了呢？如果没有中国艺术研究院成功迈出这一步，那么艺术学从文学学科门类中独立出来，成为第13个学科门类恐怕更为遥遥无期。

我当时是分管研究生院的副院长,主持了申报艺术学一级学科的工作。刚开始,院里的有些人对申报艺术学一级学科并不是很重视,认识不到艺术学一级学科对中国艺术研究院研究生教育和学科建设发展的重要性。我记得在申报的时候,为了强调申报艺术学一级学科的重要性和必要性,我对大家说,有了艺术学一级学科,再设博士点就不需要国务院学位委员会批准,我们就可以自主决定了。大家一听原来这么重要,所以申报的积极性也就提高了。

高校对申报博士点、硕士点都是非常重视的,也清楚如何申报,但我们那个时候却所知寥寥。中国传媒大学的有关领导和朋友给了我们很大的帮助,主要是介绍申报的程序和必要的条件。有一次,音乐研究所副所长王子初先生找到我,说他最近在一次学术会议上认识了教育部负责学位工作的同志,子初先生问我,要不要他帮助联系,最好我能去与他们谈谈。我当时正一筹莫展,不知该如何申报,听到这个消息我大喜过望,心想这真是天赐良机。我让子初先生赶紧与教育部的这位同志联系,几天后我和张晓凌、孙建君去拜访了这位同志,谈起中国艺术研究院要申报艺术学一级学科一事,教育部的这位同志对我说,他非常理解我们申报艺术学一级学科的心情,但全国目前没有一个单位符合申报艺术学一级学科的条件。我问他什么条件,他说我们至少要有2个艺术学二级学科,才能申报艺术学一级学科。我笑着对他说:"我们中国艺术研究院在20世纪80年代初,就有音乐学、美术学、戏曲学3个博士点了,后来又增加了舞蹈学、电影学两个博士点,现在已经有5个艺术学二级学科博士点,而且其中舞蹈学、电影学还是全国'唯一'的,也就是说全中国只有我们中国艺术研究院拥有舞蹈学和电影学博士点。"教育部那位同志听后大吃一惊,说:"我们怎么不知道你们中国艺术研究院有这么多艺术学二级学科呢?你们赶紧申报吧。"

从教育部回来,我们就开始了申报艺术学一级学科的各项准备工作。由于中国艺术研究院具有强大的学术实力和丰富的学术成果,再加上我们的申报材料填写得非常规范和全面，我院很顺利地通过评议成了艺术学一级学科博士、硕士学位授予单位，不仅是中国的"第一个"，也是当时"唯一"的一个。我记得共同参与申报工作的有：田青、张晓凌、刘祯、章柏青、李心峰、方李莉、傅谨、丁亚平、马盛德、任大援等，我们不能忘记他们为中国艺术研究院艺术教育、艺术学科建设所做的贡献。

说到申报艺术学一级学科的事情，还有一个有趣的"插曲"。申报时李心峰先生是艺术学（艺术史论）的学科带头人，后来他考上了北京大学的博士，在我院获得艺术学一级学科博士学位授予权后，院学术委员会遴选博士研究生导师时为难了。李心峰作为艺术学史论研究的著名学者、学科带头人，自然就是博导的不二人选，但他现在又是在读博士研究生，哪有在读博士研究生当博导的呢？最后只好"忍痛割爱"，李心峰没有遴选上博士研究生导师。他有些想不通，找我诉苦，我打趣地和他说："你读啥博士啊，天底下哪有在读博士生当博士生导师的？你读博士，把博导读丢了，你怨谁呢？"我们不约而同笑了起来，多年后我和心峰兄说起这事，还忍不住大笑。后来心峰兄博士研究生毕业后自然就是博导了。

三

说到中国艺术研究院 70 年的发展，就不能不提中国艺术研究院与中国非物质文化遗产保护的关系。在我的工作经历中，"亲历非遗保护"也是一段难忘的记忆。

我国非遗保护工作是从 2001 年向联合国教科文组织申报昆曲为"人类口头和非物质遗产代表作"开始的，这次申报就是由中国艺术研究院戏曲研究所的专家具体承担的。2003 年，我国向联合国教科文组织申报古琴艺术为"人类口头和非物质遗产代表作"，具体申报工作仍由中国艺术研究院承担,这些申报工作都是由音乐研究所的专家们做的,田青先生是主要的承担者。我当时作为中国艺术研究院分管申报工作的副院长参与其中。2005年11月,"中国非物质文化遗产保护中心"成立,由我分管负责。之后在每一年的文化遗产日,以及在2008年北京奥运会期间举办的各种非物质文化遗产展演活动,几乎都是由中国艺术研究院、中国非物质文化遗产保护中心承办的,中国艺术研究院、中国非物质文化遗产保护中心在我国的非遗保护中发挥了重要的作用。

2006年2月12日是正月十五,由文化部等部门主办、中国艺术研究院具体承办的"中国非物质文化遗产保护成果展"在中国国家博物馆举办,田青先生是总策划和主要负责人。这次展览是中国有史以来规模最大、影响最大的一次非物质文化遗产保护成果展览,是中国非遗保护工作的一个里程碑。正是从这次展览开始,大家对中国非物质文化遗产及其保护的认知有了一个质的飞跃。

2006年6月10日是中国第一个"文化遗产日"。当天晚上,中国艺术研究院、中国非物质文化遗产保护中心在北京民族文化宫举办了"中国文化遗产日专场晚会",由田青先生主持,演出非常成功。至今我还清楚地记得田青先生宣布演出结束后的情景,当时全场观众起立鼓掌足足有几分钟,场面热烈感人,可见人们对非遗保护的认可。那种真情、深情、激情,那种为保护非物质文化遗产做出努力后的成就感和使命感,使当时在场的每一个人都激动万分、感动万分。

2006年9月14日,"中国非物质文化遗产保护中心"在中国艺术研究院举行了挂牌仪式。王文章任主任,我任常务副主任,田青任副主任。中国非物质文化遗产保护中心的成立,在中国非物质文化遗产保护工作进程中无疑是一件十分重要的事情。当时文化部还没有成立非遗司,由社文司负责非遗保护工作。中国非物质文化遗产保护中心成立以后,我国非遗保护的许多工作都是由这个中心承担的。中国非物质文化遗产保护中心依托中国艺术研究院强大的科研力量,团结联系全国非物质文化遗产保护工作的同志和专家学者，在推动我国非物质文化遗产保护工作中发挥了重要的作用。

2006年10月11日，文化部在甘肃庆阳环县举办了"全国非物质文化遗产保护试点工作经验交流会"。同年12月13日，"全国非物质文化遗产普查暨第二批国家级非物质文化遗产名录申报工作培训班"在福建泉州举办，这两次活动都是由中国非物质文化遗产保护中心主要承办的。从年初在中国国家博物馆举办的非遗大展，到年底在泉州举办的培训班，把2006年称为"非遗年"一点也不过分。这一年围绕非遗保护做了这么多的事情，难怪在这一年评出的十大热门词语中和"非遗"有关的就占了两个——"非遗"和"原生态"。

2007年4月16日，在巴黎联合国教科文组织总部举办的"中国非物质文化遗产艺术节"，无疑是一件在中国非物质文化遗产保护史上具有里程碑意义的大事。这次活动由中华人民共和国文化部主办，中国艺术研究院、中国非物质文化遗产保护中心承办。艺术节分为主题展览和专场演出两个板块，充分展示了中华文明的博大精深和中国非物质文化遗产的丰富多样，充分展示了中国保护非物质文化遗产的努力和成就。这不仅是第一次把中国非物质文化遗产及其保护成就在联合国教科文组织的舞台上向全世界生动展示，也是联合国教科文组织有史以来第一次邀请一个国家在其总部举办非物质文化遗产展演活动。

我再说一说建立联合国教科文组织支持的亚太地区非物质文化遗产国际培训中心的事情。随着我国非物质文化遗产保护工作的深入开展，我们要向联合国教科文组织申报"人类非物质文化遗产代表作名录"，不可避免地要开展国际文化合作。我们需要国际社会真正了解中国的非物质文化遗产保护工作，我们也需要学习国外成功的经验，而中国又要承担起一个文化大国的责任，因此当我们听说日本、韩国都有意申报亚太中心时，我们申报成立亚太中心就是势在必行的事情了。

2007年，文化部正式致函联合国教科文组织，提出在中国建立亚太中心的申请，日本、韩国也相继提出了申请。但选择在哪个国家建立亚太中心，联合国教科文组织遗产处是要进行考察的，看看到底哪个国家更具备建立亚太中心的条件。联合国教科文组织非物质遗产处处长是日本人爱川纪子女士，她是一位非常专业、认真的官员，她的态度无疑是至关重要的。因此对她要来中国考察，从文化部到中国艺术研究院都高度重视。对于接待爱川纪子等联合国教科文组织遗产处的官员和专家，我们非常需要一位既懂非遗保护、外语又好的专家来向他们介绍中国的情况。为了保证汇报的效果，汇报时必须直接用英语讲，而不是通过翻译。张振涛先生英语非常好，但由于他是国际评委，身份敏感，我们就需要另找他人，但又必须是中国艺术研究院的专家学者（因为亚太中心要设在中国艺术研究院）。中国艺术研究院懂非遗的专家很多，音乐、戏曲、美术、曲艺等方面都有不少专家，但既懂非遗保护、英语又好的专家却不多。有人向我推荐说舞蹈研究所副所长江东的英语相当棒，在中国艺术研究院的学者中英语水平超过他的恐怕没有几人，这让我非常高兴。江东是研究中国舞蹈的著名学者，虽然这些年没有参与非遗保护的具体工作，但以他具有的专业知识背景来"充当"一下非遗保护专家应该不成问题。我和江东同志说了想法，他一口答应，并且很有信心，剩下的事情就是抓紧时间准备汇报材料了。记得向联合国教科文组织遗产处来考察的专家汇报的那一天，江东特意打扮了一番，穿着一件漂亮的西装，精神抖擞，流利的外语、潇洒的风度令外国专家连连称赞。汇报非常成功，甚至连考察专家提出的问题，江东都能够圆满地回答，可见我们准备得是相当充分的。现在想来还觉得十分有趣，我们本来就是让江东"扮演"一次非遗保护专家，是为了向联合国教科文组织遗产处考察专家汇报的需要，不想后来江东还真成了我国第一个获得联合国教科文组织颁发的具有培训资质证书的学者。

毫无疑问，在我国建立的亚太中心是我国在非物质文化遗产保护领域积极开展地区和国际合作的重要平台，为亚太地区非物质文化遗产保护工作揭开了崭新的一页，对在联合国教科文组织《保护非物质文化遗产公约》框架下开展亚太地区多边合作、维护亚太地区文化多样性和创造性、促进人类共同发展具有重要意义。

2007年6月9日是我国第二个"文化遗产日"，我们在中华世纪坛成功地举办了"中国非物质文化遗产专题展"，这是继2006年中国国家博物馆非遗大展后的又一次非遗展览。这次展览定位为"专题展"，分为五个专题：年画、剪纸、皮影、木偶、染织，充分展示了非遗代表作的魅力，展示了非遗保护的成果。

2008年有一件事值得一提，这就是"中国向联合国教科文组织申报'人类非物质文化遗产代表作名录'和'急需保护的非物质文化遗产名录'评审工作会议"的召开，这次评审工作会议也是由中国非物质文化遗产保护中心具体承办的。2009年是申报年，但这次的申报和以前不一样，以前是两年申报一次，一个国家一次只能申报一个项目，从2009年申报开始，则不再限制各国申报项目的数量，正是因为这个变化，所以我们提前到2008年9月3日召开了评审会。我受领导委托，首先在会上做了评审工作的情况说明。以前开评审会，只能报一项。这一次不限制名额了，报多少项？报哪些项？一时很难决定。后来经过充分讨论，评审会决定这一次"人类非物质文化遗产代表作"报15项，"急需保护的非物质文化遗产"报5项。评审会后，我们得到了一个重要的信息，即印度要报30项，日本要报15项，法国要报10项，其他国家都是10项以下。特别是听说印度要报30项，让我们十分吃惊，于是赶紧向文化部领导报告，根据部领导的指示，我们立即通知原先确定的预备项目到北京来开会。9月8日，我在北京外国专家大厦主持召开了"中国向联合国教科文组织申报'人类非物质文化遗产代表作名录'和'急需保护的非物质文化遗产名录'初选项目暨备选项目申报文本协调会"。这次协调会确定申报35项"人类非物质文化遗产代表作"和5项"急需保护的非物质文化遗产"。在外国专家大厦，我们加班加点工作了整整20天，终于在9月28日早上8点准时将全部申报材料送到了首都国际机场，交给了文化部外联局去巴黎的同志。后来，联合国教科文组织遗产处以需要修改的名义退回13项，我国最终正式申报22项。在2009年那次评审中，我国申报的22项全部获得通过，我国也成为世界上入选"人类非物质文化遗产代表作名录"最多的国家。那一年全世界共通过76项，中国就占了22项，可谓举世瞩目，这是国际社会对中国非物质文化遗产保护工作的充分肯定。

2009年还有两件事堪称非遗保护的盛事。

2月9日，又是一个正月十五，"中国非物质文化遗产传统技艺大展"在北京农业展览馆举办。每天参观展览的观众非常多，仅广场上排队等着进展馆的就有两三千人，排成三四圈，非常壮观，媒体记者看到这种情景无不感叹——非遗的魅力竟这么大。几乎每天都是这样的"壮观场面"，这个生动热烈的情景反映出这几年来非遗保护的理念已经深入人心。在元宵节的晚上，我们还举办了驻华使节专场，来了53个国家的外交官，其中有5位大使。这些外交官对中国非物质文化遗产非常感兴趣，他们对中国在走向现代化的进程中这样重视非物质文化遗产保护非常钦佩。

同年11月，"守望精神家园——第一届两岸非物质文化遗产月"系列活动在台湾地区举办，这又是一件在海峡两岸文化交流中具有里程碑意义的盛事。这次活动包括三部分内容：（1）国风——中华非物质文化遗产专场演出；（2）根与魂——中华非物质文化遗产大展；（3）保护·传承·弘扬——两岸非物质文化遗产论坛。这三项内容也都是在田青先生主持下落实的。我是"国风——中华非物质文化遗产专场演出"的带队团长，田青先生是艺术总监，代表团有154人之多，演员就有将近140人，大部分都是来自8个民族的民间艺人，其中包括昆曲艺术、古琴艺术、新疆维吾尔木卡姆艺术、蒙古族长调民歌及呼麦、侗族大歌、朝鲜族农乐舞等联合国教科文组织公布的"人类非物质文化代表作"项目。这次展演活动历时一个多月,从台北市走到台中市,这也是海峡两岸恢复往来 20 多年来,规模最大、内容最为丰富、意义最为不凡的非物质文化遗产盛会。

  我在中国艺术研究院难忘的经历很多,这些经历都是中国艺术研究院历史进程的一部分。我十分珍惜这些难忘的记忆,谨以这些记忆献给中国艺术研究院 70 华诞。

守正创新传薪火

陈飞龙

我毕业于南京大学外文系英文专业,毕业后分到文化部文学艺术研究所(中国艺术研究院的前身)工作,时任所长是著名诗人袁水拍先生。来北京后,我记得先在文化部招待所集训一周,之后,被正式分配到研究所资料馆外文组工作。学德文的张学智同志是我们外文组的组长。前些年体检时碰到张学智,我还跟她说:"你是我工作后的第一个领导"。上班第一天,组长告诉我们外文组的工作主要是整理对外文化联络委员会留下来的外文图书。于是我们打开了恭王府里琴楼一层尘封已久的外文图书,我们蹬着三轮车把这些图书运到外文资料库的书架上。在资料馆外文组工作了八个月后,我被调到编译室欧美组从事英美电影资料的编译工作。后来我被借调到铁道部援外办公室,在坦赞铁路中国专家组担任翻译工作。

1981年3月我从非洲回国,那时文化部文学艺术研究所已改名为文化部文学艺术研究院,我所在的编译室扩建为外国文艺研究所。我到所里报到时同事告诉我，现任所长是从中共中央编译局调来的俄语专家陆梅林先生。于是，我到恭王府"九十九间半"一层在最西头的一间办公室里向陆梅林所长报到。进入办公室，看到陆梅林所长戴着厚厚镜片的高度近视镜，烟缸里放着几根吸剩的半截香烟，正在看着一叠稿子。我向他报到后，他微笑着说："小梁（梁兆才）在赴利比亚当翻译前介绍过你，你以后就在我这间办公室和我一起办公。我正在集注《马克思恩格斯论文学与艺术》，人民文学出版社准备出版，你帮我看清样，你和马列编译局的盛同一起编辑附录部分。"真没想到，从此我就和马克思主义文艺理论结下了不解之缘。

1986年9月9日，我亲历了马克思主义文艺理论研究所建所、《文艺理论与批评》创刊的全过程。那天，时任中共中央政治局委员、国务院副总理余秋里同志，时任中共中央书记处书记邓力群同志来到全国政协礼堂出席马克思主义文艺理论研究所建所、《文艺理论与批评》创刊会，他们在会上发表了很重要的讲话。王忍之、贺敬之、林默涵、李瑛、胡可、吕骥等有关领导和文艺界知名人士两百余人出席了会议。在建所创刊会上，首任所长陆梅林先生传达了文化部党组批准在中国艺术研究院成立马克思主义文艺理论研究所、创办《文艺理论与批评》双月刊的决定和部党组会议的精神。部党组会议指出：长期以来，我国对马克思主义文艺理论的研究比较薄弱，力量比较分散，全国尚无一个研究马克思主义文艺理论的专门机构。当前，在对外开放的形势下，成立一个这样专门机构，对于研究和宣传马克思主义文艺理论、坚持和发展马克思主义世界观和文艺观，繁荣和发展社会主义文艺事业都是十分必要的。(《文艺理论与批评》1986年创刊号）在建所创刊十周年时，时任全国人大常委会副委员长马文瑞同志和邓力群同志于1996年9月9日出席纪念大会，并发表重要讲话。在建所创刊二十周年时，贺敬之、魏巍等同志于2006年9月21日出席纪念大会，并发表了重要讲话。中国艺术研究院苏一平、李希凡、曲润海、王文章等院领导都给予了很大的支持与帮助。

创建这样一个机构和创办这样一本刊物，最早是由贺敬之同志提出来的。1980年，贺敬之同志在《文艺报》《文学评论》《文艺研究》联合召开的马克思主义文艺理论问题座谈会上提出，希望大家考虑一下马克思主义文艺理论研究机构的问题，队伍组织的问题，怎样发挥老一辈的作用和培养新生力量的问题以及出版马、恩、列、斯文艺理论著作，编写一部大众化的马克思文艺理论书，出版专门刊物，还有马克思主义文艺理论研究的中外交流问题，等等。(《贺敬之文集》第4卷，作家出版社2005年版，第368页）从1980年贺敬之同志提出到1986年正式建所创刊前后经历6年时间的准备工作。由上可以看到，马克思主义文艺理论研究所、《文艺理论与批评》从建所创刊动议开始一直得到党和国家领导人的高度重视，得到中央有关部门、中国艺术研究院领导和全国各地专家学者的热情关怀和大力支持。

一、以马克思主义文艺观引领文艺理论研究

首任所长陆梅林先生在建所创刊会上提出了马克思主义文艺理论研究所的具体任务：一是研究马克思主义关于艺术的基本理论；二是以马克思主义的文艺观研究当前的文艺创作、文艺思想，积极开展文艺评论工作；三是编译介绍并研究苏联、东欧及西方有关马克思主义文艺理论的著作，为建设具有中国特色的马克思主义文艺学创造条件。关于上述这几方面的研究，其实在建所创刊之前，我们已经做了不少工作。1981年3月，我从非洲回国做的第一件事就是帮助陆梅林老师看他辑注的《马克思恩格斯论文学与艺术》清样。我和盛同老师一起做了这本书的附录部分。那时候做学问全部是手工作业，我和盛老师把人名、地名写在卡片上，然后按字头一张张排列在一起，最后誊写到稿纸上。中国社

会科学院的杨柄先生也在编选《马克思恩格斯论文艺与美学》，杨柄先生是按编年体形式编选的，从他的编选本可以看出马克思恩格斯文艺思想的发展过程。陆梅林先生是按体系辑注的。这两个编选本各有所长，但从工作量来说，陆梅林先生辑注的版本工作量比较大，因为要把整个马克思恩格斯文艺论述按照体系的形式来编排，首先要吃透马克思恩格斯论文艺的精神实质，然后要分门别类地呈现出来，这个编选本需要深厚的理论功底和专门知识。

后来陆梅林先生、程代熙先生申报了"马克思恩格斯文艺思想发展"课题。我和金铁柳同志做两位老先生的助手，我们从购书整理文献资料开始。我负责马克思恩格斯文艺理论体系的文献资料工作，金铁柳负责马克思恩格斯理论分期的资料工作。我曾和我的同事围绕着这个课题先后系统地整理过马克思主义文艺理论的哲学基础问题、实践唯物主义问题、马克思恩格斯论异化等文献和专题资料。在我的记忆里，那时候大家真有一股热情都想把马克思恩格斯论文学艺术的体系呈现出来，都想弄清楚马克思恩格斯论述文艺的问题到底有多少，都是怎样论述的。

在马克思主义文艺理论研究所成立之前，我一直在外国文艺研究所工作，开始做英美电影资料的翻译和研究工作，后来做西方马克思主义文艺理论研究工作。我记得徐崇温的《西方马克思主义》是我看到的第一本有关西马的中文书。那时候，西方马克思主义文艺理论这块还比较少，我到北图查书的时候，有一本很厚的"西方马克思主义文论"书目，是专门介绍西方马克思主义文艺理论书籍的出版情况，其中我选了一本就是英国戴维·莱恩的《马克思主义的艺术理论》。我看这本书不错，就开始翻译，在《马克思主义文艺理论研究》上连载了3次，翻译了3章。这本书本来列入《外国文艺理论研究资料丛书》，后来为了配合陆梅林先生、程代熙先生做课题"马克思恩格斯文艺思想发展"，就把这本书的翻译搁置下来了。尽管如此，我还是利用晚上的时间把这本书译完了，后来由于经费问题，我翻译的那本书拿了一笔资料费但没有出版。1986年，《马克思主义文艺理论研究》丛刊编辑部和四川大学文学院第一次在国内举办西方马克思主义文艺理论讨论会。后来陆梅林主编了一本《西方马克思主义美学》。我说这个情况是想说在建所创刊前我们就已经开始对马克思主义文艺理论、外国文艺理论和西方马克思主义文艺理论进行翻译和研究工作了。

马克思主义文艺理论研究所成立以后，在上级的支持下所里有了一定的人力和物力，出版了《马克思主义文艺理论研究》丛刊13卷，《外国文艺理论资料研究丛书》18种22卷，《世界艺术与美学》9辑，《文讯》内刊107期。全所完成全国艺术科学重点课题、年度课题、青年基金课题、中国艺术研究院重点课题及其他各种课题众多，如《马克思主义文艺学大辞典》《新时期文艺论争辑要》（上下册）《新时期文艺新潮评析》《新时期文艺主潮论》《春润文心——邓小平文艺理论科学体系》《中国共产党与中国先进文化》《中国先进文化论》《非物质文化遗产概论》《中国传统节日》《中国马克思主义艺术理论发展史》等著作。

从2004年开始，进入王文章院长担任主编的《非物质文化遗产概论》课题组以后，我还做了许多非物质文化遗产保护的具体工作。因为我是外语专业出身，又有外事和驻外使馆工作的经历，所以我在2005—2014年之间多次被派往日本、韩国、泰国、法国参加非物质文化遗产保护的相关国际会议。2008年3月26日，我应邀赴法国巴黎参加了"法国第五届非物质文化遗产日学术研讨会"活动并发表演讲，介绍中国非物质文化保护工作。2008年8月，院里派我去韩国洽谈建立联合国教科文组织亚太地区非物质文化遗产国际培训中心。2009年去巴黎出席联合国教科文组织关于对中国非遗保护名录设限问题的谈判。2013年赴蒙古国参加联合国教科文组织在乌兰巴托举办的非遗培训班，介绍了中国的非遗情况，并接受了联合国教科文组织评估处官员巴巴拉·托格尔的访谈。2014年，赴尼泊尔参加中国文化节，发表了加强中尼非物质文化遗产保护合作的演讲。我还先后参加起草过《保护非物质文化遗产成都宣言》《人类非物质文化遗产保护公约中国履约报告》《城市文化北京宣言》《国家文化安全咨询报告》《社会主义核心价值观与文艺》等文件和调研报告工作。在王文章院长多年的关心和支持下，我们所的科研工作做得还是比较突出的。

在我任所长的九年多时间里，全所的科研工作主要是围绕马克思主义文艺理论和非物质文化遗产这两个方面进行的。我记得王文章院长有一次在谈到所里的工作时曾向我说过这样的评价：这几年是你们所科研工作做得最好的时期。确实，那时大家一心扑在工作上，同志之间平等、融洽地相处，大家都有一种奋发向上、积极工作的劲头。也正是通过这些集体攻关的锤炼，锻炼了我们所的理论研究队伍，并从整体上提升了我们这支马克思主义文艺理论研究队伍。在院领导的支持和关心下，全所同志以马克思主义文艺观为引领齐心协力地为我们的文艺理论研究工作做出了显著的成绩。诚然，建构有中国特色的马克思主义文艺理论不是一个人的能力所能达到的，而是要靠集体的智慧和力量经过几代人的努力与奋斗才能实现。

二、努力建立科学的文艺批评

1986年，第一任主编陈涌先生在《文艺理论与批评》创刊会上曾说过："我们要办一本马克思主义的文艺理论与批评杂志，这本杂志要高举马克思主义的旗帜，剖析国内外文艺思潮，评介现当代文艺创作。"《文艺理论与批评》的办刊宗旨和方针、学术的价值取向和批评的正确引领是由本刊第一任主编陈涌先生和老一辈马克思主义文艺理论家、革命文艺家们确立的。30多年来，《文艺理论与批评》几代人按照陈涌先生的办刊方针，始终从思想的高度和学术的深度高扬马克思主义文艺观,以历史的视野弘扬中国共产党领导的革命文艺和社会主义文艺,从宏观上探讨社会主义文艺繁荣、发展的重大问题。从1981年起,我就开始在《马克思主义文艺理论研究》丛刊编辑部做编辑工作,曾担任《文讯》内刊副主编为时7年。2004年5月我开始接任《文艺理论与批评》主编到2016年离任为时12年。有几年时间里,编辑部人员变动比较大,经常是只有一个编辑跟着我做编辑工作,但无论编辑工作多么繁杂和辛苦,我和编辑部的同志们始终遵循着我们的办刊理念,站在人民文化的立场上为老百姓说话,对资本主义的意识形态保持着批判和警惕。我们力求发表的每一篇文章都有一定的思想性和现实针对性,很少发表从概念到概念的所谓"辨析性"文章,更不是那种无的放矢的、学院式的"纯学术"性文章。在当今世界经济全球化的大趋势下,各种思想文化交融碰撞,红色革命文化传统具有不可替代的重要价值,同时在历史虚无主义错误思潮的泛滥和侵蚀下,红色革命文化也面临着被边缘、取代、衰落甚至消亡的危险。因此,在文学史方面,我们正面地张扬五四新文化运动、左翼文学、解放区文艺、社会主义文艺以及对上述文艺采取否定性的所谓重写文学史问题的批评,着力关注当下的社会主义文艺、红色文化、老少边穷地区的文化建设以及文艺创作的思潮和实践。我们特别关心和爱护底层文学、下岗工人诗歌、打工诗歌创作的研究。在外国文艺理论和美学研究方面,我们主要译介世界社会主义和左翼文艺的研究现状,第三世界国家文艺发展的状况,西方马克思主义美学、文艺理论的最新研究成果和深度研究。

20世纪80年代以来,国际共产主义运动处于低潮,一些社会主义国家解体,理想信仰出现迷茫和动摇,精神文化领域受到污染。在刊物的内容上,我们始终坚持正面高扬马列文论、毛泽东文艺思想,张扬革命文艺和社会主义文艺,主张科学地正确评价"十七年"文艺,辩证地看待新时期以来的文艺现象。正是在这样的理念支配下,我们十分注重从思想上和学理上来阐释和论述文艺问题,从而使这本杂志在思想性和学术性上都达到了比较好的交融。在编辑杂志的过程中，除了领导安排外，我从来不去高校讲学，有的学校三番五次地请我去，我总是婉拒。总之，我们在文艺战线上一直高扬马克思主义文艺理论，坚持张扬革命文艺，始终坚守社会主义文艺阵地，在经济上也能廉洁自律。由于我们这本刊物始终坚持马克思主义的批判精神，对现实的文艺问题、错误的理论观点、不良的文艺现象进行旗帜鲜明的批评。在过去的30多年里，《文艺理论与批评》秉持马克思主义和马克思主义中国化的新成果——中国特色社会主义理论，发挥社会主义文化所具有的特殊教育功能和引领作用，为帮助人们树立起正确的学术思想观念、确立科学判断是非的文艺价值标准、建立社会主义文艺工作者的精神追求，为提升青年学者和文艺青年的精神层次和学术素养，尽了我们的一份社会责任。我们在学术上将认真地研究和尽力地高扬马克思主义文艺学、美学，力戒空谈唯西化是从的洋教条，阻截遏制膜拜于复古更化的旧礼教，为张扬马克思主义的意识形态和文化理念，为修正和改善市场经济条件下的文化氛围，为端正马克思主义的文风、学风，做出了我们的努力。我们一直试图从学理上弘扬和研讨中国共产党掌握文化领导权和引领中国文艺话语权方面的成功经验和历史贡献，为科学地正确地认识革命文艺、社会主义文艺，为确立社会主义文艺方向和道路，倾注了我们真诚的感情、做出了我们微薄的贡献。

三、新时代年轻学者要有新的担当

我在中国艺术研究院工作了整整40年，除了在国外工作6年外，我在院里工作了一辈子，其中在马克思主义文艺理论研究所和《文艺理论与批评》编辑部工作了30年。在这30年里，我主要做了三件事：一是继承了陆梅林先生开创的马克思主义文艺理论研究事业；二是继承了陈涌先生开创的文艺评论事业；三是参与了王文章院长开创的非物质文化遗产研究。当写这篇纪念文章时,我很自然地想起了许多关心和提携过我的历任老领导以及和我一起工作的热情友好的老同事,其中有三位老师和领导使我终生难忘。

第一位是引领我走上马克思主义文艺理论研究道路的陆梅林先生。陆梅林先生是把我带进马克思主义美学、文艺学领域的第一人,从1981年开始,我在陆梅林先生的办公室里一共待了9年。那时陆梅林老师和我都抽烟,办公室里经常是烟雾缭绕,一到冬天门窗紧闭,我们俩抽得满屋子都是烟。陆梅林先生在办公室里有一张单人床,他要写长篇文章的时候经常不回家,就睡在办公室里。那时候办公室里没有空调,我记得有一年夏天陆梅林先生在办公室写一篇文章,连续奋斗了好几天,我看到他用湿毛巾捂住额头躺在床上,确实他工作得太累了。陆梅林先生写完文章后,经常让我给他抄稿子,我也是很乐意为他誊写稿子的,以此作为自己的一个学习机会。我在工作中跟陆梅林先生学了很多年的马克思主义文艺理论,使我认识到马克思主义文艺理论是一个完整的科学体系,是无产阶级具有高度党性的文艺科学,是引领当代美学、文艺学的理论旗帜,同时也学会了运用唯物史观研究文艺问题,这也为我日后的工作打下了很好的基础。

第二位是《文艺理论与批评》杂志的创始人陈涌先生。20世纪80年代初,我在《马克思主义文艺理论研究》丛刊编辑部工作时就认识了陈涌先生。陈涌先生那个时候在中共中央研究室工作,他家住在劲松,因为稿件的事,我去过他家好几次。在我任《文艺理论与批评》主编后,陈涌先生一直是我们刊物的名誉主编。那么多年,他一直非常关心这本刊物。陈涌先生跟我讲得最多的是学风、文风问题,他说在文艺理论方面,在报纸上、刊物上经常看到开各种会议、举办各种活动,但能够坐下来研究问题的已经很少了,真正埋头思考问题、研究问题的就更少了。陈涌先生还一直强调文艺理论和文艺实践结合的问题,他说现在做文艺理论的人不读文学作品,不看艺术作品,这是一种反常的现象。

陈涌先生晚年讲得最多的是要建设中国化的马克思主义文艺理论问题。

第三位是给了我许多支持和帮助的是王文章院长。在我担任所长和主编期间，王文章院长给我的支持最大、帮助也最多。从2004年开始王文章院长带领我们所的研究人员做非物质文化遗产课题时也不是都能被人所理解的，但通过我们所做的非遗研究工作和刊物所刊登的有关传承和保护非遗的文章，我们进入了一个新的理论领域，开阔了我们的理论视野。我们认为中国非物质文化遗产对于建构中国化的马克思主义文艺理论是一种很好的理论资源，对于建构中国化的马克思主义文艺理论体系是大有裨益的。还有就是王文章院长很重视我们对青年学者的培养。2011年3月18日，时任文化部副部长王文章接受《中国文化报》的一个采访，其中他谈了一个非常重要的观点，他说：应当通过具体作品的评论，建立起一整套文艺评价体系。当时看到这句话的时候，对我触动很大，加上所里有两位同志建议我把当代文艺研究室改为当代文艺研究中心，当时我就想，我们所主要是做马克思主义文艺理论研究的，在基础理论方面的研究有一个知识积累和经验积累的问题，培养理论人才是很难的，确实要很多年才能培养一个理论人才。如果在文艺批评上做一些事情，也许很快就能出人才。当时我想得很具体，这样我们可以让所里的一些博士、硕士研究生很快地成长起来，可以通过他们文艺评论能力的提高，使他们的组织能力也能得到提高，与高校、与研究单位的年轻人有一个交流沟通的渠道，能使他们得到锻炼。我们的这个想法很快得到王文章院长的首肯，成立当代文艺批评中心，开办"青年文艺论坛"，很快得到院里的批准。后来"青年文艺论坛"在社会上慢慢有了一定的影响。

我从所长和主编的岗位上退下来有几年了，现在的学术环境、理论氛围以及批评风气要比我工作时好多了。希望在韩子勇院长的直接领导下，我们所和刊物的青年学者能秉持马克思主义的文风、学风，把马克思主义文艺理论学科建设做得更深入，把文艺批评开展得更活跃，把理论与实践结合得更好。

我与中国艺术研究院琐记

刘效民

我是 1978 年 10 月到的中国艺术研究院，在院里工作了 30 年。其中前 20 多年是在戏曲研究所图书资料室工作，工作地点在东四八条 52 号原中国戏曲研究院的旧址。2002 年，中国艺术研究院从前海西街 17 号的恭王府迁移至惠新北里甲 1 号，全院各资料部门在新院址合并为中国艺术研究院图书馆，我也随之到图书馆工作，直到 2006 年退休。

我在东四八条图书资料室工作期间，图书资料室的编制发生过两次变化。第一次变化是在 1978 年底到 1979 年初，图书资料室的编制从院资料馆划归到了戏曲研究所。第二次变化是在 2002 年，图书资料室的编制又从戏曲研究所划归到了院图书馆。伴随图书资料室的编制变化，我参加了两次关键性的书库基础建设工作。

1978 年 11 月下旬，我到位于东四八条 52 号的图书资料室工作，那时图书资料室的编制属于院资料馆，而我的编制是在戏曲研究所。当时的情况是"文革"刚结束不久，一切工作都在逐步恢复当中，戏曲研究所为了科研工作的需要，正在向院里争取将东四八条原属中国戏曲研究院的几个资料室划归到所里，而这时八条的图书资料室正好急需人手清理书库，于是所里就让我先过去工作。我过去没多久，院里的机构调整结果下来，八条的图书资料室和音像资料室（后改名为音响资料室）正式归属到戏曲研究所。

我刚到八条图书资料室时，当时的室主任戴淑娟老师分配我和比我早来几天的伦宝珊老师一起打扫一楼的普通书书库，同时把堆放在书库多年没有上架的图书按号归架。工作不算复杂，但是除尘的任务特别艰巨，因为这些书库自"文革"封库以来，大约有十年没有打扫过了，到处落满了厚厚的尘土。我们在狭窄的书架之间，借助高凳上上下下，把图书一一从书架上拿下来除去尘土，再把书架一遍遍擦干净和把清理过的图书按照原来的顺序放回去，同时还要考虑到给每层书架留出一定的空间，为今后图书的上架留有余地。这个工作又脏又累，但是我们看到整理过的地方变得整洁有序，心里还是挺高兴的。经过一段时间的努力，我们先后清理出与戏曲有关的南北曲库和地方戏曲库，以及相关学科的史地库、美术库、现代小说库，还有包含中国古代小说、外国小说、话剧、曲艺、舞蹈、影视、诗歌、文艺理论等类别的综合大库。接着，在前一段清理工作的基础上，我又参加了排架工作和书库的调整工作。此时，院里给八条的资料部门配备了一批绿色的铁制书架和保险柜。戴淑娟老师带领我们重新规划了两个善本书库的布局，用保险柜替换掉原来的木书架，扩大了书库的藏书量，改善了善本书的保存条件。通过这一系列的书库清扫、排架和调整工作，一楼书库的藏书布局基本固定了下来，为今后图书资料室的读者借阅、书库管理等工作打下了良好的基础。

在后来的二十几年里，我的日常工作主要是古籍整理。我和同事们一起分编整理了原中国戏曲研究院图书馆遗留的没有分编完的古籍善本，以及傅惜华先生后人捐赠的傅惜华藏古籍善本，并陆续在八条的二楼、三楼为傅惜华藏书清理出两个特藏书库。我们的工作虽然已走入正轨，但是书库的设施落后，恒温恒湿、密封防尘、书库照明都不达标，而且电线老化，在安全上存在严重的隐患。此外，随着新书数量的增加，书库变得越来越拥挤，无法保证正常排架。这些都是多年得不到妥善解决的老大难问题。

2002年，院里正在进行腾退恭王府和迁移新院址的工作，同时决定到新院址以后，将院资料馆和各研究所的资料室合并在一起，建立中国艺术研究院图书馆。于是，同在东四八条的戏曲研究所图书资料室、音响资料室、戏曲史陈列室的编制被划归到院图书馆。合并工作开始以前，八条的图书、音响、陈列三个室的工作人员，可以根据个人意愿选择去图书馆还是留在所里做研究工作，还可以选择提前退休。当时，图书资料室共有5个人，其中侯慧玲选择提前退休，戴云、杨连启选择留在所里做研究，我和吴秀慧选择去图书馆。

2002年的夏天，我们接到通知要在规定期限内搬入新院址的图书馆楼。尽管我们事先已经做了一些准备，但还是感觉时间很紧迫。院里派来了一些临时工协助做装箱、封箱、搬运等力气活儿。图书资料室除了选择退休的人员，其余4人则负责指挥临时工把库房书架上的图书和走廊角落、楼梯拐角处存放的各种资料统统装箱，避免遗漏。每个箱子都注有箱号等标记并列入清单以便在后期工作中核对查询。箱子装好以后，由兄弟搬家公司运到新馆的指定地点，每车跟有专人负责押送。经过共同的努力，全部资料都按时安全顺利地搬入了新馆，同时我们也告别了工作多年的东四八条52号。

在新图书馆，戏曲专业的阅览室和两个书库都设在五楼。我和吴秀慧共同商量决定，把与阅览室相连的书库用作善本书库，放置原来八条两个善本书库和两个傅惜华特藏书库的书，以及一些待分编的古籍和一些待整理的戏曲档案资料。另一个书库做普通书库，主要放置戏曲类图书，兼顾一些曲艺、古典小说、总集等类别的平装书和线装书。有些文学类和社科类的平装书，虽然版本不错，但是因为书架数量有限，只好暂时存放到地下室，以后再做安排。新的书库宽大明亮、恒湿恒温，密封也很好，加上图书在入库前已做过除尘处理，所以从一开始使用就对传统书库难以解决的尘土问题进行了有效的控制。库房的书架是轨道式，书架之间的距离可以根据需要手摇调整，所以工作空间足够大，比起在狭窄的旧书库上架和排架，工作条件和工作效率都有了很大的提高。大约是2003年元月，戏曲阅览室正式投入使用，开始了它在图书馆的新里程。

以上是我在中国艺术研究院工作期间亲身经历的两次机构调整变化和在资料部门参加的两次关键性的书库基础建设工作。

回顾戏曲研究所图书资料室的藏书历史，可以追溯到1949年的戏曲改进局图书资料室，当时的室主任是学者黄芝冈。1951年4月3日，中国戏曲研究院成立，戏曲改进局图书资料室并入中国戏曲研究院，室主任仍然是黄芝冈。在20世纪50年代和60年代初期，图书资料室（后改为图书馆）收集了大量珍贵的戏曲古籍和戏曲档案文献，其中包括梅兰芳、程砚秋、杜颖陶的私人藏书。这个时期的藏书奠定了图书资料室藏书的质量，也为图书资料室从戏曲文献的特征以及戏曲研究的角度制定戏曲分类法和设定类目名称，提供了充足的文献保障。早期图书资料室还根据戏曲研究的需要，在编制卡片目录时，除了设置常用的书名音序目录、分类目录以外还设置了一套剧名目录，并且为散见于其他类图书的戏曲文章做互鉴卡片，使得戏曲文献资料最大限度地在分类目录中得到体现，这在没有互联网的时代给戏曲文献检索提供了极大的方便。早期图书资料室的分类法和目录体系在使用中不断完善，一直延续使用到2002年。时过境迁，我离开图书馆已经十几年了，衷心希望戏曲阅览室能得到更好的发展。

滋养学术人格的沃土
—— 我所经历的中国艺术研究院

吕品田

从 1985 年读研究生算起，到 2019 年退休，我在中国艺术研究院这所机构里度过了 34 年。回首往昔，自己的人生经历中没有哪一程能超过艺研院对我的塑造性影响。于我而言，艺研院是滋养学术人格的一方沃土。在这里，我受到良好的学术训练和熏陶，也尽情地舒展着自己的学术兴趣和抱负。

追溯起来，之所以能够结缘于艺研院，得于对我影响深刻的两次经历。1979 年，我大学二年级时订阅了新创刊的《文艺研究》。从这份文艺理论刊物中，我接触到美术以外的其他艺术研究领域，知道了王朝闻、蔡若虹、张庚、郭汉城、杨荫浏、缪天瑞、葛一虹、郑雪来、吴晓邦、周汝昌、冯其庸、李希凡、陆梅林、程代熙等鼎鼎大名的艺研院学者，也知道了中国艺术领域还有艺研院这样一所大家云集、每每激起文艺论辩和思想交锋的学术机构。再一次经历是 1981 年春季，我们 1977 级毕业班游学考察来到北京，老师请到王朝闻先生专为我们做讲座。先生以当年市面流行的"猫壶"为引子，就陶瓷设计方面的实用与审美关系问题侃侃而谈，讲了整整一个下午。他用浓重的川音附带诙谐动作所表述的"猫壶论"，让忍俊不禁的我们一下子就对艺术设计有了明晰的认识。这堂课特别地激发了我对理论的兴趣，也让我对王朝闻先生格外地崇敬。

因为《文艺研究》，因为王朝闻先生，艺研院犹如圣殿让我心驰神往。

一

1982年，我大学毕业被分配到北京工作，三年后我幸运地考入艺研院研究生部，师从王朝闻先生学习美术史论。当年的研究生部设在恭王府东南角一栋二层小楼上，共约三四百平方米的空间容纳着教室、办公室、宿舍等全部设施。美术、戏曲、音乐、舞蹈、电影等各系的30多位同学挤在一个屋檐下，生活、学习的条件虽艰苦，却便于不同学科专业间的学习交流。对我来说，攻读硕士学位的这三年时间真是艰难的转型过程，我这才意识到喜欢理论和以之为专业的截然不同，以致每天至少读书10小时，恶补各方面的知识。那会儿的教学不像现在这么规范（自然也少了许多刻板），规规矩矩的堂课不是很多，每天除了吃饭、睡觉就是读书。同学们读书都很自觉，逼仄的屋檐下平常总是出奇的安静。休息放松的间隙或用餐时的聚集，大家也多在交流一些学术问题，甚或就某个话题展开激烈的论辩，争得面红耳赤的。这段日子很是宝贵，我也从同学们身上学到很多。

教学上，王老总把自己比作"导游"，认为导师的工作主要在于因势利导，在观点方法上帮助作为"游人"的学生，尊重他们发现美的兴趣、能力和个性。若是"游人"不从实际出发或用别人的判断来代替他自己的判断，"导游"则有责任提醒其检视自己的观点方法。王老"上课"的方式主要是交谈,"课堂"有时在他家的客厅,有时在某个他见到我们的场合;"课程"则往往开始于某个时事话题或即景事物的谈论,然后就像相声"抖包袱"那样回到关于美学或艺术理论的正题。王老总有新的话题,他亦庄亦谐、且聊且深的一切,总是如此的周密、晓畅与生动,以至于不仅帮助我们清晰地认识问题,更帮助我们养成一种思考问题的方式。1986年夏季,《中国美术史·原始卷》的写作班子在北京西郊苹果园的部队招待所统稿,王老亲自坐镇审稿,我们几位学生也跟着做些工作。白天大家都埋头干活,紧张而单调,只有晚饭后陪王老散步的那一小会儿才最放松、最快乐。一天傍晚,太阳西落,天边流云的色彩和形状不停地变化。王老边走边发布他对云彩一会儿像马、一会儿像狮子的审美发现,随之解释说:"如果我们饿着肚子就谈不上欣赏的心境,这会吃饱喝足了才有闲情逸致来赏云,美的意象才产生出来。"王老所谈,是他一直强调的"审美关系"。

王老一贯重视民间美术和工艺美术,他的《美化生活——关于工艺美术的创作问题》至今仍然显示着居高致远的指引意义。一进校门,王老就根据我的学习和工作经历,嘱我多做一些民间美术、工艺美术方面的研究,说这是学术领域的冷门,较之于大家所关注的绘画、雕塑,这方面的认识和研究远远不够。当时他正在主持编撰国家重大课题项目《中国美术史》,故安排我参与"现代卷"民间美术和工艺美术部分的撰写工作,以在研究实践中学习提高。就这样,我在王老的指引下进入了这个研究领域,硕士学位论文的选题也是民间美术方向。

我在院里的另一次学习经历,是1998年至2003年在职攻读美术史论博士学位,导师为陈醉先生。20世纪80年代,他出版过《裸体艺术论》这部影响极大的学术著作。他立足中国文化现实,把"文化超越"学术主题导向被现实原则所封堵的千古禁区——性意识和裸体艺术,不以颠覆现实的偏激来寻求人性复归之路,而是强调现实生活本身就拥有"更高的层次"。在他看来,这个足以寄托更高理想的层次,由"欲望的升华"所构成,其现实形态便是艺术,具体到人类感性世界的情欲或性意识方面,那就是裸体艺术。艺术不只是审美的,还是功利的,是人生问题诉诸审美方式的解决。陈醉先生的学术思考透着一种智慧,就像平常老爱幽默地开语言玩笑一样,他通过理论阐释化解了中国传统观念的最拘谨处,为中国现代艺术的发展打开一道门禁。如今谈裸体艺术如同聊家常,但当年却是石破天惊的举动。陈醉先生平时很随和,没有学者式的矜持。在他门下读书,我不会感到做学生的拘谨,他待我也十分宽容甚至于放任。选题时,他没有给我过多的限制,而是鼓励、支持我舒展自己的学术兴趣,这使得我能够接续 20 世纪 80 年代所关注的手工问题继续思考。若不是先生宽容,我的学位论文恐怕难以"跨界"成《动手有功——文化哲学视野中的手工劳动》这个样子,也感谢院学术(学位)委员会鼓励,这篇论文还忝为优秀博士学位论文。

二

1988 年,我研究生毕业后留在美研所理论研究室从事研究工作。

作为研究部门,美研所和院里其他研究所一样,平常不用坐班,只需每周来所里办公室点个卯,要通知什么或有什么事情要开会,一般都安排在这一天。这种宽松得近乎"放养"的管理方式比较适合做学术研究,但对学者的自律性要求极高。一个人若是懒散放任,这就等于"自废武功"。在我的印象里,当年院里没有年度考核也没有成果发表上的量化要求,但学者们特别是青年学者都极其用功,每个人手上都有出版项目,都不停地在出成果,社会上学术活动也很多,美研所的学者在哪儿都叱咤风云的,很有影响力。大家当时都有一种关心国家前途命运和发展道路的理想主义情怀,文艺领域或社会上普遍关心思想、热衷理论,于思考和探索有着澎湃的热情,在迭起的思潮中每每伴随激烈的争鸣论战。在这样的大环境中,时代潮流推着人在走,学者们也有很强的存在感和使命感。

中国艺术研究院是国务院首批公布的博士、硕士学位授予单位。1978年以来，王朝闻、蔡若虹、朱丹、吴甲丰、温廷宽、王树村、谭树桐等老前辈每三年招收一届研究生。他们先后培养的三届（尤其第一届）硕士、博士研究生大多留在了所里，由此奠定了美研所的基本学术队伍，并在研究上形成包括美术史（通史、断代史、门类史和国别史研究）、美术理论（原理和技法研究）、美术批评研究领域，以及绘画、雕塑、书法与篆刻、原始美术、宗教美术、民间美术、工艺美术、建筑艺术、石窟和陵墓艺术、中外美术交流等丰富专业方向的宽广学术格局。20世纪80年代的中国社会正处于改革开放初期，文艺领域思潮迭起，美研所老、中、青三代学者济济一堂，思想活跃，学术氛围浓郁，观点主张之间也颇有张力。反映社会变革要求以及错综复杂状态的各种思想观念，通过美研所主办的"一刊一报"——《美术史论》和《中国美术报》，也通过学者们在学术讨论和艺术实践方面的深度参与，形成辐射全国的广泛影响，对新时期美术理论与创作的多样化发展起到了重要的促进作用。对于这个学术集体中的每个人来说，思想张力的存在更能激发对问题的思考，也可以在差异中彼此切磋磨砺，将自己的认识打磨得更加严谨明锐。

《美术史论》在改刊《美术观察》之前是季刊，由本所研究人员轮流担任执行编辑。我一进到所里，所长水天中先生便安排我参与编刊工作，每年执编一期，负责采编、审改、校对等全流程的编辑工作。这种不设专职人员的办刊制度既有助于学者了解学界情况及前沿动态，也有利于刊物照应研究领域的全面性和反映学术观点的包容性。对我来说，这项工作在拓展学术视野、丰富专业知识、提高文字能力以及养成严谨作风方面，都是绝好的学习锻炼机会。

王朝闻先生主持《中国美术史》编撰工作的十年间，总是强调"把修史的过程作为研究的过程，作为培养、创造美术史家的过程"。利用课题项目开展学术研究,又对青年研究人员进行"传帮带",这是美研所的优良学术传统。在所里工作期间,我有幸得到前辈师长的厚爱与提携,以至有机会在完成出版项目的过程中专注地投入研究性写作,或深入推进自己的学术探讨,在研究实践中提高自己。1989年初,邓福星先生主编《中国当代美术系列》丛书,以期系统梳理新时期十年美术创作现象。我承接编撰其中的《现代手工艺》,主要研究当年初兴的新型手工艺术创作实践。作为新时期"文化寻根"思潮的一个侧面,许多艺术家通过面貌颖异的陶艺、漆艺、木作、纤维艺术和金工艺术作品,表现出一种反拨激进"观念艺术"的探索取向。此书是我最早从文化哲学角度考察手工艺的一次学术探讨,我试图解读工业化高速发展情境中为何会有这样一类反以"手工"为先锋取向的现代艺术形态,也由此洞察到一系列现代文明及艺术问题与"机器"取代"手工"这种"文化产生方式"的关联性。尽管因为出版社的原因,此书没能如期出版,却由此开启了我日后在学术上持续用功的方向。后来,邓福星先生主编《中国民间美术基础理论丛书》,又承蒙他提携,约我加入出版计划,给我以深化和拓展之前硕士学位论文所做研究的机会,因此有了我于1992年出版的《中国民间美术观念》。说起此书,还要特别感谢远去美国的蔡星仪先生,当年他慨允我寄居其寓所,让我能有安静的一隅闭门写作。《中国民间美术观念》脱稿后,紧接着又投入《中国民间美术全集》的编撰工作之中。

"文革"期间,民间艺术曾被看作封建迷信而备受禁锢。改革开放为之松了绑,有了一定程度的复苏,加上从传统文化"大地深层"寻求精神根源和文化支点的张力促进,一时间研究和学习民间艺术成为一道亮丽的文化景观。1989年山东教育出版社、山东友谊出版社约请王朝闻先生担任《中国民间美术全集》总主编,编撰工作正式启动于1990年春,全部书稿出齐于1995年初。年届耄耋的王老带着一支以青年人为主的队伍,像主编《中国美术史》一样,"把修史的过程作为研究的过程，作为培养、创造美术史家的过程"，鼓励大家在研究实践中锻炼和提高。对于民间美术，王老主张既要强调它的一般艺术共性，又要强调其交融于社会生活的文化个性。根据他的学术思想，我们集思广益、反复研讨，制订了按祭祀、起居、穿戴、器用、装饰、游艺分编，以神像、民居、陈设、服饰、用品、工具、年画、剪纸、面具脸谱、木偶皮影、玩具、社火分卷，总共六编十四卷的独特分类方案。这个方案对纷繁复杂的民间美术现象作了历史而又逻辑的把握，突破了受西方艺术形态学影响的流行分类方式。现在来看，编撰工作做得非常及时，书中记录的很多民间美术现象以及所收录的作品后来都慢慢消失、流散了。在王老主持下，当年我们深入乡间基层，广泛开展田野调查、信息采集、图片拍摄以及梳理研究工作，对民间美术有了更加系统深入的认识，也对他的学术思想有了更多的领悟。编撰工作历时5年，造就了一批后来在民间美术研究领域卓有成就的专家学者。

谈到艺研院的民间美术研究，有必要提到"二王"格局。王树村先生是另一位重量级学者，他重视民间美术史料及作品的搜集、整理和考订，做了大量深入细致的调查研究。他立足文献、作品和口头传统，对民间美术的一些主要形态特别是年画的发展历史和社会价值做了深入系统的研究，著作等身，贡献巨大。王朝闻先生和王树村先生所代表的各有侧重的两种研究取向，恰好构成理论研究和田野调查相结合的完整学术体系。在此格局中，王海霞研究员以她卓著的努力承继光大了王树村先生的学脉，取得众多骄人的研究成果。惜其英年早逝，令人扼腕叹息。

三

20世纪90年代，改革开放进入建立社会主义市场经济体制的新阶段，发展市场经济思路下的文化体制改革给文化事业及机构带来新的挑战。市场经济大潮中的艺研院，一度困难重重、风雨飘摇。2000年，王文章先生受命担任院领导，全面主持工作。在他强有力的带领下，新领导班子实行机构组织、人事制度和科研管理改革，把尊重知识、尊重人才落到实处，极大地调动和发挥了研究人员的积极性和创造性。艺研院由此一步步走出困境，迎来全面建设与进取的新阶段，逐渐形成科研、教育、创作三足鼎立的新发展格局。

在新世纪的岁月里，除个人学术研究外，我逐渐承担起一些管理工作，先后转换过许多工作岗位，扮演过许多工作角色。就个人志趣而言，我愿意做一个静守书斋的单纯学人，然而，人生角色并不尽然由自我选择。2002年以来，承蒙文章院长不断鞭策，帮助我逐渐走出自己偏狭的事业认识格局。同时，也是他以超强的领导才能和鞠躬尽瘁的工作投入给院里带来的巨大变化，让我真正认识到奉公事业之于个人学术研究的更深广意义。

从2002年到2009年，作为副主编和主编，我与《美术观察》月刊相伴整整8年，这是一段既效力社会又塑造自我的特别经历。在市场化时代，要想坚持不以经济指标为衡准的学术价值，发挥主流媒体的舆论导向作用，难免会遇到重重困难，也势必要经受耐力和意志的考验。记得刚开始的那几年，我们几乎每天都加班熬夜，空间逼仄的编辑部总是弥漫着腾腾的工作热气。时至今日，当年在恭王府通宵干活而特别感受到的凄清的"晨意"还会不经意间被强烈地唤起，那真是一种刻骨铭心的苦涩感觉。随着时光的推移，越来越觉得和杂志社同仁共事的那些日子最难忘怀。我始终认为，优秀人格中往往存在着某种深刻的朴素，那是一种不必用很大概念、很多语词来描述的好的人性。《美术观察》同仁秉有这种深刻的朴素，能与大家相遇共事，我深感荣幸。回味那段紧张辛苦却和睦愉快的工作经历，至今都是一种快慰。那些日子里，我看到大家全身心地维护《美术观察》的学术品格和学术形象，昂扬的工作状态不曾懈怠。对此仅用责任感或使命感来解释，显然是苍白而概念化的，这想必关系着学者的理想，而这种内心的情缘或归属感是难以用语言描述的。我还难忘当年常常要开的选题策划会，会的规模不大，气氛和效果却俨如学术论坛。席间同仁们畅所欲言，无所顾忌地交流和讨论选题意向，热烈而又轻松，思维潜得很深，很能切磋磨砺思想。后来离开了杂志社，也久违了这种极富学术气息和书斋意味的工作体验，每每念想起来，还有一种怅然若失之感。

艺研院有一种宝贵的学术传统，这就是注重理论与实践相结合，坚持服务于国家发展需要。进入 21 世纪以来，艺研院敏锐地体察到国家发展日益关注文化建设、重视中华传统文化保护的战略取向，凭借自身在传统文化艺术研究方面的深厚学术积累和雄强专家队伍，率先投入非物质文化遗产保护的国家实践。从 2000 年起，受文化部委托，艺研院先后承担了中国向联合国教科文组织申报"人类口头和非物质遗产代表作"的具体组织工作，使昆曲艺术、古琴艺术、新疆维吾尔木卡姆艺术和蒙古族长调民歌四个项目成功入选。2003 年初，国家启动实施"中国民族民间文化保护工程"，将负责具体工作的"中国民族民间文化保护工程国家中心"设在了院里。

我与非遗保护工作结缘，是从参与"民保工程"的一些工作开始的。这些工作包括论证、审议《中华人民共和国民族民间传统文化保护法（草案）》（后改为《中华人民共和国非物质文化遗产法》）和保护工程试点项目及工作方案，起草该工程"普查工作手册"总体分类方案以及"民间美术"和"传统技艺"调查提纲，宣传"民保工程"等；还曾受中心委托，撰写了《以手工生产方式主导西部大开发》《以民俗建设保护民族民间文化》两份提案。2004 年，我国加入联合国教科文组织的《保护非物质文化遗产公约》，之前的"民保工程"汇合于非遗保护履约实践。头十年的保护工作实践着重在制定政策法规和保护规划、普查非遗资源和存续现状、建设体制机制和名录体系、探讨保护理论和宣传保护理念等方面展开。作为身兼"中国非物质文化遗产保护中心"（2006 年挂牌）职责的国家专业研究机构，艺研院承担了这些工作的具体策划、组织和实施。在刚起步的那些日子里，由于人手少、任务重，缺乏足够的物质条件，也没有可资依循的路径经验，工作开展颇为艰难。文章院长亲自挂帅，调集各部门相关人员和专业骨干，全面参与论证、评审、考察、研究、培训、宣传等具体工作。我一边编刊一边做着非遗保护方面的事情，这些事情包括参与论证国家级非遗申报指南、项目保护经费预算和文化生态保护实验区规划纲要，修订保护工作管理办法，评审国家级名录项目和代表性传承人，督导地方保护工作，配合舆论宣传和策划央视特别节目，等等。

2005年下半年，文章院长交给我一项在我看来如同赶鸭子上架的任务——负责策划预定翌年元宵节举行的"首届中国非物质文化遗产保护成果展"。工作从撰写展览主述文本开始，中心安排了几位年轻人专门帮我收集相关资料。展览的大结构是：方针政策——实践意义——保护历史（中华人民共和国成立以来）——当代成果，并分中央和地方两大版块。主述文本用于中央版块，经8次修改定稿，花费了将近半年时间。采选展览图片和实物、设计展示方案的工作交叉进行，推进过程中困难不断却还井然有序。展场早先定在中国美术馆，我们根据场地情况设计了一个"金木水火土"的布展格局，中央厅放在圆厅，三十多个省市按地理方位排布四方，还为开幕式特别设计了一个象征"中华文化复兴"的上梁仪式，参照民俗仪轨带出音乐、舞蹈、戏曲和说唱等非遗项目表演。田青先生为此也筹备好了非常地道的"上梁歌"和仪式表演队伍。然而，就在离预定开幕时间只剩一个月的时候，突然得知中国美术馆的场地用不了，须改换到中国国家博物馆。天哪，那可是一个完全不同的场地啊，原先的方案全得报废！顿时，我们如坠深渊，不知所措。醒过神来，只能无条件地从头开始。我已忘了自己是怎么熬过那苦难的一个月的，只有开展前一晚鏖战于绝望状态的经历还记忆犹新。因为本就很紧张的专业布展人手被地方领队拉来扯去，到午夜时分，我负责的四千多平方米的中央厅几乎空空如也，而王海霞负责的地方厅也狼藉一片、混乱不堪，急得来预审的文章院长拿着板子，一脸铁青地给我下死命令，一旁的田青先生则疲惫虚脱，差点一颓坐在满是钉子的板材上。俗话说狗急跳墙，当时的我们就像被逼急的野狗满场穿梭，一一督促也已筋疲力尽的布展人员逐个落实每个展位。中心的工作人员们也动起手来，刘锐甚至唤来身为美院雕塑家的未婚夫帮着摆放木偶头。人的潜能是神奇的，身陷绝境反而能超常发挥，就在上午10点前，举行开幕式的最后一刻，场地清扫干净，布展犹如奇迹般地彻底完成。

开展后，反响特别好，田青先生负责的北京民族文化宫展演晚会也很震撼，整个活动在京城产生了轰动效应，热气也由媒体播散到全国。观众对我们的展览表现出毫无保留的热情，很多人一而再，再而三地观展，以致地毯经不住如潮人流的踩踏而更换3次，展期也一再后延。非遗宣传首战告捷，文化部所期望的舆论效果得到超额实现，在国家语言资源监测与研究中心等机构联合发布的"2006年中国报纸、广播、电视的十大流行语"榜单上，"非物质文化遗产"赫然在列。作为我国政府首次举办的全面反映非遗保护成果的大型展事，该展不仅达到了宣传的目的，还开创了引入传承人现场演示、将空间感知和时间体验融为一体的非遗展示模式。之后，但凡举办非遗展览，都沿用这套模式。此届展览举全院之力，充分展现了艺研院推动非遗保护工作的综合实力，打消了此前人们对艺研院"只是搞艺术"的微词。这次工作经历对我个人有很大的思想触动。一则，我更深切地领会到前辈一再强调学以致用的意义，意识到学者固然要静守书斋、坚韧问学，但学术本身不能书斋化，而需要在社会实践中施展或检验。再则，我切身地意识到，观众如注的热情并不是因为展览的形式，而是展览上集中展现的中华传统文化内容唤起了深植于民众内心的文化记忆，激发了广大群众的文化情怀和文化自信。这也更加证实了此前仅限于学术研究的认识，即广大民众才是文化保护和传承的根本主体。

后来，一直到2012年，每年国家"文化遗产日"期间，文化部都要部署大型的展览宣传活动，并由"国家中心"即艺研院来具体操办。我则先后承担了巴黎·中国非物质文化遗产艺术节（2007，联合国教科文组织总部）、中国非物质文化遗产传统技艺大展（2009，北京农业展览馆）、巧夺天工——中国非物质文化遗产百名工艺美术大师技艺大展（2010，北京展览馆）等大型展览的策划、撰稿和布展设计等工作。这期间，我变换了两次角色，先是2009年6月被任命为中国工艺美术馆馆长，一年半后又被委以院长助理和中国非物质文化遗产保护中心副主任的工作。角色虽然有变，但非遗保护工作却持续未断。我任中心副主任的2011年，是非遗保护工作最密集、最繁重的一年。这一年组织了4个大型的全国培训活动，举办了7个全国性的大型展览或会议，是干得最苦最累的一年。有些工作是在摸索中进行的，譬如配合春节的"我们的节日——百名非物质文化遗产项目代表性传承人迎春展示活动"，和配合胡锦涛同志在人民大会堂与两岸万名青年互动交流的传统文化展示活动，筹备"文化遗产日"主题展览活动时，又出现临时换场地的情况。总之，那一年苦不堪言，好在做事严谨、认真的罗微副主任和任劳任怨的同事们给了我得力的协助和巨大的支持。

2012年6月我被任命为副院长，分管科研工作。一年后开始兼任研究生院院长，2016年担任常务副院长后也依然兼着，直到退休。在将近8年的最后这一工作阶段，我既管科研又管教学，常常感觉捉襟见肘、顾此失彼。研究生院作为有着近千名学生规模的教学单位，比之一般大学没有哪一项业务少得了。时值国家研究生教育从注重规模发展转向强调质量提高，对研究生院来说，按照国家要求进行规范化管理和建设，提高教学和学位授予质量，开展学位授权点自我评估，并且申报文学、设计学硕士学位授权点等，有着一系列的紧迫工作要做。这些年里，研究生院做了很多建章立制、规范管理、整饬秩序、改进教学等增强内功的工作。这些工作不是轰轰烈烈的，但点点滴滴都劳神费力，需要绵密的工作投入和巨大的工作耐力。几年下来，自我建设和以评促建的务实工作让研究生院有了一些新面貌，各方面都更加符合国家研究生教育教学规范了，大家的辛劳没有白费。

回想起来，研究生院的同事、院科研管理处的同事特别是几位中层干部，这些年里因为跟了我这样的领导而多加了很多班。按文章院长的观点，部下整天加班是领导的无能，我认同这种观点，只是直到退休，也没能改变自己的这种无能状态，实在汗颜。当然，也不得不说，大家加班多是自觉去做的，各职能部门事实上也是业务繁重而人手相对不足。以我对所履部门的观察和了解，可以说大家都很有责任感和进取心，他们是在不待扬鞭自奋蹄地努力做好工作，这是高素质人才的一个普遍特点。而且，作为学有专长的高学历人才，他们不希望荒疏自己的专业、放弃自己的学术理想，以至他们会千方百计地抓时间，力求在做好工作的前提下尽量腾点时间来治学。有些同事每天一大早来上班，天黑过后才回家，就为了挤出高峰堵车所耽误的那点时间，这样的勤奋在我院各职能部门比较普遍。走上领导岗位后，因为有在研究所工作的经历，所以特别能比较出职能岗位上同事们的不容易和了不起。同样的学历条件、同样的精力付出，一者的价值多归个人，一者的价值则多属集体，这是研究机构在人才评价方面的一个难题。与职能部门各位共事的这些年，他们勤勉工作的每一天都构成一种激励，让我不敢懈怠。

纵观历史，艺研院人倾注70年心血铸就的一篇辉煌史章，其起承转合的理路文心莫不切合着国家发展的脉动，莫不体现着文化强国的诉求。感念筚路蓝缕、殚精竭虑的前辈先贤，他们在马克思主义文艺理论以及戏曲、美术、音乐、舞蹈、影视、文学等学科领域所做出的开创性贡献，奠定了新中国现代文艺形态及理论体系的坚实基础，也奠定了艺研院在国家人文艺术领域的崇高学术地位。他们关注国家建设和发展需要、理论联系实际、积极回应现实关切的共同学术精神以及实践躬行，成就了学界所赞誉的"前海学派"，也成就了我院一以贯之的优良学术传统。先贤垂范，后学思齐，艺研院百折不挠、光耀学界的底蕴便在于

"前海学派"精神的秉承和光大。

如今,事业的接力棒传递到了在职在岗的各位同仁手上。这是历史荣耀的传递,更是现实责任和高远理想的传递。在为辉煌70年历史举杯庆祝的时刻,衷心祝愿艺研院薪火相传、奋发进取,再铸辉煌的新篇章。

(原载《传记文学》2021年第5期)

我与中国艺术研究院油画院

杨飞云

1982年,我在中央美术学院读完大学本科以后,就一直在教学第一线,连续教了许多年。首先,当时我觉得自己在艺术上始终没有像一个艺术家那样全身心地投入创作;其次,就是之后没有经过任何深入研究性的专门学习,都是在输出。多年来,美院的教学是几个老师对一个班共同授课,但老师的观念并不一样,可每个老师只能管自己教的这一部分,所以在教学上很难见自己看重的成果。20世纪80年代,新潮美术非常活跃,社会思潮对学生影响太大了,课堂教学则很难影响学生。我只是教一些专业知识,这让我觉得很无力,教了半天,意义不大。我就反问自己,那还教什么呢?所以,直到2004年,我决定离开中央美术学院油画系。

当时我也选择了很多单位,甚至想到了有没有可能再读一次研究生,但我最想找的是一个创作单位。这时来了一个最特殊的机会,当我正犹豫选择的时候,中国艺术研究院院长王文章先生亲自找上门了,他是和美术理论家张晓凌一起来的,王院长捧着一大捆抱都抱不住的百合花,跑到我燕郊的画室。王院长说:"听说你要挪地方,你就来中国艺术研究院吧。"当时我特别感动,就决定去中国艺术研究院,因研究院的工作就是专门研究艺术创作的。

2005年初,我调到中国艺术研究院。艺研院艺术门类齐全,学术氛围浓郁,堪称国家一流。但是我刚到这边的时候挺失落的,它的绘画艺术氛围不如中央美术学院浓厚,最初到了创作院,主要和国画家在一起,不容易有深入的共同语言。当时创作院成立两年了,画油画的就我一个,后来能调人了,第一个就调来了朱春林,当时他在北京市工艺美术学校,来中国艺术研究院是很大的改变。

2005年冬天,高碑店旁边还都是没开发的荒地,和高碑店乡书记谈的时候,村干部们都很希望我来,他说他们要打造文化区,我要是看上哪了,就可以租下来。到中午要吃饭了,我们开着车去聚仙楼,当时那一大片也就只有那一栋楼,里面还没有暖气。半路上路过了一个大厂房,它周围都是很矮的简易平房,我一看太棒了,就激动地说:"这个厂房你要租给我,那我就过来"。书记说:"你如果真过来,我就租给你。"当时这个厂房只剩下一个空架子,玻璃全没了,其他都是后来我们自己建的。好像是冥冥之中自有天意,如果那天不路过那,如果我不说这句话,就没后话了,好像上天要成就这个事。

按照国家法律,这个地可以租20年。如果20年做不起来那就无所谓了,如果做起来了,高碑店也不会赶我走,让我优先续租。其实我看重的是油画事业,而不是房产。

当时我本想着在中国艺术研究院做一个画家,改变一下创作条件,有点环境就行,这个计划在2006年夏天全变了。王文章院长有一个大想法,他觉得把国画、雕塑和油画全合在一起会限制发展,所以就想把中国画和油画分开,这就成立了油画院。这件事从头到尾我几乎是被推着走的，厂房是我租下来的，并且也改造了。我从没有那么大的魄力，就算是做，成立一个油画研究所就已经很超常了，没想到王院长要建立中国油画院，还让我当院长。我没有能力去当官，更没有那个野心，我在中央美术学院最高职务就是油画系一画室的副主任，那是一个学术头衔，连主任我都认为应该让年岁比我大的人去做。

2007年9月26日，中国油画院挂牌成立，这是中华人民共和国成立以来首次成立的国家级油画院。当时聘请了吴冠中、靳尚谊、詹建俊、朱乃正、钟涵、邵大箴、全山石为特约学术顾问，后来又请了陈丹青。现在油画院的学术专家由在职画家和特邀艺术家两个部分组成，专职画家有：刘建平、龙力游、姚永、石良、李贵君、朱春林等十余人；特邀艺术家有：张祖英、尚扬、徐芒耀、陈衍宁、孙为民、艾轩等五十余人，集中了当代中国油画的中坚力量。油画院将国内油画领域具有影响力和代表性的油画家聚集在一起，这为未来的发展奠定了坚实基础。

在油画院成立大会上，靳尚谊、詹建俊等先生参加了揭牌仪式。文化部副部长陈晓光先生为油画院学术顾问颁发了聘书，中国艺术研究院院长王文章先生为油画院特聘艺术家与专职画家颁发了聘书。詹建俊先生是中国油画学会主席，他担任了顾问，很支持这件事。赵友萍先生是中央美术学院油画系第二画室的，油画院成立，她也来了，我特别感动。实际上，这些先生没有门派之见，我非常感激中央美术学院有这样的学风，包括袁运生先生待我也特别好。其实远距离地看，大家路数完全不一样，但他们有"合而不同"的学术眼光、高度和胸襟。

事实上，早在1965年，周扬先生曾找了全山石、侯一民等几位油画大家，讨论怎样成立中国油画院。那时已经成立了中国画院，就是现在的中国国家画院。为什么还要成立个中国油画院呢？周扬先生说得很清楚，他说中华人民共和国成立以后很多政治历史事件要画大场面，比如说天安门检阅和国家的重大活动，你不可能拿二胡，拿扬琴，最好用交响乐；大的历史画、宣传画，要用油画。但他这个话说完就放下了，因为 1966 年就是"文革"了。

王文章院长很有学术眼光,他说:"必须成立中国油画院,油画是世界画种,到了中国已经有百余年的发展,那就是中国油画嘛。"那时我压力太大了,场地还没有装修完,王院长就说挂牌就挂在你这个地方了。因此,我们就做了"中国油画院"这块铁牌子。挂牌那天许多人都来了,部里领导和学术界权威大都到场了,非常隆重,但是成立以后,批评就来了。也是啊,我领着几个学生,就能算中国油画院?还有我的风格比较窄,有时出去,听到冷言冷语都让人抬不起头来。但这也有一个好处,一旦给了我这个压力,我就更要努力去做。

那时我在就职时说:"中国油画院的学术基点是继承前人积累下来的所有优质学术成就,并在这个基础上把油画事业进一步发扬光大。在当代的多元互补的文化格局中,正本清源,致力于对传统的继承、对自然的体验、对生命的感悟,追求纯正的艺术审美原则和价值标准。"

油画院自成立以来始终坚持"寻源问道"的学术宗旨,并由此开展了一系列的学术活动。在油画院成立之后策划的首个大型展览便以"寻源问道"为主题。例如,2008 年,在北京和唐山两地举办的"寻源问道:油画研究展"和"寻源问道:杨飞云师生作品展"。2010 年,在北京和鄂尔多斯举办了"寻源问道:中国油画院特邀艺术家联展——北京·鄂尔多斯"。2012 年,在法国巴黎举办的"寻源问道·西去东来:中国油画院艺术家赴法学术交流展"。2017 年,在意大利佛罗伦萨举办的"寻源问道:杨飞云艺术作品展"等。从某种意义上说,"寻源问道"不只是一个展览的主题,更是一种学术精神和学术追求。

现在油画院已经打造出"寻源问道:油画研究展""尽我所能:中国油画院艺术家系列展""澄怀观道:中国油画院课题组学术研究展""挖掘·发现:中国油画新人展""一切历史都是观念史:作为一般文化史的艺术史学史"等多个系列学术研究活动,不断开展研究、策划展览、组织创作、聘请专家指导、展览、研讨和出版等各项活动。

2010年，油画院在"中国油画院油画家学术研究系列"展览的主题下相继举办了陈丹青、闻立鹏、靳尚谊等优秀艺术家的展览。2011年，油画院设立中国油画院课题组，集合了国内31位优秀的中青年艺术家。2013年，油画院与岭南画院共同创建了中国艺术研究院中国油画院岭南教育实习基地这一学术平台。2014年，以"特邀青年艺术家"的方式，通过全国性的展览活动，挑选部分有艺术追求、有艺术才华的青年画家加入油画院的创作团队，为他们提供适宜的创作和学术环境。

2007年9月以来，为实现其职能定位，油画院不断开展研究、策划展览、组织创作、聘请专家指导、展览、研讨和出版等各项活动。设有"青年艺术家培养"和"中国油画创作研究课题组"两个重要项目。为选拔油画后备力量，主办专项展览"挖掘·发现：中国油画新人展"。为培养油画人才，开设了"古典写实油画造型"和"形象的写实与表现"两个油画研修班。为繁荣新时代的油画创作事业、培养更多的优秀创作人才，根据中国艺术研究院2020年招生计划，2020年9月，油画院又开设了"油画创作专题研修班"。

2017年9月26日，在油画院成立十周年之际，油画院举办了"中国艺术研究院中国油画院建院十周年庆典暨建院十周年特别展"，系统总结回顾了油画院过去十年所取得的艺术成就，记录了油画院十年艺术淬炼之后的丰硕文化成果，也拉开了油画院在学术研究上继续发展创新的序幕。

在未来，油画院会继续坚持社会主义核心价值观，坚持以人民为中心的创作导向，追求真、善、美的核心精神，力主创作更多具有中华民族气派与美学品格的油画艺术精品，为新时期的中国油画健康发展而不懈努力。

一片冰心在玉壶
—— 在中国艺术研究院学习和工作漫忆

冯双白

一、入读中国艺术研究院的牵线人

大约是1980年夏季吧，我踏上北京开往宁波的火车。此趟公差的目的，是作为北京舞蹈学院的团委副书记和文艺理论课老师，将一个犯了错误而被勒令退学的学生送回宁波老家。那时出差坐的是硬座，我的对面是一位年过中旬的先生，风度翩翩，一下子吸引了我的注意。一路上，我们谈天说地，天南海北，相谈甚欢。他的中国戏曲艺术知识之广博，更令我无比敬佩。他了解了我的任务：看管一个很英俊却并不乖的男孩；我也了解了他的目标：到宁波天一阁采风，去看藏书楼。火车到站了，他递来一张纸条，告诉我以后可以多多联系。那条子上写明了联系地址，还写了一个名字：宋铁铮。

一年后，我突然接到了一封信，署名就是宋铁铮！这唤醒了我早已经丢到脑后的记忆。信中告诉我，他是昆曲表演艺术大师俞振飞的入门弟子，就职于中国艺术研究院舞蹈研究所。宋铁铮殷殷切切地、迫不及待地在信里告诉我，中国艺术研究院将在1981年秋季举行首届舞蹈硕士研究生考试，导师是大名鼎鼎的时任中国舞协主席吴晓邦！他问我：你愿不愿意来试试？

　　片言只语，顿时让我心中充满了感动，这是心胸多么开阔的一位先生啊！我与宋先生，其实相交甚浅，他却对我如此期待，对一个年轻晚辈如此热忱相帮。手捧短信，心潮起伏，因为这封信再次唤起了我对舞蹈艺术的热爱之情，同时也对中国艺术研究院和舞蹈研究所产生了极大的兴趣——那里，该是一个充满了学术气息的地方吧，因为它的一个学者，可以只是为了看一看天一阁的藏书楼而千里迢迢地坐硬座火车赶去宁波；那里，该是一个对年轻人充满了鼓励的温暖之情的地方吧，因为招收研究生的信息可以用这样最简单的方式传递到一个如饥似渴等待学习机会的年轻人手中！

二、贴在墙上的招生样表和我的学术"门神"

　　记得是1981年夏末的一天，终于可以抛开各种杂事的羁绊，我骑着那辆虽然乱响却是自己心爱的永久牌自行车，兴冲冲找到前海西街17号，去参加研究生报名。然而，在恭亲王府东南角的一座二层灰色砖楼里，一个坐在光线有些暗弱处的工作人员告诉我：整个报名工作已经结束了。要想参加考试，明年再来！如果那时有人看到过恭王府大院子里的我，一定会发现一个戴着白边塑料镜框近视眼镜的年轻人有多么沮丧和无奈。我漫无目的地在大院子里走了一圈，不知道该怎么办。怎么办？这念头撞击着我的大脑，带着我又回到了那座小楼里，明知无望，却还是开口求求那位工作人员能不能再想想办法。"你要考舞蹈专业硕士吗？你从哪里来？"一个亲切的略带沙哑的声音从我背后传来。回头看去，一张和蔼可亲的脸庞映入眼帘，那是一位中年女老师，沉稳地看住了我，眼睛里传出仔细而严肃的神情。我急忙诉说了事情的原委。她耐心听完了我的"故事"，安静地问："宋铁铮的信，带来了吗？"我忙递了过去。她拿了信，走向光线更加明亮一点的窗口，看看信，又看看我，然后开始与那位工作人员小声地商量起来。最后，她走向我，缓缓地、抱憾地说："实在没有办法了，因为招生报名表已经发完了，一张也不剩了，而且考生们填好的表刚刚已经上交教育部了。你要是真想上学，那就明年再来吧。"从她手中接过那封宋铁铮的信，我悻悻然地走向门口。"你等一下！"从我背后再次传来那亲切的略带沙哑的声音。那位女老师从我身旁赶向大门口，抬起手臂，指向一张招生报名的样表，回头问工作人员："这张表可以填吗？"工作人员很为难，女老师不等回答，就开始用手揭下样表，递到了我的手上，说："你快填表吧，别的事情我来想办法！"那张样表在我手上的分量有些重，低头一看，居然是用最传统的办法调和了面糊糊当作胶水贴到墙上去的！所以，虽然带着几块面糊，揭下来却还很完整。看我开始填表，她匆匆向外走去，在大门口，回头又对我说："有事儿来找我吧，我是董锡玖，咱们是北大校友！"后来从工作人员处我才得知，这大名鼎鼎的董锡玖恰恰是中国艺术研究院舞蹈研究所的副所长、首任研究生部舞蹈系主任。她匆匆走出，去找时任中国艺术研究院副院长的张庚先生，希望能够网开一面，把我的报名表补报上去。张庚先生欣然允诺——研究院的大门，向我敞开了！

　　从此，那张和蔼可亲的面容就永远印刻在我的脑海里，时不时浮现出来。我在中国舞蹈历史学习中遇到困惑时，她在；我在北海边上的老北图里苦苦找寻资料时，她在；我在敦煌石窟见到樊锦诗，领到石窟钥匙跟随管理员去112窟看反弹琵琶舞姿时，她在；我在课堂上听阴法鲁先生讲民族迁徙对中国舞蹈文化影响时，她在；日本著名舞蹈家花柳千代访华演出，在舞台上一招一式、精妙传神时，她在；漫长的、坐在冷板凳上青灯苦读时，偶尔松懈下来想要偷懒时，一回头，似乎就会看见董锡玖先生责备而充满爱心的严肃目光，她时刻都在啊……

董锡玖先生学术造诣深厚，在中国古代舞史特别是宋代舞史研究上开疆拓土，有很多首创，对敦煌石窟造像艺术研究精深，更是中日舞蹈文化交流的功臣。她对所有的学生一视同仁，充满爱心，严于管理，循循善诱。一张贴在墙上的报名表，透出她的智者仁心。我常常想，踏入中国艺术研究院的大门，从此不敢懈怠，因为那扇大门前，立着一位既严肃又用殷殷期许眼神看着我的人。

董锡玖先生是我的学术"门神"。

三、舞蹈艺海的领航人

吴晓邦，是我的硕士研究生导师。

听董锡玖先生说，她是尽了极大努力，才劝说吴晓邦先生同意担任了中国艺术研究院首任硕士研究生导师，从此开拓了一片天地——中国几千年乐舞艺术教育史揭开了崭新一页，中国艺术研究院也从此有了舞蹈学硕士学位以及后来的博士学位授予资质。

那是1982年的3月，我兴冲冲地走入教室，手里拿着牛皮纸封面的笔记本，准备开始听课做记录。但是，吴晓邦先生笑眯眯地，透过晶莹的眼镜片望着我和欧建平，用带着浓郁江浙口音的话语告诉我们：立即准备出发，随他去成都，在四川全省舞蹈编导讲习班上开始学习编导艺术。我毫无精神准备，没有想到攻读舞蹈理论专业方向的硕士课程竟然会从编导实践课开始！

那是多么令人难忘的成都之行啊。每天上午，我都要在四川省歌舞团的练功厅里，开始日复一日的基训课。基训之后会安排民间舞课，藏族舞、蒙古舞、四川秀山花灯等都是必修的。当然，主要课程就是吴晓邦先生的编导课。吴先生亲自教授创作理论和创作实践，课堂上，他也戴着细细边框的眼镜，显得十分儒雅有范儿，和蔼可亲，但是对于艺术，特别是学生们在创作作业回课时，他却是非常严格的，标准很高，轻易不会给出满额的好评，甚至常常显得很是挑剔。面对吴先生的严格执教，我有时会向蒲以勉投以求援的目光。蒲以勉是吴先生创建天马舞蹈艺术工作室之后的弟子，长期追随先生，走南闯北，辅助工作。蒲以勉作为我们这期编导班的助教老师，主要任务之一就是教授吴晓邦的自然法则之舞——那是吴晓邦先生在中国几十年从事舞蹈教育的精髓。透过吴先生浓厚的江南口音，蒲以勉老师总是比我们更深地懂得吴老师的内心想法，然后通过更加平实的语言婉转地转述吴先生的深刻思想。每当我们有了一点点进步，特别是当我们超越了对于老师单纯动作模仿而进入真正艺术创作境地的时候，或者用吴先生的话说，慢慢地打开了自己的心扉，用自己的力量在生活的大地上深入"凿井"，挖掘了潜藏于自身的"泉水"，吴先生就会满意地笑开了。那是我所见过的最特殊的也是最美好的笑容——充满了长辈对晚生的厚爱，充盈着一位艺术家对舞蹈灵感的发自心底的赞许，流淌着温润如玉的色泽。

或许是看我很努力吧，吴先生让我自编自演的独舞《茅屋为秋风所破歌》参加了那一次四川省舞蹈创作讲习班的毕业晚会。四川省歌舞团的老师们帮我从四川省川剧院借来一套老生的服装，热心的同学们还帮我化好了妆，戴上长长的髯口，乍一看，还有模有样呢。这个作品虽然还很稚嫩，却得到吴先生的极大肯定。他告诉我："杜甫是一位伟大的诗人，他心怀天下，境界很高，格局很大。你一定要仔细揣摩，从内心找感觉，再运行到动作里，把这样的气势努力表现出来。"吴先生所开办的编导创作讲习班，以及他在课上课下所讲的许多话，都让我醍醐灌顶，他的批评和鼓励、他的审视目光和艺术见地不仅像一把重锤，打通了我通往舞蹈艺术的大门，帮我"开窍"，更是极大地提升了我对舞蹈艺术的认识和体验，开始探入艺术创作的美妙境地。多年之后，我努力将舞蹈理论与创作实践相结合，走出一条知行合一、学术探究与艺术探微相辅相成、研究者参与舞剧剧本创作的艺术之路，回想起来，那正是吴先生开办四川编导班给我打下的牢固基础。在深入创作的基础上，我再回望舞蹈理论建设，思路和见解完全不一样了。吴先生自己就是一位在创作、表演、理论、历史研究等方面融合创新的艺术大师，有了吴先生的领航，有他老人家做榜样，我以及后来很多参与创作实践的舞蹈学博士们，都有了在艺术海洋里勇敢冲浪的胆识。另外，吴晓邦先生高度重视艺术实践的教学理念，他所提倡的为人民而舞的舞蹈思想，他屡屡告诫我们要关心时代与艺术的深刻关系，所有这些，都恰恰与中国艺术研究领域里所谓"前海学派"相关。在这一点上，吴晓邦与张庚、郭汉城等艺术大家们心心相通。

四、几句心里话

值此中国艺术研究院成立七十周年之际，回顾在研究院学习和工作的点点滴滴，感慨良多。其实，除了上述几位先生，还有很多老师和同事都给了我莫大的指导和帮助。如我的舞蹈理论老师隆荫培和徐尔充，他们二位在我的心中似乎是永远不分的理论双剑，同出一鞘，同向一心。隆先生满满的长者风范，敦厚温润，对学生谆谆教导、极富耐心，不过，对于大是大非，他却很有书生意气，常能拔剑怒指、指斥要害，令人心生敬佩。徐先生被称作智多星，足智多谋，善于分析，品头论足，条条是道，话里话外都是满满的逻辑，更难得的是他的风趣幽默，笑谈之间已经令人深思。薛天是我们的副所长，与董锡玖先生同任，辅佐吴晓邦。他的眼睛炯炯有神，说话很有力量，骨子里带出了曾经的战场风云，他因《陆军腰鼓》《藏民骑兵队》而获得一世的好名声。孙景琛先生是我从心里尊敬的一位长者，他和太太吴曼英都为舞蹈事业辛勤耕耘。印象特别深的是孙先生说话似乎永远不急不慌的，极有条理。他在20世纪80年代就在《中国民族民间舞蹈集成》工作中领悟到中国舞蹈历史由多元民族文化构成的大道理，从而迈出了他与董锡玖、王克芬、彭松等人一起开拓的中国舞史田地，走向更为广阔的历史天空，真可谓站得高，看得远！刘恩伯老师是我们读硕士研究生时讲授舞蹈文物知识的先生，我对于出土文物的基础认识全拜刘老师所赐，特别是他对于各地舞蹈碑石上舞蹈形象的搜集整理，下了极大功夫，功夫了得！我还清晰地记得傅兆先老师第一次给我们上中国古典舞课时的情形，他从戏曲程式动作"起霸"开始教起，那样认真，动作一丝不苟，一招一式、一板一眼皆在劲律的好一身功夫，好一个做派！霍德华老师是我们读硕士研究生时董锡玖的助手，负责教学教务工作。她爽朗的笑声感染着我们初入研究领域的"五条小龙"（徐尔充对第一批硕士研究生的昵称），给青灯冷寂的学习带来阳光般的感动。另外，北京大学的阴法鲁先生、北京舞蹈学院的彭松老师为我们讲授古代舞蹈史，大家风范，令人仰慕。北京大学的宿白先生也应董锡玖之约，来到中国艺术研究院为我们讲考古专业的知识，令我们大开眼界。北京舞蹈学院的徐淑英老师为我们讲授中国民间舞美学，罗雄岩老师为我们讲授民间舞文化的地理分布，马力学、李维康老师亲自传授汉族、藏族民间舞，那些激动人心的课堂至今历历在目。当然，最重要的，我必须说到资华筠老师。她是舞蹈研究所的第二任所长，资老师在任期间，在舞研所开学术研究新风，与北京师范大学的王宁教授、中国大百科全书出版社的全如、资民筠等先生一起大胆创立舞蹈生态学，赢得了国内外学术界的高度关注。她善于集众家所长于一体，提振舞研所的社会影响力，把舞蹈艺术实践和理论的结合提升到了一个全新的高度。她是我的博士研究生导师，其严格治学和永远进取的精神至今深深影响着我。

写到此，不知怎的，我突然想起了唐代诗人王昌龄的《芙蓉楼送辛渐》："寒雨连江夜入吴，平明送客楚山孤。洛阳亲友如相问，一片冰心在玉壶。"我想，中国艺术研究院是业界公认的一个学者大家林立的学术圣地，一个成果硕硕的学术高地，也请允许我把它比作中国当代艺术研究领域的一个集贤纳精、高洁自傲之所在，满满地，有那一片冰心啊！

结缘艺术学
—— 我与中国艺术研究院

李心峰

引 子

如果从中国艺术研究院的前身中国戏曲研究院1951年4月3日在北京成立算起，到2021年，中国艺术研究院已经迎来她的70华诞！如果从国务院1980年将原文化部"文学艺术研究院"正式命名为"中国艺术研究院"算起，到2021年也已经是第41个年头了。作为这个大家庭的一份子，我自1985年初硕士研究生毕业分配到中国艺术研究院工作至今，已有整整36年。迄今为止，我所走过的人生旅程，有62年。除了在艺研院的36年之外的26年，最初的16年为学前6年及小学、中学各5年。之后应征入伍，在解放军大学校当了3年的步兵机枪连士兵，接着又是连续7年的本科与研究生的求学生活。如果减去其中的学前6年与求学的17年，我不属于艺研院的工作时间仅有3年。假如仅从时间上来计算的话，这3年与我在艺研院的36年相比，连它的零头都不到，只是它的十二分之一，几乎可以忽略不计。这也就是说，我的艺研院岁月，几乎就是我参加工作时间的全部。

实际上，关键还不在于时间的长短。中国艺术研究院对于我的一生而言，分量实在是太重太重。可以说，正是中国艺术研究院，让我实现了由一位年轻学子向一位学者的转型。她甚至改变了我的人生轨迹，改变了我的专业方向，成为我实现学术梦想的最好的也几乎是唯一的平台。而且，在这里，我还遇到了几位堪称我生命中可遇而不可求的"贵人"，他们是我学术上的引路人、人生旅途上的伯乐与精神上的"导师"……

我就从我与艺研院结缘进而与"艺术学"结缘谈起。

一、人生变轨

我是新时期参加首届全国统一高考的大学生，也就是经常为人们所津津乐道的1977级大学生。而且，我的情况有点特殊：我是一名穿着军装、带着军籍来到地方高校读书的部队学员，是我所在的中国人民解放军第68军202师606团推荐我参加1977年高考的。作为一名部队学员，部队推荐我参加高考，目的是培养部队所需要的新闻或宣传干部，是希望我毕业后能够回到部队继续效力。因此，与不少部队学员一样，当时我参加高考，报的是哪所大学，考的是什么专业，我一概不知，全由部队给包办了。等拿到录取通知书，才知道我被吉林大学中文系中国语言文学专业录取了。这时我才知道，这所吉林大学，原来叫东北人民大学，是东北在全国率先解放后我党在东北地区创办的第一所大学，也被时人誉为"东北最高学府"。在1977年高考竞争如此激烈的情况下，能够被吉大录取，这的确有点出乎自己的意料。被中文系中国语言文学专业录取，则更是逸出了我对上大学的预期。因为我在中学阶段数理化学得比较好，而语文成绩则不太理想。假如当时让我自己选择专业方向，恐怕我无论如何也不会报考中文系中国语言文学专业。后来我想，我按照部队的安排参加高考竟然能够被吉大中文系录取，大约是由于我在部队期间，屡屡被我们团政治处抽调去参加新闻报道工作，读书与写作一直没有中断，阅读、理解、写作的能力多少得到了一定的提高的缘故吧。

在大学四年读书生活的最后一年即1981年，一个不得不认真思考的重大问题摆在了自己的面前。这便是毕业后的去向问题。是按既定的人生设计轨道回部队继续服役从事新闻报道或政治思想工作、宣传工作，还是可以考虑一下选择其他人生轨迹的可能性？此时同班同学中，颇有几位一心向学的同学决心报考硕士研究生并且已经开始了紧锣密鼓的复习。比如我们同一个宿舍中，便有张晶①、张中良②两位同学下定决心准备考研。受此触发，我也在考虑：我是不是也可以去考研，为自己毕业后的去向多增加一点主动选择的可能性？当时我似乎并没有太多的纠结，很快就下定了要考研的决心。于是，在1981年东北长春那个罕有的酷热的暑假里，我们吉大七舍203宿舍里，我与张晶、张中良三人投入了紧张的复习备考，以至于经常关起门来，开着窗户，光着膀子，埋首复习，即使热得汗流浃背也丝毫不受影响。结果，到了录取的时候，我们仨全都如愿以偿，被所报考的学校录取。

我报考的是位于山水甲天下的桂林的广西师大（当时还叫广西师院）中文系文艺学专业，导师为著名文艺理论家、"左联"老作家林焕平教授。在导师的悉心指导与严格要求下，经过自己的刻苦努力，我在3年的读研过程中，完成了4篇后来陆续得以发表的学术论文《"意象"探微》《艺术是一种特殊的精神生产——浅谈马克思对艺术本质的认识》《试论艺术的实践性——对马克思主义艺术观的一点考察》《黑格尔的艺

---

① 张晶，现为中国传媒大学人文学院院长、资深教授。
② 张中良，原中国社会科学院文学研究所现代文学研究室主任，现为上海交大特聘教授。

术本质观》①；参与撰写一部高校文科教材《文学概论新编》②；在导师的督促与指导下，独自完成了日本最负盛名的鲁迅研究学者竹内好的学术代表作《鲁迅》一书的翻译任务③；并在这些前期成果基础上完成了四万余字的硕士学位论文《艺术本质论——从马克思艺术生产理论看艺术的本质》④。

　　读研期间所取得的这些成果，让我深深喜爱上了自己所选择的文艺学或文艺理论研究专业。然而我此时的身份，仍然是一名保留着军籍的部队学员。我在研究生毕业之际依然有一个去向的问题。按照部队的规定，我仍需要回到部队服役。至于回到部队以后具体会让我做什么工作，则需要服从部队的安排。对此我心里没有一点概念，但有一点大约可以肯定，那就是我在广西师大追随导师所刻苦钻研、深深挚爱着的文艺学专业研究，多半是派不上用场了。如此一想，我便萌生了从部队退役、到地方从事专业学术研究的念头。此时，与我同时入伍的双胞胎哥哥李弘为已经来到我们所在部队68军202师的师机关工作。我便把我想退役到地方工作的想法与他做了沟通交流。在他的协调下，经向部队有关领导请示，有关领导非常通情达理，十分爽快地批准了我的退役申请，让我不禁喜出望外。记得德国艺术理论家、批评家、戏剧家莱辛曾在他的《拉奥孔》一书中做过这样的比喻：假如要用钥匙去劈柴，用斧子去开门，那这两种工具都会失去自己的作用。我想，我们部队的有

---

① 我在读研期间完成的4篇学术论文《"意象"探微》《艺术是一种特殊的精神生产——浅谈马克思对艺术本质的认识》《试论艺术的实践性——对马克思主义艺术观的一点考察》《黑格尔的艺术本质观》，在我于1985年初毕业后，分别发表于《广西师范大学学报（哲学社会科学版）》1985年第2期、《马列文论研究》丛刊第8集（中国人民大学出版社1987年版）和第7集（中国人民大学出版社1985年版）、《云南社会科学》1987年第1期。目前这一组论文，均已收入我的专题学术论文集《艺术生产论的视野与射程》，中国文联出版社2019年版。
② 林焕平主编：《文学概论新编》，广东教育出版社1986年版。
③ ［日］竹内好：《鲁迅》，李心峰译，浙江文艺出版社1986年版。
④ 该论文最初压缩到约2万字，刊载于《马克思主义文艺理论研究》丛刊第六卷，文化艺术出版社1986年版。2019年，我将该学位论文完整收入我的专题论文集《艺术生产论的视野与射程》，中国文联出版社2019年版。

关领导也许不曾看到过莱辛的这一精彩的比喻，但其中的道理他一定是很明白的：让我这样一位在地方大学学了几年文艺学的研究生回到部队去做部队所需要做的工作，恐怕未必真的能够胜任吧。而对于我本人而言，恐怕也是学非所用了吧。我由衷地感谢部队当年推荐我参加七七级高考，现在则诚挚地感谢部队的善解人意，设身处地为我着想，为我解围。

此时已经到了学位论文答辩的时候。在答辩之前，我的学位论文已经被送给当代著名美学家、上海复旦大学教授蒋孔阳先生审读，得到他的充分肯定。答辩的时候，导师林焕平教授又从北京请来了著名马克思主义美学家、文艺理论家、翻译家，时任中国艺术研究院外国文艺研究所所长陆梅林先生和中国社会科学院文学研究所著名学者、时任《文学评论》杂志主编敏泽先生做我们几位毕业研究生的答辩委员并分别担任答辩委员会主席。我的论文答辩委员会主席是陆梅林先生。在此之前，我在1983年5月去昆明参加全国马列文论研究会第五届年会期间，已经认识了我素所尊敬的陆梅林先生；1984年的暑假，我还曾专程来北京，到位于前海西街17号恭王府内的中国艺术研究院外国文艺研究所陆梅林先生的办公室拜访过陆先生，就马克思主义文艺理论研究以及我的学位论文写作中的有关问题向他请教。此次陆先生前来桂林参加我们的论文答辩，使得我与他之间有了更多更深入的相互了解和交流。根据我的研究主题与专业志向，导师林焕平先生向陆先生做了热情推荐，我自己也鼓足勇气向陆先生当面表达了自己毕业后想分配到中国艺术研究院外国文艺研究所从事马克思主义文艺理论研究工作的意愿。让我意想不到的是，陆先生二话没说就痛痛快快地答应了我的请求。在他的努力与帮助之下，我得以顺利地分配到我所神往的中国艺术研究院工作。那时能够从桂林的广西师大分配到北京的中国艺术研究院工作，真没想到竟然如此简单：我接到中国艺术研究院人事处同意接收我的调令后，把自己的档案随身带着送到中国艺术研究院人事处；再从我参军时的家乡安徽灵璧把户口迁到北京西城区，落在中国艺术研究院的集体户口上，我便成为中国艺术研究院这个温暖的学术大家庭中的新的、年轻的一员。如果说，我在高中毕业时由于应征入伍而未像当时绝大多数学生那样一毕业就不得不走上上山下乡当知青的人生道路，从而实现了自己人生中第一次重要的转轨的话，那么，我在研究生毕业时能够走进中国艺术研究院从事专职艺术科研工作，则可以说实现了自己人生中又一次重要的转轨——由一名军人转身成为一名青年学人。而陆梅林先生就是引领我进入中国艺术研究院这座艺术研究学术殿堂的引路人、摆渡者。正是由于他的帮助，我才得以与中国艺术研究院结缘，进而与艺术学结缘。我终生难忘陆先生对我的知遇之恩！

二、专业转换

今天，学界对我的定位，可能更主要的是把我视为一位从事艺术基础理论研究的学者、一位艺术学研究者。我自己在介绍我的主要研究方向时，也总是有这样的表述：一般艺术学、马克思主义艺术理论、日本美学艺术学等。关于这一点，仅从我所发表或出版的一些学术成果的篇名、书名，也可得到印证。比如我所出版的学术专著《元艺术学》（1997）、《现代艺术学导论》（1995）、《日本四大美学家》（2021）；主编著作《艺术类型学》（1998、2013）、《20世纪中国艺术理论主题史》（2005、2021）、《中华艺术通史·夏商周卷》（2006）、《艺术学核心素养》（2021）、《中国艺术读本》（2021）；译文集《国外现代艺术学新视界》（1997）、《艺术类型学资料选编》（与陆梅林先生共同主编，1998）；个人论文集《艺术学论集》（2015）、《开放的艺术——走向通律论的艺术学》（2014）、《为马克思主义艺术学正名：马克思主义艺术学论集》（2019）、《艺术生产论的视野与射程》（2019）、《艺术史论集》（2021）等。我所发表的数百篇学术论文，也大都是有关艺术学或艺术基础理论研究方面的文章。

然而，如上一节所说，我在大学本科阶段学的是中国语言文学专业，我在硕士研究生阶段读的是广西师范大学中文系的文艺学专业。所谓文艺学，其实更准确地说，就是文学学或文学科学，是主要以文学这种语言艺术为研究对象的一门学问。显而易见的是，来到中国艺术研究院之后，我在专业研究方向上发生了一个十分显著的转换，即从文艺学（文学学）转向了艺术学、艺术理论（主要是一般艺术学、一般艺术基础理论）。那么，这样的专业转换是怎样发生的？

应该说，恰恰正是由于我来到了中国艺术研究院，我才得以真正与艺术学结缘，而且从此与艺术学定情终身、矢志不渝！

当然，我在桂林跟随林焕平教授攻读研究生的时候，已经完成了对于"艺术学"的最初的"启蒙"。这有两个因素：其一，我的导师林焕平先生早在中华人民共和国成立前便翻译出版过日本学者高冲阳造的《艺术学》（广东国民大学丛书，时代书店1941年版）和根据日本另一学者甘粕石介《艺术论》一书编译的《艺术科学的根本问题》（广东新民图书公司1938年版）。通过阅读这两本译著，我对艺术学有了最初的了解。其二，我在广西师范大学图书馆的旧书库里，曾发现一本残缺不全、既没有作者又没有版权页、封面上用毛笔手写的《艺术学序说》的日文原版图书。虽然看不到作者、出版机构与出版时间，但该书的正文从第3页到第490页的主体部分内容却大体完整。[①] 我从这本书的正文中了解到，在国外不只有"艺术学"这样的学科名称，而且还将艺术学具体划分为"一般艺术学"与"特殊艺术学"。而在特殊艺术学中，与

[①] 我后来辗转于日本京都大学多个图书馆、藏书室及北京大学图书馆，终于查清楚该书的真实身份。其作者为日本现代学者外山卯三郎，书名为《一般艺术学考》，由日本东京第三书院1932年初版发行。关于核查该书作者、书名等信息的颇费周折的过程，我曾在一篇访谈中做了详细介绍，见庞维天《加强艺术的基础理论研究——艺术学家李心峰访谈》，原载《文艺报》2014年1月13日第三版，后收入我的专题论文集《开放的艺术——走向通律论的艺术学》，中国文联出版社2014年版。

音乐学、演剧学（戏剧学）等相并列的竟有一个叫作"文艺学"的学科。这显然与当时我国学界通行的有关"文艺学""文艺理论"是"有关文学与艺术的研究"的界定大相径庭。这两大因素，已经引起我对于"艺术学"的关注以及有关文艺与艺术、文艺学与艺术学相互关系的思索。不过，那时我对艺术学的关注和思考，还只是停留在朦胧的、初步的、好奇的阶段，还完全谈不上研究方向的转换。

真正促使我由"文艺学"研究方向转换为以"艺术学"为主要研究方向的契机，还是由于分配到中国艺术研究院工作，这个我国唯一的国家级艺术科研机构独一无二的"艺术科学"研究的大环境，让我在研究方向的抉择上，实现了由量变到质变的跨越！具体而言，大致有这样几个因素促成了我的研究方向的转换。

其一，我最初来到中国艺术研究院外国文艺研究所工作时，该所所长陆梅林先生、著名电影学家郑雪来先生正在主编一份《世界艺术与美学》的学术辑刊，以刊登国外美学与艺术史论研究成果的译文为主，每辑也会刊登为数不多但甚有分量的国内学者的美学与艺术理论研究专论，大体上每年编辑、出版两辑。在1984年出版的该刊第三辑上，刊发了一篇由天津美学家吴火先生撰写的长篇论文《美学·艺术学·艺术科学》。该文在与美学的学科关系中，介绍了国外艺术学的发生、发展历程及研究现状，并提出了建设"有中国特色的艺术学"等设想。尽管作者认为在当时还不到打出"艺术学"的旗子的时候，当务之急是扎扎实实地开展各门艺术的研究工作，因而主张"先拿货色，再打旗子"，但该文毕竟提出了在我国建立艺术学的问题。读到这一篇文章，对我可以说产生了极大的促动和激励。因为，当时在国内，人们一般只用美学及文艺学或文艺理论、文艺研究、文艺评论这样一些学科概念、学术用语，似乎有关所有艺术的研究都可以被包含在所谓的美学与文艺学之中，很少有人提及或使用"艺术学"这样的学科概念、学术用语。阅读吴火先生这篇文章的感受，无异于一场头脑风暴。

来到中国艺术研究院以后，中国艺术研究院各具体门类艺术研究所的学科布局与学术实力，让我对艺术研究的广阔范围有了真切的了解。当时，中国艺术研究院已经拥有戏曲研究所、音乐研究所、美术研究所、舞蹈研究所、曲艺研究所、话剧研究所、红楼梦研究所、当代文艺研究室等艺术研究机构。在我来到艺研院的第二年即1986年10月，我所在的外国文艺研究所（简称"外研所"）马克思主义文艺理论研究室从外研所中独立出来，成立了马克思主义文艺理论研究所（简称"马文所"），陆梅林先生由外研所所长改任马文所所长，成为马文所的创所所长；剩下的外研所不久也调整、改名为电影研究所，郑雪来先生成为电影研究所的创所所长。而在各艺术研究所里，汇集了一大批各艺术学科国内最高水平、最具代表性的专家学者，如戏曲学领域的张庚、郭汉城等先生；音乐学领域的杨荫浏、黄翔鹏、李纯一等先生；美术所王朝闻等先生；话剧所葛一虹、田本相等先生；电影所郑雪来、李少白等先生；舞蹈所吴晓邦先生；曲艺所侯宝林先生；红学所周汝昌、冯其庸等先生；马文所陆梅林、程代熙等先生；当代文艺研究室艾克恩先生；等等。这些各艺术领域的硕学大家以及他们的代表性艺术科研成果，可以说真正打开了我有关艺术研究的宽广视野。而这样的宽广视野，是过去在"文艺学"领域中所无缘接触到的。这让我愈益清晰地意识到，整个艺术是一个庞大的系统，是一个由各种不同的艺术门类构成的一个系统整体。对于这样一个庞大、复杂的艺术世界，如果还用所谓的"文艺学"来涵盖它，显然是涵盖不了的；即使是用所谓的"美学"，也是无法解决所有艺术领域的全部问题的。这就触发我必须从以往的文艺学（文学学）的视野转向更加宏阔的艺术世界，站在艺术世界的科学研究的整体、宏观的立场上，明确提出艺术学学科独立的问题。

我刚到中国艺术研究院外研所工作时，外研所订阅了好多种外文版美学及艺术研究期刊，其中便有日本美学会机关刊物《美学》等日文杂志，从中可以及时了解到日本当代美学与艺术学研究的一些最新的情况。而且，利用外文所的集体阅览证，我得以到国图的日文书库，读到日本一些新出的美学、艺术学原著。其中，我就看到了竹内敏雄的《美学总论》和他主编的《美学事典》，被称为"艺术学之祖"的德国艺术理论家康拉德·费德勒的代表作《艺术活动的根源》的日译本，"一般艺术学"主将之一埃米尔·乌提兹包括艺术学史内容的《美学史》的日文译本，日本学者大西升《美学与艺术学史》等著作，对国外艺术学的发生、演变及研究现状、趋势等有了更多的理性认识，这更令我对当时国内艺术学尚付阙如的现状深感焦虑，更加感到在我国提出艺术学的学科独立的问题已经刻不容缓！

中国艺术研究院过去的名称是文化部文学艺术研究院，但在1980年由国务院正式下文，更名为"中国艺术研究院"。这一更名的举措可谓意味深长。它不再沿用"文学艺术研究院"这样的旧名，也没有使用"中国文艺研究院"这样的名称，而是正式命名为"中国艺术研究院"，这表明国家对于艺术作为一个系统整体，一个需要对其开展独立的、整体的研究的对象领域的确认。这对于我的艺术学意识的形成也起到了一定的作用。

还有一个重要因素，就是1983年在国家层面设立国家社会科学基金，建立全国哲学社会科学的规划、申报与评审机制之时，在我院张庚先生等老一辈艺术研究学者的强烈呼吁与积极努力之下，在1984年，全国哲学社会科学规划领导小组已经将艺术学与教育学、军事学等三个学科作为"单列学科"，并将艺术学的规划、申报、评审工作交由文化部具体实施，在文化部专门成立了全国艺术科学规划领导小组及办公室，这一办公室当时就设在中国艺术研究院。我当时作为刚来院不久的青年学人，并不了解国家社科基金中艺术学"单列学科"的有关情况。但艺术学"单列学科"事实上的客观存在，一定会以种种或隐或显的形式，形成一种"艺术学"的氛围，对自己产生潜移默化的影响，推动自己艺术学学科意识的觉醒。

三、学术追梦

如上所述,能够与艺术学结缘,端赖我来到中国艺术研究院工作这样一个偶然的机缘。中国艺术研究院"艺术科学"的大环境,打开了我有关艺术世界的视野,让我真正形成了艺术学的学科自觉,同时让我真切地感受到了艺术学从以往的文艺学、美学的学科框范之内独立出来的必要性、必然性、迫切性。然而,"万事俱备,只欠东风",以上这些因素,仍只是为我由文艺学转向艺术学提供了可能性的条件。我由文艺学最终迈向艺术学,还需要一个决定性的契机。

这个决定性的契机,是由中国艺术研究院最重要的学术期刊《文艺研究》杂志提供给我的。这便是《文艺研究》杂志召开的一次小型学术座谈会。

这次学术座谈会,便是 1987 年 7 月 16 日《文艺研究》杂志编辑部在北京组织召开的主题为"在改革开放中建设有中国特色的马克思主义文艺学"学术座谈会。我记得,这次座谈会邀请了敏泽、钱中文、吴元迈、李准等几位著名文艺理论家,同时还邀请了张首映、陈晋和我等几位年轻学人参加座谈。我在座谈会的发言中,谈到了在我国让艺术学从美学、文艺学中独立出来,建构艺术学的必要性与迫切性的问题,并提出了四种有关艺术学学科体系结构的构想。[①] 让我意想不到的是,我的发言内容引起了《文艺研究》理论室主任、理论版编辑张潇华老师的关注与重视。座谈会后,他便找我深谈了一次,随即向我约稿,让我将座谈会上提纲式的发言写成一篇万把字的正式的论文在《文艺研究》上发表。在他的热情鼓励、鞭策、帮助之下,我于这一年的年底之前完成了一篇 1 万余字的论文《艺术学的构想》交给了他。这篇论文很快被发表在《文艺研究》1988 年的第 1 期上。让我尤其感到意外的是,这篇文

---

① 见《文艺研究》1987 年第 5 期署名"本刊记者"的综述文章《在改革开放中建设有中国特色的马克思主义文艺学》。

章被安排在了这一期几乎是头条的位置!①

正是在这篇论文中,我开宗明义地强调指出:"我们的文学艺术理论研究将迎来一个认真、扎实的'建设的时代'。在当前文艺理论的建设中,需要宏观构架的改造、创建与完善,需要新学科、新领域的开拓、探索。其中,我认为,就要抓一个极为重要而迫切的、涉及全局的环节——这就是要尽快确立艺术学的学科地位,大力开展艺术学的研究。"②

这篇论文发表后,立刻在艺术研究界产生了强烈反响与共鸣,数种重要文艺理论刊物做了摘要介绍,人大复印报刊资料《文艺理论》及时做了全文转载。北京大学于1991年6月召开我国新时期以来首次"艺术学研讨会",将该文作为其编辑的"艺术学参考资料索引"中唯一一篇国内学者的论文,提供给与会的专家学者参考。该文也已成为迄今为止我的学术论文中被引用、评述次数最多的一篇论文。还有的学者将该文称为新时期艺术学科的"独立宣言"。③

正是由于这篇论文的发表所产生的远超我的预期的强烈而深远的影响,坚定了我在艺术学研究道路上持之以恒、毫不动摇走下去的坚定决心,由此彻底完成了学科方向由文艺学向艺术学的转换,从此一发而不可收,在艺术学的探索道路上留下星星点点的印迹。

在艺术学已经于2011年从原来隶属于文学门类下的一级学科独立出来,成为我国高校第13个门类学科,真正赢得了独立的学科地位,大千艺术学子们的学位不再被授予文学学位而是艺术学学位的今天,回顾我与艺术研究院结缘进而与艺术学结缘的过程,我对中国艺术研究院这座艺术科学的圣殿充满了敬畏与感激,也为自己在艺术学上取得的点滴成绩能够作为学术上的"一桶水",汇入中国艺术研究院这条川流不

---

① 刊登在这一期头条位置上的是著名作家、时任文化部部长王蒙先生的一篇短文。排在其后的第二篇文章就是我的这篇《艺术学的构想》。
② 李心峰:《艺术学的构想》,《文艺研究》1988年第1期。
③ 张晶:《通律论艺术观对当代艺术学理论的建设性意义》,《艺术百家》2015年第2期。

息、奔腾入海的大江大河之中而感到无比的荣幸、骄傲与自豪。尤其是20世纪的八九十年代，更加让人无比留恋、难以忘怀。中国艺术研究院，你的胸怀有多么广阔包容，气度有多么不凡，对于年轻学人有多么的关爱器重，给予了多么无私巨大的激励与帮助……

一谈起"我与中国艺术研究院"这样的话题，我似乎还有许多许多的话要说，比如，除了陆梅林先生给予我的终生难忘的帮助外，在中国艺术研究院，还有许多可称之为我生命中的"贵人"给予我的巨大的理解、认可、支持与帮助，比如李希凡先生让我参加《中华艺术通史》的编撰，并让我担任《夏商周卷》分卷主编所给予我的激励、锤炼与学术提升；王文章先生在担任院长期间，力推我先后担任马克思主义文艺理论研究所副所长，中国艺术研究院图书馆常务副馆长、馆长，中国非物质文化遗产保护中心常务副主任，研究生院党委书记、副院长，等等，给予了我最大的信任与支持；还有田本相先生等前辈学者在我1995年破格评为正高职称过程中给予我的有力推动与支持……

在中国艺术研究院迎来70华诞的喜庆时刻，我由衷祝愿中国艺术研究院更加锐意进取、开放包容、朝气蓬勃、欣欣向荣，在我们国家未来的文化强国建设中，取得更加骄人的业绩，做出更加辉煌的贡献！

不忘初心，勇攀戏曲学术高峰
—— 我在中国艺术研究院42年学术生涯回顾

刘文峰

一、名师引路，步入殿堂

1978年我从北京大学中文系毕业后被分配到文化部文学艺术研究所工作。那是"文化大革命"结束以后新组建的一个研究机构，在中国戏曲研究院、民族音乐研究所、民族美术研究所的基础上合并扩充而成，集中了我国文学艺术研究领域著名的专家学者。如文学方面的贺敬之、冯牧、冯其庸等，戏剧方面的张庚、郭汉城、马彦祥、傅惜华等，音乐方面的杨荫浏、黄翔鹏等，美术方面的王朝闻、毕克官、王树村等，舞蹈方面的吴晓邦等，电影方面的李少白等。文化部人事司将北京大学分配来的20多名毕业生召集到一起培训，我们班的3个同学中有2个分配到部机关。所里派一名开北京吉普车的司机将我的行李从北大拉到所里。当时文化部文学艺术研究所在恭王府办公，我一走进这红柱碧瓦、雕梁画栋的高墙大院，就像进入历史的隧道，仿佛回到 19 世纪中国上层社会的殿堂。

办完报到手续，我来戏剧研究室上班，负责人俞琳先生是北大校友，他热情接待了我，把我安排在他的办公室暂住。当时戏剧研究室分戏曲史、戏曲理论、话剧、曲艺四个研究部门，他给我一个月的时间考虑决定去哪个部门。说罢，送给我一本 20 世纪 60 年代中国戏曲研究院编写的油印本《中国戏曲通史》让我学习。当时，张庚先生正在主持修改《中国戏曲通史》，每周都会有一天召集大家讨论，我边看那本油印书稿，边旁听大家的讨论。《中国戏曲通史》丰富的内容吸引了我，经过反复考虑，我向俞琳先生表达了从事戏曲史研究的愿望。俞琳先生说："戏曲史研究领域很宽广，要多读书、多做调查、多向各地的专家学习。戏曲史研究组老专家多，你要多向他们请教。"

当时，戏曲史研究组有戴不凡、沈达人、余从、刘念兹、李大珂、邓兴器等十来位先生。沈达人、余从分别是正副组长，他们安排刘念兹先生作为我的辅导老师，我一方面进修戏曲史，一方面协助刘念兹先生从事国家重点项目《中国戏曲文物图录》的编纂工作。为了完成《中国戏曲文物图录》，所里从中国京剧院借调了一位姓孔的摄影师，从鲁迅艺术学院借调了一位姓鲁的画家。刘念兹先生指示我查阅了报刊上发表的有关戏曲文物的资料并做了卡片。在刘念兹先生的带领下，我们先后到河南、山西等地进行了戏曲文物的考察。

1978 年，文化部文学艺术研究所扩建为文化部文学艺术研究院，1980 年改名为中国艺术研究院，戏剧研究室升格为戏曲研究所，设戏曲史、戏曲文学、戏曲音乐、戏曲表导演、戏曲美术、戏曲文献、少数民族戏曲 7 个研究室，还有戏曲图书资料室、戏曲音像资料室、戏曲文物陈列室、办公室等，人员最多时达 100 多名。

1979 年，中国艺术研究院成立研究生部，招收戏曲、音乐、美术三个专业的硕士研究生。我觉着自己要从事戏曲研究工作，有必要读研究生继续深造。俞琳先生负责戏曲专业的招收工作，我向他提出想报考研究生的请求，不料俞琳先生劝阻说："所里急需通过招收研究生充实研究队伍，你已经大学毕业分配到所里工作，没有必要再占一个招生名额。只要好好学习，一定能胜任所里的研究工作。为了弥补大学学习知识的不足，你可以边工作，边和研究生一起听课。"后来我又去北大听取老师对报考研究生的意见，他们也是这个主意。从此，我打消了读研究生的念头，一心一意在所里工作，通过自修和工作实践提高自己的理论水平和科研能力。

此时，《中国戏曲文物图录》编纂工作暂时停顿下来。因工作需要，所里决定由余从先生作为我的指导老师，我一边在研究生部进修，一边从事戏曲史研究。在余从先生的指导下，我制订了一个详细的进修计划。我除了听研究生的课外，还阅读了《中国戏曲通史》提到的戏曲作品和傅惜华先生等主编的《中国古典戏曲论著集成》等著作，并通过聆听张庚、郭汉城、王朝闻、杨荫浏、吴晓邦等先生的讲座，开阔了学术视野，学到了许多在大学没有学到的知识。更为重要的是通过刘念兹和余从等先生的言传身教，观摩各个剧种著名表演艺术家的演出，到外地参加戏曲界的各种演出活动以及调研和学术研讨会，培养了自己比较敏锐的学术思维、实事求是的科学态度、理论联系实际的学风。

1980年春天，我跟随刘念兹先生到河南南阳考察汉画像石，当时汉画像石博物馆还没有建立起来，上千块汉画像石堆放在卧龙岗内的院子里。我们在卧龙岗的小招待所内住了一个星期，在刘念兹先生的指导下，我把和艺术相关的画像石拓了拓片，拍了照片。回到北京以后，我查阅了南阳的地方志和一些记载南阳历史的文献史料，写成《从南阳石刻画像看汉代的乐舞百戏》一文，并配了相关的汉画像石照片。文章写完后，请刘念兹先生指正。刘先生看了以后很高兴，说作为一篇习作很好，但不同意拿出去发表。我听从老师的意见，把这篇文章放进办公室的抽屉里。过了3年，同我在研究生部一起学习的河南戏曲研究所所长郭光宇来北京出差，找我聊天。他问我有没有写好的文章，可以拿到河南发表。我把《从南阳石刻画像看汉代的乐舞百戏》拿给他,他浏览了一遍,高兴地说这方面的内容没有人写过,要拿回去送给《河南戏剧》或《戏曲艺术》发表。他回去不久,我就收到《河南戏剧》的用稿通知。此篇文章发表在《河南戏剧》1983 年第 4 期。

我在山西省剧目工作室读到已故蒲剧史家墨遗萍先生的手稿《蒲剧史魂》,其中有他抗日战争时期在晋南古戏台看戏时抄录的舞台提笔。受此启发,我利用 1981 年暑假探亲的机会,骑自行车考察了故乡十几个明清古戏台,回到北京以后写成《从临县几个古戏台看清代晋西的演戏活动》。这篇文章写出来后,没有急于发表。过了两年,春节探亲回京途中到吕梁市看望我叔叔,认识了担任吕梁地区文化局局长兼文联主席的老戏剧家王易风先生。他得知我是研究戏曲的,便和我聊起了当年在湫水剧社演戏的事,有些故事就发生在我考察的那些古戏台上。我便将考察临县古戏台、写文章的事说给他听。他听说后很惊喜,立刻要求我回京后把文章寄给他。他看了那篇文章后很满意,认为很有史料价值,便推荐给《吕梁文艺》并在 1983 年第 4 期发表,后山西《戏友》1984 年第 1 期予以转载。山西省上党戏剧院的老戏剧家栗守田先生看到我写的文章中有上党梆子"三义班"光绪年间在临县演出的舞台提笔,非常高兴,受此启发,他在编纂《中国戏曲志·山西卷》上党地区的条目时,发动剧团人员和各地中小学老师抄录古戏台上的舞台提笔,每条给予 5 角钱的奖励。此举共收获 1000 多条舞台提笔,其中有多条清乾隆以前的舞台提笔,作为第一手史料解决了上党梆子的形成问题,并对我在《山陕商人与梆子戏考论》中提出的梆子戏在乾隆四十年前后发展成地方大戏的论断提供了有力的佐证。

由于跟随过刘念兹先生考察戏曲文物,跟随余从先生研究过戏曲史,我养成了在戏曲研究中重视文物和史料的学风,每到一个没有去过的地方,我均要到博物馆和图书馆参观和查阅资料。我在进修中国戏曲史时,读到了明末清初浙江诸暨剧作家孟称舜的传奇剧作《节义鸳鸯冢娇红记》(简称《娇红记》),深为其故事、人物、语言所感动,但前人对他的作品评价并不高。后来我又读了他的传奇《二胥记》《贞文记》,杂剧《桃花人面》《英雄成败》《眼儿媚》《花前一笑》,认为他是一位明末清初承前启后的重要作家,不仅在戏曲创作中成就突出,而且在戏曲理论研究方面也有诸多独特见解。于是,下决心对这位作家做深入研究。1982年我利用到杭州出差的机会,在浙江省图书馆查阅了两天资料,通过地方志和文人笔记发现了有关他生平事迹和《娇红记》中人物故事来源的多条前人未注意到的史料,回来后写成《明末清初剧作家孟称舜和他的作品》《笃于其性、发于其情、本于其诚——孟称舜戏曲创作理论初探》。文章写出来后,我把第一篇文章投给了浙江的《戏文》,因文章篇幅长,后来被转到《浙江戏曲资料汇编》上发表。后一篇文章寄给《蒲剧艺术》,《蒲剧艺术》1990年第1期作为重点文章发表。

《山陕商人与梆子戏考论》是我出版的第一本学术专著,此书1996年出版时,责编认为"考论"二字学究气重,影响发行,于是书名改为《山陕商人与梆子戏》。2011年文化艺术出版社再版和2015年收入北京时代华文书局出版的中国艺术研究院学术文库时恢复《山陕商人与梆子戏考论》的书名。此书写作的起因也是我在学习《中国戏曲通史》时在"清代地方戏的兴起"一节中看到一段有关山陕商人与梆子腔关系的论述,引发我对此问题的兴趣。我想自己是山西人,应该对山陕商人与梆子戏的关系做一番深入的研究。于是,从查找文字资料入手,我用了前后几年的时间,查阅了中国艺术研究院图书馆、北京图书馆(现国家图书馆)、首都图书馆、北京大学图书馆、中国科学院图书馆中有关秦、晋、豫、冀、鲁等梆子戏流行地区的地方志和文人游记等。20世纪80年代初,看书查资料还处于手工操作年代,读者要看自己没有的书,必须到图书馆借阅,一字一句抄卡片。去的时间长了,图书馆的管理人员都认识我了,每当我去看书,他们把我头一天没有看完的书存在柜台,第二天取给我,为的是减少我等待的时间。我常常为发现一条有用的资料兴奋不已,也为几天查不到一条有用的资料而失望。为节省中午在外面吃饭的费用和时间,我每天自带盒饭,冬天怕饭冷了,放在阅览室的火炉旁保温。那个年代在图书馆看书的读者,很多人和我一样,并不感到寒酸。为了实地调查山陕商人与梆子戏流传的踪迹和关系,我利用编纂《中国戏曲志》到各地考察和审稿的机会,向同行请教,一听说当地有山陕会馆,一定想办法去看,我国现存的山陕会馆,我几乎均考察过。所以张庚先生在看了我的书稿后在他写的序言中对此书的资料价值和学术价值均给予很高的评介,称赞作者在史料的搜集上"下了硬功夫",在论述山陕商人势力的形成和变化、梆子戏的起源与发展,乃至二者的关系等方面,书中的"论断无不是有凭有据的",他称赞"这无疑是一本好书,值得读,特别是研究戏剧史乃至经济史的人读"。三晋文化研究会副会长李玉明先生,山西省文化厅副厅长、戏剧评论家郭士星先生也在序言和评论文章中对此书推动晋商与梆子戏关系深入研究、填补学术空白的重要意义给予高度评价。此书出版后,被海内外的读者抢购一空。2011年文化艺术出版社再版时,收录了我后来研究晋商、徽商与传统文化关系的几篇文章。

20世纪80年代发表的《豫剧史论研究的开拓篇——介绍〈豫剧通论〉》《研究清代戏曲史的珍贵资料——山西梆子、祁太秧歌刻本介绍》《秦腔史料新得——清代秦腔刻本三十种简介》《清同光年间北京的梆子戏》《山陕梆子刻本研究》等均为我在图书馆看书中发现新史料的基础上写成的,对于研究近代戏曲史有重要的史料和学术价值。

二、众志成城,编纂戏曲志

我国有几千年编纂地方志的传统,方志学成为有中国特色的史学理论。中华人民共和国成立后,中国共产党和人民政府很重视戏曲的审美和教育作用,提出了"古为今用,推陈出新"的戏曲发展方针。运用我国传统的方志体裁，编纂一部全面、系统反映戏曲历史和现状的志书是我国戏曲界同仁的共同心愿。1950年3月18日《人民日报》发表京剧大师程砚秋先生《就旧剧改革问题第二次致周扬及全国戏曲调查计划大纲的提出》一文，将编纂《全国戏曲总志》列入完成全国戏曲调查以后要编写的5部专著中的首部。1951年4月，中国戏曲研究院成立，梅兰芳担任院长，程砚秋等担任副院长，集中了一批专家学者从事戏曲研究。1956年，中国戏曲研究院提出了编纂《中国戏曲志》的设想，并列入全国十二年社科研究规划。后来因为极左路线的干扰，这一弘扬中华民族优秀文化的设想没有实现。"文化大革命"结束后，我国各项工作走向正轨，传统文化受到重视，在全国各地掀起编纂地方志的热潮。

与全国编纂地方志同时而兴的是文艺集成工作的开展。1979年7月，中华人民共和国文化部、中国音乐家协会发出《收集整理我国民族音乐遗产规划》，把《中国戏曲音乐集成》列入编辑计划之中，各地戏曲音乐工作者开始对戏曲音乐进行全面、系统的搜集和整理工作。与《中国戏曲音乐集成》同时进行的还有《中国民间歌曲集成》《中国民族民间器乐曲集成》《中国曲艺音乐集成》。后来又增加了《中国民族民间舞蹈集成》《中国民间故事集成》《中国谚语集成》《中国歌谣集成》，再加上《中国戏曲志》《中国曲艺志》，号称"中国十大文艺集成志书"，成为当代中国影响世界的文化工程。中国艺术研究院戏曲研究所作为我国戏曲研究的国家队，在完成《中国戏曲通史》《中国大百科全书·戏曲卷》以后，酝酿新的科研项目。在这种社会氛围下，1982年，张庚、郭汉城、俞琳、马远、余从等老领导、老专家商议，提出编纂《中国戏曲志》的设想，并得到文化部、国家民委、中国剧协领导的支持。戏曲研究所抽调戏曲史研究室的研究人员组成调查组，到全国各地戏曲研究机构进行调研，听取各地戏曲研究专家和戏曲工作者对编纂《中国戏曲志》的意见。我作为调查组的成员，与薛若琳、周育德、汪效倚一起参加了调研。因我们四个人均为身高体壮、年富力强的男子汉，被南方的同行戏称为"四条汉子"。

调查组先后到浙江、江西、福建、湖南、湖北、河南进行了调研。与此同时，戏曲研究所副所长马远、戏曲史研究室副主任余从还利用其他出差机会在天津、河北、山西、辽宁进行了调研。调研的形式：一是召开小型座谈会，请当地戏曲研究部门同行参加，听取他们对编纂戏曲志的意见；二是上门采访戏曲老专家、老领导，听取他们对编纂戏曲志的建议；三是深入戏曲院团了解艺术表演团体的生存现状。调查组采访过的表演团体有：江西省赣剧院、浙江绍剧团、福建省梨园戏实验剧团、福建省莆田县莆仙戏剧团、湖南省湘剧院、武汉汉剧院、河南省豫剧院等；采访的戏曲老专家有：浙江的沈祖安、周大风，江西的流沙、毛礼镁，福建的林庆熙、柯子铭，湖南的文忆萱、谭君石，湖北的赵斐、孙家兆、王俊，河南的马紫晨、韩德英等。后来，这些老专家不仅成为我们编纂《中国戏曲志》志同道合的中坚力量，而且成为我在学术上经常请教的前辈老师。

通过调研大家一致认为：中国戏曲历史悠久、遗产丰富、形式多样，在我国传统文化中极具代表性和影响力，但从来没有系统调查过、整理过、研究过。编纂《中国戏曲志》，运用传统的志书形式反映戏曲的历史和现状，是一项前人未做的壮举，具有填补历史空白的意义。通过编纂《中国戏曲志》不仅可以培养戏曲研究人才、壮大戏曲研究队伍，而且可以建立戏曲方志学，丰富戏曲理论。通过编纂戏曲志，探索和总结各地、各民族各个剧种形成和发展的规律，为各地各级政府制定戏曲工作的政策提供咨询，为发展我国的文化事业，为我国的精神文明建设服务。

在余从先生带领下，调查小组起草了编辑出版《中国戏曲志》的计划和体例，经张庚先生审定上报文化部。1983年1月18日，中华人民共和国文化部、中华人民共和国国家民族事务委员会、中国戏剧家协会联合发出《关于编辑出版〈中国戏曲志〉的通知》。根据通知的要求，中国艺术研究院成立了以张庚先生为主编的中国戏曲志编辑委员会，以余从先生为主任的中国戏曲志编辑部。我作为编辑部的成员之一，从编辑干起，1986年担任编辑部副主任，1988年担任编辑部代主任，1990年担任编辑部主任，直至1999年《中国戏曲志》30卷完成编纂出版工作，我才回到所里。

编纂戏曲志是一项前无古人的事业，没有任何经验可循。为了指导全国戏曲志的编纂工作，中国戏曲志编辑部从一开始就确定了抓试点、边干边学的工作方法，将湖南卷、福建卷、天津卷作为先行卷，并配备了责任编辑，跟踪总结先行卷的编辑工作。湖南卷于1988年首先完成了全书的编纂工作，但当进入终审阶段时，担任责任编辑的汪效倚生病住院。我和副主任包澄洁在常务副主编余从先生带领下，用了三个月时间对湖南卷进行了逐条逐句的审阅、修订。我配合文化艺术出版社聘请的版式设计专家姚舞雁用了近半年的时间完成了《中国戏曲志》的版式设计，并与文化艺术出版社的责任编辑江达飞先生在上海住了半个月通读校样、核红。1990年秋天，在汪效倚先生临终之前，看到了从上海新华印刷厂送来的《中国戏曲志·湖南卷》样书。

湖南卷的样书和先行卷的编纂经验，促进了全国戏曲志编纂工作的进程，加速了复审、终审和发稿的进度。但新的矛盾又出现了，原定的文化艺术出版社由于人力、物力的制约，一年只能发排一到两卷戏曲志的稿子。时任全国艺术科学规划领导小组组长的周巍峙部长与新闻出版署的领导协商，由全国艺术规划领导小组办公室直接负责出版工作，书号由中国ISBN中心提供。所以我们现在看到的除湖南卷、天津卷、山西卷、福建卷、湖北卷、西藏卷是由文化艺术出版社出版的外，其他各卷均为中国ISBN中心出版。规划办公室是管理部门，出版的具体工作落到中国戏曲志编辑部头上。中国戏曲志编辑部除了担任内容责编外，还担负起技术责编、版式设计、校对等出版工作。因为我曾经参与戏曲志首卷的版式设计，所以我在先后担任天津卷、山西卷、河北卷、西藏卷、云南卷、河南卷、陕西卷、甘肃卷、上海卷、江西卷、青海卷、海南卷、北京卷共13卷责任编辑的同时，还完成了北京卷、上海卷等12卷的版式设计工作。

　　中国艺术研究院原在北京前海西街17号恭王府办公，我在那里住了14年。当时我家只有一间12平方米的小平房和临时搭建的一间3平方米的小厨房。有了孩子后，为免受干扰，我白天常常在小厨房看书写作。因厨房门口有一棵松树，当时是同事后来当了中国戏曲学院院长的周育德见了，谑称"独松居"，我早期的著作有不少是在"独松居"完成的。此外，办公室离家不到100米，为我担负繁重的编纂工作提供了便利，争取到较多的时间。每天吃过晚饭，我就去办公室，常常工作到凌晨一两点钟。因工作压力大、工资待遇低、评职称难，编辑部有几位年轻的编辑或出国留学，或调离到其他单位。成立时的10人到1995年前后，仅剩5人。从课题调研到最后一卷出版，编辑部成员中全程参与的只有我一人。在最困难的时候，我也产生过动摇。张庚先生知道后，对我说："一个人一辈子能做成一件大事不容易，一要有机遇，二要有耐心。编纂中国戏曲志是戏曲界的大事，不是所有人都能有机会参与的，参与的人也不是人人都能坚持到底的。你参与了，坚持下来了，等全部完成了编纂出版工作，你就是这方面的专家，因为谁也没有你去的地方多、看的多、了解的多。"余从先生、苏国荣先生、王安奎先生等在我最困难的时候也鼓励我、帮助我。特别是张庚先生和周巍峙部长为解决参加文艺集成志书编纂人员的职称问题竭尽全力。我是1990年评为副研究员的，按常规应该5年以后才有资格申报研究员，但1996年因外语考试没有过而失去资格，我利用一切可利用的时间学外语，出差途中也爬到上铺背单词，1997年好不容易外语过了，但在部里评审时，因只有《山陕商人与梆子戏考论》一本专著，编纂戏曲志为集体项目不算研究成果而落选。评选结果公布后，不仅我心里难过，而且引起中国艺术研究院所属中国戏曲志总编辑部、中国戏曲音乐集成总编辑部、中国民族民间舞蹈集成总编辑部、中国曲艺志总编辑部编撰人员的不满。院领导向部人事司职称评定办公室反映没有结果。1998年评定职称，我和其他几位参加集成志书工作的同志又因为同样的原因而落选。此事迅速传到全国各地，引起全国数万名集成志书编纂者的愤怒，张庚先生、周巍峙先生找分管人事工作的部领导反映情况，还是没有明确的答复。1999年夏天，一年一度的评职称将要开始，好心的同事劝我放弃评研究员，改评编审。我想我从事的是研究工作，而且《中国戏曲志》作为国家哲学社会科学重大科研项目不能评定研究系列职称，以后谁还参加类似的集体科研项目？此外，我已经又有《百年梨园春秋》《中国戏曲文化图典》两本专著列入出版社出版计划，即将出版，不信今年还评不上。于是我以个人的名义给孙家正部长写了一封反映集成志书编纂工作者评定职称问题的信，张庚先生非常支持我，也以老前辈的身份给孙家正部长写了一封反映情况的信。孙家正部长看到我和张庚先生的信以后很重视，把信批转给人事司，指示认真研究解决。人事司司长把我叫到部里谈话，说要帮助解决问题，让我回去等待通知。在这一年评职称之前，部里下了一个文件，将参加全国文艺集成志书工作者的编纂成果纳入评定技术职称的条件之一，并量化了具体的标准：即参加工作的年限为十五年以上者，编审的书稿在500万字以上者可以作为一本专著计算。这一年，我已经有3本专著，加上参加17年戏曲志的编纂工作，13卷责任编辑，评审的书稿3000多万字，毫无悬念评上了研究员的职称。与我同时评上正高职称的还有中国艺术研究院集成志书总编辑部的4位同志。

在老一代专家学者关心、爱护、支持、帮助下，我克服了种种困难，带领编辑部在"十大文艺集成志书"中率先完成了《中国戏曲志》30卷的编纂出版工作。1999年12月在人民大会堂召开出版座谈会，受到党和政府的表彰。文化部授予中国戏曲志总编辑部编审成果集体奖，授予本人国家重点科研项目编审成果一等奖、个人特殊贡献奖、全国文化系统优秀专家称号。

中国戏曲志编委会、编辑部成立以来，既重视解决编纂工作中遇到的具体问题，又重视总结编纂戏曲志的规律和理论问题，先后在长沙召开中国戏曲志编纂工作会议，在北京召开中国戏曲志湖南卷、天津卷、福建卷编纂工作会议，在昆明召开少数民族戏曲编纂工作会议，在银川召开西北地区戏曲志编纂工作会议，并编印了《中国戏曲志编辑手册》《中国少数民族戏曲研究资料选编》《关于书稿编辑加工及书写格式要求》等资料，发给各省市自治区戏曲志编辑部参考。为及时总结各卷的编纂经验，创刊《中国戏曲志通讯》，除介绍各地的编纂工作经验外，还发表了不少有关戏曲方志学的理论文章。其中我以"志文"为笔名，发表了《关于剧目志的编纂》《戏曲志修改定稿中应该注意的几个问题》《张庚戏曲方志学理论初探》等多篇文章，在《中国戏曲志通讯》13期上刊登了集体编写的《关于书稿编辑加工及书写格式要求》，对于指导全国的戏曲志编纂工作、认识编纂工作中遇到理论问题、解决编纂实践中的具体问题，提供了帮助。

《中国戏曲志》山西卷、西藏卷出版后，我分别在《戏友》上发表《宏篇巨著，图文并茂——读〈中国戏曲志·山西卷〉》，在《西藏艺术》上发表《雪域圣地戏剧文化研究的重大成果——〈中国戏曲志·西藏卷〉评述》，全面介绍了山西卷和西藏卷的特点、历史价值与学术成就。《中国戏曲志》30卷全部出版后，我对其中的信息和数据做了分门别类的统计，并在《中华戏曲》2003年第1期发表《〈中国戏曲志〉的资料价值、学术成就和对学科建设的影响》长篇论文，从方志学的高度对《中国戏曲志》的编纂工作做了比较全面系统的总结。我认为戏曲方志学是戏曲学与方志学相结合的一门跨学科的理论，它要解决的问题是如何创造性地运用我国传统地方志编纂体例和方法记述各地各民族戏曲的历史与现状。戏曲志有如下特点：

1. 权威性：它不是个人的学术著作，而是在一级地方政府文化主管部门领导下，组织本地区戏曲专家学者集体编纂的戏曲专著。其编纂经费和出版经费由当地政府承担。

2. 地域性：它记述的不是全国性的戏曲活动，而是以省、地级市、县行政区划为卷编纂，记载的有关戏曲的人和事均是在本地区发生的或与本地人有密切关系，有很强的地域性。

3. 专业性：戏曲志是专业性志书，戏曲本身的专业性很强，戏曲志从编纂原则、编纂体例、编纂方法、编纂内容均要体现戏曲的本体和与戏曲相关的学科。

4. 纪实性：戏曲志既是戏曲学的分支学科，又是方志学的分支学科，纪实性是其必须遵循的原则。志书既不是史书，又不是工具书，它所反映的既不是史家个人的观点，又不是一般性的专业常识。因此，它所记述的必须是历史上所发生的人和事，而不是可能发生而没有证据证明发生的事。所以不能臆断、推想，必须实事求是。

5. 全面性：志书以纪实为特征，它所要反映的不是一件事或一件事物的某一方面，而是诸事物构成的一个群体或某事物的诸方面（如综合性的省志、县志，专业性的戏曲志、曲艺志），它给予人们的印象不是事物的平面，而是立体。所以，戏曲志在制定体例时，考虑了构成戏曲综合性艺术的诸多方面（如剧目、音乐、表演、美术、演员、编剧、导演、音乐设计、舞台美术设计、乐师、科班与学校、班社与剧团等），凡是与戏曲相关的内容（如演出场所、演出习俗、文物古迹、报刊专著、轶闻传说、谚语口诀等）均在戏曲志中占有一定的地位，加以记述。

6. 科学性：中国戏曲志从综述、大事年表、志略、传记到附录、索引，构成一个完整的科学体系。这个体系既是严谨的，又是开放的。说严谨，它体现了方志以横为主、以纵为辅的结构体系和严密的内在关系；说开放，是因为在这个框架下，可以把任何和戏曲相关的人和事容纳进来。后来上马的《中国曲艺志》仿照了戏曲志的体例，我在制定《西北人文资源环境基础数据库·民间戏曲》框架、《中国非物质文化遗产数据库·传统戏剧》框架时也借鉴了戏曲志的体例。由此可见，《中国戏曲志》是建立在戏剧戏曲学和方志学的科学基础上的，是经得起历史检验的。现在研究中国戏曲史，特别是中国近代戏曲史、剧种史，《中国戏曲志》是首要的参考书，它的资料价值、历史价值、学术价值是别的学术著作不可替代的。我因参与编纂《中国戏曲志》的编纂工作而增长了见识，提升了自己的研究能力和学术水平，为后来承担一系列国家艺术学科重点项目、培养戏曲研究人才、取得新的学术研究成果，奠定了扎实的基础。

中国艺术研究院原副院长、中国戏曲志副主编薛若琳先生多次激励大家说："我们记录历史，历史也记录我们。"他设想以后要编撰一部志外志，以记录为编纂中国戏曲志做出贡献的广大戏曲理论工作者。近年来，我在工作之余，注意收集编纂出版中国戏曲志的有关史料，编撰了100万字和200多幅照片的《戏曲方志学文献整理与研究》，得到中国艺术研究院优秀科研成果后期资助，由文化艺术出版社出版，以报答《中国戏曲志》对我的滋养，不辜负张庚先生、余从先生、薛若琳先生等人对我的希望！

三、不忘初心，再攀剧学高峰

1999年底，《中国戏曲志》编纂出版工作结束后，我回到所里。因中国戏曲志编辑部主任有正处级行政级别，院领导任命我担任戏曲研究所副所长兼党支部书记。这些年来，我不忘以学术立命的初心，除了做好本职工作外，充分利用我17年参加戏曲志编纂工作的知识储备、资料积累、学术经验，先后承担了《北京戏剧通史》、《西北人文资源环境基础数据库·民间戏曲》、《全国戏曲剧种剧团现状调查》、《中国少数民族戏曲剧种发展史》《中国近代戏曲史》《中国戏曲剧种音像资料库》傅惜华藏书整理影印出版、《京剧大师程砚秋》《梅兰芳访美京剧图谱》《京剧艺术大典》等国家级或省部级科研项目,并担负起培养戏剧戏曲学硕士、博士研究生的教学工作和非物质文化遗产保护工作。在完成集体项目的同时,还撰写了近百篇学术论文,先后出版了《百年梨园春秋》《中国戏曲文化图典》《中国戏曲文化史》《清代戏曲发展史》《戏曲史志研究》《戏曲之传承与保护》《中国传统戏曲传承保护研究》《志文斋剧学考论》《非物质文化语境下的戏曲研究》等10多部个人学术专著。

《北京戏剧通史》是北京艺术研究所申报的全国艺术学科重点项目。该所的两任所长周传家、秦华生是中国艺术研究院毕业的博士、硕士,与我关系密切。他们所研究力量不足,邀请我和刘祯参加《北京戏剧通史》的编写。我承担了明清卷有关地方戏章节的撰写和民国卷主编及主要章节的撰写。此书是我国第一部以省级行政区划分地域范围的戏剧通史,出版后获北京市哲学社会科学优秀成果二等奖、全国艺术科学优秀成果二等奖。

"西北人文资源环境基础数据库"是中国艺术研究院艺术人类学专家方李莉遵照她的导师费孝通先生指示申报的国家重点科研项目,她邀请我做民间戏曲部分,担任分支学科主编。在她的倡议和带领下,我们课题组选择陕西省为调研重点,从陕北到陕南进行了一次田野考察。过去,研究地方戏也重视到民间和基层剧团考察,但多数情况下是粗线条的,遇到什么问题调查什么问题。而这一次考察完全按人类学的要求,吃住在民间艺人家里,从观察和体验他们的生活做起,深入到他们的精神世界,详细记录他们的从艺经历和技艺。我们采访了陕北的民歌手、民间美术家,采访了安康的汉调二黄剧团、汉中的汉调桄桄剧团,观摩了他们的演出,了解了他们的生存现状。在参观汉中博物馆时,发现了他们收藏的宋墓中出土乐舞杂剧陶俑,所获甚丰。这一次田野考察,对于我学术思想的提升、研究方法的更新，起了重要作用，在后来承担的《全国戏曲剧种剧团现状调查》《非物质文化遗产资源普查》等国家重点项目中得到了具体的运用。此课题，除了完成《西北人文资源环境基础数据库·民间戏曲》的采集之外，我还撰写出 1.5 万字的《西部建设中戏曲文化资源的开发和利用》论文，发表在《西部人文通讯》第 1 期。

"全国戏曲剧种剧团现状调查"是中国艺术研究院戏曲研究所所长王安奎先生申报的国家重点科研项目，其目的是了解文化管理体制改革以后基层戏曲剧团的情况和对地方戏发展的影响。项目申报成功后不久，王安奎先生就退休了。为工作方便，他推荐我作为课题的负责人。因为科研经费只有 8 万元，我们调查了 11 个省市自治区。其中，因山西省文化厅重视此项工作，给予经费支持，我们与山西省戏剧研究所组成联合调查组，对山西全省的剧种、剧团做了全面调查。在实地调查的基础上，我们又通过通信问卷的形式，和河南南阳师范学院等地方院校合作，查阅文化行政部门的档案，得到比较翔实的数据，由我执笔，撰写出综合调查报告《戏曲的生存现状和应对措施：〈全国剧种剧团现状调查〉综述》发表在《中国戏剧》2006 年第 1 期，《中国戏剧》2006 年第 2、3 期还连载了我撰写的《山西戏曲剧种剧团现状调查日记》。因真实地记录了全国基层剧团的生存现状和他们在市场经济条件下遇到的困难，不仅引起了广大戏曲工作者强烈的共鸣，而且受到国内许多新闻媒体的关注。《人民日报》《光明日报》《中国文化报》《文艺报》《中国艺术报》等予以报道。特别是人民网记者赵蓓蓓采访我以后，以对话形式在《人民日报》2006 年 1 月 27 日发表长文《保护地方戏就是保护民族文化》，产生了很大的影响。全国网站纷纷转载，新华社记者、《求是》杂志记者、《人民日报》记者分别来采访我，把全国剧种剧团现状调查的情况写成"内参"供有关领导参阅。课题结项后，我们把所写的调查报告汇编在一起，以《全国剧种剧团现状调查报告集》为书名，由中国戏剧出版社出版。

我通过这次全国剧种剧团现状调查，不仅对改革开放以来戏曲院团生存困难、地方戏曲剧种迅速消亡的现象进行了具体的解剖，而且对传统戏曲的艺术价值、文化价值、传承保护进行了深入的思考，在与人民网记者的对话中，比较系统地加以表述。我认为，我国的传统戏曲形成、发展于封建时代。它的审美、理念、表现内容、艺术手段都是根据农耕时代的生产、生活方式产生和发展的。到了近代以后，无论从内容还是形式，都与现实社会距离较大。早在五四运动前后就提出了戏曲改良问题。20世纪30年代"左联"时期，老一代的戏曲家张庚先生提出了戏曲的现代化问题。延安时期以及中华人民共和国成立以后，党和政府、戏曲工作者力图通过戏曲改革，使封建时代产生的戏曲适应现实生活，反映时代精神。这种努力取得了比较大的成果。改革开放前，虽然我国的社会制度与封建时代不同了，但人们的生产方式、生活方式基本上还是处于农耕时代，所以，以戏曲的形式表现现代生活，虽然有些距离，但还能勉强承担，但改革开放后就不一样了。随着外来文化的进入，戏曲形式受到很大冲击，但关键还是人们的生产方式、生活方式起了相当深刻的变化。比如战争，过去是用刀枪，现代战争都是导弹、鱼雷；过去的交通工具是轿子、马车，现在是汽车、火车、飞机。传统的戏剧手段反映现代生活有些力不从心。还有就是人们审美的变化相当大。年轻人不太喜欢节奏缓慢的艺术形式。另外就是现代科学技术的发展，电视、计算机网络的发展，对戏曲的冲击也非常大。过去，相当一部分人是到剧场里娱乐的，现在人们大都不进剧场了，使戏曲、话剧等舞台艺术包括电影艺术受到冲击，戏曲尤重。剧团的演出市场越来越小，从城市到农村，许多县级剧团已经名存实亡。但也要看到另一面。中国传统戏曲有三大功能：一是娱乐，这是首要功能。二是教育，中国历来强调戏曲的高台教化的作用。以前老百姓的传统道德观念、历史知识甚至许多自然常识，都是通过看戏得来的，因为他们没有文化，看不懂书。三是传承文化。中国戏曲从孕育至今已有两千多年的历史。戏曲是中国的历史、文学、艺术等所有艺术门类的集大成者，代表了中国的传统文化。随着时代的发展，戏曲的娱乐、教化功能越来越边缘化，但其传承文化的功能并没有消失。现在广大城乡，包括一些经济发达地区，如东南沿海地区，戏曲还有人看，有的地方还挺活跃，还有回归的现象。如厦门，前些年城里已经没有演出了，但这几年又慢慢恢复了。当经济发展到一定程度后，需要文化的时候，还是有一部分人要看戏的。艺术欣赏有个规律，不同年龄段如少年时代、青壮年时代、老年时代是有变化的。人到中年以后，喜欢看一些高雅的、文雅的、抒情的艺术形式，戏曲能适应这种需要。另外，随着改革开放，中国一些传统民俗在回归。现在的庙会，人们过生日、给老人做寿，一些重要活动，过年过节，还需要戏曲这种艺术形式，因唱大戏更能体现节日气氛。虽然戏曲不可能像过去那样成为一种娱乐的主流艺术形式，但它还是能传承下去。只要中国文化在世界上能保持独立地位，戏曲就不会灭亡。中国戏曲与西方戏剧不同，它经历了几次大的变革，每次变革都是继承了前面的传统而发展下来，而不是像古希腊戏剧、印度梵剧那样传统一下就中断了。中华民族的文化代代相传，戏曲会吸取新的艺术养料，会有新的形式出现，会传承下去，但不会恢复到以前那种统领娱乐的盟主地位。只要党和政府重视，全社会关注，采取适当的政策措施，传统戏曲依然能生存发展下去，在人民群众的精神文化生活中发挥其应有的作用。

"中国少数民族戏曲剧种发展史"是由我申报的全国艺术学科"十一五"规划年度课题。中国艺术研究院非常重视这一项目，形成以王文章院长为主编、我和少数民族戏曲研究室主任李悦为副主编、各地研究少数民族戏剧专家学者组成的编委会。课题组从搜集资料、田野考察入手，经过两年的集体攻关，完成了编纂。2007年由学苑出版社出版彩印精装本，2013年出版简装本。该书17章，前言由我执笔，第一章概述分五节：戏曲是中华各民族人民的共同创造、新中国成立后的少数民族戏曲、少数民族戏曲的生成规律、戏曲的基本特征与民族特征、少数民族戏曲的继承保护与发展，由我和李悦撰写，其他章节由各个少数民族地区戏剧专家撰写。在编写过程中，课题组注重联系各民族的民风民俗、文化传统，对24个少数民族戏曲剧种的历史沿革与现状进行综合考察；对各少数民族戏曲的舞台艺术、演出剧目等进行全面梳理；对民族戏曲发展进程中出现的一些理论问题，展开系统论述。其学术创新主要有以下几点：

1. 填补学术空白、重构戏曲历史。进入21世纪的戏曲研究走出了古典研究范畴，成为人文学科的显学。可是在诸多的戏曲史著作中却存在着一个明显的缺失，那就是没能给予中华民族共同体中除汉族以外的少数民族的戏曲应有的地位和足够的关注，即使有所涉及也是放在非主流的位置，更没有系统性和连续性的进行过治史意义上的详尽叙述。《中国少数民族戏曲剧种发展史》的问世，结束了中华戏曲文化只有汉族戏曲的既定误解和偏见，使中国少数民族戏曲在尘封的历史皱褶里得以轻快地舒展。更为重要的是，此书的问世更是体现了作者强烈的学术责任感。在对待少数民族戏曲的立场和态度上，该书的作者采取的不是汉族中心式的历史叙述模式，而是把少数民族戏曲包含在中华戏曲文化的体系中，这绝不仅仅是话语概念的一个变更或者是一个简单的学术概念含义的拓展，而是对以汉族戏曲为研究中心的戏曲史观的解构和重建。

2. 系统阐述了戏曲的共性与少数民族戏曲的多样性特点。中国少数民族戏曲是除了民族共同体中的汉族戏曲以外，各个民族戏曲的通称。它们虽都具有"歌舞演故事"的中国戏曲的共性，但各有千秋、各具特色。由于各民族在历史时代、地理环境、文化传统、民俗民风等方面存在的巨大差异，使得各个民族的戏曲也由于各个民族的文化发展的不平衡而有很大的差异。从剧种分类的角度来看，少数民族的戏曲剧种具有多样化的特点。有的是一个民族只有一个剧种，比如朝鲜族的唱剧、侗族的侗戏等。还有的是一个民族内部由于地理分布和历史发展的不平衡而存在差异，有多个剧种并存，比如苗族的剧种就可以分成湘西苗剧、广西苗剧。对少数民族戏曲中的这一复杂现象通常采取了几种分类方法，即按民族归属划分、按形成的时期划分、按声腔系统划分。按民族的归属划分会使戏曲的地域差异难以得到准确的体现；按形成的时期划分和安排写作顺序又很难精当地反映出不同戏曲剧种的民族特色；按声腔系统划分剧种对于使用汉语和有着在民歌基础上发展起来的共同俗曲系统的汉族来说可行，可是少数民族相互之间没有共同语，民族音乐又因民间宗教信仰的不同而千差万别，按照声腔系统的分别确立书写的体例，很难做到脉络清晰。《中国少数民族戏曲剧种发展史》采取了几种分类体系结合的形式，这使少数民族戏曲发展历史的叙述更加分明。以藏戏为例，藏戏是藏族的戏曲，因此先按照民族归属为其分类。但是由于藏族在地理分布和宗教信仰上的差异而使藏戏的面貌有很大的差距，所以又按照地区地理的标准，在藏戏内部细分为西藏藏戏与门巴戏、青海藏戏、甘南藏戏、四川藏戏四个大的部分。但是全书主要采取按照民族归属进行剧种划分，这样能更鲜明地体现民族的特色，符合该书的写作宗旨，也更有利于把少数民族的戏曲放在中华民族戏剧文化的大背景之中加以关照和论述，同时又反映出每一个独特的民族自身的戏曲文化的发展轨迹，反映了汉族戏剧文化与少数民族戏剧文化的相互影响。

3. 文字与图像互补，从感性和理性的结合上反映了中国各个少数民族戏曲的历史。全书除50多万的文字外，还选用了800多幅珍贵的图片。戏曲是舞台的艺术，对戏曲艺术做整体考察和研究不能局限于书面文字记载，只有直观的图像可以引领读者深入艺术的本体，而照片正可以给叙述性的文字以直观的印象。能够忠实反映民族戏曲历史发展的文物图片、著名演员的演出剧照、舞台布景、服装设计、演出效果图、不同场合的演出场面和观众场面均有所录。800余幅插图，可以说几乎每一张都来之不易，这些图片来源于田野考察，演出的剧团可能早已经不复存在，剧中人物的扮演者有很多已经不在人世或者已经不能再活跃于舞台，而图片则忠实记录了这些难以复现的历史瞬间，这对于戏曲历史遗产的保护意义是不言自明的。照片的拍摄和保存从当下流行的图志学的角度来讲可以称为是一种"图志"，以图作志，使图片成为历史书写中有效的表达方式。《中国少数民族戏曲剧种发展史》中的这些珍贵照片事实上已经构成了少数民族戏曲和中国戏曲图志资料作为学术资源的原始积累。

4. 理论联系实际，充分体现了"前海学派"严谨的学术态度。《中国少数民族戏曲剧种发展史》的编纂者以中国艺术研究院戏曲研究所研究少数民族戏曲的专家为骨干，吸收了各地研究少数民族戏曲的专家学者参与。中国艺术研究院戏曲研究所的前身为中国戏曲研究院，成立于1951年，集中了以张庚、郭汉城为代表的一批戏曲专家，他们的戏曲研究，既重视文献的收集整理，又重视实地调查研究，紧密结合我国戏曲舞台艺术的实践，形成了与高校戏曲研究侧重戏曲文学的不同特色，被学界称为"前海学派"。中华人民共和国成立以来，中国艺术研究院戏曲研究所完成了《中国戏曲通史》《中国戏曲通论》《中国近代戏曲史》《中国当代戏曲史》等研究课题，并组织全国的戏曲研究队伍，完成了《中国大百科全书·戏曲 曲艺》《中国戏曲志》《中国戏曲音乐集成》等，奠定了中国戏曲学的基础。《中国少数民族戏曲剧种发展史》的编纂，发扬了"前海学派"的一贯学风。参加的编纂者在广泛搜集、精心选择和考订史料的同时，还非常重视田野考察，在记述少数民族戏曲发展的历程和脉络的基础上，并未简单地局限于陈述这种客观的发展过程，而是运用历史唯物主义和辩证唯物主义的方法，实事求是地评价少数民族戏曲发展过程中的历史人物和相关戏曲事件，对我国少数民族戏曲剧种的形成和发展规律、对少数民族戏曲的基本特征和风貌，进行了深入和系统的研究与论述，并从少数民族戏曲生成的文化背景出发，从文化生态的角度切入剧种保护的议题，把理论层面的问题研究与实际问题的解决有机结合,给这一问题提供了全新的思路和解决的策略。随着国家对传统文化、民族艺术的重视与广大群众的认知,《中国少数民族戏曲剧种发展史》的历史意义和学术价值将进一步显现。

《中国戏曲文化图典》是我在戏曲志编纂出版工作结束以后完成的一项全国艺术科学"九五"规划年度课题,2001年由作家出版社、浙江教育出版社联合出版发行。全书30万字,2500幅彩色图片,分为戏曲文化的渊源、北曲杂剧、南戏传奇、近现代地方戏、戏曲的舞台艺术、戏曲的演出场所、戏曲与民俗及民间美术等7章。在项目完成过程中,我采取了资料考证和田野考察相结合、形象资料和文字材料相印证的研究方法,力求通过文字的阐述和图像的展示,给读者一个完整、准确、形象的中国戏曲文化史。在学术上我主要把握了三点:1. 不仅仅把戏曲作为一种艺术来研究,而是将其放在中国文化的大背景中加以科学的考察。例如在"戏曲文化的渊源"中,我从原始社会的岩画到唐代的雕塑、壁画,宋代的砖雕、石刻,选录了100多幅形象资料,进一步证实和补充了前人关于戏曲起源与形成的论述。通过这些形象资料和自己的阐述,读者可以从感性和理性两个方面认识中国戏曲形成和发展与中华民族精神文明和物质文明发展的历史联系、中国戏曲孕育成熟的过程及中国戏曲源远流长的文化传统。2. 把前人研究较少的近现代地方戏和少数民族戏曲作为重点。我除了深入探讨了汉族的各种地方戏的形成发展外,还介绍了藏戏、白剧、蒙古戏、维吾尔剧、壮剧、侗剧、傣剧等少数民族戏曲的艺术特点和流行情况,收录了100多个剧种的700多幅剧照,充分反映了近现代中国戏曲绚丽多彩的繁荣景象。3. 把戏曲和民俗、民间美术联系起来研究,从庆典婚丧礼仪、宗教信仰、传统节日、集市贸易、季节和地域等方面阐述了戏曲与民俗的密切联系;从壁画、年画、瓷画、彩塑、雕刻、剪纸与刺绣等方面介绍了有关戏曲题材的民间美术作品。通过大量的形象资料,读者可以感受到戏曲文化广阔的发展空间和深厚的内涵。张庚先生在"序"中认为《中国戏曲文化图典》

"是一部既有较高史料和学术价值,又有较强观赏价值的著作","编著者在搜集能直接反映戏曲形象资料的同时,还搜集了与戏曲形成和发展有密切关系的形象资料,充分展现了戏曲文化深厚的内涵","编著《中国戏曲文化图典》这样大的项目,没有长期的资料积累和戏曲史方面的丰富知识,是不行的"。他非常赞赏作者将戏曲放在中国传统文化的历史背景中研究,不仅研究戏曲艺术的本体,而且研究与戏曲发展相关的文化背景。他认为这种研究方法能比较准确地认识中国戏曲发展的客观规律,给今人和后人以正确的启迪。余从先生也对作者的学风和治学态度给予很高的评价,认为"他继承了戏曲研究必须坚持调查研究的学风","坚持了历史研究中理论与实践相结合的原则,从史料的分析研究中得出有益于当今戏曲改革可资借鉴的、规律性的东西"。此书出版后受到读者好评,浙江电视台卫星频道《读书》栏目做了专题介绍,《文艺报》《中华读书报》《戏曲艺术》等报刊发表了刘祯、傅谨、周传家、符实的评论文章,一致认为这是一部内容丰富、图文并茂、印刷装帧精美、有较高学术和史料价值的著作。2003年获中国艺术研究院优秀科研成果一等奖。

《中国戏曲史》是列入国家社科基金"十一五"规划"中国艺术学大系"丛书中的一部。全书21章,50多万字,近200幅图片,记述了中国戏曲从孕育到成熟直至20世纪末数千年的发展历史,2013年由三联书店出版。在此之前,我先后参加过《中国戏曲文化史》《北京戏剧通史》《清代戏曲发展史》《中国近代戏曲史》等多种戏曲史的编撰,为完成《中国戏曲史》的写作打下良好的基础和做了比较充分的准备。因从王国维的《宋元戏曲史》问世以来,已经有多种戏曲史的出版,所以我在写作过程中遵循了以下原则:1. 在别的戏曲史已经写得比较充分的,在此书中尽量精简,如对北曲杂剧和南戏传奇的阐述;2. 近现代地方戏和少数民族戏曲是戏曲史研究的薄弱环节,在本书中用了比较多的篇幅加以论述;3. 把戏曲放在中国社会、文化发展的大背景中记述,除记述戏曲的本体的发展外，还增设了与戏曲发展相关的内容，如戏曲与民俗、戏曲与民间美术、戏曲的演出场所、戏曲的海外传播等；4. 尽量用文物和文献资料，特别是新发现的资料论证和说明问题，增加读者对戏曲史的感性认识；5. 中华人民共和国成立以后的戏曲发展受国家政策的影响比较大，有过几次大的起落，在记述时尽量做到实事求是，客观真实，避免主观臆断。

四、退而不休，为非遗保护贡献余热

从 2000 年中国艺术研究院戏曲研究所在王安奎所长带领下，承担我国的昆曲艺术申报联合国"人类口头与非物质遗产"代表作开始，我就接触非物质文化遗产传承保护工作。开始的时候，大家不接受"非物质文化遗产"这个词，而习惯称"民族民间文化"，文化部将这项工作分配给社会文化司群众文化处管理，中国艺术研究院成立中国民族民间文化保护工程国家中心，具体承担相关的工作。后来文化部成立非物质文化遗产司，中国民族民间文化保护工程国家中心改为中国非物质文化遗产保护中心。我作为传统戏剧方面的专家被聘为文化部非物质文化遗产保护工作专家委员会委员，后来又被聘为中国推荐联合国非物质文化遗产专家委员会委员，参加了相关项目的调研、论证、评审、考察、培训等。我在保护工作的实践中，注意对相关问题的理论研究，多次参加国内外非物质文化遗产高层论坛，发表了多篇学术文章。2015 年，我将其中的 21 篇辑集，以《非物质文化语境下的戏曲研究》为书名，由文化艺术出版社出版。我在这些文章中，论述了对联合国《保护非物质文化遗产公约》核心理念的理解、对《中华人民共和国非物质文化遗产法》的认识、中国传统戏剧非物质文化遗产性质、中国传统戏剧的文化价值、中国传统戏剧传承保护的特点与规律、中国传统戏剧传承保护工作中的问题与对策等。

我认为，联合国非物质文化遗产公约有几个核心理念是传统戏剧传承保护工作中必须遵循的。1. 代代相传。所谓非物质文化遗产，其表现形式是代代相传的，而不是今人创造的形式。比如戏剧，我国各地、各民族的戏曲剧种均纳入各级非物质文化遗产保护名录，而外来的话剧、歌剧、舞剧、音乐剧等就没有纳入非物质文化遗产保护名录。2. 得到创新。在非物质文化遗产申报阶段，有的专家学者针对有些地方在申报工作中弄虚作假的现象，强调非物质文化遗产的"原生态"和"原汁原味"，对保证非物质文化遗产申报工作的客观真实性起了积极的作用。但进入保护传承阶段，在具体的保护内容上一味地强调"原生态"和"原汁原味"，而对在传统基础上发展的创新内容不加以重视，不仅不利于项目的保护传承，而且与联合国《保护非物质文化遗产公约》的理念相违背。3. 持续的认同感。这个问题在传统戏剧的创新发展中十分重要。有一些新创作的剧目，思想内容很深刻，艺术表现手法很新颖，但缺乏地域、民族、剧种风格，得不到观众认可。有的戏，开场20分钟了，观众看不出演的是什么剧种。有不少新创作的戏，得了这个奖、那个奖，但得不到观众认可，演几场就刀枪入库，马放南山，在观众中没有产生任何影响。4. 文化多样性。中国戏曲在宋金时期形成后，经历了北曲杂剧、南戏传奇、板腔体地方戏这样几次在音乐结构和剧本体制上的变化，先后产生过390多个剧种，目前有专业剧团或业余剧团还在舞台上演出的剧种仍然有260多种。其中，除不同地区众多的汉族戏曲剧种外，还有24个少数民族戏曲剧种，充分体现了文化的多样性。

关于中国传统戏剧非物质文化遗产的性质，我认为，传统戏剧是一门综合性很强的艺术，其艺术元素既有"非物质"的成分，又有物质的成分。如戏曲的表演、歌唱技巧，脸谱绘制和服饰制作的技法，乐器演奏技巧等都是"非物质"的，而服饰、布景、道具、演出的剧本、伴奏的乐器等都是物质的。在一定的条件下，"物质"可以转化为"非物质"，"非物质"也可以转化为"物质"。如剧本，地方戏的许多剧目原来都是艺人创作的"提纲戏",没有文字记载,全凭老艺人口传心授,在这个意义上讲,这个剧目是"非物质"的,但是如果有人将它记录下来,成为文字本,无疑就成了"物质"的了。就"有形"和"无形"而言,也是如此,演员演唱出来的声腔是无形的,但是将它记录成乐谱就变成有形的了。戏曲表演一招一式都是有形的。我们在用"非物质文化遗产"这个概念时,首先可以看这种文化形态是为了满足人民的精神生活需要,还是物质生活的需要,如果是为了满足精神生活需要的,不妨将其纳入"非物质文化遗产"的范畴。传统戏剧虽然包括了物质和非物质两大因素,但其存在的目的是满足广大观众精神生活需求的,因此它的归属应该是非物质文化遗产中的表演艺术类。

关于中国传统戏剧的文化价值,我认为反映在5个方面:1.综合了我国的民间文学、民间音乐、民间舞蹈、民间美术、民间技艺,形成独具民族特色的、高度综合的戏剧舞台表演艺术。2.用农民和市民的眼光审视历史,产生了数以千计的反映华夏七千年文明史和历朝重要事件的剧目。3.在舞台上塑造了形形色色的国人形象。4.运用多种艺术手段,通过生动鲜明的艺术形象,反映了各阶层群众的喜怒哀乐。5.突显了神形兼备、雅俗共赏、不拘一格、风格多样的美学特征。

关于传统戏剧传承保护的特点,我认为,戏曲是融文学、音乐、舞蹈、美术等为一体的高度综合的表演艺术,它的创作和演出,除了演员之外,还有编剧、导演、音乐设计、舞美设计、乐师等,就演员而言,亦有生、旦、净、丑不同脚色行当的分工,因此必须要有一个由这些人员组成的团体。戏曲的传承,不同于其他非物质文化遗产,除了各个艺术行当的个体传承外,还需要集体的传承,这样才能保持艺术的完整性,才能形成剧种和流派风格。戏曲是以演员为中心的表演艺术,艺术的传承主要靠艺人的口传心授。许多名艺人,既是优秀的表演艺术家,又是杰出的教育家。他们掌握并承载着戏曲文化遗产的丰富知识和精湛的表演技艺,既是非物质文化遗产活的源泉,又是其代代相传的代表性人物。他们承前启后,创造了丰富多彩的艺术流派,为戏曲的传承、发展与繁荣做出了巨大的贡献。戏曲的传承方式,既有师傅带徒弟的个体传承方式,又有父传子、母带女等家庭传承方式,还有科班和学校集体传承的方式。一个剧目要搬上戏曲舞台并将其传承下去,需要一个演出表演团体,需要各方面的创作人才。一个剧种的传承更离不开集体的传承。人才的缺失,是制约戏曲传承和发展的重要原因。

我认为,古老的中国戏曲文化在信息时代的今天,出现生存危机并不可怕,可怕的是我们无动于衷,无所作为,甚至以外来的所谓先进文化取代包括戏曲在内的我国传统文化。在全球经济一体化过程中如何保存和发展包括戏曲在内的我国优秀传统文化,已成为摆在我国政府和人民面前的重要课题。特别是昆曲艺术列为联合国教科文组织通过的"首批人类口头和非物质遗产"代表作后,如何保护各地各民族的戏曲文化,已成为文化界、新闻界议论的热点。能够将地方戏列入联合国和我国各级政府文化遗产保护名录自然是幸事,但更重要的是把工作的重点放在发展上,不断创作出优秀剧目,满足广大群众的精神文化需求,这才是保护发展地方戏的根本。

《中国传统戏曲传承保护研究》(上下)、《志文斋剧学考论》、《戏曲史志研究》、《戏曲之传承与保护》是我在大陆与台湾地区出版的有关戏曲方面的学术论文集。2015年2月,我已经从工作岗位上退休,但因承担的《中国戏曲剧种音像资料库》《京剧艺术大典》和《中国大百科全书·戏曲 曲艺》(第三版)工作需要而被返聘。此外,还担负中国艺术研究院研究生院戏剧戏曲系博士研究生的教学任务。我坚信,作为学人,其实没有退休之说。戏曲学博大精深,有永远研究不完的问题。不忘初心,勇攀剧学高峰是我一生的追求!

那个与生命无数次交汇的地方
——"中国乐器陈列室"回望

张振涛

在中国艺术研究院音乐研究所工作过的人对"音乐博物馆"有一种说起来难过、说起来伤心、说起来欲哭无泪、一脸无奈、感慨系之的情结。花了几十年工夫从全国各地收集到无数宝藏的第一座"中国乐器陈列室",于1997年获财政部、文化部真金白银的拨款,眼瞅着万事俱备,东风徐吹,升降之机呼之而来,但天运倒转,中国音乐研究所突遭搬迁变故,几代人梦寐以求的事——"中国音乐博物馆"在京城一角粲然涌现——戛然而止。中国音乐博物馆的钟摆,停在了2001年,从此再也未摆动过。天欲飞霜,云将作雨,天命难违,人愿难成。虽然当年纠结早已淡去,但每次有机会走入世界各地音乐博物馆,心底总禁不住掠过一丝难言之痛——我们终究没有踏入"自己"的"音乐博物馆"。

正如世界博物馆协会于2007年把博物馆定义的"教育"提到首位以替代原来的"研究"一样,"中国乐器陈列室"也把普及中国音乐知识的理念落实到物品上,让来自全国各地、各民族的乐器,组合为一套符码,塑型参观者的民族国家概念。以乐器陈列室为中心的学术联盟,坚定地认同古代展品和民间产品所宣示的理念:看上去已经过时,甚至一度被整个社会遗弃的展品,自有其迟早会被认识的价值。虽然可能因隔代而暂时不受待见,但因各种原因使人们丢失自己的立场时,恰恰是这些文化族群赖以维系记忆的载体,帮人找回了应有的定位。陈列室中的"知音堂——古琴展"就是明证。曾几何时,"封建余孽""文人旧器"的琴学,被弃之如敝屣。然而,中国音乐研究所的老一代学者不同,小心翼翼,捡拾"废品",细加呵护,耐心得无声无息。转眼之间,一文不值的"废品",变为价值连城的国宝,足见百年迷途,人是何等短视。谁有放诸长远的目光?音乐学家兼博物学家!

博物馆人,跨越世风,逾越浮华。"其德足以敦化正俗,其才足以顿纲振纪,其明足以烛微虑远,其强足以结仁固义;大则利天下,小则利一国。"①"知音堂"里,历史学家看到了金石嬗变,社会学家看到了世风飘摇,音乐学家看到了价值恒定,琴人看到了周秦遗声、炎黄遗法!王安石说:"君子不可以不知恒。"千年器物,就是价值定位。大厅里的寂静,等于强力言说,迟早会把参观者带入布展者构建的恒定。

博物馆是恒定器,不但以其直观让人耳目气象万千,更以其"暂置毁誉、从长计议"让人超越时限,昭示"世上没有废品,只有放错了地方的珍宝"的长远裁量。

一、灿列如锦

记得第一次走进位于北京东直门外新源里西一楼中国音乐研究所四

---

① (宋)司马光:《资治通鉴》(一),中华书局1987年版,第78页。

楼的"中国音乐史展览""中国乐器陈列室"的印象，如同头一次入门的所有学子一样，个个怀着朝拜圣殿的恐敬，也个个怀着打开世界般的敞亮。入门前的吵吵闹闹、推推搡搡，瞬间无声无息，变得蹑手蹑脚。因为，我们劈头撞见了梦境！哪个年轻学子不在一双好奇的明目和从未见过的乐器之间放上一个多棱镜？因为那第一印象就是遍地花开的万花筒！一幅全国采访点分布图高悬前厅，上面标注的每个红点，都意味着前代人的身影。它为前厅涂满了学术金色。那金色，一下子溅到眼里，让人眼花缭乱。我们瞬间被数百件展品吞没，每个人都在心仪的展品前驻足不移。布满一起响起来足以引发山呼海啸的千根弦、万根管、千面鼓、万面锣的大厅，静如空谷，幽若虚堂。可我们心中，却如山呼海啸，翻江倒海。一排排如浪如涌的乐器，奔来眼底；一列列如师如旅的响器，扑面而来；一堆堆满坑满谷的金石，蜂拥而至；一株株笛箫笙竽的竹林，插满大堂。千奇百怪的乐器家族庞大到足以说明天生爱闹动静的老百姓怎样耐不住寂寞和怎样抵抗不了声音的诱惑而爆发出的巨大创造力！

那个祥和安静的上午，阳光从高大的窗棂透射进来，让展厅光线通透。为遮光而拉闭的窗帘已在多年炽晒中发白，经年落在展品上无法擦拭的纤尘，在光影中暗暗浮动。铺垫展品的粗麻布呈现农家风格的洗白。好奇的目光，随着一束柔和的光影，在展柜上、乐器上、说明牌上移动。展板隔开的一间间彼此连接的隔间，意味着一个历史分期或一个主题区间。展板上挂满图片和线描图。历史人物朱载堉、关汉卿等的画像，与民间艺人荣剑尘、马增芬的画像，目光炯炯，凛然一身正气。折立卡片，写满解说词。方寸之中，出处皆明。一排排玻璃柜摆放着一本本古籍线装书。它们被翻到至关重要的一页，摊开一段稀见文献。

我们当然知道为梅兰芳伴奏过的京胡不是一般京胡，当然知道为单弦霸主程树堂弹过的三弦不是一般三弦。与名家相连的乐器，固然让人崇敬，但博物馆的使命就是聚集无数小人物的器物，展示民间真相。擦满灰白松香、被千百次拖过琴弓的地方，磨出深深痕迹。透着浩然正气的琴弓，紧扣过主人的声腔，绕梁于街头巷尾。三弦的记忆总与开衩旗袍、缎料长衫的弹词"双档"连在一起。轻巧的拨子，是否被捏在低首掩目的秦淮"商女"手中，还是转交于撑起评弹半边天的男伴掌上？黄铜制作、真正的"铜琵琶"，不知道封闭的梨型共鸣箱到底能不能发出巨响？是否真的为"关东大汉歌大江东去"拨弄过子母弦？专为女性、小了一圈的"坤琵琶"，则让人体会到制作者怜香惜玉的款款深情。我曾对建设陈列室的老前辈孔德墉说："那件背后雕花的火不思是镇馆之宝。"孔德墉说："哪里啊，这是镇国之宝！"

潮州大锣鼓未煺毛的鼓皮，裸露一幅乡野"呆萌"，让干干净净"小生"般的"堂鼓"，不好意思站在面前。魏晋南北朝时期的铜鼓，围绕一圈象征多子多福的蟾蜍，破损鼓边是"大炼钢铁"的伤痕，这块伤疤让没有战火却也硝烟弥漫的岁月，嘲笑千年战火的岁月。缀满铁片的神杖，一圈缀满小铃铛的腰铃，在萨满仪式上滚过热血，冲腾得嘹亮。来回摇摆的"鼗响器"，曾在深巷小巷摇出过多少孩提入梦的呓语？商代的黑色石磬虽已破碎，却如梨花初浴，黑光可鉴。这块三千年前的顽石，让周围所有的后代，敛气息声。

包裹蓝色"鼓衣"的腰鼓，在欢天喜地中，敲出过多少百姓的企盼？如今谁还会细心地为一只腰鼓缝上一袭蓝色"鼓衣"？瞅着再也无人缝制的"衣裳"，好像看到刚刚放下针线的村姑，红袖掩口，远瞅着斜挎"鼓衣"的汉子，加入"社火"行列。那不是一方"鼓衣"，是一袭"天衣"！香风扑面，包裹着余韵铛铛。

墙角处三米多长的藏族筒钦，骄傲地刺向屋顶，一排长长短短的芦笙正努力把南国春意怒放大堂……

记不清多少幅图片、多少件乐器、多少个展区，只记得巨量实物和盈目图片以及掉进聚宝盆里的微醺。一墙乐器，一壁图片，门类齐全，井然有序，金彩绚烂，光映一室。不但呈现学术团队的分量，而且展示国家馆藏的胸襟。

展室整体分为理论文献、乐律、乐器、乐种四部分。区隔树立10面屏风，每面屏风挂着表格和图像，如《中国音乐重要史实简表》等，这些需要极高专业素养才能做成的列表，显示了制作者的功底。区隔之间摆放了34个长形展柜，每个都与一个主题有关。那时没有现代摄影的超大扩放技术，占满整屏的画像，只能请画家将图像绘成摹本。后来才知，提供画像并参加制作的是沈从文。① 他是杨荫浏所长抗战期间居住重庆时的邻居和朋友。出自沈从文之手的摹本有：麦积山北魏壁画奏乐飞天、莫高窟390窟壁画隋代仪仗乐队、莫高窟156窟南壁和北壁唐大中年间张议潮夫妇出行图、莫高窟445窟盛唐时期"弥勒经变"壁画嫁娶图乐舞表演、五代胡瓌《卓歇图》中乐舞表演、五代周文矩《宫乐图》中琴阮合奏、宋画《宫乐图》、白沙宋墓壁画中乐舞表演、宋武宗元《朝元仙仗图》中的龟兹乐队、山西洪洞县明应王殿元代壁画杂剧演戏图、明仇英临宋人本《奏乐图》、明尤子求《麟堂秋宴图》、明《皇都积胜图》等十余帧。当时外面难得一见的图像，让展厅蓬荜生辉。几十年后才被称为"音乐图像学"的风景，早已在这里"夏木阴阴"。

展厅解说词据说出自王世襄（当年在此工作）、黄翔鹏之手，虽说是集体的学术智慧，但也显示了个人风格。数以百计的照片、书影、插图、文摘以及附带的解说词，像"连环画"一样，把音乐史的基本面貌介绍出来，足见大学者的出手不凡。

参观限时，流连忘返，直到管理员生拉硬拽把我们轰出去。我们都是刚从小地方踏入京城的学生，信息不畅的年代，哪见过这般阵势。虽然意犹未尽，但离开门槛的那一刻还是突感自豪：我们终于站到了杨荫浏、李元庆站过的地方，终于看到了王世襄、黄翔鹏亲手布置的厅堂，终于进入了这支拥有天下第一宝藏的团队。唯一的区别是，他们当年

---

① 张新颖：《沈从文的后半生:1948—1988》（增订本），上海三联书店2018年版，第191页。

50 岁，我们才 30 岁。

当时还不知道前人怎样把"宝贝疙瘩"从各地运回来的，更不知道前人构思设计以及把创意付诸行动的艰辛，但却能体会在没有回报的日子里，把民间的"荆钗布裙"打造为皇家的"凤冠霞帔"的劳动量！后来我无数次独自一人静静地站在"皇宫"中，拉开窗帘，面对一片平凡而灰色的楼群，遥想外表平凡的地方如何变为储存学科尊严的过程。谁把一件件乐器摆在那里？谁把一幅幅图片挂在墙上？谁从浩如烟海的典籍中选摘出一段意味深长的文献？谁把册页发黄的古籍翻到至关重要的插图处？后人看不清他们的容颜了，听不清主人摆放时的咯咯笑声了，但劳动者的欢颜和孩子般的笑声依然回荡。孕育出"文化高地"和"学术净土"的前辈，在此埋下了青春岁月，成就了中国音乐博物馆的第一座"宫殿"。这怎能不唤起我们对器物美之外还附加了图像美、文字美、环境美的"乐阁"的真心追捧？

二、一方摆渡心灵的舟楫

1990 年，我参加了《中国乐器图鉴》的编撰工作。头项任务就是把乐器全部拍摄一遍。这下可好了，终于逮着机会亲密无间地触摸每件"宝贝"了！想起头次进来那会儿，如果没人制止，所有人都会产生背地里触摸一下的冲动。瞅着旁边没人，得寸进尺拨两下琴弦，结果自然会有人跟着再碰一下。没有管理员吆喝，个个动手动脚。但冲动还是被职业操守制止了。现在可好了，"飞燕舞风，杨妃带醉"，不但可以观赏，而且可以触摸！

我们在前厅，布置了一小片摄影区。铺上一张三四米长的乳白色背景纸，两边支上灯架，两把反光伞搁置一边，随时调动，对面架好三脚架。灯光一开，亮如霜雪。我的任务是，把一件件乐器搬过来，脱下鞋袜，小心翼翼摆到背景纸上，再根据摄影师董建国指令，调整角度。拍摄完成，物归原处。按照顺序，造册登记。没有测量尺寸的，一一测量。长宽高厚，逐一登记。那段时间，早入暮离，天天泡在里面。每件乐器，特别是起初说不上器名而且常常搞混的少数民族乐器，都搞了个一清二楚，不但准确无误，而且脱口而出。线条修长的弹布尔，大肚子的都塔尔，横着弹的冬不拉，底部带着空洞般共鸣箱的库木孜……到了后来，要想找哪件乐器，立马就能说出位置，甚至记得每件小饰品和部件（如鼓槌、锣槌、弦轴、码子）的精确位置。

"一物不知，儒者之耻！"千载难逢的机会，让我熟悉了大部分乐器。之所以喜欢音乐博物馆，自然与这段机缘有关，自然与亲手触摸过每件乐器并对它们的产地、族属、部件的了解有关。观察一件乐器与亲手触摸一件乐器，大不一样，这之间的差别就与瞅着"茉莉花"和"摘一朵"的差别。瞅它、搬它、挪它、触它、嗅它、上上下下、左左右右、前前后后、里里外外，打量它、测量它、记录它、琢磨它，深读和重读，记录和认知，浸渍有日，嵌在部件和细节中的概括，就慢慢出来了！

与主编刘东升、副主编肖兴华一起编书的过程，不断听他们唠叨："看仔细呀，这个细节意味着不同族属！这个区别意味着不同地区！千万看仔细，别弄错了呀。"刘东升主编过《中国音乐史图鉴》，在图像音乐学领域经验丰富，而且总是兴高采烈讲老故事。肖兴华贪杯，每日必饮。许多故事是与他"共饮薄醉，颇倾肝胆"的兴头上听到的。

后来我设计了一张由无数小乐器拼成的中国乐器分类总图，吹拉弹打，千支百脉，三级分类，尽收图中。先用剪纸法，把乐器照片刻为剪影，按照大圆圈的分类框，贴到归属点上，最后再压缩垫色，一张总分类图，便一目了然了。整张大图，拼贴完毕，仪容端庄，光芒鉴影。合成那天，受到刘东升、肖兴华的真心夸赞，一整天乐得合不拢嘴。这张图放在整本书开篇，让我一打开就开心。

我按照德国乐器学家萨克斯《乐器分类法》的西方管弦乐队示意

图,把传统乐种的组合方式,如法炮制。以图代言,直观易懂,乐种特色,触目可辨。那段时间,颇为自己的发明而得意过一阵子。

编辑过程,我们把所有图片,按重要程度和成像品相,划为四级。落实到版式上:第一级全版(设计术语"大出血"),第二级半版,第三级二分之一版,第四级灵活组合。如此划分,不但展示出乐器在整本图鉴中的重要程度,而且体现出知识侧重面。

1992年,《中国乐器图鉴》由山东教育出版社出版,后又出了台湾繁体版。该书以其大开本彩页印刷为特色,以图像志和乐器的详尽描述,丰满勾勒出中国乐器的千姿百态,颇有气象。一册宝典,尽在掌中。

我的大部分中国乐器的知识,不是从课堂上获得的(音乐学院没有这门课程),不是从《中国音乐词典》获得的,也不是从田野中获得的,而是在"陈列室"——我的"乐器学"大讲堂中获得的!编辑经历,大致弥补了乐器学知识的匮乏。"识见日以广,感受日以新",陈列室让我的乐器学知识,一步登顶。

不能不说,陈列室让我与所属的学术集体多了一层亲密维度。一开始能把学术生命与一座有着3000件乐器的博物馆交汇一体,是多大福分呀!"极我之乐,消我之灾,长我之生,而不我之死。"[①] 有了这番常人难得的经历,怎能不对那座"城堡",凝思若痴!

三、"乐"有阴晴圆缺

英语的 Museum(博物馆)与 Music(音乐)同源。拉丁文 Museums,指希腊女神 Muses(缪斯)。缪斯是九位女神统称,掌管艺术、科学。所以博物馆可以被认为是缪斯神庙,而音乐博物馆也可以被

---

① 蒲松龄:《聊斋志异》(下),上海古籍出版社1979年版,第458页。

认为是音乐之神住在自己家里。虽然中国音乐研究所没有采用这个洋名，命名朴素"乐器陈列室"，但本质一样。不要小看这座貌不惊人却在业界名气很大的"陈列室"，它是真正意义上的中国"缪斯神庙"。现代民族国家出现前，中国没有公共博物馆，更未建立过值得一提的专业博物馆。20世纪50年代，中国音乐研究所的乐器陈列室，是真正现代意义上的"音乐博物馆"。音乐博物馆的大规模建立，是直到21世纪才随着国力强盛逐渐形成燎原之势的。上海音乐学院有了"东方乐器博物馆"，武汉音乐学院有了"编钟博物馆"，中国音乐学院、浙江音乐学院、星海音乐学院各自建立了空间越来越大、面貌越来越新的博物馆。政府部门也把音乐博物馆列入城市文化的标志，广州有了"马思聪纪念馆"，无锡有了"阿炳纪念馆""中国民族音乐博物馆"，江阴有了"刘氏兄弟纪念馆"（刘半农、刘天华、刘北茂），宜兴有了"闵惠芬纪念馆"，徐州有了"弓弦乐器博物馆"，榆林有了"陕北民歌博物馆"等，这些都成为当地的文化、旅游和教学基地。雨后春笋般的音乐博物馆现象，让人回到历史起点，21世纪相继出现的博物馆，难道不是从另一维度证明了杨荫浏、李元庆于20世纪50年代建立"陈列室"的行为整整超前了半个世纪？

　　建立陈列室的前辈大概没有想到，他们一手缔造的"陈列室"在沦为"牺牲品"之前，犹能对几十年后走向音乐人类学的学人，产生深入骨髓的影响，从而使第一株牡丹芳香四溢，波及全国，产生出数十年后花开遍地的结果，这应该是对从事乐器收藏并为此立下汗马功劳的学术前辈的莫大安慰！最重要的是，一个人天天摆弄凝聚了无尽信息的器物，便会俗尘尽抛，砥节砺行。真正的获得不在于我们在乐器学、博物馆学领域写了多少文章以及缘此得到了什么，而在于找到了一片贮藏金石的"昆仑"。它的"稳定"，让人"稳定"。

　　我们来到这个世界上时，这些乐器就存在了；我们离开这个世界时，这些乐器还要流传下去。如何让一个学术集体成为中心，根本不用忧虑，这批乐器在哪里，哪里就是中心！器物尚在，影迹犹存，它们终将会以意想不到的方式重新"涅槃"。

讲述博物馆，不在于描述那里的器物多么齐全精美，更在于阐述比之"物理馆藏"更精深的"学理馆藏"。学术的存在，才是更真实的存在，甚至当物理的存在已经难以为继。一件藏品若不能被学术理念激活，只不过是一段凋零枯木。不挖掘内涵，藏品会在学术层面卡住。我们已从走进"自己的"博物馆的急切，化为平心静气的思量，夯入人类学理念的阐释，才是着力点，才是博物馆的实物大堂和博物馆的精神库藏之间的区别。或许，只有在这样的精神博物馆里，面对寂静的乐器，我们才能听到喧繁满室的声响，或者面对喧繁满室的乐器，我们才能听到内心的寂静。

（原载《读书》2019 年第 2 期）

中国艺术研究院，我心中的治学净土

欧建平

我是50后，生在新中国，长在红旗下。受父母和老师的影响，一直积极向上，从不懈怠，所以，始终受到幸运女神的垂青——17岁入团，25岁入党；中学在武昌水果湖中学这个省重点中学读书，就算是在"文革"中依然书声琅琅，同时顺应那个时代的浪潮，不仅坚持不懈地读过《共产党宣言》和《国家与革命》，而且如痴如醉地跳过《白毛女》，拉过手风琴，痴迷到腿脚摔出血也依然练习旋转、半夜做梦都在拉琴的地步；中学毕业后，我进入湖北工艺美术厂，做了3年十分细心和耐心的玉雕工，痴迷到手被刀具割破后不能下水，就用小红毛描摹画稿的地步；"文革"后，我成了1977级学生，在华中师范学院外语系读本科，痴迷到做梦都在说外语的地步；1982年春，我考进中国艺术研究院，在研究生部舞蹈系读硕士，随研究院和舞蹈研究所诸位专家学者深造了3年，毕业时留在舞研所从事科研，可以衣食无忧、心平气和地只想一个问题，从此找到了自己的归宿，痴迷到担心打断思路葬送了一篇好文章而经常熬夜、凌晨起床的地步；从1986年开始频繁出国以来，由于仁者爱人、外语助力，我无论走到哪个国家，都能同当地的专家学者、平头百姓深入交心，了解鲜活的人生百态和准确的学术信息，因而一次又一次地发现：在这个信息爆炸、人才辈出的时代，出大成果的首要条件就是一个安静的平台，而时至今日，普天之下已难寻像研究院这样可一辈子安心治学的净土和艺术学科的最高平台了。因此，尽管20世纪90年代受到"低薪困扰""全民下海""移民国外"等浪潮的冲击，2018年退休前后接到多所高校的高薪聘请，我都丝毫没有动摇对研究院的挚爱与坚守。

究其原因，大概其一是父母皆为读书人，衣食无忧，与世无争，家中最多的财富便是书，所以我自幼喜欢与书交友，总拿零花钱去买书，甚至幻想食宿在书库，可以随时读好书等缘故，我童年的人生理想不是聚光灯下的演艺明星或改变世界的科学巨擘，而是做个像父母那样安安静静的读书人和教书人；如有可能，最好还能做个写书人……总之，能一辈子与书打交道，应该就是我少年时代最高的人生理想。稍懂事后，家中长辈悄然离世，让我在伤痛之余，开始读懂古诗中"人生如朝露"的深意。有幸进入研究院后，读书、译书、写书、教书成了名正言顺的职业，我从此如鱼得水，开始有意识地以"文章千古事"为座右铭，认真对待每篇文章，随后则在读书、译书、写书、教书并不断得到认可的情形下，推演出"我写故我在"的道理。为此，作为一介书生，在衣食无忧的前提下，争取留下些有价值的文章，成了我随后的人生目标。当然，我知道要把学问做好，既得"老天爷赏你这个饭碗"，更得用一生的精气神来打磨——用我当年做玉雕工的行话来说，叫作"慢工出细活"，急不得……正因如此，我在1982年考进研究院后的开学典礼上，聆听3位大学者背景的院领导讲话时，便给自己找到了人生的目标："著作等身，这就是我要的生活！"

其二是我特别珍惜 30 多年来立足研究院这块安心治学的净土和这个艺术学科的最高平台，不知疲倦地游学列国，通过自我驱动、从不懈怠的努力，使我在"外国舞蹈翻译、评论和研究"这个领域中，于中国海峡两岸暨香港、澳门，乃至整个大中华地区享有话语权。为此，我需要更加努力，否则，对不起我 30 多年来省吃俭用，从海外买回的大批文献与视频，更对不起喜欢买我书、读我书的广大读者！

其三是我 30 多年来如一日，在研究院争分夺秒地阅读、思考、研究与写作，目的是恳望"抢"在没病没灾、身心舒畅的日子里，多为舞蹈学科的发展写出些有价值的文章来。让我自觉不可思议的是，直到退休两年后的今天，我对自己的课题依然兴致勃勃，每晚临睡前，如果写完一个思路便能安然入睡，如对一个问题悬而未决，则在睡梦中念念不忘，一旦在朦胧中找到答案，便会悄悄起床，打开电脑，记录在案，然后才能踏实地睡去；而每天清晨一觉醒来，一想到又可以写作了，我便精神抖擞地起床，早饭后再次愉快地开机写作。让我积重难返的是，每天从书桌到书柜间的咫尺之遥，我也习惯于步履匆匆，因为担心研究的思路瞬间断掉，后悔莫及，同时也会扪心自问，为什么刚在学术的漫漫长路上尝到一点甜头，老天爷就让我成为年过六旬的老朽？

不过，自幼懂得感恩的我始终明白，如果不是中国艺术研究院这块净土和这个平台，38 年来养育了我，让我能够天马行空地游学、衣食无忧地读书、与世无争地译书、平心静气地写书、心无旁骛地做研究，我只能一事无成！

随着年龄与院龄的增长、学识与站位的提高，特别是 2012 年至 2018 年出任舞研所所长的 6 年间，我因先后策划并主持了纪念"中国舞蹈研究生教育 30 年""中国舞蹈研究 60 年"和"吴晓邦先生诞辰 110 周年"这 3 个对中国舞蹈学科发展意义重大的研讨会，方才认识到，全因几位高人在 40 年前的大胆提议与鼎力支持，中国舞蹈学科才能发展到今天这样的高度，才登上中国艺术研究院这艘"中国艺术学科的航空母舰"——除了杂（技）、木（偶）、皮（影），我们院为各门类艺术都建立了独立的研究所，而这种全学科的建制不仅举世无双，而且无疑还促进了舞蹈学科的健康发展！

一、高瞻远瞩：高人促成舞研所的独立建制

在这些高人中，我们要特别感谢一个人——舞研所首届所领导中的常务副所长董锡玖老师！作为北京大学1945—1949年的大学生、中央戏剧学院创始院长欧阳予倩先生1952—1962年长达10年的秘书，以及自1956年开始，毕生研究中国舞蹈史的"四大家"之一，董老师当初理应悟到了登上中国艺术研究院这个"中国艺术学科的航空母舰"的重要性，因而才能两次高瞻远瞩、审时度势，紧紧抓住了改革开放之后中国文化大发展的历史机遇，进而使得我们今天能在这里高谈阔论中国舞蹈学科建设的林林总总。

第一次是40年前的1980年，时任文化部文学艺术研究所音乐舞蹈研究室舞蹈研究组组长的董锡玖老师，明智地用她率领20余位研究人员在短短几年中取得的重要研究成果与舞蹈学科独立发展的远大前景，成功说服了当时文化部主管这个研究所的林默涵副部长，并得到了时任音舞室主任的叶枫和何云，以及著名音乐史学家杨荫浏先生的鼎力支持，进而将原属音乐舞蹈研究室的"舞蹈组"独立建制为"舞蹈研究所"。

第二次是紧接着舞研所成立后的1981年，董老师不仅为德高望重的中国舞协主席与舞研所首任所长吴晓邦先生成功申报了中国舞蹈界的首批硕士和博士研究生导师资格，而且还说服他在研究院的研究生部开始招收首批舞蹈硕士研究生，而我和冯双白同学两人则有幸于1981年9月参加笔试、11月底参加面试、1982年元月接到录取通知，3月步入了中国艺术研究院的大门，并在这艘"中国艺术学科的航空母舰"上，

广泛吸收了各门类艺术的丰厚学养,用心体悟艺术学理论的高屋建瓴,极大地拓宽了我们的舞蹈研究之路,使我们至今仍乐此不疲。

二、人生定向:进入研究院之前的我

此时此刻,我不禁回想起 1980 年在华中师院外语系读大三时,为自己的人生做出的重大选择:在举目无亲的情形下,我为继续求学而突发奇想,分别给湖北艺术学院音乐系、上海音乐学院、中央音乐学院、中国音乐学院、中央工艺美术学院,更有"中国社会科学院舞蹈研究所"(当时我误以为舞研所隶属于社科院)的领导同志发出了 6 封挂号信,毛遂自荐了在舞蹈、音乐、工艺美术和外语这 4 个方面的兴趣和基础,其中的舞蹈不仅是我的艺术启明星,更是我的最爱,因而《舞蹈》杂志在 1976 年刚复刊便订阅了一年;音乐方面曾随湖北艺术学院音乐系的郑铨老师正式学过 3 年的手风琴;工艺美术是我的第一个饭碗;外语则有 1977 级本科生的扎实功底,因而恳望能够通过考研继续深造其中的某一门艺术。很快,我便接到了 5 所高校招生办老师们认真负责并加盖了公章的回信,他们众口一词且充满善意地警告我说:"本科生改行要谨慎行事,十有八九会竹篮打水一场空!"

记得当时舞研所的回信最晚,因为我写的地址不对,这封自荐信辗转多日才到达目的地,回信者则是舞研所的首届副所长薛天老师,他代表所领导对我这种有一定的舞蹈基础,更有外语专业和美术背景的年轻人表示了热切的欢迎,因为舞研所即将招收全国的首批研究生。就这样,薛老师在随后的一年多时间里,多次给我代购并邮寄了当时只能在首都舞蹈界内部才能买到的复习书刊,回答了我的各种问题,并鼓励我认真复习,争取一举考进北京。

在他的热切鼓励下,1981 年暑假,我独自待在华师的学生宿舍里,顶着武汉的酷暑与蚊子的叮咬,按照"马克思主义文艺理论、中外舞蹈史、舞蹈理论及舞蹈作品分析"这3门笔试的内容（英语和政治因为是我本科的专业课与公共课，故未安排复习时间），制定了科学的复习进度，每天上午、下午和晚上分别复习这3门课，一天16小时精读以群先生的《文学的基本原理》、蔡仪先生的《文学概论》、王朝闻先生的《美学原理》、张庚与郭汉城先生的《中国戏曲通史》、欧阳予倩先生的《唐代舞蹈》、王克芬先生的《中国古代舞蹈史话》、吴晓邦先生的《新舞蹈艺术概论》、隆荫培和徐尔充两位老师的《舞蹈艺术概论》，泛读过近百位舞界内外学者们在《舞蹈》《舞蹈艺术》《舞蹈论丛》等舞蹈刊物上发表的史料和观点，并将这些重要的内容分门别类、摘要记录成两本笔记和百余张卡片，逐条背诵甚至默写，尝试回答各种论述题，并撰写非舞蹈专业考生必须提交的论文……其间曾意外接到董锡玖老师的来信，她许诺将会在去庐山参加吴晓邦老师的讲习班，途径武汉时专程去华师看望我！尽管后来由于时间紧迫，她未能抽出时间去看我，但她的关爱却依然给了我这个小字辈以巨大的动力。最后，我终于不负众望，在武汉测绘学院的考场上，从拿到试卷开始，大脑高速运转，奋笔疾书，一直写到收试卷，最后以平均80分的好成绩，接到了进京面试的通知。记得信封上印刷的10个鲜红的大字——"文化部文学艺术研究院"，曾让我的心情一浪高过一浪，因为当时还从未来过亲爱的首都——北京。

为了适应北方11月末的气候，我提前3天就坐火车进了北京，恰巧住在长兄欧维平的好友王建民兄居住的小翔凤胡同，因而每天晚上均诚惶诚恐地徘徊在研究院所在的恭王府大门前，想进去看看又害怕违规，内心更加憧憬着登上这个中国艺术和舞蹈研究最高平台后的学习和研究生涯，并且按照我们这代人的心理定势，默默地下定决心，绝不能辜负薛老师、董老师的厚望，更要对得起研究院这块金字招牌！

复试中，我终于见到了舞研所的首任所长、中国舞蹈界的泰斗，也是我梦寐以求的未来导师——吴晓邦先生，以及副所长董锡玖、薛天，中国舞蹈史专家王克芬、孙景琛、刘恩伯，外国舞蹈专家郭明达，舞蹈理论家隆荫培、徐尔充等舞研所的顶梁柱们，心里不由自主地念叨着"通天啦，通天啦……"。

当时的面试可比现在复杂得多，包括了表演、即兴和口试三部分，因为这是舞研所第一次招收研究生，原计划招收3人，但只有我和双白同学2人进了复试，所以，舞研所的老师们显然对我们寄予了厚望，但又知道我们俩不是专业舞者出身，因而对我们的实践能力没有寄予奢望。

总体而言，我在表演中较好地完成了古典舞名家张宗英先生亲授的作品《满江红》，但在即兴中，却因音乐的速度太快，匆匆跳完了一个芭蕾组合。后来得知，老师们认为，我虽不懂如何即兴，但我的表现还算符合他们的三条标准：第一是对音乐的欢快情绪理解正确；第二是对音乐的节奏变化尚能把握；第三是身体的状态不错，舞蹈的感觉尚可。

第三轮的口试中，我记得有个问题非常宽泛："谈谈你的舞蹈观。"我则滔滔不绝地说了许多，而老师们则都微笑而耐心地倾听着，但实话实说，这些都是从吴晓邦先生撰写的"新中国舞蹈第一书"——《新舞蹈艺术概论》，还有隆荫培、徐尔充两位老师合著的《舞蹈概论》里背下来的，哪有什么自己的舞蹈观！当时的情形至今历历在目，并促使我从教30多年来对学生的宽大为怀，因为自知起步时的懵懵懂懂，所以笃信只要入行后不懈努力，还是可以有所作为的。

面试结束时，我从老师们的愉快表情中揣摩到了被录取的可能，因为当时国内尚无舞蹈理论的本科毕业生，而老师们显然只能先把我们这些仅有些舞蹈基础，但文科素养较好的本科毕业生招进来，然后精心调教、培养成才了。

记得1982年初，我收到了中国艺术研究院的入学通知书后，位于武昌桂子山的华师校园里沸腾了，同学们口口相传着这样一条奇闻——"外语系1977级的年级学习委员考上北京的芭蕾舞研究生啦！"——可见在大学生们的心目中，芭蕾舞就是舞蹈的同义词！而我在外语系的毕业晚会上，则表演了那段中国古典舞《满江红》，记得我在成功完成了那一串大跳和打飞脚的高难动作之后，还得到了师生们的热烈的掌声和欢呼声。

三、师恩难忘：进入研究院之后的我

1982年3月初，我背着行囊，只身来到了首都北京，幸运地落户在中国艺术研究院所在的"西城区前海西街17号"这个昔日的恭亲王府，开始了我迄今38年来矢志不渝的舞蹈研究生涯。

因为我们是整个研究院的第二批研究生，所以，研究院的领导同志对我们的教学与成长都给予了高度的重视。记得在3月4日的开学典礼上，时任研究院的常务副院长兼研究生部主任的张庚先生给我们上了第一次大课，并用他毕生从事戏曲史论研究且成就显赫的经历告诫我们，青年时代打好"马列主义和坐冷板凳这两个基本功"对我们的一生至关重要，而他率领戏曲专家团队自1958年开始研究和写作，直至1980年才出版的《中国戏曲通史》则既是戏曲研究入门的必读书，也是我在舞蹈与戏曲关系方面读到的启蒙书，更让我懂得了一部真正的好书的确需要经年累月地思考与精雕细琢地打磨。

接着，著名美学家王朝闻副院长和著名戏曲史论家郭汉城副院长，以亲身经历，生动具体地介绍了理论研究的意义和论文写作的方法，进而使我们一入学便立即进入了这种浓浓的学术氛围之中。

实际上，我对王朝闻先生仰慕已久，一是因为早就听说《毛泽东选集》的封面上那尊磅礴大气、栩栩如生的浮雕像就是出自他手；二是因为他主编的《美学概论》曾是全国高校的通用教材；三是因为他长篇连载的《门外舞谈》，是我在舞蹈与姊妹艺术关系领域中读到的第一组"开窍"论述，他信手拈来、深入浅出的论证让我至今难以忘怀。因此，我入学后，曾从研究院资料馆借阅过多卷本的《王朝闻文集》，进而对他触类旁通的学养有了更深的领教……2014 年 12 月 16 日上午，我应研究院时任副院长吕品田之邀，出席"永远的丰碑——纪念王朝闻先生逝世十周年座谈会"时，带上了老人家 1983 年 5 月 21 日和 28 日两次在研究生部给我们细谈如何做研究、写论文、多达 8 页半的现场笔记，以及多达两万余字的《门外舞谈》复印稿，而当我摘要朗读他就如何做人、做学问，对我们新生代的肺腑之言时，禁不住热泪盈眶……

郭汉城先生的讲话也是让我暖彻心扉，并记忆犹新的，他不仅以自己的亲身经历和第一届研究生师哥们的长短之处强调了理论联系实际的重要性，而且告诫我们"同志之间、师生之间要团结一致，互相体谅，互相帮助；学习上要努力做到又红又专；生活上要始终保持艰苦奋斗；外语上则要舍得下苦功"，等等，完全没有大专家的做派。

在随后 3 年的北京生活中，研究院为我们创造了太多的学习机会，比如持我们的研究生证，可以随时免费参观中国美术馆的各种展览；研究生部还经常给我们买票去京城的大小剧场，看百戏之祖——昆曲，京、评、豫、越、黄（梅戏）五大剧种，以及粤、川、晋、汉、沪等其他剧种的经典剧目，使我有幸亲睹了蔡正仁、计镇华、张继青、洪雪飞、梅葆玖、梅葆玥、谷文月、常香玉、王文娟和徐玉兰、马兰、红线女、陈伯华等多位戏曲表演大师的绰约风采；去民族文化宫剧场听梅纽因音乐学校与学院的音乐会，去红塔礼堂听刚从梅纽因国际青少年小提琴比赛获奖归来的少年选手吕思清独奏（第一次被器乐演奏感动得泪流满面）、美国铜管乐五重奏；去计委礼堂看青艺的话剧《哥儿们折腾记》，去首都剧场看北京人艺的话剧《祸起萧墙》；去中国电影资料馆看《阳光下的罪恶》等当时难得一见的内部参考片；去中国美术馆看亚当斯的摄影展览；去天桥剧场看中央芭蕾舞团的芭蕾舞剧《林黛玉》、中国歌剧舞剧院的民族舞剧《文成公主》和赵青舞蹈作品晚会；去民族文化宫剧场看刀美兰舞蹈晚会、北京歌舞团的歌舞晚会；等等。这些有计划的参观与观摩活动有效地弥补了来自全国各地的我们"入学前观摩机会较少，专业知识不足"的缺点，也改变了"单纯进行书本学习"的陋习。（详见《中国艺术研究院研究生部一九八一级攻读硕士学位研究生培养工作纲要（草案），1982》）

与此同时，研究生部还为我们安排了丰富多彩且高屋建瓴的学术讲座，应邀前来讲座者都是国内各个学科的领军人物，比如我院马列所所长兼副院长陆梅林，以其在中央编译局马恩列斯著作编译部翻译多年的专家身份，给我们讲授了这些经典原著的精髓所在；而中国艺术研究院美研所徐书城研究员的"中国画欣赏与美学问题"、温庭宽研究员的"石窟艺术"，外国文艺研究所郑秀珍老师的"苏联与东欧国家的舞蹈"；北京大学于民教授的"原始（艺术）审美意识的产生"；中国社会科学院副院长汝信研究员的"尼采的美学思想"，哲学所叶秀山研究员的"苏珊·朗格的美学体系、哲学体系及其思想根源"、朱狄研究员的"艺术的起源"、韩玉涛研究员的"书法概论"；人民文学出版社王利器先生的"古籍整理"；等等，他们深入浅出的讲述、鞭辟入里的观点，不仅使我们在随后的学术生涯中少走了许多弯路，而且为我们各门类艺术的研究开辟了更加广阔的视野，甚至为我们日后的成长建立了随时求教的师生情谊，由此深刻地影响了我们此生的学术生涯——比如我的《舞蹈美学》作为汉语中的第一本同类书，之所以能有幸在1997年加入叶秀山先生主编的"东方袖珍美学丛书"第二版，进而为舞蹈美学在整个美学中赢得了一席之地。就是因为我1991年曾捧着他在1983年5月25日于研究院讲座时的笔记去拜访过他，由此得到了他的认可，而他在得知我的美国老师中包括了西方舞蹈美学宗师塞尔玛·珍妮·科恩和舞蹈批评大家约翰·马丁的传人安娜·吉赛尔科芙时，则更加高兴起来，因为西方美学家只要谈到舞蹈美学，就一定要引用这两位的论述，但叶先生从未读过他们的原著，因而对他们的生平事迹和学术观点特别感兴趣。他进而坦言：搞美学的人都会同意著名美学家苏珊·朗格关于"舞蹈是一切艺术之母"的论断，并重视舞蹈。但舞蹈的技术性太强，外行无法进入，而他在主编这套丛书第一版时没有收入"舞蹈美学"，完全是因为找不到作者，所以，第二版中如果增加了"舞蹈美学"，这套丛书便完整了。为此，我将我翻译的马丁名著《舞蹈概论》，以及新人所著的《当代西方舞蹈美学》都送给了叶先生，他则不但回赠了他的《美的哲学》《书法美学引论》《思·史·诗——现象学和存在哲学研究》以及《无尽的学与思——叶秀山哲学论文集》，而且主动在《读书》杂志上为我的《当代西方舞蹈美学》写了书评，让我受宠若惊并备受鼓舞。我曾多次应邀去他在社科院九楼的写作间，接受哲学美学洗礼的同时，也给他讲了一些舞蹈家的动人故事，并得知他不仅对书法颇有研究，而且还对音乐和舞蹈兴致颇高，更收藏了大量的世界名家名曲的唱片和CD。为此，我曾请他和叶师母一道去人民大会堂，聆听马泽尔大师指挥纽约爱乐乐团的音乐会，叶先生在现场连连称道"现场感强于最高级音响100倍"的说法则让我至今记忆犹新，而我们之间的忘年交更是我此生的重要财富！让我颇觉欣慰的是，他题赠给我的这几本大作，以及他写给我的多封亲笔信，都与我的"大导"吴晓邦、"小导"刘峻骧先生的大作和亲笔信一道，供奉在我书房里的"恩师"顶柜中了。

我和双白同学虽然是舞研所首位导师吴晓邦先生名下招收的首批研究生，但日常的公共课和专业课教学都是在研究生部舞蹈系进行的，我们的专业是舞蹈史论，方向则是舞蹈理论，而3位舞研所领导则为培养我们倾注了大量的心血，并为我们制定了详尽的教学计划。与普通高校不同，我们的主课老师大多是舞研所的专家学者，而我则在入门导师薛天（舞蹈编导家出身的评论家和理论家）、"大导"吴晓邦及其夫人盛婕、助教蒲以勉、"小导"刘峻骧（东方人体文化专家），系秘书霍德华，中国舞蹈史专家孙景琛、王克芬、董锡玖（我们的首届系主任）、刘恩伯、何健安、刘凤珍、张世龄，外国舞蹈史论专家郭明达，舞蹈评论、理论和编辑专家隆荫培（我们的首届班主任）、徐尔充、胡尔岩、陈冲、山东民间舞专家周冰、中国古典舞专家傅兆先的精心调教下，北京舞蹈学院的中国舞蹈史专家彭松、芭蕾史专家朱立人，中国民间舞专家马力学、李正康，中国舞蹈家协会的翻译家和编辑家刘梦耋，什刹海体校的名师吴彬（李连杰的教练）、《北京晚报》的戏曲速写专家李滨声等院外专家学者们的不吝赐教下，一步一个脚印地走进了舞蹈艺术与文化这个至今让我心醉神迷、气血通畅、废寝忘食、淋漓欢畅的大世界……

毫无疑问，我这辈子最大的幸运就是在舞蹈界起步之初就拜在了吴晓邦先生的门下，因而立马站在了一个很高的学术平台。1982 年，他开始担任我们的导师时，已是 76 岁高龄，因此，他称我们这三批硕士研究生——1981 级的双白和我，1982 级的高历霆、谢长和宋今为，1985 级的于平和张华——为他的"老来得子"，并让我们在正式毕业、进舞研所之前，便享受了研究人员的各种待遇（包括领取信笺信封、各位老师的著作、观摩票，参加各种学术活动等）。他对我们的重大影响是多方面的：一是理论必须结合实际，不要搞空头理论；二是要给全国舞蹈界写文章，不要只顾个人的兴趣；三是他以个人的艺术生涯和现代舞的"自然法则"为前提，经常告诫我们要"过规律的生活，做合理的动作"；四是他经常对我们说"我不是那种'鬼才'，我一生都在用功"，以此激励我们踏踏实实地搞研究。当然，他在全国舞蹈界的德高望重与渊博学识，也是时刻激励我严格要求自己，处处起好带头作用的精神动力——"莫负吾师"则是我一直铭记在心的座右铭。

我还要感谢董锡玖老师，首当其冲的原因是，她在 1981 年 11 月 27 日上午面试前对我说的这番话，让我的心情一下子平静了下来："小欧同志，你千万别紧张！你们是舞蹈界的第一批硕士考生，吴老师把你们当作他的'老来得子'，我们把你们当作舞蹈界的宝贝，所以，你一定要记住，我们不是来考你的，我们是来支持你的！"第二个原因是，根据我的笔记，董老师1984年11月27日，在从日本访学回国的报告会上，率先向中国舞蹈界介绍了日本政府于1950年首次颁布的"无形文化财"与"人间国宝"保护机制，也就是我们中国自2001年以来，译作"非物质文化遗产"与"传承人"的文化保护机制。而正是这种预先掌握的重要国际资讯促使我自2001年春开始，以极大的使命感和责任心，多次参与了中国政府在这个领域中的申报和陪同联合国总部专家参观申报主体等重大外事工作，并将多年来的研究成果集大成，以"非遗保护下的中外传统舞蹈"为主题在各地举办讲座，随后更与江东、罗薇、马盛德、朴永光、梁力生等专家学者合作，在研究生院开设了一门日趋完善的必修课，确保在研究院读过书的硕士生、博士生、进修生和访问学者们，对这个中国最大的文化保护工程不陌生！第三个原因是，董老师在即将退休之际，提出了创建"外国舞蹈研究室"的构想，而这一构想则在第二届舞研所所长资华筠老师的支持下，于1986年5月正式成立，由此极大地推进了中外舞蹈同行间的艺术与学术交流，更为我们这些当时的年轻人搭建起了一个中外舞蹈交流的重要平台，促使我们在更加广阔的国际视野中逐步成长，做出了许多填补空白的工作业绩。

我的"小导"刘峻骧先生对我的影响也是深远的，他在文学创作和武术、杂技、舞蹈等非文字语言研究中的博学多才，为人处世中的谦虚谨慎，以及提携后人时的不遗余力，都为我树立了模范标杆。记得他在给我的学位论文《试论舞蹈理论的几个基本概念》答辩的评语中这样写道："面对5位专家提出的10多个问题，欧建平能够按其论文的3个专题归类回答，表现出了高度的逻辑思维能力。"而我在毕业后进入舞研所以来，他对我也一直关怀备至、鼎力提携。为此，我在1990年从研究院逐级申报，最后当选为第七届全国青联委员，院办撰写了红头文件后找我征求意见时，我提出的唯一要求就是请他们"将我的小导刘峻骧先生的大名增补进去，补在大导吴晓邦先生之后"，以此来感谢他的知遇之恩。

1984年12月30日，按照研究生部时任副主任郭睿如老师的善意安排，我在上午顺利通过了硕士论文的答辩之后便立即去舞研所报到，以便每月的工资中多1块钱的工龄钱。而在我加盟的理论研究室里，室主任隆荫培老师和"智多星"徐尔充老师不仅是新中国的第一代舞评家、理论家和编辑家，也是《舞蹈概论》这本所有考研学生必读书的作者。在随后多年相处的日子里，隆老师一丝不苟的治学态度和生动翔实的评论文章，徐老师机智幽默的谈吐风格和针砭时弊的理论文章，都成为我的学习榜样。

郭明达先生是迄今为止，中国舞蹈界唯一一位留美8年的资深学者，其间在理论上曾聆听过旅美德国音乐学家、《世界舞蹈史》作者库尔特·萨科斯的教诲，回国后翻译出版了这部世界舞蹈名著；在实践上则得到过美国现代舞大师多丽丝·韩芙丽、埃尔文·尼古莱的真传，回国后翻译出版了前者的《舞蹈创作艺术》这本"西方编舞第一书"，并成为德国表现派舞蹈创始人鲁道夫·拉班的人体动律学和舞谱在中国的最早传播者之一，而我在研究院则有幸接受了他教授的现代舞理论与实践课程。因为我是学英语出身的，所以对他的留美经历特别向往，对他的研究成果特感兴趣，而他则给了我充分的信任，并曾多次将我带到他的府上，对我畅谈他那批赴美留学生的时代背景，以及他个人留美期间的酸甜苦辣。

读研和工作期间，舞蹈表演家出身的民间舞专家何健安老师在生活、读书和研究上，都给了我无微不至的关怀——当时的生活比较艰苦，而我因为生在湖南衡阳，长在湖北武汉，来京后每天吃二两粗粮都会拉肚子，何老师知道后每次熬了鸡汤都叫我去喝，以便给我增加油水；而在多次去天桥剧场看演出时，她还会紧紧拉着我的手过马路，生怕我被川流不息的汽车压着；在读书上，我们还会随时互相通报上市新书，频繁交流读书和写舞心得；在研究上，她作为原新疆军区歌舞团和总政歌舞团的主要演员，非常熟悉维吾尔族的民间舞，并写过康巴尔汗大师的专题论文，但却总是谦虚地和我讨论民间舞的话题，无形中促使我将书本上读来的民间舞知识变得鲜活生动起来。

四、走出国门：研究院是我永远的身心归宿

由于身处研究院这个确保我衣食无忧的风水宝地，我自 1986 年开始，先后 50 余次前往亚洲的、澳洲的、欧洲的、美洲的 32 国考察，并用英文讲学，在国际会议上主持研讨、宣读论文，由此导致了我的研究成果日渐深入、国际影响与日俱增。与此同时，中国经济的稳步发展和广大民众对文化生活的多样化需求导致了"芭蕾热"自 1995 年开始在北京形成。作为良性循环，各种规模的演出公司相继成立，他们纷纷找我为其主办的近百个外国舞团的来华巡演出谋划策、撰写稿件，并去剧场、音乐厅、图书馆、电台和电视台做节目，而我们研究院、文化部外联局也多次派我出国，中国驻外使领馆文化处及中国文化中心多次邀我出国，在专题报告会上用英文介绍中国舞蹈的历史与现状；中国对外演出公司、中国国标舞总会、北京舞蹈学院国标舞系、中传锦绣（北京）教育科技有限公司、杭州歌剧舞剧院、苏州芭蕾舞团等国内机构，以及一些国家驻华使馆文化处和著名芭蕾与现当代舞蹈节和舞蹈团也纷纷邀我出国，观摩各种风格的国际舞蹈和艺术节，聆听各类艺术大师的讲习班，参加不同风格的编舞工作坊，为国际芭蕾比赛担任评委并主持国际研讨会，而我回国后，则在研究院静下心来，将这些密集的舞蹈文化交流资源整理、翻译、撰写、发表成文，确保了我的研究工作从起步时的"努力接轨"发展到后来的"随时在线"，进而使得这块安心治学的净土和艺术学科的平台成了我毅然挡住各种诱惑，每次出国均言而有信、按期回国的身心归宿。

这些中外交流中，最重要的当然首选我受研究院、文化部外联局派遣，上海国际艺术节和里加中国文化中心邀请的 10 次活动了：1. 1986

年随文化部外联局的派遣，随"中国艺术史学家代表团"赴印度 8 个城市考察期间，在与印度政府官员、各地舞蹈等各类艺术家的学术交流及广大民众的日常交往中，夜以继日地学习对方的优秀文化遗产，不遗余力地介绍中国的舞蹈成就，极大地增进了中印两国艺术家和人民之间的理解与源远流长的友谊；2. 1996 年受文化部外联局的派遣，随中国舞蹈家代表团赴澳大利亚墨尔本参加国际舞蹈节，分别在国际会议和中国驻澳大使馆主办的报告会上，言简意赅且生动形象地介绍了芭蕾与现代舞这两种外来舞蹈在中国的稳步发展，探讨我们面临的学术问题，受到我国驻澳大使馆的书面表彰；3. 2001 年根据研究院外事处的安排，参与起草了昆曲艺术申报联合国教科文组织"人类口头和非物质遗产"代表作的英文提案，在申报成功之后飞往菲律宾马尼拉，参加联合国与菲律宾文化部联合主办的"非遗保护专家培训班"，并通过宣读论文，全面介绍了中国文化部与各地文化厅局统领并出资，全国艺术界踊跃参与编撰的"十大文艺集成志书"这座"中国文化的万里长城"工程，受到联合国官员与各国与会专家们的瞩目；4. 2003 年根据负责非遗保护国家中心的张庆善副院长安排，全权负责校改了古琴艺术申报联合国教科文组织"人类口头和非物质遗产"代表作的长篇英文提案，确保了它的申报成功；5. 2008 年受研究院外事处的派遣前往土耳其的伊斯坦布尔，参加联合国主办的"保护非物质文化遗产政府间委员会第三次会议（辩论大会）"，并代表中国多次即席发言，对章程细节提出的具体修改意见得到大会通过；6. 2009 年受中国非遗保护中心的委派，陪同联合国非遗总部官员爱川纪子女士，参观了南京云锦、洛阳龙门石窟和少林寺这 3 个准备申报非遗代表作的机构；7. 2010 年随中国文化代表团赴美国加州大学伯克利分校，在中美两国政府联合主办的"第二届中美文化论坛"上发表了论文《中美舞蹈交流的回首、现状与未来建议》，因为精选了 20 多年来，以研究院为大本营，3 次赴美考察搜集回来的文献和视频资料，并用史料证明了"中美两国间的交流源远流长且从未长期中断过，而两国人民间的距离则远没有人们想象得那么大"等观点，深受与会专家学者们的高度认同，并多次赢得了热烈的掌声；8. 2013 年随本院代表团赴尼泊尔首都加德满都，参加了中尼两国政府联合举办的"加德满都文化论坛"，而我精心撰写并配以大量图片和视频的论文《观音菩萨在中国》作为压轴的发言，不仅赢得全体与会者的热烈掌声，而且让当地的佛像制造世家惊叹于佛教艺术在中国的高精尖发展；9. 2016 年在中英两国政府联合主办的"中英高级别人文交流机制第四次会议"上举行的"跨越时空的对话——中英纪念汤显祖、莎士比亚逝世 400 周年研讨会"上发表的论文《不同的浪漫：为爱而死与死而复生——论汤显祖与莎士比亚戏剧在中外芭蕾舞剧中的各自精彩》，受到各国专家学者们的首肯；10. 2019 年在拉脱维亚首都里加的中国文化中心的讲演"继往开来的中国芭蕾"，同样受到当地舞蹈及文化界，以及中国文化中心官员们的赞赏。

2004 年和 2012 年，我还两次应邀为乌克兰国际芭蕾舞比赛出任评委、讲学考察，并顺访了俄罗斯，不仅在哈尔科夫、基辅、奥德赛、莫斯科、圣彼得堡这 5 座城市拜访了多位舞蹈、文化、教育、学术界的重量级专家学者，考察了瓦冈诺娃俄罗斯芭蕾舞学院等世界舞校名校，观看了五地大剧院芭团演出的经典舞剧《吉赛尔》《海盗》《唐·吉诃德》《天鹅湖》《雷蒙达》和《福金三部曲》，聆听了多场高水平的音乐会，还瞻仰了列宁陵墓，参观了历史博物馆、战争纪念馆、戏剧音乐电影博物馆、巴赫鲁欣戏剧博物馆、普希金故居博物馆、民俗艺术博物馆、民俗建筑与道路博物馆、沙皇行宫、沙皇父子教堂、东正教的索菲娅教堂和别切斯基教堂，查阅了国家图书馆的全部舞蹈文献，并就中国与乌克兰-俄罗斯芭蕾交流的历史、现状与未来，接受了塔斯社记者的专访……由此对博大精深的俄罗斯舞蹈产生了真切的"体认"，更理念上深化了我对舞蹈与包括政治、经济、宗教、战争、文学及各门类艺术在内的大文化间关系的认识，进而将我以往在书本上看到的一切变得栩栩如生起来。

随着研究的不断拓展与深入，我还多次访问了韩国、朝鲜、日本、越南、泰国、尼泊尔、印度、菲律宾、新加坡、马来西亚、以色列、土耳其等亚洲国家，并在此过程中，深深感受到了东方文明的根深叶茂与独特魅力，尤其是通过与韩国舞蹈家洪信子、陆完顺、金梅子、鞠守镐、南贞镐，朝鲜舞蹈家金睦龙，以色列舞蹈理论家吉奥拉·马诺等大师级人物的长期交往与深入交流所建立起来的深厚友谊，获得的人生智慧，不仅让我个人受益终生，更使我在占有了足够文献、图片与视频的前提下，于我的第26本书《世界艺术史·舞蹈卷》中，一改以往艺术史均以西方为主的不平等格局，实现了东西方舞蹈在篇幅上平分秋色的理想。

2006年，衷心感谢王文章院长自2000年到任后，我们全院员工的工资逐年增长，我这个以研究外国舞蹈为主的中国学人，花了1年的工资，给自己过了一次奢侈的50岁生日：在结束了位于法国的"里昂双年舞蹈节"的观摩与采访之后，自费对西方文明的发源地——希腊首都雅典，以及西方芭蕾的发源地——梵蒂冈、罗马、佛罗伦萨、威尼斯和米兰做了一次初步的考察，由此了却了一桩多年的夙愿。在尝到甜头之后，我还自费去了西班牙、荷兰、比利时和丹麦这4个古典与现当代风格的舞蹈大国进行考察，由此对西方舞蹈的主要国家和重要城市有了较多的了解，弥补了这些非英语国家舞蹈资料的严重不足，进而为我系统把握世界舞蹈的辉煌过去、百家争鸣的现当代发展，以及前程远大的未来走向，最终撰写一部中国人笔下的《世界舞蹈史》提供了可能。

总体而言，我这30多年来不断从国外带回国内的海量文献、图片、视频和最新资讯，以及每年在国内外观舞80—100余场（2020年因新冠疫情肆虐全球而例外）捕捉到的灵感与现场留下的笔记，成为我在研究院这块既安全又安静的最高平台上，以每天安静读书、安然写作10余小时的工作量，快乐地观舞、读舞、说舞、写舞，至今热情不减的重要精神动力和学术资源。

五、乐于笔耕：笃信"我写故我在"的道理

38年来，我以"行万里路，读万卷书"的激情、"把冷板凳坐热"的定力与"低消耗、高产出"的能力为傲，笃信"文章千古事"的古训和"我写故我在"道理，更认准"理论之树长青"的真理，因此，迄今已用汉英双语，在海峡两岸暨香港、澳门，以及18个外国城市的舞蹈专业、文化艺术与普罗大众的100多家报纸、杂志、学术期刊和10多种专业辞书上发表了新闻、专访、评论、译文、论文、词条1000余篇，其中有多篇论文被光明日报社主办的《文摘报》摘登，《新华文摘》和中国人民大学复印报刊资料《舞台艺术（音乐、舞蹈）》卷收录了全文，而在20世纪八九十年代海峡两岸交流不畅的情况下，我用英文于美国《舞蹈杂志》（Dance Magazine）和《芭蕾舞评论》（Ballet Review）、英国《世界芭蕾与舞蹈年鉴》（World Ballet and Dance）、德国《国际芭蕾与当代舞蹈》（Ballett International and Tanz Aktuell），以及瑞士学术出版社的论文集《东西方相遇在舞蹈中：跨文化舞蹈对话中的多种声音》（East Meets West in Dance: Voices in the Cross-Cultural Dialogue）上发表的数十篇文章，曾是台湾同胞了解内地舞蹈发展的唯一渠道，而我为牛津大学出版社6卷本的《国际舞蹈百科全书》（International Encyclopedia of Dance）、圣詹姆斯出版社2卷本的《国际芭蕾词典》（International Dictionary of Ballet）和1卷本的《国际现代舞辞典》（International Dictionary of Modern Dance）这3套国际舞蹈界最权威工具书撰写的10个中国舞蹈条目，则让世界各国的专业人士和普通读者在大英图书馆、纽约公共图书馆等大型图书馆对中国舞蹈资讯唾手可得。

38年来，我还用汉英双语翻译、写作并独立出版了《东方美学》

《印度美学理论》《舞蹈概论》《舞蹈美学》《舞蹈鉴赏》《舞蹈美学鉴赏》《当代西方舞蹈美学》《西方舞蹈文化史》《世界艺术史·舞蹈卷》《外国舞蹈史及作品鉴赏》《世界舞蹈剪影》《人体魔术——舞蹈》《外国舞坛名人传》《现代舞》《现代舞欣赏法》《现代舞术语辞典》《现代舞的理论与实践》，合作出版了《后现代主义辞典》《舞蹈知识手册》《中外舞蹈知识百科辞典》《当代中华舞坛名家传略》《中国近现代舞蹈发展史：1840—1996》《香港舞蹈历史》《中国芭蕾的丰碑：纪念〈红色娘子军〉首演五十周年文集》《现代西方艺术美学文选·舞蹈美学卷》等专著、译著、文集共计30余种、40余部，两大类共计800余万字，其中有6部在台湾再版，于大中华地区广为传播与使用。

坦白地说，当我花了大量时间，最终统计出以上工作成果时的那一刻，我的心颤抖了，这分明是其他人几辈子的工作量，而回想起1989—1990年我因使用过度，右手突然握不住笔，而硬是改用左手，一笔一画地完成了那几本书的勇气，则体验了一回什么叫作战胜自己！但在老泪纵横的同时，我大脑中涌现出来的第一个念头依旧是：没有自少年时代积蓄至今的正能量，没有研究院和舞研所的养育之恩，这一切都是做梦也不敢想的事情！

六、轻捷转身：早日完成自幼便怀揣的夙愿

非常欣慰的是，我在2012年至2018年出任舞研所所长的6年里，尽管未能出版任何一本个人的著作，却保证了"全所同事中，该评正高、副高、硕导、博导者，没有落下1人"。因此，退休以来，我已经轻捷转身，进了一种崭新的生活节奏与工作方式——在婉拒了多家高校的高薪聘请之后，我终于可以踏实下心来，全心全意地满足此生最爱的买书、藏书、读书、译书、写书、教书嗜好了，并希望能在保质保量地完成研究生院舞蹈学系的硕士、博士研究生和博士后导师以及《中国大

百科全书》第三版"舞蹈学科"主编、社科基金艺术学重点项目"现当代舞蹈的传播与跨文化研究"负责人这几项国家级重任后,有意识地放慢自己60年来的匆匆脚步,痛改不爱锻炼的"恶习",在确保无病无灾的前提下,继续完成《牛津舞蹈辞典》《世界舞蹈学者辞典》《舞蹈研究方法手册》《舞蹈批评的理论与实践》《美国黑人舞蹈史》《世界舞蹈史》,以及"博导自选文集""舞蹈自选文集"等多部个人舞蹈书籍的翻译和写作,同时自由自在地阅读那些一直想读却无暇顾及的汉英双语的闲书,并去更多的亚洲、欧洲国家,以及从未去过的非洲和拉丁美洲国家看看,实现我自幼便怀揣的"行万里路,读万卷书"的夙愿,最终将研究院前辈学者们在我心中播下的"著作等身"理想进行到底……

七、肺腑之言:这个世界很公平,只要你走正道、肯努力

　　实事求是地说,进入研究院的38年来,有太多的前辈提携过我,太多的同辈帮助过我,太多的晚辈尊崇过我,而正是他们各不相同的激励,使我一鼓作气地走到了今天,完成了一些不曾梦想过的业绩。换言之,少了他们中间的任何一位,我都不会是今天的我。因此,千言万语也表达不完我内心深处的感动与感激!

　　但在结束本文之前,我一定要借这次为70年院庆撰写回忆录的机会——这或许是此生的最后一次机会,郑重其事地感谢在中国艺术研究院这块安心治学的净土和这个艺术学科的最高平台上,历届领导班子对我这个没有任何后台,仅是一介书生的关爱与器重,感谢科研处、外事处、人事处等各职能部门同事们的信任与支持,感谢20世纪90年代的院团委书记常丰威的偏爱与推举,使我于1989年当选为"中央国家机关立足本职、建功立业先进青年",进而有机会去中南海怀仁堂,向中央首长汇报自己的工作,而现场录音则不仅在中央人民广播电台每天中

午的《青春年华》节目中连续播出,而且作为优秀党员,事迹在 90 年代党员重新登记活动中发至中央国家机关所属各部委学习;1990 年至 2000 年连续当选为第七、八届"中华全国青年联合会"委员;1996 年通过逐级申报,破格晋升为"研究员";1998 年被推荐并当选了"文化部优秀专家",并于两年后当选为这一荣誉称号的文化部评委;2010 年至 2018 年先后出任了舞研所的副所长和所长,2019 年则被聘为舞研所的名誉所长和研究院教学指导委员会委员……

坦白地说,所有这些殊荣和使命都不断地为我增添了砥砺前行的正能量,更让我一次又一次地意识到:"这个世界很公平,只要你走正道、肯努力!"

工笔画院在中国艺术研究院的创建与发展

何家英

我调入中国艺术研究院(以下简称"艺研院")转眼间已经有六年多了。我选择这里,不仅仅是因为她曾经拥有的辉煌历史,也是因为在十几年来艺研院在不断深化改革的进程中加大了美术门类的力量,聚集了一大批优秀的美术人才,使中国艺术研究院空前的活跃,改变了艺研院默默无闻的局面。王文章院长大刀阔斧,不拘一格,招贤纳士,在几年的时间里就形成了一只强大的美术队伍,艺研院就像一盏明灯,召唤着寻求发展的美术家聚集于此。我便是在这种召唤下从天津美术学院调入艺研院的。在这里我看到了艺术发展的希望,并深刻体会到了人性的光芒。

我调入之时,正是王文章院长在任上。在调入之前,我们在"两会"上同在文艺界小组。他爱惜人才,对我的亲切关怀和鼓励,使我倍感亲切,他一直希望我调到艺研院来。可那时我是死心塌地的要待在天津美术学院的，就连中央美院潘公凯院长想调我到中央美院我都婉言谢绝了。因此，调动就不可能了。我只受聘于艺研院研究生院的博导。可事情的发展变化出人意料，2012年我终于下定决心调到了中国艺术研究院，王院长很高兴；2014年，我正式调入中国艺术研究院。调到艺研院以后，以王文章同志为院长的领导班子给予了高度重视，尽可能地发挥我的专业优势，尊重我的想法，根据中国艺术研究院的整体规划专门增设了工笔画艺术研究院，任命我做院长。工笔画艺术研究院2019年依据文化和旅游部"三定方案"，更名为工笔画院。

中国工笔画曾是中国古代绘画的主流形式，作为代表中华民族传统绘画语言的典范，在世界范围内得到广泛的认知。虽经历史变迁、盛衰演变，但其艺术形式与美学意义仍是中国绘画不可或缺的主要表现形式之一。其艺术成就在人类绘画艺术领域有着特殊的地位。新中国成立以来，工笔画一改明清以来的萎靡状态，提倡表现现实题材，取得了巨大的成就。而改革开放40余年来，中国工笔画更是异彩纷呈，在表现形式、题材内容和艺术观念上都有了全面的发展，无论对传统美学的重新认识，还是对外来艺术的广泛借鉴，以及对国际视野方面的开阔拓展，都更加注重艺术语言本质规律的探索和研究，取得了可喜的成就。当代工笔画创作已成为这个历史时期最具生机的绘画形式。与此同时，工笔画创作与表现仍存在着诸多问题。因此建立系统、科学、全面的工笔画学术平台已成为当代中国文化建设的一个重要课题。中国艺术研究院本身是一个研究机构，建立一个工笔画研究部门则顺理成章，也是完善中国艺术研究院整体架构的重要组成部分，成为中国工笔画领域最高端的创、研、学机构平台。

鉴于此，在工笔画艺术研究院建院报告中，我们对工笔画艺术研究院整体上的构想向院领导做了汇报。大院领导对工笔画艺术研究院的建立十分重视，考虑得也十分周到，无论是在组织建制还是学术框架以及办公地点和经费方面都给予了亲切的关怀和部署，使我们顺利完成了建院报告中所规划的行政架构、学术定位以及学科划分等工作，并在大院领导和企业家的支持下，落实了工笔画艺术研究院的办公地点。新建立起来的工笔画艺术研究院将作为工笔画艺术创作与研究的"学术资源整合平台"，面向全国乃至世界范围，是一个国际性的工笔画学术平台。它将吸引有志于工笔画研究的专家学者参与到工笔画艺术研究院的创作、研究以及教学项目中来。本研究院综合了学术研究与教学培训两项职能，涵盖了创作实践与理论研究两大功能，我们将以当代工笔画创作实践为主体，在对传统艺术精髓广泛挖掘的基础上，探寻当代文化艺术发展的新视野，对工笔画创作实践、创作思想以及对传统文艺理论和工笔画史做理论上的梳理研究，并着手相关领域的创作学、传承学、史论学、材料学等方面的学科落实。

几年来，艺研院院长更换了两次，每一任院长都有不同的工作特点。连辑院长大刀阔斧，为艺研院做了宏大的远景规划，立志要把艺研院做得更大、更强！韩子勇院长则低调务实，一件一件落实工作计划。虽然他们工作风格不同，但是却都有一个共识，就是非常重视工笔画院的建设，并且把优秀的工笔画家陈孟昕和张见调到我院做副院长；当我和陈孟昕都退休以后，又把郑庆余调到工笔画院做副院长，并增加了办公室人员的配置，为了加强行政管理和学术高度，还引进了理论人才。在各个方面为敦促工笔画院的内涵建设、提升工笔画创作研究的学术高度创造了积极有利的条件。在三届院长的大力支持下，我们依照大院总体规划和工笔画院发展的具体实际做了大量的工作，取得了初步成果。

一、关于展览活动

1. 2016 年，在院领导的提议下，首先在中国美术馆举办了一次中国艺术研究院工笔画家的展览"含英咀华——中国艺术研究院工笔画精品展"。

2. 2016年10月，在北京宝隆艺园上方美术馆举办的"丹青永茂——首届工笔画研修班结业作品展"。

3. 2017至2020年，在北京、上海等多地举办的"转音——当代青年工笔研究展"系列展，和"对岸——'中国工笔画的今天与明天'当代青年画家作品邀请展"。

4. 2017年12月，在宝隆艺园上方美术馆举办"摹壁寻源——国家艺术基金2017艺术人才培养资助项目：中国古代壁画摹制技法人才培养项目成果汇报展"。

5. 2018年11月20日，由首尔中国文化中心、中外文化交流中心和中国艺术研究院联合主办，工笔画院承办的"丝路怀古——古龟兹壁画摹制特展"在韩国首尔中国文化中心开幕。

6. 2019年7月，在周口市美术馆举办的"生活的印记——何家英师生作品展"。

7. 艺研院领导还为艺术家举办系列个人展览：

（1）2016年4月在中国国家博物馆举办的"中国艺术研究院著名艺术家系列精品展——何家英精品展"；

（2）2017年5月—2019年5月在中国美术馆分别举办了中国艺术研究院中青年艺术家系列展："以心为本·万象尽绮——陈孟昕工笔画精品展"；"见微集——张见作品展"；"化——郑庆余"；"瑶台镜——刘瑶作品展"。

展览活动的规划与实施，扩大了中国艺术研究院及工笔画院在社会上的影响力，结合社会的反响，也为工笔画院的学术探索及方向布局、完善建设规划等方面提供了更多有价值的新的借鉴。展览活动所取得的成效是双向的。

二、关于教学培训

为了尽快把我们的学术思想影响到社会，我们先从教学入手，在大院领导和社会企业的大力支持下，在宝隆艺园举办了首届工笔画研修班。我们的教学理念是"立足中国传统绘画文脉，拓宽艺术鉴赏与表现的国际视野，展开对绘画本体语言的研究，包括中国传统制作性绘画方法与造型规律的挖掘与传承，广泛吸收多元因素，打开更为广阔的创作思路、进入更为高远的艺术境界"。我们聘请了国内最优秀的专家担任导师，设置了比较多的除专业课以外的公共理论课程以及随机艺术讲座进行补充，为美术界输送出一批出色人才。学员们真正体会到了当下美术教育最丰富、最有水平、最有收获的美术教育培训，在社会上赢得了广泛的赞誉。他们的结业创作成为国内各种重要展览的优秀作品，许多人参加了国家级的各种大展，获奖人数也不少。我们大致统计了一下参加的主要展览，情况如下：

1. 第十三届全国美展（32人入选，1人获金奖）；

2. 第六届全国青年美术作品展（8人）；

3. 工·在当代——2016年第十届中国工笔画作品展（15人获奖，7人入选）；

4. 中国精神——2016年中国百家金陵画展（中国画）（10人，6人获奖）；

以上共计70余人次入选、获奖，其他展览入选和获奖不计其数。

三、关于创作项目

1."双扎根"活动与文化和旅游部国家主题性美术创作工程。根据中央提倡"深入生活、扎根人民"的指示精神，艺研院领导有计划地组织各创作院每年进行一次"双扎根"深入生活的活动，我们工笔画研究院积极响应，从 2015 年到 2020 年期间组织了 15 批次"双扎根"的实践活动，并且把扶贫工作并入双扎根的活动之中。特别是围绕着"一带一路"项目，我们把重点放在了新疆地区，几次深入到塔什库尔干腹地，体验塔吉克民族的生活，承接了文化和旅游部主题性创作项目，集体创作出表现塔吉克族在国庆节举办婚礼的喜庆场面的鸿篇巨制《双喜临门——塔吉克婚礼》（作者：何家英、王振、季颁、霍炬、祝建华、周涛）和表现新疆少数民族生活的《国庆的日子》（作者：刘瑶、庄道静、刘新华、刘皓璐、张存玫）；还有一组承接了关于扶贫主题的项目，他们几次深入四川大凉山体验生活，构思创作了鸿篇巨制《助梦》（作者：张见、齐鸣、李朋帮、李玉旺、李丹、管海龙），这些作品都由中国美术馆收藏。如果加上陈孟昕创作的抗洪主题作品，我们工笔画院一共完成了四件作品，为艺研院赢得了荣誉。今年八月份中国美术馆的展览，把《双喜临门——塔吉克婚礼》和《助梦》放在了圆厅的正中央展出。

2. 2020 年我们又接受了中宣部中国共产党建党百年美术创作工程项目"欢乐春节"，表现海外华人与各国人民共同欢度中国春节的情景。现在正在创作之中。

四、"一带一路"学科规划

在开始向艺研院提交工作计划时，我们渴望做的事情很多，主管各画院的谭平副院长给我们提出了非常中肯的意见和要求，建议我们每年不要报太多的项目，要集中报大项目，一年完成一个项目。于是我们根据院"十三五"总体规划和国家大政方针，申报了一个五年完成的大项目："一带一路"学科规划项目。其中，一项重要的学科任务是"古丝绸之路壁画临摹及推广"项目。我们想借助壁画这一艺术载体穿起一条艺术的丝绸之路，也正是通过对这些壁画现状形态的临摹，无论是从观念上还是材料技法上解决工笔画创作过程中的阈限,既是对中国画大传统的挖掘与继承,也是以一种国际化的视野来认识中国艺术融合的有效途径。

1. 古丝绸之路壁画考察

2016年,我们对敦煌和新疆地区古壁画和文物、遗迹进行了考察。历时近两个月,并与新疆龟兹研究院签订了项目合作协议。连辑院长积极促成了与龟兹研究院的合作,并为在龟兹建立的"中国艺术研究院龟兹壁画研究中心"题写了牌匾,与韩子勇院长一起去龟兹研究院参加了艺研院龟兹研究中心的挂牌仪式。

同年秋天,工笔画院(时称工笔画艺术研究院)分两个小组对印度、伊朗和中亚四国的壁画进行了考察。次年,又组织人员赴巴基斯坦考察古代犍陀罗艺术。

2. 古丝绸之路壁画临摹和推广项目

2018年,工笔画院(时称工笔画艺术研究院)以传统的方式完成了新疆龟兹等洞窟壁画的临摹工作。

2019年,工笔画院聘请西方油画材料技法专家房立刚,培训、研究新的中西方材料技法相结合的壁画临摹方法,主要对甘肃境内的敦煌、炳灵寺、张掖地区的石窟壁画以及新疆吐鲁番地区的壁画进行了临摹。

2020年,工笔画院赴新疆考察、临摹了和田地区达玛沟佛寺遗址壁画、丹丹乌里克遗址壁画、北庭故城遗址壁画。

学员们深感收获极大,通过对古壁画的现状临摹,扩大了艺术视野,提高了审美情愫,激发了艺术语言的创造力,对中国画的审美高度和表现方法产生了全新的认识。

目前,由于疫情阻碍了临摹工作的正常进行,特别是对境外壁画的临摹工作的影响更大,已经无法出国临摹。我们需要改变一下工作思路来应对疫情的影响。

五、申报国家艺术基金的项目

1. 为了开展对古代壁画的研究，2016 年工笔画艺术研究院申报了国家艺术基金项目"中国古代壁画摹制技法人才培训班"，并出色地完成了该项目。

2. 为了加强中日文化交流，在 2019 年向国家艺术基金申报了"异域同辉——中日美术交流展"，可惜因疫情原因没能如期开展。

实际上，我在中国艺术研究院的感受远不止这些，我最大的感受是这里的和谐氛围，起码我接触过的人和导师们是和谐的，每个人都干着自己的事情，彼此尊重。各部门做展览不争不抢，有展览大家都前来捧场。特别是院领导，对我们非常关心，我们的活动总是拨冗出席，给予支持。他们相遇的每一个眼神儿，都充满了和蔼与真诚。每年年底，总要召开民主生活会，听取大家的意见。领导们知道，我们这个画院，虽然人员最少，可是我们做的事情却很多，几次在全院大会上表扬我们。我虽然退休了，可是领导还是让我发挥学术带头作用。我继续带领这个团队完成丝绸之路壁画临摹项目、文化和旅游部国家主题性美术创作工程项目、教学培训和中日两国交流活动。

回想来到艺研院的六年多，充满了温馨与感激！感恩艺术研究院的领导们给予我们的关怀与帮助！感恩同事们给予我的宽容与支持！更让我看到了研究院的专家学者敬业治学的精神，他们激励着我不断严格要求自己，做更好的我、更好的工笔画院！

恭王府的海棠
—— 中国艺术研究院学习生活点滴

李 一

在建院 70 周年之际,接到"我与中国艺术研究院"的命题作文邀请,深感荣幸并乐意为之,可又觉得难于下笔。中国艺术研究院是我国最高的综合性艺术研究机构,人才济济,大家辈出。我才疏学浅,只是很普通的一员,能有机会写点文字为院庆尽力,所以感到荣幸。被纳入邀请之列,或许是我与中国艺术研究院有着多重关系之故吧。就师生关系而言,我先是中国艺术研究院的学生,后当中国艺术研究院的教师。曾先在此读硕士、博士研究生,后在此带硕士、博士研究生。从读研究生开始一直到退休,我在中国艺术研究院摸爬滚打了几十年,直到退休后的今天,仍在研究生院站讲台执教鞭。就身份而言,我既是中国艺术研究院的研究员,在美术研究所从事研究工作多年,又是《美术观察》杂志的资深编辑,具有研究人员和编辑人员的双重身份。就艺术追求和努力方向而言,中国艺术研究院的多年培养和磨炼使我确立了

"持艺舟双楫，求学艺相成"的学术之路和奋斗目标并努力去实践。可以说，中国艺术研究院既是我早年所景仰向往的艺术圣地，又是我后来努力拼搏付出心血之处；既是我学术研究的出发地和归宿地，又是我从事书法创作的基地和大本营。时光匆匆，屈指算来，我大半生的时间是在中国艺术研究院度过的。平心而论，中国艺术研究院为我提供了良好的学习机会和学术平台，我的成长离不开这个研究机构的培养和造就。在我人生旅途和从艺经历中，可以说中国艺术研究院是最关键的阶段和最重要的驿站。知恩图报，我应该感谢中国艺术研究院。往事从脑海里上下翻滚，故人在心目中来回走动，百感交集，浮想联翩。在恭王府读书学习的情景，与师友共同承担科研项目的日子，与编辑部同仁一起编辑《美术观察》杂志的往事都一一浮现在眼前，想捕捉住以往岁月中那一个个鲜活的瞬间，却又不知从何处下手才好。思前想后，就以"恭王府的海棠""编辑部的灯光""两位先生慈祥的目光"为题写几点感受吧。

一、恭王府的海棠

早年在中国艺术研究院读研究生时，院址还在恭王府。我的回忆自然要从恭王府的读书生活开始。恭王府是北京最大的王府，在这个古色古香的深宅大院里，曾多年隐藏着中国艺术研究院的各个研究所室和研究生部。我读书的研究生部坐落在恭王府的东南角，有一座相对独立的教学楼。而毕业后工作的美术研究所与戏曲研究所、舞蹈研究所等研究所室则在后院的后罩楼（俗称"九十九间半"）。院里召开学术会议的地点多在葆光室和嘉乐堂。我的读书生活开始于恭王府，吃住和学习都在这里，之后又在此工作多年，在这里获得硕士、博士学位，在这里加入中国共产党，因而非常怀念这个古色古香的深宅大院。

32 年前的 1989 年，已过而立之年的我，暂别妻女，只身从山东来到北京恭王府，进入中国艺术研究院研究生部学习深造，先是进修一年，后随陈绶祥先生攻读硕士，再随邓福星先生攻读博士，1996年博士毕业后分配至美术研究所从事研究工作，一直到2002年中国艺术研究院迁入朝阳区惠新北里新址之前，我在恭王府学习工作生活居住了十几年。来恭王府学习之前，虽然已习书画多年，也撰写过几篇论文，但就水平而言还是不能令自己满意。来到恭王府，经过先生们的点拨和系统的学习，认识有所深化，水平有所提高，开始正式走进艺术研究之门。恭王府虽处京城中心地带，但当时因是艺术研究机构，所以不对外开放，平时很幽静，很适合读书做学问。正是在古色古香、较为静幽的环境中，我如期完成了硕士学位论文和博士学位论文，撰写了《走向何处：后现代主义与当代绘画》《中国古代美术批评史纲》《中西美术批评比较——中西美术比较十书》等专著。

在恭王府读书和工作期间，我曾参加过中国艺术研究院的两个重大的集体科研项目。一是王朝闻、邓福星先生领衔主编的12卷本《中国美术史》，二是李希凡先生领衔主编的14卷本《中华艺术通史》。参加《中国美术史》的编写始于20世纪90年代初，参加《中华艺术通史》的编写始于20世纪90年代末，参加这样的大项目，对我的成长至关重要。从大的方面来说，只有中国艺术研究院这样的综合性艺术研究机构才能完成如此规模宏大的项目，也只有像王朝闻、李希凡这样的大家才能领衔如此重大的学术工程。从某种意义上说，这两套大书，不仅是中国艺术研究院学术研究的里程碑，而且是现当代美术史研究、艺术史研究的里程碑。我有幸参与其中，多次聆听王朝闻先生、邓福星先生、李希凡先生等学者的教诲，收获甚大。参加《中国美术史》的编写，使我认识到美术史研究的关键是以审美关系为主线，体现于美术现象中的审美意识的发生和发展，是美术史研究的重要研究对象。诚如王朝闻先生所强调的，美术创作、美术理论的存在和发展，以及它们在历史上的地位，都体现出审美关系的变化和发展。美术史家的使命，是揭示过去的美术现象以及与美术相互依存、相互作用的其他诸因素，并且揭示它们在发展过程中那继承和创新的必然性特点。参加《中华艺术通史》的编写，使我体会到中国的各门类艺术既有其自身的特点，又有着相互联系、相互影响、相互促进的特点；既要以对各门类艺术史的深入研究和总结为坚实基础，又要立足于社会总貌和艺术发展的总体把握，重视整体的宏观的研究，着眼于概括和总结每个时代艺术共同的和持久的规律，努力将共生于同一社会环境或文化氛围内的各门类艺术成就反映出来。艺术通史难在会通。研究者要具备"通人"的眼光和思维。这两个课题，集中了全院乃至全国一百多位专家的智慧，能参与其中，与诸多专家学习和交流，的确学到了很多东西。

恭王府位于什刹海的后海之南，前海之西，地址为前海西街 17 号。因隐身其中的中国艺术研究院艺术研究影响广泛，于艺坛开宗立派，世称"前海学派"。"前海学派"的一大特点是理论联系实际，艺术研究与创作实践相结合。记得在研究生部的开学典礼上，研究生部主任、著名戏曲学家张庚先生语重心长地强调理论联系实际的重要性。理论研究与创作实践相结合，两者相辅相成，以理论思考带动创作实践，以创作实践促进理论思考，是中国艺术研究院的传统。黄宾虹、王朝闻等老前辈以理论研究和创作实践的丰硕成果，为后来者树立了光辉的榜样。我自进入恭王府学习以来，也自觉继承这一传统，多年来走的是艺术史论研究和书法创作实践相结合、"持艺舟双楫，求学艺相成"的道路。

诸多往事，最值得回忆的是恭王府的读书生活。当时我们住的是简易楼，冬冷夏热，食堂的饭菜也较为清淡。生活虽清贫，但一读起书来，就充满快乐。晨起到天香庭院诵读画论，早饭后挥毫临习几页《急就章》，晚饭后与同学们散步于前海或后海，是很惬意的事情。尤其是读书间隙观赏恭王府海棠，春天观其花，夏天赏其果，其乐融融。我曾有一首绝句《忆恭王府海棠》回忆当时的情景："冰肌玉骨属妍春，风日满庭色渐匀。伴读娇容如解语，无香袭袂亦情亲。"

二、编辑部的灯光

中国艺术研究院的一大特点是院属学术刊物众多且影响广泛,我曾供职的《美术观察》杂志就是其中的一本。在相当长的时间内,我与这本杂志同呼吸共命运。做刊物的编辑工作却是我读研究生时未曾想到的。读研究生时想的是自己的学术研究和书法创作,很想毕业后两耳不闻窗外事,一心研究自己的课题。谁知天不遂人愿。博士研究生毕业分配至美术研究所,就被刚刚创刊的《美术观察》派上了用场,并从此与这本杂志形影不离,开始时任栏目主持人,继而担任刊物副主编、主编、法人代表。从事《美术观察》的编辑工作,从1996年开始,一直干到2017年底退休为止,前后共二十余年。从时间上说,我是在《美术观察》服役时间最长的老兵。说句真心话,这本杂志耗费了我和编辑同仁的大量心血。《美术观察》编辑向来有勤谨精进的传统,工作人员无论老少,都不敢懈怠,身处其中,我就是想偷懒也办不到。编辑工作说到底是为他人作嫁衣裳,大部分时间和精力都花费在选题和来稿上。说来好笑,我这个中国艺术研究院的资深研究员和博士生导师,在退休之前,研究和教学工作只能当作编辑工作的余事了。

作为国家艺术类核心期刊和大型综合性美术月刊,《美术观察》的学术含量和社会影响谁也无法低估,它在读者心目中的地位谁也无法代替。它对当代中国美术进程的推动,对美术创作、美术理论、美术教育、美术市场、美术交流和传播等方面所发表的建设性意见,特别是对各种美术现象的敏锐观察和分析评判,曾产生过极大的社会反响,促进了当代中国美术的健康发展。《美术观察》的学术形象,诚如研究者所评:个性鲜明,有其志趣;精诚问道,但不囿书斋;侧重建设,却不懈批评;着意前瞻,亦勤于反思;力求全面,也力避浮泛;尊重客观,更崇尚良知;基调严肃,又饱含热情。二十多年来,《美术观察》一直坚持"用观察家的眼光审视美术,用美术家的眼光观察世界"的办刊宗旨，始终站在学术前沿，紧紧抓住事关美术发展的重大问题和焦点问题进行分析评判。始终以"大美术"的宽阔视野展开创造性的工作，始终以开放的胸怀、包容的心态，对"大美术"以学术揭示。始终有着鲜明的中国文化立场，把美术领域的学术思考与国家的文化发展战略紧密联系。一直坚持"学术至上、质量第一"的编辑原则，充分发挥学者办刊的优势。编辑同仁们深知学术质量是刊物的生命，编刊时始终将学术质量放在首位，重点放在选题的策划和质量的把关上。编辑工作一环扣一环，始终是忙碌的，编着这期，听着上期的反馈，想着下期的进度，大家为策划选题及编稿、改稿、统稿常开夜车，所以编辑部的灯光时常亮着。无论是在恭王府时期，还是在惠新北里时期，加班是《美术观察》编辑同仁的常态。2003 年，在《美术观察》出刊百期座谈会上，我曾吟一绝句表达同仁编杂志的感受："百期已往又新期，正是东方欲白时。三断韦编今始信，个中甘苦寸心知。"

编辑工作固然花费时间和精力，使我不能专一于著书立说，但有失也有得。得在能身处学术前沿，坚守学术阵地，了解学术动向，开阔学术视野，提高学术见识，发现前沿问题，提出学术选题。而组织学术论坛活动则有机会与同道切磋，对于学术建设是大有帮助的。比如"关于书法当代标准的讨论"，就是在我的提议下由《美术观察》率先发起的。《美术观察》从 2006 年开始，连续多期讨论书法的当代评价标准问题，通过座谈会和笔谈等形式，先后约请了近百位专家发表意见。这一专题讨论坚持了 10 年，得到社会各界尤其是书法界的充分肯定，产生了积极而广泛的影响，成为近年来很有意义的文化事件。讨论的结果，不仅汇集成《当代书法标准》一书，又在此基础上，进一步探讨中国当代书法的评价体系问题。编杂志也使我的学术研究有所变化，因身处学术前沿阵地，促使我多思考与现实相关的学术问题，逐渐地由古代向现当代转移，由历史走向现实，较为注意考察文脉传承和创造性转化、创新性发展的问题。

三、两位先生慈祥的目光

两位先生即王朝闻先生和冯其庸先生。吾生有幸，多年聆听两位先生的教诲，得到两位先生的关爱，是我此生莫大的幸事。虽然他们已谢世多年，但音容笑貌，尤其那慈祥的目光，经常浮现在我眼前。

王朝闻先生当年住在红庙时，我曾去府上请教过多次。后来他家搬到惠新北里甲2号，我们同住一楼，接触就更多了。王老是《美术观察》的名誉主编，每期新刊物出来，我常送至他的家中，并汇报一下近期工作，也听听他的意见。早在我读研究生时，王老就关心我的学习情况，知我爱好并研究书法，就鼓励我理论研究和书法实践并举，不能做空头理论家。我的博士论文，王老曾戴着放大镜审读，读后给我写了长长的信，既作了充分的肯定，又提出了一些不足。晚年的王朝闻先生，对书法越来越关心。王老晚年领衔的最后一个大课题即是"中国历代书画理论评注"。1999年，90高龄的王朝闻先生亲自约我到红庙他的家中，面命参加此课题的编撰工作，当时情景仍历历在目。王老一次次给课题组成员面谈或笔谈研究传统书画理论的重要性以及研究的方法。我至今珍藏着王老关于如何研究传统书画理论的数封信件，每次重读，总被王老"朝闻道，夕不甘死"的治学精神所感动。

更令我感动的是，王老一次次与我讨论书法的问题，对我的书法习作，用有趣的生活话语进行评点。与王老交谈，除了感到豁然开朗之外，还会进一步明白艺术与生活的密切联系。用生活感受表达艺术至理是王朝闻学术的一个显著特点。他把艺术道理寓于饱含个人感受和体验的艺术现象与生活现象的议论中，揭示了艺术和生活之间的奥秘。2002年5月，我的首个书法个展在山东举办，展览前夕，王老给予鼓励，用毛笔在宣纸上题词："李一聆书道，萌芽在齐鲁。新作展故里，悟道亲新雨。美术学家李一，孔子同乡。学书起步于曲阜，现将在山东展出新作，祝愿他虚怀聆建议。二零零二年仲春王朝闻题。"这幅题词，展出后一直悬挂于我的书房，时时观赏，观其字面貌，想其人风采。

冯其庸先生是学者型书画家。与冯先生结缘，始于书法。我来北京读书前，就曾到北京张自忠路人大宿舍拜访过冯先生。先生知我练章草，给予热情鼓励。我到恭王府读研究生后，由于同在一个单位，和冯先生接触的机会逐渐多了起来。我常揣着书法习作到先生办公室请教，先生则多次赐我墨宝还常取出自己的藏品让我观摩。先生平生交游广阔，又笃好传统艺术，因而他的收藏十分丰富。在先生那里，我看到过谢无量、刘海粟、张正宇、朱屺瞻、唐云等名家书画，还有许多文玩珍品。其中最打动我的是他的老师王蘧常先生晚年写给他的十八封信札。信札是中国书法的传统样式，见信如面，实用与审美自然融为一体，既是艺术品，又是情感的载体。王蘧常的这十八封信札亦称"十八帖"，是当代书法史上的名作，亦是文脉传承、师生情谊的真实写照。冯先生对"十八帖"十分珍爱，一次我去瓜饭楼问学，先生特地捧出这一心爱之物供我学习，同时细细讲了此帖的来龙去脉、书写内容及书法特点。先生告诉我，读帖需要学会仔细分辨。王蘧常先生的章草，细看有两类，一类是用秃笔写的，风格古拙而清逸；一类是用较新的笔写的，笔画有锋棱，显得潇洒而流丽。王先生的信札有用新笔写的，有用破笔写的，"十八帖"的最后两帖，是他去世前几天写的，完全用破笔。学王蘧常章草，要仔细分辨两类用笔的不同。谈起与老师的交往，冯先生十分兴奋，沉浸在过往的美好回忆中，连连称赞老师是"文章太史氏，书法陆平原"，他对老师的真挚情感深深感动了我。

我读研究生时，冯先生任中国艺术研究院副院长兼院学术学位评定委员会主任。他十分重视学术人才的培养，给同学们的硕士、博士论文的选题和写作提过许多中肯的意见。我的硕士论文、博士论文在写作过程中曾不止一次地向他请教，完成后又得到他的亲自审阅。冯先生从爱护出发，对论文做了充分肯定，他的热情鼓励增加了我坐冷板凳的信心。直至现在，我仍然用冯先生的方法来激励学生和自己，努力做到先生希望的那样，不骄不躁，勤谨踏实地治学从艺。

  2005年，中国艺术研究院和中国书法家协会在中国美术馆主办我的书法展，年逾八十的冯先生最早赶到中国美术馆留下现场签名，还亲自撰文加以介绍。和以前一样，他一面肯定我的努力，一面又提出更高的希望。在评论中，先生阐发了自己的书学思想：学书法要重视读书学问，重视临摹古人，重视吸收今人，在读书和临摹中逐步提高书家的学养，形成个人风格。风格绝不是做出来的，风格是书家文化修养和艺术个性在长期实践中的自然呈现。每次重温这些话语，都会产生一种醍醐灌顶之感。

  往事历历，旧情难忘。王朝闻、冯其庸两位先生已去，我也已退休3年。光阴荏苒，逝者如斯，回首来时路，几多欣慰，几多感伤。我将沿着先生指点的路继续走下去，尽我所能为中国文化复兴略尽绵薄，或许这正是两位先生所希望的吧。

音乐研究所，我的港湾

李 玫

2021年是中国艺术研究院建院70周年的光荣之年，我所供职的音乐研究所是建院初期最早建立的几个研究所之一。如今接到邀约撰文回顾我与中国艺术研究院的渊源故事，荣幸之时，自己学术成长之路上的许多往事也如旧电影般涌上心头。

一、在书中遥望中国艺术研究院音乐研究所

1978年，当收到第一份大学录取通知书时，我满脑子想的都是学音乐、当演奏家，所以，我放弃了中文专业的就读资格，直到1982年才开始音乐专业的学习，这意味着我为自己选择了一条音乐人生之路。虽然是怀着当演奏家的愿望进入大学校园的，但音乐理论课程却让我更感兴趣。70年代后期，在上大学前，我读过丰子恺先生的《近世西洋十大音乐

家故事》和卡尔·聂夫的《西洋音乐史》，我甚至记得一个阅读瞬间是在 70 年代最普遍的露天电影院等待电影开始之前，借着黄昏微弱的光线努力阅读一个五线谱谱例，想感受那个旋律。因为没有听过那些杰出的作品，从这个阅读中我只是抽象地知道了西方音乐史的轮廓，并且感觉到音乐史的写法与其他文体皆不同，这是作者对丰富的音乐资料进行分析研究后形成的定论。1982 年底，沈知白先生的《中国音乐史纲要》出版了，当时定价 6 毛，这是我读到的第一本关于中国古代音乐史的著作。但既然是纲要，所以并不是音乐史写作的完成式。如贺绿汀先生在前言中所言，"这是一本提纲式的讲稿……似乎还远未完成"。这本约七万字篇幅的薄册子，让我读起来意犹未尽，特别是作者对一些史实只是简单介绍，让我更想一探究竟。当时我们开设了中国古代音乐史课程，所用的教材是音乐研究所的吴钊、刘东升两位老师合著的《中国音乐史略》。这本"史略"让我更想知道"详"，于是开始啃起了杨荫浏先生的经典之作——厚厚上下两册的《中国古代音乐史稿》。就这样，我知道了中国艺术研究院音乐研究所。

杨先生这部厚重的经典之作，在勾勒每个历史阶段的音乐事件和学术意义的内容中，有几乎三分之一的篇幅是关于各时代人们在乐律学领域的探索，对古人的得失成败，分析深入。在这部分的书写中，体现出乐律学的学科特点，它所具有的严谨性和对读者的知识结构的高要求，激起了我对乐律学的极大兴趣。幸运的是，在那个"科学的春天"到来的年代，音乐研究所几位前辈学者陆续出版了自己一辈子的学术结晶，随着杨先生 1981 年出版了《中国古代音乐史稿》，缪天瑞先生也于 1983 年出版了《律学》(增订版)，这使我的学习热情立刻找到了具体的落脚点，花了许多时间钻研律学。

由于在大学读书期间对音乐理论的兴趣，我对音乐生涯的想象已经不只是当一名演奏家，而在毕业时，又正面临着国家的经济改革，全社会的关键词是"责任制"，体现在艺术领域就是艺术团体经营的"双轨制"和流行于全国的"走穴"演出。这与我自幼心目中的演奏家形象大相径庭。这些原因让我放弃了以音乐表演为生的理想,选择了去《新疆艺术》杂志社当编辑。

二、在新疆得天独厚的音乐文化环境中开始学术试步

我所供职的《新疆艺术》期刊当时有个立刊主导纲领,就是把这个刊物办成丝绸之路文化研究的发表阵地,所以,我每日阅读稿件多涉此论域。地处新疆这个古代丝路必经之地,丰富的文化遗迹给艺术家们提供了丰富的创作灵感,也给文史哲各领域的学者提出了许多研究命题,产生了丰富的艺术作品和研究成果。而我在这个艺术和学术的氛围中,在研读学习古代音乐史和一些丝绸之路文化研究的论著的过程中,有一个强烈的心得,那就是"文化西来说"如此深入人心,以至于在创作和研究中都留下了深深的烙印,大量的研究着力于勾勒文化东渐的规模、内容以及对当时中原文化的影响。这让我产生一个疑惑:文化交流在客观上应该是双向的,为什么只探讨文化西来而没有反向流播?于是,我用从杨先生的《中国古代音乐史稿》中学习到的研究思路和方法,在图像资料、史料和文学作品蛛丝马迹的信息中寻找材料,并将它们建立起逻辑联系,写成了《古筝西渐探微》。在这篇文章中,我还运用从缪先生《律学》中学到的知识做了一段古筝上运律实践的分析。有朋友读过后说:"我认识每一个字,但说的什么一概不懂。"我听了心里不免有点儿得意,以为这表明我的写作已经有了些学术性。虽然今天想来还是比较幼稚,但我当时的确是有着强烈主观意愿要从音研所前辈的学术叙事中学习研究方法。

1987年夏,我遇到一个绝好机会,跟着中国美术卷新疆分卷编目小组跑遍了新疆南部的石窟和吐鲁番地区的石窟,1986年、1988年两次去莫高窟朝圣般地细细考查了莫高窟几乎所有的石窟。后来就很少有

人再有机会如此完整、系统地观摩，因为莫高窟出于保护措施，有些窟不再开放了。这些经历，最后形成了两篇音乐图像学研究论文：《新疆石窟壁画中的汉风乐器》《箜篌变异形态考辨——新疆诸石窟壁画中的箜篌种种》，并分别发表于中国艺术研究院音乐研究所创刊不久的《中国音乐学》1991 年和 1994 年的第 4 期，至今还常被各地相关专业的研究生导师作为范文用来指导学生。《箜篌变异形态考辨——新疆诸石窟壁画中的箜篌种种》这篇文章还被收入《新格罗夫音乐与音乐家辞典》(*The New Grove Dictionary of Music and Musicians*) "箜篌"条目的参考书目，并于前几年发表在国际英文期刊 *Music In Art*。在做编辑工作的 7 年中，我在内地、香港地区的报刊上发表了数十篇学术论文和艺术评论文章。就这样，我在音乐研究所学术前辈的引领下，向着学术之路蹒跚前行。

1988 年，我和新疆的作曲家周吉、邵光琛先生合作创作了古筝独奏曲《木卡姆散序与舞曲》，这个作品以鲜明的风格及其独创性，成为问世 20 多年来被演奏最多的作品之一，并被收入多本古筝曲集。已故学者席臻贯曾撰文评价此作品"在学术上有着独特的分量，可谓艺术与学术氤氲醇化为一炉"，认为此作有着学术性之负载。很显然，这样的发展方向是在对音乐研究所前辈的学习中渐渐形成的。

三、第一次走近音乐研究所

相比音乐研究所较我年长的同事，我对黄翔鹏先生是陌生的，甚至连先生的模样都想不起来了，但他的学术路向对我的影响却是深刻而长久的。记得 1991 年我报考音乐研究所的研究生时，为了免除重复进京参考的路费，研究所专门为我在初试期间安排了复试环节的面试，那是我和黄先生唯一一次面对面接触。那时，恭王府显得破败凋零，远没有今天的王府气派。但那时的恭王府却是全国各地学者心目中最钦慕的地方。我在一个光线昏暗的小屋里，心情兴奋地等待着，当郭乃安先生、黄翔鹏先生及其他几位所里的前辈鱼贯而入时，我心中的兴奋达到极点。现在想来，也在问自己，为什么当时不是考生应该有的紧张忐忑，而是兴奋呢？其实原因也很简单，我得到了一次与大师们对话的机会，为什么要让那没用的情绪干扰我呢！在面试中令人印象深刻的是，老先生们对我这年轻后学的宽厚态度。他们让我谈谈为什么要报考音乐学专业，我问："我可以说的长些吗？"他们说："你随便说。"于是，我从幼儿时的会唱歌说到"文革"无学可上，掰着手指学识谱；从做了张古筝学《渔舟唱晚》到放弃中文系的录取通知书，一门心思想当演奏家；从对敦煌壁画南北朝画风的着迷使我产生了对音乐图像学的兴趣，最终回到了我对中立音问题的困惑……我漫无边际地说呀说，前辈们静静地听呀听，没人打断我的"信天游"。按照考试要求，我要弹奏一首乐曲。为了这次学术对话的机会，我准备了技术难度不高，却具有史学意义的客家筝曲《出水莲》。担心被质疑演奏能力，我还准备了另一首难度较高的作品。不过，《出水莲》果然引起了黄先生等对历史上客家民系迁徙在音乐中留下的痕迹感慨起来。音研所不以演奏技术判断人的音乐修养，没有人要求我表演技巧，客家筝曲中所透露出的中原声韵和南国滋味才是理论家们更在意的。

  这次考试终因英文而败北，但没过多久，周吉捎来了黄先生的鼓励："李玫很不错，不要气馁，再来！"那一次考试，我还有另一个收获。黄先生托我给新疆音协秘书长带去他的论文集《传统是一条河流》，我回到乌鲁木齐后，和秘书长说先借我看看吧。从此这书就归我了。以今天出版装帧的标准看，这本书的纸张、印刷和装订都太粗糙，但它却给了我极大的学术营养，书中所涉及的许多学术议题，成为后来我关注的重要论域。

四、从私淑弟子到嫡传弟子

乐律学是音乐学的基础,也是音乐研究所学术传统的核心,这从杨荫浏、黄翔鹏先生的学术论著中可以看得非常清楚。我虽然不是音研所前辈的入室"嫡系"弟子,但从愿望到行动都是以研习乐律学理论为重,所以我把自己定位为音乐研究所的私淑弟子,通过认真研读众前辈的论著,私淑诸人。在我的学术研究道路上,由于音乐实践的原因,从一开始就确立了以中立音现象研究作为目标,并且从杨荫浏、缪天瑞、黄翔鹏先生的相关研究以及阶段性结论作为对这个议题的起点。

在全面寻找有关中立音现象研究的即有成果的过程中,我看到了赵宋光先生在这方面的元理论表述。他深刻而清晰地阐述了在音乐流动中中立音形成的数理本质,这是以往的研究表述中从未见过的一种思辨方式和陈述方式,它和中学时代我们得到的数理化三科思辨论证的训练是一致的,这很吸引我!毫无疑问,我做了赵先生的学生,开始系统地学习赵宋光先生的音乐形态学理论。为了揭开普遍存在于中国广大区域的中立音现象之谜,在赵先生的启发下,我将目光投向更久远的历史深处。匈奴、鲜卑、羯、氐、羌以及他们的先民在中国大地上驰骋纵横的历史陈迹与含中立音音调的地域分布必然有着不简单的关系。通过以乐律学理论为基础,以乐律学所提供的分析方法作为研究抓手,对中立音现象进行形态学和民族音乐学的研究,我实现了中立音现象理论解释的原定目标。赵宋光先生于 20 世纪 60 年代在音研所的工作经历及研究成果的积累,不仅为我后来的学术道路提出了一个又一个学术任务,也实现了我作为音研所弟子的愿望。

赵先生在音研所工作期间,有一个重要的研究成果,即关于中国古代音乐理论"燕乐二十八调"的内在结构阐释。他的研究领域和研究方法在音乐研究所的整体学术氛围中是那样的浑然一体,他和杨荫浏先生有同有异的理论方法和实践特征如同前后相继并不断生长的音乐研究所学术之树上的繁枝茂叶，各显风华，但都根植于厚重的中国学术传统，也都具有近现代科学发展给人文学科打上的烙印。赵先生在音研所工作时期的成果《燕乐二十八调的来龙去脉》（1964年4月油印本）集合为音乐研究所学术成就的一部分，这个成果在30年后成为撰写《中国大百科全书·音乐 舞蹈》"燕乐二十八调"大条目的基础。

  中国艺术研究院音乐研究所在建所伊始，就集结了全国顶尖学者，建立了比较完整的学科布局，乐律学是学科理论的基础，目光聚焦在活生生的音乐实践，同时投向久远的历史源头，观察每一种音乐事项形成的来龙去脉，这种学术风格包含着即时性和历时性的双重视角，形成了音乐研究所特征鲜明的学术传统。前辈们的学术论著至今仍然具有强大的学术影响力，很多议题的结论或观点是这个所所有学者在长期的探索中形成的共识，而且呈不断发展的过程，并没有一论定终生。比如杨荫浏先生在生命末年，仍有文章反思自己数十年前的结论，修正过去曾经发表的观点；缪天瑞先生的《律学》三次修订和增订；黄翔鹏先生笔耕勤勉，除了在三部论文集和一本《乐问》中讨论丰富的中国传统音乐问题，还用一本《中国传统音乐一百八十调谱例集》对自己的理论进行实证研究。我徜徉在这条学术之河中，不断成长、成熟，承蒙中国艺术研究院音乐研究所各位前辈、学长的关爱，在当时以乔建中为所长的领导班子的努力下，我于2000年获得博士学位后就来到音乐研究所工作，我的学术小船终于驶入我向往已久的港湾。

  在音乐研究所工作的前10年，我出版了《东西方乐律学研究及发展历程》和《中国传统律学》，这两部新著不仅努力改善此领域原有成果中学理表达方面的不足，提升方法论意识及分析手段，还增添了许多过去同类著作中没有的内容，特别是一直围绕着乐学实践来谈律学问题，使长期以来律学研究的冰冷面孔变得生动而富有现实意义。乐律学前辈赵宋光先生在该书的序中指出："利用信息时代的传媒，利用国际文化交流的崭新渠道，获取了许多前所未知的史料，进一步拓宽视野。

这是我几十年来做不到的。这令我在通读这部书稿时由衷涌起阵阵感激之情。"

在杨先生和赵先生的"燕乐二十八调"研究的基础上，我展开了进一步的研究，终于在经历了15年的冷板凳后，出版了《"燕乐二十八调"文献通考》。这项工作是对前辈学者研究成果的继承与超越，弥补、修正以往研究中存在的不足。这样的自我表述并不是妄自尊大，而是学术研究和学术史发展应该做的，因为我有幸站在巨人的肩膀上，也因为科技信息技术的发展，让我有幸得到了更丰富的资讯，看到了更多的文献。

在音研所这个港湾，我所感受到的学术熏陶和激励，令我在学术的道路上心无旁骛，时刻准备着在一个新的议题上再次出发。有同事看着我这些年所关注的领域以及所有的学术表达，很感慨地说："你真正继承了音研所的学术传统。"我听了这样的评价，如同获得一枚很高荣誉的奖章般高兴。

我没有机会亲身感受杨先生、黄先生他们在讨论学术时的状态，但在赵宋光先生身上却可以看到，无论身体多么羸弱，一旦论及学术，他的生命之光就燃烧起来。在音乐研究所这20年的学术生涯中，对王国维用宋词"衣带渐宽终不悔，为伊消得人憔悴"所寓意的学者境界有着渐行渐深的体会，这种体会也给我带来了真正的幸福感。

我在中国艺术研究院所经历的点滴记忆

姜维康

我是1986年从部队转业到中国艺术研究院的，经历了中国艺术研究院后期各项事业全面发展的过程，至今已35年。在中国艺术研究院70华诞之际，回忆起我所从事工作中的点滴，勾起了我心中的随想。

一

中国艺术研究院原坐落于北京市前海西街17号恭王府院内，研究院各所室、职能部门在院内办公，中国音乐学院附中单独一个楼进行教学，院内住着研究生部的学生、音乐学院附中的学生和中国艺术研究院、中国音乐学院等单位20多户居民。因此，安全保卫工作被列入了中国艺术研究院日常管理的重点，也是西城公安分局消防安全的重点。

中国艺术研究院当时没有专门的保卫机构，安全保卫工作由党委副书记兼办公室主任张耀基同志负责，并配有一个工作人员。我到了院里后，领导研究决定让我负责安全保卫工作，机构上设立保卫科，后保卫科升格为保卫处。部门设立后，保卫人员进行了调整，白天由门卫值班，夜间设立巡逻队不间断地巡查。没有专职的保安，就安排农转非的三个职工担任。从设立值班日志、巡逻登记、保卫值班访客记录等，制定了一系列规章制度，使保卫工作走上正轨。

为加强夜间巡查、能及时发现隐患、处理好应急情况，刘颖南同志特意安排我住在院内。从即日起，我几乎白天上班，夜里坚持巡查，既当带班员，又当巡逻队员。晚上恭王府院内个别办公室有人加班亮灯，院内没有路灯，每到一个小院子里一片漆黑，阴森森的，因为是多年的老院子，巡查中还常遇见小松鼠往树上爬，刺猬在地上滚，黄鼠狼往墙洞钻，墙头上有蛇晃动等，只因胆子大才不害怕。就这样，日复一日的巡查，确保了重点文物保护单位的安全，在西城分局安全消防检查中我们院多次被评为优秀单位。

除做好重点文物保护工作外，我们对院内一切重大活动也是积极配合。记得1987年5月10日，由中国艺术研究院主办、马文所承办的纪念毛主席《在延安文艺座谈会上的讲话》进行的学术会议在人民大会堂召开，当时的国家副主席王震和胡乔木等其他中央领导人参加，我们圆满完成了保卫首长的任务。

二

1992年我被调到党委办公室任主任，我同副主任张海玲同志一同担起了党委的日常事务工作。那时的办公室西侧是人事处，南侧是院行政办公室，我们办公室在东侧，整个小院里春天满院花香扑鼻而来，夏天一不注意小小的黑蚊子叮咬痛痒红肿，尤其在阴暗潮湿的办公室内，我特意备了风油精，痒得难受时涂一下。

几个部门在一个院子里，有时部门之间串个门，工作之余聊个天，还是蛮开心的。党委的几个书记常到我们办公室来指导检查工作，有时还和我们聊聊天下事，上下级之间相处很融洽。曾记得，根据上级要求，党委对党员进行了重新登记，并分批组织党员学习中央有关社会主义初级阶段市场经济的文件，并进行分别讨论发言，根据发言材料重新整理编写了《社会主义初级阶段的艺术文化》一书，党委书记刘颖南为主编，由文化艺术出版社出版，深受好评。

90年代初，文化部开展了全民健康运动，并组织了一次文化部系统体育比赛活动。院党委积极响应号召，委托由党办、工会牵头，组织职工积极报名，由领导亲自带队在丰台某宾馆集中备战一周。最后，我院获得4×100米男子接力赛冠军、女子跨栏第二名、男子扔铅球第二名的好成绩。

党委还十分重视拥军爱民工作，由团委书记常丰威同志牵头，同驻门头沟某部通信团共建"双拥"活动。每逢新年春节，研究院的有关领导带队派代表去部队进行慰问演出，深受部队的好评。

三

1997年，我到了研究生部（现研究生院）工作，担任副主任兼党支部书记。研究生部招收的博士、硕士研究生名额不多。可是研究生课程班学员较多，这些学员进修一年就是奔着考研而来的。研究生部在恭王府内条件十分艰苦，办公室课堂均在东侧一座二层的楼上，下层美术研究所占一部分，还有一部分当食堂。学生的宿舍安排到楼西北侧一座二层的简易楼上（1976年唐山大地震后建的防震楼），还有几间小平房，都是学生住的。我记得梁江读博时，一个人就在小平房里埋头苦读、写论文，有时还喝喝小茶。学生中有少数民族，我同食堂师傅商量单开了一个窗口让少数民族学生打饭。研究生部领导很重视校园文化生活，伍国栋主任带领师生一起春游、秋游，逢新年春节便组织师生召开晚会，跳舞唱歌表演节目，伍国栋主任还亲自带着四川口音哼几下。

2003年，当时研究生110人，课程班学员150多人，我们按教育部要求，在分管研究生部工作的副院长张庆善领导下完成了培养教学、毕业生论文答辩、毕业生就业分配、新生招生和日常管理工作。最令我们难忘的是2003年3月、4月非典时期，按市教委的要求，我们对京内学生做好防非典的同时，教学继续进行，对不能离开校园的新源里学生由学生会同学开展打乒乓球等文娱活动。经市教委同意，对京外参加英语口语考试的硕士考生，我们采取了导师与考生通电话的形式，确定口语水平进入录取环节，这种特殊时期的特殊办法保证了招生工作的公正公平。

经文化部批准研究生部更名为研究生院后，在中国艺术研究院的领导下，研究生教育有了很大改观，教学条件不断改善，招生规模不断扩大，艺术教育出现了前所未有的改变。值得一提的是在2010年至2019年的十年间，正赶上国家"十二五""十三五"期间大力支持西部地区建设，进行文化扶贫、脱贫攻坚的阶段，也是我国高度重视非物质文化遗产保护的时期。文化部（2018年改为文化和旅游部）把援助新疆非物质文化遗产保护人才培训的项目交给了中国艺术研究院，研究生院承担了培训的组织、教学、生活管理等一系列工作。我受命担负起新疆非物质文化遗产保护人才培训班的班主任，后又肩负西藏培训班的工作。我深知连续十年的培训工作，离不开中国艺术研究院几届领导的高度重视，王文章院长一开始要求我们当作一项政治任务来完成，前几期坚持参加开班典礼，并在结业时颁发证书；连辑院长在百忙中参加新疆班的结业典礼、观看少数民族学员文娱汇报演出；常务副院长兼研究生院院长吕品田一直亲自主抓，每当我们向他汇报、请示有关培训班工作时，他都当机立断给予支持；副院长周泓洋在西藏挂职期间，以研究院的经费支持，为西藏文化干部培训了两期，他还从西藏回京到培训班为学员们授课；韩子勇院长来到研究院后，十分重视非物质文化保护人才九期培训班结束后的工作，亲自组织安排了一次对新疆班学员的专题回访调研。韩子勇院长、刘宏昌副院长带队，一行7人，于2019年7月27日至8月2日进行了为期7天的调研。由新疆艺术研究所组织，在乌市、喀什市分别召开学员座谈会，听取新疆文化厅领导的建议、意见，实地走访学员所在单位，为继续巩固做好文化援疆打下基础。

培训工作的顺利开展离不开研究院的组织和各部门的参与。研究生院的各位领导都十分重视非遗人才的培训，研究生院还在山西文化厅非遗处设立"非物质文化遗产保护人才培训基地"。研究生院院办、学生处、教务处、财务处的老师们也全力支持。在后勤保障方面，海连波老师做了大量细致的工作，设立清真食堂、配备专职厨师。赴山西考察期间，少数民族就遇到了困难，我和海连波老师每次都亲自到前门牛街超市采购清真食品，每人一大箱分发大家随身携带。在培养教学方面，让最好的导师给培训班授课，讲授非遗方面的理论知识，教会学员实际申报操作、田野调查等方法，还特意请莫言进行一次面对面授课。学员们大都第一次来北京，为了不失去这次学习机会，有的将刚生下3个月孩子断了奶来参加培训班；有的家里有病人，毅然决定不请假回家坚持学习；有一个哈萨克族学员汉字不太会写，慢慢地练，坚持完成作业。他们如饥似渴地努力学习，回到原单位后在非遗工作岗位上发挥了骨干作用，有的担负起部门领导的重任。

十年间，中国艺术研究院共举办了9期非物质文化遗产保护人才培训班，培训文化系统非遗方面干部114名。其中新疆班7期，来自全疆各州、地、市、县的文化系统干部90名；西藏班2期，来自全藏各地、市、县的文化系统干部24名。2013年5月23日，《中国文化报》刊登了中国艺术研究院响应文化援疆号召、培育非遗保护专业人才的报道，在全国文化部系统反响很大。2014年，在国务院举办的第三届全国少数民族团结表彰大会上，中国艺术研究院荣获国务院颁发的"全国民族团结进步模范集体"荣誉奖状，是文化部系统荣获此荣誉的唯一单位，研究生院副院长张海玲同志出席了表彰大会。受院领导的信任和组织推荐，2019年11月，我本人被文化和旅游部授予"文化和旅游部系统离退休干部先进个人"荣誉称号。

上述所讲的一切事和人，是我在中国艺术研究院工作中所经历的，也是我人生中一个侧面，这些反映了中国艺术研究院在艺术科研、艺术创作、艺术教育等方面不断发展的缩影，我谨以此向中国艺术研究院建院70周年献礼，祝我们国家越来越繁荣昌盛，中国艺术研究院能够做出更大的成绩！

凝聚着党和几代研究者的爱

—— 数说中国艺术研究院藏品

韩 萍

今天，我们在这里隆重庆祝，中国艺术研究院建院70周年，站在新时代新起点上，考察艺研院艺术文献资料保藏50多年的发展。长期以来，在党中央坚强领导和全国大力支持下，艺研院解放思想、与时俱进、改革创新、勇担使命、砥砺前行，在建设中国特色社会主义伟大进程中谱写了勇立潮头、开拓进取的壮丽篇章，率先为全国非物质文化遗产保护建设做出了重大贡献。

作为一个承上启下的研究馆员，有幸亲身经历了我院的由资料馆演变为图书馆的发展过程。1983年我从事了艺研院的图书资料文献管理服务工作。2001年7月，院统一整合了十几个所的图书、音像、艺术文物等全部资料，正式定名为"图书馆"，定员25人。我被任命为馆长助理，馆长指派我负责带领刚刚组建的馆员分头工作，把恭王府里分散在各个所的资料室的文献资料、左家庄音研所的文献资料，分门别类清点书刊和艺术文物。当时正值夏日酷暑，为保质保量安全做好这项工作，全然不顾汗流浃背。我们把每一件艺术品小心翼翼、格外精心地统计数据，每看到如此好看的珍宝，不由自主地赞叹激动乃至敬仰，同时将各个所里的图书报刊、文献资料和文物装箱搬运至新院址——惠新北里甲1号。整项工作时间短、任务重，虽然又脏又累，但是，馆员们各负其责，繁忙有序，原计划一个月，全馆上下斗志昂扬、齐心协力，干净利落地提前完成了任务，受到了院领导的赞扬嘉奖。

中国艺术研究院一向以其丰富而珍贵的艺术资源而享誉海内外。2003年一年中，我负责接待来院参观艺术珍品的人数就超过了600余人，有时周六、周日也开放展馆，共接待过50余个国家的来宾。馆里时常聘请研究员为全馆馆员讲座，介绍讲解艺术品收购采集的情况，我也聆听过院里研究员王树村和王海霞讲座。当时国家虽有经费资助购买，但经费有限，老专家经过调查研究，走乡串户收集了数万件民间艺术品。本院有戏曲、音乐、美术的实物收藏和音像资源，尤其是年代较远（如清末民初至"文革"以前）、地域性较强的资源，在全国是不多见的。中国艺术研究院建院70年来，几代专家学者在民族民间文化艺术保护性研究的领域默默辛勤劳作，忘我探索，取得了举世瞩目的成果，得到了社会各界的赞誉。民间艺术是中华民族文化遗产中的明珠。民间的丰富艺术宝藏需要我们去挖掘、整理保护。

中国艺术研究院是经国务院批准于1980年10月定名的，其前身中国戏曲研究院、民族音乐研究所、民族美术研究所都成立于新中国成立初期。从毛泽东主席1951年4月3日为中国戏曲研究院成立题词"百花齐放，推陈出新"并题写院名算起，中国艺术研究院已走过半个多世纪的历程。为证实这幅题词是毛主席亲笔题写笔迹，在2004年5月13日，我和馆员郝玉萍来到马少波先生家中，马老当时任中华全国戏曲改革委员会秘书长，是文化部党组成员、中国戏曲研究院党总支书记，他目睹了毛主席这幅真迹的书写。马老向我们详细回忆了当时毛主席题词的情景和他如何亲自取回的来龙去脉。马老为此做了墨宝鉴定。这应该是最真实和具有权威性的鉴定书，这些原件都在馆里保藏。

中国艺术研究院图书馆筹建于1973年，原称资料馆。2002年，合并戏曲、音乐、美术等研究所资料室，正式组建中国艺术研究院图书馆，并迁入新址。图书馆的资源，经过几代人的辛勤努力和50余年的发展积累，在艺术文献资料方面，形成了搜集、加工、存储、提供和开发文献等藏用并重的格局，成为国内集图书、报刊、音响音像资料及乐器、书画、图片等实物资料为一体的有特色的艺术资料信息中心。

图书馆馆藏图书现已达115万余册，其中古籍13万余册。本馆所藏的善本书籍大部分为戏曲、美术、音乐等艺术类古籍，其中有诸多罕见的珍贵版本。戏曲类善本如明刊本《临川四梦》，清代南府、升平署剧本，升平署扮相谱，清代百本张、聚卷堂、别野堂等著名书铺的手抄曲本等。音乐类的善本涉及乐理、律吕、琴学、乐谱等方面内容，如明刊本《律吕解注》《律吕直解》《风宣玄品》《弦索备考》《太音希声》《藏春坞琴谱》等，是音乐类古籍中难得的珍品。这些善本主要是20世纪50年代以来陆续接受原北平国剧学会、原文化部戏曲改进局、原文化部艺术事业管理局、原中国艺术博物馆等收藏，以及傅惜华、梅兰芳、程砚秋、齐如山、杜颖陶、盛家伦等名家捐赠，还有本院学者们的辛勤搜集，具有较高的学术价值、文物价值和艺术价值。

图书馆所藏丰富的非图书资料是重要馆藏特色，包括音响、音像档案、图片、实物，等等。图书馆存有音响音像档案资料两万余小时。音响资料包括民族民间音乐采风录音、老唱片及戏曲实况录音等。我院收集的7千小时民族民间音乐录音资料，囊括全国各民族、各地区的传统音乐音响资料，1997年被联合国教科文组织列入"世界记忆名录"。本馆藏有7万余张20世纪出品的胶木唱片，其中戏曲唱片有3万张，涉及140多个剧种，而京剧类老唱片就有1.4万多张，囊括了20世纪初京剧鼎盛时期各个流派名家的代表作品。戏曲录音资料包括胶带和钢丝录音带，共 2000 多盘，主要是中华人民共和国成立初期各剧种的演出实况。音像资料共有 3000 余小时，内容包括戏曲、舞蹈、音乐、曲艺、话剧等艺术门类，其中戏曲录像约有 2000 小时。20 世纪 70 年代末，受文化部资助委托，我院有计划地组织人力到全国各地抢救性地采录了一批戏曲老艺人演出剧目及民间演出活动，涉及剧种 69 个，剧目约 600 个，演员约 1600 名。其他戏曲录像资料，还有 1982 年文化部第四次戏曲演员讲习会的全部教学录像，以及为国家"七五"重点科研项目《戏曲艺术长河》采录的资料等。

本馆还藏有蜡筒留声机、机械式圆盘留声机、钢丝录音机及早期电子管音响等，全面反映 19 世纪以来音响设备发展的历史，馆里还专门从天津请来两个师傅复原钢丝带机、胶木带机，经过抢救修复，目前部分设备仍能正常使用。在 1950 年为华彦钧先生录制的《二泉映月》等 6 首二胡及琵琶曲时，使用过的韦伯史脱——芝加哥钢丝录音机，成为图书馆一宝。馆藏一件更为珍贵的爱迪生——安倍 30 型蜡筒留声机，应为我院图书馆镇馆之宝。

2006 年，以中国艺术研究院名誉在中国国家博物馆举办的全国第一届"非物质文化遗产保护成果展"大获成功。我和馆长负责组织运送馆藏艺术珍品到国博，晚上把展品打开布展的过程，现在想起来还是异常兴奋。这些传世之宝，是首次向世界展示，从而揭开了传世珍宝的神秘面纱。这里展示的部分图片，包括实物资料，从一个侧面反映了我院专家学者深入基层，进行田野考察和学术研究的情形。展览期间每天国内外观者络绎不绝，留下赞美的留言。

图书馆所藏的实物资料也非常丰富，美术类实物 162797 件。有书画原作 3902 幅，主要有吕纪、袁江、傅抱石、陈师曾、郑板桥、吴昌硕、齐白石、黄宾虹、张大千、徐悲鸿等人的真迹。碑帖 1243 种、3472 册，印谱 555 种、3896 册，拓片约 10 万张，还有宣传画、版画、年画 5900 多件，连环画 14000 多册，以及瓷器、雕像、文玩、少数民族服饰等实物1300多件。戏曲的实物资料2745余件，主要有清代宫廷升平署戏衣、京剧名演员捐赠的戏衣、舞台演出所需的砌末和面具，以及各类材质的手绘脸谱、泥人张雕塑的戏曲泥人，等等。本馆藏有中外乐器2100余件，分设了古琴、弦乐器、外国乐器、吹打乐器、古代乐器共5个陈列室，展出700件。馆藏的92张古琴中，有40余张唐、宋、明琴最为珍贵。另外，本馆还藏有照片8万余张，其中戏曲类照片3万余张，音乐类3万余张，美术类2万余张。戏曲类照片中包括清末民初的戏曲老照片、京剧名家的剧照等，皆非常珍贵。

中国艺术研究院是全国综合性的艺术科研教育机构，院图书馆作为艺术研究院的专业图书馆，其宗旨即在对艺术资料的收集与保护，为艺术科研和培养艺术理论研究高级人才服务，为推进我院"全国一流，世界知名"的艺术科研和艺术教育机构建设的进程而努力。作为馆里的项目我组织参与了课题的具体工作。联合国教科文组织颁发的世界非物质文化遗产名录证书：昆曲艺术、古琴艺术、蒙古族长调民歌、新疆维吾尔木卡姆艺术，都珍藏在馆里。2003年10月，我参加组织撰写以图书馆的名义申报的课题，国家档案馆《中国档案文献遗产名录》入选。我们申报冼星海《黄河大合唱》手稿、《民间音乐家阿炳6首乐曲原始录音》成功取得了认证奖励证书。

中国艺术研究院用半个多世纪的时间收集整理，努力向世界展示中国艺术文明、精神文明、物质文明。以大历史观之，中华民族艺术千秋伟业恰是风华正茂。实物是最好的见证，是在对中华文明5000多年的传承发展中得来的，是党和人民历经千辛万苦、付出各种代价取得的宝贵成果。回望我院走过的非凡历程，凝聚了当代中国宏大深刻的历史性成就。

在中国共产党坚强领导下，团结一致、奋发图强，很快建立起了独立的比较完整的艺术体系，国民经济快速发展，国家综合国力显著增强，人民生活水平稳步提升，社会主义制度实现了国家高度统一，人民当家做主的地位得到了前所未有的保证，这为艺术文物的收集收购奠定了基础。2005 年，组建中国非物质文化遗产保护中心，并于 2006 年正式挂牌。在中心的推动下，中国非物质文化遗产保护工作取得了巨大的成就，2010 年 5 月，联合国教科文组织支持的"亚太地区非物质文化遗产国际培训中心"在我院揭牌。在研究和保护传统文化遗产的同时，我院也加大了关注现实的力度。经文化部批准，于 2005 年组建了文化发展战略研究中心，从理论层面规划和设计中国当代文化艺术的发展，关注当代艺术与非物质文化遗产研究领域的最新动向。艺术创作及文化遗产保护工作的有机结合，旨在培养、发现和汇聚优秀创作人才，推动艺术事业的发展，进一步完善我院艺术科研、艺术教育和艺术创作、非遗保护、文化艺术智库建设等方面综合性事业的发展格局。中国艺术研究院的艺术珍宝的收藏，为祖国和国外的学者对中国艺术的研究和传承具有不可估量的学术价值，对研究我国的文化和社会的发展也有至关重要的作用。

印说惠新里

郭 强

中国艺术研究院中国篆刻艺术院是中国篆刻组织结构三大板块[①]中，以学术研究为架构，在学术、教育、展览、交流、传播等方向起着国家学科建设的积极作用，拥有强大阵容的学术研究、创作团队，其前瞻性、开拓性、引领性推动着中国篆刻艺术从内修式转向外拓式的发展，以新理念在新领域里独领风骚。我有幸在这三大板块中获得机会表现，很珍惜和感恩。在这里我想说的是参与中国篆刻艺术院各项活动后，留下的认知与感受。

惠新里是中国篆刻艺术院所在地，常因活动走走，其简朴自然的调子让我觉得挺亲切的。然而，用"惠新里"这三个字去地名化，拆开后让我感受到正是中国篆刻艺术院的形象描述。

---

① 中国篆刻组织三大板块为：中国书法家协会篆刻艺术委员会、中国艺术研究院中国篆刻艺术院、西泠印社。

一、惠，惠教化

西泠印社和中国篆刻艺术院是联合国授予的人类非物质文化遗产代表作"中国篆刻"的申报单位和传承保护单位，肩负着传承使命和保护重任。中国篆刻艺术院在学科建设的高度上，注重高级人才的培养与储备，又不忘初心抓住传承的核心——大众篆刻的普及提高，新一代篆刻力量的强化。把教化放在传承和保护上，更加关注与时代同步的创新与发展。作为"印记中国——庆祝中华人民共和国成立70周年大众篆刻作品展"主办者之一的中国篆刻艺术院，其心倾注的是"我身边的篆刻艺术"，而叙说的是"文化自信"来自身边的大众。大众也有高雅情怀，大众也善治印，大众篆刻是中国篆刻艺术构架中的基础力量。"2019潍坊陈介祺金石文化周"从陈介祺金石文化理念，从万印楼篆刻创作与研究，从篆刻进校园，从中国篆刻艺术的细胞衍生出中国篆刻艺术的文化基因，在不同层次、不同地域、不同时空传承和保护。传承的目的是发展与进步，不是固守，认识传统与经典，才能开启新时代的经典。"扎根人民，扎根生活——中国篆刻艺术院'访碑问帖'主题实践活动"，探源泰安、济宁汉魏摩崖碑刻，汲大美之源泉；问道西安碑林，向传统经典顶礼；拜谒龙门石窟，感悟造像书法的魅力；观摩千唐志斋墓志，开启楷法之别裁。走进基层，与基层骨干交流，向生活学习。传承是依靠一代一代人完成的，连续4次海峡两岸中青年篆刻大赛让我们领略到，中国篆刻艺术后继有人，中华民族的文化精神寿同金石。

二、新，新高度

习近平总书记提出的艺术要创造性转换、创造性发展指示精神，其根本点"创造性"，着眼点"转换"和"发展"。以时代精神而焕发的创造性，基于新理念、新方法的"转换"，促使发展达到新高度。故此，

"创造性"是永恒的主题。

中国篆刻艺术院工作自始至终紧扣主题,适时创造性地开展当代篆刻发展的活动,其力度代表着国家行为。与经济发展同步,发挥博览会功能。"人类非物质文化遗产代表作——中国篆刻艺术精品展"在上海世博会隆重亮相,把文化艺术与经济的"形而上""形而下"的关系清晰地展示在大众面前,展示在世界面前,其重要性不是展览,而是宣言。"大美篆刻——走进生活中的篆刻艺术作品展"列入国家艺术基金资助项目,把"大美"与生活串联起来,以揭示小康之后生活中的"大美"情怀,其"转换"功能用之巧妙而润物无声。流派篆刻是文人篆刻,从根本意义上讲,说印更是说人,人的思想品质、文化修为、人生经历,都在印里流露出来,篆刻的人文精神不朽。"天一印语——名阁、名家、名印篆刻特展"在天一阁演绎出这不朽的传承。"龙的传人——中华姓氏堂号暨历代篆刻家名号篆刻艺术展"用篆刻艺术来寻找中华民族的"根",守护好民族精神和大家小家,传承好流派篆刻的血脉,叙说久远而现实的话题。当我们的眼光注意时代性时,其脚步努力前行,忽然回眸,"入古出新——当代著名篆刻家印章临创展"的高度,一是当代篆刻名家风范和引领性,二是表现的方向在临摹与创作上,强化了艺术的"古""新"关系,从而揭示人类文明都是从"入古出新"来的。篆刻艺术回到本体思考时,我们看到当代篆刻名家的执着精神、深厚功底、睿智眼光、风神特立所传达出的脊梁精神。在本体研究上,不可忽视的印材,故又有了"金石永寿——中国第一届寿山石篆刻艺术展"。主题叠加演进层出不穷,"转换"可谓出神入化。

新理念要通过新方法、新形式来落实,"转换"高度推进篆刻艺术延伸表现和形象自塑。中国(广西)篆刻艺术馆是中国篆刻艺术院策划、创意的中国第一家展示篆刻艺术的艺术馆,并运用了数字化来表现篆刻艺术多视角多形式的创意。记得我在数字化展厅看到一方汉印,在屏幕上慢慢地以球形方式旋转,得到的不只是一方汉印的文物美、艺术美，更让观者产生和建立一种现代科技与艺术结合的思维能力和表现手段，超越现有的思维结构、知识结构，中国篆刻艺术生命从有限空间转化为无限空间，真正体现对"金石永寿"的期许。新形式构思、设计、选择、运用等一系列既有程序化的布控，更有眼光和魄力的加载。从中华世纪坛圣殿，步入国家大剧院，邂逅恭王府，读书天一阁，弄潮上海世博会，翩舞北京民族文化宫，驰骋鄂尔多斯，任性南宁中国（广西）篆刻艺术馆等处，这些足迹丈量了中国篆刻艺术院的高度。从作品展示细节入手，篆刻书法题跋在印屏格式，布置加原石同框，模拟古代文人书房模式设计展示空间，都会随着不同展示空间调整出与主题相匹配的最佳格式，其用心至极。在创作、研究、展览为基本程序下，还开发了电子技术产品——中国篆刻艺术应用软件（一期），把中国篆刻艺术转换为技术应用的工具书，其价值是划时代的、有超越感的。

三、里，里程碑

中国篆刻艺术从古代印章的古钵、汉印、唐宋官印、元押印，到明清流派篆刻艺术，每一个文化节点都是一座丰碑，标明时代的痕迹与荣光。近现代、当代篆刻艺术延绵着历史的反思，寻找属于自己这个时代的精神寄托点，逐步转化为篆刻艺术表现形式和手法，其涌现出的优秀群体和卓越篆刻家，是时代的楷模和标志。文化在沉淀过程中需要交流、拓展、传播，多元发展使得文化更有民族性和世界性，中国篆刻艺术亦然。"江山多娇——庆祝中华人民共和国成立六十周年篆刻艺术精品展""中日篆刻艺术展"，以庆典的方式办的中日展，外邦艺术家用中国艺术也来参加盛举，可见交流传播的作用不仅如此。让中国篆刻艺术在世界汉文化圈有更多的延展。又有"'上善若水'——第二届中日篆刻艺术展"进一步加强中日文化交流，增进中日篆刻家的学术交流和友谊。"两岸汉字艺术节"的"两岸篆刻作品展"一办就是九届，海峡两岸篆刻家通过汉字，通过篆刻艺术交流，把中华民族的血脉传播得更久远，而不可分割。"中国印"作为 2008 年北京奥运会的标志，以"中国印"来张扬奥运精神，"中国印"成为中国精神的符号。在重大国事活动，中国篆刻艺术院骆芃芃院长创作的"摆脱贫困""治国现政""美丽中国""美丽巴拿马"诸印，更重要的是为金砖五国会议设计并镌刻五国国名大印，其意义及影响重大。当"美丽中国，美丽英国——中英黄金时代·骆芃芃篆刻书法艺术展"在英国伦敦展出，同时骆芃芃院长"走向 21 世纪的中国篆刻艺术"讲演，再次把"中国印"作为联络中西文化的象征物，骆芃芃院长也成为中国篆刻艺术的形象大使。这每一个思绪，每一个主题，每一个展览，每一位篆刻家，每一方印，都饱蘸着文化自信的恩泽，把中国篆刻艺术的历史里程碑一个个建立延续下去。

篆刻是印，印是篆刻。在时间节点上有界限划分，有狭义广义之别，但在数字化时代界限已经模糊淡化，去界限为背景的需要。西泠印社、中国篆刻艺术院为人类非物质文化遗产代表作"中国篆刻"的传承保护者，我们每一个印学团体，每一位篆刻家，及大众篆刻爱好者都加入传承保护行列，创造性地转换与发展，让中国篆刻艺术的地标孤山、惠新里成为高峰。

中国艺术研究院的"中轴路"和"电影诗"

丁亚平

我在中国艺术研究院度过了 33 年的文字生涯，这不是一段快速、无痕的岁月。回想起在这些蓄养日久、丰神迥别的日子里，我重塑自己，培养起一种有助于发展思维的特殊毅力；时时处处召唤自己，去创造新的未来。我格外感念这持续的相遇——一路走来遇到的人和蕴含其中的一种创造的力量。

一、"九十九间半"

1987 年，我在北京广播学院（今中国传媒大学）研究生阶段的学习即将结束，毕业前夕，不少师友主张每个同学都应留校任教，或到广电系统工作，认为这有助于专业的进步和成长。但我想要去的却是中国艺术研究院。最初知道艺研院，是通过给艺研院院刊《文艺研究》投稿，那还是在上大学时期一次难忘的经历。

我是1978年考上江苏师范学院（今苏州大学）的，读的是中文系。当时正值中国新时期伊始，全社会拨乱反正，施行改革开放，思想、观念、意识的新风拂过竞相呈上升之势的政治、经济、文化、教育诸领域。故步自封的失焦与单一，被拥抱世界的责任和自觉取代。我因为喜欢听应启后老师上的文艺理论课，因此结课的文章写得格外认真，还专门到应老师家里聆听过他的修改意见。应老师是我热爱的老师，当时我们在使用的叶以群主编《文学的基本原理》一书，他是编写组成员之一。在他身上，文艺理论书写者的气质和课堂生动精彩的讲述融为一体。文章经应老师修改后，我给《文艺研究》投了过去。虽然最后没能被采用，但是我收到了编辑部的来信，信写得温柔亲切、理性友好，让我印象深刻。在北京广播学院研究生学习期间，我勤于写作，发表了14篇文章。对中国古代文论，尤其是中国意境学有精深研究的蒲震元老师，了解到我的毕业意愿后，主动推荐我去《文艺研究》编辑部工作。他让我去找与他熟识的刊物副主编张潇华老师。我和张老师电话联系后约好时间，就坐上公交车来到北京西城前海西街17号的恭王府，艺研院当时就寄寓在这个北京最大的王府院落之中。在门口稍作停留，我就沿着正对着大门的"中轴路"走进院子。穿过长长的"中轴路"，走到头略拐一个弯，就来到了一座二层木质建筑前，后来知道这个楼叫"九十九间半"。上了"九十九间半"的二楼，在《文艺研究》编辑部的一个办公室里，张老师戴着一副略偏小的白色眼镜，平和安详地在看稿子，见我来了，抬起头，冲着我微笑，一缕清风似的亲切温和。我把提前准备好的发表过的文章目录呈上，他称赞了我几句。我怕太打扰他看稿，就赶紧退了出来。我将视线在红色的"九十九间半"定格了一会儿，再从不远处的墙角走过，经"中轴路"到大门口时，仍忍不住回头欣赏。

或许是命运使然，那一次见面并不成功。几天后，张老师给蒲老师打电话，说看我写了那么多文章，但作为编辑，本职工作还是编稿子，认为我在编辑之外更有写作的兴趣，选择进行文字意义上的另一种工作实践，或者更适合继续成长。不久，我的研究生同学陆芸芸给我介绍认识她在艺研院工作的大学同学陆弘石。陆弘石的领导艾克恩是一位可亲的长者，因为他出生在陕北米脂县，所以自小就参加了革命，是一个在延安文艺和革命传统里遨游的人。20世纪50年代初，艾克恩跟随他在西北文工团的领导苏一平来到北京，在中宣部工作。80年代，苏一平调任中国艺术研究院党委书记，艾克恩也便一同调入，担任了艺研院当代文艺研究室主任一职。艾老师当时在编一部题为《延安文艺运动纪盛》的书，还准备组织课题组，进行《延安文艺史》的编写工作。他拿到我手写的简历材料，很高兴地说："字写得不错嘛。我和领导谈一谈，问题不大、不大。"当时，我将满26岁。后来才意识到，这个时间点，正是像我这样平凡的人一生命运的节点，值得我永远惦念。它伸展出来的，是伴随了灵魂深处的认知和学术人生的艰辛跋涉，弥合并凝聚心力认识世界、拥抱世界，助力研究与写作多层面展开的全新开始。

顺利分到艺研院工作后，我不久就和当时挂靠在当代文艺研究室、后来独立出来的影视研究室的很多同事慢慢熟识起来。影视研究室起初还和当代文艺研究室一起在恭王府的天香庭院办公，后来他们搬到了"九十九间半"的几间屋子里。在那里，他们重启了《影视文化》丛刊的编辑工作，有时也在"九十九间半"的办公室里给硕士研究生上课。之后，影视研究室和外国文艺研究所合并，改为影视研究所，由中影公司调来的章柏青老师主持新的研究所的工作。影视研究室（研究所）的很多人都是开启我电影人生之门的老师，尤其是李少白老师。李老师长期从事电影史研究工作，1963年和程季华、邢祖文合作编著出版了中国首部电影史著作《中国电影发展史》。做一件事，坚持一段时间不难，坚持20多年孜孜努力始终如一，对一般人来讲几乎不可能。与李少白老师同在艺研院电影学最高处的，还有中国电影史料方面百科全书式的人物邢祖文和精于电影、戏剧翻译与电影美学理论研究的郑雪来老师。三位老师都是有个性的人。与郑老师不同,邢老师不轻易说话,李老师话也不多,但是绝无拒人于千里之外的做派。他们是最好的人,时时温暖着我们。他们说的每句话,往往引起许多人的关注。阅读他们的著述,聆听他们日常的耳提面命,是引领我们进入"电影诗"的最佳途径。李少白老师理性、睿智、敏锐,还常常对我这样的年轻人不遗余力地给予赞美和鼓励。

二、"中轴路"

最初,我对电影纯粹是喜欢和好奇,但影视室的同事是最好的老师,他们邀我看内部电影,参加电影史学术研讨会,出席作品观摩与座谈,写电影史论文和影片评论文章,让我知道了影视世界之缤纷多彩,电影史之悠远丰富。最初的绽放,缘于电影的诗,进而迷上了电影文字生涯。

也许,这就是我和电影的缘分。恭王府里的"中轴路",虽然不算长,却四通八达,如蚀刻般醒目、迷人而低调,除最里面的"九十九间半"之外,还通往院部各个机构,如院办、财务、保卫、大会议室、资料馆、研究生部、食堂以及一个在夏天可冲凉的洗手间等,在"中轴路"的一侧,甚至还设有一个小型的电影放映厅。日月星辰,单纯、安静、温柔、平和、谦卑,让人不胜喜爱,有时甚至感觉不到它们的存在。自我进入艺研院工作,最初的 16 年,我一直住在恭王府这个院子"中轴路"东侧的一个二层简易小楼里。这个简易楼由活动板与石棉瓦搭建而成,因为住了院里最初一批毕业,也是国内最早培养的音乐、美术、戏曲、舞蹈专业的硕士、博士,所以被戏称为"博士楼"。"博士楼"冬天北风劲吹很冷,夏天在烈日照射之下又很热,住在里面的人自嘲它"冬天耶路撒冷,夏天萨拉热窝"。清冷的晚上,有时穿过黑影幢幢的"中轴路",到天香庭院的办公室去,因心里所融入的闹鬼故事的因素作用，时时生出一股寒意，无论快走抑或是慢走，总感觉身后跟着一个什么人或东西似的，这时就需要拿出勇气与恐惧和孤独作战。当然，看月光洒落在"中轴路"上，意象古典，清秀旖旎，更多彰显的，还是让人喜欢的气度。

1993年初春的一天，李少白老师自院外走进院里，在"中轴路"上恰巧和我相遇，他笑着叫住了我，我以为是闲聊寒暄，不曾想他是问我有没有考电影学博士的意愿。当时，他刚刚在院里王朝闻、张庚和北京电影学院沈嵩生、中央音乐学院于润洋几位先生的支持下，成功拿到了国内首个电影学博士学位授权点，打算招收电影学博士研究生。在李老师的努力下，艺研院1981年在国内获得第一个电影学硕士学位授予资格，招收了中国首届电影学硕士研究生，现在又得到招收电影学博士研究生的宝贵机会，欣何如之。他达到如此成功的境界，令人感佩。我虽然多年在北京求学，在赵凤翔等老师的帮助下，已逐渐建立起喜爱读书的良好习惯，深刻体会到知识和思想的探求在学习、工作和生活中的重要性，而且我之前也曾计划报考博士生，但学习电影学、攻读电影学博士学位于我有很大的跳跃，是我从来没有想过的事。我嗯嗯啊啊地应承着李老师，心里想的是如何拒绝，完全没想到很快受命专心参加考试。李老师对我的关爱是发自内心的，甚至是经过深思熟虑的。我说考试要考专业课，自己可能不行，他让我放心发挥；我说读博士需要交不菲的学费，他说他会提供帮助。李老师对电影的爱和热情将我这样愚钝的人心胸填满，我就这样读了电影学博士。当时我已经将自己的硕士论文修订后在上海文艺出版社出版，但在电影研究和学习上，我不能不懂装懂，通过补课我慢慢对自己的缺陷和盲点有了比较客观和深入的认识，并最终在电影学术上找到了归根想象和思维乐趣，开启了另一种新的生命的对话。

"中轴路"其实不大，它在我心里和记忆中却温柔宽广，留下了特殊的标记。"此身合是诗人未？细雨骑驴入剑门。"心之所及，皆是过往，它留下了永久的回味空间。

三、持续的相遇

李少白老师身上体现的标准之高，是常人中极少见到的。他的史料学和文献学功底很扎实，而他理性的思维习惯、广博的视野，以及不断克服困难的坚韧精神，体现了他对于学术研究和知识探索的诚实追求。我以为，自己在电影方面作的学问，并无奇贵之处，就是向李老师这样的前辈学习，踏实地做着自己愿意做的事情。也许，这是扎根于自己的生命体验，是考验我们是否能够以与前辈带给我们的相等的努力来回报他们。广阔、复杂、多变、具有难度，但是承载的情感、跨越的念想、发现的喜悦，以至追蹑历史研究而来的智慧，却无比真切。

如何从研读史料和史著中学习是容易掌握的，而从中获得李少白等前辈那样的思想力和洞察力却不易。他们给了我很多鼓励，如黎明曙光的温暖，一切都在我的心中，让我珍惜学习的每一刻。李少白是我心切慕之的前辈老师和同行中最杰出的一位，安于读书写文章，贯通了艺研院传统的启示性。李少白、郑雪来、邢祖文、章柏青等老师的电影通识和学术研究的成功，体现了术与道的区别，求道得道，所以能获得多助。时间长了，于此稍通，我自己也就下定决心，携带全副心力，融入这样一张可称之为"中国艺术研究院学派"的"无缝网络"，将理论和史学的职业要求和人生价值观、世界观，以及对电影学术的追求结合在一起，达到内省和悟道的境界。

也许可以说，"中轴路"带给我们的是一种持续的相遇，它的风景是无与伦比的。在时间的长河下，它使我们对中国艺术研究院电影学科的知识视野及方法有了一个清晰的概念。

中国电影学科建设和电影学术研究，在长期的发展中有了本质的飞跃。影视研究所在近年来，可以说表现出一定意义上的创造性，它开始于学者个体的创造、清晰的视野和学术共同体的共识。其实，艺研院的几代学者都是这样的，特别是在电影通史研究、影视理论批评方面，成绩卓著。某种意义上可以说，这是彰显了更多元的写作技巧和更具内视性质的学派建设的力量，而这也是真正的诗感——"电影诗"。

可能有朋友知道，中国艺术研究院戏曲研究所的戏曲学派，叫"前海学派"。它在张庚、郭汉城先生等学者领导下，取得了戏曲史和理论评论等方面的诸多成就。就中国艺术研究院的电影学科发展和电影史而言，如果嫌"前海"有点正统，可以直接称之为中国艺术研究院"电影通史学派"。电影学术上有一个中国艺术研究院的学者群体，几代的学者，一直存在。《中国电影发展史》《中国电影通史》《中国当代电影发展史》《中国当代电影艺术史（1949—2017）》《中国电影历史图志（1896—2015）》《香港电影艺术史》《中国电影史学》等数十种电影史著作持续推出，在电影界和理论批评界产生了重要影响。在我看来，它是一条学术的河流，是不断带来启示的纯净而透亮的"电影诗"，符合学派标准。

当然，如果联系起老电影所和影视室从20世纪七八十年代开始就寄居的恭王府"九十九间半"小楼，在这个意义上，中国艺术研究院"电影通史学派"，也可以叫作"九十九间半"学派。当时，李少白老师领导的电影研究所1980年创办的《电影文化》杂志，即今日的《当代电影》，也是在恭王府"九十九间半"的小楼里诞生的。

对我来说，中国艺术研究院，意味着一个传统、一种传承、一个生命共同体，或者就是生命的意义整体、意义共同体。

在很多时候，在这里工作、学习，代表着引领我们专业的方向、传统和道路。有时回忆，包括像2019年参与院里举办教育成果展、主编《中国艺术研究院教育成果论文集·电影电视艺术学卷》，或为建院70周年写回忆文章，做这样充满情感的回顾和梳理，获得娓娓道来的感性与亲切，我们的信心得到了激励。我自己在艺研院工作这么长时间，可以说，中国艺术研究院特别是院里的电影学术，都一直深藏在我的心中，不管是有形的，还是无形的，这些都既是学科的视野、方法，也是一种看似简单实际上并不简单的学派或学者群体的传承，我感到骄傲，更想努力为它做出贡献。

学派，大概不能也不宜外延太宽，学派还是要回归不同学术派别的本义，"以学术为业"，洋溢着一种思想和精神。诚然，非艺研院的电影学学者还有很多，京派作为学者集群，有不同的经验、知识和探索。就中国艺术研究院"电影通史学派"而言，它有其历史的渊源、特定的话语类型、内涵，呈现为或显型或隐型的学者、学派和学科形态的价值。这之中，从传承和切身感受出发最重要。电影通史研究与写作，纵向、横向结合，是一个复数概念。

在我看来，学派的内涵，即学派之所以被称为学派，在于它因研究或关注某一对象而形成学说师承的学术团体。它有三个相互支撑的因素：第一，有确切的、迷人的关注对象，形成了学说和师承，是一个或松散或紧密的团体、机构、平台；第二，这个电影学术上的"学派"，包括科学性、人文性、创新性这样的概念内涵在里面，回到现场的方法看，它实质上综合了史、论、评、策这样的学科结构的关键因素；第三，它以中国电影的中国性，创建起一个完备而又难以穷尽的现代传统，从历史文本到文本历史，带有几代学者集群的路径。这种路径的特质，在我看来包括：一是从历史出发，出一些实实在在的有眼光、贯通心智的成果；二是积极推出一些广博、敏锐而有着深广视野的大家、大师；三是以泥土和诗的本土经验，展呈真正的诗的言说，让人认识自己、学有所长，有修为并拓展、实现我们生命的可能性。

回顾中国艺术研究院"电影通史学派"的发展，会感慨如果有了高原、有了广阔的心灵地形的话，为什么不可以洞悉明白，不能有高峰呢？北京电影学院陈山教授曾提出建立各个高校学统或学派研究的命题，并且以中国艺术研究院为例，梳理了以李少白为核心的中国艺研究院学者群的三大特征：一是高瞻远瞩、具有开创性眼光；二是理论能力极强；三是兼有学者研究和教学的双重本事。此外，他还总结了李少白在中国电影研究中的三大突出贡献。第一个贡献，是李少白和他的团队在80年代所做的三件大事：一是突破了程季华主编《中国电影发展史》的研究框架，提出了一个完整的中国电影艺术史的研究框架；二是开启了断代史的研究，将中国电影史研究在学科体系上推向更深领域；三是他的学生钟大丰、陈犀禾在80年代有关"影戏论"的提出。第二个贡献，是李少白在当年提出的电影学和电影史学概念。电影史学是什么？他认为既是电影学，也是历史学，有其双重属性。第三个贡献，是李少白身体力行地开启中国电影的研究生教育，深入电影史的教学现场，为电影研究生教育的拓荒和电影教育观念的建立做出了重要贡献。

无疑，近年来国内研究机构或高校的学术研究以各自独特的方式，确实形成了更多的饱和度。总结各自的学术传统，走有希望和超越性的路，把中国学派细化成各自的学术道路史、发展史，同时又不放弃自我，就要不断打破、扩展原有的视野，从越来越多的世界中获取新知，真正乐于去接纳和倾听不同的声音。

我在中国艺术研究院的这三十多年，虽平凡，却拥有一个非常难得的时代性机遇。我来自南方，到了北京，在中国艺术研究院学习、工作，纯粹是运气。我想，个人的成长定位、布局开拓，与环境变革、观念变革直接相联。无论欢笑、低语、宁静或呼喊，"中轴路"始终指引着我。"中轴路"和不断开启的"电影诗"对我是一种更深层的唤醒，这或许正是让我满怀敬畏的艺研院指引我所做的——走在无边的学与思的田野里，豁然开朗。

一切与独一无二性的"场域"有关。场域可以被定义为在各种位置之间存在的客观关系的一个网络，或一个永远无法描绘的构型。进一步说，场域是一种具有相对独立性的空间，相对独立性既是不同场域相互区别的标志，也是不同场域得以存在的依据。皮埃尔·布迪厄（Pierre

Bourdieu）提出的场域理论作为基本理论，在社会学思想发展中占有重要的地位，这之中，最值得关注的，是包含着对他者的深切关注和诗性及对话的能力。

人生场景，有形无形，都会发生改变。所学、所得，分享、创造，值得依赖的眼光和长时间的精神涤荡，渗透在中国艺术研究院这样多变而四通八达的场域和共同体中，我们为学术的血缘、持久的信仰和相对独立的场域的低语与协奏而骄傲。内与外的坚守，自我与他者的创新，知识的视野、路径、方法及其露出的边棱，学术写作的大叙述路线，电影通史研究的"历史纵深线"，珍贵而强势的"元类型"，让我们有不同学派和"学派集群"的开启或光大，并深刻感到伟大的"电影诗"之于我们的意义。

作为艺研院的一份子，我努力刷新自己，在这样一个类似学派和学派集群的学科共同体和"空间"之中，感受其背后的精神气脉、共通的心情以及扑面而至的种种复杂感情和关系，素朴又开放，实在令人欢喜。无论是更幽暗抑或更清晰，在真正的电影的诗感中持续深入，以诗的方式言说，才可能显得前所未有得立体。在共同体的文化圆心上汇聚、交集、领受，才能拥有或抵达这样特别而真正的"电影诗"，收获有效的智性资源和像谜一样的果实。

我在艺研院工作多年，率性而为，谦卑、执着，一心向学，发表了一些文章，出了一些专著。工作是美丽的，思与神契，让我获得了快乐；寻出突破口，体会业务和专业的要义，别开心境，让我有了一种更接近目的地之感。三十余年的文字生涯，就是认识自己、成长自己、创造自己的过程。同气连枝，静极思动，不亦乐乎。

所有的日子积淀成我

宋宝珍

  我站在那座王府门前，打量它饱经沧桑的容颜。它不像预想的那么巍峨，那么阔绰，时光让它的灰砖高墙变得古朴雅淡。这里是北京，是恭王府，是中国艺术研究院。

  越往里走，越觉得有些梦幻，仿佛穿越到尘封的一百年前。庭院深深，房舍俨然，院落成串，台阶上下，兜兜转转，来到号称"九十九间半"的二层王室楼宇前，那种王族气派、肃然气象扑面而来。进入楼上一个三间打通的大房间，这就是话剧研究所的大办公室。

  从此，我的命运和中国艺术研究院紧密相连。

  那是1989年，我刚刚硕士毕业，青涩、忐忑、内敛。回望那时的自己，如今的我像是在看一部戏，只是这戏有点长，一晃就是三十多年。

一

那一日，我去寻找自己的宿舍，随身带来的几大箱书籍总得有个着落。走回前院，看到两层灰色的简易楼，是如今建筑工地临时搭建的板棚的样子：用铁架子固定，用一寸厚的大型水泥预制板围拢，隔成10平米见方的一排小格子，格子前面有一条长长的走廊，这就是"筒子楼"。这座简易楼蹲在古色古香的恭王府里，就像一群长袍马褂中间，霍然摆了件鹑衣短褐。

小楼一侧的铁楼梯锈迹斑斑，踏上去"咯吱咯吱"作响，紧挨楼梯的小屋里有一张床属于我。简易楼实在是太简易，在我住进来之前就不知度过了几多寒暑，以致房屋之间的裂隙变大，要靠棉花、报纸、旧衣堵塞，毕竟比邻而居，有男有女，不拆墙就变成一家人也不合适。再有，就是简易楼完全不隔音，楼下住着一对小夫妻，偶尔听到一场家庭大战即将开始，却又很快偃旗息鼓，不然整个简易楼都听得见。偶尔有人用煤油炉偷偷烧个菜，那气味自动昭告全院，脸皮厚的人就可以蹭吃去了。

简易楼还有自己的"雅号"，不知始于何人，冬天人们叫它"耶路撒冷"，夏天叫它"萨拉热窝"。它的墙壁很薄，楼顶是一层铁皮，既不避寒也不隔暑。三伏天热得难受，我就跑到后楼的办公室看书，那时的夜是很黑很静的，院子幽深得有点像无底洞，有时看书忘了时间，半夜再走回前院。人们都说，恭王府后楼"闹鬼"，时有夜哭，开门却不见踪影。有人说看见过黑衣人，不是走路而是像云一样飘过去。一般人天一黑都不去后楼，那里黑魆魆的，总显得诡异，只有我这样的"傻大胆"没有恐惧。

简易楼里面没有水，洗漱必须去楼下水房，水房里总有男生只穿短裤冲凉，他们还比试着冬天里洗冷水浴。女生没办法，只好把水端回房间。寒冬时节，在陡峭的铁楼梯上往来运水，溢出的水就结成坚冰，冰面被踩来踏去，变得锃亮光滑。有时听着"咚咚咚"有人上楼下楼，那有节奏的脚步声突然变了音律，"轰隆隆""哗啦啦"，末尾还有一声惨叫，准是连人带水滚下了楼梯，皮肉之苦少不了。奇怪，鼻青脸肿是有的，流血断骨却没听说。这只能归功于那时的我们都年轻，身手矫健，抗摔抗造。

二

住在前院，到后院上班，倒是很方便。我每天早半个小时进办公室，拎四个暖水壶走五六百米的路去打开水，把每一张桌子擦干净。我其实是话剧研究所的"小杂工"。这位说，把这本书按这个地址寄出去，我就乐颠颠地骑上自行车跑趟邮局；那位说，把这篇文章抄写一遍，我就找个角落老老实实抄稿子。

我觉得那些皱纹满脸的同事都很有造诣，那些年长我十来岁的人们都颇有见识；便是话剧研究所的六七个资料员，人家也都熟悉北京的话剧。而我呢，除了一张硕士文凭，什么都没有。便是文凭，好像也没什么用。我想要在这个"硕士拿笤帚扫，博士拿簸箕撮"的学术园地里立足，就必须咬牙坚持下去。我曾经说，我此生谈了一次恋爱结了一次婚，找了一份工作到如今。说得好听点儿，是一心一意一根筋；说得难听点儿，就是呆子傻子认一门。艺研院有大把的时间可以看书，在我看来这就是福分。足力所达毕竟有限，心力所及无际无边。

艺研院有很多可亲可敬的长辈学者。比如，常务副院长李希凡先生的办公室在恭王府西侧的小跨院，他可是毛主席表扬过的"小人物"，研究《红楼梦》的大学者。话剧研究所每有学术活动，他都到场，田本相所长叫他"希凡同志"，年轻人叫他"李先生"。

有一种说法，红楼梦里的大观园就有恭王府的影子，而天香庭院颇有几分像潇湘馆。那里有几丛紫竹，迎风兀立，在风雨之夕淅淅沥沥，大有"花落人亡两不知"的愁绪，红楼梦研究所就在那里。美术研究所、电影研究所、戏曲研究所、舞蹈研究所、《文艺研究》编辑部和我们话剧研究所占据着一大溜王府主建筑"九十九间半"。西院有一座楠木厅，雕梁画栋，古色古香，艺研院的重要活动都在那里举行。恭王府的后花园是不能随便出入的，有专人把门。红楼梦研究所有资料室在里边，我们就让张庆善所长开个路条，以查资料的名义跑进去看看。2002年艺研院搬迁，在离开恭王府之前，当时已经是院党委书记的张庆善想到后花园看看，被看门人拦下。他说："我是张庆善。"对方说："张庆善是谁，我们不管，不得进入。"张庆善转身找了纸笔，为自己开了个路条："兹介绍一名同志到恭王府后花园查阅资料。"然后，签上自己的大名。看门人一看签名，立即放行。

恭王府门口有个小吃店，只卖褡裢火烧和小米粥，有一天在店里碰到一位笑眯眯的小老头，大家就坐在一起喝粥、聊天。等那人走了，我问刚才那人谁呀，旁人告诉我，那是副院长陆梅林，那可是马列主义文艺理论研究的大专家。

在院庆 50 周年的时候，我去虎坊桥看望老所长葛一虹，一见如故，谈笑风生。他居然买了我写的所有的书，还很认真地读。他很平和，很亲切，说了很多鼓励我的话，我才知道他离休后一直关心话剧研究所，以至我这样的一个后生晚辈，他也留心注意着呢。葛一虹先生是个随和、知足的人。他主编的《中国话剧通史》得了文化部（现文化和旅游部）的三等奖，跟我说起此事，他很开心。田本相先生主编的《中国现代比较戏剧史》，也同时获得了三等奖，我是撰稿人之一。

1996 年夏，话剧研究所要举办华文戏剧节，节前要赶着出版几本书，我骑着自行车往出版社送书稿，不小心摔在马路牙子上，膝盖摔破了，还沾上了路面的沥青，接下来的事情很多，也顾不上处理伤口。后来伤口溃烂，又肿又疼。我不得不去医务室，医生说我再感染下去会出人命的。她把几支庆大霉素的注射液瓶子敲碎，把注射药液直接倒在我的伤口上,我腿部的肌肉由于疼痛而哆嗦,我看着伤口上的脓水直恶心。田先生那时候总是很忙,我也从来没说起过这伤是怎么来的。

因为中央电视台要做一部纪录片《新中国话剧50年》,邀请我撰稿,我去拜访张庚先生,把拍摄提纲拿给他看,请他提意见。他予以肯定和鼓励,并且说:"你一个小姑娘还懂得这么多话剧史。"他在文案上做了一些修改,用的是铅笔,他说:"再查查资料,改得不对的地方,你可以擦去。"

20世纪90年代的艺研院是其历史上的发展低谷期,因为收入偏低、人才流失,要学问还是要面包成了问题。老先生们依然做他们的学问,年轻人心思活络的就去参加各种兼职,那座王府仿佛也跟着败落下去。后来王文章先生来当院长,他重整旗鼓,凝心聚力,裁掉冗员,振奋士气。在他的努力下,2002年艺研院迁入惠新北里甲1号,有人说这是艺研院的"中兴时期"。王文章先生当时也是文化部的副部长,工作千头万绪,日理万机。有一次研究生院开会,院长说奉王部长命令表扬我,我说我没做什么呀。院长说,王部长审看了所有的博士、硕士研究生招生考题,说宋宝珍出题很认真,应该表扬。后来我知道,每年的年终总结和科研报表,王部长都是认真看过的,因此他不在意别人在他面前说什么,对于院里的人们做了什么,他心里是清清楚楚的。

2018年,韩子勇先生调入艺研院任院长兼党委书记,艺研院的各项工作进入新的阶段。2020年10月,在韩子勇院长的领导下,研究院危楼改造,整体搬入来广营西路81号,办公环境有了很大改善。

三

20世纪90年代正是经商下海的浪潮波起云涌之时,那时候印象最深的是生活空间的憋屈。有很长一个时期,我曾经想过离开艺研院,摆脱生存的艰难,也确实有几家单位向我伸出过橄榄枝,但都被当时的领导以不容商量的口气回绝了。接下来的是不断压过来的课题,我必须面对,必须完成。我不是懦夫,骨子里还有倔强,既来之则安之,希望用自己的行动证明自己的存在并非毫无价值。我不敢说我选择了学术,因为这不免有自夸之嫌,事实上那时的我一派浑然,内心充满无奈和犹疑。可以说,是那条延伸的生命轨迹和工作行程,牵扯着我的足迹,一路向前。

90年代初,我开始了学术研究的摸索阶段,参加了国家教委"七五"重点科研课题《中国现代比较戏剧史》的写作,后来又相继完成了《新写实戏剧》《中国话剧史》《田汉评传》《澳门戏剧史稿》等书稿的部分编撰任务,完成了论文、评论上百篇,并且在发表后获得了一定的社会反响。

在30岁的时候,我觉得要做些对得起自己的事,于是和陈美英合作,完成了学术著作《洪深传》,记得最后一章写到洪深之死,我曾伏案大哭,痛惜生命的短促和命运的飘忽,心里有那么多的不忍与不舍,仿佛洪深是一个精神知己,朝夕相处了很久,却在某一天被我的笔"写"死了。这一点经历很可笑,但对我来说却很重要,因为从那一天起,我与学术研究之间已经跨越了一道鸿沟,从此,我不再是"写手",论文也不再"被动地写",而是我的心与研究对象主动交汇、融通,走向一个升华之境。我开始慢慢体会学术发现的快感,体会浩繁文字当中潜藏的灵性。

一个有趣的现象是:对待学术,登堂入室的大家从不言苦却常以为乐;相反,企望门径的学人却总因汲汲乎功名而心绪难平,时有抱怨之声。其实,学术事业是生命轨迹中发自内心的知性追寻和人格本质的执着精神,学问与学术的价值不假外求,只在于求知的过程中,在自我感悟的心灵中。很多人正因为不谙此中真义,才在爱恨交织中把学问当成了经营。

理所当然,学术研究是严肃的事情,讲究冷静的态度、资料的完备、睿智的学识、扎实的功底和坚韧的毅力。话剧艺术尽管才有一百多年的历史，但是，这个学科的研究已经出现了资料来源不准、观念模糊混乱等问题，因此有待重新搜集、归纳、甄别、分析。在戏剧史研究方面，我先后出版专著《二十世纪中国话剧回眸》《残缺的戏剧翅膀——中国现代戏剧理论批评史稿》《世界艺术史·戏剧卷》等。在学术视野中，我重视历史与现实的互为对应关系，以史鉴今，以今溯史，为当今的戏剧事业的蓬勃发展探索思想资源，提供艺术启示。

历史研究离不开理论指导，这是不争的事实。这些年来，我除了在戏剧史料的搜集与整理方面很下功夫之外，还特别注重戏剧理论的学习与自身理论素养的提高。《论中国话剧的审美现代性》是我在 2003 年 6 月完成的博士学位论文，试图运用现代性、审美现代性的理论来解读 20 世纪以来，当中国社会处于从传统向现代转型的历史时期时，中国戏剧这一凝结了中国现代人的思想意识和情感内涵的艺术形式，它所具有审美现代性的特质，并从中厘清中国式的现代主义戏剧的发展历程。

四

在中国，"到剧院去"可不是绅士淑女们的休闲社交，演的人辛劳，看的人也不逍遥。而作为一个职业的看戏者，无论是三伏天一地暑气，还是三九天朔风逆袭，戏剧在演，哪能不去？最心悸的是北京的交通拥挤，戏在那里马上开演，而人在车里一动不动，那种心躁、焦虑、忧烦的感觉是不大好受的。好在这些年北京地铁线路猛增，现在穿梭于地铁各线，我在庆幸之余也不免自嘲：为了看戏，把自己生生变成了爱钻地洞的"大耗子"。

人家 8 小时上班，其余时间是自己的，而我呢，白天上班，晚上看戏，回家还要做笔记。我自我安慰说，可以在剧场里感受生命存在、命运变幻的无数种方式，这福分还算小吗？但是我的儿子在考大学之前，特别严肃地跟我谈,他说他绝不考戏剧学院或艺术学院,他绝不能像我这样整天不顾家跑剧院。我曾经在那场罕见的淹死过人的雨夜,因为交通停摆而蹚着水半夜回家;也曾在走出剧场后发现大雪扑面,一个人站在白茫茫大地上冻得瑟瑟发抖;我还曾为了第二天要上版面的稿子整夜赶写不眠不休。这是我的工作,是我的职责。有人说我笔头快,写得多,其实我想说,我是把人家发呆、闲逛、喝咖啡的时光,都用在了读书和写作上。

看戏是令人期待的事情。看到好戏忍不住兴奋,恨不得跟夜风、树木欢呼起舞;看到差戏,也没有理由像普通观众那样痛骂几句,只有低头沉思,琢磨哪里出了问题,回到家中,还得赶紧把心里所想记下来,不然,隔不了几日,舞台上鲜活的印象就湮灭无迹。这可不同于影视,还可以到互联网上找片子。话剧讲究的就是绝不给影像,每一场演出都不同以往。"不到园林,怎知春色如许?"每年要写话剧年度发展报告,戏都没看,还能写出什么?我写的剧评不可能全是好的、对的,但我对戏剧的态度是认真的,是真诚的。生命给我什么,我就享受什么。

众所周知,戏剧是综合的艺术,是反映人的生活、人的命运、人的灵魂、人的困惑与求索的艺术。正如曹禺先生所言,没有人敢说自己把人琢磨透了。那又有谁敢说自己把反映了人的戏剧琢磨透了呢?为了称得上"懂"一点戏剧,我得拼命地弥补知识储备的不足。比如看了悲剧《安提戈涅》,我得想办法了解古希腊的城邦制度;看了喜剧《悭吝人》,我得对古典主义时期国王和宗教的关系有所了解;看了荒诞派戏剧《等待戈多》,我得懂些第二次世界大战之后的西方思想史;看了具有思辨色彩的戏剧《哥本哈根》,我还得对数学中的测不准原理,物理学中的薛定谔的猫、波粒二象性有所认知。当代剧场,声、光、电的技术手段运用得越来越多,因此我有上不完的戏剧课……作为戏剧评论者,怎样才算够格呢?戏剧这列时代列车轰隆隆地启动了,而我呢,仿佛是只身赤足追火车,总是担心要是追不上了,那可怎么办呢?因此,不敢侥幸，不敢得意，不敢怠惰，更不敢以什么专家自居，只有老老实实，不断努力，认真地看，认真地写。

我不喜欢骂倒一切的批评家，这就像野牛进了瓷器店，大有摧毁一切的恣意；我也不喜欢奴颜婢膝的批评家，总想八方讨好，说些言不由衷的话；我还不喜欢过度解读的批评家，只凭自己的意气，把人家戏里根本没有的意思引申得无边无际。观众看了戏，之所以还要看看批评文字，不是说等待批评家那一纸判词，而是期待着感知：哪些深意还没了解，哪些美妙还没发现，哪些意趣还值得咂摸？当批评者的旨意与观众的心思碰撞出火花的时候，那便是会心一笑的惬意。对批评家而言，我在看戏，看戏的人在看完戏后看我的文字，这不是一种荣耀，而是一种责任，没有人愿意趋近一个散发酸臭味儿的垃圾桶，他们期待的是有人把他们领进审美愉悦的精神领地。

在话剧研究领域，我走过了很多路程。如果说那些前辈学者自有他们的交椅，我也可以搬出自己的小马扎了。我取得了一些荣誉，可是我从来都没有自我显摆的勇气。我有过很多的挫折和无奈，也有不少的失误和不足。我害怕被指摘、被围观，人头攒动时我就想找墙角，我希望有一棵隐身草。我心虚地认为，我从来都没有什么好，我要努力做事情，才能对得起那些看得起并且希望我好的人。人生的路，我走得还算踏实。我现在要做的事情很多，有时候感到特别劳累，觉得身体里的每一个细胞都要崩溃，但是，我得给自己鼓劲，我得挺住。我是宋宝珍，一个有些木讷、不太聪明、不会来事却懂得认真、舍得吃苦、知道感恩的人。

昨天的"我"去了哪里？都在岁月里消失了吗？不会的，昨天的"我"成了今天的"我"。感谢艺研院赋予我的学术平台和良好机遇。感谢我的老师们，从小到大，直到如今，我所遇到的被称作老师的人都是正人君子。感谢我的家人，他们容忍了我不整齐的资料书籍和非常态的起居作息。顺便也感谢一下自己吧，因为我一直不放弃，一直在努力。

对中国艺术研究院红色血脉的回忆

孙伟科

70年，对于一个人来说，是一个所谓"古稀"的耄耋之年，但对于共和国或与共和国相伴生的文化事业而言，则是年轻的，正在走向成熟。

浏览微信，最近朋友圈里流传着《一条大河——中国艺术研究院的红色血脉》的短视频。这个短视频我播放了好几遍。

在我求学、工作与中国艺术研究院相关的历程中，这条红色血脉豁然醒目、贯穿始终。时间流逝得越远，越是不能忘记。还是从我攻读硕士学位的导师说起吧。陆梅林先生是中国艺术研究院研究生院马克思主义文艺学的导师，我1985年投考于他的门下，可以算是他的开门弟子。陆梅林先生来中国艺术研究院之前，就职于中共中央编译局，从事马克思、恩格斯、列宁著作的翻译工作。因为他对马克思、恩格斯关于文艺问题的研究异常感兴趣，所以1983年在纪念马克思诞辰100周年之际，人民文学出版社出版的

《马克思恩格斯论文学与艺术》由陆梅林辑注,这是我国对马克思逝世100周年的纪念,为人们全面把握、学习马克思、恩格斯关于文艺问题的论述提供了精粹而准确的文献汇编,在学界引起了强烈反响。"文革"十年结束不久,思想界需要拨乱反正、正本清源,但马克思主义的经典论述是什么?为了还原经典,人们急需阅读原典。随后学术界出现了马克思主义与人道主义、异化问题、《1844年经济学哲学手稿》中的美学问题的讨论,这场穷本究源的思想讨论,在20世纪80年代的中国发生了巨大的影响。我在这个时候,正是读大学的年龄,在图书馆看到陆梅林先生发表在《文学评论》上的关于文艺的意识形态论的文章,一下子着了迷,从此对马克思主义文艺理论产生了兴趣,大学毕业时就报考了中国艺术研究院的研究生,导师就是陆梅林先生。

我报考的专业是中国艺术研究院研究生部文艺学专业,研究方向是马克思主义文艺学。20世纪80年代是中国开启思想解放、对外开放的年代,思想界的一部分学人在面对西方的各种思潮中,很快告别、丢弃了马克思主义的观点,思想皈依到时髦的新学派中,要么跟着翻译走,要么是横向移植,要么离经叛道、脱胎换骨。为了表示前卫或彻底的进步,甚至不惜反过来攻击马克思主义文艺理论。比如说,马克思主义学说被异化了、马克思主义文艺理论没有一个完整体系、只是几封信或断篇残笺,等等,换句话说,马克思主义文艺理论是后人附会的、生造的,不是马克思主义的组成部分,也没有对于文艺发展的指导意义。当然,对于坚定的马克思主义者陆梅林老师而言,是坚决不同意这种观点的,当时的文艺界曾因此引发激烈的争论。

我的专业是"马列文论",当然是需要将马克思、恩格斯的相关著作认真通读才行。陆梅林老师没有让我们研究生参加当时的论战,也没有在自己主持的刊物上发表意气之争的文章,而是要求我们认真读原著,写读书笔记,完整全面地掌握马克思主义文艺理论,不急于应用,不急于撰文,而是当作一个开放的思想体系、当作科学的世界观和方法论来学习，从灵魂上掌握这个先进的哲学体系。在陆梅林老师的布置下，《马克思恩格斯全集》（50卷）放在了我们学生宿舍的书架上，便于随时学习，我重点阅读了马克思、恩格斯后期的成熟著作，也就是《马克思恩格斯全集》的后26卷。同为马克思主义文艺学导师的程代熙老师，每周一次到学生寝室听取我们的阅读汇报，根据学生的学习心得，进行专业教学辅导。程代熙先生住在三元桥附近，每次坐公交到前海西街来，应是费尽周折，但他一年里每周来回奔波，时而以听讲为主，时而以推荐新书为主，认真负责，循循善诱，诲人不倦。在此我想说的是，当时作为我们硕士研究生课程教师的陆梅林、程代熙、朱丰顺等著名学者，他们全无大学者的傲气与慵懒，只有朴实严谨而又平易近人的学风、对待思想界的严肃态度，对待文艺论断认真负责的科学精神，绝对不是那些随风转的、高傲的"风派文人"所能理解的。就师生关系而言，那些能平等而崇尚求真为师者，绝对在人品上也是风格高尚的。

不做媚时语，陆梅林是一个惜字如金的人，所以陆先生留下来的文字并不多。比起那些著作等身的时髦学者，似乎相形见绌。但他的著论、活动往往具有学科奠基的意义。虽然他的写作往往也是有时代背景，是有现实针对性的，但每一个立论却有深刻的学科基础，也是一种方法论的示范。20世纪80年代，他创建马克思主义文艺理论研究所，创立《文艺理论与批评》杂志社，既是他从事业上追求科学真理精神的体现，也是他对所理解的时代任务的一种坚定承担。

1988年，我离开中国艺术研究院远赴云南，2004年又从云南回到中国艺术研究院，这一次结缘的人物是李希凡老师，他依然是一位红色学者。

退休后李希凡老师的办公室就在红楼梦研究所的隔壁，我2007年至2008年每个工作日来值班，偶尔会碰到李老。走廊上，我拿着茶杯，不经意和李老撞个满怀，李老总是问我，为什么那么急匆匆。仓促之中的寒暄和对话，事后一想，李老的问话都关切到我个人生活的实际困难，是李老深思熟虑的。没有想到，李老给我的话题，居然不是一种高高在上的浮泛之论。

后来，李老年事已高，就不来了。但他依然和我有电话，每次都是他主动打的。李老说，红学所是在科研上做过大科研项目和大工程的所，要继续做有价值的研究课题，也要出人才。如果一个研究所什么都不做了、做不了了，培养不出来人才，就失去了存在的价值。红学发展要回应时代提问，不能让红学沦落为末流之学、大俗学。李老常常说他不是红学家，但他对红学的珍爱之情，显示出与众不同的历史感。

2010年前后，有著名历史学者质疑李希凡的作为小人物的历史问题，从一件小事寻找缝隙，在失去诸多证人的情况下，臆测李希凡的个人主观动机，暗示李希凡撒谎欺骗上下，导致了运动升级，波及众多文人。撰文者的本意是试图否定李希凡所引起的1954年轰动全国的评红运动，丑化李希凡，进而彻底否定这场具有思想改造意义、涉及当时文化领导权之争的批判运动。这是李希凡当然不能容忍的。他撰文反驳，作为当事人澄清历史，我也加入其中，先后两篇九千字的长文在《中华读书报》上刊出，为李希凡辩护。其实，李希凡老师是不需要我辩护的。我是为中华人民共和国成立后的红学发展辩护，是为历史真实而辩护。我也知道，李老也不是为自己辩护、辩诬的，他年近九十岁，如果不是对红学负责、对历史负责，他完全可以两耳不闻窗外事，对那些跳梁小丑式的人物不屑一顾，浑然不知而潇洒自任。

李希凡的一生，因为其信奉马列主义的红色本质，而在历史风浪中不断起伏升沉、荣辱加身。李希凡自称"毛派"红学家。是的，他不是乡愿小人，不是见风使舵的人，是敢于批评的，他是我国20世纪最有影响的文学批评家之一，所以他也得罪了一些人。本来他针对的是事、是理论问题、是创作问题，但引发的往往是人际关系的复杂化甚至恩恩怨怨。懂他的人知道，他没有私敌，没有名利动机，有的是结合自己的阅读体验，说出在文艺规律上的自我见解。但这在他退休以后，人际关系上的负面性持续发酵出来，先后有最要好的朋友或"战友"撰文诬陷他、辱骂他。我常常想，幸亏李希凡信奉马列主义，否则该多么难以想通自己为什么不被理解啊，不正是"谁知其中味""一把辛酸泪"吗？马克思主义的文艺事业，包括中华人民共和国成立后一系列的思想运动，不是一般人，或俗人、或混世的名利之徒所能理解的。不从这项事业来理解其背后介入者的人格，是无法知道这些历史人物的真实动机的，是无法理解为什么重大的历史收获和功绩都是这些学者做出的。

我因为在2014年前后撰文试图还原历史的本来面目，而与李希凡老师交流多起来。这使我更切近地了解了他一生、他的学术积累和红学观点、他的性格和作风。年龄日益增高的李老，每年会在临近年关或重大节日时自掏腰包邀请大家聚一聚，一起聊聊手头上的工作进度，参加的都是红学界的老朋友，我在其中是最年轻的，所以非常珍惜这难得的机会。

陆梅林、李希凡都曾当过中国艺术研究院的院级领导——副院长，都是对马克思主义有坚定信仰的人，他们的理论成就赫然在目、彪炳史册，若要问他们何以成功，请注意他们是怎样从思考中国历史而选择了马克思主义和红色立场的。

那个《一条大河——中国艺术研究院的红色血脉》的短视频，还在我眼前播放着，毛主席的题词"百花齐放，推陈出新"在篇首熠熠生辉。韩子勇院长现身银屏阐释着这条中国艺术研究院的学术生命线，使人感觉到我们的事业更有力量、更有信心。

明德、问道、追艺

——中国艺术研究院成立70周年随感

管　峻

时光荏苒，新中国已在世界的东方坚定有力地走过了惊心动魄的72年。而时人的目光，从疑惑到认可，从惊讶到向往，一个以人民为中心的社会主义新中国，顽强地挺进了世界经济强国之列。科技的迅猛发展、文化的欣欣向荣、民生的日益改善，正将中华民族引向包容团结、文明自信、祥和安宁的新时代。

和着新中国的脉搏，中国艺术研究院也将迎来成立70周年的纪念日。回望中国艺术研究院的发展历程，早在1951年4月，在京剧大师梅兰芳的倡导下，成立了中国戏曲研究院，梅兰芳为首任院长。毛泽东主席亲笔题词"百花齐放，推陈出新"，为艺术创新与研究指明了方向。

此后，1953年，中国绘画研究所成立，黄宾虹为首任所长。1954年，绘画研究所更名为民族美术研究所，之后又更名为中国美术研究所。

随着研究所称谓的不断改变，艺术创作的内涵与外延也在拓展。虽然大部分艺术工作者并不隶属于美术研究所，但中国美术研究所这样的机构设置，已彰显了国家对艺术创作的重视，以及对艺术工作者的尊重。

艺术家们讴歌新中国的热情被大大激发出来，一大批反映新时代的优秀美术作品也应运而生。比如傅抱石与关山月合作的《江山如此多娇》，石鲁的《转战南北》，钱松喦的《红岩》，宋文治的《江南春早》。而且大量表现南国丰收的图画，以及描绘北国风光的系列作品都在此时诞生。

1978年，几经变更的各大艺术研究所合并为"文学艺术研究院"，并正式成立了院属的研究生部，将培养艺术人才也列入了研究院的工作。

1980年，经国务院批准，文学艺术研究院正式更名为"中国艺术研究院"。此后，中国艺术研究院的各艺术门类一直处于有序增添之中。

2004年，成立了中国美术创作院、中国书法院。之后又陆续增设了中国篆刻艺术院、中国油画院、工笔画研究院、中国设计艺术院、中国雕塑院，等等。还有为文化名人特设的"秋雨书院""范曾文苑"。

中国艺术研究院，将中国当代最优秀的文学艺术工作者吸纳进来。这里有许多德高望重的艺术大家，他们每个人的名字都掷地有声，而每个名字都连着无数民众耳熟能详的优秀作品。

不光是艺术家们的文学艺术作品，他们的人品、艺品也同样成为后学者的楷模。比如文学院的院长是诺贝尔文学奖获得者莫言。秋雨书院的院长是华人世界最受欢迎的散文家、学者余秋雨。

2012年10月，我有幸以书法院院长的身份入职中国艺术研究院。承蒙中国艺术研究院领导的信任，作为一个以笔墨搭建精神家园的书画工作者，我深知肩负的重任。

书法是中华文化里最为古老而独特的艺术门类。而在当代，我们除了将这一优秀的国粹艺术传承好，更要担当起书写时代、发扬民族文化的新使命。

一转眼，我来北京工作已经 8 年了。这 8 年，书法院先后主办了近 20 场学术性邀请展，并多次主办了全国高层书法理论研讨会，探讨书法的当代性与大美术框架下的书写空间。为普及推广书法艺术，书法院每年都会分多次下到基层，为偏远地区的老百姓送去书法的视觉大餐。每年春节前，书法院也会下到基层，为民众写春联、送福，切实落实艺术为人民、艺术源于人民再回到人民中去的为民众服务思想。

为了加强民族文化的国际交流，书法院每年都与国外的高校对接，先后前往美国、奥地利、俄罗斯、日本、澳大利亚等国，传播书法艺术，传递民族友谊。

书法院目前拥有多位博士生导师、硕士生导师，我们在培养艺术新人、发现艺术人才上也是不遗余力。

作为具有学术引导性的中国书法院，我本人对书法创作的要求也非常高，因为我深信，艺术真正打动人心的是艺术作品的美。近些年，在深耕传统文化的同时，我也广交文学界、音乐界的朋友，在他们的作品中获取笔墨之外的新元素，以滋养传统笔墨。

我在唐楷的架构里，融入行、草、篆、隶的笔意，逐渐形成既古雅又鲜活且个人风格凸显的"管体"楷书，并创作了一批巨幅的大楷作品，在中国国家博物馆及中国艺术节上展出。同时也精心创作了一批精美的小楷作品，记录近年的游历以及生活感悟。

从作品的形式到内容，多年来我都在探索、尝试，希望能给年轻的书法爱好者一些正面的引导。

一个伟大的民族，一定会有伟大的艺术。而伟大的艺术需要一群坚守在艺术创作道路上的实践者，他们内心纯良，对世间的美好保有敏锐的辨识力，在自己的艺术范畴内孜孜不倦地探索。

如今，这个群体就集中在中国艺术研究院内，每位艺术家都仿佛是为他们所痴迷的艺术而生。艺术令他们欢愉，令他们高尚，更令他们纯净。所以，他们的优秀作品纯净了社会，并加快了整个民族的文明进程。

作为中国艺术研究院中国书法院，如何给大众创作更多的精品力作，已成为新时代赋予我们的美好使命。而坚守传统，书写时代，更应该成为我们的创作理念。我们需要向前辈们学习，向身边的大家讨教，多积累，多借鉴。不迷失方向，不丧失意志，做一个无愧于家国，无愧于这个美好时代的艺术家。

建院70周年来，诸多艺术门类的文学艺术大家，将精品力作奉献给了民众，也为中国艺术研究院聚集了艺术能量，使之成为文学艺术创作的高地。

相信随着时间的流逝，许多佳作将成为经典。而更多鲜活的艺术精品，正在艺术家们的心底酝酿。作为中国艺术研究院的一员，尤其是作为书法院的院长，我在骄傲的同时，又更多了一份肩头的责任。但我坚信，民族文化的未来会更精彩！

"欣欣此生意，自尔为佳节"
—— 在中国艺术研究院院庆之际的回忆与随想

金 宁

一

缘分往往就在那里，偶然发现、忽然意识到，会让人惊着。

我大致丈量过，若以鼓楼往南的地安门大街为中轴，东西对折，中央戏剧学院和中国艺术研究院的位置是重合的。20世纪80年代初我在大街往东的中戏念书，毕业分配到大街往西的艺研院工作，在这京味儿浓厚的大街小巷转悠了二十几年。然后，2002年夏天艺研院搬到惠新北里甲一号，从我办公室东窗往外看，眼下是我的中学。再者，若以安苑路为中轴，南北对折，艺研院和我母亲所在的大学家属区也是重合的。我和艺研院，缘分不浅。

念书的时候，戏曲史是必修课，周贻白先生的书作教材，张庚、郭汉城前辈的著作也在熟读的范围。我由此知道艺研院，大概了解，这里是个家底厚、名家多、不急不躁的学术荟萃之地。第一次走进幽静的恭王府，院落环境同样带给我这种感觉。

当年中戏招生极少，隔四五年，全校才招二三十位学生。我是"文革"后文学专业的第二届。和一般的高考生不同，这里所有人都痴迷戏剧，目标明确且执着。历经好多年、考了好多次才得门而入者大有人在，进校时已是大龄。几百里挑一进来，全是不服输的主，憋了好些年的戏剧梦，渴望有舞台，把梦想实现，都有野心勃勃的"文艺范儿"，我也同样。至少，从未想到去一家研究单位或学术期刊工作。我毕业实习在北京人艺，跟在导演蓝天野身边打杂。人艺是我做过梦的地方，而我的同学们的优选去处，无非话剧院或电影厂、电视台。但临近毕业，谭霈生教授对我说："你就去艺研院的《文艺研究》工作吧。"实在不知道，他为什么觉得我适合做编辑，只是听话，也赶着戏剧开始不景气，便应约去编辑部谈话。

1987年夏天到来之前，我第一次进了前海西街17号的恭王府。走过两道朱红漆的院门，迎面一座大殿和两棵银杏树，再左拐沿着长长的小夹道，见"后罩楼"，人称"九十九间半"。西侧飞檐下悬挂"宝约楼"牌匾，从这里上二楼，五六间屋子大小不一，正是编辑部。我特意起了大早过去，可满院子寂静无人。我无聊地读着窗户上糊的旧报纸，大约过了一个钟点才遇见一位老者，他告诉我，编辑部的人来得晚。我暗自欢喜：这里的日子应该懒散。殊不知，往后的工作真是如同上满了发条，周而复始，且越来越繁重无闲——这是我当时无论如何也想象不到的。

接待我的是林元、王波云，还有柏柳。三位领导一起"盘问"我，细节已然遗忘，只记得他们满脸热情，好像难得见到个年轻后生，显得兴奋。大约过了一个多月，王波云突然来函再次约我前往，我感觉气氛有些异样。他直接问我："听说你要去人艺，是不是脚踩两只船？"我那时已经不想去人艺了，因为于是之院长打算给我的任务是替老演员整理文字，现在想来大约是"口述史"一类。这和我的梦想有些远，干脆放弃。于是慌忙和他解释，直白地说："我特爱《文艺研究》。"他很欣喜，我也就踏实了。由此也注定，半辈子撂在这里。

我有些夸张，但没说假话。在我还对艺研院不甚了了的时候，就开始读《文艺研究》了。这份刊物在学校图书馆是抢手货，受关注的还有《读书》和此后停刊的《外国戏剧》。后来我就一直觉得，一份好杂志，的确是一个单位的招牌或名片。印象中，还有几种我们都看的刊物出自艺研院。一是《外国文艺资料》，好像不定期，但信息丰富，扩人眼界。二是《戏曲研究》，它刚复刊时似乎和《社会科学战线》合作。后者，我中学时就从家父那里取阅；前者，祝肇年教授要评点其中文章，我们自然没有不研读的道理，否则讨论起来搭不上话，麻烦。三是《艺文论集》，只见过一两本，辑录多刊文章，现在想来从中受过些启发，至少在评论写作上。顺带说，我至今保留着一沓"艺文论坛"的门票，几种颜色相区别。论坛我没参加过，但从中不难推想当年艺研院浓厚的学术气氛。再有是《美术史论丛刊》，刊名题字是美研所老所长朱丹的墨迹，它应该是后来的知名刊物《美术观察》的前身。文章比较有深度，大体上和《文艺研究》类似。此外，就是热闹非凡的《中国美术报》，我和那里的许多人有过密切交往，此事后表。学校图书馆还有《红楼梦学刊》，但我从未取阅，原因很简单，我那时还不读《红楼梦》。

《文艺研究》接纳了我，我做了编辑，除去20世纪90年代的一小段时间（先是业余和同道搞"小剧场"，后又"外借"拍摄纪录片），没有离开过岗位，真是从一而终。同年由中戏来艺研院工作的有四位：三位毕业生加一位老师。毕业生除了我，还有同学李六乙和李芸。六乙才华出众，鬼精一般注定不会"安分"，梦想依旧撩人，不几年就调去人艺，很快成了"大导"。老师是田本相。田老师有学问、有见识，谈吐风趣幽默，戴鸭舌帽，貌似工厂老师傅或车间主任。除了我们编辑部的人，艺研院师长一辈中我自然和他最熟，他给我许多指点，对我也关心。如今，他故去了，我临界退休，不能不感慨，时间过得真快！

二

我所在的单位，大范围是艺研院，具体就是《文艺研究》编辑部。先说说编辑部。

从业三十多年，对《文艺研究》，我的确是其历史的亲历者、见证人。刊物自身的面貌和发展变化，我已另有文章表述，这里，只想回忆我刚工作时接触到的同事。虽仅限个人印象，但觉得记录下来，可为刊史、院史提供些值得索引的细节。

今昔对比，最大的不同还是人。首先是人数。我刚来时，编辑部人员众多，几个编辑室加上办公室和资料室，共计21位。然后开始有陆续调离的、离退休的、任上故去的，虽然也在陆续加盟新人，但数量递减已成定局。刊物由双月刊改为月刊，页码更有增加，但人员至三四年前我主持工作时，正式在职者竟不过四五位，有些惨淡经营的味道，近期始获改善。其次是人员构成。如今的专业编辑，清一色名校博士毕业，学有专长，术有专攻，的确与当年大不相同。那时的编辑部，与我共事的诸位前辈先生、同辈学长，各色人等，来路有别、经历各异，容我一一道来。

我再次见到传奇般的林元，是在开编辑会议时。老林（当年大家习惯这样称呼，现在年轻人往上都叫"老师"，因为人人都是从学校直接过来的）是编辑界的老人，西南联大时创办《文聚》和《独立周报》，再历经《观察》到《新观察》，为代理总编或编委，写过小说和报告文学，还有作品被收进中学语文课本。我刚工作时，逢例会他都来参加，认真倾听，最后才讲话，语速缓慢，思路清晰。到中午散会，他便拄着拐杖往外走，行动更是迟缓，大概一顿午饭时间才走到院门口。1987年他亲往广西参加学术会议，回京即染病，终不起，转年去世。我负责料理全部后事，看他化作一缕青烟，是送他最后一程的人。老林一直被大家视为榜样，我更是受他精神的引领。王波云主编阅历丰富，干过文工团，做过文化界领导的秘书，创作诗歌，研究宋话本，是曲艺和说唱文学的行家。老王最后一次来编辑部，是我们筹划30周年刊庆的时候。那天他谈笑风生，对刊物往事如数家珍，许多高级段子，众人听得津津有味。副主编有三位：柏柳、张潇华、姚振仁。柏柳电影专业出身，"文革"中在干校得一"清闲"岗位（看守油库），借机细读马列经典；也曾在文化部电影局参与传统戏和曲艺的抢救性拍摄，本属高层"内部观看"，也保存下珍贵的资料。他在主编任上至68岁退休，作为创刊元老之一，对刊物感情极深。许多年里，每收到新刊，必先沐浴更衣再拆封览阅。过节我们去看他时，他说现在只翻看两本刊物，一是我们自己的，二是同在艺研院的《文艺理论与批评》。张潇华早年北大哲学系研究生毕业，在《文艺报》《人民电影》做编辑，《文艺研究》创刊数月后调来工作，早期不少重大理论选题是由他策划实施的。他有洁癖，出差住宿要在枕头上铺稿纸方可入眠。而工作中一丝不苟，与作者改稿细致入微。我一直觉得，干编辑就该有些洁癖。1992年他任上去世，年仅53岁。和院领导商量相关安排时，柏柳带上我，亲见他动情动容，历陈战友的功劳苦劳，至伤心处，潸然泪下。老姚武大中文系毕业，广览群书、功底扎实，被业内公认学识渊博，言谈确有过人之处。不过他还更有怪异之处。比如，惧怕水果。不仅不吃，看见就害怕！老姚孝敬老母，单位发水果必定带回奉上。一次，他惊恐万状跑来，招呼我去救援，我以为王府中会有蛇蝎之类窜入，胆战心惊地随他去看，原来，不过是装了水果的黑皮包没有拉上拉锁。

沈季平是诗人、书法家，取笔名"闻山"，缘于西南联大读书时对闻一多老师的仰慕，他自己写于20世纪40年代的诗作《山，滚动了》非常有名。老沈为人坦率，一日来我屋巡视，见乱堆的书籍，直言大半根本不值一读，仅挑拣出一本说："这本还可以。"他路见不平就要为民请命,无惧人微言轻。退休前一年入党,这是他一生的追求。吴祖望出身北大哲学系,冷幽默之人,成漫画大家。膝下无子嗣,和夫人生活不易也孤单,我便成他家常客,几乎隔两天就去,"蹭饭"兼帮忙料理事情,也一起聊天、听古典音乐。我一直珍藏他送我的黑胶唱片,有早期78转的"贝九"。杨志一清华外文系毕业,侗族人,"文革"前与老沈、老姚等都曾在《文艺报》工作。晚年一直在为民族文学奔走出力。老杨开朗热情,谈吐幽默,睿智且有亲和力。上班时见我,必高调招呼一声"哥们儿",居然是标准的京腔。谭宁佑负责支部和办公室,党性强,待人严肃,重思想教育,常找我谈话,我要不进步就像是她的错。老谭的丈夫是延安"鲁艺"出身,退休后,她能有更多时间和老伴一起整理革命戏剧史料。汪易扬是典型的艺术家,早年上海美专毕业,多才多艺,风度翩翩,美术、音乐、舞蹈、戏剧均有涉猎,创狂草人物画,独具一格。孙吴军旅出身,作家,送我一本长篇小说《鏖战七十二昼夜》,字里行间有硝烟味道,让你想象不出他念书时的教师中有俞平伯、顾随与陆宗达。曹颖也当过兵,先后在"一野"和西南军区,是文艺兵,天生平足,但行军时从不掉队。她曾在音乐出版社校对乐谱。我上班第一天先见到的是她,笑容可掬,温暖宜人。而我倒吃惊她的眼镜,镜片裂了粘着胶布,我坐实这里是清贫所在。那时编辑部有个不小的资料室,各类期刊齐全,过刊装订成册,她管理得井井有条。

孟繁树是我的直接领导,他是新中国文科首批博士之一(戏曲史),自然也是编辑部来的第一位博士,而他的导师张庚曾任《文艺研究》主编,更居全国首批博导行列。只要他不外出活动,我们上班就在一起,他布置任务简单明确,并无多话。我入职头一年没见过袁振保,据说是请了"创作假",有一个时期他比较高产,美学论文散见各地报刊。老袁坚持己见不认输,论道如此,下棋同样。如遇辩论,高亢的奉化口音一出,宝约楼上下无不侧耳。南大外语系出身、曾在《世界文学》工作过的马肇元同样声音明亮,但平时委婉低调,偶有争论便极为较真儿,亲见他为一篇稿子固执分辩、力排众议。老马退休前视力已严重退化，读一天文稿或清样，鼻尖是黑的。看他的样子，我便想象出我的将来。吴方当过工人，"文革"结束念人大中文系，后来是知名批评家、近现代文学研究者，一部《世纪风铃——文化人素描》至今再版。开编辑会议时，他总搬把椅子骑门槛坐，望着院子，一只耳朵朝向室内，轮到他说，话也不多，但关于文章评价总有惊人之语，点中要害。我有一次去云南，竟在报纸上看到他就任副主编的消息，特地从云南艺术学院找长途电话打到编辑部，他说"你早点儿回来，找你聊聊工作"。李香云年轻时爱好写诗，辽大毕业后先到文化部"清查'四人帮'分子"，杂志创刊她就来了，一直工作到前两年。那时她喜欢同我拉家常，以前编辑部啥样，会细细道给我听。可一投入工作，比如登记来稿或画版式，绝对心无旁骛，细致认真，偶有微小差错便伤心落泪。她记《文艺研究》的大事小事，希望这些文字可以成书，后来，我们帮她了却心愿。杨劼比我早来一年，我来第二年她就调到院当代文艺研究室。我们办公距离远，业务上也不交集，几乎没有来往，她可能不甘心当编辑，想着搞研究，后来有收获。岳薇山东大学研究生毕业，和我同一年入职，编辑部还为我俩开了欢迎会，有新人来，老同志总是高兴。但也就一年，她去了美国，再无音讯。同样失联的是孙晓雷，我们相处两年如兄弟。用现在的话讲，他是标准的学二代：姥爷是社科院的经济学大家（也是首批博导之一），姥姥是我的老师、研究莎翁的顶级权威，母亲是院里的舞蹈学者，舅舅更是享誉中外的美术史家。但可惜，用当年的话讲，他又属于被"四人帮"耽误的一代青年。他的爱好很多，包括冲洗胶卷，我当时不少片子是他帮着处理的。他待人热情，工作却常大大咧咧，唯有进了编辑部小暗房，如同换了个人，态度认真，手法也讲究。

　　我以这么长的篇幅写下他们，是真心不想他们被遗忘。至少，他们的本职工作不该被遗忘。我常说编辑属于服务行业，这话有些玩笑。但凡服务于人者皆隐于人后，可谁又敢说《文艺研究》能有今天与他们无关？我怀想当年这些同事，难忘所感受的包容、所领受的教益、所获得的帮助。韦应物诗中有云："相送情无限，沾襟比散丝。"我是能体会的。

三

然后，说说艺研院。我辈分低、资历浅，艺研院的大师们，要仰视才得见，和他们打交道还轮不到我。过节一起去看望老主编张庚和曾任副主编的郭汉城二老，那也是许多年以后的事了。

不妨先说点儿闲话。院外的大学者我倒见过不少，盖因我也有那能跑能颠儿的岁月，被指派出差。刚工作不及一月，领导令我去南通参会，顺道赴上海、杭州和南京看望作者。大家纷纷交代我去见他们所熟识的，如伍蠡甫、王元化、蒋孔阳、陈白尘、陈瘦竹、钱仁康、桑桐诸公，还有当时尚属中青年的钱苑、余秋雨、毛时安、赵鑫珊、陈振濂、胡星亮诸位。其实他们和我们编辑之间关系很简单，君子之交、文章过往，也互相欣赏。那时联系事，靠写信和电话，为订正一个字，守着电话机等上一两个小时的长途是常事。若派人前往，亲递信函、交流选题或交换清样，算是很隆重了。编辑部也常有访客。某日来位老汉，提一塑料网兜，里面有通俗读物（《读者文摘》）一本和插着毛巾、牙具的搪瓷缸一只，使我联想到绿皮火车的硬座。他找的人不在，就写了便签要我转交，后面署名：高尔泰。

闲话打住。要说当年艺研院的名家，我近距离接触过的，印象中只有王朝闻先生。一次编辑部在京郊召开学术会议，我的任务是一早从院里带车去小庄接朝闻老。进门时他正吃早饭，客气地招呼我一起，我推辞，便至书房观览藏书。正要动身，王蒙部长驾到。朝闻老说："小同志，你先到旁边屋里稍候，我们说说话。"约半个钟点，部长大概是想看看居住环境，推门进来，我起身行礼。朝闻老肯定已和他说过，所以他就直接问我:"《文艺研究》的?是吴方那里?"我忙点头称诺。他说"你们办得不错",还提到一篇文章,具体我忘了。部长走后,我陪朝闻老下楼上车出发。老人家一路上谈兴甚浓,讲的是戏曲种种,真佩服他的学问见识。清楚记得一句,他说:"你看那'包龙图打坐在开封府',一个'府'字,气势全出!"朝闻老念"府"字发音是"fou",用嘹亮高腔,似喷口,丹田气,嘴皮子带劲。我和司机先一惊,然后纷纷说:"是这样,是这样的!"多年后我还去过他家,窗前桌上摆着不少奇形怪状的石头,他指点评说,透着敏锐的感觉和智慧,身段如顽童般灵活,我从旁拍了一组照片。朝闻老是美学家也是雕塑家,当时我想,他已经没力气用刻刀、凿子了,只能沉醉在造物天工中。

我工作后很长一段时间住在恭王府,准确说就是睡在办公室。真正的恭王府居民是那些能够分到宿舍的员工和研究生们,住前院。但我不是,家在北京,单位不提供住处。要说恭王府,连带其周边的胡同游,如今也算是京城旅游的"网红打卡地",当年却是个曲径通幽、书香四溢的安静处。竹影依依,古木参天,略显破旧的一个个院落,散布着学者们的工作间和艺研院各机构的办公室,出版社则运行在后花园中。我一直觉得这里有股仙气。我观察老鸦在外围巡游,却从不掠过王府的上空;我看成群的雀儿飞速穿梭在雕梁画栋间,很惊讶它们怎么就不会撞上什么呢?

在我办公室东侧,有一间灯光常亮至深夜,伏案的是勤奋的廖奔。他是艺研院最早用电脑的,还有针式打印机,一阵敲击键盘后听到吱吱声响,大概某篇完成。令他烦恼的是,因用电负荷而频频跳闸,没存盘的内容估计丢了,每到这时,他便站在长廊上长吁短叹,我猜他一定怀疑是我在用电炉。终有一日他忍无可忍,到我这里探个究竟,语气却还亲切柔和。我请他查看,他确认了我守规矩,也就无奈地同我闲聊,等电来。我的西边有间小屋,夹在编辑部几间办公室当中,是中国文化研究所。那时条件真简陋,所里常有驻访学者,就睡在那里。时间最长的是傅道彬，与我比邻而居、朝夕相处、其乐融融。他极善言谈，严肃与调侃快速切换。从《周易》、孔子到钱基博，高论迭出。他的老师张舜徽，我是经其演绎略知一二。后来还住过葛兆光，沉静寡言，故仅点头之交。同样不和我讲话的是所长刘梦溪，唯有一次，在楼梯上他拦住我问："你是学戏剧的？"我说："是。"他就说："我太太也是学戏剧的。"之后，再也无话。《文艺研究》20年、30年刊庆时，道彬和刘先生分别写过文章，谈及和我们刊物的交道，有情有义。

20世纪80年代和我交往最多的还是中国美术报社中人，比如栗宪庭、丁方、吴广耀等。报社集中着一批美术界的新锐和闯将，也聚拢了一拨包括后来落脚在圆明园的艺术家。许多日后的"天价"人物，当年是恭王府的常客。扎堆的时候，口中灌进的是绿瓶啤酒和廉价小菜，道出的是杜尚、博伊斯和里希特。当时住在附近胡同的老栗，家里也不宽敞，却人来人往，可用川流不息形容。话说一次我过去，见多人坐卧而老栗不在，我便留一纸条说事，匆忙中启头写成"老粟"。过几日见面讲起，他笑称无所谓，因为还有好多人留言，写的是"老票"。那时有一大套西方当代美术的幻灯片，是美研所或美术报搞的，稀罕之物。丁方给我一套，幻灯机是我从广耀那里接收的二手货，于是派上用场。夜晚常有一群艺术家聚在我办公室观看，人貌各异，但无不露出如饥似渴、心向往之的表情。这些物件如今还在，时时抚摸，心里念着"我的80年代"。

李泽厚后来对变化的知识界有所谓"淡出"与"凸显"之说，颇受争议。以我的感受，从20世纪80年代开始，至少在艺研院的实践中，考究学问与探索思想一向是并重的。那时，艺研院在史论研究方面已形成不少重大成果，基础理论建设更受重视，许多空白得以填补。而另一方面，对实践的关注、对前卫的引领颇具中心色彩。或者说，艺研院的学问家展现出的是看家本领，在许多行当有独家、大家地位；同时不乏批评家，具有号召力，在若干前沿领域，若说"唯马首是瞻"，毫不为过。

实话说,我个人真正开始全面了解艺研院,还是在工作了14年以后。

建院50周年的时候,计划搞几项活动,其中之一,要印制一本图文并茂的院史"画传"。这个任务为何交给《文艺研究》,原因不详。大概是我们这里有编辑老手,或也与我有关:我除了编戏剧理论的稿件,已兼职美编十多年,设计和监督印制干得熟练。我知道,此事摊派到这里,注定是我的劳动。那时我用两台电脑工作:PC处理文本,苹果Power Book G4处理图片和组版。忙活了几个月,50年的人事与成就,逐步清晰地落实到页面上。驱动我日夜加班加点的,是心中渐渐生出的自豪感。艺研院已成参天大树,我就以年轮图案做了各篇章首页上的装饰。

确立全本结构时,"大院"历史的厚重与现状的丰富就呈现出来。虽然现在回头看,那时还没有如今这些中心和创作机构,除了研究生教育、期刊出版、图书资料收藏外,以"专业+研究"而分的章节只有12个,对应着12个研究所;公开出版的期刊也只有11种。和当年比起来,今天的艺研院确实壮大了许多;同时,从一些侧面(如"非遗""文化发展战略"等中心的设立)也可以看出,在那之后到如今这20年里,艺研院对新世纪文化发展的新需求有了更积极的呼应和更有效的作为。

当时的艺研院正面临新老交替,我为画册拍摄领导班子的合影就进行过两次。而最重要的,当然是历史资料与图片的搜集,这要依靠院内各机构,特别是家底殷实、为建院基础的"三大所"提供。我在戏研所找到了梅兰芳和研究生在一起、讲习班上程砚秋讲话、马少波指导课题、萧长华授课等照片,包括欧阳予倩、田汉、齐燕铭、周信芳、罗合如、张庚等在院活动的资料。此外还有珍藏的明代古籍刻本、清代堂鼓、同光十三绝横卷、1951年政务院所赠铭刻"推陈出新"红色大字的礼品等。把这些图片置入页面中，记载的是回忆与荣光。在音研所，一幅幅历史图片同样摆到我眼前：研谱的杨荫浏、抚琴的管平湖、倾听编钟的黄翔鹏、深入民间采风的简其华……所里也提供了许多藏品照片：新石器时代的土鼓、乾隆御制的海螺，还有笙、琵琶、火不思。犹记得我曾坐在电脑前一连几小时，小心翼翼地用路径工具勾勒着唐代古琴的边缘。这些珍宝我无缘得见真身，但放大观看琴身纹理与丝丝琴弦，那润泽的光彩已仿佛有乐音传扬。到了美研所，我方知晓他们不轻易示人的藏品：从明代院体花鸟画代表吕纪和有清一代界画推为第一的袁江的绢本工笔重彩，到虚谷、黄宾虹的册页；从张大千的扇面，到吴昌硕的篆书联、康有为的行书联，令人赞叹。所里的几代学人，以笔寻访古今，用脚探察民间，我见到的图片中就有王树村、谭树桐、王曼硕、毕克官、温廷宽等人行走的身影……

必须说到的是，偶然寓目的一幅照片令我如获至宝：1982年1月16日，艺研院首届研究生的毕业大合影。前排是导师，是名流大家，各学科一时之选，后两排中有他们培养的第一批硕士，各门精英，后来不负众望，在各自领域为中坚与栋梁。我想，一定要把它复制印刷出来，因为它令我感动，因为没有更广泛的传播就很可能遭丢弃！我知道，这是我当时难以简单搞定的技术活：原片为长卷且有残破，要分段扫描然后拼接，不仅要处理恰在脸部的接缝，还要修修补补。巨大的文件量，使我那仅百兆内存的电脑数次崩溃。最终，它以80厘米的长度作为拉页装订在画册收尾处。我在下面特意写道："……这是中国艺术研究、艺术教育最壮观的阵容……这是中国艺术研究院的骄傲，更是中国艺术理论界的骄傲！"

院庆当天早上，我在装订厂盯着画册最后打包，然后押车护送到人民大会堂的活动现场。我看到广场洒满金色阳光，我知道数月艰辛终告结束。听说，在后来的某场合，院领导大大赞赏了我的工作，遗憾的是我不在场，只是听说。

我写下点点滴滴的回忆，也算从个人视角给院史提供些"边角碎料"。如今，中国艺术研究院走过风雨 70 年，这棵大树赫赫煌煌，天下扬名！当年的后生小子，三十几年工作于斯，不再年轻，还得"背靠大树好乘凉"，奉献剩余的心力。"道由白云尽，春与青溪长。"我祝福她行稳致远、青春永在，祝福她枝繁叶茂、硕果更丰，愿在心中为她唱一曲"生日快乐歌"！

畅享学海泛舟，体悟治学之道
——在中国艺术研究院建院70周年之际的感悟

罗 微

2003年春夏，伴随着"非典"的毕业季和求职经历，难以忘怀。我接受的最后学历教育是在中央民族大学学习的人类学专业。此前，我学习文博考古专业，并有过就职家乡洛阳一家博物馆的工作经历。毕业求职时，与中央民族大学民族学与社会学学院应同属国家民委直属单位的民族文化宫博物馆"要有工作经验"用人需要，推荐我应聘入职。了解到中国艺术研究院研究人员不坐班，并正在开创一个新的领域——人类口头和非物质遗产，我抱着试试看的心态，开始着手中国艺术研究院的求职事项。当接到录用通知时，我兴奋地给父母报喜，父亲意味深长地说："中国艺术研究院不是一般单位，它云集着一大批对新中国艺术理论研究具有开创性、奠基性和符号性意义的大学者。你能到这个单位工作，是幸运的，也是幸福的。正因为此，入职后的你要努力工作，好好学习，低调做人，要惜福。"夏末初秋，我带着仰望、兴奋且忐忑的心情入职中国艺术研究院。

入职后，我的第一个工作岗位是设在外事处的"中国向联合国教科文组织申报人类口头和非物质遗产代表作评审委员会秘书处"，从此开启了我的"非遗之路"。我接受的第一份工作任务是筹备古琴艺术入选联合国教科文组织"人类口头和非物质遗产代表作"保护座谈会。领导布置给我的主要工作是分别起草一份部长讲话稿、院长讲话稿和新闻通稿，用作参考稿。我当时就懵了，一件事要写三份不同的稿子，没写过，可咋办呀？一个星期过去了，我一个字也没写，写不出来。工作任务必须要完成。苦思冥想后，我觉得我有了理解：部长讲话参考稿要有国家性，院长讲话参考稿要有专业性，新闻通稿参考稿要有信息性，就这么写吧。交稿后，王文章院长在主持筹备工作会议时指出，部长讲话参考稿层次不够。部长讲话参考稿安排给了时任研究生院院长、在美术学领域有着相当影响力的张晓凌先生重新起草，文章先生自己写了院长讲话稿并亲自改了新闻通稿参考稿。我的第一个工作任务就这样了吗？受挫的我进行了反思。严格意义讲，事情做了，但任务未完成。我找来重新起草的稿子和修改稿，逐字逐句学习领会，感受到了文章先生的严谨文风，晓凌先生的跨界融通的深厚人文修养。认真学习修改稿成为我保留至今的工作习惯。

2003年11月，时任宗教艺术研究中心主任的田青先生来办公室，说少林寺想要将少林功夫申报列入联合国教科文组织"人类口头和非物质遗产代表作"，让院里支持申报文本撰写工作，指派两个博士承担起此项工作吧。我与一名同事一起去少林寺做了第一次田野工作后，我又去了一次，并承担了此后少林功夫申报文本撰写的主要工作。开始知道田青先生，是从电视上。2000年中央电视台青年歌手大奖赛评委席上，田青先生"罐头歌手，千人一声"的犀利点评，切中民族声乐发展之要害。田青这个名字从此以一个令我敬仰的学者印象进入我的脑海。面对田青先生布置的工作任务，一定要认真对待，努力完成好。田青先生在看到提交的一稿时，给予我很大肯定和鼓励。他嘱咐我，要把少林功夫的文化内涵准确地总结表述出来，要围绕"禅武合一"再下功夫，这样才能区别于一般意义的少林武术，体现出这一文化表现形式的非物质文化遗产价值。相当长一段时间，我不停地琢磨，不断地修改少林功夫的申报文本。如将少林功夫惯用于实践方式表述的"表演"替换为"修习"，以体现少林寺僧人群体禅宗生活实践的本质。提交评审委员会审议的申报文本得到了较高评价。会后在去餐厅用餐的路上碰到文章先生，他问我："少林功夫的申报书是你写的？"我点点头。他说："很好。"此后，我对从事非物质文化遗产保护工作也有了些许信心。王文章先生、张庆善先生、田青先生、吕品田先生等领导，或严格，或温和，或包容，或严谨，亦师亦长，始终关怀着我，支持着我在非物质文化遗产保护工作之路的前行。

2004年开始，我参加了文化部委托我院（中国非物质文化遗产保护中心）承担的所有申报联合国教科文组织非物质文化遗产名录申报材料评审的具体组织实施工作。这项工作，既包括申报材料评审的组织实施，也包括相关申报项目申报文本的撰修。

2011年底，中国珠算作为中国政府申报周期确定的申报项目，启动了申报材料的编制工作。应申报项目的牵头单位中国珠算心算协会之约，第一次讨论申报材料编制工作时，对方较为详细地介绍了中国珠算的历史和珠心算传承情况。我问："中国珠算的定义是什么？申报表要求用限定的250个字（英文单词）对申报项目进行简介，以向从未接触过该遗产项目的读者进行说明。"对方回答说："大家都知道珠算，可如何定义，我们从未想过。你来帮忙做此事吧。"我1976年入小学，没有学过珠算，也不会背口诀。这下可把我难住了。不接招，不行，中国艺术研究院（中国非物质文化遗产保护中心）不是国家级非物质文化遗产保护专业机构吗？我硬着头皮说："好，我试试吧。"回来后，我根据联合国教科文组织《保护非物质文化遗产公约》定义的非物质文化遗产，以及中国珠算所属"有关宇宙和自然界的知识与实践"领域要义，通过阅读文献、咨询珠算心算协会专家，草拟了中国珠算的非物质文化遗产定义："中国珠算以算盘为工具，以五进制、十进制算理算法为理论体系，运用口诀通过手指拨动算珠进行数学运算，是历代中国人有关数的知识和实践。"这个定义得到了申报牵头方专家的认可和赞许，为完成申报材料编制奠定了一定基础。2013年，中国珠算入选联合国教科文组织《人类非物质文化遗产代表作名录》。当时我在联合国教科文组织保护非物质文化遗产政府间委员会第八次会议举办地阿塞拜疆首都巴库现场，深深地体验了满满的职业荣誉感。

2014年底至2015年3月，在组织实施"二十四节气"申报人类非物质文化遗产代表作名录申报材料评审工作过程中，中国农业博物馆作为牵头申报单位，对评审专家提出"申报文本要总结表述'二十四节气'的文化内涵，避免科普性信息过于浓重"评审意见表示理解，但同时提出对《保护非物质文化遗产公约》精神理解有限，面对文本难以动手修改的困境。为了推动申报材料编制工作，本想请评审专家承担执笔修改工作，但无人愿意。由于申报材料提交时间逼近，我只好承担起文本执笔修改工作，并带有强制性地"请"中国社会科学院民族文学研究所研究员、中国民俗学会副会长巴莫曲布嫫老师承担了申报片脚本撰写工作。巴莫老师是我入职中国艺术研究院通过非物质文化遗产保护工作结交的闺蜜。熟悉我们的人知道，我俩是"吵出来"的挚友。我俩时常为一句话怎么写、一个词怎么用而争。我俩"吵"得激烈，旁人看得担心。可是我俩都会以理服人，我会服她，她也会服我，不计前嫌，愉快合作。一周后，我俩修改完善的"二十四节气"申报材料撰修稿提交评审会审议。

我以为，知其然，且知其所以然是学术之道。如能做到知其未然，是学术之道的最高境界。如在"二十四节气"申报材料评审过程中，我学习了评审专家阐述的专业知识，知道了农历是阴阳合历，阴历是关于月亮的日历，阳历是关于太阳的日历，公历是以耶稣诞生之年作为纪年的世界通行历法。自己以往的历法知识，所知的仅仅是名称，而不能说是知其所以然。在参与中医针灸申报材料编修的过程中，中医"治未病"的养生理念和知其未然生命观，使我深切地感受到中华优秀传统文化的格调和魅力。虽然每次申报材料评审会平均时长都在 4 个小时以上，甚至通宵达旦，工作过程是辛苦的；但是，能学到新知识的兴奋很大程度地消解了我的疲劳。在工作中，我接触到的每位老师，他们所具有的丰厚学养，都是我工作的动力和知识更新的源泉。

  入职 17 年了，是走过 70 年的中国艺术研究院成就了今天的我，赋予了我难以磨灭的人生印记。感恩中国艺术研究院的珍贵工作平台和学习条件，使我体验了畅享学海泛舟的美好趣味；感谢各位老师，激励我不断地体悟治学之道。

"根与魂——中华非物质文化遗产大展"琐事追录

邱春林

2009年11月27日,海峡两岸"根与魂——中华非物质文化遗产大展"在台北中山纪念馆开幕。这次展览由中华文化联谊会、财团法人沈春池文教基金会共同主办,大陆方面的策展由中国艺术研究院负责。我们给海峡对岸的同胞带去了230余件(套)传统手工艺精品和与体育游艺、传统医药相关的展品,又有40多位国家级代表性传承人到现场进行演示。我以非遗保护专家兼工作人员身份,第一次随团飞越台湾海峡,在台北和台中前后逗留了一个月,其间亲历的一些人和事我颇感异趣,就把它们追录了下来。

台北中山纪念馆地处台北市闹市区,交通很便利,但游人稀少,展览开幕以后也始终没见到人头攒动的情景,这让早已习惯了北京民众排长队观看非遗展览的我们感到很不习惯。前来观展的台湾民众以中老年人居多,他们三三两两地进馆,在展厅中悄然移步,对照展品标签看得仔细。最吸引他们的一是盲人阿炳二胡名曲《二泉映月》的原音试听，还有就是梅兰芳先生在《太真外传》中扮演杨贵妃时所穿的戏衣，台湾观众就这两件展品背后的故事与我们交流得最积极。休息时间，我与台湾方面负责策划的一位朋友闲聊。他对我说："看得出来，你们这次带来的展品都经过精挑细选，每一件都很不错，很用心！但做展览的话，众好之下还要有特好，就是一定要有'明星'展品，否则不方便针对普通观众传播。"我觉得他的话很有道理，就好像大陆人参观台北故宫博物院时常常对绝大多数珍贵文物视而不见，只会在清宫旧藏"翠玉白菜"和"肉形石"这两件展品前面排起长龙，仿佛没瞥上一眼就算白去。同样的，《二泉映月》和梅兰芳戏衣就是我们展览中的两件"明星"展品，它们自带人气，也使得台湾民众对我们这个展览的关注热度持续上升。

11月28日，"保护·传承·弘扬——两岸非物质文化遗产论坛"在台湾大学集思国际会议中心召开，大陆和台湾地区各派出了几位专家、学者担任论坛主讲嘉宾。大陆学者做主旨发言的有来自中国社会科学院的刘魁立先生、中国艺术研究院的田青先生和我三人。最先登台演讲的是刘先生，他解释非遗保护的几个关键词，学理性强，逻辑清晰。我觉得他讲得很好，可是听众席上的掌声就是起不来，大概尚处于午休时间。接着田青先生上台，他刚聊开大陆简化繁体字这一"敏感"话题，台下的听众便立马安静下来。只听得他旁征博引，声情并茂，针对台湾人可能对大陆文化政策存在的误解进行一一反驳，场上听众的情绪被他略带沙哑的声音调动起来了，掌声一次比一次热烈。在前排紧挨着我就座的刘先生侧身附耳对我说："怎么这么会讲啊！这口才真了得啊！"看到年逾七十的刘先生竟发出汤显祖"安得生致文长而拔其舌"之叹，我不禁哑然失笑！

参加完台大的论坛，我又在宾馆准备下一步在台中的论坛内容，一有空便帮忙去看展馆。有一天，我们大陆的一位领导陪着几位台湾政界人士进馆来参观，我主动上前去充当临时讲解员。我引着他们一行人看的第一件展品是潮州选送来的木雕。由于该雕刻作品完成时间才一两个月，所以新开出的紫檀木色仍旧鲜红似血，尚未氧化成紫黑色。我给客人介绍说："这是来自潮州的《紫檀木人物雕刻香炉罩》。"话音未落，我们大陆的领导立马反驳说："这个肯定不是紫檀，是红木的吧？你看这么红，这个红木我还是比较懂的。"我眼见台湾客人们都把视线扫过来，我怔在那里，就像展场中红着脸的"铁枝木偶"。我该怎么往下接话呢？说红木泛指珍稀硬木，其中就包括紫檀？不能啊！我一时默然。如今想起来，只怪我自己不会转圜。

大约开展三天后的一个早晨，有一位家住台北的老者给我们送了一大袋水果和咖啡，我和几位同事不敢接受陌生人的东西，就客客气气地回绝了。他声调很高地说："吃吧！吃吧！都是家里冰箱里放着的东西，我一个人吃不了，你们不吃白不吃啊！"我们再三推辞，他没有了办法，只是嘴里低声咕嘟着："嗨！你们从北京来，我当是自己人呢。"听了这话之后，我们没法再说出半个"不"字了。结果，连续十几天，每天开馆不久他就会出现，每次来都要跟我们闲聊半天才肯坐捷运（地铁）回去，我们也因此有吃不完的各类零食。透过闲聊，我了解到，他才是个地道的北京人呢。他曾经是一名老兵，1949年来台后靠着入伍前在王府井亨得利钟表店学会的修钟表手艺养活了几个子女，并且把他们一一送到美国去读书。如今他的子女们全在美国学有所成，只剩他一人留守台北。台北中山纪念馆四周的长廊宽大得很，不时有一对对少年在长廊中练习滑步舞，不知疲倦，天天如此，却不肯进展馆来看看展览。我们守着展馆，观众少时就在长廊里坐着，透透气，与这个在异乡的"老北京人"唠嗑。一边是忙着追风的少年人，一边是絮絮叨叨回忆北平的老者，看着他们沉浸在各自的世界里，过去与未来如同眼前移动的光影，又像拂面而去的柔风，不免使人生出些许惆怅来。

"根与魂——中华非物质文化遗产大展"在台北展出15天后，12月12日移至台中市文化创意园区，我们得重新布展，并且与台湾地区的非遗项目展开同场竞技。由于展场不是个正规场馆，像是个老工厂大车间，所以我们带去的精致展品展陈起来有些费劲，倒是南京云锦织造所用的"大花楼织机"以及浙江的"万工轿"在那个空间环境里架起来之后，让人眼前一亮。台湾策展人铆足了劲，要在宗教信俗方面夺人眼球。他们花大力气从岛上各地移来被烟火熏黑了的几尊神像，包括供案、灯具、香烛、锦幡等一系列物件。为突出"沉浸式"体验的特色，他们在展览现场"复原"了四五处民间神龛，个别台湾信众还真的在展览现场点燃起了香烛，对着神像顶礼膜拜。

  展览期间，透过展品去进行文化交流是一方面，其实更重要的文化交流还在于人与人之间的接触。从台北到台中，展期30天里，我感觉台湾同胞最感兴趣的还是来自大陆的人本身。大陆随团去台湾的非遗传承人也很兢兢业业，手艺人多数性格开朗，对观众有问必答。无形中，两岸民众在现场的交流温暖了一切物质展品，也使得两岸的文化因人情互动而变得水乳交融。

我的点滴回忆

李修建

钱锺书先生曾就"记忆"发过一番高论："一到回忆时，不论是几天还是几十年前，是自己还是旁人的事，想象力忽然丰富得可惊可喜以至可怕。"我虽已在中国艺术研究院工作了十多年，却是日复一日呆坐看书，并未有过"可惊可喜以至可怕"之事，阅历实在堪怜。搜索枯肠，回忆了一些稍有趣味的情节，供大家一哂。

一

我是理工科出身，本科学的机电工程，兴趣不大，学得不好。大二的时候，我准备通过考研换个专业，就根据兴趣确定了美学专业。那时，我就读的中国石油大学（北京）是个纯工科学校，位于北京昌平，每年本科招生300人左右。地偏人稀，独学无友，我很是苦闷。

于是，我把要考美学专业研究生的想法告诉了一位相熟的老师。这位老师教我们机械制造、金属工艺等专业课，他为人老实得不能再老实，朴素得不能再朴素。他身上的衣服不知穿了多少年，走路时总是低着头，同学们迎面碰到，和他打个招呼，喊声"老师好"，他常常显得不好意思，讲话的语调也十分轻柔。这位老师听到我的想法，问了我一个问题："你考虑过以后找工作的事儿吗？"我一时语塞，因为我真没想过。2002 年，我顺利考上了中国人民大学哲学院美学专业的研究生，也渐渐淡忘了与这位老师曾经的对话。

直到 6 年以后，临近博士毕业，开始找工作的时候，我才领教到那位老师的隐忧。我学美学，全凭兴趣，因为喜爱，便以它为中心，觉得只它最好。这种想法很像井底之蛙，实在非常幼稚。美学这个专业，在 20 世纪 80 年代曾经有股热潮，那不过是特殊时期的特殊现象，其意义远远超过了学术本身。20 世纪 90 年代兴起市场经济后，美学，连同文史哲等基础学科，很自然地被推向边缘，因为在刻板印象中，它们"没什么用"。

舍友们的工作陆续确定了，大都去了外地。吕宏波选调去了福建省委宣传部，胡泊确定了四川美术学院（后调到西南大学，最近又被福建师范大学引进）；尚妫回了老家，选择了兰州大学；杨江涛去了重庆师范学院；张浩军落实到了首都师范大学（后调到中国政法大学）。

张法老师替我着急，给我从很多方面想办法。他编《美学读本》，让我做点工作，给我署上副主编，认为对我找工作有用。他鼓励我多跑跑，说没准就能碰到机会。我带着他签赠的书到中国社会科学院面过试，我到一家医科大学试讲，他百忙之中亲自帮我改幻灯片。当时我印象很深，我准备的内容是医学美学，由于涉及美容，幻灯片上贴了几张美女的照片，当时他还称赞其中的一个演员是标准的美女。我记得那次参加试讲的有 9 人，只我一个男生，等了一段时间，没有结果，打电话问那边的负责人，说是把我报上去了，但后来没了消息。

去社科院面试，是刘悦笛老师介绍的，我去了之后和美学室的几位老师聊了聊，结果未成。之后刘悦笛老师又跟我联系，说他的同事梁梅老师认识一位校友，那边可能需要人，并给了我一个电话，联系人是方李莉老师。于是，我和方老师取得了联系，她告知我某天她的学生都去她家，让我联系安丽哲，跟着一起过去。于是我给安丽哲打电话，我称呼她"安老师"。约定的那天，搭乘安丽哲的一辆"破车"（后来我向安丽哲求证，她告诉我那辆车不便宜，只是久不清洗，显得有点旧），我们到了顺义方老师的家。那天去了不少学生，很是热闹，我记得有刘明亮、王晓宁、王婷婷等人。方老师问了我几个问题，我回答得似乎并不好，方老师说觉得我的专业不合适。我心里感到有些沮丧，又坐着安丽哲的车回来，一路听她闲聊，聊的什么已不记得。

再后来，王旭晓老师介绍了一个社科院的应届博士给我认识，让我们搭伴儿一起找工作。他倒很热情，带着我到处乱窜，跑了不少地方，但都是无的放矢、铩羽而归。他的路子有点野，他告诉我，哪里需要什么专业，就把简历改成什么专业，我心想那怎么行。工作难找，我的情绪有些低落。有一天，我想起那个哥们，打电话问他怎么样，本意是关心他一下。没想到他告诉我一个电话，说中国艺术研究院需要人，你联系一下看看。

我把电话打过去，是一位女老师接的，她说你送个简历过来吧。好像是下午，快下班了，我赶快乘车到艺研院送简历，接待我的是人事处的金澎老师，人很亲切。

我就收到了面试通知。面试那天，满满一屋子人，社科院那个哥们也在。我认识了王磊，他是人大文学院的，宿舍就在我楼上，以前居然没见过。还记得叶楚炎，抱着中华书局的《唐宋笔记史料丛刊》中的一本在看。时任人事处处长张海玲老师是主面试官，她带着微笑，问了几个问题，我并不觉得紧张，很快就出来了。面试那天，方李莉老师又和我联系，和我见了一面。她开着车，简单聊了几句。她说觉得我还不错，想让我到她们所，我自然很是高兴。

面试结束后，社科院的哥们带着我走进面试的屋子，对着张海玲、金澎等老师深鞠一躬表达谢意。出门之后，他问我："当时人家问我想做什么工作，我回答想当领导，你觉得这样说合适吗？"我窃以为不太合适，但也不好说什么。

之后的进程出奇顺利，面试之后很快是笔试，笔试之后很快签了合同，工作就落实了。社科院的那个哥们没有进来，可能他的专业不够对口，也可能和他的回答有关。我再给他打电话，他的态度很有些冷淡，后来也就不再联系了。不过，我一直对他心怀感激，要不是认识他，要不是那天给他打个电话问问他的情况，我也就错过了中国艺术研究院的面试，今天还不定怎么样呢。

二

2008年，中国艺术研究院招聘应届毕业生40余人，我被分到了"战略中心"（全称文化发展战略研究中心）。战略中心成立的时间不长，中心主任是贾磊磊老师。一同分到中心的有10人左右，要做一个名为"中国廉政史鉴"的课题。

大家年龄相仿，志趣相投，很快熟悉起来。王磊是面试时认识的，我们在天通苑合租了房子。毛夫国毕业于北京师范大学，和我是临沂老乡。毕业于山东大学的霍明宇，和毛夫国是硕士同学。张颖毕业于北京大学，也是学的美学专业，我认识几个她的硕士同学，她是叶朗先生的博士生，主要研究法国美学，学习期间主要接受杜小真先生的指导。叶楚炎研究明清小说，是北大刘勇强先生的高足。石一冰在中央音乐学院读的博士，人很幽默，他的聊天都是一个个的段子。潘源是在本院影视所读的书。刘藩和肖庆二人是博士后，早我们几个月入职。刘藩在人大文学院读的博士，算是校友。肖庆本科读的军校，后来改了专业。课题组成员还有早我们一年入职的任慧，还有一位陈锋，当时好像在研究生院工作。

我们这些人，除了做课题写东西，还有一大任务是办活动。战略中心那几年承办了大大小小各种各样的活动，大型的如中欧文化对话论坛、中美文化论坛、中华艺文奖、世界儒学大会等，事情不少。大家分工合作，有负责外联的，有主抓宣传的，有专做海报的，有迎宾接待的，有条不紊，配合无间，反响很好。

大家都很能干，只我最是无能。我参与的活动不多，只记得摇过两次铃铛。一次是陈凯歌导演的《梅兰芳》研讨会，参会学者很多，每人5分钟，发言时间快到了，我就摇铃提醒。铃铛是时任科研处处长马盛德老师提供的，好像源自西藏，东西很大，声音响亮。我这个工作做得不好，摇了没几下，就有人提醒我小点声。还有一次是什么活动，想不起来了，只记得那次摇的铃铛比较小。

我还参与筹办过一次在澳门办的手工艺展，那次特意把在西藏挂过职的唐建军老师请了过来，协助我们工作。当时战略中心新换了一个秘书，我不记得具体安排我做什么，有时让我一早到办公室，然而并没有事做，更多是听大家聊天。叶楚炎聊他的长篇武侠小说《碧海吴钩传》，他说每次写作之前，会先读金庸的书。我也是从他那里知道阿加莎·克里斯蒂这个人。有一次，我到楚炎家借住一晚。他家房子不算大，他的爱人丁文是做现代文学研究的，二人都有很多书，一古典，一现代，摆放在众多书架上，各占一些地盘，相安无事，亲密无间。楚炎教我玩"三国杀"，耐心地给我讲规则，我对游戏向来白痴，听得云里雾里，始终没搞明白。第二天，楚炎做了早餐，他把面包片用平底锅加热了，味道真不错，我第一次知道那种吃法。

和王磊合租的一年，过得很愉快。我们在人大读书时虽住同楼，却不认识。刚开始，我还主动买菜，学着下下厨房，偶尔炒炒菜、刷刷碗。时间一长，本性暴露，王磊见我实在不擅此道，就不让我做了，洗菜、做饭、刷碗、打扫卫生，一应家务全部归他，我只负责吃。我们在商场买了一台微波炉，刚开始我们两个抬着，没走多会儿，我觉得累，便让他自己扛了回去。我们两个志趣颇有相投之处，最喜欢看农民频道，举凡养鱼养虾的节目，我们都看得兴味盎然。有一次我疑惑地问他，这个台的广告怎么都是农药化肥，没有香车美女，显得不太一样？他说这是农民频道嘛，我才恍然如悟。王磊养了几条小鱼，他总是把鱼食用纸包好，捻成粉末，再投入鱼缸。之前的租客留下一大株滴水观音，已快枯死，经过王磊悉心打理，重新焕发生机，长势喜人，硕大的叶子铺铺展展，给室内增添了绿意。我听说这种植物有毒，始终不敢太过靠近。王磊称得上"志气宏放"，他料理家务固然是把好手，品行绝高，修身齐家不在话下，但他更有治国平天下的雄心和才干。在大是大非面前，他总是一身正气，大义凛然，堪为大任。

后面几年，战略中心又陆续引进了靳凯元、耿春晓、王瑜瑜、黄忆南、陈斐、孙伊、王巨川等同事，人丁兴旺，都是得力干将。此后的活动，主要靠他们来做。

课题本身不难，应该在一年之内就完成了。不过，大家在中心待的时间不一，或长或短。此后陆续分到各个部门，如张颖去了《文艺研究》；王磊先是去了马文所，后来在科研处任职，前两年调到了中宣部；毛夫国和黄忆南去了研究生院；霍明宇先是到了《艺术评论》，后又去了文化所；石一冰去了音研所；任慧、肖庆和刘藩仍在战略中心；叶楚炎则调到了中央民族大学。我还是很怀念在战略中心的日子，大家刚刚毕业，都很珍惜难得的同事之谊，成了好朋友，见面总是感到亲切。还要感谢贾磊磊老师对我的关照，没有让我承担我不在行也不愿做的行政事务。

三

我好像是在 2012 年底将关系转到艺术人类学研究所的。不过,进院伊始,我就确定了要去那里,因此一直参与所里的活动。

那时候,艺术人类学研究所还叫艺术人类学研究中心,刚从中国文化研究所中独立出来。中心人员不多,方李莉老师是主任,下面有邱春林、杨秀和安丽哲三位研究人员,付京华老师担任秘书。付京华的爱人崔宪老师在我院音研所工作。还有一个外聘人员,大家都喊他小张,人很瘦,负责数据库的维护等事宜。小张的弟弟小小张,较胖,受聘于文化所。小张不久离职了,又聘了一个小王。小王是河南人,毕业于天津外国语学院,学的英语专业,不会讲普通话,我也从没听他说过英语。小王非常朴实,冬天穿着一件老棉袄,像是刚从山里走出来的,人很客气,见了我的面主动握手问好,他力气很大,捏得我生疼。后来小王也走了,自己办了一个翻译公司,他多次说有活儿就找他,免费给我做。

中心在逐渐扩大,除了杨秀和安丽哲(邱春林于 2009 年离开,自立门户,成立了工艺美术研究所),陆续加入的成员还有中国社会科学院民族学与人类学研究所毕业的关祎、非遗中心转过来的汪欣、美术所转过来的李宏复(2020 年 8 月退休)以及毕业留院的王永健。付京华老师退休之后,蔡玉琴老师担任过一段时间的学术秘书,后来换成了侯百川,他目前还在坚守岗位。

我与王磊合租一年之后,搬到了河北廊坊。住处地处郊区,与大兴接壤,外面就是庄稼地和果园。虽离北京不远,但我不会开车,去趟单位并不容易。起初有一辆个体中巴车往返,每天有固定时间。后来开通了一辆公交,可以换乘地铁亦庄线。去趟单位,单程最快要花两个半小时,有时要等车四五十分钟,往返差不多六个小时。我记得有几次等车,手持一本书观看,一不留神,公交车绝尘而去,又得再等四十分钟,感觉很是懊恼。所以,没事我很少去单位,而单位并没什么事,大家知道我住得远，有事也不喊我参与。我每天待在廊坊，"地远心自偏"，习惯了乡下生活，节奏缓慢，不觉紧张，只是看书写作，虽然工资少得可怜，倒也悠闲自在。很多人以为我是无业游民，替我操心，有司机喊我和他们一起跑车拉客，可惜我不会开车。还有同学打来电话，劝我租地养猪，我不知道他是不是开玩笑，反正听上去一本正经，此后我们没有再联系。

因为太孤单，我倒是很希望去单位。头些年，马文所成立了青年文艺论坛，主持者是李云雷，我常去参加，尽管往返辛苦，但喜欢和大家在一起，听大家聊聊天，感觉心情愉悦。那时候，常能见到祝东力老师，以及王磊、崔柯、张慧瑜、李雷、孙佳山等人，石中琪和孙晓霞偶尔参与。马文所现任负责人鲁太光，我也是那时认识的。

其实我并不是闲得无聊。那几年，方李莉老师喊我合写一本《艺术人类学》，我负责西方艺术人类学学术史的梳理。刘悦笛老师喊我合写一部《当代中国美学研究》，对 1949 年以来的中国美学研究情况进行总结。朱志荣老师喊我参加他的"中国审美意识通史"课题，我负责魏晋南北朝卷的写作。张法老师又命我编一部明代美学资料选。在廊坊多年，我主要做的就是这些工作。还有就是做翻译。我最熟悉的人，就是送快递的，以及邮局的几个女孩，因为几乎天天买书，常与他们接触。那时我手头没项目，购书经费匮乏，高校的几位朋友，如季中扬、王怀义、朱媛、向丽，向我伸出援手，用他们的经费帮我买书。

每逢艺术人类学研究所的聚会，常听方李莉老师聊天，听她谈个人经历，获益良多。方老师在中央工艺美术学院（后并入清华大学）读的博士，师从田自秉先生。田先生著有《中国工艺美术史》，在工艺美术界影响深远，享有盛誉。博士毕业之后，方老师到了北京大学社会学人类学研究所做博士后，她的出站报告研究的是景德镇陶瓷业，很得费孝通先生的赞赏。费老年轻时就对艺术很有兴趣，他一生志在富民，所招收的博士做的也都是关乎国计民生的实在议题，方老师所从事的艺术研究，很可能让他眼前一亮。方老师与费老有过多次对话，后来这些对话编成《费孝通晚年思想录》一书出版。1998年出站之后，方老师来到我院文化研究所工作，刘梦溪先生为文化所所长。在费老的支持下，方老师申请到全国艺术科学"十五"规划国家重点课题"西北人文资源环境基础数据库"和"西部人文资源的保护、开发和利用"，她担任课题组组长。这个项目的成果最终结集为《西部人文资源研究丛书》，一套12册出版。我进所的时候，项目已经完成。

方李莉老师精力旺盛，一心扑在学术上，所以艺术人类学研究所并没有杂事，倒是经常办学术会议。2006年底成立的中国艺术人类学学会，秘书处设立在艺术人类学研究所，方老师是会长，我担任了一段时间的秘书长。从2010年开始，我开始组织一年一度的学术会议，连续办了9年。我本来性格内向散淡，毫无组织能力，勉力为之，居然坚持多年。在此期间，很得方老师鼓励，还认识了许多学界师友，视野得到开拓。我近些年工作重心之一是做翻译，常来参会的荷兰学者范丹姆、英国学者罗伯特·莱顿等人，我翻译了不少他们的论著。

除了大会，还办过一些小会，如艺术民族志研讨会、艺术乡建论坛等。2016年12月举办的"艺术民族志的书写"学术研讨会上，年近80岁的乔健先生前来参会，乔健先生是著名人类学学家，和费老是好友。当晚入住酒店之后，闲来无事，我正和安丽哲聊天，忽然接到服务员电话，说是老先生在卫生间摔倒了。我们吓了一跳，赶快跑过去，只见乔健先生坐在椅子上，他的夫人用一条毛巾捂在他的头上。我到卫生间看了一下，地上有一摊血。乔健先生的状态还好，头脑清醒，神态也显得从容。不一会儿，救护车来了，我和李宏复老师陪同至中日友好医院，拍片、缝合，万幸并无大碍。印象深刻的是，我搀着老先生上完厕所，他在净手之后，对着镜子整理衣冠，困厄之际，仍不忘保持体面。相形之下，我很惭愧。我是做魏晋美学的，不免沾染林下之风，不大注重仪表，有些不修边幅。乔健先生的这种修养达到一定境界，是由内而外，自然生发出来的，更显名士风度。乔夫人和乔先生的儿子全程没有丝毫怨言，甚至坚持自己掏医药费，修养绝好。回到宾馆之后，乔健先生居然不作休息，又召集他课题组的人员开会。他的老家是山西介休，乃当地大族，祖父是著名晋商，父亲毕业于北大，曾任山西大学教授。他主持的这一课题专门研究其家乡文化，成员不乏人类学界大腕，如周大鸣、彭兆荣等人，还有几位介休的学者。先生的精神，实在令人折服。两年之后，听闻乔健先生在家中无疾而终，坐在椅子上安然去世。正始之音，已不可闻。

除了办会，方李莉老师还带我们外出考察过几次，如费老的家乡江苏吴江，以及江西景德镇等地。我们在瘦瘦的老县长陪同下，和费老的女儿费宗惠女士、女婿张荣华先生来到吴江松陵公园费老墓前，献上《西部人文资源考察丛书》。近年来，我购买了一套《费孝通全集》，阅读了张冠生记录的《费孝通晚年思想录》，读过之后，获益良多。像费老这样的学术巨人，是在特殊的社会环境中诞生的，难以复现。费老之所以能有如此成就，除了时代因素，个人条件更不可缺：第一，他出身名门，从小就接受良好的教育，大学就读清华大学，遇到诸多好老师；第二，他受到良好学术训练，师从英国人类学家马林诺夫斯基，博士论文《江村经济》大受乃师推崇，使他一举成名；第三，他志向远大，一生志在富民，晚年位居高位，抱负得以施展，唯此最为难得；第四，他身体绝好，80岁以后每年大部分时间仍在外面奔跑调研，从不觉得劳累，85岁以后才觉得体力渐衰；第五，他文笔绝佳，在20世纪三四十年代就是著名的专栏作家，千字文章，随手写出，娓娓道来，明白如话，因此他的作品既具思想性，更有可读性。其余条件犹可达到，唯胸怀天下苍生的志向，最难企及，这需要脚踏实地，切实解决百姓问题，并非口头说说。而今的学者，多为论文课题奔忙，自顾尚且不暇，何况百姓了。

在艺术人类学研究所工作的十年，我很感激方李莉老师对我的提携，如果不是这样一个工作机缘，我的人生或许又是另一番景象。

四

  我喜欢听年长的同事，如张庆善、金宁、祝东力、孙伟科等师长，谈论他们的恭王府岁月，在战略中心工作时，听田青先生聊过一次恭王府的鬼故事。听着他们绘声绘色的描述，令人悠然神往。

  那个时候，尽管物质上很是清贫，住宿条件比较恶劣，但身居王府，地处京城中心，周边环境绝佳，每个所都集结了顶尖的学者高人，如戏曲所的张庚、郭汉城，音乐所的杨荫浏，美术所的王朝闻，舞蹈所的吴晓邦，红学所的冯其庸、周汝昌、李希凡，影视所的李少白等，皆为"共和国艺术学科的奠基人"，都是举足轻重的人物。三五好友，在恭王府湖心亭闲坐聊聊天，或者到前海后海散散步，当此之时，定然有高古之气象吧？

  2000年左右，我们从恭王府搬到了惠新北里甲1号，最近，我们又从惠新北里甲1号暂时搬至来广营西路81号。从市中心而北四环，从北四环而北五环，从地理位置上看，似乎愈益走向边缘。不过，从近两年的切身感受来说，我们院确实面貌一新，各个方面都在向更好的方向发展，衷心祝愿我院越来越好！

自从与你相识
—— 我与《传记文学》

全 展

中国艺术研究院明年将要迎来建院70周年的喜庆盛典。作为沐浴《传记文学》恩泽36年的老读者和作者，我谨借此机会，向中国艺术研究院致以诚挚谢意与祝贺。祝愿中国艺术研究院继续勇立潮头，引领我国新时代的艺术研究；祝愿《传记文学》百尺竿头，更进一步。

《传记文学》创刊于1984年，当时出版单位为文化艺术出版社传记文学编辑部。创刊号多达192页，厚重大气，名家新作荟萃，令人爱不释手。其主要栏目有四："传记""回忆录""欣赏与借鉴""传记创作研究"。创刊号除了发表10篇文学作品外，如柯岗、曾克的《战犹酣——刘伯承元帅从太行山到大别山战斗记事》，徐刚的《艾青雕像》，梅绍武的《我的父亲梅兰芳》，[美]尼姆·威尔斯的《续西行漫记》，[加]罗德里克·斯图阿特的《白求恩》等，还刊载了4篇研究文章，计有林默涵的《关于传记文学》(代发刊词)、朱东润的《我学习传记文学的开始》、骆宾基的《传记文学随想》，以及梅江海、刘可译《传记文学》(《新大英百科全书》条目)。当一口气读完散文诗体传记《艾青雕像》，我眼前一亮，觉得作者徐刚与传主艾青似乎融为了一体，心灵对话随处可见。传主播种着，也收获着，"活生生的雕像，似乎要发出言语"，"这是一尊像，这是一首诗……"我不由得惊叹起来，原来传记可以这样写！好的传记作品，竟有这样大的艺术魅力！读了《我学习传记文学的开始》，我深刻体会到了一代传记大师朱东润对后学的谆谆教诲，在尼科尔逊提出传记文学要"尊重历史""尊重个性""尊重艺术"之外，先生特别强调提出要"尊重祖国"——这是传记文学的责任！其拳拳之心，日月可鉴。

传记文学拨开了我的心扉。它使我安然度过了许多个彷徨无着落的夜晚，走进了灿烂的梦乡，迎来了一个个黎明。作为一名刚大学毕业入职3年的青年教师，我在邮购《传记文学》创刊号之后，初尝甜头，又邮购了多期。在两年的时间里，通过阅读传记作品和学习传记文学理论，我开始动笔写作了《一部颇有特色的人物传记——评介〈徐特立传〉》《如见其影 如闻其声——读〈李白传〉》《何必扬李抑杜——也谈〈李白与杜甫〉》《写出了一个独特的个性——读〈唐继尧评传〉》等评论，先后在《书刊导报》发表。1986年1月15日，我怀着忐忑而又激动的心情，向《传记文学》编辑部寄了一封挂号信，寄去我研究传记文学的第一篇论文《试论传记文学的真实性》，长达12000字。1月23日编辑部回信，告知收到来稿。5月13日我又去信询问稿件处理情况，21日编辑部回信拟刊1987年第2期。受到投稿成功的鼓舞，1987年3月19日，我又向《传记文学》投去9000字的《试论传记文学的历史性》，后来收到编辑部6月15日回信，告知责编意见可发在下期(四季度)《传记文学》上。接下来便发生了一件令我终生难忘的事，那就是责编王凌、总编涂光群给我所在的单位写了一封热情洋溢、鼓励有加的信——

荆门市教师进修学校：

您校教师全展同志，曾先后寄来二份稿件。《试论传记文学的真实性》，我们已发表在今年二期刊物上，《试论传记文学的历史性》，我们拟发表在明年一期刊物上。

我们觉得，这两篇文章论断精辟、条理清晰、例证丰富、结构严谨。文笔朴实素淡，清雅不俗。对我们传记文学的研究和探讨，有一定的意义和价值。我们希望全展老师多向我刊投稿，帮助我们共同办好《传记文学》这一大型文学刊物。

此致

敬礼

《传记文学》编辑部、责编王凌

总编涂光群

1987.7.4

这封来信，对我来说是莫大的鼓励，也是鞭策。我的心情无比激动，也非常感动。激动的是，我的第一篇长篇论文得到出版界学术界的肯定；感动的是，京城大型文学刊物《传记文学》为鼓励和培养一个青年学者，责编和总编联名写信给作者单位。其殷切之情，溢于言表。

早期《传记文学》虽说是季刊，但出版常常滞后，成了不定期。不管怎样，《传记文学》已成为我无形的老师。每当收到编辑部惠寄的杂志，我如获至宝，常常读得废寝忘食，真正是获益匪浅。我不仅读到了刘可的《谈传记作家的"价值批判能力"》，龙国炳的《传记文学这条路》，赵清阁的《传记文学——文苑之花》，李祥年的《读〈维多利亚女王传〉》，高嵩、罗飞的《读资华筠自传〈舞蹈和我〉》，还读到了［法］安德烈·莫洛亚的系列论文《论自传》（杨民译）、《论当代传记文学》

（刘可、程为坤译）、《传记作品的艺术性》（刘可、程为坤译）……中外学者的这些传记文学理论、史论与作品评论，极大地开阔了我的视界。

1988年6月5日，我再次给《传记文学》编辑部写信，询问《试论传记文学的历史性》一文的处理情况，不久编辑部回信：

全展同志：

  你好！

  六月五日来信敬悉。

  尊作《试论传记文学的历史性》我们再一次研究了，觉得文中有些材料、论点的准确性似还需推敲，本刊不准备刊用了。现遵嘱挂号寄还。

  盼今后常联系，继续赐稿。

  礼

  撰安！

《传记文学》编辑部
六月廿二日

读到回信，短暂的失落很快便消失了。我觉得《传记文学》编辑部说得有理，意见十分中肯。我应该正视自己研究与写作中存在的不足，这样才能看得更高、走得更远、研究得更深入。由于责编王凌同志工作调动，在此后的日子里，我先后与责编刘孝存、刘静子同志通信，得到他们的指点。记得刘孝存不仅写过小说，还在1989年的《新闻与写作》发表过传记研究文章，如《什么是传记文学——传记文学简说（上）》《传记文学的种类、对象、特征及其他——传记文学简说（下）》，这些都对我的研究有所启发和教益。

斗转星移，《传记文学》编辑部（杂志社）后来也轮换过多位主编和责任编辑。印象深刻的一次是2006年10月，我出席了在山西大学召开的"第 11 届中外传记文学研究会年会",幸会喻静主编。与会代表 60 余人,大家围绕"传记文学的文类意识"这一主题畅所欲言。我们一起开会讨论,一起去杏花村品赏美酒,其乐融融。次年的 11 月,我和喻静又在春城相会,出席了在云南大学召开的"第 12 届中外传记文学研究会年会"。记得喻静还带了两位年轻漂亮的美女编辑——胡仰曦(现为副主编)和黄海贝参会。除"传记叙事理论"的重点研讨外,《传记文学》杂志专题讨论会也成为年会的一大亮点。喻主编开门办刊,谈了"我所理解的《传记文学》",接下来胡仰曦、黄海贝也谈了杂志的栏目设置和编辑意图。中国社科院研究员桑逢康、厦门大学教授谢泳认为,《传记文学》杂志定位明晰,栏目丰富,格调纯正,作品相当厚重、质朴。北京大学教授赵白生强调杂志应文学性与史料性并重,应办成传记类文学杂志。我和张维、叶志良、陈兰村、许德金等教授,也分别以作者、读者、研究者的身份,从不同角度肯定了《传记文学》的办刊理念,并对恢复"传记创作研究"或"传记论坛"等栏目提出了一些建设性意见。喻静约我写作了《传记文学的叙事艺术——第十二届中外传记文学研究会年会综述》,发表在《传记文学》2008 年第 4 期"传记论坛"栏目。2008 年 9 月,我和喻静主编同时在广州从化出席了"中国传记文学(中短篇)优秀作品研讨会"。这次会议由中国传记文学学会、广州市文联、广东省传记文学学会联合主办,来自海峡两岸暨香港的专家学者共 50 余人与会。我和喻静各自发言,讨论当前中短篇传记文学的特点,探寻了中短篇传记文学写作的新途径。

跨进新时代,《传记文学》迎来了它历史上最好的发展机遇。斯日先后担任《传记文学》副主编、执行主编、主编,她带领杂志社全体编辑同仁克难奋进,一步一个脚印,办出了鲜明的特色,办出了独特的个性,办出了突出的优势。比如它的庄重、大气,它的高端、前沿,它的时代性、思想性、史料性,它的原创性、文学性、可读性,等等。这是一份在中国思想文化领域深受广大受众喜爱的人物传记月刊。我曾问过几位在业界享有盛名的传记文学作家或批评家："假设只看一种传记类杂志，你选什么？"大家不约而同地说："《传记文学》呀！"在当今传记类刊物名目繁多、竞争十分激烈的形势下，《传记文学》这本杂志却办得越来越好，越来越红火，在市场上取得良好的社会效益和经济效益，其秘诀何在？依我看，主要还是主编和各位编辑具有高度的社会责任感和历史使命感，拥有较精深的理论文化素养和敏锐而开阔的视野，他们不断提高刊物的精神高度、文化内涵和艺术价值，将传记创作与理论研究作为杂志的发展双翼，使创作和研究互为补充、互为推动力，形成了展翅高飞的品牌效应。

我特别欣赏斯日主编开门办刊、求新求变的学术眼光。她总是团结和依靠编辑同仁精心策划选题、主动出击约稿，除了不断向传记作家组稿，利用学术研讨会的机会与专家进行较深层次的对话、畅谈办刊思路以争取支持外，还向一些专家赠送杂志，不时约稿催稿。据我所知，不少传记文学家包括作家与学者都先后成为斯日主编的知心朋友。《传记文学》主打栏目"封面人物专题"（曾用名"中国思想肖像"），特色鲜明，精品多，期期都有好文章，因而成为《新华文摘》"人物与回忆"转载最多的创作园地（仅2020年就转载7篇）。品牌栏目"传记课堂"，无疑是对杂志早期"传记创作研究"栏目的发扬光大、继承超越。它不仅发表传记文学史论、理论和评论文章，发表外国文论翻译作品，而且关注影视传记，发表不少传记片批评文章。特别是传记研究年度述评、传记研究年度发展报告，业已成为海内外传记文学界关注的一大亮点。

2016年10月，我出席了"跨文化语境中的传记与传记影视"国际学术研讨会。这场学术盛宴，由上海交通大学传记中心和夏威夷大学传记研究中心联合主办。得知斯日将要出席，我十分高兴。她提交的论文（摘要）是《足够的孤独，铸造足够的勇气——关于传记电影〈汉娜·阿伦特〉》（《现代传记研究》发表时易为《思想者的孤独与勇气——评传记电影〈汉娜·阿伦特〉》），我提交的论文（摘要）是《人文传记片的文化重塑》。遗憾的是，斯日因工作原因临时有事未能与会。2017年8月，斯日和我应邀出席了在平顶山学院召开的"《中国现代作家传记研究》研讨会"，和我一同前去的还有我的同事魏雪副教授——她跟我学习研究传记文学已有3年。我们聊起了赵焕亭教授的这部传记论著，并就传记文学的研究现状谈了很多。斯日主编向我约稿，约请我写作年度传记研究述评，这与我的想法不谋而合。因为我这些年一直关注传记文学的研究进展，发表了不少年度研究述评或学术研讨会综述。此后，我在《传记文学》先后发表了《2017年传记文学研究述评》《2018年传记文学研究述评》《2019年传记文学研究著作盘点》等文章。

2018年10月，我和斯日、魏雪出席了在四川大学召开的"第25届中外传记文学研究会年会暨国际研讨会"，会议主题为"作家自传研究及其他"。我们以文会友，谈笑风生。斯日探讨了《是非自我之间——关于自传的真实性与自由度》，我谈的是《改革开放40年"当代作家"传记综论》（全展、魏雪合著），魏雪谈论的是《作家传记中的"审父"与"审母"情结探析——以〈我和父亲季羡林〉与〈我的母亲杨沫〉为例》（魏雪、全展合著）。魏雪执笔的这篇文章，经过修改，我们投给了《传记文学》，在2019年第1期发表。2019年10月，我和斯日相约又一次来到上海交通大学传记中心，出席了国际传记协会亚太分会2019年年会"亚太文化与传记"国际学术研讨会。这次会议盛况空前，来自国内外50多所知名高校以及杂志社、出版社的100余位专家学者，围绕文化与传记、跨文化传记等主题深入探讨，取得了丰硕的成果。其中还有一大特色便是圆桌论坛，国内外多家传记研究、传记出版单位代表广泛交流对话，《现代传记研究》主编杨正润、*Biography*（《传记》）主编克雷格·豪斯、《传记文学》主编斯日、*Life Writing*主编凯莉·卡德尔以及河南文艺出版社传记出版中心主任刘晨芳等参与讨论。斯日重点分享了《传记文学》的办刊理念、风格特色。在会议自助餐休息间隙，斯日还向我透露了已向院里申请成立中国艺术研究院传记研究中心，计划引进文学博士张元珂，写作年度传记研究报告，等等。她希望我继续大力支持《传记文学》及研究中心的工作。这些信息无疑令人振奋，这种信任无疑令人感动。看到她兴致勃勃地讲述愿景，兴高采烈、信心百倍的样子，我无形中为她的创新气魄所感染，为她不断发掘理论与现实新的结合生长点而深受鼓舞。

2019年10月上海交大会议之前，斯日主编几次用微信或电话联系，向我通报她的一些最新策划设想，征求意见。如5月9日的《传记文学》选题策划会，斯日主编此前要我推荐两位在北京的专家与会，我推荐了中国传记文学学会两位副会长董保存、贾英华参加，他俩既是知名传记作家，又有传记研究成果。董保存曾做客中央人民广播电台"名家谈军事"，先后主讲"解读开国将帅""解读中国人民解放军著名将帅"系列专题。贾英华曾做客中央电视台"百家讲坛"，先后主讲"末代皇族的新生""你所不知道的溥仪"。7月10日斯日来电话，聊到了"传记文学七十年十人谈"的选题策划。考虑到有的作家或研究家因种种原因不一定能够参与，我们商量了多达10多人的备选名单。最后她委托我联系了中国传记文学学会会长王丽、副会长忽培元参与"十人谈"，向他们发去邀请函。在《传记文学》第10期庆祝中华人民共和国成立70周年特刊上，"他们是共和国艺术学科奠基人"特别专题和"传记文学七十年十人谈"专题交相辉映，引起较大的社会反响。后者集结了桑逢康、陈兰村、陈漱渝、杨正润、韩石山、忽培元、何建明、王丽、梁庆标和我等老中青三代传记家，加上斯日《写在前面的话：时间的厚度以及传记的魅力》，回顾70年峥嵘岁月，共筑传记新乐章，11篇文章同时被中国作家网等多家传媒转载。

2020年1月，中国艺术研究院传记研究中心成立，斯日主编兼任主任，张元珂担任副主任。目前，中心已在传记研究年度报告、传记文献整理、传记批评、传记创作研究与教学等方面取得了一些扎实成果。《传记文学》第9期特别策划"传记文学课：在历史与文学之间"（封面专题），特别邀请韩兆琦、陈兰村、杨正润、赵白生四位传记文学研究著名专家教授，讲述他们与传记文学研究相伴相随的如切如磋、如琢如磨的岁月，给我上了格外生动难忘的一课。名师授课，潜移默化，润物无声，醍醐灌顶，告诉我们学问应该如何做，传记文学课应该怎样讲，传学家应该怎么当。受新冠疫情的影响，原定一年四期、上半年就要举办的传记文学论坛被迫一再延期。10月15日，我应邀出席了传记研究中心主办的第一期传记文学论坛——"理论与方法：科学家传记创作现状及其得失"，做了题为"科学家传20年：历史走向与艺术空间"的专题报告。我认为：新世纪20年，科学家传多元发展，形成空前壮阔的"中国潮"，在精神开掘与艺术创造方面取得了新的更大的实绩；但当前科学家传存在着一些困境或症候，因此，科学家传的写作亟须进一步拓展思想艺术空间，不断向广度和深度进军。斯日做了题为"传统与当下：中国历史上第一篇科学家传记叙事策略及其当代启示"的专题报告。与会者围绕论坛主题各抒己见，展开了全面深入的研讨。

回顾我与《传记文学》相识相交36年的成长历程，百感交集。感恩有你，《传记文学》！是你激发了我偏爱阅读传记的兴趣爱好，是你将我引进传学研究之门。传记文学是我的至爱。研究传记文学35年，我先后出版了《中国当代传记文学概观》《传记文学：阐释与批评》《传记文学：观察与思考》等论著，发表传记文学论文、评论超过100篇。我主编《荆楚理工学院学报》10年，担任"传记文学研究"栏目主持人长达15年之久。承蒙传记文学界同道抬举，我还忝列中国传记文学学会副会长、中外传记文学研究会副会长，为传记文学持续健康发展竭尽绵薄。

记得美国有首歌曲《爱情的故事》，其中有这么一句歌词："自从与他相识，我空虚的生活才有了意义。"而我要说，《传记文学》，自从与你相识，我的生命才有了全新的意义。

《中华英才》是如何走进"中国最高艺术研究殿堂"的？

齐殿斌

2014年12月24日，当时的国家新闻出版广电总局批复中国艺术研究院，同意《中华英才》半月刊主管主办单位由国务院发展研究中心世界发展研究所变更为中国艺术研究院。从此，作为中国最早以杰出人物（包括文化艺术界杰出人物）报道为重点的大型综合性新闻半月刊的《中华英才》，在创刊25周年之际，走进了被誉为"中国最高艺术研究殿堂"的我国唯一一所集艺术科研、艺术教育和艺术创作为一体的国家级综合性学术机构——中国艺术研究院。这对《中华英才》而言，无疑是一个全新的历史起点。

"而今迈步从头越"。6年来，在中国艺术研究院党委、几任院领导及院机关部门的亲切关怀和大力支持下，《中华英才》半月刊在保持原有办刊优势的基础上，坚持正确方向，注重前瞻谋划，深入挖掘潜力，不断改革创新，进入了高质量发展的快车道，较好地完成了中国艺术研究院赋予《中华英才》的任务与使命。

作为这段历史的参与者和见证者,我感到非常荣幸。在中国艺术研究院建院70周年之际,回顾这段值得《中华英才》铭记的历史,我也特别感慨。

一、主持"高层访谈" 巧与文化部结缘

我于2006年3月应聘进入《中华英才》半月刊社工作,开始担任责任编辑,后任主任记者、编委,现任副总编,主持"高层访谈"(之前为"省部专访")等栏目,陆续专访了国务院一些重点部委的领导同志。这些专访文章在《中华英才》刊发后,受到了领导同志的热情赞扬和充分肯定,也与多位领导同志成了好朋友,经常受邀采访这些部委组织的重要活动。

2007年全国两会后,我联系采访了时任全国政协委员、文化部副部长周和平(后任国家图书馆馆长)。当时选择采访周和平副部长,也是因为那时的《中华英才》半月刊社在北京市东城区东四十条的华普大厦办公,距离文化部办公大楼仅10分钟的路程。这是我第一次采访部级领导干部,周和平谦逊和蔼、热情健谈,特别是他对基层群众文化工作的深情投入和精辟见解,给我留下了美好的印象。采访后,他推荐我参加由文化部和中直机关工委在国家图书馆(旧馆)联合主办的"部级领导干部历史文化讲座",由此我与文化部一直保持着密切的联系。

那之后的几年时间里,经文化部办公厅新闻处安排,我定期参加文化部的新闻发布会,参与采访报道了在成都举办的"中国成都国际非物质文化遗产节",在浙江嘉兴举办的"端午民俗文化节"等,特别是在北京举办的多项大型文化艺术活动,并多次采访时任文化部部长蔡武等部级领导同志。特别是在党的十八大前的2012年3月至8月,按照蔡武部长的指示,在文化部办公厅新闻处的精心协调下,我就党的十七大

以来全国文化工作各个方面的成就，先后分别采访了时任文化部部长蔡武及各位分工负责的副部长和驻部纪检组长。

2012年4月，在毛泽东同志《在延安文艺座谈会上的讲话》发表70周年前夕，我采访了时任文化部副部长、中国艺术研究院院长兼中国非物质文化遗产保护中心主任王文章，请他谈谈如何推动舞台艺术创作生产繁荣发展。作为文化部分管文艺创作生产的副部长，王文章同志对文艺生产与消费、如何满足人民群众的文化需求等方面谈了很深刻的见解。他认为："党的十七大以来，中国的文化事业进入了一个创新发展的重要时期，舞台艺术创作生产得到持续、健康发展，呈现出普遍繁荣的良好局面。他认为，我们应努力以具有深刻思想蕴含和强烈艺术魅力的作品，来引领时代和满足观众的需求。多出艺术精品，更好地服务人民群众，是时代对我们的要求。"这篇专访《王文章：奉献精品力作　服务人民群众》刊发于2012年5月16日《中华英才》"高层访谈"栏目。后来，听说那篇专访稿被收录在王文章院长（2012年10月，王文章不再担任文化部副部长职务）2013年4月出版的《艺术当代性论评》一书中。

二、幸得领导关注　迈入艺研院"殿堂"

在2013年的全国两会上，我在人民大会堂二楼休息大厅采访了作为第十一届全国政协委员的王文章院长。看到我走过来，王文章院长热情地与我打招呼握手，并对周围几位其他媒体的记者说，这是《中华英才》的齐副总编，我们已经约好了，抱歉了。这次，我们聊到了他担任院长的中国艺术研究院，他简要介绍了这所国家艺术最高科研机构的情况，说中国艺术研究院有许多艺术研究和艺术创作领域的大家，包括获得诺贝尔文学奖的莫言等，他们为中国艺术研究做出了杰出的贡献，都可以称得上是"中华英才"。他说，欢迎你有机会到中国艺术研究院看一看，采访中国艺术领域的"中华英才"。

在 2014 年的全国两会上，我在人民大会堂二楼休息大厅"老地方"又一次采访了王文章院长。这次他又谈到了中国艺术研究院，特别是谈到了中国艺术研究院的研究生院，说那里可以说是"中国艺术研究人才的摇篮"。由此，我对群星璀璨、熠熠生辉的"中国最高艺术研究殿堂"——中国艺术研究院充满了向往。在那几年年初召开的文化部年度工作会议上，我与王文章院长多有交流，他也邀请我有空去中国艺术研究院采访。

由于新的形势和办刊需要，2014 年初，《中华英才》半月刊社研究决定，寻找新的主管主办单位。这年 7 月，我应文化部办公厅新闻处邀请，参加在内蒙古鄂尔多斯市召开的全国文化厅局长座谈会。会议之余，我向参加会议的王文章院长汇报了《中华英才》半月刊希望转隶文化部系统，并由中国艺术研究院主管主办的想法，并介绍说，中国艺术研究院第一任院长、曾任文化部副部长贺敬之，也正是我们《中华英才》半月刊社第一任社长。我们也多次采访中国艺术研究院第二任院长、时任文化部部长的王蒙。

没想到，我的想法得到了王文章院长的热情响应。他高度评价《中华英才》，表示非常欢迎《中华英才》加入中国艺术研究院。会议结束后，他对我说："我向蔡部长汇报了你的想法，他对你的采访印象很深，对你们《中华英才》评价很高，表示《中华英才》这样的高端杂志我们欢迎。"

当我将王文章院长的回应和蔡部长的表态向《中华英才》主要领导同志汇报后，他们都感到很高兴，嘱咐我与王文章院长保持联系，争取早日实现我们加入中国艺术研究院的愿望。

大约在 2014 年 11 月下旬的一天，王文章院长电话告诉我，说《中华英才》变更为中国艺术研究院主管主办一事，文化部部务会议已经研究通过，接下来要履行一些手续，中国艺术研究院将会向国家新闻出版广电总局打报告，估计时间不会很长就能落实。

很快，我们《中华英才》半月刊社就收到正式文件：2014年12月24日，当时的国家新闻出版广电总局批复中国艺术研究院，同意《中华英才》半月刊主管主办单位，由国务院发展研究中心世界发展研究所变更为中国艺术研究院。听到这个消息，《中华英才》半月刊社上下欢欣鼓舞。

三、开启新的征程　彰显责任与担当

《中华英才》荣幸地走进中国艺术研究院这座"中国最高艺术研究殿堂"，由中国艺术研究院主管主办之后，得到了王文章院长、连辑院长、韩子勇院长历任院领导及机关部门同志的热情关怀和大力支持，对办刊工作提出了明确要求，特别是要求《中华英才》要系统宣传中国艺术研究院各类艺术名家的人生之路、学术成就和道德风范等，树立德艺双馨的艺术名家的良好形象。

依据中国艺术研究院领导的指示，按照《中华英才》栗玉亮社长等主要领导的意见，我先后起草了《关于"十三五"期间进一步发挥〈中华英才〉在宣传"文艺名家"等方面独特作用的几点建议》《关于请支持我刊新开办"非遗传承人"等三个专栏的报告》等文件报送中国艺术研究院。

从2016年下半年开始，《中华英才》开办了"非遗传承人""艺海纵横""艺海名家"等专栏，经中国艺术研究院相关部门安排，《中华英才》记者先后专访了几十位中国艺术研究院的艺术大家，刊发后产生了良好的影响。

2018年5月，《中华英才》被中央宣传部列为全国"百家重点期刊"之一。

2018年底，《中华英才》曾经重点采访报道的近70位各界杰出英才人物，进入党中央表彰的改革开放杰出贡献"百人榜"。

2019年9月,《中华英才》宣传报道的为新中国建设和发展做出杰出贡献的功勋模范人物中的三分之二进入党中央表彰的"荣誉榜",其中包括8位"共和国勋章"获得者。

2020年3月以来,《中华英才》接连推出"特别策划:众志成城,打赢疫情防控阻击战""特别策划:抗击疫情,院士再出发"等,重点采访报道了钟南山、李兰娟、陈薇、张伯礼、张定宇等在抗击疫情战役中做出杰出贡献的"抗疫英雄",展现了《中华英才》作为一家中国艺术研究院主管主办的有影响力的大型高端人物期刊的责任与担当。

我在东四八条念研究生

吴乾浩

我是一个幸运者，年少时就产生了对戏曲艺术的强烈兴趣，后来这一兴趣转化为一生奋斗的事业。这其中至关重要的节点，便是1963年，我作为第一届研究生迈入中国戏曲研究院的大门，自此近一个甲子，我再未远离东四八条、前海。

1939年5月4日，我出生在上海，原籍是浙江余姚周巷。父亲是一个以批发进口染料为主的工商业者，他几乎从不看戏。母亲是一个文化不高的家庭妇女，日常闲居，养成了爱看家乡多种地方戏的习惯。我家住在上海太仓路，名副其实的市中心所在地，文化娱乐场所众多。我从四五岁开始，就随母亲一起充任观剧的小陪客。小时候看得最多的是的笃班（今越剧）、宁波滩簧（今甬剧）和绍兴大班（绍剧）。升入中学后，我萌发了对戏曲的自觉的兴趣。同学在课后经常津津有味谈起时兴的京剧连台本戏，令我神往。

而离我家不超过2公里的共舞台、大舞台、大众剧场、天蟾舞台、中国大戏院，整年演出京剧。为了不增添家里的经济负担，我便缩减早点花费，攒下钱去剧场买三楼看台最便宜的票。后来我觉得连台本戏不过瘾了，便更多着眼京剧名角儿的看家戏、折子戏。程砚秋来上海演出《祝英台抗婚》、梅兰芳演出的《凤还巢》……对穷学生来说票价比较贵，我也还是咬咬牙去看了。高中时期，我所就读的学校上海市市南中学有业余演戏的传统，我的兴趣从戏曲略微转移向了话剧。我加入了话剧队，走上了舞台。我曾自编自演小戏《心病要用心药医》，还在上海市中学生文艺会演中取得了不错的名次，也曾参加过《方志敏》（狱中就义一场）、《我们一家人》、《幸福》等剧的演出。

1958年我临近高考，本打算考上海戏剧学院的戏剧文学系，但该年不招生，于是我考虑转回到戏曲艺术之门。我把目标瞄准了综合大学中的戏曲学研究重镇。在复旦大学、中山大学、南开大学中，考虑到天津距首都北京——也就是京剧最繁荣的地方最近，我便把南开大学中文系作为第一志愿。幸运的是，我如愿考入了南开，并在那里遇到了戏曲研究生涯的第一位引路人——华粹深教授。华老师负责给我们讲授明清文学史部分，娓娓道来，十分引人，并且他还采用多种方式，培养起了我和同学们对戏曲的兴趣。当时，上海的俞振飞、言慧珠晋京演出前会路过天津，华老师调动了在天津戏曲界的声望和关系，特请他们连演三场好戏：《太白醉写》《贩马记·写状》和《长生殿·迎像哭像》。刚新婚、正当盛年的两位艺术家表演尽心尽力，让我们这些学子看得如痴如醉。得知我热爱戏曲而报考南开中文系的初心，华老师很高兴，他邀请我去他家，利用他所收藏的海量珍贵唱片，为我单独开设了一个暑假的鉴赏课。他结合自己历年的观剧心得，举一反三地为我讲解，让我把对文本的阅读与对戏曲表演艺术的欣赏体验结合起来，形成了对戏曲的立体感受。华老师还为我们精心安排戏曲学术讲座，每月一次，主讲者均为戏曲研究领域的著名学者，像中山大学的王季思教授，以及中国戏曲研究院的张庚先生、郭汉城先生、李啸仓先生等。彼时，我与中国戏曲研究院的缘分已经悄悄埋下了种子。

1962年底，我在大学学习的最后一年，听说中国戏曲研究院要招研究生，赶忙打听。这是高教系统第一次公开考试招收研究生，没有学衔，全国只招700余人。其中中国戏曲研究院张庚副院长招戏曲理论研究生1名。我看了简章，毫不犹豫报了名。简章中列出了几十本书目，不少是闻所未闻的。我暗下决心，当年寒假不回家，全力攻读，争取考个好成绩。几场考试之后，我反倒宽心了，扎实休息了几天。

1963年春天，中文系通知我到北京东四八条中国戏曲研究院口试。当时进了大门，我迎面就看到毛主席的巨幅题词"百花齐放，推陈出新"。口试只有张庚老师一人参加，他问了我家庭、学习、身体等方面的一些情况。快结束时，他说了一句："高校中文系的教学要加强中华传统戏曲教学的数量和质量，这样才能给戏曲发展输送需要的干部。南开的华先生是个有心人。"半年之后，在宣布毕业分配名单时，我同时收到中国戏曲研究院研究生的录取通知书。

正式入学的第二天早上，张庚先生约我见面。他开宗明义就说："你今天踏进了戏曲研究大门，这里不是象牙塔，是鲜活的学问。实践是戏曲研究最重要的品格，既包含着历史的积聚，又开始着现实的努力。实践博大精深，每个人最后或许只能完成非常细小的一部分。"这段话深深印在我的心里。

开学典礼简单却隆重，只有几位院领导参加。当年一共招收3名研究生，另外两名分别是姜永泰和朱颖辉，他们被郭汉城老师的戏曲剧目专业录取。两位导师说："你们三个不要分得那么细，戏曲理论与戏曲剧目都要学。你们三个研究生，我们两个导师共同负责；也不光在今后三年，会负责到底的。"他们还说："中国戏曲研究院最大的财富是有多位各具专长、实践与理论相结合的专家，如黄芝冈、张宇慈、舒模、祁兆良、李啸仓、马可、何为……今后要让他们讲课，你们也要去向他们求教。"会后，辅导员黄菊盛领着我们一一登门拜访。

提起我们这3个研究生，尽管籍贯不同，经历有异，但稍事磨合，就成为融洽团结的集体。研究院的老师同仁依据年龄，给我们排出了序列，显得十分亲切。老大姜永泰比我们大8岁，少小参加部队，在西南地区，特别是西藏工作多年，后转业到中国文字改革委员会工作。他以调干生的身份报考研究生。他阅历丰富，眼界开阔，干练务实，往往能在较短时间内就抓到本质所在。老三朱颖辉是广东的中山大学中文系的应届毕业生，曾受教于王季思教授。他思维敏捷，基础扎实，有研究戏曲艺术的良好素养。我们互相尊重，在切磋研讨中，常能启发互补。3年研究生阶段学习能顺利地完成，也离不开辅导员黄菊盛的巨大努力。他学识广博，循循善诱，体贴入微，细致安排。他毕业于东北人民大学，对中国戏曲史学有专攻。他爱人王梦云是著名的京剧老旦，因排演《磐石湾》的主要角色调往上海京剧院，他随之前往上海发展。他后来任上海艺术研究所所长，也抓出了很多戏曲研究著作。

三年的研究生学习生涯，单纯用丰富多彩不足以形容。看书查文献是必须的，研究院的图书馆、资料室是个宝库。我和姜永泰、朱颖辉3人有进入各类书库的特权，可任意借阅若干册，善本、手抄本亦不例外。音响、图片、早期无声有声戏曲电影、剪报……美不胜收。头一学期主课是中国戏曲史，没有考试。导师要求一个阶段交一份读书报告，不需要面面俱到，但要论点明确，有独立思考，导师会随时抽阅。郭汉城老师就看过我元代杂剧部分的学习心得，提出过改进意见。

观剧是这段学习生涯中的"重头戏"。入学的头一年，我至少看了超过250场戏。北京各剧团的新创剧目、外地进京的戏曲剧目、戏曲研究院所属的实验剧团营业演出剧目……能看皆看。各地挖掘整理的老剧目、有争议的剧目、各剧种著名表演艺术家的保留剧目内部演出……都经常在东四八条中国戏曲研究院的四楼礼堂献演。导师还给我们一个特殊待遇：想看什么戏，只要提出来，什么艺术样式均可以观摩，由通讯员去购票，没有钱数限制。郭汉城老师有一次还自费买票让我们去观摩。头一学年适值举行京剧现代戏观摩演出大会，十几天内看了35个剧目，有几天一天赶不同地方的三个场子。本地没看够，还专程去天津看抗洪会演。我们几乎天天沉浸在戏曲的海洋里。

研究生学习不能脱离戏曲界的中心工作。我与研究院的老同志先后到河北高阳京剧团、湖南衡阳市花鼓戏剧团和益阳市花鼓戏剧团，参加戏曲上山下乡演出的实践与调查。1965年全国掀起农村的社会主义教育活动，我有好几个月与研究院很多同志在吉林柳河孤山子公社开展工作，身份是包队工作队员。

1966年上半年，本该进行紧张的毕业论文写作和答辩。但特殊的形势中止了这最为紧要的"收官"。回忆三年研究生生活，我清晰感受到两位导师合力按照戏曲事业发展需要有计划培养干部的拳拳之心。中国戏曲研究院对学生有自己的要求，按戏曲改革事业的发展需要传道授业，既照顾到高教部的培养目标，又会有适当的变通。它有着理论紧密联系实践、海纳百川的学风，这些于潜移默化中塑造着初入学术殿堂的我的学术品格。

研究生毕业我即留院。经历了"文化大革命"的动荡岁月，浪费了一些宝贵的原可从事研究的时间。风雨过后是黎明，"文革"结束后，我被分配到文化部"艺术研究机构"（后改称"中国艺术研究院"）。原来的"中国戏曲研究院"转换成其中的戏曲研究所，地点也搬迁到大家熟悉的前海。自此，我专职从事戏曲研究，在戏曲理论、戏曲史、戏曲美学、戏曲评论等领域努力探索，书写着与中国艺术研究院难舍难离的学术情缘。而我的两位研究生同学，也在戏曲研究领域做出了自己的成绩。研究生毕业以后，姜永泰曾到《中国戏剧》工作一段时间，后又调回中国艺术研究院戏曲研究所，直到退休。他的学术研究著作《戏曲艺术节奏论》，论点鲜明，有前瞻性，我写作中曾翻阅引用。朱颖辉一直在戏曲研究所工作，在编写国家重点项目《当代中国戏曲》的过程中，我们曾多年共事。如今，姜永泰年近九旬，很少出门。而朱颖辉早已离世。

借中国艺术研究院建院70周年征文之际，提笔追忆起当年的求学生涯，往事带着温度，重回我的眼前。这段青年时在戏曲的知识和艺术海洋中尽情遨游的岁月，回忆起来仍令人心驰神往，并生出无限感恩。

走进恭王府
—— 考研与读研

田 青

一

过去，提到恭王府，人们就会想到中国艺术研究院，因为中国艺术研究院和中国音乐学院都曾在那里办公。中国艺术研究院研究生部，也设在那座古老的王府里，那里曾经是全国文艺青年向往的地方。

走进恭王府是不容易的，这要从头说起。1968年春，我从天津市梨园头中学"上山下乡"到黑龙江省哈尔滨市郊区向阳公社黄河大队插队落户。1973年，大学招收"工农兵学员"，首次提出在"贫下中农推荐"的基础上增加"文化考察"，给一些有一定学习基础的"知识青年"增加了求学的机会。在此之前两次"工农兵学员"推荐中，我都因为表现好而被小队、大队推荐上去，但两次都被替换成别人。这次，天津音乐学院与天津美术学院合并后的"天津艺术学院"到东北招生，我交了两首我作词作曲的四部合唱和两幅速写,同时报考了音乐系和美术系。作品提交后不久,即接到要我去哈尔滨师范学院面试的通知。当时的主考官即后来担任天津音乐学院作曲系系主任的杨今豪教授。面试很顺利,"视唱练耳"考试之后,杨先生考了我一些简单的和声知识,问我跟谁学的和声,我说:"跟斯波索宾。"知道我在农村劳作期间还能仅凭一本借来的斯波索宾《和声学》自学,他颇为赞许,当时就跟我说:"你不要再考美术系了。"意思就是作曲系很有希望。没想到,那一年出了一个"白卷先生"张铁生,引起对"旧教育制度回潮"的大批判,"文化考察"成绩作废,我以为又没戏了,幸运的是艺术与体育专业仍然要参考业务考试成绩,于是,我得以顶着"工农兵学员"的帽子进入天津音乐学院作曲系学习。

当时的"工农兵学员"上大学,基本学制不超过3年,但天津音乐学院的领导和教师们以作曲系课程繁多为由,单把作曲系的学制延长到4年。那时,天津音乐学院还没有音乐学系,也没有正式开设音乐理论专业的课程,作曲系主要是学习"四大件"(作曲、和声、复调、配器)。1976年,缪天瑞院长和杨今豪主任为了未来课程的需要,并根据我的文史基础和对中国古代音乐史的爱好,决定在音乐学方面培养我,于是打破常规,安排我到北京中央音乐学院听课并跟随音研所的黄翔鹏先生学习。黄先生是中央音乐学院的老人(中央音乐学院1949年成立于天津,院址即现在天津音乐学院所在的河东区十一经路,1958年迁至北京,留下一部与河北艺术师范学院合并,即现在的天津音乐学院),在作曲系毕业并长期任教,对为老单位培养后辈欣然允诺。当时的社会氛围和人际关系,现在的年轻人无法想象、也很难理解。虽然我第一次去见黄先生时拿着天津音乐学院的正式介绍信和缪院长的便条,但天津音乐学院和音研所并没有委托代培的合约,也没有给过黄先生一分钱的报酬,我这个"私淑弟子"居然也从没有给过黄先生任何一点"孝敬",倒是经常"蹭"黄先生的饭。

学校在安排我去北京学习的同时,还安排我给下一班(三年级)的同学"试讲"中国古代音乐史的课程，真的是"现趸现卖""急用先学"。那段时间里，我差不多两周一次去北京的音研所找黄先生求教，黄先生对我的教学方式是让我自定研究方向和选题，充分利用研究所图书馆，自己看书、编讲义、写文章，有问题随时请教。现在还记得我第一次去东直门外左家庄新源里西一楼的音乐研究所是在盛夏，研究所地处城乡接合部，周围还都是农村的菜地，似乎刚施过"有机肥"，空气中弥漫着一股浓浓的粪味儿。在我和许多音乐学者心目中圣殿一般的"音研所"，包括住在西二楼的杨荫浏、曹安和等老先生，就在这"接地气"的"氤氲"包围中，也难怪音研所至今仍然传承着到四野八荒做"田野工作"的优良传统。

我每次去音研所都是乘天津到北京的早班车，好像是六点十五分发车，我爬起来先乘8路公交车到东站，在站口早点铺吃上一碗馄饨再上车。中午用黄先生给我的饭票在音研所一楼的食堂排队打饭，能与我心目中无限高大的老师们同桌边吃边聊，令我受益匪浅。晚上乘北京至天津的末班车回津，夏天还好，冬天的时候，真的是"三更灯火五更鸡"。至今，那天津东站（旧称"老龙头车站"）夜幕中的灯光和站前早点铺馄饨的香味，依然清晰而温暖。而黄先生清癯、生动的容貌以及音研所同事之间温婉、和谐的关系，更是铭记于心，历历在目。

1977年，我毕业留校正式担任"中国古代音乐史"课程的任课教师。我的毕业作品，也是我的第一本著作，就是在此期间写作的《中国古代音乐史话》。1979年，该书开始在上海音乐出版社《音乐爱好者》杂志连载。同年5月，我携论文《音乐史中的唐明皇》赴京参加"改革开放"后中国音乐学界召开的第一个学术会议"中国音乐史工作座谈会"，系与会者当中年龄最小者。1980年，中国艺术研究院成立研究生部，开始招生。黄先生第一时间给我写信，嘱我报考。我当然高兴，即刻拿着黄先生给我的信去找缪院长。缪院长看过信，抬起头来，用他一贯平缓的语调柔声问我："你……走了，这课谁教呢？"他似乎在问我，又似乎在问自己；他没有答应我走，也没有说我不能走。但是，他那至今在耳的柔软的南方普通话却让我无法只考虑自己的前程。毕竟，老院长和学校培养了我，我不能知恩不报、说走就走。我沉吟片刻，伸手拿回缪院长手中的信，也只低声说了一句："算了，我不去了，在哪儿都能学习。"

那时候中国艺术研究院的研究生还不是一年一招，第二届的招生已是 1982 年，而此时缪院长已先调至中国艺术研究院任顾问并在音乐研究所开始主编《中国音乐词典》了。当时的院领导不会不放我走，只要作曲系系主任签字就没有问题了。杨今豪先生是系主任，也是我生命中的第一个贵人，是他把我从东北农村招来，是他发现我略通文墨而破例培养，并让我在四年级时即为三年级同学上课，从而"顺理成章"地留校任教。我能够在编写讲义的基础上写作我的第一本书，也是由于他的鼓励，当时他的一句话"看三本书，就应该能写一本书了"，如禅宗的迎头棒喝一般打碎了我对"写书"的迷信。但是，他会放我走吗？

也是机缘凑巧，我要在报名材料上找领导签字的时候他出差了，于是，我找到他的"搭档"、时任作曲系书记的丁辛同志签字。丁书记是中华人民共和国成立前参加工作的老革命、老音乐工作者，他说"好啊，读书是好事"，就痛痛快快签了字。后来听说杨先生出差回来后，二位先生还为此事有所龃龉，但我自认为在天津音乐学院读书四年教书四年，算是功德圆满，于是心安理得地开始准备研究生考试了。

二

中国艺术研究院招收第一届研究生时，还没有全国外语统考，而这一次，研究生考试已入正轨，必须参加全国研究生考试的外语统考。我中学学的是俄语，早就"就着饭吃了"，因为自学过一点日语，所以买了一套 6 册的日语教材，开始了我一生中最疯狂的学习过程：那一年的夏天酷热，家里坐不住人。每天早上8点，我准时到离家最近的有空调的和平区图书馆阅览室学习，中午回家扒口饭再去，直到图书馆下班。晚饭后，我拿着一个小马扎溜达到马路上，在路灯下继续学习。因为相信"临阵磨枪，不快也光"的俗话，我几乎一天一课，囫囵吞枣，用三个月读完了6册书中的5册，在考试前两天，我找来上一年考试的卷子想试试看自己学习的成效，才发现我连题目都看不懂！但"天不灭曹"，考试那天我骑自行车去位于天津纺织学院的考场，路上还在背的一个"常用句式"，居然打开考卷便赫然在目！于是，我信心大增，直接找到占分最多的"日译汉"，题目要求在所给的三篇文章中任选一篇翻译，但这三篇文章的题目我都看不懂！怎么办？总不能也像张铁生一样交白卷吧？我静下心来，其中一篇有一些我不懂的西文字母和符号，应该是自然科学方面的，当然不选；另外两篇，选了其中汉字最多的一篇硬啃下去，居然让我磕磕绊绊、连猜带蒙读懂了大概的意思！于是，我充分发挥我的"文字特长"，有把握的尽量写准确，没把握的有意模糊，应该说起码翻译了个"大概齐"。至于前面的选择题，我完全不知正误，根本没有选择能力，只好在交卷前一分钟胡乱勾点，画钩还是画叉，完全是"随缘任运"。结果，我居然得了37分！当时的最低录取线是40分，这区区3分之差也就可以"破格"了！

　　接到复试通知后我立即去音研所面试，当时的主考官只记得有黄翔鹏先生，其他有谁已然记不清了。问的问题我答对的也都忘了，只记得黄先生说了一些书名，问我是否读过，其中问到《太平御览》和《册府元龟》，我实话实说：听说过，没读过。然后是民歌演唱和民族乐器演奏，我准备的民歌是一首"黄骅渔鼓"，词曰："黄骅县，渤海滩，往日的苦水流不完……"曲韵苍凉，哀痛跌宕，有燕赵之风，适合我这粗糙的"麻辣嗓"，但对听者的耐受力无疑是一个考验。唱完了渤海边穷苦渔民的生活，接着哀叹宫女无尽的悲苦，二胡曲目是《汉宫秋月》。我的二胡也是自学，未经过名师指点和严格的基本功训练，自知上不得台面。考试前，我找到天津音乐学院的二胡大家宋国生老师，其时他在民乐系，我在作曲系，但彼此关系很好，半师半友。我请他为我"拾掇拾掇"，他根据我"技术不行，感觉甚好"的条件，为我定的这首曲目。慢，可以避免高难度的技巧，又可以"表现深沉"。但慢曲也有一个缺点，就是太长，他一句一句教，我一句一句学，该考试了，才学了一半。没想到，也该着我考上，演奏时我刚好拉到一半。不知道是受不了我的音色折磨、耐不住我的"苦上加苦"，还是我的确在名师指导下有所收获，起码是"像模像样"，反正黄先生点点头，摆摆手说："行了，就拉到这儿吧。"于是，我就通过了全部考试，成了中国艺术研究院"黄埔二期"的学生。至于后来宋国生老师的女儿、我看着长大的二胡名家宋飞因此事把自己长了一辈，竟敢称我为"师兄"，则是后话了。

三

　　1982年，我正式进入中国艺术研究院研究生部音乐系，导师杨荫浏。因为那时黄先生虽是给研究生上课的主力，但还没有研究生导师资格。当时招生简章上只有两个专业、四位导师。音乐史专业：杨荫浏研究员、李纯一副研究员；音乐理论专业：曹安和研究员、郭乃安副研究员。直到1984年杨荫浏先生仙逝后，黄先生才正式做了我的导师。我何其有幸，不但是杨荫浏先生的关门弟子，还是唯一一个在研究生登记簿"导师"一栏上并列填写两位大师名字的学生。

　　我们这届研究生一开始没有招满，音乐系只有我和曾遂今两个，半年后，又补招了秦序、陈铭道、薛艺兵、吴犇、匡慧5位，前后入学，一起毕业。前半年研究生部安排的主要课程是"中国古代音乐史"，一来这门课我已经教过多年，二来补招的同学还没有入学，没有开其他课，所以，当时研究生部的支部书记郭睿儒老师对我大开方便之门，说："你甭瞎耽误工夫了，每个学生有300元的考察费，你就先考察去吧!"

应该说,这位被学生们亲切地称为"郭大娘"的研究生部主要负责人,是中国艺术研究院研究生教育事业的开拓者之一。她早年参加革命工作,丈夫"文革"前曾任教育部副部长,是一位货真价实的老革命、老干部。但是,这位衣着简朴、留着"女共干"式的短发,走在街上就像一个普通家庭妇女的"土八路",不但在工作中兢兢业业,勇于负责,而且思想解放,敢于创新,既有风风火火、泼辣利索的工作风格,又有细腻体贴、关心同志的好传统,在我院刚刚起步的研究生教育工作中曾经发挥了不该被忘却的重要作用。在那个时代,她处理问题能做到既有原则,又有变通和人情味,实属不易。当年曾发生过这样一件事:电影系的一位同学入学后不久就被其前女友告到全国妇联和研究院,说此人是"当代陈世美",道德败坏,要求研究院将其开除学籍,退回原籍。那时候,社会正值巨大的转型期,类似情况一经出现无不被舆论高调谴责、单位严肃处理。在研究生支部召开的干部会上,几乎所有人都一致谴责"陈世美",我作为学生会副主席参会,是唯一一个提出疑问的人。我的观点其实很简单,我说结了婚的都可以离婚,为什么没有结婚反而不可以有不再继续恋爱的权利呢?

之后的结果当然不是喜剧,但所幸没有成为悲剧,也没成闹剧,此人在当时的时代背景下"自动退学"回到原籍,"郭大娘"为了尽量妥帖地为他安排好工作和生活,专门跑到省里为他疏通门路,消除负面影响。就是在省里为此事奔波的过程中,一次在农村土路的长途车上,她坐最后一排,竟在颠簸中造成尾椎骨骨裂,以致带病终生。就是这样一位不按常理出牌,但实际上最好地继承、发挥了实事求是的优良党风的"郭大娘",建议我在其他所有学生都规规矩矩上课的时候提前外出考察。于是,我便背着一个绿挎包,拿着300元人民币和一台研究生部刚买的像块砖头一样的卡式盒带录音机和几盘磁带,开始了我后来延续二三十年的佛教音乐考察之旅。

我的目的是考察中国北方的佛教音乐,第一个目标当然是北方最大的佛教道场五台山。下山之后,我去了祁县、太谷、临汾,之后赴西安、咸阳,造古刹、访高僧,再亲近藏传佛教,参礼拉卜楞寺、塔尔寺,然后继续西行,直抵我朝思暮想的敦煌。其中收获之多,无法在此尽言,只能容后细说。此次考察中有一件事倒是可以一提:我前面说的我们第二届研究生是分两批入学,我准备外出考察前已得知甘肃有一个叫薛艺兵的考生将于秋季入学。因此,我在去拉卜楞寺考察前先到兰州时便和他联系上,还在这个尚未成为同学的"同学"家中吃了顿饭,聊可一记。

四

研究生学习的生活可忆者甚多,其中最可贵、最值得珍惜,也是对我们之后的学术生涯深有影响的是不同专业的学生一起集中生活和上大课的经历。当时的学生都住在今天的恭王府博物馆行政楼。这个楼在恭王府主体的东侧,是一栋新建筑。当时,楼下是食堂和库房,楼上两侧被分割成多间宿舍,大约两三人一间。中间围起一间教室,其外的厅里摆着两张乒乓球台。此楼没有厕所,只在最里边的走廊里设有一排自来水龙头,可在此洗漱,方便时要下楼穿过被称为"夹皮沟"的平房到紧贴南墙的公共厕所。乒乓球台鲜有人打球,吃饭时同学们就围坐在球台周围,边吃边高谈阔论。80年代,思想空前解放,各种新思想纷至沓来,如涌如潮,波翻浪卷。来自全国各地不同专业的学生,又正值风华正茂、指点江山、抱负远大之时,可想而知会有多少精神的碰撞和互相的启发、激励,又会有多少有趣的对话与交流。

和今天硕士、博士"满大街"不同,当时的研究生尚属"珍稀动物"、社会精英,不但每个学生都十分珍惜这个深造的机会,自觉刻苦学习,从而形成了一个非常好的学习氛围。研究生教育也得到文化部和研究院的高度重视，那时的艺研院兵强马壮，一代英才大家俱在，各所都选派了最好的学者授课，张庚、郭汉城、王朝闻、杨荫浏、缪天瑞、冯其庸、李希凡、陆梅林等这些令我们仰慕许久的先生都曾经为我们上过大课。这些大师级的人物专业不同，风格迥异，可谓"各美其美"，讲课时有的逻辑严谨、学养深厚，旁征博引、经天纬地；有的才高识广、纵横洒脱，如川似瀑，口吐莲花。能有幸端坐座下亲闻其声，对我们这些年轻学子来说，无疑是如沐甘霖、醍醐灌顶，是难得的福报。

美学家王朝闻的理论源于他广博的艺术实践，最早四卷本《毛泽东选集》封面上的毛泽东侧面像即他的雕塑作品。他上课的开场白用他独特的"川普（四川普通话）"自我介绍："我叫王朝闻，是'朝闻道夕死可矣'的 zhāo 闻，不是'包公放屁——王朝闻'的 chāo 闻。"比现在所有脱口秀的"梗"都精彩，令人喷饭，其后何时想起，何时莞尔。他不是音乐系的导师，但与我有宿缘。早在我入学前的 1982 年的 3 月 21 日，我曾致函王朝闻先生质疑一个当时已成定论的美学问题，对其主编的《美学概论》中"情感成为音乐的内容，必须不是纯粹个人的、偶然的，而是带有社会普遍性的、可引起共鸣的，同时又必须与一定的音响变化相适应，符合乐声的规律性"的观点提出异议，我在信中认为古往今来所有艺术作品都是艺术家"个人"感情的流露，没有"个人"的感情，便没有艺术创作可言。即使那些最具有人民性的伟大作品，其所表达的千百万人的思想感情，也要纳入艺术家个人感情的表达形式之中。这样的观点，在今天看似乎没有什么离经叛道的，也没什么不能讨论的，但在当时的中国，艺术创作强调的是"人民"，是"大众"，一切个人主义的东西都必须摈弃与批判，这在当时是一个严重的"立场问题"。在"文革"刚刚结束的时候，不但质疑这个问题需要勇气，就连讨论，也具有超前的意义。

1982 年 4 月 28 日，我便得到王朝闻先生的复信，老先生不但没有对我提出的批评不高兴，更没有批判我的"反动观点"，反而十分明确地肯定了我的意见:"你的意见是正确的,仅看你的来信(手边没有那本教材)我也能说你的意见是正确的。如果大家都能这样坦直向我指出它的缺点,修订工作的成效一定会又快又好……可见你我之间有共同语言,所以很高兴。"

我的导师杨荫浏一共给我上过三次课,都是在他家,也都是我有具体的问题请教才敢登门。杨先生的无锡口音很重,奇怪的是他说家常话我一句也听不懂,但讲中国古代音乐史的内容,我却句句都懂。除了请教问题,还要听杨先生"骂人"。他"骂人"最厉害的一句,就是"不懂音乐"。只要此人被杨先生骂"bo dong yi yao",就知道此人不是君子。细思之,杨先生的标准也是其来有自,《乐记》中不是早就明明白白说"知声而不知音者,禽兽是也;知音而不知乐者,众庶是也;唯君子为能知乐"吗?杨先生骂人,一般不会动怒,唯有一次我去他家,杨先生正在听当时一位音乐界的领导在政协讲邓丽君歌曲的讲话录音,说邓丽君的歌曲是"靡靡之音",是"资产阶级的音乐",无产阶级应该批判,云云。杨先生当时大骂此公"不懂音乐",义正词严地驳斥说,资产阶级听的是交响乐、歌剧,喜欢的是巴赫、贝多芬,瞧不起流行歌曲。邓丽君的歌是贩夫走卒的最爱,是下层民众的歌,我们无产阶级,应该大力提倡!杨先生的这番话,让我目瞪口呆!谁也想不到这位被视为"一贯保守"的老先生,竟会有如此不落俗套却言之有理的金句。现在想起来,杨先生不但懂音乐,也比那位音乐界的"大佬"更懂政治,更懂什么是阶级。

五

当时研究生部还有一个令人十分怀念的"优待"政策,就是有一笔研究生"观摩费"。每周研究生部的干事吴非会在办公室外的墙上贴一张 A4 纸那么大的表,上面是她搜集整理的这一周北京各剧场演出的剧团、剧目、时间，想去观摩的同学可以在上面报名，办公室即负责给你购票。你想，这是多大的福利和便利呀！甭花钱，甭费事，研究生部会送票到手！于是，我便充分利用这个千载难逢的福利，不管是京剧评剧梆子，也不管是话剧舞剧音乐会，尤其是那些难得一见进京演出的小剧种，我都会踊跃报名，几乎场场不落。现在我想起和几个同学骑着自行车一边高谈阔论，一边穿行在北京夜晚的街道上的情景，依然神往。当然，也有的同学认为读书就是读书，看戏没有用，闭门闭户，夜夜苦读，也是一种选择。不过，当我们今天都老了的时候，我真的替他们当年的选择感到惋惜。要知道，首都文化生活的丰富性和珍稀性是地方上无法比拟的，"过了这村没这店"了，学艺术理论的不看戏、不看画展、不听音乐，学的是什么？

我最初和曾遂今同室，后和美术系的葛岩、李路明一屋。我生性好酒，又喜交友，每到周末，如果没有戏可看，常会有几个"酒友"跑到我屋小聚。当时物价低，我们的要求也不高，三四个人，每人拿1元钱即可小酌（当时读研不但不用交学费，国家还发助学金，我和少数几个工作过的还能带工资，好像每月有四五十元左右，要知道，当时的学徒工每月才18元），常常是1元钱左右买一瓶白酒（记得当时四川产的"文君大"才1元多），1元钱买一大包五香花生米，剩下的钱买点蔬菜和佐料做凉拌菜。拌凉菜，是我的一绝。北京秋冬的大白菜一颗有几斤重，外帮弃之，取其芯，切丝，加醋勿吝、盐少许、白糖适量，置盆中拌之，则成一人见人爱之爽口下酒菜矣。若能讨得陈铭道从老家四川带来的"特制麻辣粉"，则属锦上添花了。同屋的李路明每次回湘探亲，总会带回一大布袋熏肉丸，大如馒头，色黑，可长放不坏，味极美。但此公性喜天然，旧日文人习气为里，新潮画家作风为表，表里如一，皆洒脱不羁。如此珍贵难得之物，被他堆一面盆中，与另一个同款尿盆并置其榻下，也真如《心经》所言："不垢不净。"多年之后，问之，曰："乡下早就城镇化了，此物已绝迹，久不知其味了！"哀哉！

就像我一直认为看戏听音乐也是学习一样，我认为这种朋友间的小酌和"侃大山"，也是一种难得的思想交流和学习，不知有多少灵感和思想的火花是在酒桌上闪现的。同屋的葛岩，西安人，生自艺术世家，初学中文，后学美术史，是研究生院公认的"才子"，其记性之好令我艳羡至今。酒酣耳热之时，时有妙语惊人之句。记得葛岩经常提捻一个上联，把该对仗的词在上联都先用了，再让我分分钟内对出下联。那时年轻，脑子还好使，又有酒精开智，竟也随口应对。当时说的什么现在大都忘了，只记得有一次他视桌上佐餐之物拟一上联："六必居试制四川五香辣豆瓣"，连用三个数字，我抬头看到书桌上正放着邓丽君"靡靡之音"的录音机，随口应对："七机部仿造三洋双卡录音机"，举座欢笑，大快朵颐。

钱少，下饭馆就是"过年"了。其中最"阔气"的一次是临近毕业的时候，我在《音乐爱好者》杂志连载的《中国古代音乐史话》终于完成连载，由上海音乐出版社出了单行本。那时出书不容易，在学生时代出书就更罕见，尤其是我在"后记"署名之后写的那行小字"1982年末于北京恭王府"惹了"众怒"，因为同学们毕业离开恭王府之后，谁出书都不能再写"于恭王府"了！没辙，只好"出血"，请哥们儿几个去"海边"的烤肉季大撮了一顿。顺便说一句，那本书的稿费千余元，在当时是一笔大收入，我用稿费为家里买了一台日本进口的彩电，以报父母家人在我上学期间所付出的辛劳。

当然，我们的宿舍在整个研究生部是一个另类，大部分刚出校门又入校门的同学只知念书、规规矩矩，还像"学生"样子。估计在他们眼里，我这个工作几年再上学、比他们大几岁的家伙过于散漫不羁，绝不是什么好榜样。我们的宿舍不仅桌上有酒，床下有肉，且常有外客来访，各色人等，进进出出。我的朋友多，和尚、戏子，三教九流，学术圈、艺术圈的许多朋友都是那时候结识的，其中一些还成为终生的朋友。比如潮州古筝名家杨秀明，当时被中国古筝学会会长曹正教授聘请到中国音乐学院任教,就住在我们楼下"夹皮沟"的一间平房里,我常常到他那里喝茶、听琴、侃大山。杨秀明命运坎坷,习琴学画也都寻古人拜师自学之途,没有学历。幸遇伯乐曹正教授,才有到北京高等学府树桃培李之缘。其时他已年近半百,未婚,每日晨起冲凉,不论冬夏,颇有魏晋风度。或有酒罢茶歇、言语既尽、月明星稀之夜,与其携琴至王府中被"红学家"们考证为怡红院的"天香庭院",三五知音散坐幽篁里,听他独自面对假山闲弄秦筝,王府深深,万籁俱寂,唯有清风明月,不知今夕何夕。

有的朋友纯属偶遇,记得和社科院宗教研究所的王志远就是在广济寺一个法会上碰到的,他当时在社科院读研,做田野调查,我也在现场录音,遂相识。音乐圈的朋友当然最多,除了早就认识的笛子演奏家、指挥刘森,还有古琴家李翔霆等人,而正值春芽破土之际的新潮作曲家谭盾、叶小刚等人,也在那时有所交往。

六

当时在恭王府内,有几栋新楼,除了我们的研究生楼,还有两栋是中国音乐学院的教室和琴房。那期间,音乐学院试办"音乐文学"专业,词作家宋小明是班主任,主持教学工作。他找到我,请我为这个班授课,讲西方古典音乐欣赏。于是,我便每周带着唱片到对面音乐学院的楼去给他们上课,后来在歌坛上颇有名气的歌手郁钧剑就在这个班。

读研期间,还有些创作,都是应友之邀。1983年,为中央芭蕾舞团曹志光、毛节敏写过一个剧本《书法》,是"逆向回溯"张旭观公孙大娘舞剑器的历程,把篆、隶、真、草的书法用舞蹈来表现,记得在作品最后一段"草书"结尾,设计一群黑衣男子甩袖狂舞之后,一个象征"印章"的红衣女子蹁跹而出,以示"书法作品"之圆满。曹志光据此编创的作品曾在日本上演,可惜没有打响,但用舞蹈表现中国书法之神韵的创意，比后来舞坛知名的同一主题的舞蹈作品要早。

最大的一个作品，影视剧本《钟魂》，是好友刘森"逼"着我写的。1984年，我本应静心写作我的毕业论文。一天，当时在中国电视剧中心的刘森跑到宿舍找我，说他想拍一部系列电视片，向世界介绍中国的民族音乐。我当然说好，于是，我俩一人一辆破自行车，冒着酷暑，一边蹬，一边侃，一边冒汗。看完了历史博物馆的虎纹特磬，又去看了大钟寺的永乐大钟，最后决定拍一部以曾侯乙墓出土编钟为主题的故事片。曾侯乙编钟的出土，是震惊世界考古界和音乐界的大事，被誉为"世界第八大奇迹"，但随之出现的一系列历史问题，又被称作"曾国之谜"。为了写这个剧本，刘森把我关在中组部招待所，他给我做饭，外带捅卫生间的下水道，连关带哄，"逼"着我用大约20天的时间生生"编"出了一个完全虚构的故事，人物是我想象的，故事也是我想象的，是一个以曾侯乙编钟为背景，大开大合、跌宕起伏，讴歌忠诚与坚贞的爱情故事。与其说写的是可能发生的"历史"，不如说写的是我所体会与珍视的人性。20多天，我没出屋，写作中间，居然几次自己被自己虚构的故事情节感动得涕泗横流。本子写出来，电视剧中心的几位领导们都高度赞誉，不但给评了一个当年中国电视剧艺委会的"优秀剧作奖"，还要引进外资，走向世界。第一个要拍的导演是黄健中，看了本子后摩拳擦掌，说这是个巨片，拍好了，能拿奥斯卡奖，但预算太大，落实不了。后来，西影厂的张子恩，还有与我合作过电影《杨贵妃》的陈家林都要拍，西影厂已经组了班子，但也都由于因缘不具，至今剧本还停留在纸面上。

光写剧本不行，还得写论文。没想到，在讨论我的研究方向的时候，杨荫浏先生不同意我以佛教音乐作为硕士论文的选题，杨先生基于对"文革"中佛教生态的了解，以为大陆的佛教已经凋敝，没有深入研究的可能了。杨先生说，现在研究佛教音乐，只能到中国台湾去。当时说去中国台湾，就像说去月球一样遥远。当时，我不但已经考察了中国北方许多寺庙的佛教音乐，搜集了一些珍贵的音响资料，也"深入经藏"，做了大量文献的阅读与梳理工作，对一些历史上的疑点，已有了自己逐渐清晰的想法，对论文的写作，也有了较成熟的构思，所以不想放弃。一天，始终对杨先生持弟子礼的黄翔鹏先生专门从他当时居住的香河园乘无轨电车来到研究生部宿舍找我，让我陪他在恭王府的院子里"散步"。其实，是他担心我忤逆杨先生，惹老人家不高兴。黄先生言辞恳切地劝我先"放一放"佛教音乐的选题，说："我和郭乃安先生帮你找了一个适合你的选题——《魏晋玄学与琴曲》，你肯定能写好。"于是，我便暂时把佛教音乐的材料锁进抽屉，着手魏晋玄学与古琴音乐的研究。1984年2月25日，杨先生因病仙逝，黄翔鹏先生正式担任我的导师。那时候，距毕业只有不到半年的时间了。我问黄先生我的论文到底写哪一个，黄先生说你自己决定吧，哪个有把握就写哪一个。于是，我又拾起佛教音乐的材料，完成了我的硕士论文《佛教音乐的华化》。

参加我论文答辩的老师除了黄先生外，还有郭乃安、李纯一、吉联抗、阴法鲁诸位先生。郭乃安先生是音研所的副所长兼研究生系主任，其主编统修的《民族音乐概论》是我国民族音乐理论的奠基之作，其论文《音乐学，请把目光投向人》在我国音乐学界影响甚巨，晚年随子女定居美国，惜叶落他乡，未能归根。李纯一先生系我国著名音乐史家，其《先秦音乐史》《中国上古出土乐器综论》等著作皆为传世之作，2021年1月逝世于北京，享寿101岁。这二位先生在2002年荣获音研所颁布的"终身荣誉奖"时，所里曾让我为每一位获奖者写一幅字作为奖品，当时给郭先生写的是："将民乐修成论，把目光投向人。"给李先生写的是："因慕先贤方考古，为弘旧乐始著文。"同时获奖的还有缪天瑞先生和曹安和先生，我给缪先生写的是："律书经天，词典纬地，树桃培李，一世清誉。"给曹先生写的是："紫箫碧琶百年难得真知己，玉蕊冰花一生不改最初心。"阴法鲁先生是杨先生的朋友，北大中文系教授，曾与杨先生同著《姜白石歌曲研究》，是答辩委员会中的外聘委员。

吉联抗先生是我所资深研究员，其《乐记译注》《墨子·非乐》《孔子、孟子、荀子乐论》《嵇康·声无哀乐论》等古代音乐理论著作的译注和《春秋战国音乐史料》《秦汉音乐史料》《魏晋南北朝音乐史料》《辽金元音乐史料》等史料辑译至今仍是学习中国古代音乐史的必读书。答辩通过后的一天，我在院子里碰到吉联抗先生，他指着我说："你原来留了个络腮胡子臭美，我都没留胡子，你年轻轻的就敢留？那天答辩我看你胡子刮得光光的，才投了赞成票！"

这篇《佛教音乐的华化》是中国大陆第一篇有关佛教音乐研究的学位论文，我投稿到社科院宗教研究所主办的《世界宗教研究》杂志，著名宗教学家任继愈先生看到后颇为赞许，将其发表在 1985 年第 3 期《世界宗教研究》的首篇，并邀请我参加同年 4 月在洛阳龙门召开的"魏晋南北朝佛教史及佛教艺术研讨会"，安排我在会上宣读此论文。论文发表后，被译为英文，英译本曾刊登在欧洲 1997 年的《磬》（CHIME）杂志上。而有关魏晋思想与古琴的工作也没有白做，30 年后成了我《禅与乐》书中的一部分。

1984 年毕业后，我留在中国艺术研究院工作近 40 年，主要在音乐研究所，中间也曾负责院宗教艺术中心和中国非物质文化遗产保护中心的工作，至今没有离开过艺研院。我同屋的李路明回到长沙，做过湖南美术出版社的总编，但最后还是跑回北京做自由画家。葛岩在校时即想去美国留学，曾在书桌前贴了一张美国地图，整日面对，被我讥以"王阳明格竹子，你格美国地图"。真的到了美国后，虽然拿到了匹兹堡大学的博士学位，还捎带着拿到一个互联网技术（IT）专业的学位，但最终还是回国，先后在深圳、上海教书。他在美国时曾寄给我一张照片，身后的墙上赫然贴着临别前我送他的一幅字，写的是南北朝诗人韦鼎的诗：

万里风烟异，一鸟忽相惊。
那能对远客，还作故乡声。

当年中国艺术研究院研究生的"黄埔二期",被后人称作"成才率"最高的一届,四十多个学生毕业后各显其能,大都做出了不俗的成绩,成为各自领域有影响的人物,有的著书立说,成一家之言;有的"兴风作浪",引领艺术潮流。其中因缘际会,宏图得展者,还成为当代艺术界的领军人物。今天,当年一起读研的同学均已垂垂老矣,更有三人已离世仙去,思之怆然。

　　中国艺术研究院为纪念建院70周年,嘱我等老人各写一篇"我与中国艺术研究院"。三十多年来,时代大潮,载浮载沉,其间虽有颠簸起落,但命运对我之厚,常常超出我之所求、所料。大半生中可追忆者,岂是"一篇"可就?只好先写考研、读研、进门之事,至于进得门来的其余种种,待有缘再叙吧。

谁言寸草心，报得三春晖
—— 法国游子与母校中国艺术研究院

傅秋敏

"傅秋敏同志存念——郭汉城"，凝视着恩师郭老在《郭汉城百年人生》颤颤巍巍的亲笔题词，书中三十多年前我与张庚、郭汉城两位院长在中国艺术研究院廊下的师生合影……触景生情，蓦然回首，往事如烟，弹指一挥间啊！

一、求学追忆

那是1985年中国欢庆第一个教师节的初秋，上海艺术研究所把一心想当女学者的我，送进中国艺术研究院戏曲理论研究班深造。在研究院大门白底黑字的校牌前，我摄下了与母校的第一张合影。我们的校园设在被传为《红楼梦》贾府与大观园原型的北京恭王府。这座建于乾隆年间"月牙河绕宅如龙蟠，西山远望如虎踞"的王府，初为大学士和珅的私邸，后为恭亲王奕訢的府邸。我这个年轻学子就这样，在氤氲着参天古树高雅幽深气息的古典园林里，在浸润着尚朴去华庄重肃穆氛围的建筑殿堂内，在承载着时空交替"半部清史"的文化信息中，尽情地沐浴浸润。

戏曲理论研究班的组建颇为特殊："前海学派"奠基人张庚、郭汉城两位院长亲自挂帅，吴琼、张宏渊两位老师具体管理，50名学生都来自各省市专业单位的推荐保送。为了创建中国戏曲理论体系，培养能引领全国戏曲理论与实践的高层人才，张庚、郭汉城、傅晓航、龚和德等中国艺术研究院资深的研究员，都纷纷为我们亲授戏曲史论课。为使井底之蛙跳出井台蹦得更远，横向借鉴是拓展格局的必经之路，研究院又特意聘请了在北京的资深专家教授为我们开小灶：中央戏剧学院的教授孙家琇、丁杨忠、王爱民主讲外国戏剧史论课，北京大学的教授叶朗讲授中国美学史课，著名导演阿甲、李紫贵亲传戏剧表导演课……

全方位的深层理论知识开发，使我们这些已有一定实践经验与理论基础的学生茅塞顿开，受益匪浅。在校期间，同学们爱用刚学的专业名词互相调侃，走进食堂的聊天话语为："这边有'线条结构'，那边是'团块结构'（面条、馒头的昵称）。"恭王府的讲坛，自成一格的难忘场景是：教室内均为茶客，老师和学生都自带暖壶，捧着杯子，边品茗边上课。

戏曲是立体艺术。除了平面书本学习、课堂聆听接收，我和同窗们的身影几乎每晚都会出现在北京的各大剧场，观摩各剧种、各门派现身说法的舞台演出，观赏话剧、歌舞等其他姐妹艺术的表演专场。应有尽有的视觉熏陶，直观的心灵陶冶，使我们这些学生不仅饱享眼福，更以便捷的方式、高效的速度拓宽了视野，提升了辨别分析的艺术鉴赏力。

法国18世纪启蒙思想家、哲学家让－雅克·卢梭（Jean-Jacques Rousseau）认为：一个人在游历中，能获取同他目的相关的知识。我们眼中的世界，不过一隅。而纵情山水的游览，观赏悠久的历史遗址、文人古迹，感受异地的民情文化、自然风俗，能强化我们对人生的真切感悟，能促使我们从人类本源的角度去考察理解艺术的本质。戏曲理论研究班组织的避暑山庄、外八庙、白云观和香山之行，一直深深印刻在我的记忆硬盘之中。

承德避暑山庄和外八庙，属于世界文化遗产。漫步喇嘛教寺庙群，我们目睹了兄弟民族别具一格的建筑形式和宗教传承概况。在清代皇帝的避暑山庄，我这个小师妹和已有家室孩子的师哥师姐们竟然童心大发，驾着小舟在湖里玩打水仗，配上音乐在岸边跳现代舞。曾在这儿光顾休闲过的皇帝们如地下有知，定会为我们这些顽童为山庄所带来的现代青春气息而点赞吧。

涉足白云观，我们品尝到中国的土特产——道教文化。香山踏青，由郭汉城院长亲自带队。老师点卯让我这个全班最年轻活泼的"姑娘"上郭老的轿车，陪同照顾院长。从未坐过小轿车的我，能获此殊荣，不免受宠若惊。坐在后排与郭老聊天，郭老诲语谆谆，我如沐春风。我和慈父般的郭老相当投缘，因不习惯北方的饮食，有时我还会厚着脸皮跑到郭老家蹭饭。轿车开着开着，我的胃开始捣乱造反，可能不习惯导致晕车之故吧，真是有福不会享。可身边找不到清洁袋，只好向司机发出停车的求救信号。郭老见我憋得难受，催促司机即刻停车。可惜晚了一秒钟！司机刚刹车停下，我的胃不听指挥，唰地一下，内藏的食物尽数倒出，搞得一车又脏又臭，司机气得直想揍我，这时如有地缝，我肯定钻进去躲藏隐身。结局当然不是我照顾院长，而是郭老照顾我。唉，这座森林公园欣赏红枫，成为我一生中最为尴尬窘迫的游玩。

在上海戏剧学院就读时，七八个学生挤在一间。而在中国艺术研究院，我们的住宿相对比较宽敞：一屋4个人。一天半夜三更，我突然被惊醒，发现住门口的师姐晕倒在过道上。男同学们得知后立即起床，及时把她抬进了医院。是啊，相逢是首歌，任尔东西，天南地北，我们都是如此珍惜这份珍贵的同窗情谊。

毕业后，我们50位学生没有辜负母校的精心培育，都在祖国各个空间驰骋翱翔：留在中国艺术研究院担任研究员的，有国家一级演员江苏的胡芝风、博士生导师陕西的何玉人、黑龙江的李明正；北京的吴江为国家一级编剧、全国政协常委会委员、中国京剧院院长；湖北的陆柏兴任武汉市文化局党委书记兼局长；福建的林瑞武为国家一级编剧，任福建省艺术研究院副院长；陕西的海震任中国戏曲学院教授、博士生导师；福建的刘作玉为国家一级导演，任福建京剧院院长；云南的张树勇曾任云南省京剧院院长；贵州的陈泽凯为国家一级编剧……同学们的专著、作品不胜枚举，如河北王泰来的《中国戏曲表演体系初探》，胡芝风的《戏剧散论》，何玉人的《新时期中国戏曲创作概论》，河南石磊的《石磊文集——戏曲新古典主义的理论与实践》(1–7卷)，福建叶明生的《中国傀儡戏史》，江西龚重谟的《汤显祖大传》，河北王学仲的《评剧音乐DNA探密》，四川张永安的《川剧高腔音乐研究》，四川胡天成主编、段明副主编的《民间祭礼与仪式戏剧》，林瑞武的《闽都游子——林瑞武戏剧作品选》，陆柏兴的《弦上的秋色：陆柏兴自选文集（2008—2014）》……

我这个不成器的小师妹，在1987年戏曲理论研究班课程学习结束后，做了硕士学位论文。中国艺术研究院的李大珂和上海艺术研究所的黄菊盛联合担任了我的硕士生导师。在大珂和菊盛两位恩师慈父般的指教关爱下，功夫不负有心人，第二年我就顺利通过了中国艺术研究院的硕士学位答辩，周育德老师是我的答辩评委主席。

有谁知我此时心，别有一番不了情。答辩后，游子就此告别了我的老师，告别了我的母校——中国艺术研究院。

二、学以致用

执笔案头，更感自己才疏学浅。读万卷书，行万里路，不在同等水准上重复以往，走向世界，成为我人生追求的新目标。中国艺术研究院硕士学位答辩结束后，就在那个 1988 年的金秋季节，我孑然一身，追随着 55 年前京剧大师程砚秋的步履，坐火车西行，途径莫斯科，来到法国巴黎。我这只笨鸟敢于插翅飞上当年大师的西行之路，想为中西戏剧的对流做些什么的执念，源于中国艺术研究院的深造。

程砚秋在他的"而立"之年，毅然决然放弃舞台表演，远赴法国，是因为他意识到："现在，西方人很希望了解中国的艺术，中国也有借重西洋艺术之必要。"① 与世界同行对话，沟通中西戏剧需要双管齐下：送出去、拿进来。我人到巴黎，但如何把自己在中国艺术研究院所学的知识传递给法国同行呢？

经考察，1988 年前戏曲向法国传播呈现几个特点：1. 没有舞台演出，只有屈指可数的剧本翻译和简洁介绍的平面文字；2. 因语言障碍，向法国早期传播戏曲之人，只有神学家和汉学家，没有戏剧家；3. 这些传播未对法国戏剧产生任何实质影响。尽管梅兰芳大师于 1930 年赴美演出，"受到美国各界人士的热烈欢迎与高度评价"②，遗憾的是演出未得到西方戏剧大师的认同，法国巴黎第三大学著名戏剧学教授乔治·巴纽（Georges Banu）指出："以我们所知而言，在这第一次与西方相遇中没有出现一篇重要的理论文章。"③ 尽管 1931 年程砚秋踏上梦寐以求的巴黎土地，但他在法国只生活了 4 个多月，"匆忙离欧，不但考察戏曲说不上告一段落，就是连普通旅行游览的计划也相去甚远"④。尽管 1935 年梅兰芳的苏联之行，使西方戏剧大师发现了他的艺术魅力，但限于传递渠道的不通畅，赴苏演出信息未能及时传向法国剧界。直到

---

① 程砚秋：《程砚秋日记》，程永江整理，时代文艺出版社 2013 年版，第 137 页。
② 中国大百科全书出版社编辑部、中国大百科全书总编辑委员会《戏曲曲艺》编辑委员会编：《中国大百科全书·戏曲曲艺》，中国大百科全书出版社 1983 年版，第 245 页。
③ 乔治·巴纽：《梅兰芳 —— 西方舞台的诉讼案和理想国》（Mei Lan-fang: procès et utopie de la scène occidentale），载法国《美学杂志》（Revue d'esthétique）1983 年，第 3 期；中文发于《戏曲研究》1994 年第 1 期，傅秋敏译，文化艺术出版社 1994 年版，第 136 页。
④ 程砚秋：《自欧洲返国途中在康德卢梭号邮船上的谈话》，载程永江编《程砚秋戏剧文集》，华艺出版社 2010 年版，第 41 页。

1983 年，乔治·巴纽探研布莱希特与东方戏剧关系时，才发现梅兰芳访苏演出的重大意义，发表了《梅兰芳——西方舞台的诉讼案和理想国》，成为法国学者探索梅兰芳与西方戏剧关系的唯一学术研究文论。可以说，直到 1988 年，西方戏剧家仍对戏曲知之甚少，中西戏剧交流依然处于中国戏剧家向西方戏剧吸收养料的阶段。

人说"踏破铁鞋无觅处"。1988 年我抵达巴黎，正赶上法国和世界戏剧家希望加深了解梅兰芳、进行戏曲启蒙的契机。这一年 7 月，法国著名大导演安东尼·维泰兹（Antoine Vitez）把《魔法师的学生们》一剧，搬上了法国阿维尼翁戏剧节的舞台，该剧以 1935 年苏联对外文化关系协会为梅兰芳访苏所召开的讨论会为内容。同年 11 月初，在巴黎蓬皮杜国家艺术和文化中心的大剧场，召开了纪念斯坦尼斯拉夫斯基逝世 50 周年的国际戏剧学术研讨会。会上有 50 多位代表发言，用英、法、俄三种语言同声翻译。

大会组委会闻听我从事中国戏曲与西方戏剧的对比研究，便特邀我到大会演讲。中国有三位代表发言，其中高行健谈的是《从毛泽东到现代主义》，我的发言题目为《体验与表现》，主要分析研究京剧表演和戏曲传统导演学思想与斯氏体系的异同。也许这是中国学者首次以边讲边演的形式，对中西戏剧表导演的异同进行分析，演讲获得轰动效应。会后，我被美国戏剧工作坊、英国伦敦戏剧学校和英国伦敦大学聘请讲学，专题论述中国戏曲。几个月后，法国《诙谐戏剧》（Bouffonneries）发表了题为《斯坦尼斯拉夫斯基的戏剧时代》（Le siècle Stanislavski）的研讨会论文专集。我文章下面附上了斯坦尼与梅兰芳的半身合影。从目前所查到的资料分析，这可能是在法语戏剧杂志上所刊行的第一张梅兰芳照片。[1]

英国讲学结束，我从英吉利海峡坐渡轮返回巴黎。望着船窗外海鸥

---

[1] "Le siècle Stanislavski", *Bouffonneries* Vol.20–21, 1989, p.114.

的孤独飞翔，我这只孤鸥心若潮汐：能在西方传播戏曲旗开得胜，源于母校中国艺术研究院所传授的知识！

后来我也做了很多学术报告：在法兰西喜剧院（Comédie-Française，由我博士生导师巴纽主持）、法国太阳剧社［Theatre du Soleil，著名大导演姆努什金（Ariane Mnouchkine）主持］、法国戏剧实验学院［著名戏剧家米歇尔·科科索斯基（Michelle Kokosowski）主持］，演讲题目为"梅兰芳的戏剧艺术与欧洲舞台的更新"；在法国国立高等戏剧学院［Conservatoire national supérieur d'art dramatique，法国国家科学研究院著名戏剧教授皮恭·万兰（Beatrice Picon-Vallin）主持］，演讲"中国戏曲的表演艺术"；在法国巴黎所邦大学（Sorbonne Université），演讲"中国京剧艺术"；在法国高等师范大学（Ecole normale supérieure），演讲"中国戏曲的导演艺术"……这些讲座的听众大部分都是法国当代很活跃的戏剧理论研究家、导演、演员和戏剧专业的学生。

传递的同时，我更想把"他者"文化引进"我"的艺术，这就必须经受西方费时长久的系统学习历练。程砚秋当年因种种缘由，匆忙离欧回国，未能实现在欧洲留学。而我比较幸运，经过努力，终于能留在巴黎潜心读书。经过整整8年的面壁"抗战"，我在巴黎第八大学获得了戏剧DEA学位，又在巴黎第三大学荣获了戏剧学博士学位。从中国读到法国，如排列世界上在校读书岁月最长之人，我定会名列前茅。如比较最留恋的学校，我会不假思索地回答：中国艺术研究院。

我出版了法文版专著《梅兰芳京剧艺术研究》（L'Art théâtral de Mei Lanfang），合译了法国著名戏剧学教授、我的博士课程导师帕特里斯·帕维斯（Patrice Pavis）所著的《戏剧艺术辞典》（Dictionnaire du théâtre），并在法国巴黎第三大学戏剧研究院，这所法国戏剧学术地位最高的院校任教。我所开设的中国戏曲课，深受法国学生好评。去年，又在巴黎第八大学也开设了这门课。我在中国艺术研究院的师姐刘作玉、何玉人，师哥吴江、林瑞武都先后来过巴黎讲学。陆柏兴曾多次赴法商谈中法文化交流项目,刘作玉还带着福建京剧院几次到法国巡回演出。真可谓兄弟姐妹同心,其利断金。

　　融合,是一种变形,它在几种元素混合的基础上,诞生新的创造空间和传播空间。为了更好实现中法戏剧的跨文化融合,三个"臭皮匠",师哥陆柏兴、师姐刘作玉和我联手策划了由巴黎第三大学戏剧研究院、福建京剧院、武汉大学中国汉语国际推广教学资源研究与开发基地联合发起,以中国京剧形式搬演法国喜剧大师莫里哀《司卡班的诡计》(Les Fourberies de Scapin)的演剧计划。此剧由巴黎第三大学的同事艾伦·布恩(Alan Boone)出任法方导演;陆柏兴负责编剧,他改编的京味儿地道又吻合原作的京剧演出本,堪称杰作[①];刘作玉则亲自率领她领导的福建京剧院排演了这出戏。

　　"鸟能远飞,远飞者,六翮之力也。"通过现场磨合、中西联袂的导演处理,有机糅进中西两种表演形式,京剧《司卡班的诡计》,称得上是中法艺术家集体智慧的创作结晶。国内公演时,戏剧专家学者纷纷到场,武汉剧院上下两层 1500 个座位全部爆满。法国总领事蓝博(Serge Lavroff)还亲自登台致辞:"首先,我感谢今晚有这么多的人来看演出!……这次演出在中法两国都是全新的,它是一场真正的戏剧实验,也是一种不同剧种融合而成的新颖戏剧模式的探索。文化是有趣的最佳交流平台。我希望这类活动能继续发扬光大……"新闻界做了全方位的采访报道,如上海电视台现场录制采访,武汉电视海外频道则对全剧进行录像,制作中英双语的新闻电视报道。演出后,武汉、上海、福建都召开了戏剧专家、教授学术研讨会。

　　《司卡班的诡计》京剧还被特邀到法国演出,拉开了中法建交 50 周年的庆贺序幕。"……演出令我们非常感兴趣,它让我们观赏到了一种对这个法国传统名剧所进行的另辟蹊径、耳目一新的导演处理。"〔法国

---

① 陆柏兴:《司卡班的诡计》,京剧演出本,根据法国莫里哀同名喜剧改编,载《弦上的秋色:陆柏兴自选文集(2008—2014)》,中国戏剧出版社 2015 年版。

编剧、演员米歇尔·西格尔（Michèle Sigal）观后感]。"《司卡班的诡计》京剧真的极为成功！它让我们感受到在中法这两种完全不同的戏剧风格之间，存在着一种真正的平衡、和谐和融合。"[法国演员阿利克斯·昆茨（Alix Kuentz）观后感]"此剧不可思议的逗趣方式，把莫里哀这出戏呈现得十分诙谐高雅，而未跌入粗俗滑稽的陷阱……演员们颇具才华的身段表情，向我们传递出人物的情感和有趣的情节，引发了观众的阵阵哄堂笑声。以京剧展现我们法国的文化——莫里哀的喜剧，选择这种媒介来引领我们遨游中国，是一种难能可贵的做法！是一种成功完美的文化对流，它让观众真正地去同时感受中法两种文化。"[法国名画家索菲·特德斯基（Sophie Tedeschi）观后感]当中国艺术家登上离别的大巴时，送别人群依依不舍，有些法国姑娘还挂上泪花。如今，京剧《司卡班的诡计》已成为法国戏剧的课堂教材、博士生的研究课题……

其实海不宽，此岸到彼岸；其实梦很浅，万物皆自然。我和同学们为传播戏曲所做的工作，化为各种元素不断融入彰显到法国同行的戏剧理论、舞台实践之中……从中国到法国，从中国戏曲到西方戏剧，从舞台实践到史论研究，各种双向的组合，把我变成一个地地道道的"混血女"。我这个法籍华人在新冠疫情依然肆虐法国宅家之际，提笔书写此文，以呈递我对母校——中国艺术研究院的怀念、感恩！

求学中国艺术研究院

吴 犇

20世纪80年代，在中国艺术研究院求学，是我人生的重要一步。虽然几十年过去了，但那时的很多人和事至今仍记忆犹新。下面简要回忆我争取入学和两年半学习生活中一些难忘的情景。

一、争取入学

1982年初，我从报纸上看到中国艺术研究院研究生部招收硕士生的短讯。当时我在山西省艺术学校雁北分校（简称"雁北艺校"）教书，是1976年从山西大学艺术系毕业后分配到那里的。由于我上大学是在那个特殊的年代，教学受到了不少干扰，毕业后我一直希望有机会继续求学，因此在工作之余，坚持业务自学。

得知中国艺术研究院研究生部招生的消息后，我在1982年寒假回京探亲期间，和友人一起去索取招生的材料。当时中国艺术研究院及研究生部都在前海西街17号，即尚未开放的清恭王府府邸。记得我们是在大门的传达室说明来意后，被允许到研究生部的办公室索取了1982年的招生目录和报名表。

拿到了招生目录，我没有犹豫，决定报考音乐学专业民族音乐理论专业方向。开学回到大同，我和雁北艺校领导谈了考研的打算。他们同意我报考，但不给复习假，只准许我在不耽误工作的前提下，用工余时间准备考试。根据报名的要求，由于我不是大学本科的应届毕业生，要随报名表提交一至两篇专业方面的文章。于是我集中精力，先完成文章。已经来不及准备新材料了，就用自己比较熟悉的东西写了《评琵琶曲〈十面埋伏〉的演奏》和《下乡时听到的山西民歌》两篇文章，和报名表一起寄了出去。

不久就收到了研究生部的回复，告知报名表及文章已经收到，并通知我参加笔试的时间和地点。当时离笔试的日期还有两个来月，我于是在工作之余，投入了紧张的复习备考。

记得那年全国硕士生统考的笔试时间是在4月份，指定我笔试的地点是在大同一所教师进修学校。笔试一共五个科目，分两天半进行。第一天上午考外语，下午考政治，这两门是全国统考的试卷。其余三门是各招生单位的考题，按我报考的专业和研究方向，第二天上午考马克思主义文艺理论，下午考中外音乐作品分析，第三天上午考民族音乐概论。记得这三个科目的考题有相对容易的，也有难度很大的，一些分析和论述题要想答好是没有止境的。我在考场并不紧张，感觉基本发挥了自己的水平。两三个星期以后，我收到了院研究生部发来的复试通知。

就在我边工作边准备复试期间的一天下午，我正在给学生上课，忽然有人来教室找我，说招生单位来了两个人要了解我的情况，正在校长室和书记谈话，一会儿还要和我见面。书记说让我回宿舍等候，课先停一下，以后再补。我当即回宿舍大概收拾了一下，到锅炉房打了一壶开水，人就来了。是两位四十来岁的男士，都很和气。他们自我介绍是中国艺术研究院的,来了解一下考生的情况。我忙着让座,倒水。他们很随便地问了问我的情况,包括工作以及婚姻状况等,随后又问我参加复试有什么问题。我说没有问题,就是感到准备的时间有限。他们说已经和我们书记谈了,请学校适当安排照顾一下。我道了谢,他们就起身告辞了。谈话进行得很轻松,一共也就15分钟左右。

后来听说,这两位都是院里美术研究所的业务人员,是受研究生部的委托来外调的。外调就是政审,听说他们那天在书记那里看了我的档案。好在我父亲的"问题"那时已经得到彻底平反,档案里应该有相应的记录,而且那时已经不太看重"家庭出身"了,主要是了解本人的情况。在那以前,我对政审一直很排斥,因为我被认为是"家庭出身不好"的,政审给我带来的一直是负面的影响。而这次的情况看来很不一样,来的那两位老师给我的印象都很好。他们对我后来的录取,应该是起了正面的作用。

复试的前一天,我带着琵琶来到北京。复试在位于东直门外新源里的音乐研究所进行一天。记得那天上午先进行口试。轮到我进考场,见对面坐着几位先生,经教学秘书介绍,为首的是院研究生部音乐系主任郭乃安先生,他也是我报考的研究方向的导师之一,在座的还有李纯一、许健等几位先生。那是我第一次见到郭先生,他人很和气,先问了我以前学习音乐以及目前的工作情况,接着又问了读过哪些专业书,有什么收获和感想,对什么样的问题感兴趣,等等。记得许健先生问我,叶栋译解的《敦煌曲谱》看过没有,感觉怎样。我回答看了,感觉那旋律有点怪,就再说不出什么了。口试开始时我还有些拘谨,后来看到先生们都很平易近人,自己的紧张情绪也缓解了一些。整个过程考试气氛不浓,所有的问题都没有对与错的答案。当然通过对问题的回答,考生的水平也就清楚了。

口试后是听写。考生们都到场后我才知道,这次所有音乐专业只有4个人参加复试,除了我,还有两男一女,他们都是1978级本科的应届毕业生。这时进来一位 50 多岁的先生，手提一台录音机，说道："我来和同学们记个谱，就一段曲子。"那位女同学问："老师您贵姓？"先生答："我姓黄。"一位男同学脱口而出："黄翔鹏！？"先生微笑着点了点头。那位男同学顿时目瞪口呆，一脸惊喜和敬畏，因为黄先生当时已经是全国著名的音乐史学家，对曾侯乙编钟的测音和研究做出过重要贡献。准备放录音时，那个女同学又问："老师您放几遍？"先生答："你们让我放几遍就放几遍。"那段音乐是钢琴弹的单旋律，不长，但节拍节奏不规律，音阶中也有些变化音。那天黄先生应我们的要求先后放了三遍录音。收卷后，他告诉我们，这是一段新疆的木卡姆。他还和我们聊了几句，大意是中国的音乐比我们已经知道的要丰富得多，我们以后要好好学。

乐器演奏安排在下午。轮到我，见到上午口试时的几位先生都在座。在这些著名的音乐学者面前弹琴，感觉真是比班门弄斧还要尴尬！但想到这是考试，也就顾不了那么多了。我按事先准备的，弹了琵琶曲《霸王卸甲》和钢琴曲《A 大调波罗乃兹》，好在都不间断地弹了下来。

复试结束后，我和另外两位男考生聊了聊。他们由于在北京没有住处，被安排在音研所的客房暂住，因此听到了一些关于招生的"内部消息"：这次来复试的人是从几十个笔试的考生中挑选出来的，复试人数和录取人数的比例是一比一。也就是说，来的这几个人基本上已经定了，复试主要是当面看看人。为什么没多选一些人来复试呢？据说是因为先生们考虑到如果那样，就会有人在参加了复试以后落空，受打击较大，想避免那种情况。听说了这些，我当然高兴，同时也为先生们这样为考生们着想而感动。从北京回到大同不久，我就收到了院研究生部寄来的录取通知书，复试时见到的几位考生后来都成了同学。

二、在研究生部上学

当年我们的研究生部是在恭王府大院内一栋两层小楼的楼上（楼下是库房），有研究生部办公室，一个上大课的空间，以及多个自习室和学生宿舍等。我1982年9月入学时，音乐、美术、戏曲、舞蹈、电影等各系的共40余名硕士生和几位博士生都在那里，便于不同专业的同学互相学习和交流。

我们硕士生的学制是两年半，第一年以上课为主，一年后以写论文为主。课程除了共同课"政治"和"文艺理论"以外，更多的是各系的专业课。我们音乐系有两门必修的专业课"中国音乐史"和"民族音乐通论"，各上一个学期，都是由多位先生分别讲授的互有关联的题目组成的。

根据我当年的课堂笔记，"中国音乐史"课的主讲先生和题目依次是：

1. 郭乃安：作为意识形态的音乐史；

2. 李纯一：先秦音乐史；

3. 吴钊：秦汉三国两晋南北朝音乐史；

4. 黄翔鹏：隋唐五代音乐史；

5. 刘东升：宋辽金元音乐史；

6. 乔东君：明清音乐史；

7. 李佺民：近现代音乐史。

"民族音乐通论"课的主讲先生和题目依次是：

1. 何芸：民族音乐与社会生活的关系；

2. 黄翔鹏：民族音乐中的乐律学；

3. 章鸣：汉语音韵与音乐；

4. 简其华：采访、调查、整理民间音乐；

5. 郭乃安：曲牌体与板腔体申论。

我把先生们的名字和所讲题目记在这里，是因为他们都是各自所讲领域的专家和权威，能听到他们讲授这些题目是非常幸运的。这两门课给我们以后的学术研究打下了坚实的基础。先生们讲课的一些精彩之处至今难以忘怀，例如郭乃安先生讲的"郑卫之音，商之遗声也"，真是一个高屋建瓴、充满智慧的论断（后来学术界普遍接受了这一论断，详见百度百科的"郑卫之音"条目）。

由于同学们入学时的外语语种不同，"专业外语"课是各系按语种分开上的。音乐系学英语的有4位同学。经过一番努力，我们有幸请到了中央音乐学院的叶琼芳老师，她曾翻译过著名的《肖斯塔科维奇回忆录》（从英文版转译）。由于叶老师身体不大好，我们就去她家上课。她人很和气，教学有条不紊。通过实例，她给我们详细讲述了如何把音乐方面的英语文献翻成中文，还讨论了一些专业术语的译法。这些对我们以后的工作和学习都很有帮助。

关于硕士学位论文的写作，记得一入学，先生们就要求我们开始考虑各自的选题。我由于在大学主修琵琶演奏，毕业后又教书，对学术研究没有经验，所以对论文选题一时拿不定主意。后来还是导师郭乃安先生给我提了个建议，说看能不能对传统琵琶小曲做些研究。他让我先看看有关材料再做决定。经过一番研读，我认定这是一个非常好的选题。因为第一，把现存传统琵琶曲谱上的一百多首小曲作为研究对象，目标明确，相对容易把握；第二，以前没有人对此做过专门研究，有填补空白的意义；第三，我以前学过琵琶演奏，是一个有利条件。对郭先生为我想出这个适合的好题目，我很感激，也很佩服。

记得开始着手写的时候，郭先生要我先写出一份详细的提纲，包括各个部分的内容和论点，要举什么谱例，说明什么问题等。我最初交给郭先生的提纲内容相当"丰富"，恨不得涵盖所有能涉及的方面，除了对琵琶小曲的音乐本身进行分析和讨论以外，还包括对其中四分之三音的来历及乐律学方面的探讨、乐曲的标题与曲意，甚至还有"琵琶小曲中的美学问题"等。郭先生看了这个提纲，认为内容过于庞杂，有些问题不易说透。他建议全文在序言之后分三大部分：1. 对六十八板结构的源头"八板"的探讨；2. 对琵琶小曲本身的探讨，侧重曲调和结构；3. 对小曲联套，即从小曲发展而成的大曲的探讨。对我原来包括的其他方面，或省掉，或一带而过。这些建议给我指明了方向，使后来的写作比较顺利（关于郭先生对我的更多教导，见《中国音乐学》2018 年第 4 期发表的拙文《回顾恩师郭乃安先生对我的教导》）。

在郭先生的建议下，我还多次请教过本单位民族音乐研究及琵琶演奏的前辈曹安和先生，以及中央音乐学院的琵琶教授林石城先生。此外，我还在 1984 年春到近代琵琶演奏比较兴盛的江南地区，分别拜访了程午加、卫仲乐、樊伯炎、祝世匡等前辈，以及上海音乐学院的殷荣珠老师。这些不仅对我的硕士论文有所启发，而且使我开阔了眼界，对琵琶音乐及历史有了更加深入的了解。1984 年底，我的论文顺利通过答辩，稍后，经压缩修改的版本在《音乐研究》期刊上发表。

除了专业课的学习，我们研究生部各系还有一门共同课叫"艺术观摩课"，就是观看各种艺术表演和展览，包括音乐会、美术展览、戏曲、舞剧、话剧、电影等。这个课让我们大开眼界，也学到了很多书本上难以学到的有益的东西。记得有一次跟着电影系的同学到电影资料馆的小放映室看一部美国老片子，由资料馆的一位老师现场口译。但那天老师因故来晚了一点，影片的开头大家没怎么看明白。等老师来了，电影系的同学说："老师您可来了，没翻译我们都不知道怎么回事。"没想到老师回答说："要是没翻译就看不懂电影，那我劝你们不要搞电影专业了。"说得电影系的同学直吐舌头。还有一次看了新上映的故事片《佩剑将军》后，我问电影系的一位同学觉得怎么样。记得他是这样回答的（大意）："这个片子在电影上没什么新东西，其他方面嘛，什么编剧啦，表演啦，你就可以用通常的标准去评论了。"他这个回答给我印象也挺深的。

两年半的学习时间虽不算长,却是我专业学习上非常重要的一步,使我有机会直接向德高望重的先生们学习,不但学习他们丰富的知识和研究方法,还学习他们严谨求实的治学态度。这些都是使我终身受益的。我要永远感谢我的导师郭乃安先生,以及所有教过我的先生们。还要感谢研究生部的主任张庚先生、副主任郭睿如老师、董润生老师,以及办公室的何翠英老师、徐晓岚老师和吴菲老师等。多亏有这些先生和老师们的悉心教导和辛勤工作,才使我和其他同学完成学业,开始新的工作。

在恭王府读书的日子

范丽庆

中国艺术研究院又要搬迁新址了。9月21日,我到位于北京惠新北里甲1号的院本部,向人事处咨询正高职称的事宜,顺便看望话研所所长宋宝珍大姐。她正在忙着捆书装箱——院里已经通知9月25日正式启动搬迁,新的院址位于北京五环外的来广营西路81号。据说四五年后还会搬回来,但还是让我有一种留恋不舍的感觉。

我与艺研院有缘。1991年,她还在北京前海西街17号的恭王府时,我25岁,正值青春年华,我在那里读了一年的硕士研究生进修课程;后来她搬到惠新北里,已是正高职称的我兜兜转转地又调到下属的《中华英才》半月刊社担任副总编辑。近年来,多少次到这里参会、拜师、采访。而今,她在历史的新时代,开始第三次迁址。这让我不由得回想起当年在恭王府读书的日子。

一

我到恭王府读书是在 1991 年 9 月，当年，中国艺术研究院研究生部举办各个专业的硕士研究生课程进修班，我在报纸上看到招生启事，决定报电影电视史论研究生课程进修班，经过单位严格推荐，居然顺利被录取了。这个进修班到 1992 年 7 月结束，只发一张结业证书，却是对我人生影响最大的一段经历。我后来拿过两个学士文凭、一个硕士文凭，却没有在恭王府一年进修的记忆深刻。一个身无长物、孤陋寡闻的小姑娘，能一下子进入北京最高的艺术研究学府，有幸结识一批中国最杰出的文化人才，也是前世修来的造化。

从 1992 年 7 月学习结束到现在，我离开恭王府已经 28 年了。时间过得真快啊！

恭王府是乾隆年间内阁大学士和珅的宅邸，一座高墙阔瓦的三进大院，正门坐落在北京西城区前海西街 17 号。入学第一天，我来到位于恭王府的中国艺术研究院报到，只见院门口挂着三块大牌子：中国艺术研究院、中国音乐学院附属中学、文化艺术出版社，当时我心中不由得产生一种神圣的向往。

走进恭王府，中路有两道宫门，然后是银安殿、嘉乐堂，后面是佛楼。我入学那会儿，殿堂还没有对外开放，嘉乐堂门口有两棵上百年的银杏树。除去中路的殿堂，东、西两路还有几套侧院。艺术研究院占据的并不是正殿，而是西侧院和后面的佛楼（俗称"九十九间半"）。西侧院又叫"潇湘馆"，古树参天，修竹茂密，是红楼梦研究所的办公地。佛楼又称"聚珍楼"，据说是当年和珅藏宝的地方。院领导和各个研究所都在这里办公。东路侧院又分南北两个跨院，南院名为"紫藤花园"，是文物出版社的库房和办公室；北院又叫"乐道堂"，是中国音乐学院附中的教室和琴房。

我兴奋地给家里写信说："我是在中国最大的王府、世界最大的四合院读书啊。"

二

我入学的研究生部当年在恭王府前面的广场一侧。迎面是一个很大的黑煤堆,旁边是厕所,没有现代化的抽水马桶,还是老式的蹲坑。煤堆一侧就是研究生部的教学楼,教师办公室在一楼。煤堆另一侧是研究生宿舍,看起来是两层楼,却不是砖木结构,而是用铁皮搭起来的简易房。这就是我们当年读书和生活的环境。

铁皮房里,一楼住男生,二楼住女生,各有四间宿舍。我的宿舍位于最里面,住四人,除了我,还有宁夏银川的张爽、广东湛江的邓玉凤、安徽合肥的侯露。我们四人中,只有我是影视史论专业,她们仨都是戏曲史论专业。让我没想到的是,侯露已经是孩子的妈妈了,而且,她是带着孩子来上学的,孩子只有三四岁,名叫小雪。白天她上课,孩子放在宿舍,晚上娘儿俩挤在一张床上睡觉。她就这么带着孩子上了一年学,这在今天简直不可想象。她是我见过的最要强的女性。前年我在天津,见到前来观看话剧汇演的侯露,她已经是国家一级编剧、安徽戏剧家协会副主席、全国政协委员,竟然一点也不显老,还是那股子嘻嘻哈哈的劲儿。

在我们隔壁宿舍住着的同学,比我们进修生高一个档次,她们是研究生二年级。从解放军前线歌舞团来的刘青弋,考上了舞蹈学研究生;从太原来的耿剑,是我的老乡,美术史论研究生;还有徐琛,比我小一岁,上海人,也是美术史论专业。

再过来,第三间宿舍,也是戏曲史论班的同学,其中最有名的是范玉媛,她是梅兰芳的亲传弟子,来自江苏盐城,当年已经50多岁了,是同学中年纪最大的,我们都尊称她"范大姐"。

最外边的第四间宿舍,住的女同学是音乐史论班的,其中有一位是与丈夫一起来上学，她住在二楼，丈夫住在一楼。

在一楼住的男生中，有影视史论专业的孟宪励，美术史论专业的李一，戏曲史论专业的麻文琪，他们三人是研究生二年级。另一间宿舍住着重庆的陈家昆、包头的王庆宪、海口的符实、湖北的杨云峰，他们是戏曲史论专业研究生进修生，和我同一届。还有一些同学住在铁皮楼房旁边的小平房里，我记得有美术史论的男生郑工、张彦、房新泉，女生有王荔等。

还有一些北京同学，不住校，正式研究生有戏曲史论专业的梁燕等，进修生有戏曲史论专业的曾昱晗、舞蹈史论专业的田培培等。

他们后来都学有所成，在不同岗位上卓有成就。孟宪励担任《健康时报》总编，陈家昆任重庆话剧团团长，李一担任院研究员、《美术观察》杂志主编，麻文琪在中央戏剧学院当编剧教授，郑工任院美研所副所长，杨云峰后来考上院里的博士留在戏研所。女生中，刘青弋成了北京舞蹈学院舞蹈学系主任兼舞研所所长；耿剑后来又考上了北京大学的博士生和博士后，现任南京艺术学院美术系教授，是中国少数研究佛教书法的学者；徐琛的本科在中央工艺美术学院，考入艺研院读美术研究生，毕业后留在所里，是出名的美女学者；王荔任上海同济大学艺术与传媒学院教授。近年来，我们在不同场合见过，最常开的一句玩笑话是："我可是看着你长大的呦。"

我此生最有意义的一段读书生活，就在这个迎面堆放着烧煤的院子里，就在这个用铁皮盖的简易楼房中，就在北京最知名的恭王府，就和这些当时并不厉害的年轻人在一起。当时的院领导都是闻名遐迩的大师级人物，李希凡、冯其庸、王朝闻……我们耳熟能详，却在一个院子里也很少见到他们。我来艺术研究院之前，在《太原日报》当副刊编辑，已经得到王朝闻先生的墨宝，他给我任编辑的副刊《艺苑》题写了刊头。我们的结业证书上盖的是李希凡的印章，他当时是常务副院长。

近年我多次拜访曾任院党委书记、常务副院长的曲润海先生，听他讲述艺术研究院的辉煌与起伏，不由得产生一种悔悟，那时真是年轻无知，不懂得珍惜，错过了很多的求教机会。而当时在红楼梦研究所读研的赵建忠学兄，已经懂得直接上门向大师求教。我记得，有一天午饭后，他从院外兴高采烈地跑回来，见到我窃喜道："周汝昌先生给我题词了！"那副墨宝后来挂在他的书房，因筹资而忍痛割爱，后来又高价赎回，成为红学界一段佳话。这件事需要建忠兄自己来述说了。而我当年对周汝昌先生还一无所知，连《红楼梦》都没看完呢。如今，赵建忠已是天津师范大学教授、中国红楼梦学会副会长、著名的红学研究大家。今年送我十多本由他编著的红学丛书，洋洋大观。

三

我在进修班受教最多的是两位师尊。

一位是我们影视史论进修班的班主任陆弘石老师。他是浙江慈溪人，从北京师范大学中文系毕业，就到了中国艺术研究院。他当时在影视研究所工作，所以给我们影视专业带课。当年，他也不过二十七八岁，住在食堂旁边一间小平房里。进修即将结束时，陆老师邀请我和部分同学到他家吃饭，我们影视班的都到齐了，还有戏曲史论班的符实。他家十多平方米，除了一张床，就只能放一个沙发、一排书柜。他的夫人李老师在中国音乐学院任教，小师母就在家门口支一个炉子，给我们做饭炖排骨。

另一位师尊是我的导师李少白先生。他是《中国电影发展史》三位开拓者之一，这部书至今仍是中国影视学最为翔实最为丰富的一部巨著。他是安徽人，中等个头，戴着眼镜，每次给我们上课的时候，总是穿一身中山装、白线袜、黑皮鞋，衣冠楚楚，温文尔雅。他有一位特别照顾他的新婚妻子，是艺术研究院的校医。他们是老夫少妻，特别和睦，令人羡慕。我记得在他们家，孙师母特别细心地给我做过一顿饭——椒盐鸡翅。她还耐心教我怎么做。那一幕永远留在我的记忆中。

离院之后，我回到太原工作，20多年没有见过两位师尊。但是我无数次地回想起那条用红色砖头铺就的，通往家属区的曲径小路；回想过那条通往"九十九间半"深深的夹道，就像《红楼梦》里描写的夹道。现任中宣部文艺局副局长的陆弘石老师1999—2001年在北京电影学院工作过两年，2001年调到国家广播电影电视总局电影频道节目中心任副主任。2018年12月10日，在中国艺术研究院电影电视评论周开幕式当天，才终于见到他。影视所所长丁亚平特意邀请他和李少白先生的夫人孙师母到会。当我挽起孙师母的手，忆及已于2015年3月16日仙逝的少白导师，不由得潸然泪下。

四

我们那一届影视史论研究生进修班，只有我一名外地生，有张赤等几位北京当地学生，影视所高小健等几位老师也旁听。研究生学生只有孟宪励和许婧。我们都在一起听课。我们当时的主课是中国电影发展史和外国电影发展史。陆弘石老师除了面对面讲课，经常带我们看电影资料片。有时在院里，有时到外面电影院。很多电影是不公开的内部参考片。看得最多的是默片，就是20世纪20年代的黑白电影，没有配音、配乐，影像也不清晰，断断续续，一般人不看。我当时感到默片电影很无聊，李少白先生对我说："默片的影像等同共通的语言。你要明白，做任何学问都离不了枯燥的训练。"他自己就是一个做学问不怕枯燥的人，谈到他与人合作的《中国电影发展史》，他曾经谦虚地说："这本书之所以被人经常提及和引用，不是因为它的观点和结论，而是因为它的史料。"

这是少白先生给我的最深刻的教育，也是我进修一年的最大收获。入学一年，我静心读书做学问，断绝与外界的联系，以至连一墙之隔的恭王府后花园都没有进去过。

中国艺术研究院的研究生教育给我的另一个印象，就是"杂糅"。不同学科的同学住在一个宿舍，潜移默化地互相影响，这是一种无意识的杂糅；在教学内容上实行多学科交叉，我们学影视史论的也在读大量的文艺理论、社会哲学、西方哲学、比较文学、西方美学的书籍，也读戏曲、美术、舞蹈、音乐等文学艺术方面的史论书籍。这是一种有意识的杂糅。甚至我向陆弘石老师请教电影创作的问题，他也给我耐心解惑，并不认为你跨越了专业。

这方面秦喜清老师对我们影响比较大。她是电影学博士，从北京大学哲学系毕业后到中国艺术研究院影视所工作。也许与她的专业有关，她主讲文艺理论和西方哲学。我们读米兰·昆德拉的《生命中不能承受之轻》，读萨特存在主义哲学。我本来是学影视史论的，却对西方哲学更感兴趣。想想也合乎逻辑，电影本来就是来自西方的。

五

我们那一届学生结业时有几个留在了北京。当时影视所章柏青所长正筹备创办一本杂志，他希望我留下来。我当然求之不得。可是我又有顾虑，为了我的进修，老东家太原日报社花费 3000 元为我交学费上学，当年是一个不小的数字。如果不回去，似乎有悖于自己的良心。所以，学习结束后我还是返回了太原。一晃多年，一直没有机会返校看望恩师。但我也没有辜负这段影视学习的经历，用十年时间采访上百位影视导演和知名演员，2004 年出版了专著《面对面看明星》，成为中国电影家协会会员。

2008 年冬天，中国艺术研究院研究生院纪念成立 30 周年，我有幸参加。特别感谢研究生部的陈静老师，当时我们这一届被邀请的进修生很少。三天的院庆活动，听到了范曾先生和刘梦溪先生的讲话。记得范曾先生当时穿了一件深绿色大衣。刘梦溪先生当年还没有拄拐杖，走路很利索。他的富含文学韵味和哲理的讲话，给我留下深刻印象。那次会上还见到了王文章院长。院庆第二天，他被任命为文化部副部长兼艺术研究院院长。当时研究生院的院长是张晓凌，1991年我们进修研究生课程时，他获得博士学位。那次见到张晓凌老师，我开玩笑地问："参加院庆路费给不给报销？"不料，他毫不犹豫地回答说"可以"。他后来当了中国国家画院副院长，现在是华东师范大学美术学院院长。

而今，中国艺术研究院将要纪念创建70周年了。上天眷顾我，让我在多年之后又调到院里主管主办的《中华英才》杂志社工作。近年来，《中华英才》连续报道了40多位前辈学者和大师级人物，当年恭王府的记忆时时浮现在我的眼前。我在工作中，与院领导和研究所建立了联系，特别是与几位老师建立了友谊，舞研所老所长欧建平、戏研所老所长刘祯、话研所老所长宋宝珍、马研所老所长李心峰……他们当年都行走在红砖铺就的宿舍小道和通往"九十九间半"的夹道中，为人低调，静水流深。如今已是著作等身，桃李芬芳，是《中华英才》报道过的知名学者。于我亦师亦友，多有指教，让我感到自己依然是艺研院的学生。

写下这些回忆，是记录，是怀念，也是感恩和祝愿。

难忘的"前海"时光

蒋慧明

大约是1997年初夏的一天,我随着蔡源莉老师第一次踏进位于前海西街17号的中国艺术研究院院址。门口的两座石狮子,在我眼里既威严又亲切。当时还未曾想到,此后,我将在这里度过好几年难忘的求学时光。

那时我已经在地方曲艺团任专职创作员多年,工作之余也开始涉猎曲艺评论。当从原来天津北方曲校(中国北方曲艺学校)文学班的理论课老师倪锺之那里得知,可以报考曲艺专业研究生的消息时,真是喜出望外,赶紧跟单位领导请了几天假便到北京来找蔡老师。后来才知道,为了这个招生名额,蔡老师一趟趟地去找研究生部的负责人商谈,终于在这一年,经过院办公会议正式讨论后有了结果,于是这才有了倪老师的郑重推荐和牵线联络。

由于曲艺专业当时还不能独立招生,所以研究生考试的内容只能是戏曲史论。于是，拿到招生简章后，我当即决定先报名读一年的研究生课程进修班，认真准备考研。这样，从1998年9月到1999年7月，我开始了充实又紧张的"前海"问学时光。

那时的住宿条件真叫简陋，两栋相邻的二层简易房，冬冷夏热，旁边是我们上课的地方，一栋红色的二层小楼，负责教务的老师往往身兼数职。好在那时候还没有扩招，硕、博士研究生和研修班的学员加在一起也不到百人。至今，我仍时常会忆起那一年的生活，物质上虽然清贫，但精神上却绝对富足。我们研修班的学员是和当年一年级的硕士生一起上课，常常是在食堂简单地吃过晚饭，众人各自搬把椅子，围坐在一楼某间宿舍的门口，继续着课堂上未曾尽兴的讨论，楼上传来清越的琴声，仿佛配乐一般。直到夜幕沉沉，不知哪位又聊起了恭王府里的鬼故事，黑魆魆的树影似随声附和，吓得我们女生赶紧相伴着逃回屋去，只剩下那几位一贯昼夜颠倒的男博士，兀自在那里吞云吐雾，热烈辩论。

真的怀念那时候的学习氛围，不同专业的同学心无芥蒂，互通有无，跨学科的研究方法或许在那一次次的畅谈中已经有了雏形。经常，我们还会结伴去看"蹭"戏，北兵马司的青艺实验剧场、东棉花胡同的中戏黑匣子小剧场、帽儿胡同的中央实验话剧院小剧场、护国寺路口的人民剧场，再稍稍远一些的首都剧场、儿童艺术剧院……一路上边走边聊，好不热闹。所有的老师们总是鼓励我们多看演出，多思考，多动笔，想来，"前海学派"重视理论联系实践的优良传统便是这样传承了下来。

与我初次踏进艺研院的新鲜与好奇迥然不同，在这座古老的院落里生活学习了整整一年，几乎熟悉了其间的每一株古树，每一处夹道，偶尔，独自踯躅在那株据说有两百多岁的藤萝架下，或伫立在雕梁画栋的廊檐前，不免会心生一丝恍惚，大有不知今夕何夕的感慨。

偌大的京城里，这样一处幽僻所在实属难得。高高的院墙，将外界的纷繁喧扰一概隔开，大有"躲进小楼成一统"的怡然自得。但其实，我们的学术研究并不枯燥，也不是灰色的，而是鲜活的，光彩的。身在其中的师生们，尽管都有甘受治学之苦的心理准备，却并未将学问做成孤芳自赏式的案头摆设，而是始终以丰厚的学养，敏锐的洞察以及睿智的思辨，捧出了一部部堪称各艺术门类理论前沿的专论，不断夯实着属于中国艺术研究院这块理论阵地的基石。一如穿过静谧的柳荫街，听罢了胡同上空悠扬的鸽哨，转眼便迈入了车水马龙的闹市，仿佛我们曲艺表演讲究的"出出进进"，学术与现实之间丝毫也不违和。

和其他的部门一样，曲艺研究所的办公室也是又小又挤，就像后来受聘担任过所长职务的姜昆老师在一篇文章里写的那样："这座前清的王府从格局上看依稀还能领略昔日的威严，然而当你走近的时候，你会看到每一处砖瓦都透着沧桑的印迹，有历史的创伤，也有现实的无奈。庭院破旧，花木凋零。我坐在只能容下一桌三椅的所长办公室里，极不情愿地暗自联想：这里不也是传统曲艺的一幅缩影吗？"（见姜昆、倪钟之主编《中国曲艺通史》序，人民文学出版社2005年版）

可就是在这么简陋的办公环境下，曲艺研究所的前辈们仍然出了很多重要的科研成果，并且举办过多次有影响的学术会议。1998年末，曲艺所主办的"孙书筠京韵大鼓艺术研讨会"召开，我有幸旁听列席了会议，那也是我头一次参加正式的学术研讨会，心情格外激动。当与会的专家们得知我正在准备考研，纷纷投来赞许的目光。北京大学中文系的汪景寿教授不无关爱地叮嘱我：要想好啊，干这行可是得坐常年的冷板凳哦！（数年后，汪教授欣然应允担任我硕士毕业论文答辩的主席，犹记他在电话里声若洪钟的话语："太好了！你等于是我们这代人共同培养出来的头一个曲艺研究生呐！"遗憾的是，汪教授已经于2006年玉楼赴召。）

环顾会场四周，满座皆是皓首苍颜的老先生们，唯我一人是后生晚辈，一时间，愈加体会到了蔡老师时常跟我提起的，目前曲艺学学科尚不完善，曲艺理论研究的后备力量相当薄弱，人才队伍的建设迫在眉睫，所以她才会为了招收曲艺研究生的事宜几次三番地去研究生部，历经三届主任——张宏渊老师、周育德老师直到伍国栋老师，总算有了眉目。接下来，就看我个人的努力了。也就是那次参会的经历之后，我更加坚定了考研的决心，破釜沉舟，决不放弃。

曲艺研究所在后院的二楼上还有一间办公室，1999年寒假回来后的某一天，我还在那里见到了梁左老师。听说我在准备报考曲艺的研究生，他挺感兴趣。记得当时屋里还有一位管资料的女老师一直埋头忙碌着自己手里的工作，而梁左老师则坐在拐角的桌子上，晃悠着两条腿，眯缝着他那标志性的小眼睛，乐呵呵地跟我聊天："你好好准备考试啊，先替我探探路，赶明儿我也考个曲艺研究生去。"这话说的，我还真没法接。当时的梁左老师因为创作的相声和情景喜剧《我爱我家》风头正健，也算是名人吧，没想到私下里也是那么平易近人。毕竟我也是曲艺创作专业出身，所以很想有机会能再向他请教些创作方面的问题，岂料这次短短十几分钟的会晤竟成了唯一的相识了。听闻他遽然辞世的消息时，我已经离开了北京。此后，在撰写相关文章查找资料时，无意中发现梁左老师竟然和我是同一天生日，不禁怅然。

一年的时间倏忽过去，拿到进修班的结业证后，我又跟单位续了假，一直待到1999年底才回去。虽然不住在恭王府里了，但也时不常地会回去看看师长、学长，聊聊天，取取经，为正式的考研厉兵秣马。

当年一起参加进修班学习的学员，好几位转年就考取了正式的研究生，之后顺利毕业，留院工作。而我因为同等学力的缘故，则好事多磨，直到2002年才得偿所愿，这其中的过程当然是甘苦自知。清楚地记得，那年5月的一天午后，毫无征兆地接到了研究生部姜维康老师的电话，通知我去参加复试。那一刻，周遭的车流人响瞬间消音，眼前只有前海西街17号的门牌在反复出现，还有门口那两只默默蹲守的石狮子，以及参天的古树和枝丫间不歇的蝉鸣。这一年，我已经31岁了，工龄已满10年。

就这样,作为中国艺术研究院招收的首位曲艺专业研究生,2002年9月,我再次住进了恭王府的研究生宿舍。而且,从我这届往后,报考的学生不再需要准备复习戏曲史论的考题,也就是说,从我这届开始,曲艺学方向正式确立,曲艺学的研究生教育正式开始起步。

入学不久,为了改善学生的住宿条件,我们一度搬到了旁边的中国音乐学院附中的楼房里,日常上课还是在东边的红色小楼。不过,没过多久,早已风传多日的腾退消息终于成真了。2002年12月22日冬至那天,我们各自带着仅用一天时间装箱打包好的行李,挤在几乎密封的货车里,搬去了新源里的新宿舍(原来音乐研究所的办公地)。就在货车即将出发前,同学们争先恐后地跑去跟门口的石狮子合影。傍晚昏黄的光影中,鹅毛大雪漫天飞舞,此情此景,倒还真有些难以名状的离别伤情。想想也是后悔,整日里在王府中穿行过往,各处景致大都熟视无睹,偏偏不曾有心地多留些照片。以后,再进恭王府,就只能是游客的身份了。

既留恋又无奈,我们依依不舍地离开了前海西街17号。时光总是溜得很快,3年的学业转眼到了尾声。2005年的夏天,经过一场特别不顺的论文答辩后,我终于毕业了。随后接到通知,我被留院工作,先是分配在院图书馆特藏部,次年4月,正式进入曲艺研究所成为一名科研人员,直到今天。

今年,是中国艺术研究院建院70周年的纪念,而我们曲艺研究所从1986年正式建立也已经30多年了。这阵子,时常会回想起当初那段难忘的"前海"时光,树影婆娑,曲径通幽,记忆的光影丝毫未曾褪色,反而愈发清晰。算起来,我在曲艺的园地里也已经坚守了30年。有时,我也常问自己,这份坚守的动力究竟来自哪里?仅仅只是简单的热爱曲艺吗?当然不是。

我想起了进修班的课堂上,余从老师拿出写得满满当当的一张信纸递给我，因为前一节课我曾向他请教过关于《长生殿》故事的戏曲曲艺作品的比较，余从老师仔仔细细地列出了相关的书目信息供我参考。

我想起了研一的专业课，因为我们戏剧戏曲学系的三名学生分属三个专业方向，于是课堂便改为圆桌会议，傅谨老师、刘祯老师、路应昆老师、贾志刚老师、王安奎老师、刘文峰老师、毛小雨老师……每一位授课老师都毫无保留地将他们的治学心得倾囊而出，不知不觉聊到了下课，老师还自掏腰包请我们会餐。

我想起了入学不久的中秋节，研究生部的教务主任姜维康老师带着我们部分留在宿舍过节的同学一起去后花园赏月。是从一处角门过去的，门一打开，顿时眼前一亮，水榭歌台，皓月当空，真是别有洞天啊。

我想起了我的导师蔡源莉老师和姜昆老师一直以来对我的鼓励和鞭策。我更想起了在我的问学生涯和科研之路上辅佐良多的贾志刚老师和包澄洁老师，恸心的是，他们已经相继辞世，再不能随时给我答疑解惑。

我会时常在心底里默念对这些可敬可爱的师长们的感激之辞。正是他们的言传身教，才令我有初心不改的勇气和执着。如今的我，人生已过半程，越发有种时不我待的紧迫感。接下来的路，注定仍会充满周折，但，我愿以那些年在恭王府学习生活时浸染熏陶的"前海"学风、文风以及不媚时不趋利的淡然超脱来努力应对，相信扎实的研究成果才是自己最好的证明。

念念不忘的，仍是那曾经的"前海"时光。

天地·四时·人间书
——前海西街17号求学忆往

刘晓真

1997年腊月,大学二年级过半,我打定主意放寒假之前要去北京找一下中国艺术研究院,看看那里招收舞蹈史论硕士的研究生部是什么样。这时,我已自学摘抄了一笔记本有关舞蹈的史论知识,书的作者都与此处有关。

出发前,我独坐宿舍,时不时看看表,倒计时赶车赴京,手里的书如同摆设一般。心已走远,睹物如空。

一、"北海公园北门,前海西街17号"

"北海公园北门,前海西街17号",这是第二天我站在北京街头,通过114,掌握到的所有有关通往中国艺术研究院的信息。

展开地图,按图索骥,结果,没坐对电车。我站在公园南面的西门,思忖片刻,为了不辜负名胜,便沿着北海西岸向北门走去。漫天的鹅毛大雪，嵌在北风里，扑打着眼睛。隔着苍茫的雪幕，是北海东岸的山影、白塔、林木和冰雪覆盖的湖面，天大地大，遗世独立……

二、"仰观天文，俯察地理"

后来，我如愿考入前海西街 17 号中国艺术研究院研究生部。

这里原是前清恭亲王奕䜣的府邸，再之前的主人是和珅。前府和后花园由二层的连廊小楼隔开，名曰"九十九间半"，是艺研院各研究所的办公室，凡是在那里待过的人都熟知和珅的敛财八卦与奕䜣的外号由来，因为后花园被辟为景点后，络绎不绝的旅行团让导游不得不天天背书，坐在"九十九间半"的人也不得不天天听书。

走在连廊上，常能看到廊柱朱漆斑驳，角落里断垣残瓦，虽是如此，却像荣国府贾母用的缎面旧靠垫，沉淀了老府邸的繁华。微风一吹，轻尘四起，藏匿在雕花砖缝里的历史兀自盘旋。

正殿嘉乐堂的庭院中有两株大银杏，春绿秋黄，静静地伴着那些时节在树下练拳读书的学子。研究生部建在二宫门右拐几十步开外的空地上，几栋寥落的简易板房犹如身居府中的府外人，倒是丝毫未减居中学习生活的兴味。

当时，美术学的人数最多，冬日无风的艳阳天里，能看见他们每人端着碗一溜儿蹲在墙根，午饭时间你一言我一语地聊着课上的问题。那个时期，陈绶祥先生力倡"新文人画"，从主张到实践有自己的一套方略，跟随弟子数众。我偶尔混迹其中，听他们谈论古代纹样和文化之间的关系，一时不得要领，倒是记住了陈老师反复跟学生们强调的"仰观天文，俯察地理"。这句典出《易经》的话就像一颗种子，在我心里扎下了根。

每次读王勃《滕王阁序》开篇几句，还没到"襟三江而带五湖，控蛮荆而引瓯越"这纵横捭阖的地方,就被卡在"星分翼轸"上了。虽然注释里写着"翼"和"轸"是两个星宿的名称,可抬头看看天,它们又在哪儿呢?就算是文学里的比兴手法,借着星宿打开场面,没有实际意义,但有没有直观认识和体验,却是天壤之别。今人和古人的隔阂大概就在这一点上,心胸和气度也输在这一点上。俯仰吞吐之间的内容,能看出人对天地的远近亲疏。陈老师想要告诉大家的,大概是这样吧。

有一年冬天,大雪过后的一天,陈老师特来院里,带领众弟子,顺着前海、后海的河沿漫步畅游。一路上,诗词与雪景同在,对历史和人生的追忆在风中飘荡。来年初夏的一日,陈老师晚上召集大家在天香庭院相聚。那是红楼梦研究所的院落,茂林修竹、花影扶疏,正殿有罕见的金丝楠木大厅。简短的寒暄后,焚香一支,特请了当时的音乐学博士生王建新抚琴助兴。大家拾阶而坐,或倚门廊,丝弦声时远时近、时隐时现在晚风中……这些都和孔子所赞叹的生活如出一辙,"暮春者,春服既成,冠者五六人,童子六七人,浴乎沂,风乎舞雩,咏而归"(《论语·先进》),只是时节不同罢了。

总谈天地大美,未免空疏,但心中若无此念,又何谈人文化成和审美养成?没有四时之序,又如何感知生命的节奏与情调?

三、"不通一艺莫谈艺"

"不通一艺莫谈艺"是朱光潜先生在北京大学的美学课堂上传授给学生的治学心得,常被我硕士研究生期间的业师冯双白先生回忆并提起,以此提醒我不要汲汲于大道理的论述,而是体会舞蹈中所能反映的艺术规律。我出于对舞蹈的强烈兴趣而择路从学,自是把话记牢。而客观上,研究生部提供了类似通识教育的环境,让学生们能同时浸润在文学、戏曲、音乐、舞蹈、美术的史论学习中融会诸门学科。

到了研究生二年级,我的研究方向需要一位能够指导人类学的老师，机缘巧合的是，当时傅谨先生用人类学方法做戏曲研究，刚刚出版《草根的力量》一书，在业内很受好评，冯老师便顺势延请。于是，我有了两位业师。

两位老师都是中文系毕业，也是 80 年代美学热的弄潮儿。但后来，冯老师由美学转为舞蹈研究，傅老师由美学转为戏剧研究，二人的研究都落在具体艺术门类的本体，不空泛做论，其实这正是对"不通一艺莫谈艺"的践行。

虽说是有两位老师，但对我都是放养，除了专业内必读的一些书目，不做任何要求。倒是这种松散自由的状态，让我像海绵一样，吸收着各种养分。傅老师所在的《文艺研究》杂志社，就在舞研所资料室的楼上。有一次，我们事前约好碰头，冯老师就在院子里朝着楼上一喊，傅老师笑吟吟地应声而出，拐角的楼板便传来他下楼的声音。两位老师之间，老师和学生之间，在和煦的氛围里谈论着艺术界发生的事情，那种鲜活、灵动的聊天和讨论对学生的启发是坐堂听讲远远不及的。

有一次，傅老师骑自行车进院，冯老师步行出院，我由研究生部拐道去"九十九间半"，三人就在二宫门的门廊上不期而遇。两位老师驻足而谈，我忘记因何说起样板戏的音乐，只记得傅老师赞叹杨春霞的《杜鹃山》"乱云飞"唱段如何美。听者有意，日后我在家聊起此事，家母随即有板有眼地唱了起来，令我惊讶不已，如此复杂的旋律由一位平时不好戏的非文艺工作者信口拈来，着实让我对那段历史的文艺创作及其在民众中的传播有了深切的认识。所以，有时候不一定老师的哪句话会成为引线，点燃学生的好奇心，撬动研究的门环。

年轻人的精力总是旺盛的，我经常骑着自行车，风啸耳边，神游在四九城。自恭王府出什刹海，过景山向东的文物出版社（老北大红楼）门市部、中国美术馆、三联书店，在此向南的考古书店、商务印书馆涵芬楼、王府井外文书店和新华书店，外加南城琉璃厂和西城新街口的中国书店，都是当时常常光顾的地方。所到的剧场，有东城的东四十条保利剧院、中国儿童艺术剧院、人民艺术剧院、中央实验话剧院剧场、中央戏剧学院剧场、北兵马司剧场；西城的护国寺人民剧院、北京展览馆剧场、小西天的中国电影资料馆；南城的虎坊桥工人俱乐部剧场、天桥剧场、草桥北京戏曲学校剧场；朝阳区的世纪剧院；海淀区的海淀剧院、武警文工团剧院……这些书店和剧院就是我践行"不通一艺莫谈艺"的第二课堂。

四、"如切如磋，如琢如磨"

有时候，要走好长的一段路，才能摸到山脚，叩开顿悟之门。

《论语·学而》记载了孔子与学生子贡的这样一段对话：

> 子贡曰："贫而无谄，富而无骄，何如？"子曰："可也；未若贫而乐，富而好礼者也。"
>
> 子贡曰："诗云：'如切如磋，如琢如磨'，其斯之谓与？"子曰："赐也，始可与言诗已矣，告诸往而知来者。"

我直到下笔撰写此文的时候，才将这段对话里的内涵和自己的求学经历贯通起来，有了切实的理解。

千禧年前后几年在艺研院读研或进修的同学，都知道林冠夫先生，这位 20 世纪 50 年代末 60 年代初在复旦大学中文系读过本科、研究生的红学家，还保有老式文人的学养和做派。当时，戏曲音乐学者路应昆先生在研究生部负责课程安排，他延请已经退休的林老师给大家上古典文献课。林老师开场常以"兄弟我"自称，竖排繁体板书自右向左，开列自汉代刘向父子以降有关文献目录的著作，没有讲义，而是在典故编织的文史经纬中，消除学生对目录、版本、考据、校雠等古典文献知识的陌生与隔阂。上没上过林老师的课，基本可以作为同学间通谱的"牒牌"。慢慢地，很多亲近他的学生形成了共同的朋友圈。

记不清有多少次，去林老师家时，他都是在书房或写或读。这虽是学者的日常，但特殊之处在于，林老师和我的谈话都是从他手头的书或我正在读的书开始。其实别的学生也是如此。这样的师生对谈看似随性，实则过程当中因材施教。如何施教呢？是看学生提什么样的问题。

有一阵子，我在乱翻《庄子》，觉得有些话的道理和儒家思想有相似的地方，就向林老师表达了这一看法，并延伸到有关中国文化的融合说，认为儒道在这个时候就融合了。林先生说："你读书读进去了，但问题要这样看，诸子各家是生活在同一个大时代，他们的思想自然会有交汇相似的地方，只不过鲜明的主张有所差别。这与后世所说的儒释道融合是两回事。"年纪渐长，火气渐褪，我方能明白"如切如磋，如琢如磨"乃是一种态度。学问的精进，赖于不满足一时之得，自己以为明白的道理也许并不通，反复斟酌，方能渐臻佳境。

有一次，林老师在看《史记》的"谥法解"，我初听不知是什么，当知道与帝王谥号有关后，大惑，何法需解？林老师说明帝王生前行为品性和身后定名的关系，并用生动的例子指出谥号有文饰功能，我们皆在会心处一笑。由此话题，拉拉杂杂谈到学者的才具、修养和时运的关系。我说起台静农，虽然不享什么"盛誉"，但学问深厚沉静，读他的书会不由得心生敬重，觉得成为他那样的学者实在令人向往。林老师沉吟片刻，意味深长地说："那是很难的……"一声叹息后再无他话。在对很多问题的谈论中，林老师常会有这样的留白。如今想来，那一声声叹息是对20世纪中国知识分子多舛命运的痛惜与无奈。

2016年冬月，林老师驾鹤西行。李春阳专文《不与时人论短长》，评述了先生的治学，情理并重，在朋友圈广为传阅。作为林老师高足，李虹在著作《兴会的羽翼》自序中娓娓道来，平实而真切，笔调间充满了林先生在我们心中的声容气息。想想自己在林老师那里受教的点点滴滴，真如他的大学同窗陈四益先生借用瞿秋白的诗句，"江南旧梦已如烟"。

《论语·宪问》有一句："古之学者为己，今之学者为人。"孔子的意思是，从前人读书是为修养自己，现在人读书是装饰自己给别人看。我很庆幸自己遇到的先生们（本文提到的和没有提到的）多是"从前人"。前海西街17号，不仅封藏着青春记忆，也成为精神原乡。

中国艺术研究院成立70周年之际，做此絮笔，感念——天地·四时·人间书。

我与中国艺术研究院的缘分

安丽哲

2003年春天，我和好友孔露在韩国做交换学生期间，遇到了社科院来韩国访学的学者王伟。在首尔他请我们吃了韩国烤肉，在吃饭的时候，我们谈了哲学、艺术等话题，他问我硕士研究生毕业以后想做什么，我说我可能会考博，因为我好像没有其他的生存技能，就喜欢看看书，写写东西，科研或许是我唯一的道路。他说："我爱人的朋友在中国艺术研究院，我觉得这个地方会比较适合你，我推荐你去考那里。"听了此话，回到学校的我在网上查了查这个名字，发现中国艺术研究院是中华人民共和国艺术理论研究领域最高学府，网页上还出现了很多见过的大师的名字，比如郭汉城、周汝昌、冯其庸、李希凡等，还有梅兰芳，不仅如此，"百花齐放，推陈出新"，就是毛主席给中国艺术研究院前身中国戏曲研究院题写的，从此，对于这个地方，心存向往。

转眼回到了武汉，到了该报名考博的时候，我的表姐来找我（她住在研究生紫菘公寓二楼，我住一楼），她不仅是我的本科的校友，还是我研究生的校友，她超级勤奋，每次见到她我都感觉到惭愧。此时的她已考入清华的科技哲学专业，就像我报考研究生时候一样，她说："来吧，上清华，我们继续做校友和上下楼如何？"我认真地想了想斩钉截铁地说："我想去中国艺术研究院。"决定是决定了，可是我直到12月31号的报名截止日仍然没有行动，因为报名必须要体检报告，体检报告中有一项是抽血，我又晕针又晕血，一直克服不了心理障碍，就犹犹豫豫起来。这时好友燕子来找我，拉我出了公寓，她指给我看门口一辆"二八"老旧自行车说："走吧，我载你去。"我又感激又感动跟着去了医院，在她的鼓励下，没有晕倒地完成了体检并在当天下午将报名表以及体检报告邮递了出去。有时候我在想，在我的拖延症和磨蹭下，如果不是燕子，我恐怕就不能来中国艺术研究院读书了，也就没有了后来的我。

当时中国艺术研究院的艺术人类学专业考试偏美术学，考试的专业课有中西方艺术史，作品评析以及人类学，我硕士研究生的专业是中国传统文化，对于美术作品赏析等过于专业的课没有任何储备，只好天天翻着中外的画册仔细地看，以期能看出个道道儿来，同寝室的同学李子说天天看画怎么能考得上呢？如果上了只能说是狗屎运吧。转眼到了第二年，我来到北京参加考试。这次考试紧张且顺利，考试的每一门课都非常的漫长，但是我这次没有犯考试中睡觉的毛病，所以我管这个叫顺利。因为考试的地点距离我的老家比较近，所以考完试我就回到了石家庄，等待考试的结果。那时我家住的是二层楼房，我住二楼，爷爷爸妈住一楼。我在下楼的时候突然脚下滑了一下，随着巨大的声响，我从二楼直接摔滚到了一楼，我坐在地上半天没动，闻声而来的爷爷和妈妈赶紧问我怎么样。我沉思半晌，抬头说："我觉得我肯定考上艺术研究院了。"

转眼到了成绩出来的日子，我打电话到办公室要到方李莉老师的电话，忐忑不安地给方老师打了电话，她说"你的专业得分是第一名，恭喜你，你将成为第一个艺术人类学专业的博士"。我听了甚是高兴，在复试过后，赶紧赶回了武汉。因为所有的同学此时都已经毕业答辩了，可是我因为准备博士入学考试，连毕业论文都还没写完。经过头悬梁、锥刺股的努力，终于提交了论文，到了答辩的时刻，答辩的老师们问我："你当初的梦想不是要写武侠小说的嘛，怎么又跑去研究艺术了？"我说武侠小说仍是我的目标，可是我发现我目前还没有足够的人生阅历去完成一本能够教化众人的武侠著作。我现阶段需要更进一步地充实自己，一方面是因为我喜欢艺术，另一方面人类学是一门实用性比较强的学科，所以我想通过这个专业的学习去继续积蓄力量。毕业答辩也在快乐的气氛中结束了。

再之后我回到了老家，在家里度过了一个非常愉快的暑假，日子也如白驹过隙。突然有一天吃完早饭后我妈问我："你是什么时候开学报到？"我说了一个记忆中的日期，我妈却说："你上次说的日期和这个日期并不相同。"我有点惊讶，也有点惊慌，因为我从来不相信我对数字的记忆力。打开通知书上面清楚地写着今日就是最后的截止日。当时吓得我一溜烟跑到火车站，铺盖卷都没带就跑到了北京。到了报到处时已经是下午，等交完钱，注册了学籍，我长出了一口气，心中不禁感慨，如果不是早晨老妈的那一个问题，我不知道如果在错过截止日后的N天再去报到，研究院是不是还会接收我，也可能就此失之交臂了。

此时，看到楼道的通知上写着下午召开全院新生大会，我又赶紧跑到大教室，扒着门缝看了看，研究生院院长张晓凌正在慷慨激昂地讲着话。我观察了一下，只有一个门，无法如从前迟到那样从后门溜进去，只好硬着头皮敲了敲门。然后听到张院长说"进来"，我就进去了，正准备找个位置坐下，突然听到张院长又说："你出去！"我只好又出去了，我想这人怎么莫名其妙的，既然出来了，索性出去找饭吃。后来听同学们说，张院长当时正在讲纪律，在刚说完"不许迟到"这四个字的时候，我就敲门了，他当然火冒三丈，大家却是哄堂大笑。

之后在新源里的三年读博生涯里，结识了周雪丰、杨弋枢、袁瑾、章华英等一众好友，大家的专业不一样，却也可以互相熏陶，常常跟着周雪丰跑去听交响乐音乐会和钢琴音乐会，对音乐一窍不通的我却也慢慢听懂了些；在杨弋枢屋里看超级无聊的法国文艺电影，现在回想起来，那时的我能看得下去纯属好奇，记得其中一个电影是一个人一直在路上走，我就想看看他能走出什么花样来，结果他一直走了得有一两个小时，偶尔无聊地踢着石头子，一直走到影片结束；听袁瑾讲各种庙宇中的趣事，她还在我们宿舍门口和窗户上贴了"诸鬼莫入"的纸条子；听章华英弹奏的古琴曲和她讲述年轻时候在西湖边那闲云野鹤的日子。除了这些好友外，还认识了一只可爱的极有性格的大猫咪，它叫"猫仔"，据说是院子里的门卫养的，它经常昂首挺胸地迈着八步，不急不慌地拐进我的宿舍，找我来吃吃喝喝一番。有一次暑假我回家了，舍友还在，它进来寻我不见，却因舍友心中不喜被逐出房间，于是它悄不声地溜了回来在舍友床上"画了一幅地图"，以示报复。导师方李莉是个视野宽广、交友也十分广泛的人，在这三年中我也多次往返她家，见到了乐黛云、汤一介、资华筠等老先生，也得到了许多学习的机会。

当时北四环的中国艺术研究院新址还没修好，我们住在新源里，上课也在这里，颇为方便。在这里我听到了各位名家的公共课，其中有刘梦溪讲《红楼梦》的情，方李莉讲陕北的田野考察，贾磊磊讲金庸的武侠片，田青讲宗教音乐，等等。那个时候，我听课的时候总是很困，不可抑制的困，无论课程有多精彩，我强撑着也只能听到个几分。在田青老师来上课之前，就听说田老师那是非常的"帅"，课是非常的好。可是在课上，我竟然感到前所未有的困倦，无论怎么强撑自己，都睡得东倒西歪，最夸张的是还以头抢桌，咣咣地响，被自己头砸桌子的声响惊醒的我，发现被众人围观，也非常不好意思，这时听到田老师讲平生最不屑的三种人：第一种是无能的人，第二种是非常懒的人，第三种就是听他的课还睡觉的人。我迷迷糊糊听到了这几句，约莫几分钟后我才反应过来我不就是那第三种人吗？毕竟环顾四周，唯我独困。再后来我曾一度成了田老师的属下，他还记得此事，令我吃惊不小，这是后话。

在上课之余的日子里，我开始了马拉松式的艺术人类学田野考察，先后跑了贵州的东南部和西北部，完成了我的博士学位论文。毕业的那两年正是国家非物质文化遗产运动轰轰烈烈的时候，中国艺术研究院同时也挂牌成立了中国非物质文化遗产保护中心，需要人手，我也在这种大形势下顺利地留院工作了。之后又继续我的田野工作，奔波于景德镇各大瓷器市场做陶瓷艺术的考察，宁夏整个中南部山区做布艺的考察，北京798和宋庄艺术区做当代艺术的考察，山东杨家埠做民间风筝的考察。进了研究院的这些年，经常背着几十斤的装备行走于田野乡间，我觉得我重生了，以前的我号称"睡神"，因为总是困倦，现在的我却经常精神抖擞。我想是行万里路给了我热情去珍惜我的生命和生活，我可以在田野中感觉到我学到的东西是鲜活的，我了解的东西是鲜活的，我写出来的东西应该是对社会有用的。是中国艺术研究院，给了我时间和空间让我做我想做的事，做我想做的研究，让我一直走在我理想的路上。

谢谢你，中国艺术研究院！

风华正茂

苏 睿

2020年9月24日，晴。

随着搬家车队的轰然进场，中国艺术研究院暂别了惠新北里甲一号，开启北五环新征程。看着平日安静的院子里，忽然变得嘈杂喧哗，我的思绪不觉回到了十多年前，回到了博士研究生学习的时光里。

最深刻的记忆当属跟随导师田黎明教授画人物写生。那时，田老师刚刚担任了研究生院院长的职务，工作繁忙。但是他没有忽略自己教学的职责，让我在暑假里别回家，找了个教室跟着他写生。写生是一件很有趣的事情，因为模特是随机派遣来的，每天都会遇上不同的人，不一样的故事。第一天，来的是一位长须飘飘的老汉，田老师让他盘腿而坐，画了一幅乘凉的老人；第二天，来的同样是老汉，但估计是没当过绘画模特，坐不住，不停地有小动作；第三天，来了一位怀揣当演员明星梦的小姑娘；第四天，来了一位会武术的小伙子……

中国艺术研究院教学的特点是师徒相授，也因专注培育研究生的体制，不同于一般大学的本硕博同校，反倒有几分古代师徒的关系。得益于这样的授受关系，那一年的暑假写生虽然有限，却令我学到了很多宝贵的东西。田老师声名在外，他的每一幅创作都为大家所熟悉。但是却极少有人知道他对于写生的重视和深刻理解。看他写生，先是极为严谨地找型，反复推敲每一个细节，直到所有的型体都恰如其分，这基本耗费了他写生的三分之二的时间。田老师言传身教，例如：如何坚持和拓展自己的绘画意境，如何理解意象造型，等等。

暑假里的研究院相比平日更为清静。在研究生院六楼的教室里写生，没有任何的外界干扰，只有和煦的阳光，以及不时传来的楼下琴房的钢琴声。偌大的北京城，一个小院子，在这里寄托着数代为艺术研究奉献一生的学者专家们的情怀。这样一种风骨，是历经恭王府、惠新北里、北五环而挥之不去的精神。也正是在学者精神的熏陶下，我倍加珍惜和用功，从写生、临摹到创作，从博士学习到工作调入研究院，我一直勤勤恳恳地追随前辈学者们的路前行。

艺术学科的交融，是研究院的又一特色，也是相当有趣的事情。比如说，研究昆曲的学者会奔走相告同学们去看某场名角的演出，美术家们会邀请师友参观自己的最新作品展，音乐学系的研究者均是京城各大音乐会的熟客，舞蹈学系的帅哥美女们则是随时可以在大小聚会上一展身手。

什么是艺术？我想，就是用美去感叹生命的意义。

由于直属于国家文化和旅游部，我们研究院的学术，是与共和国之声紧密联系的。也正由于此，我们的绘画也都基于正面的拓展。在这里，你很难找到颓废、分裂、无助、迷茫等画面的描述，这也是有别于西方文化思潮影响下的美院的一个重要面貌。当然，我们必须警惕虚无缥缈的歌功颂德、粉饰太平，但是对于正能量的传播却应当是艺术的职责所在。在后来工作的岁月里，我多次听到赵建成老师的发言："要做个有血性的人，要有担当，要有家国情怀！"作为院学术委员会主任，赵老师的这种态度也是为我们的艺术创作定了调。

对于研究院的未来，我期待着有更宽敞的校舍。作为研究生导师，我们每年都要面对专业教室缺乏、辅导学生无定所的困境。其次，关于学术，相比于百年前蔡元培先生建立国立艺专，希冀于"以美育代宗教"的国民教育，今天我们的中国艺术研究院则重点培育研究生精英。尽管个人之狭隘不足以勾勒出全景，但必定在学术上高举"百花齐放，推陈出新"之旗帜。"百花齐放"自不用多说，我们有着最全面的艺术学科建设。而"推陈出新"，包括了两方面："陈"即传统，"新"即创新，两者是紧密依存的关系。法国的让·波德里亚在《冷记忆：1987—1990》第二页说道："一个等温的世界，由于风和阳光的不在场而没有蒸发，是个死的世界。"①没有创新意识的传统也正如一个没有风的世界。反之亦然：缺乏传统作为根基的标新立异是脆弱而不堪一击的，正如失去了规矩约束的所谓自由化也就会成为了疯子般的伪自由。所有的矛盾都是相互成全的，顺从和叛逆、传承与创新、约束和自由。世间最大的约束就是失去了约束，这正是在今天，我们之所以大谈人物画的开放与当代的时候，必须认识到我们的美术史有过上千年从未间断的传统——而今天的自由化也只能且只适合建构在对传统的深厚认识之上，例如对线的认识，对气韵生动的认识等，绝不能割裂。

能否在中国艺术研究院国画院集众之力，树立起一个新的审美思潮，乃至中国画领域的"前海学派"呢？

中国画自唐宋以降日臻法理齐备：登山临水，含道映物；观花赏鸟，感物抒情。所谓法备，是指从写生到创作，从勾勒到渲染均有各种技法的支撑，所谓理备，此二门科目均是能够充分体现东方哲学中物我俱忘、天人合一的妙境。相比之下，数百年来，人物画则显得形单影

---

① ［法］让·波德里亚：《冷记忆：1987—1990》，南京大学出版社2013年版。

孤，发育不良。一方面，宋以后文人画的兴盛伴随的是人物画的衰落；另一方面，近代以来在西方艺术的冲击下，造型，色彩等方面又均无优势可言。立足当下，面向未来，为中国文化的构建添砖加瓦是我们中国艺术研究院知识分子的使命。然而，当一个充满了多元化标准的时代降临，画家们又该何以选择呢？我想，这不仅是中国艺术研究院国画院，更是全体国画家所面临的问题。

贡布里希强调美术史其实是美术家的历史。这是毫无疑问的。同时，美术家作为创作主体，必然受到了所处年代的人文思想的影响而具有深刻的时代烙印。我们说盛唐气象，这种气象便是当时的烙印。今天，我们面对的是丰富的图像世界，电影、虚拟现实等亦真亦幻的生活方式改变着我们的认知。反映在学术思考上，虚拟现实如何跟"写意"对接呢？虚拟的空间和禅学的"悟"都是指向了"空"，在艺术上赋予诗意化与格调，便是我们新时代国画所不可或缺的元素。

"从远古的成教化助人伦，到新时代的红旗颂，人物画是有温度的暖心艺术。面对人，体味人性，其乐无穷。在深入生活中，塑造饱满形象，描写人情世故，乃是我辈画家之所长。相对而言，山水花鸟追求的是'静逸'之境，是陶然忘机的淡然恬适；而人物画则有所不同。在提按顿挫的笔墨之中，由度物写真到形神兼备，具备的不仅仅是才气、功力——需要有温度，有悲欣交集的人间情。人物画于我，是在那百转千回的寻常巷陌中，邂逅到漂泊农民工对家的独自守候，是那渔家灯火，是那母子天伦，翁姥细语。聚散之间，我体悟到了生活的通达，自身情感的圆融。正是：笔墨精进，只守寂寞之道；形神妙得，但存欢喜之心。定慧互济，疏密有致，虚实相生，在干湿浓淡中从容地传递出生命的律动，传达出人性的清澈。这一世，我是满怀温暖，为生命之光而来。"

2019年，在中国美术馆举办的"中国艺术研究院中青年艺术家系列展"上，我作为参展画家写下了上面的一段话，也是对本人所追求的有温度的中国人物画的总结。这是一场持续了三年时间的学术系列展，中国艺术研究院的青年才俊们逐一登场亮相。我犹记得自己展览开幕的当天，观众人声沸腾。院里的领导和诸多前辈们前来指导。我深深感动，更是感恩于能够在这么好的单位里，在学者们的庇荫下不断成长。

十几年来，我感触最深的就是"学术立院"。少空谈，就专业，这样我们的学术单位就会保持一如的纯粹。解衣磅礴中求笔墨之精进，笑谈间悟性情之真纯。这是我们年轻一代所应体现的风度。今天，我们讲发展辉煌，讲经济效益，归根结底是为人民的幸福服务。正如讲修养，论气质，最后画家要落在感人的画面上，文学家要体现在文学作品里，音乐家要落实在动人的旋律中……我们看凡·高的速写，就没太多技术可言，但很真实很感人，这就是表现现实生活的力量。当前，我们身处的环境里，自身传统文化的传承还远远不够。从小朋友的动画片到大人的社交娱乐，西方文化的渗透力远超于我们对本土文化的认识。我们可以吃麦当劳，可以看西洋大片，但终究我们是要受到中华文明的召唤。这就是文化自信，是一个国家、一个民族发展中更基本、更深沉、更持久的力量。作为"国"字号的事业单位，我们有这样的自信，不断增强意识形态领域主导权和话语权，推动中华优秀传统文化创造性转化、创新性发展，更好地表述艺术创作理念。

明年，将是中国艺术研究院建院七十周年。七十年的学术积淀，风华正茂；今天，院里各部门陆续在搬迁，为的是旧楼重建。十多年朝夕相处的老楼马上就会拆掉，拆建聚散乃是世上常态，而只有精神财富永存人间；但愿，重建之后，我们迎来的会是更有气魄的艺术研究新高度！

不解的情缘
—— 我与中国艺术研究院

陆　娟

我的小学和中学都是在安徽省淮南市八公山区的一个小镇上度过的，自幼就体现出对舞蹈极高的兴趣，自上幼儿园起，便常常将在园里学到的舞蹈带回家表演给父母和哥哥姐姐们看，也常常会因此获得家长们的夸赞。我还很喜欢读书，家里的两个姐姐，一个哥哥，他们都比我上学早，所以跟随着他们，我早早就开始了读书生涯，最爱的就是读语文课本，在小学字还没认全的时候，就跟随着哥哥姐姐们把高年级的语文书都读完了。

由于小镇上没有舞蹈培训机构，随着自己慢慢长大，便开始专注于文化课的学习，直到高二那年，身边的小伙伴们纷纷开始投入到高考的战斗中，部分艺考生已经开始摩拳擦掌、刻苦练习技艺，而我却突发奇想，想走舞蹈艺考的路线！还为此专门寻觅到离家2小时公交车路程的市少年宫，开始了我的习舞生涯。

一转眼就到了高三，尽管我学了一些舞蹈，但在20世纪90年代，安徽省还没有哪里招舞蹈艺考生，其他地方也并不清楚哪里可以报考（后来2008年我从研究生院硕士毕业以后，自己做了个《安徽省师范类高校舞蹈专业调查报告》后才得知，中国师范类高校最早有舞蹈专业的大学是1997年的上海师范大学和福建师范大学，安徽省只有中专类的艺校舞蹈课程，直到2003年，才有了师范类舞蹈方向本科教育，这是在我本科毕业以后了）。所以，我便跟我大学读音乐专业的姐姐学习了一些音乐知识，通过她高考留下来的复习资料，比如音乐磁带、乐理书籍等资料学习，我父亲也略懂一些乐理知识，会帮助我练习，后来便考上了安徽师范大学音乐学院学习音乐课程。尽管顺利考入了大学，但并不是理想的专业，所以那时的我很迷茫，心中的舞蹈梦也并没有因此而放弃。

大一时，音乐系有舞蹈普修课，任课教师是谢泰来老师，是从安徽省艺校毕业的。我很喜欢她的舞蹈课，并且常常在期末考试中，考出好成绩（通常都是第一名）。在学习之余，我还很喜欢去逛书店，尤其是舞蹈类书籍。在学校门口有一个新华书店，我常常去那里看书，有一次，在一堆舞蹈类书籍中，我偶然发现了两本书，一本是欧建平先生著的《现代舞欣赏法》，一本是隆荫培、徐尔充、欧建平先生合著的《舞蹈知识手册》，我像发现宝藏一样，一下被吸引了注意力。书中关于舞蹈的知识，让我爱不释手，沉迷其中，比如：什么是舞蹈、舞蹈艺术从哪里来的、舞蹈有哪些种类、中国古代舞蹈史上有几个舞蹈艺术发展的高峰期、中国古代有哪些著名的舞蹈作品、有哪些著名的舞蹈家，以及什么是现代舞、怎么样欣赏现代舞、西方都有哪些现代舞蹈家和舞蹈作品，等等，都能引起我的兴趣。生活费并不宽裕的我，在多次光顾了书店免费蹭看之后，最终还是攒够了钱，将这两本我视若圣经的书籍捧回了宿舍反复阅读，仔细珍藏。

最让我受益的还有欧建平先生在《现代舞欣赏法》自我介绍中所留

下的一段话："欧建平，1956 年生，湘鲁混血，O 型，涉猎广泛，道路曲折……大学读的是英美文学，研究生攻的却是舞蹈史论。十年前开始对舞蹈情有独钟，现为中国艺术研究院舞蹈研究所副研究员和外国艺术研究室主任，酷爱中外交流，志在天涯海角……"在这些文字的旁边，是欧建平先生一张帅气而阳光的半身照以及他温暖的笑脸，看到这里，我的意识突然被某些文字点燃——"舞蹈史论研究生""中国艺术研究院舞蹈研究所"！我连舞蹈本科都找不到地方去考，却有舞蹈研究生？……带着惊喜又难以置信的心情，我迫不及待地按照欧建平先生在他自我介绍中留下的信息，往中国艺术研究院舞蹈研究所邮寄了一封信，然后就开始了漫长的等待……当然，也不确定老师是否会给我回信，毕竟，这样的专家对我来讲无异于遥不可及的大人物。

大约一个多月之后的一天，宿舍里，在我的桌面上放着一封来自北京的信件，不错，这是一封来自"中国艺术研究院舞蹈研究所"的来信，是欧建平先生给我的回信！欧老师在信中对我对舞蹈的热爱给予了热情洋溢的鼓励和支持，他鼓励我多参加舞蹈实践活动，多学习舞蹈知识，他还鼓励我有机会去中国艺术研究院舞蹈研究所的课程班学习……最后，他还在信中夹带了一个"香港芭蕾舞团为庆祝新中国成立五十周年暨香港芭蕾舞团成立二十周年演出"的宣传单页——一张舞剧《茶花女》的图片给我，并细心地在单页背面龙飞凤舞地写上了一行字："陆娟同学，祝你心想事成！"这可能是我长那么大，看到的最好看的图片，而信的内容更是让我茅塞顿开，让我保留至今。乐善好施的欧老师一直保持着送资料或礼物给学生的习惯，无论他出差到哪里，都会惦记着给学生们带学习资料或是纪念品。当时他在香港做舞剧《茶花女》的相关工作，所以寄送一张宣传单页给我。后来我在考入研究生院以后，又收到过他在巴黎购买的埃菲尔铁塔钥匙串、在巴格达购买的冰箱贴以及世界各地购买的明信片、书籍，等等，应有尽有。

根据欧老师的指点，我开始积极地寻找各种学习舞蹈的机会，除了学校的舞蹈课之外，我还在外面报了舞蹈学习班。大学毕业以后，我留在了读大学的那个城市——芜湖，并进了一所大学工作，从事音乐系学生的舞蹈课教学，在工作的过程中，尽管满怀热情，但我深感自己专业知识的欠缺，所以，在工作两年后，我便等到了一个机会来到中国艺术研究院研究生院舞蹈研究所参加研究生课程班学习。

至此，在欧建平老师的指引下，我已经完成了成长历程中一次最为重要的跳跃和转变，让我在实现梦想的道路上越走越宽。

自2004年进入研究生院课程班，我的人生便开始了新的里程。在这里我认识了茅慧老师、王宁宁老师、罗斌老师等，学习了中国古代舞蹈史、舞蹈评论、外国舞蹈史等，而初见欧建平老师，是在一个冬日的中午，在惠新西里研究生院外面的那条街上，欧建平先生被一群青年学子们簇拥着，他戴着一个深色毛皮的帽子，边走边和年轻学子们交流，气氛融洽而愉快。而看着这样一个对我影响如此深远的人，心情非常激动，但由于不敢唐突打搅，所以远远地跑开了。后来上了他的课以后，才自然而然地开始跟欧老师近距离地学习与交流。

通过半年时间课程班的学习，我坚定了要考舞研所研究生的决心，因此，我报了研究生院的考研辅导班，同时刻苦读书，通过艰苦卓绝的努力，在各位老师们的鼓励下，我终于于2005年以初试第一名的成绩顺利考取了中国艺术研究院研究生院舞蹈研究所的硕士研究生！跟随茅慧老师（中国方向）和欧建平先生（外国方向）攻读硕士研究生。同时，安徽的工作单位也同意了我读研究生的请求，并在多方面给予我支持和帮助。

中国艺术研究院研究生院是国内学习艺术理论的最高平台，这里曾经有梅兰芳、程砚秋、张庚、郭汉城这样的戏曲艺术家，有黄宾虹、蔡若虹这样的画家，还有杨荫浏、缪天瑞这样的音乐家，在舞蹈领域，有吴晓邦、董锡玖、王克芬、资华筠、刘峻骧等这样的舞蹈艺术家，都是中国艺术界泰斗级人物，引领了新中国文艺理论的发展。吴晓邦先生是中国现当代舞蹈史中的领军人物，有了他，才有了中国历史上第一届舞蹈硕士生，也才有了中国舞蹈今日繁荣发展的局面，我作为万千受到吴先生间接影响的晚辈之一（欧建平先生是吴晓邦先生的第一届硕士研究生），实属幸运。

中国艺术研究院研究生院不仅会邀请本院专家给学生们开常规的文艺理论课程和专业理论课程，还会定期邀请国内外专家前来授课，在这样的氛围中，我不仅系统学习了"西方舞蹈史""中国古代舞蹈史""舞蹈评论""中国民间舞蹈文化""舞蹈生态学""东方舞蹈文化"等，跟随欧建平老师、董锡玖老师、王克芬老师、资华筠老师、刘峻骧老师、冯双白老师、罗斌老师、茅慧老师、江东老师、梁力生老师、王宁宁老师等这些国内一流的舞蹈专家前辈们上课，同时旁听了部分音乐、戏曲、电影、美术等课程，受益匪浅。课堂之上，董锡玖老师的大家风度、王克芬老师扎实的中国古代舞蹈史学知识和真挚的教学热情（王克芬老师在说到她的恩师戴爱莲时，常常因为思念和感恩而哽咽不已）、资华筠老师的严谨审慎、刘峻骧老师的低调朴实、江东老师的踏实稳重、王宁宁老师的温和敦厚、茅慧老师的细致认真以及导师欧建平先生的开朗热情，让我度过了3年美好的学习时光并受益至今，如今也时常感恩并怀念这些优秀的前辈们。

在学习的第一年，由茅慧导师指导我学习古代舞蹈史方面的内容，茅老师细心又耐心的指引以及她深厚的学养，让我在中国古代舞蹈史领域有了很大的收获，培养了我写读书笔记的好习惯，在锻炼了文笔的同时，还大大拓展了我的视野，在美学、文学、艺术学等方面广泛涉猎，对我后来在中国舞蹈史方面的教学和科研有很大的帮助，第一学年结束时，我获得了学院里的读书笔记奖，我想这个奖实际上应该颁发给茅慧老师，是她的悉心指导，才让我有了进步。研究生第二年，由欧建平导师辅导我继续进行论文的写作，在写作过程中，欧老师在百忙之余，不遗余力地托人找关系或是自己出差时从国内外帮助我搜集资料，并不辞辛苦、循循善诱，指导我将论文逐步完善。2008年，在欧老师的帮助和带领下，我顺利通过了论文的答辩，答辩时，我的论文《华尔兹研究》得到了时任北京舞蹈学院社会音乐舞蹈教育系主任张平先生的高度评价，也得到了答辩导师刘青弋以及罗斌老师的一致首肯，这也激励了我继续将这个题目进行进一步拓展的信心。

2008年，硕士毕业以后，根据之前跟单位的约定，同时也是出于建设家乡的情结，我又回到了安徽师范大学从事舞蹈理论和实践课教学工作，并在接下来的几年中直接参与了安徽师范大学音乐学院舞蹈系的创办。

2020年，在我毕业的第12个年头，尽管平时的工作比较繁忙，但在欧老师一如既往的督促、鞭策和影响下，我将自己之前3万字的硕士论文《华尔兹研究》进行了扩充，并已经交付出版，以此回报曾经哺育和帮助过我的恩师们，也回报中国艺术研究院研究生院各位老师和领导曾经给予我的无私帮助，感恩中国艺术研究院给予我的所有，更感念恩师欧建平先生的谆谆教导，他不仅在舞蹈研究领域尤其是与西方舞蹈交流方面披荆斩棘，做出了巨大的贡献，更以超出常人的积极和热情态度以及学高为师、身正为范、严于律己、宽厚待人的风度，深刻影响了国内包括我在内的一大批青年学子，培养孕育出了众多中国舞蹈理论研究的后继之人，同时传承发扬了吴晓邦老师"为人生而舞、用舞蹈反映现实"的为人民服务精神，更是将他自己"活着就是快乐，理应有所作为"的人生观和价值观无私分享给我们。

时光飞逝，未来，我也会一如既往地努力，在舞蹈研究的道路上继续耕耘，向我的导师学习，向各位艺术研究院研究生院的前辈们学习，努力工作，回报社会，有所作为。

谨以此文，献给我敬爱的老师们，献给中国艺术研究院研究生院，祝福母校70华诞，祝愿母校未来繁荣昌盛，为祖国培育更多的优秀人才！

心路
—— 我与中国艺术研究院

刘少宁

明年是中国艺术研究院建院70周年，从1951年单学科的中国戏曲研究院，到今年多学科、现代化的国家级艺术科研机构，可以说，中国艺术研究院的发展伴随着中国社会近半个多世纪的时代变迁。一段完整的中国艺术史、艺术教育史在发生着，在这里凝聚了几代艺术家的风采，这期间发生过多少值得回忆和令人难忘的故事。我在想，中国艺术研究院出来的人走到哪里都带着中国艺术研究院的情结和自豪，永远珍藏着一份与中国艺术研究院有关的美好回忆。我记得有一次和一位师兄聊天，他说："读了半辈子书，上了半辈子学，感觉中国艺术研究院是我心中最美好的地方。"这种描述大概只有与中国艺术研究院发生过关系的人才体会得到，这种"美好"，是发自内心的、是真情流露的，也是记忆中的和现实中的，更像是情人眼中的。

我们每一个人一生中总会有一些经历让人永生难忘。虽然这些经历相对于人生长河来说，可能只是沧海一粟，但是那烙蚀般的感受，真的是刻骨铭心。而最让我难以忘怀的莫过于我的求学经历。这么多年，我内心清楚并付诸实施的理想就是考上中央美术学院和中国艺术研究院，成为一名专业画家。在我为这一理想而奋斗的过程中既有艰辛，也有乐趣，既充满坎坷，也富有传奇。

从小我就喜欢画画，原来听母亲说，在我不记事的时候就喜欢在地上和墙上涂涂抹抹。后来上了学，对画画就更痴迷了。从小到大我的教科书上只要有空白的地方都被我画得乱七八糟。记得小时候母亲在烧火做饭时，我总是哭喊着让她用烧火棍儿在地上勾画各种各样的动物，而军人出身的父亲则教我画大兵、武器，每当此时我会陶醉在这幸福的时刻，可能这就是我对画画最初的萌动吧。

七岁那年，父亲因车祸去世了，这件事在我幼小的心灵上留下了永久的印记。本来就贫苦的家庭负担就更重了，母亲一个人带着我和哥哥东奔西走，寄人篱下。幸运的是，我们遇到了恩人，也就是我现在的继父。他和母亲夜以继日的劳作，用他们辛勤的双手支撑着这个重新组合的家，供我们读书。在穷乡僻壤的农村学画是一件很奢侈的事情，开明的父母却一直鼓励我、支持我。记得有一次我央求母亲给我买毛笔和宣纸，可农村哪里有卖的，后来母亲就在田地里摘了几枝狗尾巴草回来，兴奋地告诉我说："看这草的形状多像毛笔！"于是我就找来墨水用这最原始、最天然的工具在废报纸上写写画画。但宣纸从哪里找呢？母亲就在供销社买来一沓糊窗户的纸，一试果然和宣纸的感觉一样。就这样我用这些简陋的工具开始了我的水墨画学习。村里有个收废品的大爷是一个爱好美术的民间艺人，会剪纸，村里红白喜事剪个什么图案、喜字之类的都找他，他听说我喜欢画画，每次把收来的和美术有关的书籍都施舍予我。业余时间我就拿出这些虽破旧但心爱的书翻看着，感兴趣的就动手临摹，尤其是徐悲鸿的奔马、潘天寿的荷花，最使我情有独钟，一遍遍地对临，有时至深夜，乐此不疲。每次临完，看着自己的劳作成果，心里有说不出的喜悦，顿时感觉自己已经是一名小画家了，有时还拿给父母他们看，换回来的大多数是赞美与惊讶。也就是在那时，萌发了我对艺术的向往，心想我要当一名画家，画一辈子画。

由于喜欢画画，我高中时报考了一所美术职业学校，开始接受专业的美术基础训练。等到高三专业课集训的时候，学校选了十几名年级名列前茅的学生去北京学画，当然我也成为其中之一。在北京不到半年的学习期间，我的眼界开阔了许多，也发现自身欠缺的很多，毕竟，北京学画的学生来自全国各地，高手如云。也是在那时我领略到了作为首都北京的繁华和大气，还有中央美术学院周围浓郁的艺术气息。我深深地爱上了这里，似乎也明晰了我接下来要走的路，我默默地耕耘，朝着我的目标一步步逼近。后来我也如愿考入了中央美术学院中国画系，圆了我的艺术梦。

四年的大学生活给予我的并不是美酒一杯，倒像一碗浓浓的苦茶，滋养着我成长。大学毕业后因考研失利我回到家乡省城以办班授课为生，这样一来我有了一定的经济收入，生活也趋于稳定，也有了集中的时间画画。我沿着本科毕业创作的路子继续画了几张表现底层的大画，于是就想去北京找毕建勋老师看画。记得毕老师看完我的画后问了我现在的情况，了解到我在老家以办班为生时，告诫我说还是要坚持画画，不要误了前程。我记忆犹新的一句话是："人往高处走，水往低处流，自己一定要把握好自己的方向，要时刻警醒你要成为一个什么样的人。"我当时茅塞顿开，恍然大悟。回去之后，我反复地在心里念着这句话："人往高处走，水往低处流……"对啊，我不能就这样碌碌无为地过一辈子啊，这不是我要的生活啊，我的梦想不是这个啊，我不是从小就想当画家吗？想明白后，我毅然回到了北京重新开始了我的考研之路。经过半年的苦战，我如愿地考入了中央美术学院毕建勋老师门下攻读硕士研究生。记得在面试时毕老师第一句话就对我说"你瘦了"，后来我才发现我足足瘦掉了 30 斤。

2013 年我硕士毕业后选择了自由创作,画了一批作品,参加了一些学术展览。后来听说中国艺术研究院赵建成老师招收博士,我就萌生了想考博士的想法。赵建成老师是我最崇拜的当代著名人物画大家,记得在我读本科时就临摹了大量赵老师的作品,每一次临摹都会被作品中那种"正大气象、庙堂风范"的审美品格和精湛的艺术技艺所深深折服。后来通过一个朋友的引荐我与赵老师取得了联系,我把自己的情况向赵老师说了一下,并提出想去拜访赵老师请他看看画,赵老师欣然同意了。于是我遴选了一些作品就去拜访赵老师了。记得第一次见赵老师时我内心十分紧张,很拘束,大概是太敬仰的缘故吧。见面后我把我自身的情况如教育背景和参展经历等跟赵老师介绍了一下,之后我就把作品打开,一张一张向赵老师展示,赵老师非常认真地看了每一张画,并指出了画面很多问题,如造型和笔墨的关系问题,画面设色问题和人物形象的塑造问题以及人物面部皴擦的笔法问题,等等,我当时听了感觉豁然开朗,意识到我所欠缺的还有很多。但最后,赵老师还是以肯定的语气对我说:"你的基础挺好,造型能力很强,这一点很难得,如果再把画面的一些问题调整一下将来应该能画出来。"并且还说可以报考他的博士,赵老师的这一番话使我备受鼓励,深受感动,也使我更加坚定了考博士的决心。同时,我也感到一种无名的压力。

然而,就在我紧张备战考博的时候,我得到一个噩耗,家里来电话说母亲检查出患了重病,让我回去一趟。我记得我是在中国艺术研究院考博报名现场确认时,接到我哥哥的电话的,当时我并不知道母亲病重的程度,但我能意识到肯定是很严重的病,否则,家里不会告诉我的。但我当时还真没想到母亲患的是如此严重的病。我回到老家见到医生时,医生告诉我说母亲患的是肺癌,而且是晚期,一定让我做好心理准备,这对我简直就是晴天霹雳,我听了忍不住号啕大哭,伤心到了极点。那一刻我下定决心要不顾一切陪着母亲度过最后的时光。这样我也无心复习功课，所以那年的博士考试我就放弃了。在陪母亲看病的那半年时间中，也是我这么多年来陪母亲时间最长的一次，每天早晨起来帮母亲洗漱完，吃完早饭，我就在家里支着画板画画，母亲看着我画画心情也很好，现在想想那时真的很幸福。可最后的一天还是来了，母亲离开了我们。料理完母亲的后事，我决定继续考博士，回到北京后我把我的经历给赵老师说了，赵老师安慰并鼓励我继续考博，说千万不要放弃，如果考上博士人生可能就不一样。我记得当时我给赵老师打完电话我的眼泪就忍不住流了出来，我心想我一定要考上，绝不能辜负赵老师对我的期望。于是我开始全身心地投入到复习考博阶段。刚开始我报了一个新东方的英语考博班和一个艺术概论的考博班，每周两天的课，我几乎没有一次耽误，就这样按部就班地复习英语和理论知识，其间也画了几幅小幅的作品。我记得那时每天很规律，上午复习英语，下午看艺术概论，晚上画几个小时的画，时间过得很充实。就这样转眼间到了考试的日子，我记得在考完第一科英语时，我感觉发挥得不错，所以出了考场很兴奋，但下午在考艺术概论时，由于我对时间规划得不够准确，所以在答简答题时所用的时间太长，而答论述题的时间不够了，最终交卷时我感觉发挥得不够理想，出了考场我的心情非常沉重，心想这次肯定完了，艺术概论肯定过不了关了。我当时连第二天的专业考试也不想参加了。这时我想到赵老师对我说过的话，我想不管怎样，我还是要坚持到底，只要有一丝希望我就要去争取一下。决心已定，我晚上回到宾馆，又画了一张小创作，就上床休息了，但那天晚上怎么也睡不着，翻来覆去地想事情，就这样时间一点一点过去，天蒙蒙亮了，索性我不睡了。那天晚上，是我那一年最难忘的一晚。因为我之前准备得比较充分，所以专业考试还是比较顺利的，只是感觉时间非常紧张，而且一直站着画了一天，腿都麻木了，我记得考场上我是最后一个交卷的，走出考场的那一刻我感觉整个人都快崩溃了，极度的疲惫。

由于自我感觉发挥得不是很好，所以自己没有抱太大的希望。然而等到成绩出来，却出乎我的预料，每一科都达到了分数线，特别是专业课分数很高。很幸运初试通过了，我又开始进入复试的准备阶段。功夫不负有心人，我终于如愿以偿地考入了中国艺术研究院，在赵建成老师门下攻读博士研究生。

记得在中国艺术研究院开学典礼时，我第一次领略到了中国艺术研究院雄厚的师资力量。在新生全体合影时，同学们都被震惊了，平时只能在书上或电视上才能看到的老师，此时此刻就站在自己的面前。我当时心想中国艺术研究院之所以在中国艺术界享有这么高的声誉，正是有了这么一批德高望重的先生们。开学典礼后，举行了新生见面会，首先是牛克诚老师主持并做总结发言，牛老师给人的印象总是那么平实而亲切，非常有范儿。陈孟昕老师也做了发言，陈老师引用了梅贻琦先生的一句名言"所谓大学者，非谓有大楼之谓也，有大师之谓也"，令我印象深刻。虽然中国艺术研究院整个院落很小，也没有华丽的大楼，但这里聚集着当代艺术界顶级的大师，他们的名字每一位都如雷贯耳。我被老师们的讲话所深深地打动了，我想我能够考上中国艺术研究院，能在这里跟名家大师学习，我是多么荣幸和骄傲啊。

就这样我开始了读博生活。博士一年级的生活是在忙碌中度过的，课程安排得很紧，除了英语和政治课外，还有大量的美术史和艺术理论方面的课程。记得每次在上英语课时，李妍老师总是以她平和的话语和极富魅力的语言为学生们讲解，每一堂课她都认真负责，并且热心帮助学生，同学们心里都非常感激她。政治课老师是院外的外聘老师，老师特别喜欢唱歌，有时在讲台上动情后会高歌一曲。记得有一次，政治老师给我们同学讲到了她的经历，她几年前患了癌症，当时医生说病情非常严重，但她毅然坚定地面对生活，并且开始了抗癌的道路。然而，奇迹发生了，她的病情并没有像医生说的那样快的发展，基本平稳了。通过政治老师给我们讲的经历使我懂得了面对绝望仍然要坚持积极、乐观的精神。

在中国艺术研究院读书期间最大的感受是对于理论知识的学习，同学们除了要读导师推荐的 60 本理论书之外，每一学期都要写多篇的读书笔记和学术活动小结，通过这一硬性的基础理论的训练，同学们在专业理论上均得到了很大程度的提高。这就为同学们将来毕业论文的写作打下很好的基础，以至于同学们在撰写博士论文时会感觉轻松很多。这不得不感谢中国艺术研究院严格的教育制度和缜密的教学安排。

到了博士二年级，马上面临着博士论文开题，所以一开学同学们马上就投入到开题报告的撰写阶段，由于我选择的题目与我的专业方向非常贴切，所以开题报告的写作进展得比较顺利。记得在开题报告会上，导师介绍完我的基本情况后，开题组的导师们分别就我的题目和论文纲要进行点评和提问，并提出建议。导师组的每一位老师都本着认真负责的态度，对每一位学生的开题报告进行了中肯的建议和指正。我印象最深的就是李一老师对我的开题报告提出了非常具有建设性的意见，使我受益匪浅。最终我的开题报告顺利通过了。开题报告以后，我就开始了博士论文的写作。也是在那个时候，我承接的北京市重大历史题材中国人物画创作工程也进入了紧张的绘制阶段。我记得那个时候每天的时间就像流水一样，过得非常快，每天就几件事，吃饭、睡觉、画画、写论文，很充实。那段时间虽然很累，但对我来说是一种非常好的锻炼。

博士三年级时，是我感觉最累的一年，除了撰写毕业论文，还要准备毕业创作和面临找工作，我记得那时每天晚上都要熬夜到很晚，每天休息不到 5 个小时，当时感觉身体已经到了极限。那个时候给我最大帮助和精神力量的莫过于我的导师赵建成老师，记得每一次找赵老师看画，老师总是很中肯地指出画面的问题，并耐心地讲解。赵老师每次在聊艺术时总是很投入，充满激情，他经常给学生们讲，人物画家不仅要关注社会、关注现实，更要关注人性，同时一定要有家国情怀。赵老师讲的每一句话都深深地影响着我、鞭策着我。在导师的精心指导和热心帮助下，我的毕业论文顺利通过中期检查和盲审进入到毕业答辩环节。在毕业答辩会上，导师组的老师们除了提出了一些问题，基本上都是比较肯定的。记得邓福星老师说："能看出来你的论文是下了很大功夫的，但对于你所提出的问题如果能在论文中给出解决的方案或见解就更好了。"印象中邓老师总是用很委婉的语气给同学们提出意见和建议，并且很中肯地给出解决的方法，这使同学们都很感动。毕业答辩通过之后，我们很快投入到毕业创作的准备阶段，时间很紧，离毕业展也就剩下二十多天了，而我的创作草图非常复杂，工作量很大。我当时的心情非常纠结，总是害怕画不好，因为我那时已经要留校了，所以心理压力很大。但很幸运，在毕业作品展览时我的作品获得了毕业创作优秀作品奖。无疑这对我是一次很大的鼓励。就这样我顺利毕业并留校工作了。每每回忆这三年的读博时光，我收获的不仅有同学们之间的友谊和专业上的提升，更有导师的谆谆教导和知遇之恩，这一切都埋藏在我的心底，成为我今后奋斗的动力。

回忆曾经走过的路，我是幸运的，因为在我危难的时候，总是能遇到恩人帮助我，我内心由衷地感激他们，将来有能力我一定要报答他们。

中国艺术研究院不仅是培养我的地方，也是我最终的归宿。当我与同窗好友们每每回忆往事时，总会不约而同地回想起教育我们成长的每一位老师。他们用最朴实无华的言行，精准无误地传授给我们从艺做人的学问。回想三年的读博时光，老师们当年的教诲历历在目。

生活中，最值得珍视的，莫过于得到一种感动，哪怕只是某一刻的一点点儿。我爱中国艺术研究院，是因为在与她共度的时光中，中国艺术研究院给了我太多的感动。